POETIC
AESTHETICS

李元洛——

著

诗

美

学

（第四版）

中国出版集团　东方出版中心

图书在版编目（CIP）数据

诗美学 / 李元洛著. －4版. －上海：东方出版
中心, 2023.3
　　ISBN 978-7-5473-2074-7

　　Ⅰ.①诗… Ⅱ.①李… Ⅲ.①诗歌美学－研究 Ⅳ.
①I052

　　中国国家版本馆CIP数据核字（2023）第014641号

诗美学

著　　者　李元洛
责任编辑　李梦溪
装帧设计　钟　颖

出 版 人　陈义望
出版发行　东方出版中心
地　　址　上海市仙霞路345号
邮政编码　200336
电　　话　021-62417400
印 刷 者　上海万卷印刷股份有限公司

开　　本　710mm×1000mm 1/16
印　　张　39.5
字　　数　590千字
版　　次　2024年9月第1版
印　　次　2024年9月第1次印刷
定　　价　98.00元

出 版 说 明

　　《诗美学》初版于 1987 年,由江苏文艺出版社印行,后书稿修订于 1990 年由台湾东大图书公司出版。2016 年,《诗美学》经由作者精心修订,由人民文学出版社再版。此次,在前一版本的基础上,作者对文辞作了订正与修饰,并作少量删节与补充,由本社印行最新修订版,故为"第四版"。

序

——古今遐迩贯珍书

黄维樑

中国有"诗之国度"的雅称,西方哲人主张"诗意地栖居"。诗是什么,好诗好在哪里,从孔子到刘勰到钱锺书,从亚里士多德(Aristotle)到阿诺德(M. Arnold)到艾布拉姆斯(M. H. Abrams),都有清谈或者热议;"喧议竞起,准的无依"的情形常有,"说到口味吗,无可争辩"的话语不乏。唐朝的一本重要诗选《河岳英灵集》选王维、李白,不选杜甫,子美苦吟的作品被认为不美,他大叹"百年歌自苦,未见有知音";到了韩愈,这位诗宗文杰,却大赞"李杜文章在,光焰万丈长"。济慈(John Keats)的诗集,出版后几无好评;后来在英国文学史上,他的地位显赫。诗如此,画也是:读西方美术史的人,大概都知道梵高生前只卖出过一张画;死后名声才渐渐大起来;数十年后,他的《向日葵》等拍卖价傲视古今,其画成为众所崇拜的太阳。这真是如诗如画。文学艺术的评价,标准何在? 文学艺术的美,如何鉴定? 审美,怎样"审"?

元气淋漓贯古今

读诗、爱诗、析诗、评诗、明诗的李元洛先生,才情横溢,累积了数十年的"阅历"(阅读的经历),撰成大著《诗美学》,就上述的问题提供了他的答案。简单的问题,而答案殊不简单。《诗美学》初版于一九八七年,我有幸是它的首批读者;现在增订新版将由人民文学出版社推出,我阅读校对稿,温故且知新,如目睹美人新添了风韵,我该怎样描述欣喜以至惊喜的感觉呢?本书第十二章李先生提到一位诗学教授的著作,用"体大思精,胜义纷呈"来称美,我想可以加重语

气地用这八字来美言《诗美学》;但这不够,至少还应该加上"文采斐然"。如何
文采斐然,下文有分说。

　　"体大思精"是龙学学者对《文心雕龙》的一个形容词,思路一开,我跟着想
到《文心雕龙》的"积学储宝""剖情析采""弥纶群言,而研精一理"等论写作
与批评的话语。李先生修订《诗美学》时,年纪早过七旬,他的腹笥里,可说"积
学逾花甲,储宝兼古今"——"储宝"指储藏诗歌之宝。本书征引大量古今中
外的诗篇和诗论,弥纶(组织)成一体系,或用大刀,或用小匕,解牛与割鸡,游刃
于篇章的情采之间,诗美之道明矣。如此这般,我可以用"弥纶群言成体系,剖
情析采说美诗"来称道这本力作;不过,这两句平仄不对,可以改为"弥纶群说
成宏构,剖析情辞释美诗"。

　　诗是文学的四种体裁之一,诗要美,而诗美包括对偶之美,诗中的律诗就规
定有一双对偶句。循着这条思路,我可以这样来称许宏构的《诗美学》:"元气淋
漓诗美学,洛阳遐迩贯珍书。"且听我道其原委。刘勰"齿在逾立",也就是三十
岁刚过,执笔写其文学理论——也可以说是"文美"——之书《文心雕龙》,五六
年后成书,写作时正当作者青壮之年;李元洛四十七岁(一九八四年)动笔写
《诗美学》,五十岁完稿,随后出书,正当壮盛之年。李元洛毕业于北京师范大学
中文系,青少年时期已饱读诗书;一九八五年他初访香港,返回内地时,以其篮
球健将的体魄,力扛大箱,登车北上,箱中多为港台和外国的诗集和诗论。回到
长沙家里,在中国改革开放的政治社会文化新气候中,以开阔的视野,继续博学
审问慎思明辨,弥纶群言,畅抒己见,而成其宏构。这本书有其个人与新时代的
淋漓元气,与前此很多艺术文学论著的浓厚"政治正确"色彩甚为不同。改革开
放初期的一般家庭,没有经济条件装设冷气机,当年元洛兄在书信中告诉我,电
风扇不足以驱赶酷热,他是在大汗淋漓中大力笔耕的。这可说是联语里"淋漓"
的另类注释。当然,"元气"与王安石所说"吾观少陵诗,谓与元气侔;力能排天
斡九地,壮颜毅色不可求"的"元气",所指相同。

　　我向有"华年"说,把人生五十岁以后的岁月称为华年。元洛兄对此十分
认同。七旬后增订此书,是在华年,腹笥中诗书更多,识力更超卓,因而"气"更
"华";所以,现在他淋漓的,至少是充沛的,应该是"华气"了。《诗美学》征引大
量古今中西的诗篇和诗论,这些都应该是人类文化的珍宝。洛阳是我国古都。

对我国读书人来说,以空间论,古"都"为迩,西方为遐;引申作时间论,"古"都为遐,今天为迩。《诗美学》把古今中西的珍宝,包括他自己的胜义俊言,都贯穿起来、贯通起来。洛阳这古都,正是元洛兄的出生地,《诗美学》一九八七年在内地出版后,屡获佳评,加以修订后又于一九九○年推出了台湾版,且一版再版,这是相当程度的"洛阳纸贵";眼前这个增订版面世后,我当然希望它继续贵重。称美的话,我就以"元气淋漓诗美学,洛阳遐迩贯珍书"为定稿①,因为它正好嵌上了元洛兄的大名。

弥纶群说成宏构

这本美名的宏构,其具体内容为何? 它怎样评审诗之美? 以下是元洛兄的关键论述:

> 我心目中的诗乃至好诗,至少应该符合如下的基本条件:一是应有基于真善美之普遍准则的对人生(生命、自然、社会、历史、宇宙)之新的感悟与新的发现;二是应有合乎诗的基本美学规范(鲜活的意象、巧妙的构思、完美的结构、精妙的语言、和谐的韵律)的新的艺术表现;三是应有激发读者主动积极参与作品的艺术再创造的刺激性(作家完成作品是初创造或一度创造,读者的非功利的主动欣赏是再创造或二度创造,任何真正的佳作,都是作者与读者乃至时间与历史共同创造的产物)。

"心生而言立,言立而文明"(《文心雕龙·原道》语);核心已生,架构辞旨建立,《诗美学》的内容乃明晰呈现。以上面的关键论述为"三纲",我把这本大著的架构作如下的搭建:

(一)"应有基于真善美之普遍准则的对人生(生命、自然、社会、历史、宇宙)之新的感悟与新的发现":本书首三章即"诗人的美学素质——论诗的审美主体之美""如星如日的光芒——论诗的思想美""五彩的喷泉 神圣的火焰——论诗的感情美"析论之。

---

① "遐迩贯珍"有出处。《遐迩贯珍》(月刊)在1853年创刊,是香港第一份中文报刊,也是鸦片战争后我国第一份报刊,主事者华人西人都有,吸收众家之长办此报纸。

（二）"应有合乎诗的基本美学规范（鲜活的意象、巧妙的构思、完美的结构、精妙的语言、和谐的韵律）的新的艺术表现"：其中的"鲜活的意象"，本书第四、第五章即"诗国天空缤纷的礼花——论诗的意象美""如花怒放 光景常新——论诗的意境美"析论之；其中的"巧妙的构思"，本书第六章即"'云想衣裳花想容'——论诗的想象美"析论之；其中的"完美的结构"，本书第十二章即"严谨整饬 变化多姿——论诗的形式美"析论之；其中的"精妙的语言""和谐的韵律"，本书第十一章即"语言的炼金术——论诗的语言美"析论之。

（三）"应有激发读者主动积极参与作品的艺术再创造的刺激性（作家完成作品是初创造或一度创造，读者的非功利的主动欣赏是再创造或二度创造，任何真正的佳作，都是作者与读者乃至时间与历史共同创造的产物）"：本书第九和第十五章即"尊重读者是一门艺术——论诗的含蓄美"和"作者与读者的盟约——论诗的创作与鉴赏的美学"析论之。

《诗美学》目录的十五章中，十一章已各列其位，余下的四章，可以如下解说安排。诗篇由词、句（长的诗还有节段）构成，整篇作品表现某种风格，本书第八章"白马秋风塞上 杏花春雨江南——论诗的阳刚美与阴柔美"即为风格论，阳刚与阴柔是由古到今甚至从东方到西方都备受重视的二分法。本书第七章为"'观古今于须臾，抚四海于一瞬'——论诗的时空美"，诗篇的时间与空间，涉及作品的结构布局，和风格论一样，说的是诗篇的整体。本书第十三章"天人合一 写照传神——论诗中的自然美"，所论和山水田园有关；山水诗和田园诗，是中外诗歌的一种"次文类"，本章所论，也是诗篇的整体。元洛兄在大著里不特别标榜以历史、人物、艺术、花鸟、建筑为吟咏对象的诗篇，而独标自然之美，有其深刻的时代意义。二十和二十一世纪科技工业发展，造成大面积的江海陆地天空发乌发黑发臭；我们东海西海大陆欧陆亚洲美洲的人类，都应该力抗污染，保护环境，爱惜大自然的清新美丽。文学艺术强调创新、有变化，创新可以继承、借镜与集成为基础，加上作者本身的才华，而努力达到，《文心雕龙·通变》的主题即在此。本书第十四章题为"以中为主 中西合璧——论诗艺的中西交融之美"，论的正和继承、借镜与集成相关。顺便略说一个大问题：第十五章"作者与读者的盟约——论诗的创作与鉴赏的美学"。诗是什么？好诗好在哪里？诗美的秘密揭示了，我们知道鉴赏的标准是什么了，"准的"有"依"了，"喧议竟起"

的情形还常有吗？元洛兄正确地指出,读者(鉴赏者)的"鉴赏能力"和"鉴赏趣味"影响了评价。一如其他各章,他引经据典,雄辩滔滔,说辞令人叹服。在鉴赏能力方面,他认为鉴赏者应该像《文心雕龙》说的"积学以储宝";在鉴赏趣味方面呢,我忍不住要补充《文心雕龙·知音》举出的"蕴借者""慷慨者""浮慧者""爱奇者"等类型读者的不同趣味说,以解释评价不一、喧议仍在的原因。

胜义纷呈细说诗

以上解说《诗美学》的"体大";它的"思精"呢,我指的是议论精到、精彩,也就是上面曾经提过的"胜义纷呈"的"胜义",而这些精思胜义,我都能认同。精思胜义可能是老生常谈,正因为是老生常谈,才具有普遍性、恒久性;元洛兄在理论方面不作惊人吓人的奇诡之谈。他论诗的感情思想,强调的是真善美,是仁义崇高:"真正优秀的作品,必然具有高尚的道德感和高度的美学价值,但同时也必然具有独到的认识意义,是真、善、美三者的统一体。"他列举屈原、李白、杜甫、陆游、闻一多、郭小川以至当代的余光中、流沙河等,以及西方的莎士比亚、普希金、惠特曼等等的大量作品,加以反复论证;对宫体诗以至现代顾城的一些作品,则加以贬抑。例如,他写道:顾城的"《弧线》,仅有一些片断的意象……缺乏理性的融铸和升华,不可能有多高的美学价值;那些辩之者尽管巧舌如簧,我想经不起时间这位最公平严峻的评论家的评判"。我认为文学不能被特定去载某一种道;然而,只要是作者认同的正道,"载道说"却永远不会落伍,刘勰的"经纬区宇""炳耀仁孝"说有不朽的价值。元洛兄和我是同道。

《文心雕龙·情采》说的"情",是文学作品的感情思想;"采"则为作品的语言、形式、技巧。"剖情"之外,"析采"是《诗美学》本书更重要的内容。诗文如果"繁采寡情",极可能像《文心雕龙·情采》说的"味之必厌"。这是指文学作品本身的情采而言。本书不是哲学、伦理、社会、政治的书,而是美学的书,"析采"当然是其要务,是其主体。文学是形象的思维,文学中的诗歌尤其如此;这是从古到今、从东到西的不刊之论。本书的泰半内容,都属于"析采",属于对形象性的种种讨论,其理在此。

"形象性"包涵意象、象征、意境、比喻、通感、含蓄等概念,都离不开"象"这个大范畴。盲人摸象,固然只能瞎说,明眼人观大象,也难免会遗漏细节细处。元洛兄明察秋毫,古今中外诗歌金库的库存、诗歌理论的玉屑,都由他来列举、明辨,以揭示"诗美的秘密"(本书第一章表述"探寻诗美的秘密"为写作动机)。史诗诗人荷马的《伊利亚特》,形象性充沛,如"像知了坐在森林中的一棵树上,倾泻下百合花也似的声音"之句,诚然如倾泻一样,俯拾即是,元洛兄捡而拾之;抒情诗人李贺同样形象性饱满,其《雁门太守行》"黑云压城城欲摧,甲光向日金鳞开"等,金光闪烁,元洛兄同样珍而重之。连同如李商隐《锦瑟》"锦瑟无端五十弦,一弦一柱思华年。庄生晓梦迷蝴蝶,望帝春心托杜鹃。沧海月明珠有泪,蓝田日暖玉生烟。此情可待成追忆,只是当时已惘然"那样锦绣斑斓的形象性语言,都是贯串起来的金片玉屑,弥纶起来,以说明他的通达理论。

关于"意象新鲜"的诗,他说这样的诗"一入眼就可以激发读者的新鲜感与惊奇感这两种特殊的审美感情,使他们在诗的审美活动中获得四月天一般的生机蓬勃的喜悦,而意象陈旧的诗,则丝毫也不能刺激读者的艺术感受力,如同万物萧索的冬日引不起春意葱茏的想象,只能使读者望而生厌"。关于比喻,元洛兄说它"不仅是一种辞格或一种诗艺,而且是想象之美的一种十分重要的表现形态,是诗美的一个重要范畴"。关于含蓄:它"是充满生命力的含苞待放的花蕾,它洋溢着春天的生机和潜力,(它)刺激读者丰富的审美想象。……真正的含蓄,是对读者的理解和尊重,是诗人对读者发出的请求共同创造的邀请书"。可谓三语中的。

元洛兄在本书第二章中感叹:一章一节地写作本书,日日夜夜"继续诗美学艰难而没有终点的征途"。初稿、修订、再修订,目前全书五十多万字,真是月月年年辛苦不寻常。我要道出数十万言大著的"胜义纷呈",也走上一条浓缩版的"艰难而没有终点的征途"。这里姑且随意抽样,就以第九章论含蓄美的一节作为例子,说明如何"胜义纷呈";并从"纷呈"进一步说明作者所积之学、所储之宝,以及因此而成为本书所聚汇、所贯串之珍,有多大的数量。

这一章分为四节,首节介绍中西古代重视诗歌含蓄、重视言外之意的多种说法,兼及一些现代的理论;次节重点在引述现代关于含蓄的理论,用"接受美学"观点帮助阐释;第三节列述几种含蓄的方式;第四节分辨含蓄与晦涩,并解释何为"真正的含蓄"。我主要对第三节加以解说。元洛兄指出,含蓄的方式有:(1)"从侧面落笔点染,力避正面直言说破,用意十分,下语三分,使言外含蕴无限。"(2)"诗中留白,为读者留下联想与想象的天地。"(3)"言尽而意不绝的诗的结句,和含蓄结下了不解之缘。"

这里只能就"留白"引述一个"胜义":

> 假如戏剧中满台人欢马叫,绘画中满纸烟云不留余地,音乐中一首乐曲全为急管繁弦,小说中一篇全是直叙加议论,那不仅是单调和贫乏的表现,而且也违反了读者审美心理的规律。真正的"空白",是"充实"的同义语,它不是空洞与空虚,不是空空如也,而是引人联想的丰富,是"浅、露、直"的克星。作品的审美意义与审美价值,与读者的欣赏这一审美活动分不开。因此,正如德国"接受美学"的创始人沃尔夫冈·伊塞尔所说的那样……

序言不宜太长,我只能"留白"而不再引述了。元洛兄因为"留白"而创制的两个名词"意象空白"和"结构空白"也不能在此申说。

这一节约有五千字,作者征引之道,一以贯之,就是博采而旁及。为了解释李商隐《锦瑟》的含蓄,他征召了元遗山、朱彝尊、汪师韩、王渔洋、张尔田、何焯以至今人张淑香等的诗话或学术论文,众星拱月地烘托出此诗的柔光。杜甫的"意惬关飞动,篇终接混茫"能为言尽而意不绝的诗篇结句作证,元洛兄这位"律师",再引录晁以道、洪迈、王嗣奭、浦起龙、吴瞻泰的滔滔陈词,在诗美的法庭上,把说服力推向高峰。诗贵含蓄,论文重证据,常常要铺陈。这一节为含蓄论证的,上述之外,还有杜甫("意惬关飞动,篇终接混茫"句之外的其他诗)、李商隐(《锦瑟》之外的其他诗)、苏东坡、李煜、马致远、虞集、郑仲贤、臧克家、牛汉、流沙河等的诗,有方东树、吴乔、艾略特、沃尔夫冈·伊塞尔、张隆溪等的议论。

针砭时弊　斐然文采

《诗美学》表扬古典之美,也针砭现代之弊。这一章的第四节评论现代诗,认为有含蓄之美的少,而有晦涩之弊者甚多。上面我提过元洛兄"真正的含蓄"一语,这里继续引录他的观点。他以某某的写作为例,病其晦涩,跟着说:

> 含蓄,使人产生艺术的联想,加深对于生活的感悟和理解,获得多方面的丰富的美的享受;晦涩,却只能让人胡猜,除了那猜不透的谜语之外,什么也得不到。……谜语非诗,胡语非诗,呓语非诗……真正的含蓄,是与晦

涩无缘的。……晦涩,是空虚与封闭的同义语,是作茧自缚,是一塌糊涂的泥潭,是诗歌创作的歧途末路。

现代主义的诗啊,小说啊,电影啊,以至文学理论啊,晦涩难懂的东西触目皆是,而往往博得声名甚至盛名。元洛兄与我对此不惜奋然作堂吉诃德式的抨击。在我文学评论的生涯里,就写过多篇檄文,文章里,《文心雕龙·定势》的"反正""诡巧"说常常成为为我助阵的武器。论晦涩这里,他引了我几句温和的话:"新诗应该明朗而耐读:明朗则不会艰深晦涩,耐读则不致浅露无味。好的新诗(古典诗亦然),当明朗如光亮的珍珠,且应多姿耐看如面面生辉的钻石。"在本书论语言美那一章,他所引我的话,就较为激烈了。我曾这样批评某些现代"诗人"的写作:"文字要扭曲,想象要离奇,题旨要隐晦,结果是超现实和潜意识的魑魅魍魉,四出惊人吓人惑人。"为了爱护缪斯(Muse),我在诗坛论坛树了不少敌人。顺便一提,他和我一样,也向来反对盲目生吞西方理论、佶屈聱牙的所谓学术论文。

我与元洛兄是同道且是同"文":他的诗歌评论,向来写得文采斐然,我也力求有质而不木。读者从本序言所引的句段,如刚刚出现的"晦涩,是空虚与封闭的同义语,是作茧自缚,是一塌糊涂的泥潭",如前面论"意象新鲜"的几句,是文采之蝴蝶、之孔雀的一些斑斓。比喻是文采最重要的手段、身段,手段巧不巧、身段美不美,比喻负最大的责任。本书每一章的开首段落,作为纲领或导引之用的,都特别讲究文采,读者可把它当作那一章的"得胜头回"。《诗美学》论诗美,而本身文美。

《诗美学》力臻美善

《诗美学》尽善尽美了吗?有我认为不美的地方吗?说说管见。第十二章题为"严谨整饬 变化多姿——论诗的形式美",元洛兄指出"形式"就是秩序与结构。此章内容非常丰富,中国古典诗词和新诗,以及西方诗歌,都涉及,还旁及绘画、音乐、舞蹈诸种艺术的形式。在肯定新诗的成就之余,恳切建议新诗作者向传统诗歌汲取营养。这一章在我看来,论点通达精彩之余,分类似不明确,脉络有欠清晰。这一章对形式是有分类的,而且我认为分得很好:那就是"外形式"(或"外部形式")即"显形式",以及"内形式"(或"内部形式")即"隐形式"。但元洛兄没有就此两大类展开论述。如果由我来尝试,我会把"外形式"界定为诗的体裁,而诗的体裁分为两大类,即格律诗和非格律诗。格律诗包括绝句、律诗、词(有不同的词牌)、曲(有不同的曲牌)、sonnet(十四行诗)、无韵体(blank verse)、limerick(一种五行的英国诗体)等;非格律诗包括古风、新诗中的自由诗、free verse(自由诗)等等。换言之,"外形式"指字词(包括其声调的平仄或"抑扬")、诗句(或诗行即 line)、节段(stanza)长短多寡的安排组合的外在式样,这些都是明显可见的;把"内形式"界定为诗篇内容意义的起承转合的安排变化、时间空间长短大小等的安排变化,这些都有迹可循,却非明显可见。

可以商榷的,还有第十一章"语言的炼金术——论诗的语言美";我关心的是本章在书中的位置,以及本章内容与其他章节内容的重叠问题。我们都知道,诗(和其他文学的体裁)可界定为语言的艺术。本书所论的诗美,共有十五种:(一)诗的审美主体之美;(二)诗的思想美;(三)诗的感情美;(四)诗的意象美;(五)诗的意境美;(六)诗的想象美;(七)诗的时空美;(八)诗的阳刚美与阴柔美;(九)诗的含蓄美;(十)诗的通感美;(十一)诗的语言美;(十二)诗的形式美;(十三)诗中的自然美;(十四)诗艺的中西交融之美;(十五)诗的创作与鉴赏的美学。

每一章或多或少,都与语言的艺术相关;(四)至(十三)包括(十一)"语言美"各章,尤其如此。这第十一章所论,分为"具象美""密度美""弹性美""音乐美"四个部分,其中"具象美"部分与(四)"意象美"的关系密不可分,"弹性美"部分则包括(九)"含蓄美"的一些内容,"音乐美"部分包括对晦涩诗的批判,而这也与(九)"含蓄美"的一个论题重叠。

诗的种种问题,正如人文学科以至社会科学以至自然科学的种种问题,往往环环相扣,甚至纠缠不清,所以,"诗的语言美"的内容与别的章节有所重复,无可厚非,甚至难以避免。我认为应该考虑的,是(十一)"语言美"这一章在全书中的位置。把它放在第四章,以为原来(四)至(十三)的统领,或者放在第十三章,以为原来(四)至(十三)的总结,是否比较适当?还有一个做法,就是根本取消这一章的题目及其在本书内的存在,而把其内容酌量纳入其他各章之内。这里讨论的,自然是"兹事体大"的架构问题。

还有一个大问题。《诗美学》的内容,古今中西的诗篇和诗论都包罗(而以古以中为多）。读此书，其许多论点，常可与我认同的钱锺书"东海西海，心理攸同"说互相印证。元洛兄也有中西之辨，在论含蓄美那一章，他说：

> 西方民族是性格比较外向的民族，也是长于逻辑思维的民族，西方民族的民族精神、思维特点和行动方式，对他们诗歌的风格当然有直接的影响，所以西方诗歌特别是浪漫主义诗歌，大都追求抒情的激烈奔进，酣畅淋漓，诗人们直抒胸臆，揭示心灵的活动与隐秘，一般不（像中国诗那样）讲求委婉曲折，含吐不露。

中国地大物博人多历史悠久，西方也是这样。这里所引虽然用了"比较""大都""一般"等词以为修饰，但其所说仍然可以继续谈论。

如上面所言，这篇序的写作，是浓缩版的"艰难而没有终点的征途"。《诗美学》胜义纷呈、文采飞扬，我怎样引述、介绍、称赞，都没有终点。《诗美学》（原版）《写给缪斯的情书——台港与海外新诗欣赏》《唐诗之旅》《宋词之旅》《元曲之旅》《绝唱千秋》《唐诗三百首新编今读》等大著之后，在好评迭至、作品赢得"诗文化散文"（喻大翔教授语）令誉之后①，这本体大思精的《诗美学》（新版），是元洛兄最具标志性的著作。如此篇幅繁浩的宏构，是个诗学的大金库、大百宝箱。它又是个金银大岛，莅临游览的，难以一窥到底、一览无遗。也许需要一张寻宝地图。这部大书，应该有详细的索引，而编索引这颇大的工程，国内的出版界，一般不积极从事。退而求其次，本书应该编列一个极为明细的目录：每个章节的大标题、小标题之外，还有其内容要点的撮要。

当今是读图时代，在"短信""微信"成为众多少年、青年以至中年甚至老年（我所说的华年）重要阅读方式的今天，成为他们最"信"赖的媒体的今天，有多少读者会把五十万言的《诗美学》一次或者数次细细读完呢？这种读者难求，这本聚珍贯珍的大书，如果有了刚才说的索引或者明细目录，当今读者如要"分题

---

① 我写过多篇文章或序言，表述李元洛作品的优胜丰美处；其中又在拙作《"言资悦怿"：中国现代文学批评的一种书写风格——兼论宇文所安的"Entertain an Idea"文体》中，析论钱锺书、余光中、李元洛、黄国彬四人的文学批评文章，以为佐证，李元洛为其一。此文为华东师范大学中文系、《学术月刊》合办"中国新文学：语言与话语"国际学术研讨会（2015年6月12—14日）论文。

阅读"和"各取所需"时,就更加方便了。出版社甚至可考虑全书的十五章,以每册两章甚至每册一章的方式,分册印行。元洛兄嘱咐我写序,我深感荣宠,对此书珍之爱之,衷心而大力推荐予爱文学包括爱诗的青中老读者;珍爱之余,自觉有责任让它赢得更多的读者,因此有上述的建议。"元气淋漓诗美学,洛阳遐迩贯珍书";在评论性、学术性书籍难以畅销的"图腾"(图像喧腾)时代,我依然有这洛阳纸贵的祝愿。

二〇一五年九月初完稿

【作者黄维樑博士为(原)香港中文大学中文系教授、香港作家协会前任主席】

目　录

第一章 诗人的美学素质
——论诗的审美主体之美

古往今来,怀着热切的心情去朝拜诗的殿堂之人何止万千,但只有少数人才能叩响它的门环,而在这少数人中,大部分的造访者又只能拥挤在门槛内外,而登堂入室卓然成名家或大家的却寥寥可数。如同苏联名作家爱伦堡所说:"写诗的人很多,诗人很少。"这,究竟蕴藏着一种怎样的诗的秘密?

翻开中国诗歌史,在屈原以他的如椽之笔抒写了中国诗歌史的第二章之后,在诗史上能留下名字者已经是时间的大浪淘尽黄沙的结果。《全唐诗》所收录的唐代诗人有两千余人,但真正为后代所熟知的也不过二三十人,在这二三十人中,他们的作品也只有小部分为后人所传诵。这,究竟说明了诗学上一个什么样的问题?

站在今天的山峰上瞻望未来的岁月,后代仍然会有无数少男少女来向诗的殿堂奉献自己的一瓣心香,他们渴望在他们的青春梦中寻觅到诗的珍宝。但是,写诗,需要一种特殊的才华,即"诗才",他们是否有自知之明?是否认识到诗歌创作者这一审美主体必须具备的内在素质?是否认识到有无诗性思维,有无诗性智慧,有无诗的艺术感觉(或称"诗感"),是进入诗的国土的第一张通行证呢?

过去,我们总是强调包括诗歌在内的文学是对生活的反映,但往往忽视了文学也是对生活的表现与艺术的再创造,更加忽视甚至否定了作家或诗人这一审美主体的能动作用,以致在我们的诗歌美学理论中,对审美主体的探讨与研究至今仍是一个薄弱的环节。在古希腊奥林匹斯山的南坡,有一个驰名古希腊世界的德尔菲神庙,在该庙入口处矗立的大石碑上,几个大字赫然镌刻其上:"认识你自己。"哲学家苏格拉底曾将其作为自己的哲学原则的宣言。我的诗美学,就是想从"审美主体"这一起点出发,在没有终点线也没有边界碑的美学领域里,去认识诗作者这一"自己",进而去探寻那无穷的诗美的秘密。

一

社会生活永远是文学创作的源泉,诗,是诗作者对于作为审美客体的生活的一种艺术反映和表现,而不是诗作者蜷缩在象牙塔中的顾影自怜,或是封闭在蜗牛角里的自弹自唱。但是,诗歌又是诗作者这一审美主体对生活的一种积极的精神审美观照,它所反映和表现的乃至再造的生活,是生活的心灵化,或心灵化的生活,是生活与心灵交会的闪光。诗的才能之大小与高下,诗作者之平庸与杰出,除了受到其他种种因素的制约之外,诗作者主观的内在心理素质(或称"审美心理结构"),诗作者是否具有诗性思维与诗性智慧,有着十分重要的作用。

对审美主体在文学创作中的作用与表现,存在过一些否定审美感受之客观内容与社会性质的唯心主义或神秘主义的解释。例如古希腊哲学家柏拉图认为诗人的灵感来自神灵的凭附,以迷狂为基础,文学创作是"灵魂在迷狂状态中对于美的理念的回忆",在柏拉图之后的普罗提诺以更神秘的形式发展了柏拉图的理念论,认为艺术是理念的模仿,是神赐的"专为审美而设的心灵的功能,对最高本原的美的观照",德国古典哲学、美学创始人康德认为艺术"不涉及对象中的任何东西,只涉及主体如何受到表象的影响而自己有所感受",至于精神分析学派的创立者奥地利人弗洛伊德,他把审美感觉看成纯然是人的一种生理本能,是一种潜意识,或者是人之性欲的满足的愿望,如此等等。在中国古代,对于创作中主体的奇异作用与表现无法给予科学的解释时,往往就用"殆有神助""神来之笔""梦笔生花"之类来为那些美妙的创作现象加冕,一半表示赞美,一半表示无以名之的神秘。

马克思曾经指出:"任何人类历史的第一个前提无疑是有生命的个人的存在。"① 如果这一个论断还只是一般地就人与历史的关系肯定人这一主体的作

① 《马克思恩格斯选集》(第 1 卷),第 24 页。

用,那么,他在谈到英国十七世纪伟大诗人弥尔顿的《失乐园》时,他所指出的则毫无疑问是指创作中审美主体的主导作用了。马克思说:"弥尔顿出于同春蚕吐丝一样的必要而创作《失乐园》。那是他的天性的能动表现。"(着重号原有——引者注)① 弥尔顿四十岁以后双目失明,他晚年还凭借口授而完成三部多卷体的长篇杰作,即《失乐园》《复乐园》和《骑士参孙》。《失乐园》是诗人五十九岁时所作,分十二卷,长约一万行。诗人如果不是依仗他内心的诗的感觉来创作,这种凭借内心的艺术感受来创造形象系统的能力,即阿·托尔斯泰在《致青年作家》中所说的"内心的视力",那么,失明的弥尔顿完成长篇巨制《失乐园》是不可想象的。因此,马克思的"天性"一词充分肯定了诗创作中审美主体能动的积极的作用,可以给我们许多有益的启示,只是由于我们以往过于强调马克思主义经典作家另一方面的论述,而对他们这一方面的见解视而不见,这样就妨碍了我们对艺术规律作全面而深入的探讨。

丹纳是十九世纪法国文艺理论家、美学家,他在其著名的《艺术哲学》一书中说:"艺术家需要一种必不可少的天赋,这是天大的苦功和天大的耐性也补偿不了的一种天赋。否则只能成为临摹家与工匠。"(《艺术哲学》,傅雷译,人民文学出版社一九八二年版)在中外文学史和诗歌史上,有许多奇异现象一直得不到充分的科学的解释,如果不从审美主体的"才能""天性"乃至"天赋"这些方面去深入探究,许多问题恐怕还是只能陷入不可知论,继续成为"斯芬克斯之谜"。我们不妨举述一些著名的作家作品为例证,说明文学创作中确实有一些奇异的现象有待我们深思和解释,而不能仅仅只将其看成一种古代的不可稽考的传说,或是朦胧而神秘的美谈。

建安时代的曹植,有"若成诵在心,借书于手"的天生异禀,十岁时就能诵读诗论及辞赋数十万言。他在《与杨德祖书》中就说自己"少小好为文章",又说"少而好赋,其所尚也,雅好慷慨,所著繁多",宋佚名《释常谈·八斗之才》记载谢灵运还曾说,"天下才有一石,曹子建独得八斗,我得一斗,天下共分一斗"。曹植著名的《七步诗》,就是在七步之内脱口成章的。

南朝宋名诗人"大谢"(谢灵运,号"康乐公")与南朝齐名诗人"小谢"(谢

---

① 马克思:《剩余价值理论》(第 1 卷),第 432 页。

朓），并称"大小谢"。才思富捷的谢朓是被李白称美为"中间小谢又清发"的，而"兴多才高"的谢灵运《登池上楼》一诗中的名句是"池塘生春草，园柳变鸣禽"，金代元好问《论诗绝句》赞美为"池塘春草谢家春，万古千秋五字新"，而钟嵘《诗品》引用了今已佚传的《谢氏家录》的记载："康乐每对惠连（谢灵运族弟，南朝宋文学家，极得灵运赏识——引者注），辄得佳语。后在永嘉西堂，思诗竟日不就，寤寐间，忽见惠连，即成'池塘生春草'。故尝云：'此语有神助，非吾语也。'"

初唐四杰之冠的王勃，六岁即能作文而词情英迈，九岁读大学问家颜师古所注《汉书》，写了十卷《汉书注指瑕》，十四岁或二十六岁即写出流传千古的《滕王阁序并诗》。据说他写诗作文时"先磨墨数升，拥被而睡，忽起疾书，不改一字"，时人谓之"腹稿"（见唐段成式《酉阳杂俎》）。"腹稿"是古人用语，按现代心理学，应该属于"直觉"或"超觉"一类思维过程。

名字排在初唐四杰之末的骆宾王，七岁能诗。"鹅，鹅，鹅！曲项向天歌。白毛浮绿水，红掌拨清波"。这一首传诵至今的《咏鹅》诗，就是他儿时出游随口吟成的。他曾作有名的《讨武曌檄》，《新唐书》记载，连武则天读后都不得不佩服他的胆识与才气，并责备说："宰相之过，安失此人？"

"诗仙"李白一生极富传奇性，行将退休的贺知章在长安紫极宫初见李白，即惊呼为"谪仙人"，而杜甫对他也备极赞美与推崇："李白一斗诗百篇"（《饮中八仙歌》），"世人皆欲杀，吾意独怜才"（《不见》），"白也诗无敌，飘然思不群，清新庾开府，俊逸鲍参军"（《春日忆李白》）。可以说，李白是诗国罕有之天才，有了李白，我们无论如何也不能不承认写诗要有先天的禀赋，杰出的才华。

晚唐诗坛与李商隐齐名而号称"温李"的温庭筠，少年聪慧，诗思敏捷，他作文均不起草，"但笼袖凭几，每赋一韵，一吟而已"（唐末五代王定保《唐摭言》）。唐代自文宗以后，考场作赋以八韵为常，温庭筠"八叉手而成八韵"，人美称为"温八吟"或"温八叉"。

李贺在诗史上被称为"鬼才"，他早慧，七岁能诗。据新、旧《唐书》记载，著名文学家韩愈与皇甫湜不相信，联骑造访，李贺童装出迎，二位老前辈面试他，他援笔立成《高轩过》一首，使韩愈、皇甫湜大为惊喜，"亲为束发"。他年仅十五时，"乐府数十篇，云韶诸工，皆合之弦管"（《旧唐书》本传），年纪轻轻竟与诗坛高手李益齐名,被称为"乐府二李"。

清代短命诗人黄仲则(景仁),七八岁时就能写文章,尤迷于诗。清人毛庆善《黄仲则先生年谱》引《印人传》记载,黄仲则"九岁应学使者试,寓江阴小楼,临期犹蒙被卧,同试者趣之起,曰:'顷得"江头一夜雨,楼上五更寒"句,欲足成之,毋相扰也。'"他后来如灵珠焕发的才华,在幼年时就已经初现光彩了。

以上是举述中国古典诗歌史上几位著名的诗人为例,说明他们都具有一个共同的特征,就是早慧而富于诗才。中外皆然,这种情况在外国诗歌史上也不鲜见。十九世纪后期英国浪漫主义三位诗人有许多共同之处:早熟而成就辉煌,早逝而结局悲惨。

这就是当时号称诗坛"三杰"的拜伦、雪莱和济慈。拜伦与雪莱人所熟知,终年仅二十五岁的济慈,同样是一位幻想丰富、对外界感觉敏锐的天才诗人。他儿时就常常押着别人提问的最后一个韵脚回答问题,十七岁时就写下处女作《仿斯宾塞》,表现了他对英国文艺复兴时期诗人斯宾塞清新优美的诗风的向往。"阿童尼"是希腊神话中才华秀发的美少年,雪莱在《哀济慈》的挽诗里,就以"阿童尼"来称呼济慈,而台湾学者陈绍鹏在《论济慈的才智》一文中也说:"济慈的才智,应归功于超人的才智,有的批评家把这种才智称为'敏悟力'。"①

享年只有三十七岁的拜伦,是世界诗坛一颗光芒耀眼的明星。他十九岁时出版处女诗集《悠闲的时光》,二十二岁出版成名作《恰尔德·哈洛尔德巡游》。他敏感而热情,充满青春活力,文思迅捷,文不加点。奥地利大音乐家莫扎特创作即使如交响曲那样复杂的乐曲,也是一气呵成,不需修改,人们美称为"莫扎特型",拜伦也属于这一类型,他说过:"我不能修改,我不能,而且也不愿意修改,不管修改得多或少,没有人可以修改得好的。"②这,虽不可一概而论,但也可以看出他之才情过人。

普希金,被称为给"俄罗斯语言开一新纪元"的伟大天才,也被誉为"俄罗斯文学之父",他的颖慧之思如花怒放。一八一五年十一月,皇村中学举行低级生的升班考试,主考者有被称为当时俄国最有才能的诗人杰尔查文。十五岁的

---

① 陈绍鹏:《诗的欣赏》,台湾远景出版社 1976 年版,第 113 页。
② 转引自《林以亮诗话》,台湾洪范书店 1976 年版,第 70–71 页。

普希金应考的是一首爱国颂诗《皇村回忆》,杰尔查文听后十分激动,竟含泪冲到场中亲吻普希金,他赞叹说:"将来接替杰尔查文的,一定是这个孩子!"

在中国现当代诗歌史上,也有这样的艺术事实。如郭沫若写辑录在诗集《女神》中的那些汪洋恣肆的时代乐章时,只有二十七岁;闻一多的诗集《红烛》出版时只有二十四岁;臧克家出版颇有影响的诗集《烙印》时,也只有二十八岁;艾青许多代表作都是写于三十岁以前,如《大堰河——我的保姆》《向太阳》《北方》等。台湾成就最大的诗人余光中和洛夫,前者二十六岁时出版第一部诗集《蓝色的羽毛》,后者二十九岁出版第一部诗集《灵河》。台湾名诗人郑愁予,初中二年级开始写诗,十五岁正式发表作品,处女诗集《梦土上》出版时,也才过弱冠之年。台湾另一位名诗人痖弦,其成名之作《痖弦诗抄》出版时,也刚二十七岁。

古今中外优秀诗人的作品启示我们,诗美,是审美客体的生活美与审美主体的心灵美之综合艺术表现,要感受、提升和表现生活之美,作为诗人这一审美主体的审美心理素质具有决定性的作用。诗歌,在所有的文学样式中是一种主情的和善于抒情的样式,驾驭这种样式的审美主体,其表现、作用和特点,就值得作专门性的探索。在建立诗美学的理论架构之初,我认为要突破过去思维的封闭性与求同性的状态,在承认诗美的客观性的同时,要充分认识和肯定表现诗美的审美主体的能动性,即诗美的主观性。可以说,从事文学创作需要才能,而诗歌创作则更需要艺术才能,这种特殊的才能,表现为审美主体的主导素质。如果说,诗首先应该是诗,然后才是别的什么,那么,诗人首先应该是诗人,而真正意义而非今天名号已大为贬值的诗人,他的主观心理机制必然有不同于常人之处。

过去,文艺理论与诗歌理论往往只强调生活的决定性作用,反复说明文学是生活的反映,却很少探讨审美主体的奥秘,这实际上无法解答诗史上为什么有大诗人和小诗人之分,有优秀诗人与平庸作者之别,有诗人和虽写诗却非诗人之异。过去如果提到诗人的主观才华,仿佛前面就有一个唯心主义或别的什么深渊在等待论者的陷落,二十世纪五十年代后期有人提出"创作,需要才能",不就遭到群起而攻之的持久批判吗?于是,长期以来,我们就习惯了思维的同一性,异口同声地去重复那重复了千百遍的教言,而不敢去对诗的审美主体的不无神秘的领域,去作哪怕是冒险的远征。

二

诗是美文学,是文学的精华。分行排列一般人都可以做到,而诗的峰峦却非人人都可以攀登。诗的创作,需要写诗所独有的才华,即诗性思维与诗性智慧,需要艺术敏感甚至是艺术直觉,常常召唤灵感的翩然降临。

早在两千多年前,《庄子·德充符》就曾经赞美和慨叹道:"眇乎小哉,所以属人也。謷乎大哉! 独成其天。"天文学上有所谓"黑洞",如银河系中就发现"黑洞",深邃无比,玄秘莫测。以彼类此,当代心理学家就形象地把人的大脑称为"黑箱",因为现代科学宏大到能探测远离地球达一百亿光年的河外星系,也细微到能研究物质结构的夸克层次,但对大脑奥秘的了解,顶多还只是处于物理学的牛顿时代,或者天文学的伽利略时代。从诗歌创作的角度来认识审美主体的心理机制,现代心理学的成就还是可以给我们一些有益的启发,例如才能、思维类型以及年龄和心理的关系,都可以写出心理学与诗学相结合的启示录。

才能,或者说特殊能力,直接涉及人的天赋和生理机制。

才能,是指使人圆满地完成某些活动的各种能力的完备结合,又可指一个人进行一种特殊活动的潜在能力,它以先天的素质为基础,经过后天的实践活动形成和发展起来。不同的人,他们的才能之个体差异是客观存在的,这种差异在一定意义上是指天资的差异。天资是能力发展的自然前提,是指发展能力的先天素质。天资有高有低,一个人的能力表现有所谓"特殊能力"之说,这种特殊能力的两端或称两极,一端称为"低能",一端称为"天才"。"天才"的本义,是"天赋之才"或"生而即具之才",现代一些心理学著作的解释则是"高水平的能力"。我则认为,"天才"是指先天与后天的联姻所诞生的高度发展的才能。在这里,先天素质是不可否认的,它包括遗传因素和神经系统的天赋特性。可以断言,诗歌创作需要特殊才能,如果一个人有不同一般的先天诗性素质,加上具备客观的其他必要的条件,那么,诗歌的天宇将亮起一个耀眼的星座。

现代心理学为我的上述观点提供了充分的科学根据。心理学的实验证明,古人所说的"心",其实就是大脑,大脑是思维的物质基础,是认识的器官,灵感的诞生地。心理学实际上应该是"脑理学",大脑的研究,成为揭示思维规律和心理机制的重要途径,近些年来,一门新兴的前沿科学——脑科学正在兴起。心理学学者认为有一百二十多种因素构成了人的智力,智力极高的人就是"超人"或"天才"。心理学家所发明的智力测验方法,大致包括言语方面和操作方面,通过被测试者对智力测验表的回答情况,得出被试者的智力商数。"智商",由美国心理学家推孟在修订比纳量表时提出,是用以标示智力发展水平的用语。如果以科学测定的"智商"为标准,"天才"即是指智商在一百四十以上的人。又据有关材料,华盛顿智商为一百二十五,拿破仑为一百四十五,而诗人歌德则高达一百八十五[①]。由此可以推论,中外诗史上那些杰出的或者是优秀的诗人,其智商大多很高,这样才可望获得成功,创作出杰出的或优秀的作品,如果作者之智商仅仅处于"正常"状态,那恐怕就只能写出一些平庸的缺乏较高美学价值的篇章而永无出头之日了。

影响诗歌创作者其能力和发展的重要因素——先天诗性素质,诗性智力商数,在很大程度上决定了他的创作的高低成败,同时,作为审美主体的诗歌作者,也可以在创作实践中认识自己的气质和思维类型,以便较科学地而不是一厢情愿地做出自己对事业的选择。

气质,是个性的重要心理特征之一。早在古希腊时代,医生兼学者希波克拉底认为人体内有四种体液,正是这四种体液"形成了人体的气质",这便是气质论的最早的来源。公元二世纪,希腊医学家卡伦发展了希波克拉底的"体液"说,他认为:"如果心性不基于身体的气质,或促进或阻碍,那么,性格的差异,有勇敢的,有怯懦的,有聪明的,有蠢笨的,都不能说出理由来了。"[②]卡伦对人的气质进行分类,从开始的十三种最后简化为四种,即胆汁质、多血质、黏液质、抑郁质。胆汁质的特征是热情积极,生气勃勃,易感情用事,心理过程具有迅速而爆发的色彩;多血质的特征是感情丰富,发生迅速,灵活好动,兴趣广泛,易外露,多变化;黏液质的特征是沉着冷静,稳重踏实,注意稳定而难于转移,精神状态外部表现不足;抑郁质的特征是行动迟缓,个性孤独,情绪体验深刻持久而不外露。这四种气质的名称为一般学者承认并沿袭至今。这种划分虽然不一定绝对

---

① 参见史美煊译:《天才初期的心理特征》,《教育杂志》第20卷第4号。
② 转引自陈孝禅:《普通心理学》,湖南人民出版社1983年版,第484页。

科学,因为一个人的气质可以变化,同时一个人也许可以兼有几种气质,即气质的兼类,但我们一般所说的"诗人气质",除了具有黏液质与抑郁质的优点及其他内涵之外,大多是指多血质与胆汁质。以俄罗斯文坛四位杰出的文学家而论,普希金的气质明显属于胆汁质,而莱蒙托夫明显具有多血质的特征,寓言大家克雷洛夫的气质明显属于黏液质,而喜剧小说家果戈理则明显具有抑郁质的特征。在中国诗人中,李白的气质当然是属于典型的胆汁质,屈原、杜甫、李商隐、李贺等人,虽然由于时代变乱和个人遭际而使他们有抑郁质的某些气质因素,但他们的主要气质特点,无疑主要还是属于胆汁质和多血质。郭沫若创作《女神》时忽忽如狂的审美心理,不也说明了这位新诗人的气质特色吗?

　　对艺术气质的心理类型和思维类型,前人还作了不少的探索和说明。十九世纪德国哲学家尼采区分为"酒神型"(旁观型)和"日神型"(参与型)。二十世纪瑞士心理学家,分析心理学创始人荣格,将个性分为内倾型与外倾型,认为艺术家主要是属于"内倾感觉型"或"外倾感觉型";康·卡夫卡的归纳是三种类别,即同情和适应良好的创作个性(莫扎特、拉斐尔),沉着稳健的创作个性(歌德、达·芬奇),落拓不羁的创作个性(贝多芬、波特莱尔)。(贝弗里奇在《科学研究的艺术》一书中曾划分科学家的四种类型:"精测型""积累型""古典型""浪漫型",此说可资参考。)在二十世纪前叶,苏联生理学家巴甫洛夫提出了高级神经活动学说,为气质研究提供了自然科学基础。巴甫洛夫的更重要的贡献,还在于他曾经提出人在思维类型方面,有"艺术型""思维型"和"中间型"的区别。他说:"由于两种信号系统,由于早期的连续不断的多种多样的现实生活方式使人们区分为艺术型、思维型和中间型。"[①]不难想象,"艺术型"的人更适宜于主要运用诗性思维的诗歌创作,而"思维型"的人则更适合在逻辑思维的天地里去开创他的英雄用武之地。后来,苏联文艺心理学家梅拉赫根据巴甫洛夫的分类原则,又将艺术思维类型划为"理性型""主观——富于表情型""分析——综合型",此说也有助于探求创作个性的生理之谜。美国哈佛大学教授斯佩尔发展了巴甫洛夫的思维类型学说,一九八一年,他以对大脑的研究荣获诺贝尔医学生理学奖。斯佩尔首先证实人脑两半球在功能上具有高度专门

---

　　①　转引自李孝忠:《能力心理学》,陕西人民教育出版社 1985 年版,第 179 页。

化的特点。左半球与抽象思维、象征性关系和对细节的逻辑分析有关,具有语言的、概念的、分析的和计算的能力;右半球与知觉空间有关,具有对音乐、图形、整体性映象和几何空间的鉴别能力。它们的优势因人而异,有些人左半球占优势,有些人右半球占优势。右半球占优势的人,擅长文学、绘画、音乐及文科的形象思维,左半球占优势的人,在数理、理论及理科的抽象思维方面,显然就更会表现出他们的才能。出于同样的道理,右半球占优势的人,想要向缪斯奉献他们的热情和心力,成功的希望远比左半球占优势的人为大,哪怕后者忠诚不贰,恐怕也难以得到缪斯更多的青睐。

从年龄与心理的角度来考察诗作者这一审美主体,我们虽绝对不能否认大器晚成或老树着花的诗歌艺术现象,但文学创作特别是诗歌创作,和青春结下的更是不解之缘,许多人在青年时代就已经有了令人刮目相看的成就。

大器晚成的在诗史上当然可以寻求到一些例证。唐代著名边塞诗人高适据旧史说“五十始为诗”,这虽非事实,但他确是中年以后才取得了重要的成就。另一位唐代名诗人韦应物,十五岁时因门荫任三卫郎侍卫玄宗,任侠负气,放浪不羁,到年长以后才入太学,折节读书,在诗史上终于取得了一席地位。老树着花或凤凰火浴的诗人,在中外诗史上也不是绝无仅有,歌德的名著《浮士德》的第二部,完成于诗人逝世前一年的一八三一年,时年八十二岁。爱尔兰诗人叶慈的诗情也是年既老而不衰,到晚年还写出一些佳篇,被美誉为“老得好漂亮”的诗人。杜甫晚节渐于诗律细,他的诗的火焰,到暮年还燃烧在江湘之间。中国当代名诗人艾青,年轻时就表现了他诗的才华,一旦抖落了北大荒的冰雪和大西北的风沙,他青春的诗泉仍然没有凝固或干涸,他以六十余岁的高龄唱起他的《归来的歌》,歌声在清新俊逸之中又显示了沉郁苍凉。同是出生于一九二八年的台湾名诗人洛夫与余光中,也是“蛟龙日暮还行雨,老树春深更着花”(顾炎武《又酬傅处士次韵》)。正如同黑格尔所说:“通常的看法是炽热的青年时期是诗创作的黄金时代,我们却要提出一个相反的意见,老年时期只要还能保持住观照和感受的活力,正是诗创作的最成熟的炉火纯青的时期。以荷马的名字流传下来的那些美妙的诗篇,正是他的晚年失明时期的作品,我们对于歌德也可以说这样的话,只有到了晚年,到了他摆脱一切束缚他的特殊事物以后,歌德才达到他的诗创作的高峰。”(《美学》第三卷下,商务印书馆1981年版)但是,从根本上和总体上来说,诗,毕竟属于青春,它和青春定下的是一代一代永不相负的山盟海誓。如同十八世纪德国诗人、剧作家席勒《青春之泉》一诗所说:"相信我,不是神话:真有个青春之泉在长流。你问,在哪里?在诗艺之中。"

创建美国心理学会的心理学家霍尔认为:天才是创造的,勇敢的,天才是青年的延续,青年的能力在他们年轻时就表现出来。青春与创造,有如树木之开花与结果,有密不可分的关系。举例而言,与诗关系最密切的是音乐与绘画,大音乐家莫扎特十岁开始作曲,同年写歌剧《简单的伪装》,十四岁作《本都国王米特里达特》,十七岁作《卢西奥·西拉》,他在少年时就使欧洲音乐界投来欣羡而惊喜的目光。在十三岁作曲的还有贝多芬和海顿,而舒伯特自小就擅长钢琴、风琴和小提琴等多种乐器,他的名作《魔王》写成时年方十八岁。诗人在青春年少时就飞光耀彩的不在少数,除我在第一节中举述过的以外,李白是"五岁诵六甲,十岁观百家","十五观奇书,作赋凌相如",杜甫是"七龄思即壮,开口咏凤凰",白居易九个月就识"之""无"二字,五六岁时就能作诗。在我们的国境线以外,西方的诗神同样钟情于青春,希腊的诗神阿波罗,同时也是青春之神。意大利的但丁七岁就给阿特丽斯写恋诗,德国的席勒十四岁时写史诗《莫泽》,十八岁著成《海盗》,法国的雨果十八岁作悲剧《汉·伊斯兰特》,二十岁作《布格·雅加尔》,而《冰岛魔王》与《颂歌集》第一卷,则是刚过弱冠之年的作品。英国华兹华斯的佳作,多在三十七岁以前完成,四十五岁以后就江郎才尽了,柯勒律治与安诺德也差不多是这样。写诗与写小说的最佳年龄,据我国一些心理学家的研究结果表明,写诗是二十五岁至二十九岁之间,写小说则是三十岁到三十四岁之间,这当然不可一概而论,但由此更可以看到青春与诗的牢不可破的友谊,应该是由诗神缪斯而不是由他人发出"青春万岁"的呼声。

我们固然可以从青年人的生理与心理的特点,来论证青春与诗的关系,但是,我们也可以从青年的反面——老年来看诗的审美主体的心理特征。按照世界通例,一般以六十岁作为划分中老年的分水岭,"经事还谙事,阅人如阅川"(刘禹锡《酬乐天咏老见示》),老年人在生活阅历和判断比较的能力等方面虽然超过青年,但由于生理上新陈代谢能力的降低,心理上也出现了相应的变化,首先是对外界五官感受力的迟钝和退化,杜甫不是说"老年花似雾中看",陆游不也说自己"病骨支离又过秋"吗?在记忆方面,老年人的机械记忆和近事记忆的能力,已远远低于青年。因此,虽然刘禹锡在上述《酬乐天咏老见示》中接着说"莫道桑榆晚,为霞尚满天",但黄昏的落霞毕竟比不上黎明的早霞那样生气勃勃而充满创造力。晚霞是悲壮的,早霞是豪壮的,从根本上和大体上说来,诗歌创作属于青年,属于早霞一样美好的青春!

三

除了与生俱来的天赋,也就是那不可否认的遗传因素、气质类型以及诗与青春的天然联盟之外,作为审美主体的诗作者,还应该具备哪些主体审美素质,才有可能对生活美与心灵美有美的体验与表现呢?我以为,那就是与诗性思维密不可分的诗才,而诗才是一种综合美的概念,是多种能力的奇妙结合。

关于绘画能力,苏联心理学家基列扬科通过一系列实验研究,认定手的动作灵巧与否是绘画能力的组成部分,此外,垂直线和水平线的视力寻求,对大小比例的判定,对亮度比值的评定,对对象有无完整的知觉和表象,都与绘画能力有密切关系。美国心理学家西肖尔对音乐活动作了系统的科学研究,他提出音乐能力由"音乐的感觉和知觉""音乐的动作""音乐的记忆与想象能力""音乐的智力""音乐的情感"等五个方面构成,分门别类包括二十五种能力,而苏联心理学家捷普洛夫在《音乐才能的心理学》这一专著中,他认为音乐能力由一般因素和特殊因素两部分构成,而主要能力则是"曲调感""听觉表象"与"音乐的节奏感"。迄今为止,对于诗歌能力则没有系统的科学研究,我认为,诗歌创作能力(诗才)主要就是敏锐的意象感受力、高强的情绪与形象的记忆力、丰富多彩的想象力、生生不已的创造力,以及对语言文字的敏感力和高强的驱遣力,五美并具,可以期望在诗的审美创造中,得到缪斯的巧笑倩兮与美目盼兮。

马克思曾经指出:"人在对象世界中得到肯定,不仅凭思维,而且要凭一切感觉。"(着重号原有——引者注)[1] 他还说:"只有通过人的本质力量在对象界所展开的丰富性,才能培养出或引导出主体的(即人的)敏感的丰富性,例如一种懂音乐的耳朵,一种能感受形式美的眼睛。"[2] 诗感,诗的感悟,或称诗的感觉,或称诗

---

[1] 转引自《美学》(第二期),上海文艺出版社1980年版,第10页。

[2] 同上书,第23页。

的敏感,是诗性思维的主要内涵,是诗性思维的关键词,是诗的审美主体的最可宝贵的素质,这种素质薄弱,不可能成为出色的诗人,缺乏这一素质,绝对不可能成为诗人。诗感,是一种敏锐的直观性,是一种非逻辑推理的思维方式,在很大程度上就是诗作者五官开放的意象感受力,就是诗人对大千世界敏锐的直觉的诉之于意象的思维。诗人对具有审美意蕴的生活的感觉,应该像印象派画家那样讲求迅速、鲜明的印象,是具象而非抽象,首先不是作理念的思考与逻辑的推理。

感觉,是指客观事物的个别属性在人脑中的直接反映。客观事物直接刺激人的感觉器官的神经末梢,所产生的神经冲动传导到脑的相应部位,便产生感觉。人的感觉主要有视觉、听觉、味觉、嗅觉、触觉,此外还有可纳入触觉的运动觉、平衡觉、机体觉等。人的感受性,就是指对适宜刺激的感受能力。诗人的艺术感觉,在生理机制上同常人的感觉没有什么区别,但艺术的感觉又不同于一般的感觉和常人的感觉,其特征就是更迅捷地在大脑皮层构成鲜明突出的审美初象,并由此而飞跃地展开系列性的审美联想,它开始并不受明显的理性的制约,而是对意象的一种直觉的思维。如同回忆有"直接回忆",兴趣有"直接兴趣",诗人的这种艺术敏感,常常表现为"直觉思维"的形态,是心灵对宇宙万象最直接最迅速的感受,也就是对客观的事物立即做出意象的感受、定形与判断。换言之,在刹那的视听之间,在诗人的创造性的审美观照的心灵活动中,虽不排除理性的思索,但却首先而且始终是鲜活的意象之感受、捕捉与熔铸。可以说,这种基于诗性思维的诗感,是作为一个诗审美者最初的也是必具的美质。

可贵的艺术感受性,曾经为许多诗人所体验过,也为许多文艺理论家所论述过。清代的诗人兼诗评家袁枚,是一位重"表现"的"性灵论"者,他在《随园诗话》中称道别人的作品时,常常用"性灵"一词,有时也用"灵机"一语,如"今人浮慕诗名而强为之,既离性情又乏灵机"即是。美籍华人学者刘若愚对此曾经表述过如下精辟见解:"我们还记得,他的一些前人,将这个词当作'性情'(personal nature)的同义词,可是在袁枚的用法里,这两个词并不表示相同的概念:'性情'是指一个人的一般个性,而'性灵'是指一个人的天性中具有的某种特殊的艺术感受性。"[1] 对于这种特殊的艺术感受性,许多外国作家与文艺理

---

[1] 刘若愚:《中国文学理论》,杜国清译,台湾联经出版事业公司1980年版,第175页。

论家都有论述。歌德在与爱克曼谈话中,曾提到一种"精灵",他说这种东西在诗创作中常常出现,特别是在无意识状态中,这时一切理性和知解力都失去了作用。他在《诗与真》中又说:"直到今天还没有人能够发现诗的基本原则;它是太属于精神世界:太缥缈了。"①法国十八世纪最杰出的启蒙运动家和思想家狄德罗,他在《天才》一文中说:"精神的浩瀚、想象的活跃、心灵的勤奋:就是天才。……有天才的人心灵更为浩瀚,对万物的存在全有感受。"②而十九世纪法国文艺理论家、美学家丹纳则强调"艺术家在事物前面必须有独特的感觉:事物的特征给他一个刺激,使他得到一个特殊的强烈的印象。换句话说,一个生而有才的人的感受力,至少是某一类的感受力,必然又迅速又细致"(《艺术哲学》)。近现代意大利哲学家、史学家克罗齐则强调"直感",认为"艺术就是直觉的表现"。而与直感或直觉紧密联系的就是"灵感",俄国大诗人普希金在他的诗文信札中,曾多次谈到灵感,他说:

> 灵感是一种易于感受印象和理解概念,因而易于阐述这些概念的一种心灵状态。几何学和诗歌一样需要灵感。③

对于灵感,爱因斯坦也明确宣称:"我相信直觉和灵感。"④古希腊数学家阿基米德在浴盆洗澡时想出浮力比重原理,解决了比重问题,他跑到街上高呼"发现了! 发现了!"这正可以证明普希金所说几何学也需要灵感的道理,但是,普希金强调的是诗的灵感,而且他把灵感和"感受印象"的心理状态联系在一起,也可以证明我所说的"诗感主要是意象的感受力"的观点。对普希金的诗歌作过许多卓越评论的大批评家别林斯基,也多次强调过"直感"对诗歌创作的意义,他说过"艺术是对真理的直感的观察,或者说是用形象来思维",他认为:

> 现象的直感性是艺术的基本法则,确定不移的条件,赋予艺术崇高的、

---

① 《西方文论选》(上册),上海译文出版社 1979 年版,第 445 页。
② 《西方古典作家论美和美感》,春风文艺出版社 1980 年版,第 111 页。
③ 《普希金论文学》,张铁夫、黄弗同译,漓江出版社 1983 年版,第 128 页。
④ 转引自姚诗煌著:《科学与美》,辽宁科学技术出版社 1984 年版,第 135 页。

神秘的意义。

　　一切现象的直感条件都是灵感冲动；一切现象的直感结果都是有机体。只有灵感才可能是直感的，只有直感的东西才可能是有机的，只有有机的东西才可能是有生命的。[①]

别林斯基不仅看到了诗创作中直感的作用，而且将直感和灵感联系起来考察，他的这些观点发表在一百四十多年以前，真是令人惊叹。中国的禅宗讲求所谓"只可默，不可说"的禅宗趣味，以及对突然领悟的心理状态名之为"顿悟"，可以和上述西方的有关理论参照汇通。我想强调的是，"形象思维"一词的首创者是别林斯基。他在一九三八年所作的《俄罗斯童话》一文中说："诗是寓于形象的思维。诗人用形象思维，他不证明真理，却显示真理。"然而，形象思维应该是一切艺术创造活动所共有的思维方式，除了一般性，还有特殊性，我以为，"诗性思维"才是诗创作最主要或者说最重要的思维方式。仿照别林斯基的句式，即是："诗人用诗性思维，他不证明美，却表现美。"对"诗性思维"的具体论述，请读者参看拙文《诗性思维的奇葩异卉——论蔡世平的词》(《南园词评论》，中国青年出版社 2015 年版)。

　　一九八二年夏天，我在北京与诗人贺敬之谈到诗歌创作，他回忆他十七岁到延安后报考鲁迅艺术学院时的情景。他说他的文艺理论和文学知识的试卷答得不好，他交的是几篇诗歌习作，主试者、诗人何其芳说："贺敬之这个小青年有诗的感觉。"于是便被录取了。由此可见，何其芳也是看重诗的感觉的。在中国当代卓有成就的新诗人中，臧克家的《甘苦寸心知》是谈自己的诗创作的一本专著，从中可以看到老诗人的诗心，也可以总结一些诗美学的规律，在证明诗的艺术感受力方面，也有许多生动的材料。如《洋车夫》一诗：

　　　　一片风啸湍激在林梢，
　　　　雨从他鼻尖上大起来了，
　　　　车上一盏可怜的小灯，

① 《别林斯基选集》(第 3 卷)，上海译文出版社 1980 年版，第 107 页。

照不破四周的黑影。

他的心里是个古怪的谜，
这样的风雨全不在意，
呆着像一只水淋鸡，
夜深了,还等什么呢?

这首意象突出、精炼深沉的诗,是诗人在青岛大学当学生时,看到洋车夫悲苦生涯有感而发的结果。诗人说:"回到石头楼上,电灯熄了,我眼前的那盏小油灯还在黑暗中发亮,那个像只水淋鸡的洋车夫的形象,清晰地立在我的眼前。我思索,我悲愤,我失眠。经过痛苦的酝酿,精心的推敲,产生了《洋车夫》这八行诗。"臧克家是属于"苦吟型"的诗人,他写诗反复推敲,很少一挥而就,但从上述的夫子自道,也可看到他年轻时意象感受的迅速和强烈,没有诗感和灵机,没有在感受和捕捉意象时敏锐地予以"直觉"的素质,他就不可能写出《洋车夫》这一动人的篇章。

高强的情绪记忆与意象记忆力,是诗创作审美主体不可缺少的素质。对于记忆,传统心理学认为是大脑中所保持的从外界得到的经验,经典生理心理学则认为是神经组织有关暂时联系的痕迹的保持,现代心理学则认为是神经系统内信息的获得与保持,以及贮存于脑内的信息的总和。总之,记忆的基本过程是识记、保持、回忆和认知,记忆的种类可以分为形象记忆、逻辑记忆、情绪记忆和运动记忆。从诗歌创作的审美过程来看,诗的审美主体的记忆主要是意象记忆与情绪记忆,诗人所萦绕或铭刻于心的,不是有关的数字、图表和公式,也不是某一事物发生和发展的运动过程,而是通过艺术的感受与观察得来的生动鲜明之外部印象,和那种特定的情绪、气氛与氛围。

诗人对生活进行艺术观察,动员他的全部感觉器官感受生活,特别是通过眼睛这个"灵魂的窗户"吸收对外部的印象,但是,假如诗人对生活的意象感受是敏锐的,然而却过目即忘,读后如失,艺术的初感都在忘川中冲刷得无影无踪,那怎么可以想象能进入具体的创作过程呢? 西方有句格言:"记忆力乃智力之母。"在古希腊神话传说中,有一位专司记忆的女神名叫尼摩西尼,她生了九个文艺女儿来专管文艺,被称为"九缪斯之母",由此可见包括诗歌创作在内的文艺创作与记忆的关系。

记忆的敏捷性、准确性和长久性,是衡量记忆力好坏强弱的标尺。达·芬奇是文艺复兴时期意大利的著名画家,他十余岁时到一个寺院游玩,那美丽的壁画给他的心灵以强烈震撼和深刻印象,他回家后,默画那些壁画,竟然可以乱真,不仅物像的轮廓比例酷似原作,色彩、光线和明暗也如出一人之手,如果达·芬奇没有惊人的观察力与形象记忆力,那就是不可想象的。美国诗人惠特曼,参加了于四月举行的林肯的丧礼,棺木两旁的紫丁香散发着芬芳,诗人说他以后多年中"由于一种难以解释的奇怪的想法,我每次看见紫丁香,每次闻到它的香味,我就想起了林肯的悲剧"。① 这种难以解释的想法,实际上正是由于巨大的心灵震撼所保留下来的一种特定的感情和情绪,如果出现了同样的外部条件,这种情绪和感情就会油然而生。一百多年以前的一个阳春三月,英国湖畔派诗人华兹华斯偕其妻子在露丝沃特湖畔散步,湖边金黄的水仙花迎风而舞,仿佛许多仙女在轻盈地舞蹈。华兹华斯夫人当时建议诗人写如下的诗句,大意是说水仙花在诗人心灵空虚寂寞或沉思默想时突现于内在的眼前。时过几年,华兹华斯凭记忆写成《水仙》这一名诗。诗中"水仙"的意象,就是诗人当时对客观的水仙花的感受形成了视觉记忆的"心像",再凭着心灵活动唤醒了往昔所储藏的审美经验的结果。

在中国古典诗话、词话中,我们常常可以看到对于优秀诗人的记忆力的赞美之辞,如"博闻强志""过目成诵"等。确实,诗作者的审美感官的感应性与外界事物相撞击,不仅构成了一种心像,而且也激发了一种审美的情绪和情感,这种情绪记忆与意象记忆,常常是诗创作的原料和动力,诗思往往就由于它们的激发而像喷泉般涌出,如唐诗人崔护的名作《题都城南庄》:

> 去年今日此门中,人面桃花相映红。
> 人面不知何处去,桃花依旧笑春风!

---

① 转引自荒芜:《惠特曼与林肯》,《外国文学研究》1981 年第 1 期。

唐人孟棨《本事诗》记载：崔护于清明日独游长安城南，见一庄园，花木丛萃，而寂若无人。护口渴，叩门求饮，有女子以杯水至，开门设床命坐，独倚小桃斜柯而立，意属殊厚。久之，崔护去，女送至门，如不胜情而入，崔亦眷盼而归。来岁清明，护复往寻之，门墙如故，而已锁扃，因题诗于左扉。前两句追忆以往，后两句感慨当今，今昔交感，不胜惆怅。崔护当时如果没有强烈的审美反应，这种反应又未能构成刻骨铭心的意象记忆与情绪记忆，后代有关唐诗的选本就会要减少一颗小小的珍珠了。

亚里士多德说过："一切可以想象的东西本质上都是记忆里的东西。"[①] 信息储存是神经组织的固有特性，信息的储存、分析与综合是人的心理活动的实质。新诗作者的许多作品，也充分证明信息储存到大脑中去以后，可以凭活跃的联想进行追忆，从而创造出诗的意象与意境。一九三三年春天，艾青写他的《大堰河——我的保姆》时，年仅二十三岁，在上海的监狱里。艾青曾经回忆说："一天早晨，我从窗口看到外面下雪，想起了我的保姆，一口气写下了这首诗。我完全是按照事实写的，写的全是自己的真情实感，写完之后也没有什么改动。因为看守所的生活也不允许你反复修改。"艾青在铁窗内"想起了"而写成这首诗，这正可以说明是情绪记忆与意象记忆携手，才养育了这样一个诗的宁馨儿。

想象，是形象思维的核心，是艺术才能的身份证。丰富多彩的脱俗的想象力，也是诗的审美主体必具的诗性思维的基本要素，没有丰富的不平凡的想象力，绝不能成为一个出色的诗人，就像鸟儿没有一双翅膀，它就不能飞翔一样，而许多诗作之所以平庸，根本原因之一就是想象的平庸。对于诗的想象之美，我将另有专章探讨，这里只想着重说明，想象是外部生活与内心生活相结合所开放的花朵，没有对外部生活的美感体验，就没有富于生活实感的想象，没有丰富的高层次的内心生活，也没有富于空灵之趣与创造之美的想象。

诗的想象，一方面要表现包括自然界和人类社会生活的客体之美，同时也必然显示审美主体的审美心理之美，换言之，诗人要发现生活之美，而以想象的方式表现出来，同时，这种想象的方式和形态也显示了美的审美心理，是想象表现的生活之美与想象本身之美的综合表现。这样，我认为想象一方面是对审美客

---

① 《外国作家理论家论形象思维》，中国社会科学出版社 1979 年版，第 8 页。

体的一种审美观照,想象力是一种感受生活美的机能,它是以现实中存在的美为前提的,没有这一前提,想象就是创作者精神内部的自我封闭,就只能是一种纯主观理念的产物,必然流于苍白的空想或不知所云的玄想,如金丝笼中小鸟的啁啾,如梦游患者的呓语;另一方面,诗歌不是生活美的复写,它还要充分表现审美主体的灵智之美,要对现实美进行高层次的灵心慧悟的再创造,诗歌如果只是临摹和复制现实,缺乏主观审美的不同凡俗的想象力,这种作品必然缺乏刺激读者想象的诗意,流于令人厌倦的俗套和平庸,而只有将现实与超现实、人间与天上、外界与心灵、现实的想象与心智的形而上的想象作诗意的交流,才可能产生美妙的作品。阿赫玛托娃是苏联著名女诗人,一九四五年苏联反德国法西斯卫国战争胜利之日,她写了一首《悼友人》:

> 胜利日蒙着一片柔和的雾,
>
> 升起猩红的霞光,如火如荼。
>
> 迟到的春天像一个寡妇,
>
> 在无名墓旁忙忙碌碌,
>
> 她双膝跪着,依依不舍,
>
> 吹拂着嫩叶,抚摸着草叶,
>
> 把肩上栖息的蝴蝶放到地上,
>
> 让第一朵蒲公英展开绒毛如雪。

阿赫玛托娃的诗素以情致委婉而想象丰富著称。《悼友人》抒写对阵亡将士的哀思,在开篇两句实写之后,全诗飞扬起动人情肠的想象:"迟到的春天像一个寡妇,在无名墓旁忙忙碌碌。"这种现实与超现实、外观与内在、生之喜悦与死之哀伤相结合的独异想象,既表现了为祖国而战的国殇者的精神之壮美,也显示了诗人悼亡的审美感情与审美想象之凄美。

想象力与创造力是一母所生的亲姐妹,她们虽然不能互相等同而有各自的面貌,但她们的血管里流动的却有相同的血液。想象力丰富的作者,其创造力一定是旺盛的,而生生不已的创造力的标志之一,就是想象力。没有想象,就没有创造,就没有发明。美国科学家爱迪生被誉为"发明大王",他一生有一千三百多项发明,也就是一千三百多项创造,而真正优秀的诗人的创造力,应该和杰出的科学发明家比美,在不同的考场上一试高低,各呈异彩。

天才人物与诗性思维的重要特征之一,就是具有生生不已层出不穷的创造力,他们的生命是不熄的焰火,可以在创造的天空喷放出永不凋落的礼花。诗的创造力,绝不完全表现在作品的数量,而首先是以质量来显示的,名诗人王之涣流传至今而被《全唐诗》收录的只有六首诗,但比那些连篇累牍却没有一首传世之作的作者,他不是层次高出许多吗?苏联老诗人施帕乔夫有一首诗题为《把所有的诗句连成一行》:

> 把所有的诗句连成一行,
> 世界上的任何道路也没有那么长。
>
> 这条诗行穿过大陆,越过海洋,
> 也许能一直通到月球上。
>
> 这句话是否需要我来讲,我不知道,
> 写诗的人黑压压一片。诗人有多少?

写诗的人绝不一定都是真正意义上的诗人,同理,在报刊上发表或成集出版的分行的文字,也远远并不都是诗。数量固然可以表现创造力,但严格意义的诗的创造力,根本上却应该是指诗人对生活有独到的既不重复别人也不重复自己的审美体验与审美发现,他的内心世界孕育不竭的妙想奇思,他以美的文字将上述一切定型为作品,给诗的宝库增添精神与艺术俱新也俱胜的美的珍宝。如果只是不断地重复别人的足迹,不知疲倦地重复自己的歌声,对生活美与诗之美没有什么新的发现和新的表现,那不能称之为有创造力,而审美主体如果缺乏创造力或创造力贫弱,那他就无望走进诗的殿堂,因为诗的殿堂并不像公园的大门,后者是向所有的游客敞开的。早在二十世纪三十年代,美学家朱光潜在《给一位写新诗的青年朋友》一文中,就曾有言:"据我研究中外大诗人的作品所得的印象来说,诗是最精妙的观感表现于最精妙的语言,这两种精妙都绝对不容易得来的,就是大诗人也往往须费毕生的精苦来摸索。"他还直言不讳地指出:"我读过许多新诗,我深切地感觉到大部分新诗根本没有'生存理由'。"①他的这一远未过时的灼见,可以与施帕乔夫之诗中外互参,今日仍然切中时弊而发人深省。

在美学创造力的范畴中,有这样一条客观存在的规律:一般的诗作者创造力较低,不能拓展思想、题材和艺术表现的领域,常常是自觉或不自觉地重复自己和重复别人,缺少广度,也缺少发展和变化,他们的创作呈现出凝固化和程式化的弊病。程式化,就是习惯地沿袭一种求同性的思维方式,就是缺乏个性色彩地千篇一律,只有面容刻板的模式;凝固化,就是没有那种创造的活泼生机和"变态",不能给读者以新颖的美的刺激。富于创造力的诗人,他们的思维是开放的而不是封闭的,是多向与逆向的而不是单向与顺向的,是求异性的而不是求同性的,是动态多变性的而不是静态超稳定性的。有创造性的诗人,能够冲破陈旧的思维模式,把思维从狭窄、封闭、陈陈相因的体系中解放出来,作创造性的幅合与辐射。幅合性思维,能把各种信息作有机聚合而得出一个最佳的意象结构,在多种设计与构想中寻觅一个最好的方案。辐射性思维又称发散性思维,即艺术思路呈扇形展开,所谓"文思泉涌""天开妙想""浮想联翩"等,就是对这种思维状态的形容。相反,那些缺乏创造力的诗人,不能充分利用思维定势的积极作用,而只能受到思维定势的消极作用的束缚,因为思维定势是以往活动中所形成的一种心理准备状态,对同类的后继心理有定向作用,缺乏创造力的诗人,他们囿于过去创作中的思维定势而无法开拓,所以常常只能大同小异地重复由于定势而形成的感知、记忆和思维的模式。总之,富于创造力是诗的审美主体最重要的心理素质之一,富于创造力的诗人丰富而多变,如江河浩荡,创造力贫弱的作者则单调而凝滞,缺乏变化和发展的活力,似池塘一汪。

有强大创造力的诗人,即使是描绘同一事物,他的审美方式也绝不会僵化和凝固,他的审美观照和感受也会呈现出发散式、求异式、反常式的多维状态。李白,这位风华绝代的歌手,永远活在捉月而死的传说里。明月,和他以及他的诗歌创作结下了不解之缘,从《诗经・陈风・月出》篇升起的月亮,在李白的诗中闪耀着奇幻的清辉。春月、夏月、秋月、冬月、山月、水月、半月、满月、弯月、霜

① 见朱光潜:《诗论》,生活・读书・新知三联书店1984年版。

月、峨嵋月、边塞月、天山月、床前月、花间月、湖中月等等,百态千姿。"小时不识月,呼作白玉盘。又疑瑶台镜,飞在青云端""我寄愁心与明月,随风直到夜郎西""举杯邀明月,对影成三人。月既不解饮,影徒随我身""峨眉山月半轮秋,影入平羌江水流",异彩奇光,千变万化。据统计,李白现存诗约千首,提到月亮的有三百八十二首,占总数的三分之一以上,不同美学形态的月亮意象共有八十多种,月及其同义词如天镜、圆光等共四百九十九个,几乎两首诗即由月光照明一次,这位诗国天才真可以说是"明月肺肠"了。

对文字具有敏锐的感受力和高强的驱遣力,是诗性思维的表现,是作为艺术主体审美心理机制的又一个特别重要的素质。如果一位诗作者已经具有如上几个方面的素质,那么,对文字的敏锐感受力和驱遣力就可以认为是最后的具有决定意义的环节了。因为前面几项都可以说是诗人的心灵对外部生活的敏感,对外部生活的审美感受、观照与思维。所谓思维,是高级神经活动的一系列暂时联系,是借词语所进行的高级的分析和综合的活动,而语言是思维的物质外壳,没有语言,就无所谓思维。诗歌作品是诗性思维的结晶,而没有艺术的语言文字,任何文学作品都无法具形,何况是"文学的最高形式"(高尔基语)的诗?生理学家进行科学解剖的结果,认为人脑有专门管理语言的区域,它们分别叫"感觉性言语中枢"和"运动性言语中枢"。语言文字是思维的载体,也是交流思想的工具,在文学作品中,语言文字就是文学本身,对文字的敏感程度和驱遣能力的高低,最终决定了诗人才具的高下。

诗语尤其应为智慧之语。对文字的感受和驱遣,是由审美主体心意指挥的一种心灵创作活动,对诗的语言之美,我将另有专章阐述。这里只想说明,一个学力深厚而心灵敏感的诗人,对文字的性能会有灵敏度很高的感觉,对文字的各种排列组合,能够运用之妙,在乎一心,总之,以独特的语言组织结构,展示一个独特的世界,排除习惯性与陈腐性,表现出语言的原创性和新鲜感。清人钱泳在《履园谈诗》中说:"诗文一道,用意要深切,立辞要浅显……但看古人诗文,不过眼面前数千字搬来搬去,便成绝大文章。"[1]今天的诗人常用字也不过三四千,包括古典词语、口语和外来词语,但"搬来搬去"却有高手和低手之分,即对语言的

---

[1] 《清诗话》(下册),上海古籍出版社1963年版,第873—874页。

敏悟和功力的高下之别。如李贺,他对语言文字十分敏感,而且他"搬来搬去"的排列组合,也极具创造性。他早夭而成为杰出诗人,在盛唐的高峰与中唐的群山之后,中唐末期的他能进入诗史而一峰独秀,重要原因之一就在于他特异的语感和创造性的语言运用。如"踏天磨刀割紫云""几回天上葬神仙""酒酣喝月使倒行""羲和敲日玻璃声""桃花乱落如红雨""一双瞳人剪秋水""黑云压城城欲摧"等等,遣词用字可谓破天心,揭地胆,奇思喷涌而异彩怒发,是富于独创与活力的语言表现方式。唐宋时代那些杰出诗人的作品,其语言艺术固然值得我们今天的诗作者借镜,后世某些知名度较唐宋时相对较低的诗人的作品,语言也时见闪光,我从清诗中略举数例:

> 珍重游人入画图,亭台绣错似茵铺。
> 宋家万里中原土,博得钱塘十顷湖。
>
> ——黄任《西湖杂诗》

> 千家笑语漏迟迟,忧患潜从物外知。
> 悄立市桥人不识,一星如月看多时。
>
> ——黄景仁《癸巳除夕偶成》

> 黄金华发两飘萧,六九童心尚未消。
> 叱起海红帘底月,四厢花影怒于潮!
>
> ——龚自珍《梦中作四绝句》之一

> 宿雨散凉色,竹林烟未醒。
> 流莺三四语,啼破半窗青。
>
> ——宗渭《早起》

在唐宋两代之后,清诗在难以为继的情况下仍有其特殊的不可轻忽的成就,上面所引,是用长焦距镜头扫视清代诗苑而折取的花枝,园林虽已是晚春,但花光仍然照眼。从语感和语言的运用,可以看出这些诗人高强的语言审美感知的能力。

在新诗作者之中,有很多人对语言文字缺乏敏锐的感知和较好的修养,锻炼、驱遣语言文字的本领有欠高明,所以很难希望他们写出好的作品。例如一位有些资历与名气的诗人,在他的《创业大街》中写道:"设计、改装,哪能没有争议,都得考虑能源、市场问题;有难题难解的躁闷、愁绪,还要有摆脱压力的魄力。"以诗的外形去罗列这种枯燥乏味的四流散文语句,其语言的毫无诗质一望可知,奇怪的是,它还被编进我们一年一度的诗选集里。与直白、枯燥、非诗的弊病相反,大陆和台湾许多诗作者近些年走向另一个极端,他们随意运用、切割、拼凑、扭曲语言文字,常常完全不顾应有的语法规范,表现出极大的随意性、盲目性与破坏性。而名诗人洛夫,早年以长诗《石室之死亡》成名,但有些章句殊难索解,不免晦涩,后来注重现代与传统的交融,佳篇俊句便络绎而出,语言的运用也颇见创造的功力,如《边界望乡》一诗:

说着说着
我们就到了落马洲

雾正升起,我们在茫然中勒马四顾
手掌开始生汗
望远镜中扩大数十倍的乡愁
乱如风中的散发
当距离调整到令人心跳的程度
一座远山迎面飞来
把我撞成了
严重的内伤

病了病了
病得像山坡上那丛凋残的杜鹃
只剩下唯一的一朵
蹲在那块"禁止越界"的告示牌后面

咯血。而这时
一只白鹭从水田中惊起
飞越深圳
又猛然折了回来

而这时,鹧鸪以火发音
那冒烟的啼声
一句句
穿透异地三月的春寒
我被烧得双目尽赤,血脉贲张
你却竖起外衣的领子,回头问我
冷,还是
不冷?

惊蛰之后是春分
清明时节该不远了
我居然也听懂了广东的乡音
当雨水把莽莽大地
译成青色的语言
喏! 你说,福田村再过去就是水围
故国的泥土,伸手可及
但我抓回来的仍是一掌冷雾

一九七九年早春,时在香港中文大学任教的诗人余光中驱车,陪洛夫去香港落马洲通过望远镜眺望故国的山河。离乡去国三十年的洛夫心态可谓百感交集,激荡难平,而既明朗又含蓄,既有古典风神又有现代作派的语言,以及长短参差恰到好处的句式,就动人地表现了诗人此时此刻独特的内心感受和审美体验,以及既具个人性同时又具普遍意义的乡愁。

　　诗语言,是诗的基本的也是最后的存在。高明的诗语言,是高明的诗性思维的外化。多财善贾,诗人,只有腰缠万贯语言的财宝,并且善于理财用财,他才可能进入诗国的领土并作一次好水好山看不足的远游。

四

十三至十四世纪之交的意大利诗人但丁,在他的代表作《神曲》中曾经如此呼告:"啊,诗神缪斯啊!崇高的才华啊!请来帮助我吧。"的确,没有诗才,就没有诗,就没有诗人,因为上苍赐给人的智力确实有高下强弱与适用范围之别,不承认这一点,实际上其本身就是唯心主义的。同时,诗人的才能在很大程度上又是靠后天的培养和锻炼得来,即使是得天独厚,但如同一颗良种,如果没有土壤、雨露和阳光,它也无法抽枝发叶,成长为一株参天大树,王安石著名的《伤仲永》一文,说明的不正是这一道理吗?

对于诗人这一艺术主体的良好构成,后天起决定作用的条件是丰富的生活(包括内心生活)、深厚而能灵活化用的学识以及高尚的思想感情。

对诗歌创作而言,生活应该是一个外在与内在兼有的包容性的美学概念。生活,既指独立于诗人主体之外的人类社会大千世界的生活,这是创作的源泉、诗的乳母,没有这种生活,也就没有诗的受孕和诞生,同时,生活也应该包括作为审美主体的诗作者的内部生活,这种内部生活是由外部生活所引起,但较之外部生活有相对的独立性,而且有十分丰富和深邃的内涵。诗人,要有丰富、深广而独特的对生活的审美感受与体验,这种审美感受与体验,既不是纯粹客观的外在,也不是纯粹主观的内在,它是主客观的和谐统一。主观唯心主义的诗学观,否定客观世界的第一性,主张诗只是个人情感或情绪甚至潜意识的抒发,只强调诗人向内转,向所谓的内心世界进军,诗人的内心世界是唯一的表现对象,这样就会导致诗作者走向狭窄的个人化的羊肠小道,或封闭在纯粹自我乃至小我的蜗角里;机械唯物主义的诗学规则走向另一个极端,只主张诗是生活的反映,而忽视了审美主体对生活经由内心感受之后的表现,否定了诗人审美的内心生活也应该是生活的一部分,而且是一个重要组成部分。诗,是生活的心灵化,也是心灵的生活化,诗人对生活敏锐的艺术感觉,正是外部世界与内在心灵的撞击所迸发的艺术火花。日本著名的小说家兼散文作家小泉八云,以为古今文学艺术的名作无不"灵味十足"[①]，美国公爵大学心理学教授雷因也认为："文艺方面大多数纤美细致以及才气四溢的创作，要受心灵条件的一定影响。"[②] 的确，没有丰富的多方面的生活，缺乏审美主体对生活的敏锐感知与激情体验，乃至于缺乏达到审美的最高境界的"高峰体验"（二十世纪美国心理学家、人本主义心理学创始人马斯洛语），诗创作只能是水月镜花。

黑格尔在《美学》中说得好："在艺术里，感性的东西是经过心灵化了，而心灵的东西也借感性化而显现出来了。"[③] 这就说明了外部生活与内部生活的交织，编成了诗的摇篮。审美体验是对外界生活的一种感受和体验，没有外界生活的积累和触发，主观审美的电光石火就不会产生，同样，如果没有那种如醉如迷的审美心态，在一颗麻木的或迟钝的心灵面前，外界生活也无从激发他的美感反应。台湾诗人罗门和余光中是同龄人，他们年轻时离开大陆，一九八四年五十六岁的罗门到港，余光中其时正在香港中文大学教书，陪他出游海滨。两位诗人童心勃发，以石子打水漂为戏，相约以"漂水花"为题作诗：

> 我们蹲下来
>
> 天空与山也蹲下来
>
> 看我们用石片
>
> 对准海平面
>
> 削去半个世纪
>
> 一座五十层高的岁月
>
> 倒在远去的炮声里
>
> 沉下去
>
> 六岁的童年
>
> 跳着水花来
>
> 找到我们
>
> 不停地说

---

① 转引自黄炳寅：《文学创作新论》，台湾幼狮文化事业公司 1970 年版，第 5 页。
② 同上。
③ 《美学》（第 1 卷），商务印书馆 1979 年版，第 49 页。

石片是鸟翅

不是弹片

要把海与我们

都飞起来

一路飞回去

——罗门《漂水花》

在清浅的水边俯寻石片

你说,这一块最扁

那撮小胡子下面

绽开了得意的微笑

忽然一弯腰

把它削向水上的童年

害得闪也闪不及的海

连跳了六、七、八跳

你拍手大叫

摇晃不定的风景里

一只白鹭贴水

拍翅而去

——余光中《漂水花》

这两首诗都可以说是上乘的诗的小品。诗人们的想象是丰富的,文字的运用各有千秋,而且也都表现了各自的原创性,但是,他们如果没有现实的与历史的生活的积累,而这积累在一刹那间被他们的心灵活动的火花所照亮,臻于高峰体验,就不可能产生这种"想得又妙,写得又妙"的作品。

"诗是一切知识的精华,它是整个科学面部上的强烈的表情。"(华兹华斯语)① 深厚的学识修养,并且学而化之,是建设诗的审美主体的必要工程。学富

---

① 《十九世纪英国诗人论诗》,人民文学出版社 1984 年版,第 17 页。

五车的人,不一定能成为诗人,因为"诗有别才,非关书也",宋人严羽《沧浪诗话》所强调的乃其卓识洞见。但是,优秀的诗人也应该是一位饱学之士,是一个有深厚的文学艺术修养的人,特别是一个对自己国家的诗学传统入而复出有所继承也有所发扬与创造的人,是一个对外国诗学入而复出有所借鉴也有所回归与融汇的人,这,可以说是中外古今诗歌史的事实所证明了的客观规律。

以中国唐代两位最伟大的诗人而论,传统的说法是杜甫"以学力胜",李白"以天才胜",这自然不无道理。但即使如诗仙李白,他的成就也绝不是完全依靠与生俱来的禀赋,也与后天的学养分不开。"五岁诵六甲,十岁观百家,轩辕以来颇得闻矣",他儿时就开始苦读,根基深厚,非当今一些尚不知传统为何物就高喊反传统的先锋新潮之士可比。"怀经济之才,抚巢由之节,文可以变风俗,学可以究天人"(《为宋中丞自荐表》),"上探玄古,中观人世,下察交道"(《送戴十五归衡岳序》),他的学习不是堆积材料,而是与致用和创造结合起来。是的,学问到了有才华的人手里,就可以指挥如意,如同有将才的人指挥千军万马,行兵布阵而屡操胜券。例如,南朝谢朓有一首《玉阶怨》:"夕殿下珠帘,流萤飞复息。长夜缝罗衣,思君此何极。"倾心谢朓而一再致以赞美之辞的李白,也有一首《玉阶怨》:"玉阶生白露,夜久侵罗袜。却下水晶帘,玲珑望秋月。"李白的诗当然有出蓝之美,但是,李白不正是踏着前人足迹而去开辟新天地的吗?明代方弘静《千一录》说:"太白读书匡山,十年不下山;浔阳狱中,犹读《留侯传》。以彼仙才,苦心如此。今忽忽白日而嘐嘐古人,是自绊而希千里也。"[1] 以古证今,真是可令当今"忽忽白日而嘐嘐古人"者深省!陆游也是如此,他的父亲陆宰是著名藏书家,陆游小时即开始苦读,年既老而不衰。在他的诗集中,以"读史""读书""读陶诗"等为题的或有关读书的诗屡见不鲜,约近五百首。如"诗书四更灯欲尽,胸中太华蟠千仞"(《读书》),"我诗慕渊明,恨不造其微"(《读陶诗》),"腐儒碌碌叹无奇,独喜遗编不我欺。白发无情侵老境,青灯有味忆儿时"(《秋夜读书,每以二鼓尽为节》)。由此可见,只有先天禀赋加上后天学力,才可能培育出诗国的高手。古代诗人如此,中国新诗史上有成就的诗人,如郭沫若、闻一多、徐志摩、臧克家、艾青、朱湘、戴望舒等,有谁不是博古通今并且吸取过西方诗

---

① 转引自黄国彬:《中国三大诗人新论》,香港学津书店 1981 年版,第 96 页。

歌艺术精华的呢？

外国的杰出诗人，也莫不是博览群籍而转益多师的。但丁是绝代天才，但他学问深广，天文、地理、历史、宗教、文学、艺术诸方面几乎无所不窥。德国大诗人歌德也是这样，他从小就学习各种外语，八岁时除德语外，还通晓法语、意大利语、拉丁语和希腊语，他早年不但学习历史、地理、数学、作文、修辞学，还学习美术、音乐、舞蹈、骑马、击剑、弹琴、吹笛，总之，他全面发展，知识结构如连绵的群山，他把笔为诗，自然也就层峦耸翠了。莎士比亚的学问也十分广博，正是多方面的学识，帮助他建造了剧本与诗的不朽的殿堂。前文所述英国诗人济慈，也是热爱学习而博学多才的，他认为"渊博的学识是慎思者必备的条件"。即如今天经常为人所称引的法国现代诗人梵乐希（又译瓦雷里），他也说过："法国的诗歌只不过是法国的地理和历史的综合，法国的天才和传统在法国文字中的表现。"可见，一个不学无术的作者，一个学识浅薄的作者，一个所知不多偏偏又目高于顶的作者，想去摘取那诗歌王国的青青桂叶，那不是做白日梦，就是患单相思。

高尚的思想感情，一方面既是诗人这一审美主体的心理结构的必具内涵，一方面也是诗作者各种才能的催发剂。

没有高尚的思想感情，没有那种对生命、生活、山川、人民、民族、时代的深厚的关怀和热爱，没有对艺术本身而不是艺术之外的执着与追求，总之，没有高尚而博大的心灵，就不可能对生活有敏锐的具有美学价值的艺术感受，就不可能长期葆有诗的青春，就不可能孜孜以求而作诗歌艺术的殉道者。思想，是指引方向的罗盘，感情，是吹动征帆的劲风，只有从平庸与琐屑中提升，具备高层次、高品位的思想感情，才可能在诗的海洋上乘长风而破万里浪。在我的《诗美学》中，辟有专门的两章论说诗的思想美与感情美，就像两位重要的主讲人，他们先在这里和读者匆匆一面，待以后再与听众作诗的长谈。

我们要尊重审美主体价值，发挥审美主体力量，但对艺术的主体的研究，在我们的美学或文艺心理学中至今仍是一个薄弱的环节。对创作者心理世界的窥探，仅仅还只是开始，有如一个未曾开发的天地，我们现在只是叩响了它的门环，登堂入室探胜寻幽还有待来日。

对艺术主体研究的深入,有赖于心理学、脑科学、优生学、教育学、灵感学、超心理学(心灵学)等学科的进一步发展,这些学科有如一支支探险队,可以有助于我们揭开创作者审美心灵的奥秘。

我是主客体的统一论者。写诗必须要有才华,诗歌创作的才华需要先天禀赋,也需要后天培养;诗歌创作当然要以客观现实生活作为它不尽的活水,同时,这活水又要在诗作者灵异的心海上才能激起诗的波澜。好诗,优秀的杰出的诗,是客观的活水与主观的波澜交汇,通过诗人的笔管所喷发的五彩泉!

第二章　如星如日的光芒
——论诗的思想美

在诗歌作品中,美的思想,像夜空中指示方向的北斗,抚慰人心的月光,像黎明时令人振奋的早霞和光芒四射的朝阳。

没有美的思想的诗作,就犹如天空中没有北斗和月亮,没有霞光和太阳,天地间只剩下一片灰暗的雾霾或者日月无光的漆黑。

诗的思想美,是诗的灵魂,是诗美最重要的美学内涵之一,也是诗美学绝不可轻忽的论题。在论述了审美主体的构成之后,且让我就从这里奋力前行,继续我的诗美学艰难而没有终点的征途。

一

重视思想,追求诗的思想之美,是古今中外优秀诗人的共同美学主张,也是古今中外优秀诗作的共同美学特色。

我们先对中国诗歌史与中国诗论史作一次匆匆的巡礼。在中国诗论史上,最早提出诗歌创作应该重视思想的,是成书于春秋、战国时期的《尚书·尧典》,它高标三个大字:"诗言志。"虽然后人对"志"的内涵之解释各有不同,虽然不同时代不同语境不同遭遇的人所言之志也会大不相同,但是,"志"包括了或者说主要是指思想,这却没有疑义。从中国诗歌史的发展来看,产生"诗言志"这一中国古代文论的经典命题,主要是进步的积极的作用。中国古老的"诗言志"

的旗帜,被一代一代的诗人和诗论家高举和传递下来。屈原继承了诗经的"言志"传统,"惜诵以致愍兮,发愤以抒情"(《惜诵》),司马迁在《屈原贾生列传》中说:"屈平疾王听之不聪也,谗谄之蔽明也,邪曲之害公也,方正之不容也,故忧愁幽思而作《离骚》。"这里的"忧愁幽思",是指屈原创作的动机和基础,当然也是指思想。后来,鲁迅在《摩罗诗力说》中称赞屈原"放言无惮,为前所不敢言",更说明了屈原思想的尖锐和大胆。在中国古典诗学的审美概念中,"志"与"意"是相通的,它们基本上是同义语,只是"意"比"志"更具体化而已。魏晋时代,是中国古典诗歌继《诗经》与《楚辞》之后进一步繁荣并取得重要成就的时代,也是在文学史上被称为文学进入了自觉时代的时代,李白所美称的"蓬莱文章建安骨",就是以"建安风骨"为标志的建安诗歌,它强调反映现实,抒写自己的理想和抱负,所以情文并茂、文质合一就成了它的基本特征。建安诗歌的代表人物之一的曹丕,其《典论·论文》,是《毛诗序》之后的最重要的文论,也是中国现存的最早的文论专著,它提出了"文以气为主,气之清浊有体,不可力强而致"的主张。"气"的内涵虽不可一语而尽,而且它主要是指作者的主体素质与诗文风格,但与"意"却不可分割,因为曹丕认为"盖文章经国之大业,不朽之盛事",所以古之作者"寄身于翰墨,见意于篇籍"。他在强调"以气为主"时,又高标"见意"一词。这,也可以使我们从理论这一侧面窥见建安诗歌取得显著成就的重要原因。后代优秀的诗人和诗论家,都不同程度地就此作了进一步的丰富和发挥。如唐诗人杜牧的《答庄充书》:

> 凡为文以意为主,以气为辅,以词彩章句为之兵卫,未有主强盛而辅不飘逸者,兵卫不华赫而庄整者。四者高下圆折,步骤随主所指,如鸟随凤,鱼随龙,师众随汤、武,腾天潜泉,横裂天下,无不如意。苟意不先立,止以文采辞句,绕前捧后,是言愈多而理愈乱,如入阛阓,纷纷然莫知其谁,暮散而已。是以意全胜者,辞愈朴而文愈高;意不胜者,辞愈华而文愈鄙。是意能遣辞,辞不能成意。大抵为文之旨如此。[1]

---

① 郭绍虞、王文生编:《中国历代文论选》(第2册),上海古籍出版社1979年版,第182页。

与曹丕一样,杜牧所说的是"文",其实也包括诗歌。杜牧的看法并不完全是前人的重复,而是有自己的发展,他以显示了中国文论传统特色的形象生动的语言,从正反两方面说明有无思想在作品中所产生的不同效果,并说明了思想与文辞(语言)之间的关系。他所指的那种徒然在词句上堆金砌玉剪翠裁红而思想贫乏的情况,亦即"意不胜者,辞愈华而文愈鄙",在时隔一千多年后的今天的诗歌创作中,也仍然可以常常看到它们的踪迹。

两宋诸家论诗的短札和谈片,辑录成书的有南宋胡仔的《苕溪渔隐丛话》与魏庆之的《诗人玉屑》。《诗人玉屑》卷六即以"命意"为题,援引了不少宋人对"意"的看法,其中就有苏轼"诗者,不可言语求而得,必将观其意焉"之语。其实,南宋词人、诗论家葛立方的《韵语阳秋》就曾经记载,苏轼流放海南岛时,对葛延之诲以"作文之法",其要旨是:"不得钱不可以取物,不得意不可以明事,此作文之要也。"元、金两代,论诗中之意者代不乏人,但多是前人比喻的重复,或稍加变化而新意不多。明代的诗歌理论有了长足的发展,在谈到诗中之意时,谢榛《四溟诗话》的有关诸多见解值得特别注意。其中一处用的是主客问答体,这是秦汉文章中常用的体裁,在赋中尤为多见,开后人无数法门,如枚乘的《七发》、司马相如的《子虚赋》、东方朔的《答客难》、扬雄的《解嘲》等,中外攸同,古希腊论文中也常见此体。谢榛有关"意"的回答如下:

> 有客问曰:"夫作诗者,立意易,措辞难,然辞意相属而不离。若专乎意,或涉议论而失于宋体;工乎辞,或伤气格而流于晚唐。窃尝病之,盍以教我?"
>
> 四溟子曰:"今人作诗,忽立许大意思,束之以句则窘,辞不能达,意不能悉。譬如凿池贮青天,则所得不多;举杯收甘露,则被泽不广。此乃内出者有限,所谓'辞前意'也。或造句弗就,勿令疲其神思,且阅书醒心,忽然有得,意随笔生,而兴不可遏,入乎神化,殊非思虑所及。或因字得句,句由韵成,出乎天然,句意双美。若接竹引泉而潺湲之声在耳,登城望海而浩荡之色盈目。此乃外来者无穷,所谓'辞后意'也。"①

---

① 丁福保辑:《历代诗话续篇》,中华书局 1983 年版,第 1219 页。

谢榛绝不是否定诗中之"意"的重要性，而是认为"意"应该由外物，即由作为审美客体的生活所感发，同时，它还必须和形象的感受与描绘紧密结合在一起，他所不主张的是"辞前意"，用我们今天的语言，就是主题先行，从概念出发。谢榛更多地看到了文艺创作的特殊艺术规律，他是从诗的艺术来看诗"意"的，这实质上是对思想的真正的重视，因为在诗歌创作中，思想只有从生活体验中来而非从教言指令中来，只有艺术地表现而不是直接地陈述，才真正具有打动人心的美学力量。

唐宋以后，诗歌创作似乎难以为继，但经历了元明两代相对的低潮，清代的诗歌创作却掀起了一场壮盛而凄美的晚潮，虽然声威不及唐代，然而也可以说人才辈出，佳作不少，总的成就在元明之上。有如晚霞，但霞光依然照人眼目。在诗歌理论方面，清代的诗话、词话盛极一时，集前人之大成而有新的发展。清代的诗论，一脉相承了前人对"意"的看法又有许多独到之见。如清代诗论家叶燮就倡导著名的"才、识、胆、力"之说，他并且强调四者之中"识"居于第一的地位。"识"，在很大的程度上也就是指思想。在《原诗》中，叶燮还说：

> 志高则其言洁，志大则其辞弘，志远则其旨永，如是者，其诗必传，正不必斤斤争工拙于一字一句之间。[1]

叶燮所说的志的"高""大""远"，是他对诗中思想的几项具体要求。当然，他的所谓"高""大""远"，是有其特定的时代内涵的，和今天我们运用这些概念自然有所不同，但作为诗的思想美的总原则，叶燮不仅发展了前人的理论，而且也提供了值得我们参考的思想资料与资源。"无论诗歌与长行文字，俱以意为主。意犹帅也，无帅之兵谓之乌合。李、杜之所以称大家者，无意之诗，十不得一也。"清代思想家、哲学家、史学家王夫之在《姜斋诗话》中的上述之精当议论，更可以看成是中国古典文论对"意"的重要性的总结。

中国诗歌史的源头是《诗经》，在风雅颂这三道泉流汇成了诗经这一中国诗

---

① 叶燮：《原诗》，人民文学出版社 1979 年版，第 47 页。

史的江河源之后,中国诗歌的长河源远而流长,流过了两千多年的时间,许多诗人扬帆于这河流之上,佳作之多有如翻腾不息的浪花。但是,只要我们认真检视,就可以得到这样一个结论:中国古典诗史上那些第一流的或者说最优秀的歌手,他们都无一例外地站在时代的前列,站在他们时代最先进的思想水平上,他们不仅是以自己的诗艺推动了诗歌艺术的发展,而且也以自己心灵的歌唱和对理想的追求,感动和鼓舞了一代又一代的读者,并丰富了人类思想史的宝库。

《诗经》,大都是无名氏的集体创作,而屈原则是中国诗史上第一位具名的大诗人。司马迁说:"余读《离骚》《天问》《招魂》《哀郢》,悲其志。"司马迁在这里明确地提出了屈原之"志",可见他对于屈原作品的思想的重视。《天问》是中国诗史上最为瑰奇壮丽并且富于哲理思考的诗篇,屈原一连提出了一百七十多个问题,表现了他对宏观世界的探索和博大的宇宙意识,其哲理思辨的高度和深度,在世界诗史中都不多见。中国古典诗史上最长的抒情诗《离骚》,集中地表现了屈原的美政理想,在这首长诗的结尾他信誓旦旦:"既莫足与为美政兮,吾将从彭咸之所居。"如果我们不苛求先哲,如果我们承认人类思想史是一个对前人既有扬弃也有继承的发展过程,我们同时也就不会否认,屈原"美政理想"中所包括的对国家统一的憧憬,实现"有德在位""举贤授能""勤俭治国"的民本主义的思想和愿望,以及主张"法治"而反对"心治"的主张,是他所处的那一个大变革时代的最先进的思想,直到今天也还值得我们肯定和追慕。李白,这位盛唐时代继承屈原的积极浪漫主义传统的伟大歌者,他千百年来为人民所崇敬热爱,是因为他的艺术,也是因为他的思想。在唐代诗人的军阵中,他和杜甫是并肩而立的两大旗手,他所达到的思想的高度和深度,对国事的关怀和对人民的同情,对权贵与黑暗腐朽的现实政治的否定,特别是那种对理想和自由的向往,对个性和生命意识的张扬,在中国古典诗人中可以和他相较的寥寥可数。杜甫,这位对李白"怜君如弟兄"的诗人,不更是如此吗?"乾坤含疮痍,忧虞何时毕"(《北征》),"济时敢爱死,寂寞壮心惊"(《岁暮》),"穷年忧黎元,叹息肠内热"(《自京赴奉先咏怀五百字》),"戎马关山北,凭轩涕泗流"(《登岳阳楼》),他的人格淳厚崇高,思想深厚博大,中国诗史上能和他相比的诗人,罕有其匹。他以如椽之笔抒写时代的动乱,社会的贫富对立,从那些时代风云图中,我们固然可以看出他的思想不是一般诗人所可以企及，即使是他对平凡的生活情景的描绘，我们的心魄也会被他的仁爱博大所征服。至于南宋，并世而立的两位大诗人，一是辛弃疾，一是陆游。他们生当南宋末造，正是所谓国家多事之秋，风雨飘摇之日，他们的作品的思想内涵极为丰富，但其中突出的主调就是强烈的爱国主义精神，对当权者荒淫误国的憎恨，对祖国统一的渴望。特别令千载以下的读者感动的是，就像屈原为了自己的理想而"九死其犹未悔"一样，他们经受重重挫折，但上述这种思想至死而不改。"袖里珍奇光五色，他年要补天西北。且归来，谈笑护长江，波澄碧"（《满江红·建康史帅致道席上赋》），"可惜流年，忧愁风雨，树犹如此！倩何人，唤取红巾翠袖，揾英雄泪！"（《水龙吟·登建康赏心亭》），"莫望中州叹黍离，元和盛德要君诗"（《定风波·莫望中州叹黍离》），"道男儿，到死心如铁，看试手，补天裂"（《贺新郎·老大那堪说》）——这是辛弃疾慷慨以慷的豪唱；"枕上屡挥忧国泪"（《送范舍人还朝》），"一身报国有万死"（《夜泊水村》），"诸君可叹善谋身，误国当时岂一秦"（《追感往事》），"公卿有党排宗泽，帷幄无人用岳飞"（《夜读范至能揽辔录》），"睡觉寒灯里，漏声断，月斜窗纸。自许封侯在万里。有谁知，鬓虽残，心未死"（《夜游宫·记梦寄师伯浑》）——这是陆游出自肺腑的悲歌。陆游，他曾经多次表示了自己身后的愿望，以下均为他七十岁以后的作品：

细雨春芜上林苑，颓垣夜月洛阳宫。
壮心未与年俱老，死去犹能作鬼雄！

——《书愤》

老去转无饱计，醉来暂豁忧端。
双鬓多年作雪，寸心至死如丹！

——《感事六言》之一

当年万里觅封侯，匹马戍梁州。关河梦断何处？尘暗旧貂裘。　胡未灭，鬓先秋，泪空流。此生谁料，心在天山，身老沧州！

——《诉衷情》

诗品出于人品,不论时代如何发展,诗风怎样变化,二者之间情况如何复杂,但从整体与原则而言,这是千古不易的美学原理。我们只要将与陆游同时代的某些诗人的诗作,与陆游的上述作品作一比较,就可以看到诗人的人格和思想对于诗歌创作有何等重要的意义。南宋之时,言诗必曰尤(袤)、杨(万里)、范(成大)、陆(游),尤袤的诗集湮没无存,可以不论,杨万里和范成大虽各有成就,尤其是杨万里,但他们却不能和陆游相提并论,更不要说那些等而下之的作手了。陆游在《读杜诗》中说:"……看渠胸次隘宇宙,惜哉千万不一施。……后世但作诗人看,使我抚几空嗟咨。"他评论杜甫的话,我们不是可以借用来赞美他自己吗?忧国忧民,深厚博大的时代感和庄严的历史使命感,是从屈原以来的中国诗人的可贵精神,如果没有这种精神,是不能被称为诗人的,如果仅仅只是以一般意义的"诗人"去衡量那些真正的诗人,那只能是一种误解或是一种不敬。真正的诗人,并不仅仅是一个写诗的人,而应该同时也是胸怀博大的思想家和站在时代前列的先驱者。思想家与先驱者的内涵可能因时代的不同而有所不同,但无论什么时代,它都应该是衡量真正的杰出诗人以至伟大诗人的重要标尺。

世界诗史上进步的诗人和作家,他们也十分看重诗的思想,形成了一个可贵的传统,如果把他们关于诗的思想美的言论辑录起来,可以成为一本厚厚的专书。下面是挂一漏万的引述:

> 在艺术和诗里,人格确实就是一切。但是最近文艺批评家和理论家自己本来就虚弱,却不承认这一点,他们认为在文艺作品里,伟大人格不过是微不足道的多余的因素[1]。
>
> ——歌德

> 有两类毫无意义的作品:一类是由于用词语代替感情和思想的不足;另一类是由于感情和思想的充沛,却缺乏达意的词语[2]。
>
> ——普希金

---

[1] 爱克曼辑录:《歌德谈话录》,人民文学出版社 1978 年版,第 229 页。
[2] 《普希金论文学》,张铁夫、黄弗同译,漓江出版社 1983 年版,第 117 页。

诗句难道不是诗吗？你这样问。仅仅是诗句不是诗。诗存在于思想中，思想来自心灵。诗句无非是美丽身体上的漂亮外衣。①

——雨果

一首完美的诗，应该是感情找到了思想，思想又找到了文字……始于喜悦，终于智慧。②

——弗罗斯特

如果再烦琐地列举，那将是"名言录"的工作，而不是我这篇文章所能够担负的任务。我只想以此说明：对思想的重视，是古今中外有正确价值观念的诗人的共同美学主张。否定思想的作者，其实他们也表现了某种思想，但他们的思想往往缺乏美学价值，只具有负面意义。下面，我想从世界诗史中请几位杰出的诗人作证，以证明我上述的看法符合诗歌创作的客观规律。

即以拜伦而论，鲁迅在《摩罗诗力说》中曾给予他以极高评价。拜伦，人称"世界诗坛上的一颗光芒夺目的彗星"，又是一个"震撼旧世界的自由与正义的礼赞者"，他不仅以他的诗作批判了旧社会的种种弊病，而且也以他的篇章赞美了法国大革命和席卷全欧的民族民主革命运动。他逝世前最后一首诗题名为《今年我度过了三十六岁》，诗人写道：

若使你对青春抱恨，何必活着？
使你光荣而死的国土
就在这里——去到战场上，
把你的呼吸献出！

拜伦在《普罗米修斯》一诗中曾经赞颂普罗米修斯有"不屈不挠的伟大灵魂"，而从拜伦自己一生的经历来看，他何尝不是如此？普希金赞美拜伦是"思

---

① 段宝林编：《西方古典作家谈文艺创作》，春风文艺出版社1980年版，第336页。
② 转引自王逢吉：《文学创作与欣赏》，台湾学海书局1973年版，第9页。

想界的君王",正是从诗人应是思想家的高度着眼的,而他称拜伦为思想界的"君王",可见评价之隆,也可见他对诗人要求之高。至于拜伦的友人、英国的另一位积极浪漫主义诗人雪莱,其《西风歌》中的名句是:"如果冬天已经来临,春天还会远吗?"正因为如此,有人才称赞他是"天才的预言家"。试想,如果没有进步的崇高的思想,怎么能成为预言家呢? 十九世纪俄罗斯诗人普希金,被称为"俄罗斯诗歌的太阳""俄罗斯文学之父",高尔基曾说,普希金之于俄国文学,正如达·芬奇之于欧洲艺术,同样是巨人。他之所以成为俄罗斯文学的创始人,重要原因之一,就是他是其所处时代的一位最先进的人物。正如他在《致娜·雅·波柳斯科娃》一诗中所说:"我平凡而高贵的竖琴,从不为人间的上帝捧场,一种对自由的自豪感使我从不曾为权势烧过香……是爱情,是隐秘的自由使朴实的颂歌在心中产生,而我这金不换的声音正是俄罗斯人民的回声。"一八一七年,普希金十八岁时写出《自由颂》并以手抄本广为流传,俄皇亚历山大一世将其流放北方数年之久。新登基的沙皇尼古拉一世故作姿态,于一八二六年九月"赦免"他并召回莫斯科。在此之前的一八二五年十二月十四日,十二月党人举行了反对沙皇尼古拉的起义,五人被判处绞刑,一百多人被流放到苦寒的西伯利亚。沙皇问诗人说:"普希金,如果你在彼得堡,你也会参加十二月十四日的那次起义吗?"普希金的回答出乎沙皇的意料,他说:"一定的,陛下,我所有的朋友都参与其事,我是不会不参加的。"正因为如此,俄国文学批评大家别林斯基说"普希金的诗歌是充实的,它的充满内容,正像多棱形的水晶充满阳光一样",而苏联文艺理论家卢那察尔斯基也称道普希金"把自己的血化为红宝石,把自己的泪化为珍珠……他的诗充满感情,富于思想,可是感情和思想几乎总是包括在具体的、浮雕式的、因而吸引人心的形象之中"。[①]

在世界文学史上有重要地位的德国三大诗人,是歌德、席勒与海涅。活动于十九世纪上半叶的海涅,在四十年代攀上了他创作的高峰,他的世界观中虽然也有矛盾,但由一般的抒情诗人进而为时代的鼓手,他总是随着时代一起前进,他的笔锋总是朝向黑暗腐朽的现实和反动的封建统治。"我是剑,我是火焰",这是他的名作《赞歌》反之复之的开篇与结尾,也是他以诗的意象所作出的自我期许与写照。

---

① 卢那察尔斯基:《论文学》,人民文学出版社 1978 年版,第 154 页。

十九世纪美国的杰出诗人惠特曼,是一位毕生为民主自由而讴歌的歌手。"一切,都要为了活着的人呵,群众,应当是一切主题的主题"(《我曾不断地探索》),他的作品歌唱人民是主人、官吏是公仆的民主政治,赞颂欧洲各国反对封建君主制度的革命斗争,宣扬废奴主义,表现了就美国当时来说所能具有的最先进的思想。"真正伟大的诗常常是民族精神的结晶",他曾经这样说过,他之所以被称为"美国的莎士比亚",他之所以终其一生只出版了一本《草叶集》就奠定了自己在美国诗史上的崇高地位,最根本之点不正是在于他的思想是先进的,他的作品是"民族精神的结晶"吗? 是的,平庸陈腐的诗歌首先是由于思想的平庸与僵化,一般化的诗歌,首先是由于思想的一般化、公式化。历史上那众多平庸的一般化的诗作,都像浮云轻烟一样随风而逝,而真正的诗歌,总是高尚、进步、深刻的思想的骄子。任何时代的杰出诗人,必然是他那一时代思想的先驱。那些崇高的或优美的诗章,将长久地活在读者的心头,永远铭刻在历史的记忆里。

二

诗的思想之美,总是和真与善携手同行的,没有真与善,也就没有美,在这个前提下,衡量思想之美还有一些其他的尺度。因此,诗的思想的美与不美,还有正误、善恶、高下、深浅之分。

美与真是一对孪生兄弟。真虽然并不就等于美,但是,没有真就没有美,凡是虚假的东西,都绝不可能引起人的美感。社会生活是如此,艺术创作也是这样。十七世纪法国古典主义者波瓦洛(又译布瓦洛)说:"只有真才美,只有真才可爱。"[①] 罗曼·罗兰在《约翰·克利斯朵夫》中,通过他的人物之口宣传了他的观点:"假如艺术不能和真理并存,那就让艺术去毁灭吧! 真理是生,谎言是死。"罗曼·罗兰是把"真"提升到"真理"这个高层次来认识的,这样就使如何看待"真"有了一个较为客观的标准。我以为,并不是生活中任何表面现象和人的任何性质的感情,都可以称为"真"。"真",是美的基础,它是一种"合规律性",

---

① 波瓦洛:《诗的艺术》,人民文学出版社 1959 年版,第 64 页。

在诗歌创作中,"真"包括两个方面的内涵,一是指作品所反映的客观现实内容,一是指主观反映的认定,也就是诗作者对生活的认识和评价。那么,怎样才是真正意义的而且是艺术上的"真"呢?从原则上说来,它是指诗人对生活的认识和艺术表现,要符合生活的本质和规律,要符合历史与时代的潮流与走向,要符合大多数人的利益、要求和愿望。就思想而言,也是如此。如十九世纪为反抗沙俄统治而流亡巴黎的波兰作曲家、钢琴家肖邦,他在《人生哲学》一诗中就曾庄严地宣告:"祖国,我永远忠于你,高歌,奋斗,为你献身用我的琴!"真实的思想不一定是美的,而美的思想一定是真的,因为它合乎社会发展的规律和方向,它反映了大多数人的愿望和意志。用这一标准去衡量,诗的思想就有了正误之分,而正确与错误,就构成了思想的美与不美的最初的分界线。

在"文化大革命"的十年中,除了老一辈诗人郭小川的《团泊洼的秋天》等作品之外,青年诗人北岛写于一九七六年四月亦即"四五"运动时的《回答》,无疑应该充分肯定:

卑鄙是卑鄙者的通行证,
高尚是高尚者的墓志铭。
看吧,在那镀金的天空中,
飘满着死者弯曲的倒影。

冰川纪已过去了,
为什么到处都是冰凌?
好望角发现了,
为什么死海里千帆相竞?

我来到这个世界上,
只带着纸、绳索和身影。
为了在审判之前,
宣读那些被判决的声音。

告诉你吧,世界,
我——不——相——信!
如果你脚下有一千名挑战者,
那就把我算作第一千零一名。

我不相信天是蓝的,
我不相信雷的回声;
我不相信梦是假的,
我不相信死无报应。

如果海洋注定要决堤,
就让所有苦水都注入我心中;
如果陆地注定要上升,
就让人类重新选择生存的峰顶。

新的转机和闪闪的星斗,
正在缀满没有遮拦的天空。
那是五千年的象形文字,
那是未来人们凝望的眼睛。

这首诗特定的历史背景,是轰雷怒潮般的天安门"四五"运动。这首诗的基本思想倾向,是对"四人帮"的统治以及他们种种宣传的怀疑和否定,同时表现了对新的历史转机的希望,和对祖国的光明未来的预言。它也许没有天安门诗歌中其他一些诗作那样直接明快,因为它采用的是新诗的形式,用约是比较现代的手法,思想内容以象征与含蓄的方式表现。诗的内容和风格本应是多种多样的,我们不必以一种模式来要求所有的作品,在那万马齐喑的时代,北岛这首诗所表达的思想不仅是正确而正义的,而且需要难能可贵的非凡胆识,我们不能轻易否定这种诗的思想美。

美与善的关系,是美学中一个十分古老而又常青的重要问题。在古希腊,不仅苏格拉底认为美与善不可分割,亚里士多德也说过:"美是一种善,其所以引起快感正因为它是善。"[1]而德谟克利特的看法是:"永远发明某种美的东西,是一种神圣的心灵的标志。"[2]当然,美也并不等于善,因为"善"是一种"合目的性",是一种伦理道德的观念和规范,但是,美是以"善"作为它比"真"更为重要的基础的,因为事物普遍都具有的属性是"真",而"善"并不是所有的事物都必然具有的属性,而只是一部分事物具有的属性。如果说,"真"是美的不可缺少的条件,那么,"善"就是决定性的条件。思想,本质上是一种审美判断,也是一种审善判断。作品中所表现的思想,就其道德伦理性质来说,如果是卑下的,那它即使是真实而并非虚假的,也不能构成我们所说的美,因为艺术作品中的思想之所以为美的思想,伦理道德上的规范——"善"有着十分重要的作用。所以,艺术作品一旦违背了善,就不可能构成美感。《红楼梦》中薛蟠那些所谓的诗作,大约也真实地表现了灵魂卑污的花花公子的真实思想吧?但是,有谁能说他那些作品是"美"的呢?在诗歌创作中,扬善抑恶,褒美贬丑,是诗人神圣的使命。

时穷节乃见。让我们看看中外诗史上那些仁人志士的绝命之作吧:

> 天地有正气,杂然赋流形。
> 下则为河岳,上则为日星。
> 于人曰浩然,沛乎塞苍冥。
> ……………
> 哲人日已远,典刑在夙昔。
> 风檐展书读,古道照颜色。
>
> ——文天祥《正气歌》

> 国亡家破欲何之?西子湖头有我师。
> 日月双悬于氏墓,乾坤半壁岳家祠。
> 惭将赤手分三席,敢为丹心借一枝。

[1]《西方美学家论美和美感》,商务印书馆1980年版,第41页。
[2] 段宝林编著:《西方古典作家谈文艺创作》,春风文艺出版社1980年版,第2页。

他日素车东浙路,怒涛岂必属鸱夷!

——张煌言《将入武陵》

望门投止思张俭,忍死须臾待杜根。
我自横刀向天笑,去留肝胆两昆仑!

——谭嗣同《狱中题壁》

假如要用我的鲜血去增添黎明的绚彩,
拿了它罢,为着你的宝贵的需要,
让它的丹红染上那令人觉醒的光芒!

——何塞·黎塞尔《绝命诗》

民族英雄文天祥被俘后解到大都(今北京),《正气歌》是他牺牲前不久的作品。张煌言抗清失败被俘,他的绝命诗是浩然正气的抒发民族魂的写照。谭嗣同是戊戌六君子之一,是中国近代史上维新变法的杰出人物,是中华民族的奇男子与伟丈夫。何塞·黎塞尔是菲律宾抗击外敌的民族英雄。他们这些作品都有强大的打动人心的力量,闪耀着思想之美。这种思想之美,都无一例外地是和善联系在一起的,虽然这些"善"所包容的政治伦理道德的具体内涵有所不同,但它们同为"善"则一。由这里可以看到,与思想之真相对,假不成其为美,与思想之善相对,恶不成其为美,思想不仅有真假之分,而且也有善恶之别,总之,恶与假形影不离,都属于丑的范畴。《全唐诗》收录了晚唐陈璠的《临刑诗》:"积玉堆金官又崇,祸来倏忽变成空。五年荣贵今何在? 不异南柯一梦中。"此人本为徐州走卒,因攀高结贵由副将而升宿州刺史,残狠嗜杀,贪贿山积,结果被人告发又无人作保而被判处死刑。此诗充分表现了他的真情实感,发自内心但毫无悔改之意的哀鸣。真则真矣,然而大为不善,你能说它是美的吗? 同为绝命诗,但与前述英烈之作去何止霄壤。

　　思想,除了因真假而有正误之分,因善恶而有美丑之别以外,还有高下深浅的不同。俄国文豪托尔斯泰说:"一切的艺术是宣传。"我们可以反过来说,并不是一切宣传都是艺术。但是,衡量一首诗的美学价值,最高的也是最终的标准毕竟还是诗意地或者说诗化地表现出来的美的思想。俄国大诗人莱蒙托夫在《诗人》一诗中说过："你的诗,好像神灵从人群上掠过去,对那崇高思想的回响,好像古老塔上的钟,在庄严而贫困的人民中间鸣响。"莱蒙托夫提出的"崇高思想"的看法,值得我们深思。所谓崇高思想,并不是人为地拔高的虚假口号,也不是纯粹主观的理念教义,更不是某种意识形态的赤裸宣传,而是从时代生活中来而附丽于形象之充满个性激情的美的思想,它的特征就是闪耀着善的理想的光芒,给人以一种名为"崇高感"的美的感受。

这种思想的高下深浅的不同层次,从不同诗人写同一题材的诗中,更可以明显看出。杜甫与高适、岑参、储光羲、薛据等人,在安史乱前同登长安近郊的慈恩寺塔,凭高临眺,各有抒发怀抱之作,但忧国忧民的杜甫,他思深虑远,已预见到时代的动乱即将到来,在盛唐的烈火烹油的盛景之中,他的琴弦上已然有时代的哀音鸣奏:"高标跨苍穹,烈风无时休。自非旷士怀,登兹翻百忧。……秦山忽破碎,泾渭不可求。俯视但一气,焉能辨皇州?回首叫虞舜,苍梧云正愁!"因此,他的作品在思想的高度和深度上,就远远超出和他同时登临的诗人之作。鹳雀楼,原在山西永济市西南城上,楼高三层,前可瞻望磅礴的中条山,下可俯瞰奔腾的黄河,在唐代,它是登临胜地,有不少诗人登临咏唱,如:

> 白日依山尽,黄河入海流。
> 欲穷千里目,更上一层楼!
>
> ——王之涣《登鹳雀楼》

> 城楼多峻极,列酌恣登攀。
> 迥临飞鸟上,高谢代人间。
> 天势围平野,河流入断山。
> 今年菊花事,并是送君还。
>
> ——畅诸《登鹳雀楼》

> 鹳雀楼西百尺樯,汀洲云树共茫茫。
> 汉家箫鼓空流水,魏国山河半夕阳。

事去千年犹恨速，愁来一日即为长。

风烟并起思归望，远目非春亦自伤。

——李益《同崔邠登鹳雀楼》

高楼怀古动悲歌，鹳雀今无野燕过。

树隔五陵秋色早，水连三晋夕阳多。

渔人野火成寒烧，牧笛吹风起夜波。

十载重来值摇落，天涯归计欲如何？

——张乔《题河中鹳雀楼》

王之涣的诗，所站者高，所见者远，所怀者大，一派盛唐之音，时空意识强烈，蕴含的哲理深邃崇高。畅诸之诗，《全唐诗》误为畅当所作，且只载中间两联四句，敦煌残卷此诗作者畅诸，为五言律诗，今据《中华文化论丛》有关考证文章改正。虽然宋代胡仔说"天势围平野，河流入断山"之句"雄浑绝出"，清人沈德潜也认为"不减王之涣作"，这也许是见仁见智各有不同吧，我以为畅诸的诗不仅没有后来居上，而且较之王之涣所作，在思想境界上要逊色得多。尽管以后中唐名诗人李益以及张乔等人也跟踪而来，各有题咏，但如果要作一番评比，仍然相形见绌，一等奖非王之涣莫属。一千多年来，这些诗作在群众阅读中的接受状况，以及在民族审美心理上的不同影响力，声名长在，影响广被，就是时间与历史这一不为任何外力所左右的终评委所作出的公正审美裁判。

　　爱情，这可以说是文学艺术的永恒主题了，中国最早的诗歌总集《诗经》，古希腊荷马的史诗《伊利亚特》与《奥德赛》，都有歌咏爱情的篇章，或有关于爱情的歌唱。中外古今的诗人，不知有多少作者向爱神奉献过他们的心曲，而在中外诗歌史上，那众多优秀的爱情诗，的确是人们精神生活的珍品。如唐诗人李商隐的众多《无题》之作，如宋词人柳永、晏殊、欧阳修、晏几道、苏轼、秦观、李清照、陆游等人的有关篇章，如清诗人黄仲则的组诗《绮怀》《感旧》和龚自珍《己亥杂诗》中歌咏爱情的风华绮旎之什。英国伟大诗人与戏剧家莎士比亚的《罗密欧与朱丽叶》固然是文艺复兴时期反封建的人文主义的爱情经典，他的诗作《一对情人肩并肩》也是传世的爱情名作。英国女诗人伊丽莎白·巴雷特瘫痪二十多年,因为诗人罗伯特·勃朗宁坚贞的爱情,她居然奇迹般地恢复了健康,并且写出了四十四首优美的爱情诗,并总题为《葡萄牙人的十四行诗》,其中的《我是怎样地爱你》,被认为是最有名的英语爱情诗。但是,在众多外国诗人所作的可以称为佳品的爱情诗中,我特别欣赏匈牙利伟大爱国诗人和革命家裴多菲以及苏联诗人西蒙诺夫的爱情诗。他们的这些爱情诗不仅写得极其真挚和热烈,而且在思想的高度上也是许多诗人难以企及的。他们把对爱情的倾诉与抗击外来侵略以及祖国人民的解放事业联系起来,表现出一种崭新而崇高的思想境界,这在爱情诗中,具有不同凡响的开创性的意义。

裴多菲的"生命诚可贵,爱情价更高。若为自由故,二者皆可抛",这是人所熟知的了,西蒙诺夫的《等着我吧》写于一九四一年,即苏联卫国战争最艰难困苦的时期,全诗以一位红军战士向女友的倾诉结撰成章,分为三节,均以"等着我吧,我会回来的"领起,反复回旋,缠绵悱恻而又荡气回肠。如最后一节:

> 等着我吧——我会回来的:
> 死神一次次被我挫败!
> 就让那不曾等待我的人
> 说我侥幸——感到意外!
> 那没有等下去的人不会理解——
> 亏了你的苦苦等待
> 在炮火连天的战场上,
> 从死神手中,是你把我拯救出来。
> 我是怎样死里逃生的,
> 只有你和我两个人明白——
> 只因为同别人不一样。
> 你善于苦苦地等待!

西蒙诺夫在战地掩蔽所中写成的这首诗,从一个特殊的角度,表现了俄罗斯妇女对爱情死生不渝的美好品质,表现了苏联军民对反法西斯爱国战争必胜的坚定信念,如果说柳永的词风行一时,以至于"凡有井水饮处皆能歌柳词",那么,西蒙诺夫此诗一出,的确是"凡有红军战士处皆能诵《等着我吧》"。

爱情诗,当然不止裴多菲与西蒙诺夫的作品这样一种思想境界,也不只是这样一种写法,生活与艺术的天地和境界,本来应该无限广阔和无限多样,但是,近些年来有些人提倡所谓"下半身写作",有的人说"可以发一点性意识的诗作,爱情诗光写情而回避人类的本性就显得简单肤浅",这种意见我不敢苟同。我读过一些此类"爱情诗",如专写女人愿作"黄色的放荡的女儿","我要在你的隧道里不停地掘进","穿过大半个中国去睡你",等等,我认为这并不是什么"创新",纯感官、纯生物的所谓"性意识"描写,虽然也许是出自作者的真情实感,可是它并不能给人以美的感受,更谈不上思想的启示,因为它们是低俗乃至粗俗甚至恶俗的代名词,有的甚至是令读者掩鼻的文字垃圾!

诗的思想美,不仅表现在诗人对社会变革、历史发展和美好爱情这一人类的永恒主题的关注,也表现在对人类生存的自然环境的关爱与隐忧。世上的芸芸众生,不仅生活在人与人的关系所构成的社会环境之中,也生活在人类赖以生存的自然环境之中。现代人类学家和生物学家,将原始社会人对自然的敬畏称为"白色文明",将农耕社会人与自然的大体和谐称为"黄色文明",将工业社会人对自然的破坏称为"黑色文明",而今日所迫切需要建设的则是"绿色文明"。中国古典诗歌中田园诗与山水诗的形成与繁荣,重要原因之一就是古人对大自然的亲近、欣赏和天人合一式的和谐与认同。陶渊明、谢朓、李白、孟浩然、王维等诗人的许多诗作就是如此。古代没有"环保"或"环境保护"的现代观念,但古典诗歌中有一些诗作,客观上确乎表现了古今可以相通的环保意识,从而显示了一种另类的思想之美,例如:

千年树,万年松,枝枝叶叶尽皆同。

为报四方参学者,动手无非触祖翁。

——景岑《诫人斫松竹偈》

南北路何长,中间万弋张。

不知烟雾里,几只到衡阳?

——陆龟蒙《雁》

天长水远网罗稀,保得重重翠碧衣。

挟弹小儿多害物,劝君莫近市朝飞!

——韩偓《翠碧鸟》

以上所引数诗均为唐诗,可见诗人之悲天悯物之仁者情怀,时至今日更有其现实的警示意义。自然生态的被严重破坏,成了今天人类生存的重大危机之一,而砍伐森林,围垦湖泊,对于飞禽走兽游鱼滥捕滥杀,则造成了自然界生物链的严重断裂损毁,读千年前的有关唐诗,子孙后代的我们不仅要认识其思想之美,而且应该深刻反躬自问和自省!

道德危机、精神危机、价值危机、文明危机与生态危机,是今日人类公认的五大危机。人类如莎士比亚所说是"万物的灵长",但绝不应该是人定胜天的"万物的主宰"。对于我们赖以维生与为生的大自然,我们实在应该心怀亲近、心存敬畏,我们当代诗人的笔下,实在应该有表现了另一种思想视野与美好情怀的风花雪月,鸟兽草木。我且引中外两首诗以作观照与比较,一首是当代俄罗斯诗人伊万·费奥多罗维奇·日丹诺夫的《鸟儿死去的时候》:

鸟儿死去的时候,

它身上的子弹也在哭泣。

那子弹和鸟儿一样,

它唯一的希望也是飞翔!

短短四行,有如中国古典诗歌中的绝句,但它发语精警,言短意长,不仅充满张力和令人过目不忘的震撼力,而且有让人味之不尽的关于环保、关于自然、关于生灵万物的思想美的内蕴。另一首则是当代诗人高昌的《花朵的感激》:

花朵的感激

是从绿叶那里来的

绿叶的感激

是从春风那里来的

春风的感激
是从太阳那里来的

太阳的感激
是从蓝天那里来的

蓝天的感激
是从白云那里来的

白云的感激
是从水那里来的

水的感激
是从源那里来的

源的感激
是从大地那里来的

大地的感激
是从心那里来的

心的感激
是从你那里来的
——我的母亲呵

全诗语式复沓回旋而又诗意层层递进，没有直白与说教，只有意象的叠加与表现，在反之复之的九曲回肠兼回唱之后，逼出结尾的含意深长的呼告。出人意外的是读者不知全诗如何收束,在人意中的是"卒章显其志"(白居易语)式的水到渠成,令人竦然而惊,憬然而思。人只有短短一生,地球已有四十六亿年的历史,在中国新诗发轫之初,郭沫若有开创性的名作《地球,我的母亲》,将近百年之后,它在高昌的上述诗作中得到了遥远的另有意蕴的回声。

诗的思想之美,还表现在对于宇宙和生命的哲理思索与探究。

宇宙无穷,生命有限。宇宙的中心含义就是时间与空间。古罗马思想家奥古斯汀认为:"时间是上帝所创造的一个性质。"东汉高诱注《淮南子》之"纮宇宙而章三光"时,引先秦诸子百家之一尸佼之言而说:"四方上下曰宇,古往今来曰宙,以喻天地。"时间与空间之宇宙无穷,不满百年的人生短促。生命短促,如昙花一现之昙花,宇宙永恒,像千秋万载的星空。中外的诗人与哲人,对生命都十分敏感,对宇宙都颇为迷茫。中国的哲人孔子,他下临逝川时早已发过深沉的浩叹:"逝者如斯夫,不舍昼夜!"他叹问并探问的,正是波翻浪涌无始无终的时间之流。无独有偶,中外同心,在柏拉图之前的希腊哲人赫拉克利特,也有"人不能两次涉足同一河流"的名句。过了一千多年,西方的哲学家黑格尔提出的还是同样的问题,但似乎更具悲剧色彩,他说时间"犹如流逝的江河,一切的东西都被置身于其中,席卷而去。"

中国古代的诗人,早就仰望青冥之长天,俯察东去之大江,苦苦探究宇宙的奥秘和人生的意义了。以人的生命为中心的时间,不以人的生命为转移的空间,是中国诗歌永恒的对象与主题。早在《诗经·小雅·正月》之中,先民们就开始歌颂天地之大:"谓天盖高,不敢不局,谓地盖厚,不敢不蹐。"这就是"高天厚地"或"天高地厚"一词最早的出典,宛如远古时代的青铜器。屈原是中国诗歌史上第一位具名的诗人,也是第一位具有强烈的"宇宙意识"与"生命意识"的诗人,他不但忧心国事,关心民瘼,行吟在家国多艰疮痍满目的大地之上,同时,他也心事浩茫连广宇,将他的目光投向浩渺无际的星空,有他的一连提出了一百七十多问的诗篇《天问》为证。同时,"日月忽其不淹兮,春与秋其代序",他也时时叩问生命的意义,深感日月不居而时不我与,有他的"欲少留此灵琐兮,日忽忽其将暮。吾令羲和弭节兮,望崦嵫而勿迫"(《离骚》)等诗句为证。屈子之后,历代许多诗人仍然表现了他们对于宇宙和生命的哲理思索与探究,相当于我们今日所说的"终极关怀"与"当下关怀"。如"生年不满百,常怀千岁忧"

（《古诗十九首》），"百川东到海，何时复西归？少壮不努力，老大徒伤悲"（《短歌行》），"神龟虽寿，犹有竟时。腾蛇乘雾，终为土灰。老骥伏枥，志在千里。烈士暮年，壮心不已"（曹操《龟虽寿》），"天地无穷极，阴阳转相因。人居一世间，忽若风吹尘"（曹植《薤露行》），络绎不绝。

以上是从先秦到汉代无名和有名的诗人的歌唱，时至唐代，探寻宇宙秘密和生命意义的诗作不胜枚举：李白说"黄河走东溟，白日落西海。逝川与流光，飘忽不相待。春容舍我去，秋发已衰改。人生非寒松，容貌岂长在？"（《古风五十九首》其十一）又说"白日何短短，百年苦易满。苍穹浩茫茫，万劫太极长。麻姑垂两鬓，一半已成霜。天公见玉女，大笑亿千场"（《短歌行》）。屈原曾对为太阳御车的羲和发号施令，而叹日月之不居而盼时间之倒流的李白，则企图以美酒去向为太阳驾车的六龙行贿："吾欲揽六龙，回车挂扶桑。北斗酌美酒，劝龙各一觞。"（《短歌行》）杜甫似乎也不遑多让，"窗含西岭千秋雪，门泊东吴万里船"（《绝句四首》其三），"怅望千秋一洒泪，萧条异代不同时"（《咏怀古迹五首》其二），"风急天高猿啸哀，渚清沙白鸟飞回。无边落木萧萧下，不尽长江滚滚来。万里悲秋常作客，百年多病独登台。艰难苦恨繁霜鬓，潦倒新停浊酒杯"（《登高》），宇宙感与生命感，也广袤深远地洋溢在他的诗作之字里行间。在二十七岁如日中天的少壮之年，李贺就在鼓乐声中被召去了天上的白玉楼，李贺这位短命的才子，他对于宇宙之茫茫、人世之匆匆，似乎有更为敏感的神经。"老兔寒蟾泣天色，云楼半开壁斜白。玉轮轧露湿团光，鸾佩相逢桂香陌。黄尘清水三山下，更变千年如走马。遥望齐州九点烟，一泓海水杯中泻"，这是他的《梦天》，营造的是一个想象奇丽的天上世界，闪耀的是一派如梦如幻的奇光异彩，呈示的是鬼才之诗的一枚注册商标。二十世纪中叶，随着载人宇宙飞船的上天，人类才开始实现飞天之梦，而生于一千一百年前的李贺，凭着他的宇宙意识天开妙想，却早已成为诗国中的太空人。正因为他痛感宇宙之无穷，所以才特别惊心于生命之有限，亟于发挥生命的能量来补造化。"日寒月暖，来煎人寿"，他比李白更为激进，李白尚只想到用行贿的手段来收买六龙，病体支离药罐不离的李贺却竟然在《苦昼短》一诗中，企图采取近似暴力革命的形式，扬言"吾将斩六龙，嚼龙肉，使之朝不得回，夜不得伏，自然老者不死，少者不哭"，真谓少年气盛、血气方刚，给后世的我们留下了这样一种另类之美的诗章。至于晚唐，李商隐的

"从来系日乏长绳,水去云回恨不胜。欲就麻姑买沧海,一杯春露冷如冰"(《谒山》),抒写的就是他对于时间的希望与绝望,司空图的"鸟飞飞,兔蹶蹶,朝来暮去驱时节。女娲只解补青天,不解煎胶粘日月"(《杂言》),一厢情愿提出的,是他意图冻结与凝固时间的具体方案。韦庄的"黄金日日销还铸,仙桂年年折又生。兔走乌飞如未息,路尘终见泰山平"(《寓言》),此诗似乎更具有合于辩证法的思想之美,它至少寓指世界上没有永恒不变之物,万事万物均在生生不已的运动与变化之中。

在唐诗中,包括整个中国古典诗歌史上,咏唱宇宙与生命最杰出最有名的作品,当然还是应该首推陈子昂的《登幽州台歌》和张若虚的《春江花月夜》。陈子昂之作是一首四行杂言古诗,不妨全引:

> 前不见古人,后不见来者。
> 念天地之悠悠,独怆然而涕下!

万岁通天元年(696),刚过而立之年不久的陈子昂第二次从军,随建安王武攸宜出征契丹,诗人屈居幕僚,而且其报国之良谋奇策屡不见用而反被贬斥,他登临故址在今河北定兴的幽州台(又名燕台、黄金台,一说遗址在今北京市),慨叹历史上以前求贤若渴的燕昭王等贤明君主以及乐毅、郭隗等乘时立功的臣子已成陈迹,以后也难以有往昔那种君臣遇合,他抚时伤世,不禁慷慨生哀。《楚辞·远游》篇中曾说:"惟天地之无穷兮,哀人生之长勤。往者余弗及兮,来者吾不闻。"可贵的是,陈子昂并没有拘泥于对历史事实的具体描写,而是反实入虚,平地飞升,在寥寥二十二个字之中,写尽了宇宙之无穷,生命之有限,既表现了辽远苍茫的宇宙意识,也抒写了人类在宇宙中渺乎其小的孤绝感。清人黄周星在《唐诗快》中评论说:"胸中自有万古,眼底更无一人。古今诗人多矣,从未有道及此者。此二十二字,真可以泣鬼。"用今日文学批评的术语,写登高台的诗本身已是诗人创作中的"高峰体验"了,而全诗呈现的则是一种"召唤结构"或"空筐结构",召唤世世代代的读者以自己的审美经验去补充和丰富原作,进行艺术的再创造。

张若虚的《春江花月夜》是一首七言歌行体的抒情长诗,此处仅引用其开篇部分：

> 春江潮水连海平，海上明月共潮生。
>
> 滟滟随波千万里，何处春江无月明？
>
> 江流宛转绕芳甸，月照花林皆似霰。
>
> 空里流霜不觉飞，汀上白沙看不见。
>
> 江天一色无纤尘，皎皎空中孤月轮。
>
> 江畔何人初见月，江月何年初照人？
>
> 人生代代无穷已，江月年年只相似。
>
> 不知江月待何人，但见长江送流水。

　　张若虚留传至今之作仅有两首，对于他的《春江花月夜》，清人《王闿运手批唐诗选》誉为"孤篇横绝，竟为大家"。《春江花月夜》与陈子昂的《登幽州台歌》同为初唐诗坛的双璧，在万花争艳的唐诗盛景到来之前，分别预示了唐诗对诗美与风骨之双重追求的主流走向，同时，它们也都表现了令人神魂飞越的宇宙意识与生命意识。闻一多在《宫体诗的自赎》一文中，盛赞此诗"是诗中的诗，顶峰上的顶峰"，认为"诗人与永恒猝然相遇，一见如故"，表现了一种"更夐绝的宇宙意识。"自闻一多之后，多年来论张若虚此作的诸多文章，虽然不乏有益的或精到的见解，但闻一多的基本论定，似乎难以逾越。

　　新诗创作中，对宇宙意识和生命意识表现得最引人瞩目的，应该首推郭沫若。在郭沫若早期也是新诗早期的作品集《女神》中，选择的物象多为宇宙性的物象，如"太阳""海洋""山岳""江河""云霞""晨光""太平洋"之类，而抒情主人公"我"的形象也得到十分突出的表现与张扬，这种"外宇宙"与"内生命"的交融，表现的正是"五四"时代狂飙突进的时代精神之美，正如同闻一多一九二二年所作的《〈女神〉之时代精神》一文所说："他的精神完全是时代的精神——二十世纪底时代的精神。有人讲文艺作品是时代底产儿。《女神》真不愧为时代底一个肖子。"不过，郭沫若早期之作不免"泛神论"的色彩，多少有些马克思所说席勒式的"时代精神的单纯传声筒"（马克思《致斐·拉萨尔》）之意。此后他的诗作开始转型，长期以来，整个诗坛由于时代风云的变幻，社会生活的变化,也很少有探究广阔宇宙奥秘和个体生命价值的作品。同是姓郭的诗人,郭小川一九五九年创作的《望星空》可谓空谷足音,此诗的主旨其实仍然是时代的与生命的颂歌,但因为同时也表现了对宇宙和人生的哲理思考,在当时的社会语境中显得颇为另类,便遭到了极"左"思潮的大肆围攻与批判。今日看来,《望星空》是当日全社会山呼万岁声中最具胆识的作品,也是郭小川最具个性和才华的作品。诗胆大于天,千古文章未尽才,我们只有为诗人当年的遭遇和"文革"中的早逝而扼腕叹息!

诗人对于宇宙的探询和对于生命的审视,丰富了作品的思想之美,提升了作品的哲学品格。诗情与哲理交融,诗化的哲理境界,高层次的哲理品格,应该是现代诗人所追求的一个重要目标,是诗的思想之美的一个重要标志,中外古今的哲理诗可资证明。台湾诗人余光中早在二十世纪七十年代中期,在还不到从心所欲不逾矩之年,即作有《与永恒拔河》一诗,后来他还以此诗为自己一部诗集命名。"拔河"本来是一种体育活动,但借以表现有限的个人生命与无限的永恒时间拔河,却是他独特的诗与哲学联姻的创造。一九七四年,余光中还曾写过一首《小小天问》,收入诗集《白玉苦瓜》之中,十余年后,他复作有《天问》一诗:

　　　　水上的霞光呵
　　　　一条接一条,何以
　　　　都没入暮色了呢?

　　　　地上的灯光呵
　　　　一盏接一盏,何以
　　　　都没入夜色了呢?

　　　　天上的星光呵
　　　　一颗接一颗,何以
　　　　都没入曙色了呢?

我的生命呵
一天接一天,何以
都归于永恒了呢?

而当我走时呵
把我接走的,究竟
是怎样的天色呢?

是暮色吗昏昏?
是夜色吗沉沉?
是曙色吗耿耿?

　　人是什么? 人从哪里来? 又向哪里去? 人生的价值与意义究竟何在? 这些问题就像人类本身一样历史悠久,也令历代的智者与诗人感到困惑而众说纷纭。德国哲学家康德,晚年甚至说全部哲学命题都可以归结于对"人是什么"的回答,他认为"人是借助于想象力以创造文化的生物",而伟大的科学家爱因斯坦则说:"一个人的价值,不应该是向社会索取多少,而应该是向社会贡献多少。"余光中的上述《天问》,其实正是问人,也是问自己。全诗以"天色"为中心意象,这一意象既是写实也是象征,对自然是写实,对生命是象征,前三节所写的三种天色如果还只是一种比喻,后三节则是人生哲理的提升与照耀,它们被赋予深层的象征意义,共同表现了诗人对人和生命价值的哲理思考,留给读者的是广阔的想象与感悟的天地。

　　俄国文学批评大家杜勃罗留波夫说得好:"了解真理,每个智慧的人都可以这样做到;对善表示向往,也是每一个还没有丧失灵魂的高洁的人,应当而且正要这样做的。然而要强烈地体会到真,又是善,又能在其中寻到生活与美,把它们在美丽而明确的形象中表现出来——这只有诗人,或者一般说来,所谓艺术家才能这样做。"(着重号原有——引者注)[1]是的,诗的思想之美和真与善紧紧相

_____

① 《杜勃罗留波夫选集》(第 1 卷),上海译文出版社 1983 年版,第 426 页。

连,我是真、善、美的统一论者,我所强调的是真、善、美的和谐统一。真与善,是美的两翼飞翔的翅膀。"真",受真理观的制约。"善",受道德观的规范。在诗歌创作中,有了真和善的支撑,同时又有美的感情与形象来表现,我们就有了真正的完全意义上的思想美。

<h1 style="text-align:center">三</h1>

我所说的思想美,不是哲学、伦理学、政治学等著作以概念、判断和推理的逻辑形式表现出来的思想,而是艺术中的思想美。在诗歌创作中,离开强烈的感情、个性化的审美体验和美的意象的表现,而去作抽象的教义宣示与道德说明,哪怕这些宣示和说明是正确的,然而它却不可能是诗的思想之美,因为它不是艺术,而诗歌,则正是所有文学形式中的最高形式,是所有艺术中的一种高难度的美之发现和创造的艺术。

诗的思想美,和饱满强烈的感情交融在一起,没有诗情,就没有思想美。

在艺术创作中,审美感情具有极其重要的作用。在一般的工作如科学研究中,感情主要表现为一种推动力,而在艺术创作领域里,感情不仅仅是强大的动力,而且还是创作的重要内容,主张"唯情论"的人,甚至还认为"艺术的本质就是审美感情",或者主张"艺术是情感的象征",如法国大雕塑家罗丹就说过:"艺术就是感情。"[1] 总之,感情是创作中一种不可缺少的动力与内涵,同时又帮助作者提炼和丰富形象,激发与丰富想象。就感情与思想的关系而言,因为审美主体的作者对审美客体的生活的审美观照,实际上是一种认识过程与感情过程的统一体,正确深刻的思想,可以激发与规范作者强烈的审美感情,中国古典美学所说的"理以道情",就是这个意思,另一方面,感情的深化也有助于加深对事物内在意义的认识,中国古典美学所说的"理在情中",含意大略如此。在诗歌创作中,思想是一种审美意识,感情是一种审美感情,它们是感情与理智、感性与理性的统一。对读者来说,要动之以情,服之以理,脱离了对审美感情的倾注,而只作理念的抽象表达,理念则不可能发挥任何说服理智的作用,而只能使读者厌倦,

---

① 《罗丹艺术论》,人民美术出版社 1978 年版,第 3 页。

精神上处于抗拒状态,反之,深刻的思想由于有饱满感情的融入和渗透,读者在感动之余就会乐于接受,这正是艺术的"潜移默化"的功能。清代刘熙载在《艺概·诗概》中说:"诗或寓义于情而义愈至。"我以为他的看法相当精辟,说明了感情对思想的有效表达的作用。有的诗作者缺乏强烈的从生活中引起的感情激动,更无诗的冲动,自己的感情世界总是处于平淡甚至枯竭的状态,没有对生活的感性化、感情化、个性化的体验和认识,却偏偏要去写诗,或去求助于抽象的概念和一般性的政治理论常识,结果,失败的苦果总是在非诗的穷途上等待着他们。

　　彭浩荡是一位作品不多而诗质颇高的诗人。自一九五七年开始,他艰苦备尝,在人生的悬崖绝壁上和命运之神搏斗了二十多年。在年复一年的风霜雨雪之后,他终于迎来了可以重新歌唱的今天,正如土耳其诗人希克梅特的诗句所说:"我还是那颗心,还是那颗头颅。"他对于华山夏水的祖国和神州大地的人民仍然怀着烈火般的挚爱,他对于中华民族的繁荣强盛仍然怀着忠诚的渴望,这是他写于一九七六年十月的《我们紧紧相依》,发表后当时被人抄录在大街的墙壁上:

　　　　我曾是折断了翅膀的鹰

　　　　你曾是搁浅在沙滩的船

　　　　我曾是干枯的苗

　　　　你曾是凋零的田园

　　　　啊,祖国,这不是我个人的不幸

　　　　我在流泪,你也在受难

　　　　我们紧紧相依

　　　　颠簸在狂风恶浪中间

　　　　我是重开的鲜花

　　　　你是再次升起的征帆

　　　　我是一条得水的游鱼

　　　　你是一江奔腾的春澜

啊,祖国,这不是我个人的欢乐

我在歌唱,你也在蹁跹

我们紧紧相依

微笑在十月的阳光下面

这是儿子依恋在祖国母亲怀中的心之歌,我相信,作为审美主体的读者读这首诗时,定然能够产生"崇高感"这种美感反应。而它的思想美和抒情美是结合在一起的,全诗做到了"情理交融":审美激情由思想和生活所激发,建立在理性的基础之上,但思想又不是干巴巴的概念和说教,而是融化在审美感情与审美意象之中。情理交至的结果,这首题名为"我们紧紧相依"的诗就获得了以情动人、以高品位的道德伦理的内蕴服人的审美力量。相反,我们读到一些感情淡薄的作品,这些作品的思想毫无例外是肤浅的,缺乏深度,一般化的,众所周知而且常常求助于概念的直接宣示,与诗的要求与规律背道而驰。

诗的思想,是从生活中提炼出来的饱含感情的思想,同时,它又应该是有诗人自己独特发现的新鲜的思想。

诗的思想,不是人云亦云不厌其烦的互相重复和自我重复,也不是一般的政治常识与理念的分行说明,更不是无论谁都可以说出的一般道理和概念。诗的思想,从真正的意义来要求,它应该是诗人对生活不但是正确的而且是独特的体验、认识、发现和评价,它应该带有新鲜独创的个性色彩,只有这样,它才可能给读者以有益的启示,也才能真正地加强诗的思想美。近些年来关于新诗发展的讨论和争论,对于创作有推动作用,但是,有一个明显的偏向是:有不少人主要着眼点在于形式与手法的变革创新,而相对地忽视了思想的变革和创新。不论革新或者创新,我以为总是包括内容与形式两个不可分割的方面。在一个特定的时期,或一个作家创作历程的一个特定的阶段,对某一方面可以有所侧重,但一般来说,思想的创新却应该居于主导的地位。思想的创新之于诗,有如火车的车头之于车厢,飞机的螺旋桨之于机身。真正优秀的作品,必然具有高尚的道德感和高度的美学价值,但同时也必然具有独到的认识意义,是真、善、美三者的统一体。正如与别林斯基、杜勃罗留波夫并称为俄国三大文艺批评家的车尔尼雪夫斯基所说:"只有那些在强大而蓬勃的思想的影响之下,只有能够满足时代的迫切要求的文学倾向,才能得到灿烂的发展。"①

　　在中国新诗史上,郭沫若的《女神》,闻一多的《红烛》与《死水》,艾青的《火把》与《黎明的通知》,臧克家的《烙印》与《罪恶的黑手》,田间的《给战斗者》,光未然的《黄河大合唱》等发生了重大影响的作品,既恰当概括地反映了时代社会生活,又具有诗人对生活独到的美学认识、发现和评价。这些诗人的优秀作品,既表现了时代精神,同时在思想上也打上了个人的印记,表现了他们自己而不是别人的对生活的理解与发现。当代诗人杨牧《我是青年》歌唱道:"我是鹰——云中有志!我是马——背上有鞍!我有骨——骨中有钙!我有汗——汗中有盐!"诗人在歌唱青春的同时,也表现新时期伊始一代虽已人到中年却仍有青年人的凌云壮志,显示了他对于生活的属于自己的审美判断。改革开放之初,诗人张学梦与骆耕野分别以《现代化和我们自己》与《我不满》而初露头角。这两首诗,在艺术上自然有它们的长处和特色,但当时之所以造成相当强烈的反响,主要还是因为它们表现了作者与时代精神息息相通然而却又是自己独到的思想。这两首诗,同时发表于一九七九年五月号的《诗刊》。这个偶然的巧合,更使读者感到它们是异曲而同工的姐妹篇。在相当长的时间内,"不满"似乎已成为绝对的贬义词,人如果有所"不满",就往往会被认为是政治上的一种错误,或是宣扬一种异端邪说,因此,骆耕野的诗题为《我不满》,其新颖与锋锐就已经耸动读者的视听了。"像鲜花憧憬着甘美的果实,像煤核怀抱着燃烧的意愿:我心中孕育一个'可怕'的思想,对现状我要大声地喊叫出——'我不满!'"——这一诗的主旋律激荡于全诗的字里行间,而且在诗的结尾复奏了一次。不满,难道就是异端和背叛?其实,十九世纪美国散文家、诗人爱默生早就说过:"不安就是不满,而不满就是进步的首要条件。你指给我一个心满意足的人,我就告诉你,他是一个倒霉透顶的人。"骆耕野历数了古今中外有所不满才有所前进的事实,他说:

　　　　不满:茹毛饮血的人猿才去寻觅火种,
　　　　不满:胼手胝足的祖先才去摸索种田,

---

① 《车尔尼雪夫斯基论文学》(上卷),上海译文出版社 1978 年版,第 548 页。

不满:"精巧"的石斧才让位于青铜和冶炼,

不满:才产生了妙手回春的华佗,

不满:才造就了巧夺天工的鲁班。

啊,不满正是对变革的希冀,

啊,不满乃是那创造的发端。

诗人认为"不满"是改变不合理与不理想的现状的思想动力,这种诗的思想不仅无可非议,而且相当敏锐大胆,因为它同时还要冲破长期以来政治领域中对"不满"所持的偏见与成见。是的,诗人的"不满"正是一种对美好生活与美好理想的追求。不满与理想,有如太阳和月华,是互相对立而又相辅相成的两面。在诗中,理想的色彩可以加强作品的美学价值,焕发出感人的光辉,如同高尔基所说:"我们文学家的任务是研究、体现、描写,并从而肯定新的现实。"[1]骆耕野的《我不满》,不满于生活的种种弊端和不足,正是表现了对理想的渴求。这种思想是具有时代感的,是一种强烈的当代意识与民主精神,在《我不满》中,又是属于骆耕野个人的,是他对生活的理解与发现,不是抄袭别人现成的思想和结论。艺术以创造为美,艺术中的思想美何尝不是这样? 法国《世界报》创始人伯夫·梅里先生来华访问,有记者问他:"你写了多少文章?"他回答说:"我写文章不计算字数,而计算思想。"一般的记者和作家尚且如此,何况本应是思想家至少应是思想者的诗人!

诗的思想美,不仅饱含诗情,新锐独到,而且要和新颖鲜活的意象结合在一起,没有新颖鲜活的意象,就没有诗的思想美。

在艺术中,美与形象结下的是不解之缘,这样,美才具有可以被人的审美器官直接感知并引起愉悦感的形象性。美的共同特征之一,就是具体可感性,没有形象就没有艺术之美,同样,社会意识形态的思想美要转化为艺术中的思想美,也必须通过形象,在诗中则尤其是意象。必须化为意象,这是由艺术美以形象表现现实的根本特点所决定的。从真、善、美的关系来说,美是真与善相统一的形

---

[1]　高尔基:《论文学》,人民文学出版社 1978 年版,第 224 页。

象，如同法国美学家狄德罗在《绘画论》中所说："真、善、美是些十分相近的品质。在前面两种品质之上加以一些难得而出色的情状，真就显得美，善也显得美。"[1] 在诗歌创作中，不是更应该如此吗？

上面所述，是从艺术对生活的审美反映的规律，论证诗歌作品的思想美必须借助于意象来表现，没有形象美就没有诗的思想美。另一方面，我们还要看到：谁若是真正想要发挥诗的思想启示作用，他就必须注意美感教育的特殊性。美感教育是一种教育，但它绝不同于说教，哪怕那种教义正确而有益。因为说教是通过非艺术的形式表现出来的，而美感教育则必须通过审美的形式，换言之，美感教育是让读者通过对鲜明生动的艺术形象的欣赏，首先得到感情的愉悦，然后又受到理智的启发，在形象的愉悦中受到教育。因此，诗作者如果想获致真正的思想之美，就必须寓教于乐，努力寻求和创造生动的不一般化的诗的意象。我反对那种公式化、概念化的直陈思想的作品，因为思想和形象应该结合和融化在一起。思想，不是要作者唯恐读者不懂地指而明之，而是要让读者通过形象思而得之。可是我们的一些诗歌作者，却偏偏忘记了这一美学原则，于是他们就制造了许多令人头痛的或枯燥说教或不知所云的非诗的文字，而读者读诗，首先是想获得艺术的愉悦和美的享受，并不愿意听到板起面孔的训诫教言，或是梦游症患者的胡语梦呓。

别林斯基说："思想渗透形象，如同亮光渗透多面体的水晶一样"。这使我联想起当代的学者兼诗人杨景龙（笔名扬子）的《是谁》：

> 是谁在喊立正。大山站得笔挺
> 是谁在喊出发。河水脚步不停
>
> 大山原地待命。至今一动不动
> 河水奔走一生。至今行色匆匆
>
> 河水需要休息。大山渴望远行
> 是谁一言九鼎。请你解除禁令

---

[1]　见《文艺理论译丛》1958 年第 4 期。

在诗歌作品中,思想的寄托有诸多方式,但大体而言,一类比较明朗,一类偏于暗示。杨景龙创作过许多山水诗,如"你的无言的沉默／昭示永恒的存在／使所有的喧噪者／都成为匆匆过客"(《山》),如"既然命运把你推向悬崖／就不屑于理睬／／回头是岸"(《瀑布》),这两首小诗也许另有寓意,但整体的呈现状态是明朗而耐读的,《也许》一诗则是山水合写,诗人说的是什么呢? 他寄寓的思想即诗思究竟何在? 全诗虽然颇为耐读,但呈示的状态却相当含蓄,只能让人去思而得之,不同的读者甚至可以各有会心与诠释。但是,这些作品都非无病呻吟,也非故作玄虚,它们是有思想的,但那些思想无一不是与山与水的意象交融在一起,因为它们的名字叫作"诗"。

诗的思想之美,要求思想和意象的相互渗透。诗的思想,从生活中孕育出来,由生活中的景象所激发,而不是关在书斋中的苍白的玄想。诗的意象,从生活中提炼出来,是生活形象的概括与升华,而不是作者主观生硬的比附。生活与形象之间,要求自然地水乳交融的渗透,而不是见人工斧凿痕迹的生拉硬扯,因为自然而真实是美的品质,也是发挥诗的思想力量的条件。印度诗人泰戈尔的诗,是以哲理见长的,如"真理爱它的界限,因为它在边界上遇到美"(《流萤集》),"为什么弦索断了? 我硬要弹奏出弦索不能胜任的高音,这就是琴弦为什么绷断的缘故"(《园丁集》),"我跳进形象的海洋的深处,希望能得到那完美的珍珠"(《吉檀迦利》),"邪恶和罪恶经常见面,死亡也曾经是它们中的一员"(《采果集》),等等,他对于宇宙人生的哲理思考总是和生活中触发他思考的形象交织在一起,自然无迹,呈现出一种动人心目的明朗而耐读的和谐之美,值得我们的诗作者借鉴。

诗,长于抒情。取消了抒情,也就取消了诗。诗,也贵在有美而深刻的思想。诗没有思想,就等于人没有灵魂,只剩下形形色色毫无美感的躯壳。只有平庸的人所共知的理念,那只能是某种教义的传声筒,某种常识的说明书,那不是诗或者说那是"非诗"即诗的赝品。

真正的诗,是美好的感情的产儿,也是美好的思想的骄子。

珠贝,是大海的宝藏,感情化、意象化与个性化的高尚而深刻的思想,是诗的珍珠。

　　思想的领域是天高地阔的，只要是美的，能够引领读者得到美的享受或精神升华的思想，都应该受到欢迎，但我同时也坚信：真正的大诗人，必然是他的时代的思想家；杰出的诗篇，必然出于杰出的思想者之手！当代诗评家丁国成说得好："一个思想平庸、人格卑下的人，无论如何写不出惊众骇俗、出类拔萃的优秀之作。因此，我们的诗作者首先要使自己的人品完善起来，思想高尚起来，真正关心国计民生，关心民族命运，站在时代的前列，而不要陶醉在纯粹个人的狭小天地里。弥尔顿说过：'谁想做一个诗人，他自己必须是一首真正的诗。'"[①] 怎么可以设想，思想上一贫如洗的人，人云亦云的千喙一声的人，缺乏慧眼、卓识与洞见的人，对生活和艺术没有独立思考与精神担当的人，能写出精神上富有的灿烂诗篇呢？

---

　①　丁国成：《古今诗坛》，吉林人民出版社 1984 年版。

第三章　五彩的喷泉　神圣的火焰
——论诗的感情美

在诗国的天空中,为什么许多诗篇就像一闪即逝的流星,也许一刹那间它也炫耀一时,但很快就熄灭在人们的记忆里,为什么许多诗篇却像永恒的星座,千年万载也辉耀着它们的光芒?

在诗国的大海上,为什么许多诗篇就像那翻腾不已的泡沫,尽管一瞬之间它也炫人眼目,但很快就随波而散,而只有那禁得起时间考验的作品,才像那万古不息、动人心魄的波涛?

这是诗的秘密,而诗的一个重要方面的秘密,就在诗的感情美的领域。在探讨了诗的思想美之后,就让我进入这一众说纷纭、颇多争议的天地,去作一番以管窥天、以蠡测海的探索吧。

一

情感,是艺术创作的动力,也是艺术创作的核心。

在所有的文学样式中,诗是一种最长于抒情的文学样式。可以说,诗,是一种主情的或表情的文学样式,情感,不仅是诗的活动的原创力,也是诗的生存价值的主要依据之一。感情美,是诗的美感的重要源泉,感情对于诗的重要作用,就像水之于鱼,天空之于鸟,阳光之于植物,没有感情就没有诗。

说明感情对诗的生命线的意义,在中国最早见于汉代毛苌的《诗序》:"诗者,志之所之也;在心为志,发言为诗;情动于中而形于言。"中国最早的诗歌理论,高扬的就是一面"诗言志"的旗帜。到了西晋时期,陆机在《文赋》中没有沿袭传统的说法,他创造性地提出了一个新的口号:"诗缘情而绮靡。""诗言志"与"诗缘情而绮靡",有它们之间的继承和发展的关系,但它们的内涵却同中而有异。"诗言志"虽然并不排斥情的重要作用,"志"与"情"也是相通的,但它产生在中国古典文艺理论批评史上强调文学的社会政治作用的阶段,它毕竟是主知的,主理性作用的,而主要不是主情的,主感化作用的,只有到了诗歌有了长足的发展以后,只有文学从文史中分离出来而成为独立的门类,表现了不可混同的独立性之后,文学包括诗歌自身的特征才逐渐为人们所认识,陆机"诗缘情而绮靡"的观点,正是读者与作者的审美经验发展到自觉的历史时期的产物,表明了诗的审美本质得到了应该给予的界定和确认,这,不能不说是中国古典美学思想的重要收获。自此以后,中国历代诗人和诗论家都继承了中国美学传统的"诗主情"的思想,而予以发挥和发展。唐代白居易《与元九书》以比喻论诗十分精辟:"感人心者,莫先乎情,莫始乎言,莫深乎义。诗者:根情,苗言,华声,实义。"他的见解至少有两点值得注意,一是对创作者这一审美主体而言要求"根情",也就是说,情感既是诗人创作的内容,也是诗人创作的动力,诗的创作活动必须始终处于饱满的感情状态之中,没有"情"这个根本,诗创作就是无源之水,无本之木;另一方面,对作品的欣赏者这一审美主体而言,要使他们得到"感动"——灵魂的净化,思想的升华,也必须"莫先乎情",以"情"的投入而非"理"的审视作为最先决的条件。由此可见,白居易对诗情的看法,是从主、客体两方面着眼,颇富于美学的辩证法。此后,近似白居易的这种观点的议论,在中国古典诗歌理论著作中比比皆是,如金代刘祁在《归潜志》中说:"夫诗者,本发其喜怒哀乐之情,如使人读之无所感动,非诗也。"刘祁的观点,分明是白居易有关诗观的一脉相承。直至清代的金圣叹,这位不仅以小说评论见长而且对诗学也颇多贡献的批评家,他也认为:"诗非异物,只是人人心头舌尖所万不获已,必欲说出之一句说话耳。"总之,可以看到,陆机所提出的"诗缘情"之说,在中国美学思想史上占有十分重要而影响深远的地位。

　　在中国新文学史上,诗主情的美学传统得到了继承和发展。最著名的是鲁迅的议论:"从我们的外行人看起来,诗歌是本以发抒自己的热情的,发讫即罢。"

（《集外集拾遗·诗歌之敌》）鲁迅新诗创作的成就虽然不大，我们不必因为作者是鲁迅而非科学地揄扬，但他的旧体诗却是新文学家中写得很好的一位，只有郁达夫、田汉、陈寅恪、聂绀弩、李汝伦、丁芒、邵燕祥等极少数的作家才可以比并。因此，他的话不仅是一般的理论性说明，也是他诗歌创作美学经验的总结。至于新诗史上占有重要地位的郭沫若、闻一多、臧克家、艾青等人，他们无一不议论过感情对于诗美的作用。"诗的本质专在抒情。抒情的文字便不采诗形，也不失其为诗。""诗人是感情的宠儿，哲学家是理智的骄子，诗人是'美'的化身，哲学家是'真'的具体。"（《论诗三札》）①——这是郭沫若的看法。"现在春又来了，我的诗料又来了。我将乘此多作些爱国思乡的诗。这种作品若出于至性至情，价值甚高，恐怕比那些无病呻吟的情诗又高些。"（《致闻家骊》）②——这是闻一多的自白。"我从二十年代起，就想用诗的形式来表现、记录我的生活经历，我的难以抑制的情感。"（《甘苦寸心知》）③——这是臧克家的甘苦之言。"人们欢喜读诗，最重要的是想从诗里获得感情上的启发或帮助。当一首诗缺少感情的时候，人们就开始对诗失去了信任。"（《诗与情感》）④——这是艾青在《诗论》中一再形象地表述过的观点。可以说，在新诗人之中，古老的"诗缘情而绮靡"的美学观，得到了普遍的承认。

对中国古今诗论作了如上的简略巡礼之后，我们也不妨眺望一下外国的诗坛，即使是匆匆一瞥，也许能起到"他山之石，可以攻玉"的作用。古希腊的德谟克利特，就不承认某人可以不充满热情而成为大诗人，他还将诗的热情与诗的美感联系起来，他说："一位诗人以热情并在神圣的灵感之下所作成的一切诗句，当然是美的。"⑤英国大诗人雪莱在《为诗辩护》中说："诗与快感是形影不离的，一切受到诗感染的心灵，都会敞开来接受那掺和在诗的快感中的智慧。"⑥雪莱所说的"快感"，就是与美感相联系的诗情。至于俄国大批评家别林斯基，他也很强调情感在诗歌中的作用，他认为："情感是诗的天性中一个主要的活动因素，没

---

① 《沫若文集》，人民文学出版社 1957 年版，第 10 卷，第 208、211 页。

② 《闻一多论新诗》，武汉大学出版社 1985 年版，第 229 页。

③ 《甘苦寸心知》，四川人民出版社 1982 年版，第 2 页。

④ 《诗论》，人民文学出版社 1980 年版，第 88 页。

⑤ 《西方古典作家谈文艺创作》，春风文艺出版社 1980 年版，第 2 页。

⑥ 《十九世纪英国诗人论诗》，人民文学出版社 1984 年版，第 127 页。

有情感就没有诗人,也没有诗。"① 也许无须再烦琐地列举,我们已经可以看到中外美学思想在诗主情这一点上,能够汇通在一起,就如同不同的河流,虽然它们各有不同的河道与水系,却仍然可以汇聚于同一湖泊或海洋。

二

情感,在诗创作中确实有在其他文学样式中不可比拟的重要作用,它既是诗作最重要的美学内容,"艺术即情感"的唯情论在诗中可以找到它广阔的用武天地,同时它又是诗创作的原动力,而且诗的感染力也绝不能脱离它而产生。一言以蔽之,诗情与诗美有密不可分的联系,诗情是构成诗美的主要内在因素,诗之美,从内容美这一角度来说,主要就是诗思与诗情之美。那么,怎样的情感才称得上是美的情感呢? 从最基本的层次来衡量,基于"真善美"的诗美情感应该是真实的、强烈的、深刻的,也就是说,真实、强烈、深刻,是诗美情感的三原色,可以称为诗的美学情感的三维性原则。

真实,是诗的情感美的第一个要素。所谓"真者,精诚之至也。不精不诚,不能动人。故强哭者虽悲不哀,强怒者虽严不威,强亲者虽笑不和, ……真在内者,神动于外,所以贵真也"(《庄子·渔父》)。真实,当然并不能与美完全等同起来,因为美的含意、范畴和表现形态,大大地超越了真实这一概念所表述的内容,然而,可以肯定的是,真实是美的基础,或者说至少是美的基础之一,而虚假,则只能引起读者厌恶的感情,而绝不可能激发审美的愉悦感。因此,十八世纪法国古典主义者波瓦洛就曾说过:"一个贤明的读者不愿把光阴虚掷,他还要在欣赏里能获得妙谛真知。""只有真才美,只有真可爱,真应统治一切,寓言也非例外……因为诗的真实,毫无谎言,能感动人心,并且一目了然。"② 黑格尔在他的《美学》中,一方面说明"真"与"美"是有区别的,但另一方面他又指出:"美与真是一回事。这就是说,美本身必须是真的。"③ 由此可见,真与美虽然分属于不同的领域,它们的内涵各不相同,但是,虚假不成其为美,真实则是美的始发站。诗美,就是从真实

① 《别林斯基论文学》,新文艺出版社 1958 年版,第 14 页。
② 《西方美学家论美和美感》,商务印书馆 1980 年版,第 80、81 页。
③ 《美学》(第 1 卷),商务印书馆 1979 年版,第 142 页。

的起点出发,开始她美妙的行程,正像春天是从立春这一天开始一样。

在诗歌创作中,感情的真实性的含意是什么呢? 我以为包含两个不可或缺的方面,即内在的真实与外在的真实。内在的真实,是指诗人所抒发的感情,确确实实是他所体验过并为之激动过的感情,不是搔首弄姿的矫揉造作,不是为赋新诗强说愁的无病而呻,不是出自功利目的之弄虚作假,而是发自肺腑,出自胸臆,正如普希金所说:"没有这个特点就没有真正的诗歌,这个特点就是灵感的真实性。"① 这,可以说是诗人感情的内在真实。但是,感情的内在真实,还必须与感情的外在真实结合起来考察。情感,是道德学的根基之一,诗通过感情活动产生补偿、净化、提升的功能,因此,感情的外在真实,就是看诗人的这种感情或感情体验,是否符合客观事物的真实以及客观事物的规律性,对社会和个体是否起肯定的积极的作用,亦即心理学中所说的"正情感"。在两者之中,感情的内在真实是重要的,因为真实的内在情感表现在诗中,除了以情动人之外还往往可以不符合事物的表面状态,甚至可以对客观事物作变形的处理,达到"无理而妙"或"愈无理而愈妙"的诗的境界。换言之,诗遵循的是感情的逻辑,为了强烈地动人地抒发真情,它有时可以不顾物理学的逻辑,也不愿受科学尺度的约束,但是,从一般的意义来说,诗学并不故意要求诗的情感有悖于外在的物理世情,恰恰相反,它原则上要求诗的情感的外在真实。同时,更重要的是,诗的内在真实如果只是纯个人性纯私语性的,无关乎社会现实与时代生活,无关乎世上疮痍民生疾苦,无关乎广大人群的喜怒哀乐,如同今日许多只强调抒发所谓自我感情内心隐秘而否定社会担当的作品一样,那就只能是诗的末路穷途。

只要重温一下中外诗史上的名篇,回顾一下有关诗人的创作历程,我们就可以提出如下一个问题:有哪一位真正的诗人不是情动于中才形于言的呢? 有哪一篇传世之作不是以感情的真挚性叩动读者心弦的呢? 屈原的创作,按照司马迁在《屈原贾生列传》中的说法,是"屈平疾王听之不聪也,谗谄之蔽明也,邪曲之害公也,方正之不容也,故忧愁幽思而作《离骚》",中国古典诗史上这一震古烁今的最长的抒情诗,就是屈原的真挚感情的艺术喷发,正因为如此,千百年来它才传唱不衰。南宋的陆游,是中国古典诗史上的杰出歌手,也是艰难时世中的

---

① 《普希金论文学》,漓江出版社 1983 年版,第 121 页。

绝代爱国诗人。他的诗作之所以感人，主要原因就是他的作品充满真挚的爱国激情，"诸公谁听刍荛策，吾辈空怀畎亩忧。急雪打窗心共碎，危楼望远涕俱流"，这是他早年《送七兄赴扬州帅幕》中的诗句。从少年时代起就跳跃在他胸中的报国雄心，真是年既老而不衰：

> 北征谈笑取关河，盟府何人策战多。
> 扫尽烟尘归铁马，剪空荆棘出铜驼。
> 史臣历纪平戎策，壮士遥传入塞歌。
> 自笑书生无寸效，十年枉是枕雕戈！
>
> ——《书事》

> 久住人间岂自期，断砧残角助凄悲。
> 征人忽入夜来梦，意气尚如年少时。
> 绝塞但惊天似水，流年不记鬓成丝。
> 此身死去诗犹在，未必无人粗见知。
>
> ——《记梦》

> 渔村樵市过残春，八十三年老病身。
> 残虏游魂苗渴雨，杜门忧国复忧民。
>
> ——《春晚即事》

上面所引述的，都是陆游八十岁以后的作品。这些作品，因为它们的感情的真挚美，在八百年后的今天，仍然具有巨大的感染力和强化意志的作用。"诗界千年靡靡风，兵魂销尽国魂空。集中十九从军乐，亘古男儿一放翁。""辜负胸中十万兵，百无聊赖以诗鸣。谁怜爱国千行泪，说到胡尘意不平。"梁启超《读陆放翁集》对陆游诗的评价，不也是从诗人的"泪"与"意"——感情的真挚性着眼的吗？

诗的感情的真挚性，和一首诗的具体创作过程联系在一起。诗人在创作过程中如果不经历真实的往往不能自己的情绪激动，而是无动于衷，或感情处于波澜不兴的平静状态，他绝不可能写出感情真挚的作品。不到沸点，水怎会沸腾？

不经撞击,燧石怎么会迸发火星? 同样,诗作者自己在创作过程中不经过心灵的火山爆发,怎么会有感情真挚的作品喷薄而出? 那些对生活缺乏真正的热情而写诗时必然缺乏真挚感情的人,尽管他们努力在形式和艺术上下功夫,也无法挽救作品因贫血症而必然导致的失败。正如拜伦所说:"难道热情不是诗的粮食,诗的薪火吗?"没有真挚的感情,诗不会有灼人的光和热;徒然在形式与技巧上花费心思,巧妇终究难为无米之炊,工匠只能制造出假花。古往今来优秀诗作的共同特色之一,就是抒情的真挚性,而矫情或伪情,则是诗歌的致命伤,也是诗美的大敌。在生活中,一个巧言令色的伪善者,一个鼓舌如簧的说谎家,你能够对他产生美感吗? 诗文同理,缺乏真情,得到的结局就是失败,其他的任何努力都无济于诗。十九世纪匈牙利大诗人裴多菲说:"我宁愿以诚挚获得一百名敌人的攻击,也不愿以伪善获得十个朋友的赞扬。呵,在我的心目中,诚挚是一个人最高的品格。"(《诗歌全集·序》)①鲁迅也曾经强调诗作者必须有真挚的感情,认为这是写出好诗的必具条件,他在《两地书·三四》中对那些矫情与伪情之作痛下针砭:"先前是虚伪的'花呀''爱呀'的诗,现在是虚伪的'死呀''血呀'的诗,呜呼,头痛极了!"鲁迅所贬斥的,前者是远离人群与社会的纯粹个人的风花雪月,后者则是随风趋时虚张声势的架空喊叫。诗,是诗作者感情的测谎器,不论是写什么题材,哪怕是所谓重大题材,如果在感情上堕入虚伪之途,那就无可救药,任何现代手法也无法起死回生。袁枚在《随园诗话》中批评王渔洋,说他"主修饰不主性情,观其到一处必有诗,诗中必用典,可以想见喜怒哀乐之不真"。这种现象,在今天的新诗与旧体诗作者中难道还少吗? 可以说,感情的真挚性缺乏或薄弱,正是我们当前一些诗作缺乏美学力量的根本原因之一。一些作者不是"为情而造文",而是"为文而造情",在这种失血的苍白的作品面前,诗美早就避之唯恐不及了,怎么还能期望她翩然光临呢?

"诗从肺腑出,出则愁肺腑。有如黄河鱼,出膏以自煮!"这是苏东坡的《读孟郊诗》,虽说这首诗评价的是孟郊诗的风格,但也揭示了诗歌创作的一个不可违背的法则:"诗从肺腑出。"从肺腑出来的诗,它的感情必然是真挚的,同时往往又是"强烈"的。

---

① 《西方古典作家谈文艺创作》,春风文艺出版社 1980 年版,第 465 页。

　　诗的感情,应该强调在真挚性之前提下的"强度"。诗的感情具有真挚性,这就保证了诗情获得了美的基本素质,但是,同是真挚的感情,也还有强烈或不强烈之分。强烈,就是强度,借用物理学的解释,就是材料或物体受力时抵抗破坏的能力,材料的强度,可用它的极限应力值如屈服点、强度极限和持久极限来表示。在诗的感情中,强烈性就是指这种感情的运动幅度及其震撼力。在诗歌创作中,只有真情才能动人,才能引发欣赏者的美感,但也只有真挚而强烈的真情,才更具有打动人心的美学力量。古往今来的优秀诗人,他们的感情性质也许有时代的、民族的、个人的差别,他们抒发感情的方式,也许会因艺术个性之差异、创作方法和创作流派的不同而呈现出各异的面貌,然而,感情的强烈性,却应该是古今中外优秀诗人抒情的共同特色。

　　我想,不应该是偶然的巧合吧,中外一些著名诗人谈到抒情诗创作的时候,都不约而同地提到感情的强烈性,或是对感情的强烈性作过形象的描绘。英国湖畔派诗人华兹华斯说过:"一切好诗都是强烈感情的自然流露。"(《抒情歌谣集》序言)[1] 闻一多表示他写诗时的强烈情感,在《红豆篇第十七》中说自己连"心头肉"也剜出还诗债,在《红豆篇第十八》里,他说:"我是吐尽明丝的蚕儿,死是我的休息。"早在一九二六年,他就说过:"……并且同情心发达到极点,刺激来得强,反应也来得强,也许有时仅仅一点文字上的表现还不够,那便非现身说法不可了。所以陆游一个七十衰翁要'泪洒龙床请北征',拜伦要战死在疆场上了。所以拜伦最完美,最伟大的一首诗,也便是这一死。"(《文艺与爱国——纪念三月十八》)[2] 闻一多对诗的执着而强烈的感情,在新诗人中是极为突出的。新诗的先驱者之一刘半农写诗时,"觉也睡不着,饭也不想吃。"郭沫若的《女神》是雄浑而强烈的,他说他有"火山爆发式的内发情感",说自己写诗时冲动起来如"一匹野马",在谈到《地球,我的母亲》一诗的创作受到"诗兴的袭击"时,他"觉得有点发狂",脱掉木屐赤着脚在石子路上来回疾走,甚至倒卧在地和"地球母亲"亲吻。在《我的作诗的经过》中,他述说了《凤凰涅槃》的创作情况:"《凤凰涅槃》那首长诗是一天之中分两个时期写出来的。上半天在学校的课堂里听

① 《十九世纪英国诗人论诗》,人民文学出版社1984年版,第6页。
② 《闻一多论新诗》,武汉大学出版社1985年版,第78页。

讲的时候,突然有诗意袭来,便在抄本上东鳞西爪地写出了那诗的前半。在晚上行将就寝的时候,诗的后半的意趣又袭来了,伏在枕上用着铅笔只是火速地写,全身都有点作寒作冷,连牙关都在打战。就那样把那首奇怪的诗也写了出来。"[①] 从他作于一九一九年的收入《女神》中的诗《立在地球边上放号》,可以看到他的激情像狂涛一样汹涌澎湃,又如火山一样轰然喷发,这种激情,基于诗人的革命民主主义思想,显示了诗人彻底反帝反封建的心志,同时,它又是"五四"时代狂飙突进的时代精神的反映。对燃烧在《女神》中的烈火般的激情,我们至今仍然可以感受到它的并没有消失的热力。

"四时可爱唯春日,一事能狂便少年"(《野步》),这是王国维的诗句。当代诗人郭小川晚年也有一首五律:"原无野老泪,常有少年狂。一颗心似火,三寸笔如枪。流言真笑料,豪气自文章。何时还北国?把酒论长江!"他说自己的"心似火"而常有"少年狂",这"火"与"狂",不就是他的性格与诗作具有强烈激情的写照吗?郭小川的许多诗作在当时之所以那样激动人心,在今天之所以仍然为读者所怀念,其最可宝贵的特色之一,就是抒情的真挚性和强烈性,他的诗作抒情的真挚与强烈的程度,在当今的新诗人中并不多见。他的诗,以思想的深度,也以感情的力度见长,让我们重温《西出阳关》中的开篇吧:

> 声声咽哟,
> 声声紧,
> 风沙好像还在怨恨西行的人;
> 重重山哟,
> 重重云,
> 阳关好像有意不开门。
>
> 莫提起呀——
> 周穆王、汉使臣……
> 他们怎么是边风塞曲的真知音!

---

① 《沫若诗话》,四川人民出版社 1984 年版,第 135 页。

莫提起呀——

唐诗人、清配军……

他们怎肯与天涯地角共一心！

…………

肋生翅哟，

脚生云，

不出阳关不甘心！

血如沸哟，

心如焚，

誓到阳关以外献终身！

何必"劝君更尽一杯酒"！

再会吧，乡亲！

哪里的好酒不芳芬？

什么"西出阳关无故人"！

再会吧，乡亲！

哪里不一样度过战斗的青春？

早在二十世纪的一九六四年，曾有过边疆生活经历的我，就曾著文首称郭小川歌咏新疆的系列诗作为"新边塞诗"（《新时代的边塞诗——读郭小川的〈边塞新歌〉》）。从诗中，我们可以感受到强烈的诗的激情如烈火一样燃烧，如大江一样奔泻！"血如沸哟，心如焚"，这是诗人对于开发边陲志壮云天的西部开拓者、建设者的赞美，不也是对他自己的内心情绪的写照吗？没有真情，没有强烈的真情，就不可能有诗之美，就不可能有强烈的诗之美。强烈的诗情是感情美一种本质的自然流露，缺乏强烈的真情而舍本求末，不仅任何化妆术都无济于事，反而更加让美的对立物——虚伪，得到更彻底的暴露，就像浓妆艳抹的脂粉脱落之后，更显出装扮者的本来面目一样。

　　诗的感情美，除了真挚性与强烈性这两种品质之外，居于殿军位置的就应该是深度了。强烈,一般是指感情波动的幅度和力量,即覆盖面和作用范围,犹如石头投入水中,因石头以及投掷力量的大小而向四周扩散大小远近不等的波纹,它是成横向面展开的,感情真挚而强烈的作品,其感人力量当然不及感情真挚、强烈而有深度的作品。深度,则是对感情的纵向的衡量,是对感情的纵深化和立体化的表达,是个体对感情世界的深刻体验,是对生活与人的心灵的深入探测和表现。

特别值得提出的是,有些感情强烈的作品,例如浪漫主义诗人的作品,如果不同时注意加强感情的深度,则往往容易流于滥情和滥感,粗疏浮泛,缺乏持久的美的魅力,而如果同时具有感情的深度,则可以更大地加强作品的美质。在中国古代超一流的大诗人中,一般地说,感情真挚、强烈而更具有深度的,当数屈原和杜甫,李白真挚而强烈,他的强烈有时甚至超过了屈原和杜甫,但总体而言,他在感情的深刻程度上却赶不上他们。至于南宋的爱国词人如刘过、刘克庄等人,大戟长枪,志在恢复故土失地,感情之强烈,直逼辛稼轩、陆放翁之藩篱,但感情的深度毕竟不够,作品有时流于直露,所以难免"略无余韵"的讥评。在中国新诗史上,郭沫若《女神》的感情强度可和美国诗人惠特曼的《草叶集》媲美,在中国新诗人的作品中也是不可多见的,它在表现五四时代的时代精神方面,确有其十分突出之处,的确不愧是中国新诗史上的一座丰碑,但是,今天从抒情美的角度看来,我们可以公允地说,《女神》的感情强烈有余而深度不足。例如《晨安》一诗,总共三十八行,行行都是"呀!"字煞尾的句法,"呵呵"连用六处之多,感叹词六十五个,惊叹词八十八个,这在诗作发表的当时以及其后的一段时间内,它还是有相当震撼力的,但时日迁流,年深月久,就不免使人感到粗放有余而深隽不足了。

在西方的诗坛上,古典诗往往流于说理,如十八世纪的诗人大都"主知",他们强调"知"的一面,理性有余而感性不足,而十九世纪浪漫主义诗人们大都"主情",他们强调"情"的一面,但抒情往往流于直露浅白,放纵无余。艾略特就认为在文艺复兴时期,欧洲文学并没有感性与理性的分裂,在十七世纪英国玄学派诗人邓约翰的作品之中,偏于知性的"机智"和偏于感性的"激情",和谐一致地交融在一起,而十八世纪的古典诗人,则压抑激情而张扬理性,作品容易流于枯涩,十九世纪的浪漫诗人则恰恰相反,放纵感情而易流于滥情[1]。艾略特的这

---

① 参见艾略特:《诗的效用与批评的效用》,台湾纯文学出版社1972年版。

一见解颇有道理。浪漫主义诗人的作品,以激情洋溢的抒情为其特色,但往往感情强烈有余而深度不足,不耐咀嚼与回味,这一点,即使如浪漫主义大诗人拜伦和雪莱之作,也难免此病。等而下之的诗人的作品,就往往流于滥情了。

由此可见,艺术的感情要讲求深度,即感情的深刻性,这是诗美的内容构成的重要因素。偏于深度的感情,一般呈现为柔婉之美或沉郁之美,或称"冷抒情";而强烈的感情一般呈现为奔进之美,或称"正抒情"。例如同是《诗经》中的恋歌:

采采卷耳,不盈顷筐。嗟我怀人,寘彼周行。

陟彼崔巍,我马虺隤! 我姑酌彼金罍,维以不永怀。

陟彼高岗,我马玄黄! 我姑酌彼兕觥,维以不永伤!

陟彼砠矣,我马瘏矣,我仆痡矣,云何吁矣!

——《周南·卷耳》

泛彼柏舟,在彼中河。髧彼两髦,实维我仪。之死矢靡它。母也天只!
不谅人只!

泛彼柏舟,在彼河侧。髧彼两髦,实维我特。之死矢靡慝。母也天只!
不谅人只!

——《鄘风·柏舟》

《周南》中的《卷耳》篇,写的是一位妻子思念远行的丈夫,这大约是中国古典抒情诗思妇怀人的交响曲中的第一个音符。诗中的主人公提着"顷筐"在野外采摘卷耳,久久都采不满,因为她思念远人而无情无绪,后来干脆把筐子放在大路上,自己则呆呆地远思痴想。她想到奔波在外的良人,也在思念着她。这种"从对面写来"的方法,深情浓至,委婉动人,启发了后代不少诗人的诗思。如《古诗十九首》中的《明月何皎皎》、杜甫的《月夜》、王维的《登高》、李商隐的《夜雨寄北》等篇,都是出自相似的诗心,它们的感情之美也都属于有深度的深婉之美的范畴。《鄘风·柏舟》则是另一种情况,这首诗的特点有二,其一是表现女子对男子爱恋的热情和心理,这在《诗经》中不难看到,可见在先秦时期儒家思想尚未占统治地位,女方在感情生活上还比较开放,和男方处于平等的地位。其二是这首诗的感情虽然也是深挚的,但却更显外露奔迸,她"呼母告天",激越之情自有感发人心的力量,不过总略嫌单一和直白。在古代的民间恋歌中,深婉与强烈兼而有之,最具有强烈而持久的美学力量的,长篇是乐府中的《孔雀东南飞》,短篇则非《上邪》莫属:

> 上邪! 我欲与君相知,长命无绝衰。山无陵,江水为竭,冬雷震震,夏雨雪,天地合,乃敢与君绝!

诗中的抒情主人公信誓旦旦,她表现她对意中人的一往情深,首先是直抒胸臆,然后用了五个递升式的比喻,把一腔深情表现得如此强烈,而又如此刻骨铭心,真是堪称千古绝唱!

雷电轰鸣,虽然动人耳目却瞬息即逝,潇潇春雨,虽然力度不够却能滋润万物。诗情,应该是与理性交织的诗情,是感性与知性的统一,这样,就可以强烈而不浮泛,真挚而不浅薄,不致流于浪漫主义的"滥伤"与"滥感"。古罗马文艺理论家郎吉弩斯说:"那些巨大的激烈情感,如果没有理智的控制而任其为自己盲目、轻率的冲动所操纵,那就会像一只没有了压舱石而漂流不定的船那样陷入危险。"(《论崇高》)[1]鲁迅有一个极精辟的见解,他认为"诗歌较有永久性",他说:"沪案以后,周刊上常有极锋利肃杀的诗,其实是没有意思的,情随事迁,即味如嚼蜡。我以为感情正烈的时候,不宜做诗,否则锋芒太露,能将'诗美'杀掉。"(《两地书·三二》)与此令人惊异地相似的是,十八世纪法国启蒙运动的思想家和作家狄德罗,也表达过如下的见解:"你是否趁你的朋友或爱人刚死的时候就做诗哀悼呢? 谁趁这种时候去发挥诗才,谁就会倒霉! 只有等到激烈的哀痛已经过去……当事人才会想到幸福遭到折损,才能估计损失,记忆才和想象结合起来,去回味和放大已经感到的悲痛。"[2]诗情强烈的诗人闻一多,他写《长城下的哀歌》是"悲恸已逝的东方文化的热泪之结晶",他又曾给《醒呀》一诗下如下的注脚:"这些是历年旅外因受尽帝国主义

---

① 《文艺理论译丛》1958 年第 2 期,人民文学出版社出版。
② 《西方古典作家谈文艺创作》,春风文艺出版社 1980 年版,第 105 页。

的闲气而喊出的不平的呼声。"但是,诗人在将自己的作品整理成集时,却对上述篇章中因爱国热情冲动而抒写的呼号词语,删去了大半,这就说明了诗的一条美学原理:感情的节制和控制,感情的内聚与升华,对诗的感情而言至关重要,对读者心灵的冲击力也会强烈而持久。德国大诗人歌德,二十五岁时写出《少年维特之烦恼》,但从他的成名之作到长诗《浮士德》第一部的完成,先后用了二十六年,直到七十六岁之时,他才开始写第二部,他的激情像地下泉突然奔泻而出。《浮士德》第二部开头一句诗就是:"生命呵你又像欢腾的奔泉喷涌而出。"可见有深度的感情,经过几十年的封闭仍然不会凝固冷却,反而更加醇美深永。

在中国,宋代诗人陆游与表妹唐琬伉俪情深而被迫离异,以及他们在沈园相逢后分别写成的《钗头凤》词,是人所熟知的了,当时陆游是二十七岁,但数十年中一直到生命结束,他都念念未能忘情。陆游六十八岁以前所写诸多怀念唐婉之作,此处不一一援引。他六十五岁(1189)到山阴故里定居,六十八岁时来游沈园,作七律《禹迹寺南,有沈氏小园。四十年前,尝题小词一阕壁间。偶复一到,而园已三易主,读之怅然》:

> 枫叶如丹槲叶黄,河阳愁鬓怯新霜。
> 林亭感旧空回首,泉路凭谁说断肠?
> 坏壁醉题尘漠漠,断云幽梦事茫茫。
> 年来妄念消除尽,回向蒲龛一炷香!

最为人所熟知的,是庆元五年(1199)他七十五岁时再游沈园所作的《沈园二首》:

> 城上斜阳画角哀,沈园非复旧池台。
> 伤心桥下春波绿,曾是惊鸿照影来。

> 梦断香消四十年,沈园柳老不吹绵。
> 此身行作稽山土,犹吊遗踪一泫然!

在这两首诗中,那抚今追昔之感,至死不渝之情,海枯石烂之意,洋溢于字里行间。清人陈衍在《宋诗精华录》中说得好:"无此等伤心之事,亦无此等伤心之诗。就百年论,谁愿有此事? 就千秋论,不可无此诗。"日有所思,夜有所梦,陆游八十一岁再次梦到沈园,作《十二月二日夜梦游沈氏园亭二首》:

> 路近城南已怕行,沈家园里更伤情。
> 香穿客袖梅花在,绿蘸寺桥春水生。
>
> 城南小陌又逢春,只见梅花不见人。
> 玉骨早成泉下土,墨痕犹锁壁间尘!

诗人晚岁回首华年,重温旧梦,写出的自然是年轻时悲剧的晚歌与挽歌。他的爱国之情是终其一生的,他对唐琬的爱恋之情也是终其一生的,这两种内涵不同而同样来得热烈而持久的情感,像两条永不枯竭的飞花涌浪的河流,一同奔泻到他生命的终点。前者是千百年来传唱人口的那首《示儿》,后者,就是他八十六岁临终那一年所作的《春游四首》之一了。生命已临终点,却仍然有所谓"高峰体验"的深挚的激情:

> 沈家园里花如锦,半是当年识放翁。
> 也信美人终作土,不堪幽梦太匆匆!

天长地久有时尽,此恨绵绵无绝期。陆游英雄气盛,也儿女情长,他终其一生的追怀唐琬之作,岂是那些性情凉薄之辈所能写出? 它们以感情的深挚、强烈而深刻动人,既是那种一饮即醺令人血脉贲张的烈酒,也是沁人心脾、中人如醉的陈年佳酿,其绵长不尽的滋味,会长久地留在你的心头和记忆里。钱锺书在《宋诗选注》的序言中说:"爱情,尤其是在封建礼教开眼闭眼监视之下那种公然走私的爱情,从古体诗里差不多全部撤退到近体诗里,又从近体诗里大部分迁移到词里。除掉陆游的几首,宋代数目不多的爱情诗,都淡薄、笨拙、套板。"钱氏的六字酷评,不是可以令今日的许多诗作者连类而及深长思之的吗?

英国诗人华兹华斯说："诗是强烈情感的自然流露，它是起源于在平静中回忆起来的情感。"① 是的，诗的感情应该是真挚的、强烈的、有深度的，同样重要的是，诗的感情也必须是新鲜独特而极其个性化的，这一点，我且留待后面来论述。

<h2 style="text-align:center">三</h2>

诗的情感，和人在日常生活中的情感有联系，但它又绝不完全等于人在日常生活中的一般情感，就如同几朵浪花并不能代表整个江流，几片叶子不能代表整株花树一样。诗的情感，是日常生活中的情感提纯、升华和艺术冶炼的结果，是一种高层次的美学的情感。

审美，是人与现实世界的关系最重要的特征之一。诗歌作为一门艺术，集中地体现人对自然和社会的审美把握，这种审美把握，主要又是通过诗情的提炼与抒发来表现的。前面论及感情的基本素质时，我已经说明真情实感——也即感情的真挚性，是表现艺术美的首要条件，也是诗对现实的审美把握的基础。但是，真善美是紧密联系而不可分割的朋友，美，在最深刻的意义上不仅与真形影不离，而且与善更是结下了不解之缘。我之所以说诗的情感是一种高层次的美学情感，首先因为它是一种符合"善"的规范的情感。

真与善虽然并不能就和美画一个等号，但可以称为美的，也必然是真的。那么，"善"是什么呢？古希腊哲人苏格拉底认为善就是"益"，他把人的德行和物的适用统称为善，并且认为这种善就是"美"。他的学生亚里士多德问他："那么，粪筐，能说是美的吗？"苏格拉底的回答是："当然，一面金盾却是丑的，如果粪筐适用而金盾不适用。"（克赛诺封《回忆录》）而古希腊的另一位哲人柏拉图则以知识作善的标准，他说："善的范型是最高的知识。"（引自《西方论理学名著选辑》）在西方哲学史上，康德把所谓先天的善良意志的"绝对命令"，作为评价善恶的标准，而伊壁鸠鲁、斯宾诺莎、费尔巴哈等人，他们衡量善恶的标准则是快乐和幸福，如伊壁鸠鲁就说："我们认为幸福生活是我们天生的最高的善，我们的一切取舍都从快乐出发；我们的最终目的乃是得到快乐，而以感触为标准来判断一切的善。"

<hr>

① 《〈抒情歌谣集〉一八〇〇年版序言》，见《西方文论选》（下册），上海译文出版社 1979 年版，第 17 页。

斯宾诺莎的看法是大同小异的:"所谓善是指一切的快乐和一切足以增进快乐的东西而言,特别是指能够满足愿望的任何东西而言。所谓恶是指一切痛苦,特别是一切足以障碍愿望的东西而言。"(引文出处同上)在中国美学思想史上,孔子、孟子等哲学家认为善恶以是否合于"义"作标准,这就是孔子在《论语》中所说的"君子喻于义,小人喻于利",而以"利"为准绳的哲学家,则以有利或有害作为衡量善恶的尺度,即墨子所谓"利,所得而喜也,……害,所得而恶也"(《诸子集成》)从以上对中外美学史挂一漏万的举述,可见对善的解释纷繁而歧异。

我们考察诗的感情的善,必须首先对怎样看待"善"有一个明确的同时是正确的尺度。亚里士多德说过:"美是一种善,其所以引起快感正因为它是善。"①德国古典哲学家康德还作了进一步的发展:"美是一个对象的合目的性的形式。"② 参考前人提供的思想资料,我以为"善"是属于伦理学的范畴,它是在道德领域内分辨好与不好的标尺,它依存于人与人的社会关系,指人的品性、行为和感情的道德伦理性质。如果说,诗的感情要具有真挚性,虚假的感情不成其为美,而且只能引起读者的厌恶,那么,美的感情也必须合于善的规范,低下庸俗乃至丑陋邪恶的感情即使真实也绝不成其为美,它不仅缺乏美学意义,而且只能归于丑的范畴。因此,在诗歌创作中,并不是所有真实的感情都具有美学的意义,诗的感情既应当是真的,同时又应该是善的,这样,才能二美兼具,构成诗的感情的完全的美。

在艺术中,在诗歌创作中,善对美起着规范作用,也就是说,感情之真能否化为感情之美,还要看这种感情是否符合高尚的或崇高的道德伦理标准。如元曲家张养浩的名作兼杰作:

> 峰峦如聚,波涛如怒。山河表里潼关路。望西都,意踟蹰,伤心秦汉经行处,宫阙万间都做了土。兴,百姓苦!亡,百姓苦!
>
> ——张养浩《潼关怀古》

---

① 《西方美学家论美和美感》,商务印书馆 1980 年版,第 41、168 页。
② 同上。

位于陕西省潼关县之潼关,历来为兵家必争之地,有史可考的重大战事在此就上
演过三十余次。历来咏潼关之诗多矣,而张养浩出于民本思想,情系苍生,萦怀
百姓,其诗句真是力透三札的史笔,是洞穿青史的诗的灼见,是振聋发聩的暮鼓
晨钟! 而以"善"的标准来衡量,古代的"宫体诗"就必须逐出诗的门庭之外了。
宫体诗,是南朝以梁代的简文帝为首所倡导的诗体与诗风,延续至陈后主、隋炀
帝、唐太宗之时,内容是描绘声色,主要是写艳情乃至色情。这里略引两首,以见
一斑:

> 北窗聊就枕,南檐日未斜。
> 攀钩落绮障,插捩举琵琶。
> 梦笑开娇靥,眠鬟压落花。
> 簟文生玉腕,香汗浸红纱。
> 夫婿恒相伴,莫误是倡家。
>
> ——梁简文帝萧纲《咏内人昼眠诗》

> 大妇年十五,中妇当春户。
> 小妇正横陈,含娇情未吐。
> 所愁晓漏促,不恨灯销炷。
>
> ——陈后主叔宝《三妇艳词》之一

这些作品所抒写的,都是他们那荒淫无耻的生活和他们的真情实感,在感情的真
实性方面无可怀疑,但是,仅仅只要是真实的感情就可以被认为是诗情吗? 闻一
多在《宫体诗的自赎》一文中,以现代的观点,从诗歌发展史的角度,对宫体诗作
了严正的批判,他说:"这专以在昏淫的沉迷中作践文字为务的宫体诗,本是衰老
的贫血的南朝宫廷生活的产物。""堕落是没有止境的,从一种变态到另一种变
态往往是个极短的距离。"[1] 从美学的角度看来,凡是符合人的正当目的的功利
行为与思想感情,都是"善",而美则是对善的肯定,也即是对实践的合目的性的

---

[1] 《唐诗杂论》,北京古籍出版社 1956 年版,第 12、13 页。

肯定,宫体诗所表现的,是封建统治阶级荒淫腐朽的生活及其颓废没落的思想感情,它毫不作伪的真,却不但不能走近美神的身旁,而且只能更暴露出它自己的丑态。近些年来,有些人提倡所谓"下半身写作",有的论者著文大肆赞扬所谓"性诗",在此旗号之下,许多作品流于粗俗、粗鄙、恶俗,流于形而下的感官描绘与刺激,它们比古代的宫廷诗走得更远,可称是一种现代的恶劣的"变态"。

诗情,是一种高层次的审美的情感,它的主要标志是合于美的规范,是道德上的善的高度自觉表现,是"精神美"的一个重要方面。"善"的要求是"合目的性",衡量善恶的客观标准尺度是无可否定的,按照这一标准,凡是符合社会发展方向的行动,表现了广大人民意愿的思想感情,能够陶冶人的高尚情操,加强人对生活的热爱,就是善的,否则就是恶的。由此可见,善不仅是美的前提,而且是美的归宿。值得强调的是,在人称之为"善"的感情中,最主要和最重要的是对国家民族命运的热切关注,对社会对时代的庄严的责任感与使命感,以及对人民对我们赖以生存和生活的地球之博大深厚的真正的热爱,而非相反。正因为如此,车尔尼雪夫斯基才认为艺术是"人的一种道德的活动"。且让我从这一基点出发,对中外诗歌的史实作抽样式的表述。

只要稍微回顾一下中国的诗史,我们就可以发现那些最杰出最动人的诗篇,往往表现了诗作者与民族、与人民深切的感情关系,他们的诗情是一种合于"善"的规范的诗情,因而也就是一种闪耀着"美"的光彩的诗情。屈原,是中国诗史上继《诗经》的集体创作之后的第一位具名的大诗人,他在《离骚》中说:

> 朝饮木兰之坠露兮,夕餐秋菊之落英。苟余情其信姱以练要兮,长顑颔亦何伤!

屈原在他的诗篇中高标出"余情"二字,"余"者,我也,"情"者,感情也,可见诗人所重视的就是属于他自己的独特的感情。他对自己的感情的审美判断是"信姱"和"练要","信姱"就是真实而美好,"练要"则是精诚而坚定。这,确实是屈原的思想感情的自白,也是洋溢于其诗篇之中的美学感情的写照。在屡受打击而遭流放的艰难境遇中,他仍然信誓旦旦:

欲高飞而远集兮,君罔谓汝何之? 欲横奔而失路兮,盖志坚而不忍。

——《惜诵》

数惟荪之多怒兮,伤余心之忧忧。愿摇起而横奔兮,览民尤以自镇。结微情以陈词兮,娇以遗夫美人。

——《抽思》

中国的诗人是有幸的,因为屈原早在两千年以前就为他们树立了光辉的榜样,昭示出不灭的真理:只有与人民与时代有深厚的感情联系,才可能有永不衰竭的高尚的诗情。这一光辉的传统,为后代的许多诗人所继承,如南宋的并世而出的辛弃疾和陆游:

老大那堪说。似而今、元龙臭味,孟公瓜葛。我病君来高歌饮,惊散楼头飞雪。笑富贵千钧如发。硬语盘空谁来听? 记当时、只有西窗月。重进酒,换鸣瑟。　　事无两样人心别。问渠侬、神州毕竟,几番离合? 汗血盐车无人顾,千里空收骏骨。正目断、关河路绝。我最怜君中宵舞,道"男儿到死心如铁"。看试手,补天裂!

——辛弃疾《贺新郎·同父见和,再用韵答之》

桐叶晨飘蛩夜语。旅思秋光,黯黯长安路。忽记横戈盘马处,散关清渭应如故。　　江海轻舟今已具。一卷兵书,叹息无人付。早信此生终不遇,当年悔草《长杨赋》!

——陆游《蝶恋花·离小益作》

他们的琴弦上弹奏的,是忧国忧民的心灵八重奏。那对祖国、对民族、对人民的爱,是高层次的审美的情感,也是一种永恒的情感,它和精警的意象交融在一起而进入诗中,构成了强烈的诗的感情美,如同飞瀑,冲击着我们民族一代代人的心潭;如同鼓点,鼓舞着我们民族一代代人不屈和向上的意志。这感情的瀑布和鼓点,也以新的色彩与声音闪耀并响彻在闻一多的诗里:

有一句话说出就是祸，

有一句话能点得着火。

别看五千年没有说破，

你猜得透火山的缄默？

说不定是突然着了魔，

突然青天里一个霹雳

爆一声：

"咱们的中国！"

这话教我今天怎么说？

你不信铁树开花也可。

那么有一句话你听着：

等火山忍不住了缄默，

不要发抖，伸舌头，顿脚，

等到青天里一个霹雳

爆一声：

"咱们的中国！"

这是闻一多收于一九二八年出版的《死水》中的诗《一句话》。在诗中像火焰一样燃烧的，是他对祖国的满腔热爱之情，这种博大的爱国主义的情感是崇高的，永恒的，它表现在闻一多诗独具的构思和意象之中，呈现为一种高层次的美学的情感，有如一支永不熄灭的"红烛"。

　　在西方的诗歌史上，我们也可以看到那些影响巨大而深远的诗作，在感情性质上大都表现了和时代、人民的紧密联系，这样，所抒发的情感才能引发当代及后代读者的美感。一八〇三年，奥地利军队侵入法国，为了挽救国家的危亡，少年工兵李赛尔一夜之间创作了一首歌曲，第二天在义勇军的誓师大会上歌唱，被命名为《莱茵河战歌》。因为它表现了法国人民炽烈的爱国热情，旋律雄壮而优美，后来被选为法国国歌，更名为《马赛曲》（马赛是法国第二次革命的根据地）。在美国，民主歌手惠特曼的《草叶集》的出现，使整个美国社会大为震动。

诗人在序文中说："最渴望自由或最欢迎自由的是诗人……他们是自由的喉舌和自由的代言人，一切伟大诗人的态度都应该是使奴隶得到鼓舞，使暴君感到恐惧。"如他的名篇《呵，船长，我的船长哟》：

呵，船长，我的船长哟！我们可怕的航程已经终了，
我们的船渡过了每一个难关，我们追求的锦标已经得到，
港口就在前面，我已听见钟声，听见了人们的欢呼，
千万只眼睛在望着我们的船，它坚定，威严而且勇敢。
只是，呵，心哟！心哟！心哟！
呵！鲜红的血滴，
就在那甲板上，我的船长躺下了，
他已浑身冰凉，停止了呼吸。

呵，船长，我的船长哟！起来听听这钟声，
起来吧——旌旗正为你招展——号角为你长鸣，
为你，人们准备了无数的花束和花环——
为你，人们挤满了海岸，
为你，这晃动着的群众在欢呼，转动着他们殷切的脸面。
这里，船长，亲爱的父亲哟！
让你的头枕着我的手臂吧！
在甲板上，这真是一场梦——
你已经浑身冰凉，停止了呼吸。

我的船长不回答我的话，他的嘴唇惨白而僵硬，
我的父亲，不感觉到我的手臂，
他已没有脉搏，也没有了生命，
我们的船长已经安全地下锚了，它的航程已经终了，
从可怕的旅程归来，这胜利的船，目的已经达到。
呵，欢呼吧，海岸，鸣响吧，钟声！

只是我以悲痛的步履,

漫步在甲板上,那里我的船长躺着,

他已浑身冰凉,停止了呼吸。

惠特曼的《草叶集》,是美国传统诗歌与现代诗歌的分水岭或云分界线,惠特曼也就成了美国现代诗的开山鼻祖。他以火山喷发式的激情,赞美布满草叶的大地、神圣的平民大众以及民主政治开创性的丰功伟绩。上引之诗,是惠特曼悼念被反动派暗杀的美国总统林肯而作,它歌颂了民主和自由,赞美了斗士的英雄业绩,抒发了对奴隶制的憎恨。

一八三七年一月,当俄国伟大的民族诗人普希金刚刚死于沙皇政府的阴谋与罪恶之手,一首悼诗风传在彼得堡全城:

诗人死了! 这一荣誉的俘虏,

倒下了,为流言蜚语所中伤,

他垂下他那高傲不屈的头颅,

胸中藏着铅弹和复仇的希望。

几天后这首诗增加到十六行,这就是年方二十三岁的青年诗人莱蒙托夫的成名作《诗人之死》。在此之前,莱蒙托夫从来没有发表过诗作,他悼念普希金的这首诗,表现了人民的感情和愿望,具有高度的美学价值,所以立即为人民和历史所承认,奠定了他在俄国诗史上的地位。

匈牙利民族文学的奠基人、杰出的爱国歌手裴多菲,他有一首题名为《我的最美丽的诗》:

我已经写了……许多的诗,

这一些也并不全白费;

可是那首决定我的名声的

最美丽的诗,我还不曾写。

那最美丽的诗是,当我的祖国

为了复仇,起来向维也纳反抗,

那时,我就用辉煌的剑锋,

在一百条心里写着:死亡!

裴多菲二十六年短暂的一生,在匈牙利人民反抗外国侵略和争取民族自由中度过,他最后死于沙俄哥萨克的长矛之下。诗人将他这首诗题名为"最美丽的诗",毫无疑问表现了他的诗歌美学观点。照他看来,为了祖国和人民之自由而献身的感情是最美的感情,将这种美的感情化而为诗是美的诗。这正如他的名言所说的:"纵使世界给我珍宝和荣誉,我也不愿离开我的祖国,因为纵使我的祖国在耻辱之中,我还是喜欢、热爱、祝福我的祖国。"从这里可以看到,日常生活中的道德感情并不就完全等于诗的美学感情,但诗的美学感情毕竟是高尚的道德感情的提炼、升华和概括。

感情抒发需要是诗的重要价值目标,多样性原则是诗的感情抒发的重要原则。多样性,主要是指感情体验的全面性和丰富性,建立多层次的主导性与补偿性的感情结构。现实生活是丰富多彩的,人的感情世界也同样是丰富多彩的,对作为诗的重要内涵的美学感情,也不能作狭窄的单一的理解,像过去在"左"的思潮影响下人为地设置许多禁区那样,造成诗情的单调、划一和枯槁。诗的感情美,应该有十分广阔的天地。任何一个时代的诗歌,如果它说得上繁荣昌盛,或者称得上丰富多彩,它必然具有多样而统一的特征,这种多样而统一的特征,不仅表现在题材、体裁、风格、流派、手法等诸方面的丰富多彩,也表现在作品的感情美这样一个重要的领域,也就是说,与题材、体裁、风格、流派、手法的多样化一样,诗的美学感情也应该是多样化的,除了对祖国、民族和人民的热爱这一最重要的主旋律之外,诗的感情美的交响曲,还应该有许许多多美的音调与旋律。

诗的感情美,包括人对生活所有的有价值的美感体验,这是一个十分宽广的领域。例如对美的自然的欣赏所产生的美感,就是诗的感情美的一个重要方面。法国著名雕塑家罗丹说过:"自然总是美的。"(《罗丹艺术论》)这一句话虽然不够完整,但它毕竟也说明了大自然客观上存在着美,以及人观赏大自然而产生美感这样两个方面。在小说中,我们可以看到许多对自然美的感情体验的描写,如俄国作家屠格涅夫对俄罗斯的森林和草原,如印度作家泰戈尔对印度的山脉与河流,如法国司汤达《巴马修道院》中写阿尔卑斯山,如德国托马斯·曼《托尼奥·克勒格尔》之写海洋,英国哈代《卡斯特桥市长》写小溪,等等。在中国的《诗经》中,在古希腊的史诗《伊利亚特》和《奥德赛》中,就已经有了对自然景物的描写,在东方与西方的诗歌发展到一定的历史时期,也都分别产生了风景抒情诗这一诗的品种。今天如果排斥了风景抒情诗,排斥了方兴未艾的"环保诗",排斥新时代的诗人对自然美更新的美感体验,那诗的感情美也会失色不少。

除了对自然美的美学感情之外,人类社会中一切有美学价值的感情,一切对美好事物的快性怡情的美感体验,都可以进入诗的感情美的天地而占有自己的位置。车尔尼雪夫斯基说:"美感的主要特征是一种赏心悦目的快感。"(见《美学论文选》)诗的感情美当然比一般的"快感"高级得多,但是,形象地表现出来的美的感情,当然也要能够赏心悦目,引起读者的审美愉悦,因为美的感情不仅仅是对审美对象本身的反映,而且也表现为对审美对象的肯定或否定的态度,这样,美的感情往往表现为愉悦性和功能性的统一。它不是那种狭隘简单的赤裸裸的功利,而是潜移默化地给人以教益和启迪,美化、净化和提高人的精神世界,它不仅仅是止于耳目之间的生理快感和享受,更重要的是在审美活动中引起喜怒哀乐的强烈感情波动,以及得到一种精神上的愉悦和熏陶。因此,在诗歌创作中,诗的感情美向我们展示的就绝非狭窄的单一的峡谷,而是广阔的天地。

在思想境界阔大而高雅丰富的诗人的笔下,不论是什么感情对象,不论是抒写什么题材,诸如友谊、爱情、乡思、离别、登山临水、草木虫鱼,生活情趣、哲理凝思等,都能表现出美的感情,给人以审美的喜悦。中外古今的诗作中有丰富的例证,下面所引述的,仅仅只是片羽吉光:

> 流水通波接武岗,送君不觉有离伤。
>
> 青山一道同云雨,明月何曾是两乡?
>
> ——王昌龄《送柴侍御》

池光天影共青青,拍岸才添水数瓶。

且待夜深明月去,试看涵泳几多星。

——韩愈《盆池》

泉眼无声惜细流,树阴照水爱晴柔。

小荷才露尖尖角,早有蜻蜓立上头。

——杨万里《小池》

思君月正圆,望望月仍缺。

多恐再圆时,不是今宵月。

——黄仲则《子夜歌》

浩荡离愁白日斜,吟鞭东指即天涯。

落红不是无情物,化作春泥更护花。

——龚自珍《己亥杂诗》其五

我爱过你,也许这爱情的火焰

还没有完全在我心里止熄,

可是,让这爱情别使你忧烦——

我不愿有什么引起你的悒郁。

我默默地,无望地爱着你,

有时苦于羞怯,又为嫉妒暗伤,

我爱你爱得那么温存,那么专一,

呵,但愿别人爱你,和我一样。

——普希金《我爱过你》

王昌龄被贬谪湖南,《送柴侍御》是他在龙标(原黔城镇,今名黔城,属湖南省洪江市)时所写的送别诗,在古代的送别诗中独具一格。他被放逐边荒,但诗情毫不消沉颓废,反而健爽豪放,不平的遭遇,不凡的诗情,因而具有特别动人的美学力量。韩愈的诗,所写的是小小的盆景,题材并不重大,但写来却寓大于小,颇具气象。清人黄钺认为"且待夜深明月去,试看涵泳几多星,小中见大,有于人何所不容气象"(《昌黎诗增注证讹》),我以为,韩愈这首诗既是写生活小景,重在情趣,也寓含哲理,蕴蓄着美的诗情。杨万里的诗写蜻蜓立于荷叶上的小景,体物入微,哲理在若无似有之间,后两句特别是第三句,成为今人多所引用以形容新生事物的名句。黄仲则之诗旧题而出新意,咏月亦兼咏人,语意双关,道前人之所未道,在爱情诗中别开生面。龚自珍此作,乃今日仍脍炙人口之名篇,有志难酬的诗人被迫离京东归,他以落花自喻,但仍坚守自己的政治理想,寄望于新生力量。普希金作品是写爱情而且是爱情中的失恋之情,然而却不像有些作者写同类题材那样庸俗或俗套,而是洋溢着高尚而温柔的情感,如同别林斯基所说:"普希金的诗——特别是他的抒情诗——的总色调是人的内在的美和抚慰心灵的人情味……普希金每首诗的基本情感本身就是优美的,雅致的,娴熟的;它不仅仅是人的情感,而且是作为艺术家的人的情感。在普希金的任何情感中,永远有一些特别高贵的、温和的、柔情的、馥郁的、优雅的东西。就这一点说,阅读他的作品是培养人性的最好方法,特别有益于青年男女。"[1] 由此可见,我们强调诗情应该是高层次的美学感情,主张诗人应该加强和时代、人民的联系,我们认为诗情不能等同于生活中一般所说的感情,更反对去抒写那些消极颓废、丑恶腐朽的感情,但是,应该肯定的是,表现诗的感情的对象、渠道和手段是多样化的,具有美学价值的感情,是一个如同生活一样天高地广丰富多彩的领域。

诗的情感是审美情感,还因为它具有审美理性(或称知性),既包含了对客观事物的感受、理解和认识,也包含了主观上道德的、美学的意向、要求和理想。换言之,美的情感不是脱离理性的抽象的存在,而是有理性参与其中,没有理性参与活动的感情,谈不上是美的感情。美学感情比一般性的感情高级,就是由于它在对事物的感情态度中包含了偏于理性的审美判断和审美评价,在感性的形式中沉淀了理智和思想这种社会观念性的内容。诗的美学情感,是感性与理性的统一,感情与思想的统一,美的感情与美的意象的统一。当然,我所说的审美感情中的理性因素,绝不是抽象概念的陈述和赤裸裸的教义宣传,而是自然地渗

----

① 《别林斯基论文学》,新文艺出版社 1958 年版,第 59 页。

透在情感之中,理性的内容和谐地融化于感性的形式之中,同时,理性的作用,可以使感情更为强烈与深刻。以我国古典诗歌对松竹梅的描写为例:

> 亭亭山上松,瑟瑟谷中风。
> 风声一何盛,松枝一何劲。
> 冰雪正惨凄,终岁常端正。
> 岂不罹凝寒,松柏有本性!
>
> ——刘桢《赠从弟》

> 竹生空野外,梢云耸百寻。
> 无人赏高节,徒自抱贞心。
> 耻染湘妃泪,羞入上官琴。
> 谁能制长笛,当为吐龙吟!
>
> ——刘孝先《竹》

> 折花逢驿使,寄与陇头人。
> 江南无所有,聊赠一枝春。
>
> ——陆凯《赠范蔚宗》

对松竹梅的咏唱,早就出现在远古的《诗经》之中,但那只是作为自然环境描写的一部分,或是以之作为比兴,还不具有独立的美学意义。上述三首诗,是中国诗歌史上产生时间最早的咏松竹梅的作品,作者刘桢是魏时人,刘孝先是南朝梁代人,陆凯是南朝宋时人。从这些诗篇可以看出,诗的创作虽然绝不能用理性来代替感情,但在长期的审美历程中,诗人们对松竹梅的美的属性有了更深入的体验和认识,并且从"比德"联想中寄寓了自己的审美感情和审美评价。在优秀的诗作中,情与理,是紧密地结合在一起的,情,使理具有动人以情的力量,而不致枯燥乏味,理,使情更为饱满和深刻,而不致浮泛浅薄。

诗美学的规律昭示我们,真正的诗的情感来自生活孕育与激发,同时又建立在理性的基础之上,情理交融,所谓"理之在诗,如水中盐、蜜中花,体匿性存,无痕有味"（钱锺书《谈艺录》）。因此，我反对诗歌创作中非理性主义的主张。有的人强调诗只是写一种"潜意识的冲动"，只是表现一种"意象直觉感"，只是抒写一种"情绪和感觉"，这是我所不能认同的。当然，我也绝不反对而且充分肯定艺术直觉，诗歌不排斥而且十分需要对生活的艺术敏感，需要对生活的形象感受力，然而，艺术直觉也离不开丰富的美感体验和理性思维。在西方有些倡导直觉主义的美学家中，在当前的一些诗作者和诗歌评论者中，有的人对美感的直觉性片面地夸大，他们否认理性的作用，把诗的美学感情降低为一种本能的、生物的感情，降低为心理学中称为"情绪"的低级情感。杜勃罗留波夫说："诗人的品质，一方面，取决于在他的心里的诗的感情，究竟强烈到什么程度；另一方面，也取决于究竟面向哪种对象，并且面向这种对象的哪些方面。后面一种是要看智力发展而定的。"①在同一篇文章中，杜勃罗留波夫还认为，"还有一些诗人，例如吧，在许多诗章中，老是诉说着一种模模糊糊的哀愁，可是他们究竟悲哀些什么——连他们自己都没有好好弄清楚……这样的诗人，在他们的诗中，是很少有什么思想的"。但是，我们今天某些诗作者与诗评家，竟也认为"诗只是一种感觉和情绪的表现"。在十九世纪八十年代，法国象征派诗歌的代表人物是魏尔仑、韩波和马拉美。魏尔仑认为梦想是诗歌的国度，是个人奥秘感情和细微感官的直接表现。韩波则要求诗人彻底脱离现实，成为一个"幻觉者"，从梦幻世界中寻诗。而马拉美从一八九七年写《爱罗第亚德》与《一个田神的午睡》开始，其作品就晦涩不明，排斥知性。于是，我们在中外诗歌创作中，都可以看到如下的作品：

> 都走了，说着走出了教堂，
> 拒绝加入去墓地的僵硬行列，
> 让死者独自坐在枢车上，
> 这是六月，我厌倦于做勇者。

> 我们驾车去鳕角，我休养自身，
> 当融融的太阳自天空下降，

---

① 《杜勃罗留波夫选集》（第 1 卷），新文艺出版社 1957 年版，第 428 页。

当海水挥舞像一扇铁门，

而我们相触，有人在另一种国度死亡。

情人呵，风刮进来，像阵阵石块，

从心脏发白的海水，当我们相抚，

我们便完全进入爱抚。无人孤独。

男人杀人为此，或与此相当的事物。

死者又怎样呢？他们赤足而眠，

在石舟之中。死者比海水

更像顽石，比停止的海。死者

拒绝祝福，喉，眼，指节骨。

——安妮·塞克丝顿《死者所知》

鸟儿在疾风中

迅速转向

少年去捡拾

一枚分币

葡萄藤因幻想

而延伸的触须

海浪因退缩

而耸起的山脊

——顾城《弧线》

安妮·塞克丝顿，是美国现代女诗人。她的这首《死者所知》，一九六七年获普利策诗歌奖。这首诗似乎只是所谓"潜在意识"的反映，缺乏理性的规范和控制，放逐理性，晦涩难懂，可以隐约看出这种诗与象征主义以来的诗歌的血缘关系。顾城的《弧线》发表之后毁誉参半，攻之者说它单一意象尚可而整体不知所云，辩之者不仅说它有深度而耐回味，而且还有人说什么"主观与客观、自由与必然、意志与环境、内力与外力、因矛盾而合一,在对立中发展,留下斗争的痕迹,留下社会与自然里触目可见的无穷组弧线——这正是贯串《弧线》一诗的闪光理念"。这种微言大义,只能是释诗者的想当然乃至胡吹瞎捧而已。我以为,顾城敏于感受,有可贵的诗的感觉,如《一代人》:"黑夜给了我黑色的眼睛 / 我却用它寻找光明。"它对照尖锐,寓意深远,令我想起朱自清一九一九年在北大哲学系就读时所写的《光明》:"风雨沉沉的夜里,前面一片荒郊。走尽荒郊,便是人们的道。呀,黑暗里歧路万千,叫我怎样走好?'上帝!快给我些光明吧,让我好向前跑!'上帝慌着说:'光明?我没处给你找!你要光明你自己去造!'"但如上述之《弧线》,仅一些片断的意象,纯为直觉感受,缺乏理性的熔铸和升华,虽然想象新奇,但其价值却不能人为地过于拔高。

是的,不能降低诗的感情的身份与品位,庸俗低下的感情固然与诗的感情背道而驰,日常的一般的情绪和情感,也并不都能获得进入诗的国度的通行证。诗的情感的旗帜上,大笔书写的是"高层次、多样、理性"的字样。

四

诗的情感,是典型化的感情,或者说感情的典型化。它应该有鲜明的个性,同时又有广阔的概括,是个性与共性的统一,独特性与普遍性的统一。

通过个别表现一般,通过特殊表现普遍,通过个性表现共性,是文学艺术的根本规律之一。创作个性,是这一作家区别于另一作家的渗透到作品之内容与形式诸方面的个人独创性和独特性,有了多彩多姿的创作个性,才有多彩多姿的文学艺术。如同自然界的秋天的菊花,拥有千数以上的品种,它们有菊花之所以是菊花的大家族的共性,又有异彩纷呈各不重复的风姿。没有鲜明的创作个性,文学艺术就必然走向单一化和公式化,用一个不太确切的比喻,假如造化只允许中国大地上泰山独尊,而取消了其他的山岳,虽然泰山峻极于天,但大自然仍将会顿然减色。因此,作家、艺术家的个人独创性和独特性,是文学艺术得以存在的前提,是文学艺术发展和繁荣绝对不可或缺的条件,尊重与倡导作家的创作个性,是繁荣文学包括诗歌的具有战略意义的措施。

在诗歌创作的领域里,艺术个性更有不可忽视的特殊重要的意义。这,不仅是因为有多少个真正的诗人,就会有多少各不相同的艺术个性,他们的思想感情、性格气质、美学观点和艺术情趣,都会表现出鲜明的差异,显示出属于个人的独创性和独特性,同时,也因为诗歌这种文学体裁的本质在于抒情,诗人是通过他自己的心灵来感受和歌唱生活,诗歌中所表现的自然和社会,可以说是诗人心灵的外化和物象化,而不像其他的叙事性的文学作品那样,主要是通过人物的塑造与故事的发展来叙述生活。在诗中表露的诗人的精神世界,比其他任何文学样式中作者的精神世界都直接、鲜明和充分,诗人不仅表现了客观存在的世界,也塑造了自己的灵魂和形象。诗人的艺术个性,表现在作品的内容与形式的各个方面,但最主要是表现在感情的个性化和个性化的抒情方式方面,这是与诗本身的根本艺术规律相一致的。别林斯基说:"诗人的个性越是深刻有力,就越是一个诗人。"(《别林斯基论文学》)列夫·托尔斯泰在《论艺术》中也曾经指出:"艺术作品只有当它把新的感情(无论多么微细)带到人类日常生活中去时,才能算是真正的艺术作品。"①这对于诗歌创作,是不可移易的至理箴言。如前所述,诗人的艺术个性主要表现为个性化的感情和个性化的抒情方式,如果取消了诗人独特的、新颖的个性化的感情,而让一些人感亦感、人云亦云的缺乏个性的感情所充斥,就等于取消了诗歌的抒情,也就从根本上取消了诗歌艺术。凋零了树上的绿叶和花朵,枯黄了离离的原上草,哪里还能寻觅到春天的足迹呢?

在中外诗歌史上,每一位堪称优秀的诗人,都有独特的个性化的感情,以及独特的个性化的抒情方式。正因为如此,正因为"每一个作家都确实是鲜明的个性化的"(高尔基语),所以他们尽管有大诗人、名诗人和小诗人之别,但却像天空中的恒星,虽然大小和光度各异,但闪耀的却是它们自己的而不是别人的光彩。在中国诗歌史上,《诗经》大都是民间的集体创作,除个别篇章的作者可考之外,绝大部分是无名氏的作品,而《诗经》之后的《楚辞》的代表者屈原,却是中国诗歌史上第一个具名,而且有鲜明艺术个性的大诗人,他的诗情和他抒情的方式,都是充分个性化的,他没有重复前人和同时代人,同时代人和后人也不能重复他,因为如果是真正个性化的感情和抒情方式,那是属于诗人自己独有的和独到的,是不可重复和抄袭的。屈原的作品,表现了属于屈原自己的人格美,也表

---

① 《西方古典作家谈文艺创作》,春风文艺出版社1980年版,第518页。

现了他的感情美,也显示了他独到的抒情方式。例如:

> 后皇嘉树,橘徕服兮。
> 受命不迁,生南国兮。
>
> ——《橘颂》

> 民生各有所乐兮,余独好修以为常。
> 虽体解吾犹未变兮,岂余心之可惩?
>
> ——《离骚》

> 吾不能变心以从俗兮,固将愁苦而终穷。
> 余将董道而不豫兮,固将重昏而终身。
>
> ——《涉江》

> 余闻之:新沐者必弹冠,新浴者必振衣。安能以身之察察,受物之汶汶者乎? 宁赴湘流,葬于江鱼之腹中,安能以皓皓之白,而蒙世俗之尘埃乎?
>
> ——《渔父》

屈原作品中"吾"与"余"的字眼特别多,这和《诗经》比较就一目了然。屈原在许多诗篇中所表现的"独立不迁"的感情,是屈原人格美的核心,他的"独立不迁",在"朝秦暮楚"的社会生存状态中显示的是他对于故土和人民的依恋,对他心目中的"美政"理想的追求与坚持,对奸佞的毫不妥协的斗争意志。在屈原的时代,这种感情完全是属于屈原个人的,也是属于楚国人民的,同时又泽被深远地渗透在中华民族的气质和性格之中,好像长江、黄河之水滋润着中华大地一样。中国的《离骚》与意大利的《神曲》有许多相似之处,屈原和但丁同是被放逐的伟大诗人,他们在各自的作品中都指斥奸佞,向往光明,抒写积愤。但是,他们毕竟又是不同的,这不仅表现在屈原比但丁早十五个世纪,分属于不同的地域与国度,而且他们感情的个性以及抒情的方式又各有不同。如果说,没有艺术个性的诗人是不成熟的诗人,那么,屈原和但丁正是由于有各不相同之个性化的而且具有普遍意义的感情,才使他们分别屹立于不仅是杰出的而且是伟大诗人的行列。屈原和但丁的感情个性化的差别,尚且可以说是因为不同的地域、国度与民族所致,那么,同是中国诗人,而且同属于积极浪漫主义的流派,我们也很容易将屈原和李白区别开来,而区分的一个重要依据,就是他们的感情的个性化。李白诗感情的广泛性和多样性超过了屈原,同时,他似乎更看重"自我"的形象,屈原的作品中不时可见"众人皆醉我独醒""謇吾法夫前修"之句,而在李白的作品中那就比比皆是了:

太白与我语,为我开天关。

——《登太白峰》

夜台无李白,沽酒与何人?

——《哭宣城善酿纪叟》

口衔云锦书,与我忽飞去。

——《以诗代书答元丹丘》

遥传一掬泪,为我达扬州。

——《秋浦歌》

吾当乘云螭,吸景驻光采。

——《古风·十一》

我来竟何事,高卧沙丘城。

——《沙丘城下寄杜甫》

弃我去者昨日之日不可留,
乱我心者今日之日多烦忧。

——《饯别校书叔云》

据有关统计,李白直接提到"余""吾""我""予""李白"等字样的诗,在《李白全集》中达半数以上。由此可见,虽然同是所谓积极浪漫主义的大诗人,李白的感情更加强烈而奔进,不像屈原那样强烈而沉郁。在抒情的方式上,屈原多以美人香草之属来比附寄托,而李白则更注重直抒胸臆,抒情意象也比屈原更为丰富多样。

翻开外国诗歌史的篇页,那些优秀的诗人无一不是具有鲜明艺术个性的诗人,无一不是在诗中抒发了新鲜独特的个性化感情的诗人。惠特曼《草叶集》的豪放,泰戈尔《新月集》的幽远,裴多菲《爱情的珍珠》的热烈,海涅《诗歌集》的轻柔和《罗曼罗采》的锋锐,拜伦《柴尔德·哈罗尔德的巡游》的奔放,歌德的《浮士德》的深邃,普希金的诗"像多棱形的水晶充满阳光"(别林斯基语),都互不相同,各具风采。虽然我在这里只能以速写式的笔法,为他们的诗风和诗情的特色作匆匆的剪影,但我们也会体认到感情的新鲜感和个性化,是诗歌创作的起点,是一个诗人是否成熟的标志,也是一位诗人区别于另一位诗人的表征,就像国境线上区别国界的界标一样。

台湾诗人洛夫早在二十世纪五十年代之初,就写过一首《床前明月光》,诗分两节:"不是霜啊/而乡愁在我们的血肉中旋成手轮/在千百次的/月落处//只要一壶金门高粱/一小碟豆子/李白便把自己浮在水上/让心事/从此渡去。"同样是由李白诗的传统月光意象所激发,以写母爱与乡情见长的大陆诗人杨孟芳的《故乡》,却与洛夫上述之诗同中有异,从中可见抒情个性的独特与抒情方式的新颖:

> 李白的霜
> 染白一条小路
>
> 沿着小路
> 我走回去
> 走到母亲床前
> 才知道
> 我是她的故乡

　　杨孟芳的诗多次写到乡情和母爱,如写母亲为久别回乡的儿子打枣的《枣子》,其结尾是动人情肠的"只有我回来了/母亲才举起长篙/把自己的心敲响";如写临别时留给母亲自制的助步之物《手杖》,其结尾是以物喻人的"它弯着头/那是一个成熟的思想/在母亲前作永恒的鞠躬/啊,它是我留给母亲的形象"。故乡是地理的,是历史的,是文化的,但归根结底是感情的,尤其是儿时的舐犊情深的母爱。杨孟芳的诗大多外形简洁单纯,而内蕴却颇耐咀嚼,结尾更讲求出人意料而有余不尽。《故乡》亦是如此,他由古代而现代,由前人而自身,最后却是古典诗论所云"从对面写来",不写母亲是自己的故乡,而反言自己是母亲的故乡,如此写乡情与母爱,亦如古典诗论所说的"更进一层"。由此可见,即使是被写过千百次的题材与主题,如果有新鲜的感情体验和新颖的审美发现,仍然有可能别开生面。

　　在诗的感情的典型化中,最初的和贯穿始终的应该是诗人对生活独特的感受,是在个性化的前提下的普通性与特殊性的统一。但是,长期以来,诗歌创作的一些艺术规律曾经得不到应有的尊重,表现在诗的抒情性方面,严重弊端之一,就是只强调"大我"而否定"小我",强调诗情的普遍性而否定诗情的独特性,一谈到感情的"自我性",甚至诗中一出现"我"字,都一概而论地当成"资产阶级人性论""小资产阶级的个人主义"来进行批判。正是由于不尊重诗歌创作的客观艺术规律,所以就出现许多问题,至少表现在:一些原来具有鲜明艺术个性的老诗人失去了自己的抒情个性,由减产而至于封笔,如自称"无奈梦中还彩笔,一花一叶不成春"的何其芳即是;一些有独立的艺术见解与执着追求的诗人,他们顽强地在诗中抒写自己独特的感情和感受,表现了鲜明的艺术个性,但却往往受到不应有的指责和批判,郭小川《白雪的赞歌》《望星空》和《一个与八个》的遭遇就是这样。真正有艺术个性的诗人出现得不多,更谈不上形成诗创作上的不同流派,诗坛上普遍的情况是共性多而个性少,倒是二十世纪四十年代中国诗坛还出现了"晋察冀""七月""九叶"三个诗派。我们要深切地记取诗歌创作中的历史教训,再不能重复"个性就更多地消融到原则里去了"(马克思《致斐·拉萨尔》)的失误。

　　诗人对生活独特的审美感受,诗人的个性化的感情,换言之,诗人的"自我",是诗歌创作的出发点,消泯了诗的个性化的感情,也就无异于取消了诗歌,有如熄灭了盏盏星光,星空也不成其为星空。但是,我以为肯定诗中的"自我",并不等于肯定创作就完全是"自我表现"或"表现自我"。那么,我们怎么看待西方的"自我表现"的理论呢?

"自我表现"或云"表现自我",无论是创作上或理论上都是西方现代派文学最重要的美学原则。西方现代派文学的"自我表现",从强调艺术个性而言有其合理的积极的价值,它帮助我们了解西方社会心理与创作心理,也有一定的认识意义,此外,其艺术表现手法也有值得借鉴之处。但是,"自我表现"说在理论基础上受到现代心理学特别是唯心主义哲学的影响,走向极端的"自我表现"论者,唯心地颠倒主观与客观的关系,否定客观世界的可知性,宣扬非理性、虚无主义、自我中心主义和玩世不恭的犬儒主义等精神糟粕。早在一八七八年,法国美学家魏朗就在他的《美学》一书中提出了"自我表现"的主张,对现代诗歌有重要影响的德国诗人里尔克,也主张诗人要"没入自我",他认为"必须自己构成一个世界,从自身内部,从他所从属的自然中找到一切"①。一八八二年,巴黎出现了一个反现实主义的"颓废派",他们的表现手法是"象征主义",哲学理论基础是不可知论的"神秘主义"与思维创造世界的"唯我论",在创作原则上是下意识与潜意识的"自我表现",如其代表人物之一的比利时的梅特林克就认为,作者的潜意识才是"真正自我",而客观现实生活是潜意识这个"深海"中泛起的"泡沫",艺术不是要表现那"泡沫"而是要表现那个所谓的"真正自我"。意大利未来主义派诗人帕拉采斯基在《我是谁》中也写道:"我的心灵之笔／仅仅描写一个奇怪的字眼——'疯狂'／我的心灵的画布／仅仅反映一种色彩——'忧愁'／我的心灵的键盘／仅仅弹奏一个音符——'悲哀'。"②这也正是"自我表现"论者的诗的自白。

西方现代派所强调的"自我表现"的美学原则,并非毫无积极意义。文学是人学,它的积极意义就是强调作者这一审美主体在创作中的地位和作用,强调对于创作个性的尊重,因此,在中国"五四"新文学运动之初,一些作家和诗人就曾经借用这一口号,来表达他们反对封建专制主义的要求。近几年前,"自我表现"

---

① 《现代西方文论选》,上海译文出版社 1983 年版,第 165 页。
② 见《外国现代派作品选》(第一册下),上海文艺出版社 1980 年版,第 856-857 页。

说在中国文坛特别是诗坛上风行一时,我并不认为它毫无现实意义,它是对过去轻视甚至否定艺术个性的做法的一种反弹,是对"假大空"诗风的一种颠覆,是对创作主体的能动作用的一种呼唤。我绝不反对诗中的"自我",如果它是指诗人对生活独特的审美体验和独特的艺术表现,如果诗人的自我和广大的人生与世界息息相通,那么这种"自我"对于诗歌就太可宝贵了。我只是认为,走向极端的"自我表现"说是用自我代替现实,用主观代替客观,用蜗角之情代替抒情的典型化,如果将这种"自我表现"不加分析地捧为"新的美学原则",并且作为诗人创作的指南,那就有脱离现实、脱离人民、脱离时代的危险,不仅不能"指南",而且可能"败北"。对于那些热衷于"自我表现"而只顾吟唱一己之悲欢而自鸣得意的作者,我们可以借用俄罗斯名诗人莱蒙托夫的话来回答说:"你痛苦不痛苦,于我们有什么关系?"

近年来,"自我表现"说风行一时,"写我""表现我""向内转"的主张也屡屡见诸一些人的文字。如果说这也是"美学原则",那只能是"唯我论"的美学原则。从中外诗歌史来看,杰出或伟大的诗人的创作都具有这样一个美学特征,即以极为鲜明的艺术个性,以自己独特的审美感受和审美感情,"我写"了或"我表现"了生活的广阔性和多样性,又相当深刻而广阔地"我写"了或是"我表现"了他们所处的时代和时代的真实面貌,表现了广大人民的或与广大人民相通的感情与意愿。因此,我不赞成"写我"而主张"我写",不赞成"表现我"而赞成"我表现"。"写我"或"表现我","我"即是创作的全部表现对象和目的,那自然只有关进象牙塔或钻入蜗牛壳的前途,而"我写"或"我表现",则是通过"这一个"的"我",来抒写生活的心灵化与心灵化的生活,表现现实、人民和时代,表现审美主体所感受和认识的客观世界,达到主观和客观的统一,再现与表现的统一,艺术个性与具有普遍性的艺术情境的统一。从诗的感情的典型化的角度看来,就是要求感情不仅要具有鲜明独特的个性,同时也要有高度的概括性与普遍性,对今天的诗人而言,这就是诗人内心世界的丰富性和外在世界的多样性的高度统一,"大我"与"小我"的高度统一,抒个人之情与抒人民之情的高度统一,也即"小宇宙"与"大宇宙"的高度统一。

如果说,叙事性的文学作品要求塑造典型环境中的典型性格,叙事性作品中的典型人物是共性与个性的结合,那么,我们所要求于抒情诗的,则是感情的典型化。抒情诗中的典型情感,既是每一个诗人的个别感受和独特情感,同时又在一定程度上概括和表现了时代和人民的情感,同样是个性与共性、特殊性与普遍性在审美意象中的交融和统一。没有感情的个性,必然导致概念化和公式化,变成只具有抽象共性的如马克思所说的"时代精神的单纯号筒",排斥感情的普遍性而单纯强调"自我",也必然缺乏深广的社会和时代的审美内容,变成个人的顾影自怜或搔首弄姿,陷入"恶劣的个性化"的泥潭。这里,且让我们重温一下西方杰出诗人的审美见解,对于极端"自我表现"论者也许是并不过时的清醒剂。海涅曾自许"我的心胸是德国感情的文库"[1],雨果也说过:"在我们这世纪里,艺术的视野已经大大地扩充。过去,诗人说:'公众。'今天诗人说:'人民。'"[2]裴多菲在《致十九世纪诗人》一诗中也如此歌唱:"谁也不能再轻飘飘地弹奏着他的和谐的歌!谁要是拿起了琴来,谁就承担了极为重大的工作,假如心头只能歌唱着自己的悲哀和自己的欢笑,那么,世界并不需要你,不如把你的琴一起摔掉!"普希金少年时即自许"我的永远正直的声音,是俄罗斯人民的回声",而涅克拉索夫也早说过"世界上再没有缪斯和人民的联盟更牢固更美好的了"。外国名垂诗史的诗人都是如此看待主观与客观、自我和人民的关系,我们当今时代的诗人,怎么能"只歌唱'我'"而认为从事神圣的诗歌事业就仅仅是"自我表现"呢?可以肯定的是,诗中不能"无我",但也不能"唯我",同时,也并不是任何"我"都具有诗美的意义,不同的思想境界的诗作者的"我",它们的社会价值和美学价值并不相同。古今中外的诗歌实践证明,抒情诗中的"我"只有和时代、民族、人民有不同程度的联系,能够在感情上为广大的群众所理解和接受,才具有诗美学的价值和以情动人的力量。进一步说,"我"的感情的根须越是深深植根于生活与历史的土壤,"我"越是与广大人民群众脉搏与共,呼吸相通,作品才越具有社会意义和诗学的价值。在这个意义上说,诗创作又是"自我"与"超自我"的统一,既要从自己独特的审美感受出发,又要努力超越自我而走向广阔的世界和人生。我同意三十年前写过《新的美学原则在崛起》的学者孙绍振最近表述的看法:"我从来没有否认诗人应该反映时代,只是这种

---

[1] 《波罗的海》,新文艺出版社1958年版,第128页。
[2] 《盆杰罗的序》,见《外国文学参考资料》(十九世纪部分),高等教育出版社1958年版,第238页。

反映应该是通过自我的感觉和发现去表现。诗人应该想方设法进入公共空间，把自己封闭在自己的内心里，那是自私的，那是自我封闭的单人精神牢房。"①同时期写过《在新的崛起面前》的诗评家谢冕现在也同样针砭诗创作之时弊："我们现在的毛病是什么呢？就是缺乏社会担当，这是当代诗人的痼疾。许多诗人的创作完全封闭在自我中，沉溺于私语状态。一个诗人没有大胸怀，只是在那里嘀嘀咕咕，而且嘀咕的内容别人看不明白，他自己也讲不清楚，这算什么诗人呀？"②

美国诗人惠特曼的《草叶集》中，有一首诗就题为《自己之歌》，他通过歌唱自我以及自己的诗作，表现了发展中的美国当时的民主与自由的时代精神，反映了美国人民蓬勃向上的感情和意愿。惠特曼在《民主展望》一文中曾经批评说："严格地讲，文学从来没有承认过人民，而且，不管怎么说，在今天也仍然没有承认。"③他曾多次解释，《草叶集》就是要通过一个普通美国人的生活、感情和思想，去表现他的国家和他的时代的一般人民。正如捷克斯洛伐克的著名作家亚伯·恰彼克在《惠特曼评传》中所说："我们在《草叶集》中所常看到的'我'字，并不单是指诗人自己，而常常是被用来代表他那一时代的普通人民的。"④是的，任何时代的优秀诗歌，都不能不与它所产生的时代和人民有着某种程度的联系，它的个性化的感情，总是和对时代与人民的感情的美学概括融合在一起。我们珍视个人独具的美学感受和美学感情，但个人的感情需要净化、提炼和升华，做到高度的典型化；而古今中外的优秀诗人追求诗的永恒性和大同性的道路，就是把个人的审美体验升华熔铸为具有普遍意义的诗的情境。科学家爱因斯坦在《我怎样看待世界》一文中说："我评定一个人的真正价值只有一个标准，即：看他在多大程度上摆脱了'自我'，他摆脱'自我'又是为了什么。"而在水一方的台湾文学批评名家颜元叔也认为："文学的功用在扩大自身。所谓扩大自身，也就是超越小我，认识大我。而所谓大我，并不止于某一国家或某一民族，文学中的大我是全人类。"⑤这，难道还不足以引起诗人的深思吗？当代名诗人叶文福

---

① 《诗歌的现在与未来》，《文学报》2012年2月16日。
② 《杰出的诗人都站在时代前沿》，《文学报》2012年6月26日。
③ 转引自亚伯·恰彼克《惠特曼评传》，作家出版社1955年版，第40页。
④ 同上书，第41页。
⑤ 叶维廉主编《中国现代文学批评选集》，台湾联经出版事业公司1976年版，第276页。

在《楚地端阳赋》的开篇与结尾歌唱道：

> 到底三楚故地
>
> 乡风尤醉端阳
>
> 诗魂缕缕绕房梁
>
> 先人情似海
>
> 后人水流长
>
> 南山采竹叶
>
> 竹有节
>
> 叶茹香
>
> 竹是楚人
>
> 叶是楚妆
>
> 一年四季
>
> 楚人楚地楚风光
>
> 生死在家邦
>
> …………
>
> 笑迎端阳
>
> 哭送端阳
>
> 先人遗泽远
>
> 后人涕泪长
>
> 秦砖汉瓦皆可破
>
> 忠魂毅魄永馨香
>
> 楚人楚地唱楚歌
>
> 一曲未罢
>
> 泪掩星月
>
> 千声相和
>
> 恸撼天罡
>
> 魂兮归来

魂兮归来

千江咽

万木伤

悲兮……

壮兮……

——好凄凉

屈原以他独特的歌,歌唱了他的时代和那一时代的人民的心声,作为楚人也作为诗人的叶文福,也以他独特的感受,独特的诗语,独具的音调,赞美了民族史与诗歌史的这位先贤先哲,抒写了他个人的也是属于中国广大人民的诗情,寄慨遥深,令人一唱而三叹!泰戈尔在《园丁集》中说:"我的心不是我自己的仅仅献给一个人的心,我的心是献给许多人的。"高尔基曾经要求诗人"不要把自己集中在自己身上,而要把全世界集中在自己身上",他还说过:"诗人是世界的回声,而不仅仅是自己灵魂的保姆。"① 古今中外的那些优秀诗篇,不都是如此吗? 如果说叶文福的《楚地端阳赋》写的是远去的历史与杰出人物,那么,当代学者兼诗人杨景龙"一九八〇年十月闻旧事作"的《秋雨》,所写的则是半个多世纪以前的现实与悲剧草民:

秋雨淋湿坡岗

秋雨淋湿坡岗

淋湿了坡岗上的红薯秧

天堂的饥饿他没能忍住

去挖了坡地里一块红薯

秋雨淋湿坡岗

秋雨淋湿坡岗

---

① 《文学书简》(上册),人民文学出版社 1962 年版,第 497 页。

　　　　淋湿了坡岗上的那次慌张

　　　　批斗了三天还没有结束
　　　　红薯秧终止了一场羞辱

　　　　秋雨淋湿坡岗
　　　　秋雨淋湿坡岗
　　　　淋湿了缠在脖子上的红薯秧

　　　　那一把勒紧喉咙的红薯秧
　　　　是天堂里最昂贵的红薯秧

　　　　秋雨淋湿天堂
　　　　秋雨淋湿天堂
　　　　淋湿了天堂里无诉的悲伤

二十世纪中叶，从一九五九年至一九六一年被称为"三年困难时期"，由于种种原因所造成的饥荒灾难遍于国中，城镇特别是农村大量人口非正常死亡。国家和政府后来都认为"其沉痛的教训应该认真总结和汲取"，但我们的诗歌当时与后来对此都未有涉及。"予生也晚"的杨景龙对此未曾亲历，但他"闻旧事"而写的这首歌谣体诗，却真实深刻地表现了历史上那个特殊时期的严酷与惨痛，见所未见，令人魂悸而魄动。其中的抒情，正是个人之情与人民之情的统一，是个人性与今日我们所倡导的人民性的统一，也与今日所说的"江山就是人民，人民就是江山"的观念一致，读来令人感慨丛生而感动无已！

　　诗的感情，是诗的血液与生命。因此，鲁迅在《诗歌之敌》一文中，曾说"诗歌不能凭仗了哲学和智力来认识，所以感情已经冰结的思想家，即对于诗人往往有谬误的判断和隔膜的揶揄"，他指出诗人"最要紧的是精神的炽烈的扩大"。
　　诗的感情是高层次的审美感情，它以真挚、强烈、深沉为特征，以善为规范，是独特的个人之情与时代、人民之情的和谐统一。没有这种美的典型化的感情，诗就失去了生命，就像已经枯死的树木，就像已经干涸的河床，就像没有生机的纸花。

但丁在他的名作《神曲》中有一句警言："他是诗人，不是写诗的人。"罗曼·罗兰也说过："心为一切人而跳动的人，才是真正的伟人。"他还说伟大的心魂有如崇山峻岭："不说普通的人都能在高峰上生存，但一年一度他们应上去顶礼。在那里，他们可以变换一下肺中的呼吸、与脉管中的血统。"(《名人传》)因此，你假如要做一个名副其实的诗人，就要努力首先培养自己广阔的胸怀，丰富而高尚的情感。真正的诗人，不是象牙塔中的自弹自唱者，不是狭小圈子中的自吹自擂者，不是文学江湖上的互吹互捧者，不是以写诗作为图名获利的敲门砖者，他既要有自己的独具的慧眼灵心，又要有和时代同呼吸、与人民共忧戚、与民族共命运的高怀远抱！

第四章　诗国天空缤纷的礼花

——论诗的意象美

　　在诗的神奇的国土上,那美不胜收的意象,是早春的嫣然初展的蓓蕾,是晚秋的永远开不败的花朵。

　　然而,"蓓蕾"或者"花朵",毕竟只是一种形象的比拟而已,而远远不是文艺科学上的说明或美学上的表述。诗的意象的内涵究竟是什么? 或者说,究竟什么是诗的意象呢? 近些年来,随着文化上的门户开放,二十世纪初期活跃在英美诗坛并被认为是英美现代诗的开端的意象派,也早已在中国的海岸登陆,对西方的这一诗歌流派,中国的读者已经不再是陌生的了。意象派诗人高举的当然是"意象"的旗帜,早期的修姆认为,诗歌必须是"视觉上具体的……使你持续地看到有形的东西,阻止你滑进抽象的过程中去";中期的庞德曾起草意象派的"三原则",提出"绝对不使用任何无益于表现的词,即用纯意象或全意象",他还认为诗是"情绪等式",而意象则是"智力与情绪在瞬间的复合体";后期,由理查德·奥尔丁执笔,经艾米·洛厄尔修改的意象派《宣言》,提出了"六原则",其中之一是:"要呈现一个意象(所以有意象派这个称号),我们不是一个画派,但我们相信,诗歌应该恰切地表现个别事物,而不应当处理模糊的一般的概念,不论它们如何华丽或响亮。"

　　尽管如此,尽管意象派诗人在诗艺上有所追求和创新,而且他们的作品在"五四"时期还曾经给予我国尚在摇篮中的新诗以某些营养,今天也还值得我们的新诗去批判地借鉴,但是,他们似乎还是没有能够给"意象"作一个明确的为我们所能清晰地理解的界说。同时,某些介绍性文章的片面性,以及我们对自己本民族的美学传统研究不够,使得我们的读者甚至还产生了这样一种错觉,以为意象艺术完全是舶来品,是西方意象派诗人的独擅。其实,连意象派的主将庞德,也承认他所运用的意象艺术的方法,是从中国古典诗歌学习而来的。庞德曾经改作屈原的《山鬼》、汉武帝刘彻的《落叶哀蝉曲》以及汉代班婕妤的《怨诗》,并翻译李白、王维的作品,而名之曰《汉诗译卷》。他说:"因为中国诗人从不直接谈出他的看法,而是通过意象表现一切,人们才不辞繁难地移译中国诗。"[①]庞德译诗之后的五年内,中国古典诗歌的英译本纷纷出版,至少不下十种之多,如爱米·洛威尔就与人合译中国古典诗歌一百五十首,名为《松花笺》,而西方的文学史家有见及此,在他们的文学史中曾经惊叹"中国诗淹没了英美诗坛",而庞德也被艾略特称为"为当代发明了中国诗的人"。

为了促进当代诗歌创作的进一步繁荣,为了建立与发展具有民族特色的现代中国诗歌美学理论,我们完全有必要在站立国门遥望异邦的同时,也收回我们的视线,从我国丰富的诗学遗产中去追寻意象理论发展的轨迹,并在我国古今诗歌意象的花苑中流连观赏一番。

一

意象,在我国古典诗歌与诗论中,有着深远的渊源。

"象"这个概念,早就出现在我国远古的典籍之中。"道之为物,唯惚唯恍,惚兮恍兮,其中有象。"(老子《道德经》)《易·系辞上》也记载了孔子的有关看法:"子曰:'书不尽言,言不尽意。'然则圣人之意,其不可见乎? 子曰:'圣人立象以尽意,设卦以尽情伪,系辞焉以尽其言。'"然而,什么是"象"呢?《易·系辞上》的回答是:"夫象,圣人有以见天下之赜,而拟诸其形容,象其物宜,是故谓之象。"《易·系辞下》的回答则是:"仰则观象于天,俯则观法于地,观鸟兽之文与地之宜,近取诸身,远取诸物。"魏晋时的王弼,在《周易略例·明象》中解释说:"夫象者,出意者也,言者,明象者也。尽意莫若象,尽象莫若言。言生于象,

---

① 转引自赵毅衡:《意象派与中国古典诗歌》,《外国文学研究》1979 年第 4 期。

故可寻言以观象。象生于意,故可寻象以观意。意以象尽,象以言著。故言者所以明象,得象而忘言;象者所以存意,得意而忘象。"(见《王弼集校释》)——上述这些说法虽然夹杂着宗教的观念和唯心的色彩,而且与诗学无关,它们所说的象是八卦之象或象形文字之象,但却可以认为包孕了后来的意象理论的某种胚芽,对后世的有关美学思想的发展,有着重要的影响。以后,晋代的虞挚,在《文章流别论》中提出了"假象尽辞,敷陈其志"的观点,陆机在《文赋》中也提出了"虽离方而遁圆,期穷形而尽相"的看法,而且说明创作中"恒患意不称物,文不逮意",他们把意象的理论置于文学创作的范畴中来考察,在认识上比前人大大前进了一步。然而,最早标举"意象"这一美学概念的,毕竟是公元五世纪至六世纪之交的南朝梁文学理论家刘勰,他在其文论大著《文心雕龙·神思》篇中主张:"然后使玄解之宰,寻声律而定墨;独照之匠,窥意象而运斤,此盖驭文之首术,谋篇之大端。"他所说的"意象",虽不完全同于后代诗学中的"意象",但却包括了诗学中的"意象"的某些重要内涵,因此,他的首创之功不可磨灭。我国最早的诗歌理论著作,是和刘勰大致同时的梁代钟嵘所著的《诗品》,在《诗品·序》中,钟嵘提出了"指事造形,穷情写物",从意象理论的角度看,这一主张虽不如刘勰明确,但却指明了诗歌创作中"形"与"情"两个方面,至少比陆机的看法又有所发展。

唐代,是我国古典诗歌的黄金时代,也是诗的意象新颖独造而又五彩纷呈的时代,繁荣的创作必然有相应的理论携手结伴而行,或者有理论的旗帜在前进的道路上飘扬,成为创作的前导,于是,在诗的意象创造成为诗人的一种自觉艺术追求的同时,盛唐的王昌龄在《诗格》,唐时日人遍照金刚的《文镜秘府论》多有称引。王昌龄提出了"诗有三格",他说:"一曰生思。久用精思,未契意象,力疲智竭,放安神思,心偶照镜,率然而生。二曰感思。寻味前言,吟讽古制,感而生思。三曰取思。搜求于象,心入于境,神会于物,因心而得。"这位"诗家天子"(或曰"诗家夫子")不仅重复提出了"意象"之说,而且也还提出了"诗有三境"(物境、情境、意境)之论,从诗学的角度作了刘勰所未曾作过的发挥,是对中国古典诗学划时代的贡献。之后,中唐白居易的《金针诗格》也有如下的主张:"诗有内外意,内意欲尽其理,理谓义理之理……外意欲尽其象,象谓物象之象。"(见北宋陈应行《吟窗杂录》)他看到了诗歌创作中的主观(内意)与客观（外象）之间的关系。晚唐的司空图,总结了前人创作实践所积累的艺术经验以及理论研究的成果,把"物象"与"心意"联系起来考察,在他的《二十四诗品》中从诗学的角度标举"意象"之说:"是有真迹,如不可知。意象欲出,造化已奇。"(《缜密》)如果说,"意象"一词最早见于《文心雕龙》,那么,这就是中国诗歌理论批评史第一次明确提出的意象论。(唐诗学者、复旦大学陈尚君、汪涌豪近年撰文,提出《二十四诗品》非司空图作而出自明人怀悦《诗家一指》之新说,但尚无公认之定论)自此以后的宋代及明清时期,对诗的意象有了更多的虽然是点评式然而却是专门的论述,如宋代梅圣俞在《续金针诗格》中说:"诗有内外意,内意欲尽其理,外意欲尽其象,内外意含蓄,方入诗格。"他虽然是将"意"与"象"分说,但他对意象的分析特别是在强调意象的含蓄方面,有其独到之处。明代前七子之一的王廷相,在《与郭价夫大学士论诗书》中进一步认为:"夫诗贵意象透莹,不喜事实黏着,古谓水中之月,镜中之影,可以目睹,难以实求是也……嗟呼,言征实则寡余味,情直致而难动物也。故示以意象,使人思而咀之,感而契之,邈哉深矣,此诗之大致也。"同是明代的诗学大家胡应麟,也说"古诗之妙,专求意象",他赞叹"大风千秋气概之祖,秋风百代情致之宗,虽词语寂寥,而意象靡尽",他批评宋代一些诗人学杜甫是"得其意,不得其象"(《诗薮》)。清代沈德潜《说诗晬语》指出"孟东野诗,亦从风骚中出,特意象孤峻,元气不无斫削耳"。方东树《昭昧詹言》认为"意象远近大小皆令逼真"。——这些论说,都是对刘勰、王昌龄与司空图的"意象"论的一脉相承的创造性发展。

我国古典诗歌美学虽然远远较西方超前地提出了意象之说,然而,由于我国古代诗论家点到即止的印象式、启发式、感悟式的美学批评方式的局限性,不可能对意象作出细致的学理解释与充分的科学说明,而这一任务,就历史地落在了我们这一代诗歌理论工作者的肩上。

为了能形象地而不首先是纯理念地论证"意象"的美学内涵,让我们从古典诗歌与当代诗歌中分别举例,作一番简略的分析:

> 晨起动征铎,客行悲故乡。
> 鸡声茅店月,人迹板桥霜。
> 槲叶落山路,枳花明驿墙。

因思杜陵梦，凫雁满回塘。

——温庭筠《商山早行》

这是一首颇负盛名的诗。全诗的"意"，集中在第二句"客行悲故乡"作了比较直述的说明，但这首诗之所以动人，还是因为寓意于象，描绘了一幅征人春日早行的图画，寄寓了自己的怀乡之思和落寞之感。其中，第二联历来更是为人们所称道，它每句用五个实体性的名词组合，省去了其间的连接词语，不仅意象鲜明突出，而且密度很大，能引发读者强烈的美感与不尽的遐思。清代薛雪《一瓢诗话》本来不乏灼见，但他却一时失手竟然批评这一联是"村店门前对子"，除此之外，其他的诗人和诗论家对它都赞赏备至。欧阳修曾仿作"鸟声梅店雨，野色柳桥春"（《过张至秘校庄》），虽然比温庭筠的诗句逊色多了，但仍可见他对温作的倾心，他在《六一诗话》中，还记述了梅圣俞对温诗的"道路辛苦，羁愁旅思，岂不见于言外乎"① 的赞叹。明代李东阳对于温庭筠这一联的评论则完全是从"意象"着眼的，同时他还看出了温诗的意象组合技巧的特色："人但知其能道羁愁野况于言意之表，不知二句中不用一二闲字，止提掇出紧关物色字样，而音韵铿锵，意象俱足，始为难得。"② 他认为这一联诗是充分意象化的，不是诉之于演绎性和分析性，而具有意象的呈现性与暗示性。又如艾青的《盼望》：

> 一个海员说
> 他最喜欢的是起锚所激起的
> 　那一片洁白的浪花……
> 一个海员说
> 最使他高兴的是抛锚所发出的
> 　那一种铁链的喧哗……
>
> 一个盼望出发
> 一个盼望到达

① 欧阳修：《六一诗话》，人民文学出版社 1962 年版，第 10 页。
② 李东阳：《怀麓堂诗话》，商务印书馆 1936 年版，第 4 页。

这是一首构思巧妙的诗,它基本上由"起锚所激起的那一片洁白的浪花"与"抛锚所发出的那一种铁链的喧哗"两个意象构成,前一个主要是视觉意象,后一个主要是听觉意象,结尾的两句分别是这两个意象的画龙点睛而诗意升华之笔。但是,虽然是点睛之笔,却仍然是含蓄的,而且"出发"照应"起锚","到达"呼应"抛锚",和前面的两段构成一个水乳交融的意象整体,同时,它的含蕴不是偏狭的、单一的,而具有丰富的美学内涵和解释的多样性。

那么,究竟什么是意象呢? 西方早期的心理学称之为"表象"或"心象",也就是指头脑中所保持的对事物的映象,直到十七世纪荷兰哲学家斯宾诺莎的《伦理学》中,"意象"仍然只是"表象"的同义语。十八世纪,康德在《判断力批判》中论述了"审美意象"这一美学概念,《判断力批判》有如一座桥梁,"意象"从心理学、哲学的彼岸走到了美学的此岸,但"意象"究竟是什么,在西方文艺理论界和美学界依旧众说纷纭,没有准确的界说。一九五六年,美国密西根大学教授葆尔丁出版《意象》一书,他自人类行为科学基础来探讨意象问题,将意象归纳为空间的意象、时间的意象、感情的意象、确定的或不确定的意象、真实的与不真实的意象、公众的意象与个人的意象等十大类,但却未能专门探讨诗的意象构成[1]。我认为,意象,如同诗歌创作与批评中的兴象、气象、情景、意境等词一样,在汉语的构词法中,都是先抽象后具象的复合名词,它包括抽象的主观的"意"与具体的客观的"象"两个方面,是"意"(诗人主观的审美思想与审美感情)与"象"(作为审美客体的现实生活的景物、事象与场景)在文学的第一要素——语言中的和谐交融与辩证统一,这种交融和统一,就是意象美所诞生的摇篮。在这一点上,明代何景明《与李空同论诗书》中的一段议论,还是可以给我们以启发的:"夫意象应曰合,意象乖曰离。是故乾坤之卦,体天地之撰,意象尽矣。……譬之乐,众响赴会,条理乃贯;一音独奏,成章则难。"[2]他指出了意象的美学内涵的"意"与"象"两个侧面及其关系。从上述温庭筠及艾青的诗作我们也可以看到,所谓诗的意象,就是主观的心意与客观的物象在语言文字中的融汇与具现,它是诗歌所特有的审美范畴。

---

① 参见姚一苇:《欣赏与批评》,台湾远景出版社 1979 年版,第 55–61 页。
② 《中国历代文论选》(第三册),上海古籍出版社 1979 年,第 37 页。

　　然而,我们要进一步探究的是,意象,与诗学中常说的情景、意境有什么联系与区别呢? 十九世纪意大利著名哲学家、美学家克罗齐在他的《美学纲要》中认为:"诗是意象的表现,散文则是判断和概念的表现。"① 他在《美学》中还表述了如下观点:"艺术把一种情趣寄托在一个意象里,情趣离意象,或是意象离情趣,都不能独立。"② 朱光潜先生在他早期所著的《诗论》中的《诗的境界——情趣与意象》这一章里,发挥的正是克罗齐的学说,他说:"每个诗的境界都必须有'情趣'和'意象'两个要素,'情趣'简称'情','意象'即是'景'。"③ 克罗齐把"意象"与"情趣"分割开来看待,朱先生也认为"意象"即是"景",而我认为意象之中的"意"即包括了"情趣",诗的意象,就是在情与景的相互作用中产生的,它的本身就包括了情与景两个要素,而不能把意象简单地视为与情无关的"景"或与情趣无关的物象。意象,是意与象的融合,是生活的外在景象与诗人的内在情思的统一,它的含义与"情景""意境"同而不同。"情景",基本上是一个限指性的批评用语,它是指诗歌作品中"情"与"景"两个方面的要素,而"意象"则是一个含意较"情景"为广的批评用语。它包括情景,也就是说,"意"比"情"、"象"比"景"的内涵都要广阔,"意"不仅包括"情",也蕴含着"理",而景一般是指外在的自然景物,而"象"则可以囊括整个客观世界的物象。此外,"意象"与"意境"虽然只有一字之差,但它们的美学内涵也有所不同。意境,是情、理、形、神在作品中融合一致而引人联想和想象的艺术世界,在诗歌美学中,它是一个关于艺术整体及其美学效果的概念,而意象只是一首诗作的基本的构成单位,是一首诗作中具体的单一的形象。所谓"境生于象外"(刘禹锡语),即是指意境只有在意象的总和与整体的基础上并通过读者的想象这一艺术再创造之生发,才可能形成,正如同一座引人入胜的园林,是一些亭台楼阁花坞假山按照一定的美学设计建筑而成的一样。王昌龄《诗格》在"诗有三思"之中提出"意象"之后,紧接着又提出了"诗有三境",三境之中就包括了"意境"。可见意象之"象"只是指一种事象、物象或心象,而意境之"境"则是一种具有深度和广度的艺术境界。总之,意象比意境的内涵要小,它是构成意境的条件和基础,而意境则是意

---

① 《美学纲要》,外国文学出版社 1983 年版,第 264 页。
② 转引自朱光潜:《诗论》,生活·读书·新知三联书店 1984 年版,第 51 页。
③ 同上书,第 50 页。

象的综合与升华,前者是单一美,后者是整体美。

意象,是诗歌美学的一个基本理论范畴。在诗歌创作中,能否在生活的广袤原野上和主观感受的无边天地里追逐与捕捉到美的意象,有着十分重要的意义。

就诗人的创作过程来看,意象,是诗歌创作构思的核心,是诗的思维过程中的主要符号元素,对意象的熔铸贯串诗的形象思维的始终,具有关系到一首诗的高下成败的价值。诗的创作或诗的构思,不是不着边际、毫无依凭的纯粹主观化的空想,而是和意象的寻觅、熔铸、定形与深化联系在一起的,脱离或排斥意象的思维,是一种"无意象思维",这种思维,是明显地缺乏意象而进行的思维,或者说,是意象在其中不起重要作用的思维,如一般的理论阐述与科学概括就是如此。这种无意象思维如果表现在诗歌创作中,其结果就是非诗的标语口号或理念化、概念化词语的泛滥,因此,古今中外的诗人与诗论家不论他们的观点如何分歧,但大都十分重视意象在诗歌创作中的特殊作用,在意象问题上往往有许多共同语言。

我国古代诗论家与英美意象派诗人的有关观点,前面已经论及,此处不再赘述,这里,只援引现代和当代一些中外诗论家的看法。英美现代诗的宗师艾略特,他在一九一九年评论莎士比亚的《哈姆雷特》时提出了有名的"意之象"的理论,他说:"表情达意的唯一艺术方式,便是找出'意之象',即一组物象、一个情境、一连串事件;这些都会是表达该特别情意的方式。如此一来,这些诉诸感官经验的外在事象出现时,该特别情意便马上给唤引出来。"① 美国诗人麦克雷殊在一九二六年出版的诗集中,有一篇题名为《诗的艺术》的诗,他说"一首诗应该具体而且沉默 / 像一只浑圆的水果""一首诗应该不落言诠 / 像鸟群的翻飞""一首诗不应该示意 / 它应该全等",这就是认为诗应可捉可摸,不可直咏,应该实存,不可指称,这种看法,与艾略特的"意之象"的理论一脉相传。在日本,学者村野四郎曾著有《现代诗的探求》一书,他就曾经将诗分为"音乐性的构造"与"意象性的构造"②。在我国,杰出的文学评论家李健吾早在一九三五年评论卞之琳《鱼目集》的一篇文章中,在指出李金发诗作之问题的同时,他曾说:"我们说过,李金发先生仿佛一阵新颖过去了,也就失味了。但是,他有一点可

---

① 转引自黄维樑:《中国诗学纵横论》,台湾洪范书店 1977 年版,第 140 页。
② 村野四郎:《现代诗的探求》,陈千武译,台湾田园出版社。

贵,就是意象的创造。对于好些人,特别是反对音乐成分的诗作者,意象是他们的首务。"①一九三九年,艾青在他的名著《诗论》中曾经以五节文字论及意象,其中一节纯粹是诗意的描写:"意象:翻飞在花丛,在草间,在泥沙的浅黄的路上,在静寂而又炎热的阳光中⋯⋯它是蝴蝶——当它终于被捉住,而拍动翅膀之后,真实的形体与璀璨的颜色,伏贴在雪白的纸上。"②加拿大籍华人学者叶嘉莹,在她的著作中也多次论及意象,她说:"中国文学批评对于意象方面虽然没有完整的理论,但是诗歌之贵在能有可具感的意象,则是古今中外之所同然的。在中国诗歌中,写景的诗歌固然以'如在目前'的描写为好,而抒情述志的诗歌则更贵在能将其抽象的情意概念,化成为可具感的意象。"(《从比较现代的观点看几首中国旧诗》)③余光中在他的《论意象》一文中指出:"诗人内在之意诉之于外在之象,读者再根据这外在之象试图还原为诗人当初的内在之意。""意象(imagery)是构成诗的艺术之基本条件之一,我们似乎很难想象一首没有意象的诗,正如我们很难想象一首没有节奏的诗。"另一位台湾名诗人洛夫也十分重视诗的意象的创造,他认为台湾现代诗的"第一个成就是意象的建构和经营",这位早期深受西方现代主义影响的诗人,后来"惊奇地发现,古典诗中那种幽玄而精致的意象语言,那种超越时空的深远意境,远非西洋诗可比"(《大河的对话——洛夫访谈录》,台湾兰台出版社 2010 年版)④。台湾学者李瑞腾在他的《诗的诠释》一书中也认为:"在诗学研究的范域中,意象研究是具有独特地位且是相当重要的一个部门,它是直接指向诗的内在本质所做的探索。"⑤——从上述诸家的论述中,我们可以看到意象创造对于诗歌创作具有何等重要的生命线的意义,无意象思维固然与诗无缘,那种缺乏强大而新创的意象思维能力的作者,也绝不可能写出优秀的诗篇。莎士比亚的作品,意象层出不穷,极为丰富多彩,乃因为他具有强大的意象感受力与捕捉力,也正是因为如此,歌德才以"说不尽的莎士比亚"为题写文章去赞美他。老诗人艾青在高龄时诗情还能"年既老而不衰",这在中外古今的诗史上都是不可多见的奇迹。在西方,希腊的诗神阿波罗,同时也是青春之神,英

① 《李健吾文学评论选》,宁夏出版社 1983 年版,第 84 页。
② 艾青:《诗论》,人民文学出版社 1983 年版,第 200 页。
③ 叶嘉莹:《迦陵论诗丛稿》,中华书局 1984 年版,第 240 页。
④ 余光中:《掌上雨》,台湾时报出版公司 1980 年版,第 17 页。
⑤ 李瑞腾:《诗的诠释》,台湾时报出版公司 1982 年版,第 143 页。

国的华兹华斯,四十五岁以后就江郎才尽了;在中国,像陆游这样八十几岁还诗思不竭的诗人,也并不多得。艾青之所以历经磨难而仍老树着花,重要原因之一,就是他的思维中充满着具有生机活力的意象。他的谈吐、诗作与文章都是如此,只要和他接触过或者读过他的作品的人,都会领略到他的机智与幽默,他倾吐着不绝的妙趣横生的意象,就像不竭的喷泉喷射着缤纷的水花,你真会不禁为之惊叹:长达二十多年的北大荒的寒冰、西北沙漠的热风,都未能冻结或炙干这位一代歌手意象的清泉。在台湾,已届陆游之寿的老诗人余光中与洛夫,其创作的生机仍然像春天般蓬勃,时见新意的意象与诗篇,仍然如春花之始开,你也不能不为之赞叹。

　　一篇完成了的作品,对于作者是创作的终点,而对于读者则是欣赏的起点。诗中美的意象之所以重要,另一方面的原因就是诗是主抒情的美文学,它主要不是诉之于理智而是诉之于感情,不是诉之于知性而是诉之于感性,不是诉之于被动的接受而是诉之于主动的触发。在美的意象里,诗人的内在之意融化于外在之象,读者也正是根据诗人所创造的外在之象,去寻索与领会诗人原来的内在之意,不仅如此,欣赏不是被动消极的接受,而是主动积极的参与和创造,美的意象还可以刺激读者的生活经验、艺术积累和想象能力,让读者在审美活动中去补充、丰富和发展诗人所完成的意象,在再创作与再评价中和作者共同进行并完成意象的创造,这是诗的艺术欣赏的规律。原作的意象可以称为"原生性意象",读者根据原作意象而在自己的审美欣赏活动中所构成的意象,我认为可以称之为"再生性意象""再造性意象"或"继起性意象"。试想,如果诗作只有一些概念的堆积或陈旧形象的拼凑,而没有鲜活独特的内涵丰厚的意象,热衷于抽象直说而疏远具体呈现,这种作品只能让读者厌烦与抗拒,被动的接受尚且困难,那当然就更谈不上转化为主动而自由的美的再创造了。

　　在诗歌美学中,意象与美结下的是不解之缘,因为美是有形象的,可以说美的形象性是美的第一个特征。有形象的东西虽然不一定都美,但美必然有形象,具有美的性质的必然是可感的诉之于人的直觉的形象事物,自然美是这样,生活美是这样,作为自然美与生活美的反映与表现的艺术美当然更是如此。只有形象,只有那种能够引起人们的美感的具体鲜明的形象,才具有审美的属性,才能成为人们的审美对象,才能成为诗美学探讨的客观对象。相反,任何自然科学与社会科学的抽象的概念、判断和推理,尽管它们也许符合客观事物的发展规律,具有科学的逻辑性与严谨性,然而,我们完全可以承认它们在理念上的正确,能引导人们得到关于客观世界的规律性的理性认识,却不能承认能够激发人的美感,因为这些抽象思维的概念、判断和推理,它们缺乏美之所以为美的基本的条件,即具体可感的形象。车尔尼雪夫斯基说:"美感的主要特征是一种赏心悦目的快感。"[1] 要能够悦之于"目"而赏之于"心",就必须有赖于鲜明生动的创造性的形象,而读者正是在对艺术形象的审美欣赏活动中,产生审美的愉快与喜悦。我们常常指责的诗歌创作中公式化、概念化、晦涩化的弊病,就是因为这些作品不是借助于鲜明独创的意象去表现诗人自己所发现的生活,而是或搬用一些现成的抽象的概念,作直线式的演绎与说明,而哪怕是内涵正确的标语口号的分行排列,在诗审美中也只能引起读者的厌倦,而无法激起美感。而某些以"先锋"与"新潮"相标榜的现代诗,形象堆砌紊乱而艰涩,读来如同呓语或天书,同样也只能败坏读者的胃口。形象,是一个适用范围较意象为大的文学用语,两者的内涵与用法均有不同,但意象的具体可感性与鲜明生动性则是和形象相同的。我国古典诗歌很讲究创造美的意象,如同是写长江,初唐的王勃是"长江悲已滞,万里念将归。况属高风晚,山山黄叶飞"(《山中》),盛唐的李白是"登高壮观天地间,大江茫茫去不还。黄云万里动风色,白波九道流雪山"(《庐山谣寄卢侍御虚舟》),中唐的张祜是"金陵津渡小山楼,一宿行人自可愁。潮落夜江斜月里,两三星火是瓜洲"(《题金陵渡》),晚唐的郑谷是"扬子江头杨柳春,杨花愁杀渡江人。数声风笛离亭晚,君向潇湘我向秦"(《淮上与友人别》),意象虽各有不同,甚至可以约略窥见唐诗的初、盛、中、晚的分别,然而却都意象丰盈而能引发读者的美感。我国古典诗歌重意象美的创造,从钟嵘《诗品》以来的我国诗歌批评,何尝不是如此? 明代注重意象的诗论家胡应麟在《诗薮》中说:"杜'风急天高'一章五十六字,如海底珊瑚,瘦劲难名,沉深莫测,精光万丈,力量万钧。"他不正是以生动鲜明的意象,去阐释和评论杜甫《登高》诗的意象吗?

诗,始于悦目动听而归于动心和想象,具有视觉美与听觉美的鲜活意象,是构成一首完美的诗的元件,而具有美学价值的诗,无一不是一些美的意象按照美的秩序组织而成之艺术整体。而那些没有意象美感的诗,像我们经常可以在报

---

[1]　车尔尼雪夫斯基:《美学论文选》,人民文学出版社 1957 年版,第 97 页。

刊上读到的某些作品,或是一般的概念附加一般的形象,只能称之为拙劣的形象图解,或是将不入流的散文文字披上诗的外衣,人们讥之为蹩脚的分行散文,或是堆砌许多支离破碎不知所云的图景,如同一塌糊涂的泥潭,总之,它们丝毫也不能给人以美的享受。因此,诗人能不能从纷繁万状的生活中,在自己所积累的感性的表象材料的基础上,敏锐地感受、感发、发现和捕捉诗意,并经过分析、取舍、提炼、概括,铸炼出鲜活独创、主客观统一的富有美学意义的意象,就成了诗作者是否具有诗的才华的重要标志之一,也是一首诗能否真正成其为诗的一个重要条件。确实,创造性的美的意象,是诗才的试金石,是好诗的证明书,是诗人的心与读者的心之间所架设的七彩的长虹!

二

意象,只是一首诗的元件,单一地来看,即使意象本身新颖鲜活而内涵丰厚,但如果不是在一个统一的题旨与构思之下巧妙地组合起来,而是各自为政地处于孤立的状态,缺乏内在的有机联系,那充其量也只是一些断金碎玉而已,并不能保证建成一座耀彩辉光、美轮美奂的诗的殿堂。在诗歌创作中,美的具有强烈艺术感染力的意象,其构成方式是多种多样的,有如秋日晴空上的流云,虽然同是云,却能开出千姿万态的云的花朵,因此,我也不能穷尽意象的所有美学结构,而只能给一些主要的构成方式描绘一个大概的轮廓。杜甫说:"诏谓将军拂绢素,意匠惨淡经营中。"(《丹青引》)"惨淡经营"者,苦心构思也,精心安排意象的美学结构也,这是诗圣的经验之谈,也反映了诗歌艺术的一种规律。这里,且让我们在诗的国土上作一番匆匆的巡游,去领略诗人们对意象惨淡经营的诗心吧!

动态性的化美为媚的意象。《拉奥孔》,是十八世纪德国著名文艺理论家莱辛的名著,阿里奥斯托,是文艺复兴时期意大利诗人,他在其浪漫史诗《疯狂的罗兰》中描绘了美女阿尔契娜的形象,诗人多方面表现她的容貌和体态,博得了意大利学者道尔齐的赞赏,认为读者"会认识到在什么程度上高明的诗人也是高明的画家",而莱辛则提出不同的看法,他在《拉奥孔》中提出了"化美为媚,媚就是在动态中的美"的著名观点,他认为"媚比起美来,所产生的效果更强烈。阿尔契娜的形象到现在还能令人欣喜和感动,就全在她的媚",就在诗人对她的眼睛所作的"娴雅地左顾右盼,秋波流转"的描写①。因此,所谓化美为媚的意象创造和组合,就是从动态中去描写物象,或者描绘物象的动态,而避免纯静止的描写。世界上的万事万物都在运动之中,静止则是相对的,这是化美为媚的生活依据,同时,具有流动之美的意象,较之静态的意象更富于生命力,更能调动读者的本身就是处于流动状态的联想。我国古代的无名诗人早就知道其中奥妙,如《诗经》中描写人物的名作《卫风·硕人》篇:"手如柔荑,肤如凝脂,领如蝤蛴,齿如瓠犀,螓首蛾眉,巧笑倩兮,美目盼兮。"前面五个意象重在形似,都不免平板,后面两个意象一以写笑,一以写目,粲然嫣然,顾盼神飞,真是画龙点睛之笔,动态性的意象使全诗顿然光彩焕发。杜甫的"薄云岩际宿,孤月浪中翻"(《宿江边阁》),白居易的"风翻白浪花千片,雁点青天字一行"(《江楼晚眺,景物鲜奇,吟玩成篇寄水部张员外》),辛弃疾的"叠嶂西驰,万马回旋,众山欲东"(《沁园春·灵山齐庵赋,时筑偃湖未成》),王观的"水是眼波横,山是眉峰聚。欲问行人去哪边,眉眼盈盈处"(《卜算子·送鲍浩然之浙东》),等等,都是出自同一化美为媚的机杼。抒情诗,长于写景状物,抒情寄慨,刻画人物形象并不是抒情诗之所长,但如果善于经营动态意象,却可以获得不同凡响的美学效果。试看同是以"少年行"为题的三首诗:

> 新丰美酒斗十千,咸阳游侠多少年。
> 相逢意气为君饮,系马高楼垂柳边。
>
> ——王维

> 马上谁家白面郎,临阶下马坐人床。
> 不通姓氏粗豪甚,指点银瓶索酒尝!
>
> ——杜甫

> 弓背霞明剑照霜,秋风走马出咸阳。
> 未收天子河湟地,不拟回头望故乡!
>
> ——令狐楚

---

① 莱辛:《拉奥孔》,人民文学出版社 1979 年版,第 115、121 页。

王维与令狐楚的上述作品绝不是平庸之作,他们所写的少年游侠意气或报国豪情,都还是相当感人的,但两首诗的共同不足是静态描述过多,而动态的描摹与呈现较少,每首诗都只有一个典型性不足的动态意象,即"系马高楼垂柳边"与"秋风走马出咸阳",因而显得不是十分生动传神,而杜甫则不然,他绝不满足于静止的凝定画面,而是着力于动态的连续演示。"临阶下马坐人床"与"指点银瓶索酒尝"的两个动态意象组合在一起,便使那或因贵或因富而骄纵无礼的纨绔子弟的神情意态跃然纸上。清人仇兆鳌《杜诗详注》说:"此摹少年意气,色色逼真。下马坐床,指瓶索酒,有旁若无人之状,其写生之妙,尤在'不通姓氏'一句。"①仇兆鳌看到了杜诗的写生之妙,但他还不能说出妙就妙在化美为媚的意象经营。又如同是清代诗人的三首七绝:

> 小廊茶熟已无烟,折取寒花瘦可怜。
> 寂寂柴门秋水阔,乱鸦揉碎夕阳天。
>
> ——郑板桥《小廊》

> 月下扫花影,扫勤花不动。
> 停帚待微风,忽然花影弄。
>
> ——袁枚《偶作五绝句》之一

> 浓似春云淡似烟,参差绿到大江边。
> 斜阳流水推篷坐,翠色随人欲上船。
>
> ——纪昀《富春至严陵山水甚佳》

郑板桥写秋日乡野夕阳鸦阵的景观,结句之动态意象使全诗皆活,历历如见,袁枚对夜月与花影的化美为媚的精神飞动的意象,是现实的心灵化,也是心灵的现实化;纪昀写富春江两岸的山色,形容词"绿"化为动词,这应该是远承王安石"春风又绿江南岸"的余绪,但"翠色随人欲上船"之化静为动,却可谓寺心独造,妙不可言。

---

① 仇兆鳌:《杜诗详注》,中华书局 1979 年版,第 884 页。

　　比喻式意象。比喻,是诗国的奇葩,是诗之骄子,没有新颖的奇妙的比喻,我们就不难想象诗歌园地将是多么萧索和荒凉,而中国的屈原、李白、杜甫,外国的荷马、莎士比亚、普希金等诗人,无一不是巧于用喻的第一流的高手。古希腊哲人亚里士多德在他的名著《修辞学》中认为,比喻是修辞学的三大原则之一,世间唯比喻大师最为难得,因为善用比喻是天才的标志。他赞叹道:"诗与文之中,比喻之为用大矣哉!"而英国浪漫主义大诗人雪莱也说:"诗的语言的基础是比喻性。诗的语言揭示的,是还没有任何人觉察的事物的关系,并使其为人永记不忘。"① 在有些诗作中,许多作者用单一的比喻来比况一个事物,在全篇的美学结构中还只是一个独立的单一意象,如徐志摩一九二四年于日本所写《沙扬娜拉——赠日本女郎》:"最是那一低头的温柔,像一朵水莲花不胜凉风的娇羞。道一声珍重,道一声珍重,那一声珍重里有蜜甜的忧愁——沙扬娜拉!""沙扬娜拉"为日语"再见"之意,徐诗人的一个"水莲花"之喻,便有"人立纸上"之妙。而在有些诗作里,则是从全诗的美学结构出发经营比喻意象,比喻意象不仅仅具有单一美而且具有构思的整体美。如被打成"胡风分子"而历经苦难的老诗人曾卓的《我遥望》:

　　　　当我年轻的时候
　　　　在生活的海洋中,偶尔抬头
　　　　遥望六十岁,像遥望
　　　　一个远在异国的港口

　　　　经历了狂风暴雨,惊涛骇浪
　　　　而今我到达了,有时回头
　　　　遥望我年轻的时候,像遥望
　　　　迷失在烟雾中的故乡

全诗围绕两个置于每段之尾的中心意象结撰成章,"异国的港口"是前瞻,"烟雾中的故乡"是后顾,奇思妙想,婉曲回环,包含了多么深沉的沧桑之感与春华

---

　　① 转引自黄维樑:《清通与多姿》,香港文化事业有限公司 1981 年版,第 121 页。

之恋！而有的诗作,全篇由多个比喻所构成,这种比喻,即我国古代诗论所说的
"博依",可以称之为博喻意象,或全喻意象,或"莎士比亚式比喻"意象(在西方
文学批评中,因莎士比亚剧作中的比喻层出不穷,描写同一个对象时,风采各异
的比喻累累如贯珠,所以称之为"莎士比亚式比喻")。如台湾旅美老诗人纪弦
的名作《你的名字》:

> 用了世界上最轻最轻的声音,
> 轻轻地唤你的名字每日每夜。
> 写你的名字。
> 画你的名字。
> 而梦见的是你发光的名字。
> 如日,如星,你的名字。
> 如灯,如钻石,你的名字。
> 如缤纷的火花,如闪电,你的名字。
> 如原始森林的燃烧,你的名字。
> …………

唐代无名氏《阙题》诗说:"日月千回数,君名万遍呼。睡时应入梦,知我断肠无?"
可见恋爱中人,对方的名字是形诸梦寐而不可或忘的。纪弦之诗也是如此。这是
诗人年轻时所写的一首恋歌,专从对方的"名字"落笔。在"精言不足以追其极"
的情况下,诗人激情的火山一连喷发出七个比喻,凝结而成他的如珠如玉的诗篇。
在这里,正如美国学者布鲁克斯与沃伦在他们的《现代修辞学》中所说的:"比喻
是首要的表达手法。……用比喻往往是最精密最活泼的说话方式,而且是述说某
事某物的唯一方式。"① 应该说明的是,比喻是以"彼物"喻"此物",象征则是以一
个"物象"去"象征"某种含意或某种情思,比喻与象征固然有所区别,但它们都
是建立在"彼"与"此"的异中悟同的基础上,所以比喻意象有时又可以是象征意
象,曾卓的"港口"与"故乡"之喻,不是也可以看作是象征吗?

———————————

　　① 转引自《清通与多姿》,文化事业有限公司 1983 年版,第 141 页。

象征性意象。我这里所说的象征,指的不是诗歌中的象征主义流派,而是限定于它的修辞学的和诗美学的意义。"象征"词源于希腊文,原指一剖为二、各执一半的木制信物。作为一种诗艺象征,一般可以分为内涵与媒介两个方面。内涵,就是指象征的对象往往是一种抽象的观念,不具形的情感,或是不可具见的事物;媒介,则是文字所描摹的一种物象。因此,诗学上的象征,就是以某种具象去暗示一种抽象的观念、情感或不可见的事物,而象征主义大师、法国诗人马拉美所说的"说出是破坏,暗示才是创造",就成了象征主义诗人的座右铭。美籍华人学者刘若愚认为:"象征是意图具有普遍的意义的。'我的恋人是一朵红红的玫瑰'……作为爱之象征的玫瑰则具有普遍的适用性。……象征是被选来表现某种抽象意义的一个具体的事物。"[1] 如西方人以鸽子象征和平,以鹰象征战争,以玫瑰象征爱情,中国人以松柏象征长寿,以杜鹃象征哀愁,以喜鹊象征吉庆。象征性意象在中外古今诗歌创作中屡见不鲜,在现代派诗歌中更为多见,可以说,富于象征意象,是现代派诗歌主要艺术特色之一。在我国古典诗歌和新诗中,美人香草之于屈原,菊花南山之于陶潜,明月大鹏之于李白,乾坤风云之于杜甫,青鸟蓬山之于李商隐,梅花之于陆游,光与火把之于艾青,甘蔗林青纱帐之于郭小川,在他们的作品中往往是一种象征性意象。在当前的新诗创作中我们可以看到,一些诗人既继承了古典诗艺的象征手法,也向西方现代派诗歌借鉴了象征的艺术,他们注重象征性意象的创造,其中的优秀作品,既有象征意象所具有的内涵的深度、广度与暗示性,能激发读者的联想和想象,又避免了西方象征派不少诗作反理性的虚无与反逻辑的晦涩的弊病。被称为"学院派诗人"任洪渊的《船》就是如此,因篇幅关系,我只能摘引第一节以见一斑:

> 我沉一半——凭借着海
> 我浮一半——向往着天
> 我终于载起了我的世界
> 海,装满了被压碎的波澜

---

[1] 刘若愚:《中国诗学》,杜国清译,台湾幼狮文化事业公司 1977 年版,第 153 页。

　　我愿载我寻求的一切

　　　　我是船

任洪渊笔下的船,既是写实的,又是象征的。它是写实,因为它描绘的毕竟是生活中实有而为人们所熟悉的船,它是象征,因为诗人赋予它的远不是一般实用价值的船的形态与意义,而是暗示着新时代的不断探求和进取的精神,暗示着诗人和他的同时代人可以重新扬帆而不断追求和发现的人生。又如艾青一九五四年写的《礁石》:

　　一个浪,一个浪

　　无休止地扑过来,

　　每一个浪都在它脚下

　　被打成碎沫,散开……

　　它的脸上和身上

　　像刀砍过的一样

　　但它依然站在那里

　　含着微笑,望着海洋……

在艾青的诗中,"礁石"是一个象征性的意象,全诗具有一种多义的美,只可意会而难以言传,不同的读者可以寻求不同的解释,因为象征意象常常是确定性与不确定性的矛盾统一。

　　通感性意象。所谓通感性意象,就是五官开放和交流的意象。人的五官的感受力本来都是各司其职的,但是,在一定的条件下,视觉、听觉、味觉、触觉、嗅觉却可以彼此互相沟通与转化,用这种通感的艺术技巧去经营意象,就可以使意象显得不同常态,活泼而奇妙,从而给读者以强烈的新奇之美的享受,同时,由于通感意象不是单一的平面的直叙式意象,而是使五官的感受力交流互通的意象,具有美的丰富性和婉曲性,因此,这种意象还能强烈地刺激和极大地调动读者想象的积极性。古希腊哲人亚里士多德早在《心灵论》中就提到过通感,诗人荷马的《伊利亚特》中,也有"像知了坐在森林中的一棵树上,倾泻下百合花也似的声音"

的名句。应该承认,在西方现代派诗歌中,通感意象的经营占有十分突出的地位,但这绝并不等于通感艺术就是舶来品,在我国古老的《礼记·乐记》中,就有视觉与听觉相交通的描述,韩愈在《谒衡岳庙》诗里,也有"潜心默祷若有应,岂非正直能感通"之辞。古已有之,在中国古典诗歌中,杜甫有"晨钟云外湿"(《瀼州雨湿不得上岸》),韦应物有"绿阴生昼静,孤芳表春余"(《游开元精舍》),刘驾有"促织灯下吟,灯光冷于水"(《秋夕》),孟郊有"商气洗声瘦,晚阴驱景芳"(《秋怀》),李商隐有"蜡烛啼红怨天曙"(《燕台四首》)、"幽兰泣露新香死"(《河阳诗》),宋祁有"绿杨烟外晓寒轻,红杏枝头春意闹"(《玉楼春》),李清照有"又恐双溪舴艋舟,载不动,许多愁"(《武陵春》),清诗人严遂成有"风随柳转声皆绿,麦受尘欺色易黄"(《满城道中》),郭昆甫有"一声啼鸟滑,满院落花多"(《初夏雨后》),如此等等,我们无须特别地寻觅,就可以看到许多出色的通感意象。

李贺,这位中国古典诗人中最善于营造通感意象的高手,和在他之后的李商隐一样,堪称古代诗人中的现代派。他的诗中的通感意象是十分丰富多彩的,在意象的经营上真是一扫凡庸,分外新警:

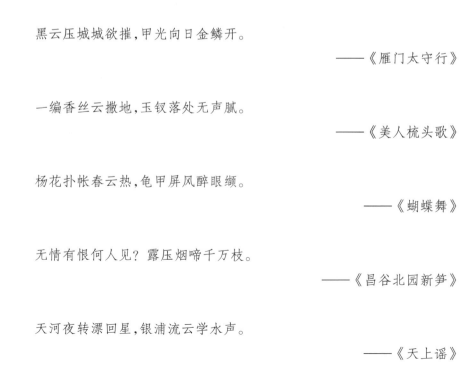

黑云压城城欲摧,甲光向日金鳞开。

——《雁门太守行》

一编香丝云撒地,玉钗落处无声腻。

——《美人梳头歌》

杨花扑帐春云热,龟甲屏风醉眼缬。

——《蝴蝶舞》

无情有恨何人见?露压烟啼千万枝。

——《昌谷北园新笋》

天河夜转漂回星,银浦流云学水声。

——《天上谣》

向前敲瘦骨,犹自带铜声。

——《马诗二十三首》之四

时空意象,与电影艺术中的"蒙太奇"颇为相似。蒙太奇,是电影艺术的特殊表现手段,它来源于法文的建筑学上的一个术语,本意就是构成和装配,后被借用为电影艺术中说明镜头组接与剪辑的技巧。诗创作中的意象组合,和蒙太奇的艺术处理有许多相似之处,事实上,蒙太奇的发明,也和它的创始人苏联名导演爱森斯坦从中国古典诗歌中受到启发有关。世界上的万事万物,都运动在一定的时间与空间之中,诗歌表现现实与抒发感情,也都必须着意于时空意象的布置。诗中的时空意象组合,大约和电影中显示镜头的时空转换的时空蒙太奇相似,而诗中时空意象组合的艺术方式是非常多样的,这里只能列举"交替式意象""叠映式意象""并列式意象""语不接而意接式意象"等数端:

交替式意象。诗作者对同一时间发生在不同地点的事情之描绘所构成的意象,交替地组接在一起,有如电影中的"平行蒙太奇",使读者产生事态"同时"发生的感觉。这种意象组合,往往具有强烈的艺术对比的美学作用,因为意象之间的相互对照和加强,就如同十八世纪法国启蒙思想家狄德罗所说的可以"给我们以动人心魄的印象"。杜甫的名句"朱门酒肉臭,路有冻死骨"(《自京赴奉先县咏怀五百字》)是如此,白居易的"渔阳鼙鼓动地来,惊破霓裳羽衣曲"(《长恨歌》)、"半朽临风树,多情立马人。开元一株柳,长庆二年春"(《勤政楼西老柳》)是如此,李约《观祈雨》的"桑条无叶土生烟,箫管迎龙水庙前。朱门几处看歌舞,犹恐春阴咽管弦"亦是如此。高适的《燕歌行》中也有许多这样突出的例子:"校尉羽书飞瀚海,单于猎火照狼山。""战士军前半死生,美人帐下犹歌舞。""少妇城南欲断肠,征人蓟北空回首。"如同电影中平行对比的"平行性蒙太奇",将同一时间而不同空间的镜头交接在一起,对照强烈,风雨分飞,具有令人心悸而魄动的美。

叠映式意象。所谓叠映式意象,又称"意象叠加"。美国意象派诗人庞德有一天在巴黎地铁车站的人潮中,忽然见到一个美丽的女郎,她的面影给他以深刻的印象,他写下三十行诗,半年后压缩为十五行,一年后凝铸为两行,这就是他发表于一九一三年的《地铁站上》:

熙攘人群中这脸庞的骤现

润湿乌黑的树枝上的花瓣

庞德自称他这种技巧是"意象叠加",并说明他是从中国古典诗歌中学习而来的。对于庞德所说的"意象叠加",我称之为"叠映式意象",它不一定如庞德所说只用于比喻关系,或者只有这种意象才能称之为真正的意象,它只是时空意象中的一种。它的特征就是把两个不同时间与空间的意象巧妙地叠合在一起,而新颖丰富的含意就包孕和诞生在两个互相映照渗透的意象之间,以及它们复叠之后所构成的艺术图景里,如同意象派早期理论家赫尔姆所说:"两个视觉意象构成一个视觉和弦,它们结合而暗示一个崭新面貌的意象。"如李白的《越中览古》:"越王勾践破吴归,战士还家尽锦衣。宫女如花满春殿,只今唯有鹧鸪飞。"前面三个意象之鲜花着锦烈火烹油与最后一个意象之衰败冷落叠映在一起,警人心目。如戴叔伦的《三闾庙》:"沅湘流不尽,屈子怨何深!日暮秋风起,萧萧枫树林。"前情后景,前昔后今,吊古与伤今叠映在一起。又如菲华诗人和权的《橘子的话》:

酸酸的橘仔

分不清

生长的土地

是故乡还是异乡

想到祖先

移植海外以前

原是甜蜜的

而今已然一代酸过一代

只不知

子孙们

将更酸涩

成啥味道

"橘子"在诗中是海外几代辛苦创业的华侨的象征。现在的"酸酸的",过去的"甜蜜的",将来的"更酸涩",在三节诗中,三个时空不同内涵有异的橘子的意象叠合在一起,焦点集中,构思颇具匠心,笔力也相当概括。

并列式意象。对于许多时空不同的意象,诗人不是采取交替式或叠映式的绾合,而是让许多断片的意象按照一定的构思意图组接在一起,构成一幅完整的新美的图画。如孟浩然的《春晓》:"春眠不觉晓,处处闻啼鸟。夜来风雨声,花落知多少。"杜甫的《绝句》:"两个黄鹂鸣翠柳,一行白鹭上青天。窗含西岭千秋雪,门泊东吴万里船。"柳宗元的《江雪》:"千山鸟飞绝,万径人踪灭。孤舟蓑笠翁,独钓寒江雪。"四句诗分别是四个意象,它们彼此有一定的独立性而又有紧密的内在联系,这是典型的意象并列的方式。"我欲升天天隔霄,我欲渡水水无桥。我欲登山山路险,我欲汲井井泉遥",中唐诗人顾况的《悲歌》也是如此。而唐代于季子咏刘邦的"百战方夷项,三章且代秦。功归萧相国,气尽戚夫人"(《咏汉高祖》),虽然分别说了四件事,但却缺乏鲜明的意象,也没有内在的有机联系,纯粹是一种史料的拼凑和复述,毫无艺术构思可言。这里,我们不妨欣赏余光中的《乡愁》:

> 小时候
> 乡愁是一枚小小的邮票
> 我在这头
> 母亲在那头
>
> 长大后
> 乡愁是一张窄窄的船票
> 我在这头
> 新娘在那头
>
> 后来呵
> 乡愁是一方矮矮的坟墓
> 我在外头

母亲在里头

而现在
乡愁是一湾浅浅的海峡
我在这头
大陆在那头

　　宋末词人蒋捷,有一首颇为著名的《虞美人》词:"少年听雨歌楼上,红烛昏罗帐。壮年听雨客舟中,江阔云低断雁叫西风。　　而今听雨僧庐下,鬓已星星也。悲欢离合总无情,一任阶前点滴到天明。"全词以"听雨"一线贯穿。以"少年""壮年""而今"为时间线索,分写"歌楼""客舟"与"僧庐"三个并列而递进的意象,表现了自己的一生以及山河易色之痛。余光中遥承前人的余绪,他这首诗的整体美学构思,也是依据时间结构法而展开的,四部分的意象即"邮票""船票""坟墓""海峡",均围绕"乡愁"这一主旨而呈现,采取"小时候""长大后""后来呵""而现在"这种并列中有递进的构成方式,这样,全诗就有如一阕乡愁四重奏,反之复之,情韵浓至!《乡愁》的姐妹篇《乡愁四韵》的意象结构亦复如此,它并不亚于《乡愁》之美而别有情韵,可惜《乡愁》之名太盛,许多读者只知其姐而不知其妹矣。一九六二年我在《名作欣赏》撰文,最早向大陆读者推介这两首诗,题目为《海外游子的恋歌——读台湾诗人余光中〈乡愁〉与〈乡愁四韵〉》,即是以姐妹相提而并论的。

　　语不接而意接式意象。清代诗论家方东树《昭昧詹言》分析中国古典诗歌特别是唐宋诗歌的艺术时,独创性地概括了一种"文法以断为贵"的艺术手段,他说:"古人文法之妙,一言以蔽之,曰语不接而意接。"对此他虽然没有详为阐述,却可以引发我们对于意象艺术的深入思索:除了整篇句与句之间的章法上的"断",如杜甫的《春望》,杜牧的《题宣州开元寺水阁》,还有一句之中或上下句之间的"断",如"日月笼中鸟,乾坤水上萍"(《衡州送李大夫七丈赴广州》),杜甫在十个字中写了六种实物,省略了其间的表面联系而一气流转,其他如"水落鱼龙夜,空山鸟鼠秋"(《秦州杂诗》),"白狗黄牛峡,朝云暮雨祠"(《奉使崔都水翁下峡》),"四更山吐月,残夜水明楼"(《月》),"江间波浪兼天涌,塞上风云接地阴"（《秋兴》），"支离东北风尘际，漂泊西南天地间"（《咏怀古迹》），等等，均是如此。"楼船夜雪瓜州渡，铁马秋风大散关"（《书愤》），陆游两句诗分别写了三个物象，意象密度很大，概括了广阔的空间景象。"枯藤老树昏鸦，小桥流水人家，古道西风瘦马"，元曲家马致远的《天净沙》，三句中九个实体名词分写了九种景物，历来为人所称道。我国古典诗歌这一意象绾合的艺术，似乎还没有被新诗人所普遍地注意，所以贺敬之多年前所写的《放声歌唱》的如下片断，今天似乎仍然是空谷足音，令人欣然色喜：

……春风。

　　　　秋雨。

晨雾。

　　夕阳。……

……轰轰的

　　　　车轮声。

踏踏的

　　脚步响。……

……………

五月——

　　　　麦浪。

八月——

　　　　海浪。

桃花——

　　　南方。

雪花——

　　　北方。……

由这里可以看到，"语不接而意接"的意象，常常是多用名词构成诗句，省略其中的介词、连词之类的关联词语，语言表现形态上不如常态那样逻辑严密，甚至有时不合一般的语法习惯与规范，但它却有情意的线索贯穿，而且能强烈地刺激读者的想象，在似断实连的意象之间架起联想的桥梁。对于中国古典诗歌这种富于弹性的意象艺术，英美意象派诗人像哥伦布发现了新大陆那样欣喜，他们称之为"意象脱节"，并在创作实践中广泛地运用，这，对我们当代中国诗人实在是值得深思的启示。

时空意象在以上诸种组合形式之外，还有一种常见的意象缩合，可以称之为"辐辏式意象"。例如汉乐府的《江南》："江南可采莲，莲叶何田田，鱼戏莲叶间。鱼戏莲叶东，鱼戏莲叶西，鱼戏莲叶南，鱼戏莲叶北。"全诗单纯而明朗，以"莲叶"作为意象构思的中心，鱼之戏于莲叶的东西南北四个方位，都是朝向这一中心意象（或称主意象）的分意象，有如车轮上的辐条都向车毂集中一样。再如《陌上桑》中的"行者见罗敷，下担捋髭须；少年见罗敷，脱帽著帩头；耕者忘其犁，锄者忘其锄；来归相怨怒，但坐观罗敷"，素来被称为描写罗敷形象的出色的侧面描写之笔，但从诗的意象的组合方式来看，侧面的效果乃是罗敷之美的外射的结果，"行者""少年""耕者""锄者"的美的观感，都是分别朝向罗敷这同一中心。古典诗歌中这种向心凝聚的意象美学结构，在纪弦的名作《你的名字》中也是如此，全诗以"你的名字"作为辐辏的核心，共分三节，前二节前文论述"比喻式意象"时已经援引，第三节也即最后一节如下：

> 刻你的名字！
> 刻你的名字在树上。
> 刻你的名字在不凋的生命树上。
> 当这植物长成了参天的古木时，
> 呵呵，多好，多好，
> 你的名字也大起来。
> 大起来了，你的名字。
> 亮起来了，你的名字。
> 于是，轻轻轻轻轻轻地唤你的名字。

如同四面八方的河流都奔向一个容纳众川的湖泊，如同八方四面的火力都指向一个决心攻陷的城池，诗人的一切想象与比喻都是为了他所爱的（狭义的或者是广义的）人的名字，情之所钟，颠之倒之，落想新奇，构图独特，从全诗的整体结构而言,这是典型的辐辏式意象结构。

辐射式意象。辐射式意象与辐辏式意象相反,它虽然与辐辏式的意象一样同是一首诗的构思核心,但它的意象结构却不是向内凝聚的,而是采取一种向外辐射的形态,具有如美学中所说的外向的张力,即由内而外的延展与扩张的美学力量。李白的《行路难》就是如此:"金樽清酒斗十千,玉盘珍馐值万钱。停杯投箸不能食,拔剑四顾心茫然。欲渡黄河冰塞川,将登太行雪满山。闲来垂钓碧溪上,忽复乘舟梦日边。行路难,行路难。多歧路,今安在?长风破浪会有时,直挂云帆济沧海!"天宝三载(744),翰林供奉李白被唐玄宗赐金还山,他以乐府旧题赋此诗抒写世路艰难、内心愤懑与彷徨以及不屈的信念,全诗的诸多意象由内而外,由近及远,呈现的是一种辐射的状态。中唐女诗人李冶的《八至》一诗也是这样:"至近至远东西,至深至浅清溪。至高至明日月,至亲至疏夫妻。"全诗诗题脱俗,句法新颖,内涵独特而富于哲理意蕴,而对"东西""清溪""日月""夫妻"四个意象,也分别以"近远""深浅""高明""亲疏"来描状,显示的正是一种开放的四面辐射的意象结构。另外一位中唐女诗人薛涛的《筹边楼》也是这样:"平临云鸟八窗秋,壮压西川四十州。诸将莫贪羌族马,最高层处见边头!"这首诗,是弱女子的大手笔,颇具眼光和气魄,登高望远,其意象也精光四射。宋代李清照的"千古风流八咏楼,江山留与后人愁。水通南国三千里,气压江城十四州"(《题八咏楼》),遥承的正是薛涛的一脉余绪。

台湾名诗人余光中的名作《民歌》,不仅谱成了歌曲,而且多次在他的讲座或作品朗诵会上由他人朗诵,有时则由他领诵前三句而台下的听众合诵后二句:

传说北方有一首民歌
只有黄河的肺活量能歌唱
从青海到黄海
　风　也听见
　沙　也听见

如果黄河冻成了冰河
还有长江最最母性的鼻音

从高原到平原
　鱼　也听见
　龙　也听见

如果长江也冻成了冰河
还有我,还有我的红海在呼啸
从早潮到晚潮
　醒　也听见
　梦　也听见

有一天我的血也结冰
还有你的血他的血在合唱
从 A 型到 O 型
　哭　也听见
　笑　也听见

　　全诗以"民歌"为中心意象,由"黄河"而"长江",而"我的红海",而"你的血他的血",由自然而个体而群体,呈现的是辐射状的意象结构,时空阔大,气象雄浑而内蕴深远。

　　意象组合,所构成的综合美整体美,对于诗歌创作十分重要。据意象的构成状态来分析,在一首诗中,一些单一的即使是符合诗学要求的意象,也只具有单象之美,并不具备复象之美,也就是说,就单一的意象来看也许是美的,但却不能保证一首诗的艺术整体的成功。我所谓的单象美,是指作为全诗一个构成元件的意象的美,它有如一座艺术殿堂的一块基石,好像一首乐曲的一个乐音,相对的独立性决定了它本身的地位和价值,它是一首诗能否打动人心的基本因素,因此,诗中每一个意象的捕捉与熔铸都非常重要,如前所述余光中《乡愁》诗中的"一枚小小的邮票""一张窄窄的船票""一方矮矮的坟墓""一湾浅浅的海峡"四个意象,独立看来都是单象美,即诗中的个体之美或部分之美,没有这些单象美,诗的整体之美就不可想象。然而,一首诗的胜利,毕竟是整体的美学的胜利,因此,在单象美的基础上,复象美——也就是诸多意象服从于统一的艺术构思呈现出内在联系的综合美,却不能不说是较之单象美高一级的美。我国传统的诗歌美学理论不赞成诗创作"有句无篇",即不赞成有佳句可摘而无全篇可诵,而要求"有句有篇",这种既看重单象美同时更看重复象美的美学思想,是一种有价值的有生命力的美学思想。如上述余光中《民歌》诗中的那些意象,只有在并未直陈的"祖国"或者说"中华民族"这一主旨的光照下艺术地组合起来,形成新颖而巧妙的美学结构,强烈而动人地表现出有社会价值的内容,才使全诗呈现出整体的复象的综合之美。因此,诗的意象的综合美整体美,可以说是诗人们必须奋力攀登而上的一个海拔颇高的美学峰峦。

三

意象,在诗歌创作特别是抒情诗创作中有极为重要的作用,它的美学结构方式也是丰富多彩的。在诗歌评论中与诗歌理论的探讨中,运用我国诗歌美学传统中的"意象"这一概念,要比运用"形象"这一概念更切合诗歌本身的艺术实际,在理论上也更富于民族的特色。但是,并不是任何表现于文字的意与象的融合都可以称之为诗的意象,美妙的诗意象的创造,应该依据如下美学原则:

新颖独创。古希腊将诗人称为"创造者",独创性,是所有的文学样式的创作都要奋然登攀的高峰,尤其是诗。小说与戏剧的篇幅较长,它的独创性如何,要在一定的时间与空间的幅度里才能看出来,而诗歌由于篇幅高度的集中和凝练,它的新颖独创与否迅速而直接地诉之于读者的审美感受。意象新鲜的诗,一入眼就可以激发读者的新鲜感与惊奇感这两种特殊的审美感情,使他们在诗的审美活动中获得四月天一般的生机蓬勃的喜悦,而意象陈旧的诗,则丝毫也不能刺激读者的艺术感受力,如同万物萧索的冬日引不起春意葱茏的想象,只能使读者望而生厌。许多诗作之所以平庸乏味,重要原因之一就是艺术感受与艺术表现的钝化,而二者又互为因果,因为艺术表现不过是艺术感受的语言的外延而已。作者艺术感觉迟钝,对生活没有新鲜独特的与众不同的感受、认识和发现,而只停留在抽象的概念或肤浅的表象的阶段,那自然就会由于惯性或惰性的作用,滑进陈词滥调的泥潭。只有对生活、对艺术、对语言文字有敏锐的感觉而又不甘平庸的诗人,才能铸炼出新颖独创令人耳目一新的意象。从心理学的角度来说,这种意象称为"创见意象"。例如"祖国",古往今来有多少诗人描绘和礼赞过她呵!"陟升皇之赫戏兮,忽临睨夫旧乡。仆夫悲余马怀兮,蜷局顾而不行",屈大夫在《离骚》中赞美他的故土,在中国诗歌史上第一次出现关于祖国的形象;"你又贫穷,你又富庶,你又强大,你又孱弱,亲爱的母亲俄罗斯呵!"涅克拉索夫的《在俄罗斯谁能快乐而自由》歌唱他的祖国,那矛盾修辞法("矛盾语")构成的鲜明意象,至今仍然撼人心旌。在新诗创作中,歌咏祖国的作品不少,其中自然也有佳作,不乏戛戛独造的意象,如前一章所引的闻一多的《一句话》,如二十世纪二十年代之初刘半农留学英国时,因怀念故国而写的名诗《叫我如何不想她》,此诗因语言学家赵元任谱曲而更被广为传唱。然而,毋庸讳言,诗创作中也有相当多的陈腔滥调与陈旧落套的形象,而那些毫无新意的俗而且滥的文字,至今仍像浑浊的水流一样在我们的诗坛上泛滥。而那些鲜活的新颖的诗的意象,则让我们有惊艳之喜,一见难忘:

> 自从那个出嫁的新娘
>
> 红艳的双颊瞬间燃烧
>
> 一树灼灼的桃花火炬
>
> 此后的三千年岁月里
>
> 所有的新娘都变成老妪
>
> 所有的桃花都乱落如雨
>
> 只有那位新娘,那树桃花
>
> 在一首四言诗里永不老去
>
> ——《诗经:诗和世界的初遇》

> 满脸皱褶的黄土台地
>
> 摊开一卷千家注解的诗集
>
> 摊开一卷国族的命运之书
>
> 苍凉如斯,阅尽终古
>
> ——《杜甫故里》

> 四季绿衫的水灵女子
> 偶尔换一身素衣
> 一下子倾动了
> 半壁江山
>
> ——《江南雪》

　　这是从诗人学者杨景龙的诗集中摘引的片段,它们或是出自他未成年的少年之手,或是出自他的年方弱冠之手,我们会惊叹于他的早慧,惊异于他的诗的意象的独创,我们更可以想见的是少时已经如此,他后来的作品该是如何珠光照眼,良玉生辉。

　　单纯而丰富。诗歌,有多种多样的美的境界,而我总以为单纯而丰富是诗的美学境界中一般作者难以达到的境界。单纯,绝不是简单和浅薄,不是一览无余,毫无深度和厚度;单纯,是删汰与提纯的结果,是经过净化之后通体光华明净的结晶;丰富,也绝不是意象的繁复地堆积,不是生活的面面俱到地铺陈,这正是今日许多新诗常见的弊病;丰富,是单纯的携手同行的朋友,是一首好诗的标记,是讲求诗的密度而千锤百炼的产物。单纯而丰富的诗,具有集中而凝练的外形与一以概万的深厚内蕴。这里应该着重指出的是,意象的芜杂与篇幅的冗长不仅不能代表丰富,反而是丰富的敌人,因为芜杂冗长本身不具有意象的概括性与典型性,同时又像沙石淤泥和枯枝败叶堵塞了河床一样,堵塞了读者想象的通路。英美意象派诗人,不仅要求意象鲜明具体,给人以雕塑感,同时也要求艺术的简约洗练,文字简洁而内蕴含蓄。如佛灵特的《天鹅》原为六十九行,后来庞德编选《意象派诗选》时,为了全诗的集中凝练,竟然痛加删削,去掉五十七行,只剩下十二行,结果不但于全诗无损,而且做到了文字向内紧凝,内蕴向外延展,意象更加鲜明突出。《在京思故园见乡人问》,是初唐诗人王绩之诗,共二十四行,其"乡人"朱仲晦的《答王无功问故园》诗,也是二十四行,两首诗分别先后引述如下:

> 旅泊多年岁,老去不知回。
> 忽逢门前客,道发故乡来。
> 敛眉俱握手,破涕共衔杯。

殷勤访朋旧,屈曲问童孩。

衰宗多弟侄,若个赏池台?

旧园今在否? 新树也应栽?

柳行疏密布? 茅斋宽窄裁?

经移何处竹? 别种几株梅?

渠当无绝水? 石计总生苔?

院果谁先熟? 林花哪后开?

羁心只欲问,为报不须猜。

行当驱下泽,去剪故园莱。

——王绩《在京思故园见乡人问》

我从铜州来,见子上京客。

问我故乡事,慰子羁旅色。

子问我所知,我对子应识。

朋游总强健,童稚各长成。

华宗盛文史,连墙富池亭。

独子园最古,旧林间新坰。

柳行随堤势,茅斋看地形。

竹从去年移,梅是今年荣。

渠水经夏响,石苔终岁青。

院果早晚熟,林花先后明。

语罢相叹息,浩然起深情。

归哉且五斗,饷子东皋耕。

——朱仲晦《答王无功问故园》

问者不厌其烦,几乎可以说是"每事问",答者有问必答,几乎可以说是"每事答",他们彼此对答均唠唠叨叨,下笔均啰啰唆唆,堆砌了许多生活场景,貌似丰富而实为烦琐,诗质稀少而诗意淡薄。同类的主题和题材,到盛唐高手王维的笔下就顿然改观了:

君自故乡来,应知故乡事。

来日绮窗前,寒梅着花未?

——王维《杂诗三首》之一

　　明人钟惺《唐诗归》说:"寒梅外不问及他事,妙甚。"清人黄叔灿《唐诗笺注》说:"与前二首俱口头语,写来真挚缠绵,不可思议。著'绮窗前'三字,含情无限。"王绩问了十一个问题,而王维只寥寥一问,以少少许胜多多许,那"绮窗寒梅"的意象单纯而丰富,刺激读者的想象,这正是经过诗的净化而达到诗的强化的结果,也透露出诗艺的发展、提高与成熟的消息。当代学者刘忆萱、管士光评论说:"《杂诗三首》虽各自成章,但在诗意上互有关联,描写了青年男女别后相思之情。此诗从男方着笔,不说思念家人,只问梅花消息,而其思念之情自见,颇为含蓄蕴借。"① 从这里可以看到,诗的意象的单纯而丰富,就是要删汰一般性的平庸意象,而力求提炼和熔铸出普遍性与独特性相融合的鲜活独创的典型意象,因为那种堪称鲜活独创的典型意象的意象,一语胜人千百,集中地表现了客观事物与诗人主观情思之美,有使人一见难忘思之无极的美学力量。

　　意在象中,因象悟意。意象,包含意与象这一对矛盾,真正具有美学意义的诗的意象,绝不只是对客观事物外在形象作哪怕是新颖独到的描摹,当然更不是脱离物象的赤裸裸的陈述和空喊,"有象无意"或"有意无象"都是不可取的,而应该是象中见意,意在象外,思想感情与社会生活的内涵隐蔽潜藏在生动的图景里,规定联想的线索与范围,强烈地刺激、充分地调动读者想象的积极性,让他们在审美活动中去探索那深远的象外之象与象外之意,也就是在读者的欣赏这一艺术再创造的活动中,去延伸、扩展诗所包容的美学领域(诗当然允许直抒胸臆的精辟议论,这是诗美学当中的另一个问题,此处不具论)。从美学欣赏的角度来看,"象"是作品与读者的中介,是读者的欣赏——美学再创造的起点,而根据自己的生活体验与艺术修养去探索那多样的"象外之象"与"象外之旨",则是读者的美学再创造的终点。艾略特也曾经认为:"读(诗)时应专心一致于诗之所指,非诗之本身;这似乎是我们应该经营的。要超出诗之外,一如贝多芬后期

① 刘忆萱、管士光评注:《唐人绝句一千首》,辽宁教育出版社1997年版。

作品之超出音乐之外。"① 所谓 "诗之所指" 与 "诗之外",无非是中国传统诗论的 "象外之意" "弦外之音" "味外之味" 的西方式说法而已,它们的精神有通似之处。中国古典的意象论,十分强调象内之意与象外之旨,诗人与诗论家很多都是把对生活底蕴和美学内容的追求放在首要位置,同时,又把只描摹景象不直述情意而情意见于象外,看作是诗艺的高难境界。然而,无论是在古典诗歌或新诗创作中,我们都可以看到不少只追求外形美或美的画面而缺乏深刻的思想内蕴的作品,那种作品如同只诉之于概念与说教的诗的赝品一样,同样经不起咀嚼,不能真正打动人心。西方的意象派诗人,他们往往重 "象" 而轻 "意",有时外在的形象虽然新颖奇特,表现手法也有所创新,但却没有深刻的内涵,像坚实的支柱支撑着外表华美的殿堂。如英国诗人休尔姆的《秋》,向来被认为是意象派的发端和先声,极负盛名,全诗如下:

> 秋夜里一点寒意,
> 我到外面散步,
> 看见赤色的月倚在篱边,
> 如一红脸的农夫。
> 我没有停下来说话,只点点头,
> 四周有沉默的星
> 脸色苍白,如城市里的孩童。

这首诗文字凝练,不像有些诗那样拖沓臃肿,两个比喻性的意象相当新奇,不像有些诗的比喻那样缺乏新鲜感。但是,它的内蕴是什么呢?它能给读者哪些思想感情上的陶冶和启示呢?香港学者林以亮关于此诗的一段话颇有见地:"它有一个致命的弱点,经不起咀嚼。这个弱点也就是意象派诗的弱点,所以无怪乎批评家要说意象派的诗只是浮面的诗,为眼睛看的诗。"② 英美意象派的诗作大都缺少深刻的思想内容和丰富的生活内涵,格局与气度都比较狭小,同时,他们强

---

① 叶维廉:《秩序的生长》,台湾志文出版社 1971 年版,第 228 页。
② 林以亮编选:《美国诗选》,香港今日世界出版社 1978 年版,第 147 页。

调景象的描摹而绝对反对旨意的直接表达，也有其明显的片面性，因为意在象中而使人因象悟意，只是意象经营的一个主要美学原则，而非绝对的教条，如果只主张所谓"全意象"或"纯意象"而一概反对直接表明情意，一概反对诗中精辟的议论，那就可能导致艺术表现的单调和乏味。因此，约翰·弗莱契在《意象派诗选》中对意象派的批评，可以说是深中肯綮之论："意象派的缺点是不允许诗人对于人得出明确的结论……使诗人进入无内容的空洞的唯美主义。诗只描写自然不行，一定要加入人们对自然的判断和评价。"由此看来，我们的诗人不仅要力求意象的独创和单纯，也要去追逐意象的内涵之深广，否则就容易流于为意象而意象，流于意象的堆积和文字的游戏，结果不是浅白乏味就是堕入晦涩的泥潭。

美好的意象，是诗人对生活独特的感受、发现和表现的美的结晶，而不是什么绝对化的"潜意识"或超现实的玄想的产物。

美好的意象，并不排斥直接的抒情和议论，那精辟而富于感情的不脱离形象的议论，常常可以增强诗的思想力量。

美好的意象，以优美强烈的感情和深刻独到的思想作基础，我们不能因为讲求意象而去建造暧昧甚至晦涩的让人如堕五里雾中的迷宫。

讲究意象和意象经营，是中国诗歌美学传统的重要民族特色，中国诗史上的任何优秀诗人，无一不是以他们的才华，追逐了许多独特而美好的诗的意象，创造了属于他们自己的诗的意象世界。他山之石，可以攻玉，英美意象派诗人隔海寻求到中国的这一块宝，他们的贡献与创造应该借鉴，但是，"魂兮归来，返故居些"，我们当今的新诗人，绝不可"藏金于室而自甘冻饿"，让我们纵向创造性地继承传统，横向独立自主地借鉴西方，进一步建设和发展我们的新诗吧！

第五章 如花怒放 光景常新
——论诗的意境美

意境,是中国古典诗学中一个十分重要的美学范畴,也是当代诗歌美学中像生活之树一样长青的美学命题。进一步研究和发展意境的美学理论,是促进我国诗歌民族化、现代化、艺术化、多元化的一项重要工作,也是建立我们当代的同时又具有民族特色的诗歌美学之重要组成部分。

我们今天要广开门户,借鉴西方诗歌与诗歌理论中的精华,以促进新诗以及诗歌理论的发展,这是毫无疑义的。但是,有的人却一昧主张"用外来的美学原则改造我们的新诗",有的人对于民族诗歌和民族诗歌理论的传统,则一概斥为"保守""僵化"。例如诗歌中的"意境论",就遭到一些人的指责和反对。最有代表性的是孙绍振,他对于当代诗学自有其创见和贡献,但他在《新的美学原则在崛起》一文中写道:"他们老是把我们的古典诗歌的意境的概念无限制地运用。其实新诗的很大一部分是讲究激情的抒发的,早已冲破了意境的美学原则。"[1] 我认为革新和创造是永远需要的,就像鸟的飞翔需要空气,就像火车的奔行需要动力。但是,"意境"是否就是一个一成不变的固定框框,束缚了新诗的发展而需要"冲破"呢? 回答应该是否定的,就像事物之铁的客观规律对所有空幻之主观臆断的回答一样。

近些年来探讨意境的文章与著作不少,如果让这些作者在一起开一个圆桌

---

① 《诗刊》1981 年 3 月号。

会议讨论意境问题,那争论必然极为热烈。我这篇文章,就权当发言吧,我只希望在一些不可避免的陈腔之外,也能有若干新意,虽然意境论确实并不是什么新崛起的美学原则,但我还是力求不至于完全老调重弹。

一

从中西文论比较这一角度看意境,意境论,是中国重在表现的美学思想的结晶,是中国美学对于世界的美学思想独特而卓越的贡献。

台湾学者姚一苇《论境界》一文开始就说:"'境界'或'意境'一词是我国所独有的一个名词,作为艺术批评或文学批评的一个重要术语。但是它的语意非常抽象而暧昧,因此在比较实际的西洋的美学或艺术学的体系中,几乎找不出一个同等的用语来传达,至少我在西文中找不出一个可以概括它的所有的内涵的一个用语。"[①] 美籍华人、著名新闻记者梁厚甫,他并不是专攻文学的,但是他在《民族自大狂》一文中也说过:"中国诗词的意境,有时外国最好的文学作品也不能及万分之一。"这就说明熟悉西方文学的域外学者,他们也认为"意境论"为西方所无而为中国所独有,中国古典诗歌意境的魅力,西方的优秀文学作品有时也难以企及。然而,"意境"说这一株凤凰木,为什么植根萌发在东方中国的土地上,而在异国殊方却没有它的户籍呢? 这就不能不从中西文学及其理论的特质来探索它的根源了。

中国和西方的美学观,在艺术思维方式、审美方式和表现方式等方面,都存在着明显的不同。从一般而不是绝对的情况来看,西方的古典美学思想重在再现,"再现说"至少在西方现代派文学勃兴之前,占有主导地位。西方第一个文学批评家是古希腊的柏拉图,他强调"理念",认为艺术是理念的影子,他从理性的角度否定文学的价值,提出了唯心主义的模仿艺术观,要求把文学驱赶出他的"理想国"。亚里士多德是柏拉图的学生,虽然他反对他的老师的唯心主义文学观,但他的文学思想的核心,仍然认为文学是模仿的艺术,因此,他主张"模仿自然",以为文学是由模仿而提供并让读者求得知识。文艺复兴时期的作家、理

---

① 姚一苇:《艺术的奥秘》,台湾开明书店 1968 年版,第 314 页。

论家,大都赞成古希腊哲人的"镜子"说。法国十八世纪启蒙运动的先驱者之一、古典主义最后的一个代表人物费纳隆,他在《致法兰西院士书》中也认为:"诗毫无疑问是一种模仿和绘画。……艺术一旦过分,就是不完美的了;它应该努力做到近似。"他的这种观点,就是亚里士多德等人"模仿说"的遥远的回声。降及近代,黑格尔视艺术为认识理念的感性阶段,认为美和艺术是"理念的感性显现",别林斯基以为"艺术是对于真实的直接观照",车尔尼雪夫斯基在他的著名美学著作《美与生活》中,也认为艺术是生活的"再现",而"美是生活",文艺是生活的"教科书"。正因为西方"再现"的理论和"再现"的艺术比较发达,所以艺术典型的塑造就成了西方美学理论注意力辐辏的中心,而从西方诗歌史来看,其肇始之篇就是古希腊以叙事和刻画人物为主的荷马史诗,即著名的《伊利亚特》与《奥德赛》。它们各分二十四卷,前者长达一万五千多行,后者长达一万二千多行,以再现古希腊社会生活与塑造典型为其主要特色。如同十九世纪法国史学家兼批评家丹纳所概括的:"他讲到特洛亚特、伊萨卡岛和希腊的各处海岸;我们至今还能追寻那种景色,认出山脉的形状,海水的颜色,飞涌的泉水,海鸟栖宿的扁柏和榛树;荷马的蓝本是稳定而具体的自然界,在他的诗歌中,我们觉得处处脚踏实地,站在现实之上。"[①] 如果说,从亚里士多德时期的古典主义到新古典主义时期的"模仿说",西方的古典美学理论都是注重模仿,重在叙事和再现,西方的文学在现代派文学兴起以前,除了浪漫主义文学思潮主张主观抒情以及克罗齐强调直观表现以外,"再现论"一直雄踞西方文坛几千年之久。

与之相反,中国的古典美学思想则一开始就注重物感说,重在抒情和表现,认为艺术的本质在于创造形象以写意抒情。这里,我们且从中国文学史与欧洲文学史的长河溯流而上,在它们各自的江河源,舀一瓢源头之水来品尝:

> 可是那珀琉斯的儿子凭他的脚力快,一个闪电似的就追上去了。轻得像羽族当中最最快的山鹰打着回旋去追一只小的鸽子,一路尖叫着

---

① 丹纳:《艺术哲学》,人民文学出版社 1963 年版,第 283 页。

紧紧追随,偶尔还突然来一个猛扑,那阿喀琉斯也就这样前去紧紧追
赶的。

——《伊利亚特》

蒹葭苍苍,白露为霜。所谓伊人,在水一方。溯洄从之,道阻且长;溯
游从之,宛在水中央。

蒹葭萋萋,白露未晞。所谓伊人,在水之湄。溯洄从之,道阻且跻;溯
游从之,宛在水中坻。

蒹葭采采,白露未已。所谓伊人,在水之涘。溯洄从之,道阻且右;溯
游从之,宛在水中沚。

——《诗经·秦风·蒹葭》

月出皎兮,佼人僚兮,舒窈纠兮,劳心悄兮。

月出皓兮,佼人浏兮,舒忧受兮,劳心慅兮。

月出照兮,佼人燎兮,舒夭绍兮,劳心惨兮。

——《诗经·陈风·月出》

《伊利亚特》写阿喀琉斯追赶赫克托尔的情景,用了许多比喻,着力予以具体细致的再现,从中可以看到西方最早的诗歌,着重故事情节的叙述与人物形象的刻画,相当细腻地再现客观的现实生活场景。这种重在再现的美学思想,给以后的作家如但丁、弥尔顿、托尔斯泰等人以很大的影响。而中国最早的诗歌,却是以强烈的主观抒情为主,而客观环境的描绘,也成了抒情的客体化,浸染了浓郁的感情色彩。我以为《蒹葭》与《月出》这两首诗,是《诗经》中不多见的具有朦胧之美的诗,也是《诗经》中最具意境美的诗。——从以上简略的叙述和诗海一瓢的比较中,我们可以看出西方的古典美学思想重在再现,而中国古典美学思想则重在表现。中国古典文艺是偏于表现的艺术,如果说,戏剧、小说等文学作品中尚且有强烈的"表现"倾向,如《西厢记》《窦娥冤》《红楼梦》《聊斋志异》等就颇有诗的境界,金圣叹批点《西厢记》,他认为有意境的地方就运二十多处,脂砚斋评《红楼梦》,也多次说到诗境。今人研究《红楼梦》的专门著作,有不少是探

究《红楼梦》诗词,甚至是整部小说的"哲学精神"或"诗学精神"。有人说,在中国文学中诗是无处不在的,那么,诗词、音乐、绘画和书法就更是如此了。重在客观再现的美学以艺术典型为它的中心论题,重在表现的美学必然会以对意境的探求作为主要的"鹄的"。也就是说,意境,是在中国诗歌园地和美学思想的土壤上成长起来的凤凰树。

意境这株凤凰树,有它萌芽破土、抽枝发叶而至于花蕾缤纷的过程,我们有必要剖视它的年轮,作一番纵向的历史叙述。

在先秦时期,中国古典美学思想史在第一页就提出了"诗言志"的发抒之说,同时也提出了"言不尽意"而"立象以尽意"(《周易·系辞》)的观点:

> 诗言志,歌永言,声依永,律和声。
>
> ——《尚书·虞书·尧典》

中国诗歌传统的"诗言志"这一面旗帜,在远古时代就迎着原始的风而招展了。除了《尚书》所记之外,《左传》中也有"诗以言志"的说法,《荀子·儒效》篇中也有诸如"诗言其志也"的议论。对于"志",有许多大同小异的解释,但一般认为"志"既包括思想也包括感情,这和西方古典美学史一开始就提出"模仿"说是大异其趣的。《周易》中所说的"言"与"象",当然还不是指文学语言和文学形象,但却包含有文学语言和文学形象的某些雏形,启发了后代对于文学形象的感受和认识。

在两汉时代,《毛诗·大序》《乐记》及《史记》中几段话颇值得注意:

> 诗者,志之所之也。在心为志,发言为诗。情动于中而形于言,言之不足,故嗟叹之;嗟叹之不足,故咏歌之;咏歌之不足,不知手之舞之足之蹈之也。
>
> ——《毛诗·大序》

> 诗,言其志也;歌,咏其声也;舞,动其容也。三者本于心,然后乐器从之。

凡音之起,由人心生也,人心之动,物使之然也。

——《乐记》

诗三百篇,大抵圣贤发愤之所为作也。此人皆意有所郁结,不得通其道也,故述往事,思来者。

——《史记·太史公自序》

"在心为志"及"三者本于心",仍是先秦时期"表现"说的一脉相承的发展,与此同时,"人心之动,物使之然也",进一步明确说明审美主体的思想感情,是作为审美客体的客观物境作用于审美主体的结果,而司马迁的"发愤"说,实际上也就是认为艺术的本质是抒发情意的"发抒"说,这和他在《屈原列传》中认为屈原"忧愁幽思而作《离骚》"的看法,并无二致。

在魏晋南北朝时期,"表现"说的理论有了长足的发展,因为先秦两汉时期文史哲三位一体,诗、乐、舞亲如一家,文学还没有取得它独立存在的地位和价值,到魏晋时期,文学已从其他方面的影响下独立出来,而成为所谓"纯文学",它自身必然要求得到理论上的说明和捍卫。另一个不可忽视的方面,是早在魏晋时期已开始从印度传入中国的佛学禅宗的强大影响,佛学中最早并普遍运用"境界"一词,佛教经典《三藏法数》卷二十,列举五种般若,其四曰"境界般若",而禅家的艺术哲学是以心为宗,所谓"百千法门,同归方寸;河沙妙德,总在心源"(见北宋道原著《景德传灯录》),禅家说明学人对禅的了悟程度,也常用"境界"一语。总之,中国诗歌中"意境"这一美学观念,从佛学禅宗中也可寻索到部分渊源,这是不必讳言的。这样,文学的表现理论之树,得到了独立的国土和充足的阳光雨水,自然就要发芽抽叶了。其中,最值得注意的是如下各家:

文以气为主,气之清浊有体,不可力强而致。

——曹丕《典论·论文》

诗缘情而绮靡,赋体物而浏亮。

——陆机《文赋》

> 人禀七情,应物思感。感物吟志,莫非自然。神用象通,情以变孕。物以貌求,心以理应。

——刘勰《文心雕龙》

> 凡斯种种,感荡心灵,非陈诗何以展其义? 非长歌何以释其情?

> 文已尽而意有余,兴也;因物喻志,比也;直书其事,寓言写物,赋也。弘斯三义,酌而用之,干之以风力,润之以丹采,使味之者无极,闻之者动心,是诗之至也。

——钟嵘《诗品》

在魏晋南北朝时期,文学理论非此四大家而莫之他属。曹丕所说的"气",虽然比较抽象,但大略是指作者的气质才情,明显地是从创作中的审美主体方面着眼;陆机的"诗缘情"说较之"诗言志"说,是中国诗歌美学理论的一个重大发展,他强调诗歌中感情的地位和作用,更为符合抒情诗这一文体的要求和特征,也更接近艺术的本质,而他同时认为"缘情"必须"体物",情不能无所附丽而作抽象的抒发,而"体物"就是对客观物象作主观的审美观照。至于刘勰和钟嵘,既都强调创作中审美感情的作用,同时又对表现主观的"意"的客观之"境"给予了足够的重视,在他们的理论中,虽然还没有提出"意境"一词,但是,艺术认识和掌握世界的审美方式,集中到一点,就是如何创造艺术形象以抒发主观的审美情思,他们的理论之共同特点,就是将主观与客观、审美主体与审美客体、审美的主观情思与审美的客观物象作为一个整体来思考,这可以说抓住了艺术创作的根本环节。此外,在中国第一部诗歌美学理论著作《诗品》中,钟嵘还提出了"文已尽而意有余"和使"味之者无极"的观点,独具慧眼地看到了诗创作中的"含蓄"和"诗味"问题,这更是"意境"的理论将要产生的先兆。是的,魏晋南北朝时期的创作理论为"意境"说之诞生作了进一步的准备,枝干已经长成,绿叶已经纷披,花蕾就要吐出芳信了。

唐代的诗论,对于意境的主客观两方面的因素有了进一步的探讨,正式提出了"意境"一词。"意境"之说,虽经清代诗人、学者再三强调,王国维在《人间词话》中作了比较充分的多方面的阐述,但它早已经在唐代的理论与诗歌创作中确立了自己的地位。之所以如此,原因有三:一是诗歌创作空前的发展与繁荣,为理论概括提供了丰富的资料;二是前人"表现"说的理论,积累了对于主观情思与客观物象探讨的诸多成果;三是佛教在中国的进一步广为传播,除了消极意义之外,积极的方面之一是促进了唐诗流派的丰富和发展,如王维的诗作及唐诗中的山水诗派,如王梵志、寒山、拾得等人时见佛理的诗作,如众多的诗僧的作品,同时也促进了唐人对诗的意境的思考与探讨。因为佛教尽管派别各异,但都是鼓吹因心生境,把通过"佛理"所希望达到的某种境地,称之为"境界"或"意境"。因此,在佛教的经典中,意境特别是境界之说,可谓屡见不鲜,如"觉通如来,尽佛境界"(《成唯识论》),"心存佛国,圣境冥现"(《楞严经》),"色等五境为境性,是境界故。眼等五根,名有境性,有境界故"(圆晖《俱舍论颂疏论本》),等等,都提出了"境界"之说。这无疑是唐人思考诗中意境的思想资源。这里,我按年代先后,摘取唐人对于意境的有关重要议论:

　　诗者其文章之蕴耶? 义得而言表,故微而难解,境生于象外,故精而寡和。

　　　　　　　　　　　　　　　　　　　　　　——刘禹锡《董氏武陵集记》

　　夫境象非一,虚实难明。有可睹而不可取,景也;可闻而不可见,风也;虽系乎无形,而妙用无体,心也;义贯众象,而无定质,色也。凡此等,可以偶虚,亦可以偶实。

　　绎虑于险中,采奇于象外,状飞动之趣,写冥奥之思。

　　　　　　　　　　　　　　　　　　　　　　　　　　——皎然《诗议》

　　诗有三境,一曰物境。欲为山水诗,则张泉石云峰之境极丽艳秀者,神之于心,处身于境,视境于心,莹然掌中,然后用思,了然境象,故得形似。二曰情境。娱乐愁怨皆张于意而处于身,然后驰思,深得其情。三曰意境,亦张之于意而思之于心,则得其真矣。

　　　　　　　　　　　　　　　　　　　　　　　　　　——王昌龄《诗格》

> 诗家之景如蓝田日暖,良玉生烟。可望而不可置于眉睫之前也,象外之象,景外之景,岂容易谈哉?
>
> ——司空图《与极浦书》

刘禹锡"义得言表"与"境生象外",明显地受到佛学中"得意忘言""得意忘象"的理论的影响,他强调的是诗的形象之外所引发的"意"与"境",这无疑抓住了意境的美学核心,像出色的射手一箭中的。王昌龄所作的《诗格》,正式在中国诗美学史上第一次提出了"意境"之说,在它所说的诗的"三境"中,"物境"即客观的景象之境,"情境"即主观的感情之境,"意境"则是客观物境与主观情境的融合,脉络十分鲜明。诗僧皎然不离本行地以禅论诗,除上述《诗议》之外,他在其诗论著作《诗式》中还提出有关意境的许多看法,如"取象曰比,取义曰兴,义即象下之意","至近而意远","取境之时,须至难、至险,始见奇句","两重意以上,皆文外之重旨",等等,都是颇有价值的见解。至于司空图,他主张诗歌创作中主观的"思"要与客观的"境"相谐和,他认为引人联想和想象的"象外之象""景外之景",是极为重要而不容易达到的境界,这就涉及诗的意境的重要美学特征以及意境的典型化问题。综上所述,"意境"说这一株凤凰树,在唐代已经初始长成而含英吐秀了。

宋代严羽的《沧浪诗话》,继承和发展了司空图的理论主张,强调"兴趣"和"透彻之悟",攻击以理为诗、堆垛学问的江西诗派,他的理论仍然是主情的表现理论,此外,张炎《词源》也认为"词原当如此作,全在情景交炼,得言外意"。明代朱承爵《有余堂诗话》认为"作诗之妙,全在意境融彻,出声音之外,乃得真味",王世贞《艺苑卮言》认为作诗要"神与境合",做到"信手拈来,无非妙境",谢榛《四溟诗话》也说"诗本乎情景,孤不自成,两不相背"。但是,"意境"说得到更广泛的重视,并在理论上得到进一步的发展,那还是在清代。此处略举数端:

> 神智才情,诗所探之内境也;山川草木,诗所借之外境也。
>
> ——鹿乾岳《俭持堂诗序》

诗与文不外情境二字。

词或前景后情，或前情后景，或情景齐到，相间相融，各有其妙。

——刘熙载《艺概》

耆卿词善于铺叙，羁旅行役，尤属擅长，然意境不高。

容若《饮水词》在国初亦推作手，较《东白堂词》（佟世南撰）似更闲雅，然意境不深厚，措辞亦浅显。

——陈庭焯《白雨斋词话》

要新意境。

欧洲之意境语句，其繁富而玮丽，得之可以凌轹千古，涵盖一切。

——梁启超《夏威夷游记》

上面所引各项，大多数作者的生活年代均在王国维之前，即使是与王国维同时代的陈廷焯与梁启超，他们有关意境的议论也都在《人间词话》之前。王国维《人间词乙稿序》于一九〇七年写成，第一次运用"意境"一词，而梁启超的《夏威夷游记》则写于一八九九年。由此可见在清代的早于王国维的诗学理论中，主表现的意境说有了更加广泛的影响力，诗论家们沿着"情"与"景"这两个路标的指引，纷纷深入意境的国土去探索它的奥秘，在他们之后，王国维接踵而来，他吸收了西方的一些学说，中西融汇，在前贤开辟的道路上，自然有更大的收获与发现。王国维的《人间词话》对于"意境"虽然没有首创之功，但是，他却能以意境问题为他的美学体系的纲领，并融入西方哲学与文学的某些观点，比较系统地探讨了意境说的诸多方面，对中国诗学做出了属于他自己的贡献。"词以境界为最上。有境界，则自成高格，自有名句"，他以"境界"（也即意境）作为诗歌批评的"最上"准绳，以朴素的二分法，兵分六路，向境界之有无、造境与写境之分别、有我之境与无我之境、境界的大与小、境界之隔与不隔、境界之高与低等六个方面开边扩土。他的学说虽然有某种唯心主义的色彩，受到时代的局限和诗话这种点到即止的审美印象式批评的局限，他的论述也不够细致和周延，但是，他对于诗学的贡献，使他的《人间词话》在中国诗歌理论批评史上占有了重要地位。

从以上简略的叙述中可以看到，王国维《人间词话》以前的中国古典文学理论特别是诗歌理论，虽然其中有各种各样的主张，或截然不同，或大同小异，或大异小同，但是，主情的表现理论却是中国古典美学理论的极为重要的命题，它主要是表现在诗歌创作中，但也渗透到舞蹈、音乐、书法、绘画、小说、戏剧等文学样式之中。意境论的产生，是中国古典美学思想发展的必然产物，也是中国美学对世界美学的独至的贡献。如前所述，"意境"的一个重要方面就是作为审美主体的诗人之审美感情抒发，脱离了情意的抒发，就失去了意境所由存在的一个重要方面。成功的诗作的成功原因之一，就是具有美学价值的"激情的抒发"。古今中外所有优秀诗作都是如此，不独以当前的新诗为然，也不独以"很大的一部分"新诗为然。即使如孙绍振所说，当前"现代化"的新诗"很大一部分是讲究激情的抒发"的，那怎么就必然要"早已冲破了意境的美学原则"呢？这不是自相矛盾而不能自圆其说吗？而且，中国古典诗美学的"意境"说虽然是主情的表现理论，但它不仅绝不排斥反而主张对"境"的生动传神的描绘，那么，所谓"激情的抒发"冲破"意境"，难道"激情"是不依附于客体的描绘而以赤裸裸的概念出之吗？如果那样，那倒是不但"冲破"了意境，而且连诗本身也都给"冲破"了。除了孙绍振之外，有的人为了否定"意境"说，竟然不是从美学思想上去考察它的历史演变，而是谥之以"理学"与"中庸"的名号，而且和封建主义联系在一起。如有人说："随着政治上的反封建主义，艺术上的这种'乐而不淫，哀而不伤''温柔敦厚''发乎情，止乎礼'多少染有理学和中庸色彩的'意境'说，终于被搁置一边。"这种见解看来激进和解放，实际上仍然是庸俗社会学的变种。我以为，所谓"乐而不淫，哀而不伤"等，是儒家的诗教，与古典美学思想所概括的"意境"说并不是一回事，不能一厢情愿地给它们之间画上等号。而"五四"时代的新诗作者为了在政治上反对封建主义，思想上宣扬科学和民主，文学上确立新诗的地位，自然不免过激地喊出"打倒旧诗"的口号，那时的古典诗歌都在"僵化""打倒"之列，遑论"意境"说？但是，"终于被搁置一边"并不见得就是历史的公正裁决或最后裁决，正如同不久之后"五四"时代的诗人就认识到新诗要向古典诗歌学习，要继承并发展民族的诗歌传统一样，今天我们讨论并力图重新认识"意境"说，乃是进一步繁荣诗歌创作的必然结果,并不如有的人所云:"在我们的一些作者和批评家那里,胎儿和洗澡水一起被倒掉,自觉或不自觉地又将'意境'说请回来,仍将其捧为诗美的最高境界。"

我这里并不想与"意境"说的否定者展开深入的辩论,这不是本文的主要任务,但是,我要着重指出的是,持民族虚无主义观点或受其影响的人,他们对于传统的否定是双管齐下的,不仅包括那源远流长丰富多彩的作品,也包括我们民族传统的有价值的美学理论。其中的更为激进的分子,他们闻西风则欣然色喜,对传统则弃若敝屣。向西天取经的唐僧,从长安出发仍然回到了长安,但今天的诗界的某些唐僧,他们似乎一向西天出发就不准备再返回故土。

二

正如同那个古老的瞎子摸象的笑话一样,摸到象耳朵的说象如蒲扇,摸到象脚的说象如肉柱,一偏之见,都不能形成对事物全面的理解和认识。对"意境"说也是如此。我以为,要全面地把握诗的意境,必须从作为对生活的审美主体的作者的艺术创造,以及作为作品的审美主体的读者之艺术再创造这两个方面,以及它们之间的相互作用去理解。只有这样,才能真正认识意境的内涵与外延,也才能真正认识意境不仅是古典诗歌创作的美学原则,在今天的新诗创作中,也仍然具有不可磨灭的美学效用与光芒,绝不如有些人所说的是一种"桎梏"。

意境,既不是客观现实的简单再现,也不是主观情理的抽象论说,而是意与境的矛盾对立的统一。意境,从以形传神的独创的形象之基础上产生,它包括形象之"境",但其美学内涵和外延都远远大于形象;意境,离不开情与理的主导作用,"意"的高与下、特出与平庸,对意境的高下与平庸有决定性的作用。在当代对意境作理论探讨的美学家中,李泽厚是最早而且是颇具卓见的一位。他在一九五二年发表的《"意境"杂谈》中,正确地指出意境的重要意义。他说:"'意境'是中国美学根据艺术创作的实践所总结的重要范畴,它也仍然是我们今日美学中的基本范畴。"他对"意境"的内涵作了如下的界定:"意境,有如典型一样,如加以剖析,就包含着两个方面:生活形象的客观反映方面和艺术家情思理想的主观创造方面。为简单明了起见,我们姑且把前者叫作'境'的方面,

后者叫作'意'的方面。'意境'是在这两方面有机统一中所反映出来的客观
生活的本质真实。""'境'和'意'本身又是两对范畴的统一:'境'是'形'与
'神'的统一,意是'情'与'理'的统一","艺术的意境是形神情理的统一"。①
李泽厚继承王国维的观点并有所发展,对新的历史时期的"意境"说有开拓之
功,多年来许多有关"意境"的文章,包括笔者一九七九年发表在《诗刊》题名
《诗的意境》的文章,都受到他的影响。但是,李泽厚的"意境"论看来还有两点
值得研究之处,一是艺术形象乃至艺术典型都是主观与客观的统一,如果能进一
步将一般文艺理论上所说的"艺术形象"与作为特殊的审美范畴的"意境"区别
开来,将有助于意境探讨的深入;二是对"意境"的认识,似乎不能局限于作者
对意境的创造,而应该兼及欣赏者对意境的再创造,这样才能全面把握意境的真
谛。对于后一点,我将在下面较详细地阐述自己的看法。

　　作者与生活,作者是审美主体,生活是审美客体,读者与作品,读者是审美主
体,作品是审美客体。"意境",不是一个一元的概念,而是一个二元的概念,意
境不能脱离欣赏者的审美活动而存在,意境美,应该是作者所创造的意境在欣
赏者头脑中再创造的结果。长期以来,大家习惯于只从作者的艺术创造的角度
论意境,而忽略从读者的艺术再创造的角度论意境,然而,对于意境,如果不同时
从读者审美活动的角度去认识和把握,而只从作者的艺术创造的角度去追索和
说明,那么,就有如原本要达到一个既定的目标,行到中途就自以为走完了全程
一样。

　　为什么说既要从作者的艺术创造,也要从读者的艺术再创造来认识"意
境",才能对意境作全面的把握呢? 根本原因在于诗歌在所有的文学样式之中,
较之小说、戏剧、散文等其他重要文学样式,是一种独特的具有丰富想象力与强
烈启示力或云暗示性的文学样式。诗歌想象丰富这一特点,只从诗作本身具有
丰富的想象去理解还不够,还必须看到它刺激与诱发读者丰富的审美联想和想
象这样一个重要方面。意境,原本是诗歌所特有的审美范畴(后来旁及到诗歌
的近亲音乐、绘画、书法也讲求意境,而自觉地将"意境"的尺度去衡量小说、散
文和电影,则是近些年来出现的新趋势),作为丰富的美学想象的产物,它具有

---

　　① 李泽厚:《美学论集》,上海文艺出版社 1980 年版,第 324 页。

直接性与间接性的特点。意境的直接性,就是指作者通过作为艺术媒介的语言所创造的意境,这又可称为实的意境,因为它通过文字的表现而具形,没有文字这一工具,任何意境也无法实实在在地具现在读者的视听之前;意境的间接性,好似鱼离开了水就不能生存,意境也不能离开读者的审美联想和想象而存在,它诞生于作者的创造,延续生命于读者的想象之中,从特定的意义上来说,它是源于作品而活跃在读者的联想和想象之中的美学境界,换言之,意境萌发于欣赏者对作品的直接性意境的感知,展开于对直接性意境的联想,最后完成于对直接性意境的再创造。比喻往往是跛脚的,在诗歌的创作与欣赏中,如果说作者与读者是两支军队,那么,意境就是他们胜利会师的广场。这里,用得着俄国文豪托尔斯泰的一句话,他说:"一件艺术品能够作为真正的艺术品,只有当人们看它的时候,好像——不,不但是好像,而且真正地能够实在唤起人们的愉快,觉得作者完成了一件美的作品。这在音乐中特别明显。再也没有比这个更可说明艺术的要旨了,就是说艺术家的'自我'和鉴赏者的'自我'融合为一。"[1] 托尔斯泰所说的并不就是我们所论的意境,但他主张从作者的审美创造与欣赏者的审美再创造的结合来理解艺术品,对我们理解意境不无启示。如唐代七绝圣手王昌龄的《春宫曲》:

> 昨夜风开露井桃,未央前殿月轮高。
> 平阳歌舞新承宠,帘外春寒赐锦袍。

这首诗一般读者都耳熟能详。作者生动地描绘了一幅宫廷生活的画面,他的审美判断并没有直接表现出来,诗的景象鲜明而意蕴深邃,即所谓景显而情隐,全诗的意境,还有待读者根据自己的生活经验和艺术想象去完成。明代的陆时雍,曾这样概括地评论过这位"诗家天子":"王龙标七言绝句,自是唐人骚语,深情苦恨,襞积重重,使人测之无端,玩之不尽,惜后人不善读耳。"[2] 清代的沈德潜,也如此具体评论过这篇作品:"王昌龄绝句,深情幽怨,音旨微茫。'昨夜风开露

---

① 《西方古典作家谈文艺创作》,春风文艺出版社 1980 年版,第 532 页。
② 《历代诗话续篇》,中华书局 1983 年版,第 1421 页。

井桃'一章,只说他人之承宠,而己之失宠,悠然可思,此求响于弦指外也。'玉颜不及寒鸦色'两言,亦复优柔婉约。"① 这两位古典诗评家,实际上都是从"意境"的角度去衡量王昌龄的作品,而沈德潜的具体评论,更是他在欣赏中参与自己的美感经验,和作者一起共同完成意境创造的结果。

在中国古典诗论中,虽然不可能有"意境的完成需要读者的艺术再创造"这样的文字,但是,我们还是可以看到中国古典诗论充分表述了如下的意境规律,即:不能只从作者一方孤立地理解意境,不能只从作品本身静止地就事论事地认识意境,而要联系作为审美再创造的读者一方,从作品的形象对读者想象力的刺激和感发,去理解和把握意境。中国古典诗学的有关议论,我在后文论述意境的美学特征时还将谈到,这里只想大略引述西方和海外学人的一些类似的见解,以证明我的上述看法,并帮助我们全面理解究竟什么是诗的意境。我先挂一漏万地引述西方美学家和诗人的有关看法:

从以上的分析引申出来的总结,可以见到一切都归宿于鉴赏的概念:鉴赏是关联着想象力的自由的合规律性的对于对象的判定能力。
——康德

遇到一件艺术品,我们首先见到的是它直接呈现给我们的东西,然后再追究它的意蕴或内容。前一个因素——即外在的因素——对于我们之所以有价值,并非由于它所直接呈现的,我们假定它里面还有一种内在的东西——即一种意蕴,一种灌注生气于外在形状的意蕴。那外在形象的用处就在指引到这意蕴。
——黑格尔

艺术家的全部技巧,就是引起读者审美再创造的刺激物。
——克罗齐

① 沈德潜:《说诗晬语》,人民文学出版社 1979 年版,第 230 页。

　　作者只有激发读者的想象,才有希望使他全神贯注,从而实现他作品本
文的意图。

　　文学的本文也是这样,我们只能想见本文中没有的东西;本文写出的
部分给我们知识,但只有没有写出的部分才给我们想见事物的机会;的确,
没有未定成分,没有本文中的空白,我们就不可能发挥想象。

——沃尔夫冈·伊塞尔

前面几位美学家的看法,依次引自康德的《判断力批判》、黑格尔的《美学》和克
罗齐的《美学原理》,他们虽然不是直接就意境而言,但他们事实上却一无例外
地指明:读者对于作品是审美主体,读者的审美再创造,对于作品内在意蕴的丰
富和扩展,是一个不可缺少的条件。这,与我们对意境所作的解释,有许多通似
之处。接受美学,又称读者反应美学,是二十世纪六十年代在西方兴起的一个美
学分支,也是文学研究中一种新兴的方法论。其代表人物之一——德国的沃尔
夫冈·伊塞尔的上述观点(转引自《读书》1984 年第 3 期),表达了接受美学的
要旨,就是充分肯定读者在文学活动中的地位与作用,作品的社会意义和美学价
值,只有在读者的阅读过程中才能显示。这,对于我们理解“意境”,显然也是有
力的“他山之助”。

　　意境,既是作者创造的结果,也是读者参与再创造的结晶。作者将他所体
验的生活以及他的审美体验具形于读者之前,而读者欣赏作品时被引发的丰富
美感联想,则活跃和延续了形象的生命,这样,意境就成了作者与读者的共同创
造,没有读者的参与创造,意境美的产生是不可想象的。除了西方的美学家之
外,我接触到一些大陆之外中国学人的著述,欣喜地发现在意境问题上,我们有
许多不谋而合之处。如林雨华在《试论王国维的唯心主义美学观》一文中说:
“‘意境’或‘境界’是艺术形象及其艺术环境在读者心中所引起的共鸣作用;
‘意境’或‘境界’又是读者艺术欣赏时的心理状态。”(见《中国近三百年学术
思想论集》,香港崇文书店 1974 年版)我以为,这在对意境的解释上,可谓探骊
得珠之论,至少可以给我们以启发,使我们的视野开阔一些,不是只就作者的创
造来看待意境,一条路走到黑。在《中国诗学纵横论》(台湾洪范书店 1977 年
版)一书中,香港学者黄维樑以温庭筠《商山早行》中的“鸡声茅店月,人迹板

桥霜"为例,从鉴赏时的想象力这一角度谈到意境,发表了精到的见解。他说:
"创作固然需要想象力,鉴赏也需要想象力。想象力的作用有二:一是归纳,一
是演绎。鉴赏者应把鸡声、茅店、月、人迹、板桥、霜这六样物象归纳成一可感
的'境',然后得知其'意';他也应能演而绎之,把此意境和其他现象、经验连缀
起来,比较其异同,观赏其趣致。"黄维梁从思维方法论来看读者的审美欣赏对
意境的创造,他所射的虽然同是意境这一红心,但他张弓的角度与箭矢行进的
路径却有所不同。美籍华人学者刘若愚,是《中国诗学》与《中国文学理论》这
两本有相当影响的著作的作者,他在《中西文学理论综合初探》一文中认为:
"在作者方面通过创造想象的境界而扩大现实,在读者方面由再创造想象的境
界而扩大现实。"① 他谈的虽然是文学的主要艺术功用,但实际也与艺术意境有
关。他在《李商隐的诗》一书中,更直接地谈到了诗的意境问题,他认为:"当
诗人寻求表现一个境界于诗中,他在探索语言的种种可能性,而读者,依照诗的
字句结构的发展,重复这过程而创造了境界。"随即他做了进一步的申述:"在
我看来,一首诗一旦写成,在有人读它,且根据读者再创造那首诗的能力而多少
加以实现之前,只具有可能的存在。"② 这就说明,诗作者对生活所作的审美表现
的"意境",并不是对生活的模仿而是一种"创境",读者对作者的"创境"所做
的发现、补充和创造,是又一重"创境"(亦可称为"悟境")。读者的"悟境",
以作者的"创境"为基础和依据;作者的"创境",以读者的"悟境"为指归和完
成。真正的诗的意境,一言以蔽之,是内情与外景水乳交融、情理形神和谐统一、
能引发读者丰富的审美联想和想象的艺术世界,是作者的创境与读者的悟境互
为条件和补充的二重境界,是作者的创造与读者的再创造联姻之后所诞生的宁
馨儿。

三

　　意境的美学特征是什么?人言人殊。有如去朝拜一座幽奇博大的名山,我
虽然不一定会有多少新的发现,但我努力不在登山大道上去重复前人的足迹,而

---

① 刘若愚:《中国文学理论》,台湾联经出版事业公司 1980 年版,第 307 页。
② 同上。

力求从山林间另辟一条小径,企望从那里拾级而上,直薄金顶。

读古今中外的优秀诗篇,我感到独创美是诗的意境最可宝贵的素质。所谓独创美,就是唯一性,即不可重复性。诗的意境只有是唯一的,不可重复的,生生不已不断创新的,才能够传之久远,具有永不衰老的艺术生命。文学创作本来就是不断发现、不断创新的事业,它所反对的就是令人窒息的保守,而缺乏生机的重复和毫无出息的模仿,则是它的誓不两立的天敌。文学中的诗,诗中的意境,就更是如此。所谓"意境",从唯一性的意义上说,就是"创意"与"创境",就是这二者的完美结合。意境,所创造的应该是一种崭新而引人玩味的美学秩序,而不是一般化形象的组合,不是生活表象的翻版,前人作品的重复,而是独出心裁的艺术世界。可以说,独创美虽并不等于意境,但有意境的诗作,总是有独创美的诗作,没有独创美的诗作,必然是没有意境的诗作,独创美,是意境的必不可少的第一张身份证。如前所述,独创美就是唯一性,也就是不可重复的独特性,展开一点,就是作为"这一个"的诗人为别人不可模仿而自己也不可重复的对生活之独特发现和独特艺术表现。明代谢榛《四溟诗话》说:"赋诗要有英雄气象,人不敢道,我则道之;人不肯为,我则为之。厉鬼不能夺其正,利剑不能折其刚。"诗作者有这种"英雄气象",就有可能创造出独到的诗的意境。清人袁枚倡导"性灵"说,他的理论属于表现理论的范畴,所以他也很重视意境的创造与独创性的发挥,他在《与洪稚存论诗书》中,有一段对意境的精到议论:"足下前年学杜,今年又复学韩。鄙意以洪子之心思学力,何不为洪子之诗,而必学韩子、杜子之诗哉?无论仪神袭貌,终嫌似是而非,就令是韩是杜矣,恐千百世后人,仍读韩杜之诗,必不读类韩类杜之诗。使韩杜生于今日,亦必别有一番境界,而断不肯为从前韩、杜之诗。"[①]袁枚所说的,就是艺术创新,就是意境应与时俱新的至理。意境,是以独创美为准绳,而不是以作品数量之多寡为转移的,盛唐的王之涣,今天可以说是大名鼎鼎的了,可是他流传至今的作品总共只有六首,最著名的就是《登鹳雀楼》。唐代其他诗人还有不少写鹳雀楼的诗,但都不及王之涣远矣,原因就在于王之涣诗的意境完全是独创的。王之涣即使没有"黄河远上白云间,一片孤城万仞山。羌笛何须怨杨柳,春风不度玉门关"(《出塞》),仅仅有这一首

---

① 乾隆刻本《小仓山房文集》卷三一。

《登鹳雀楼》,他的名字也可以不朽了,加上同样具有独创意境的《出塞》,他便拥有了两块诗中的和氏之璧。盛唐之初的崔颢,他流传至今的也只有四十二首诗,其中的《黄鹤楼》千百年来更是传唱不衰,关键也就是在于它的意境具有不可无一、不可有二的唯一之美。才高气盛、睥睨当世的大诗人李白,不是先写《登金陵凤凰台》再写《鹦鹉洲》来和崔颢一较高低吗?这位诗仙之作虽然有些地方超过了前人,但仍然不免留下模仿的痕迹,影响力仍然比不上崔颢的原作。清代文学批评家金圣叹,在《选批唐才子诗》中对那些富有万篇而无一可以传世的作者多所讽刺,而对崔颢却备极推崇,他说:"作诗不多,而令太白公搁笔,真笔墨林中大丈夫也。""笔墨林中大丈夫"应最富于独立性与独创精神,他们的笔下,最可能出现具有唯一之美的意境。

下面,我想引述不同诗人所写的几首题材相似而且标明"二月天"的诗作,从意境的独创美方面作一些纵的透视与横的比较:

> 远山嶙峋翠凝烟,烂漫桐花二月天。
> 游遍九衢灯火夜,归来月挂海棠前。
>
> ——褚遂良《湘潭偶题》

> 满街杨柳绿丝烟,画出清明二月天。
> 好是隔帘花树动,女郎撩乱送秋千。
>
> ——韦庄《丙辰年鄜州遇寒食城外醉吟》之一

> 竹笋才生黄犊角,蕨芽初长小儿拳。
> 试挑野菜炊香饭,便是江南二月天。
>
> ——黄庭坚《观花十五首》之一

> 春水滩头凫鸭眠,牵丝弱柳拂苍烟。
> 遥岑一抹清如洗,知是江南二月天。
>
> ——王鸣韶《水村》

多画春风不值钱,一枝青玉半枝妍。

山中旭日林中鸟,衔出相思二月天。

——郑板桥《折枝兰》

草长莺飞二月天,拂堤杨柳醉春烟。

儿童散学归来早,忙趁东风放纸鸢。

——高鼎《村居》

上面这几首诗,虽然题目和具体内容有所不同,但"二月天"同是它们的艺术描写的指向。从意境的有无来看,它们都是有意境之作,从意境的创造美而言,它们也还是可以分出次第来的。试评判如下:书法家褚遂良虽非以诗名世,作品传世极少,但他于"二月天"有首咏之功。黄庭坚的"二月天",承袭初唐褚遂良和晚唐韦庄的"二月天"而来,虽描摹有细致独到之处,且颇有生活气息,但毕竟过于落实,供人联想的空间不够舒展。王鸣韶的诗空间比较开阔,但写景较一般化,结句只是黄庭坚的结句的一字之改,创造性不够。高鼎之诗,将"二月天"提于篇首,笼罩全文,然后描摹了儿童争放风筝的特写镜头,活泼生鲜,引人想象。六首诗比较起来,意境最富独创之美的,还是韦庄、郑板桥和高鼎的作品。韦庄之"画出",戛戛独造,结尾也使人作有余不尽之想。郑板桥诗如其人,诗如其画,意境的创造颇有一股"奇气"和"逸气","山中旭日林中鸟,衔出相思二月天",虚实相参,意象超隽,手法和语言运用都颇为"现代"。高鼎之作取景独至,生面别开,难怪一百多年后的现代名画家丰子恺曾专门以此诗作画。

　　生活的长河无尽,时代的风光不穷,民族的土壤各异,诗人的个性不同,因此,诗的意境的创新也没有止境。可以说,意境之不穷,就有如时间与空间之无尽,意境这一片无垠的国土,永远也没有最后的边疆,它又好像日月,虽然日月只有一个,但却光景常新。生活、时代、民族、个性这四元素,给意境的创新提供了无限宽广的天地,意境的丰富性与多样性不可穷尽。例如唐代的边塞诗,是盛唐诗歌最富于特色与创造性的一章,然而,清代常熟籍著有《情味集》的诗人陈玉齐之《出关》还是另有新意:"凭山俯海古边州,旆影风翻见戍楼。马后桃花马前雪,出关争得不回头?"前人认为这是"唐人边塞诗未曾写到者",正说明它具有创意和创境。（清代查为仁《莲坡诗话》载徐若兰《出居庸关诗》："将军此去必封侯，士卒何心肯逗留？马后桃花马前雪，出关争得不回头？"不知作者究竟为谁？）林则徐被清廷发配新疆，在流放途中写有《塞外杂咏》一诗："天山万笏耸琼瑶，导我西行伴寂寥。我与山灵相对笑，满头晴雪共难消！"物我交融，想落天外，一派英风浩荡，一片奇光异彩，其意境前所未有。晚唐有两位无名诗人，他们各以"云"为题写了一首绝句："尽日看云首不回，无心都大似无才。可怜光彩一片玉，万里晴天何处来？"（褚载）"片片飞来静又闲，楼头江上复山前。飘零尽日不归去，点破清光万里天。"（郑准）这两首写云的诗的意境，与俄国诗人莱蒙托夫的《云》的意境是多么不同。问题并不在于有无寄托，莱蒙托夫的《云》是有寄托的，唐代诗人来鹄的《云》也是有寄托的："千形万象竟还空，映水藏山片复重。无限旱苗枯欲尽，悠悠闲处作奇峰。"但它们仍是两种具有不同时代、民族特点以及诗人个性印记的意境。

　　以上的不同作品的意境比较，还可以说主要是不同民族与不同时代的原因所形成的，但同一时代的诗人写大致相同的对象，由于作者个性的独立性，其作品的意境也迥然有异。例如同是咏洞庭湖，刘长卿有"叠浪浮元气，中流没太阳"（《岳阳馆中望洞庭湖》），白居易有"春岸绿时连梦泽，夕波红处近长安"（《题岳阳楼》），释可朋有"水涵天影阔，山拔地形高"（《赋洞庭》），而晚唐诗人许棠竟以"四顾疑无地，中流忽有山"（《过洞庭湖》）之句，而荣获"许洞庭"之雅号。此外，宋人孔武仲有"飘然一叶乘空度，卧听银潢泻月声"（《乘风过洞庭》），清人郑板桥有"漭漭大荒流，烟净云收，万条银线接天浮。不用画船沽酒去，我自神游"（《洞庭秋月》），等等。名篇杰句，如大珠小珠，但最突出的还是孟浩然《临洞庭上张丞相》和杜甫的《登岳阳楼》，但两首诗虽然齐名，但就意境的深邃博大以及引人共鸣的强度与广度而言，杜甫的诗自然要高出孟浩然之上。宋代的蔡絛在《西清诗话》中就曾说孟诗对洞庭的描写"则洞庭空旷无际气象，雄张如在目前"，而杜甫的诗气象更大，"不知少陵胸中吞几云梦也"。虽然如此，虽然孟浩然诗的整体意境不及杜甫诗之高，但孟浩然这首诗之所以也流传千古，也是与它的意境有独创性分不开的，前人不断地称赞孟诗前四句"亦自雄壮""亦为高唱"，所说的正是此中消息。在新诗创作中，写洞庭湖的诗作不少，其中也不乏可诵之篇，如邵燕祥写洞庭湖除寄慨深远的《封山印》之外，还

有《芦苇》一诗,诗前有小序云:"洞庭湖君山有芦苇场,供应岳阳和各地的造纸厂。"诗如下:

> 我来洞庭湖,望四月的芦苇
> 趁波光云影泛一片鹅黄。
> 我问连天的芦苇为谁而绿,
> 芦苇向我说千古的兴亡。
>
> 说周瑜的水师,杨幺的水寨,
> 张孝祥的词,范仲淹的文章,
> 说八百里云梦泽水消水长,
> 说青草沙洲在春风秋雨里抛荒……
>
> 终于到了千百万文盲识字的年代,
> 茫茫的芦苇化作了滚滚的纸浆;
> 已经学会写"社会主义"的父母,
> 谁情愿儿女再成为新的文盲?
>
> 芦苇快快长吧,我们需要纸张。
> 芦苇说:好。但历史的进退,要你们仔细思量!

诗人从日常生活中捕捉了芦苇的形象并作了深入的开掘,他不满足于生活表象的摹写,而寄寓了自己富于历史感的思索。一"问"一"说",感兴无端,俯仰古今,音韵谐美,全诗具有相当阔大而深远的意境。因此,认为意境的美学原则只适用于古典诗歌,新诗不要讲求意境,这都是无视意境的美学本质特征的一偏之见。我以为,如果说"诗"这个词在古希腊语源中就是"创造"之意,那么,诗的意境就更是不断创新的,意境,永远是创新的事业和创新者的事业。

重复自己或重复别人的没有创造性的诗,没有意境可言。同样,想象力贫弱的缺乏想象美的诗,也是和意境绝缘的。想象美,是衡量诗作是否有意境的又一个重要标尺,也是意境所必具的一个美学特征。

意境之美,就美在它能以有限的形象,引发欣赏者无限的想象,以文字所描摹的有形形象,引发欣赏者想象中的无形形象,从而以想象出来的空间景象和意绪,充分满足欣赏者的艺术再创造的审美心理和审美期待。意境,是有限的具体形象与无限的抽象形象的融合,是诗人之情和他所描绘的实境,与欣赏者之情和他所想象的虚境的统一,意境之美,就诞生在作者与欣赏者的共同的想象活动之中。不能给欣赏者的审美心理以强烈刺激和充分满足,不能向读者提供想象的广阔空间,怎么谈得上具有意境之美? 我国古典诗美学,虽然没有我们今天这样明确的表述,但那些传统的精辟的见解,却可以帮助我们认识意境的想象美。自钟嵘《诗品》肇其端,而经唐代诗家进一步阐发之后,"弦外之音""味外之味""象外之象""境外之境",就成了中国古典诗论品评意境的一个共同原则,不管古典诗人和诗论家们的诗观有多少分歧,门户之见如何强烈,但在这一点上,他们可以说具有惊人的一致。

我这里所说的意境的想象美,不仅是指诗作者的想象美,这可以说是客观的想象美,因为它表现在具体文本之中,同时,也是指欣赏者的想象美,这可以说是主观的想象美,它表现在客观的想象美所提供的再创造的无限可能性。这种意境的客观的想象美,以意蕴的深远性与空间的广阔性为其特色,也就是说,诗人所创造的意境提供了联想的线索,使欣赏者的联想具有方向,同时又规定了想象的范围,使欣赏者的想象虽有广阔空间而又不致空无所依,或者想入非非。音乐与诗都属于时间艺术,它们有许多通似之处,在意境的想象性方面也是如此,如贝多芬写好《F大调弦乐四重奏》的第二乐章后,在钢琴上弹给阿门达欣赏,问他听后有何想象。阿门达说他联想到一对情人的离别,而贝多芬却告诉他:"我是想象着罗密欧和朱丽叶的坟墓场面写这段音乐的。"这里,试看两首清人绝句:

晓觉茅檐片月低,依稀乡国梦中迷。
世间何物催人老? 半是鸡声半马蹄。

——王九龄《题旅店》

浅深春色几枝含,翠影红香半欲酣。

帘外轻阴人未起,卖花声里梦江南。

——舒瞻《为朱蕴千题杏花春雨图》

　　岁月催人,人生易老,尤其是经常在外奔波的旅人,更容易触发这种感慨。在许多前贤如唐人温庭筠《商山早行》之"鸡声茅店月,人迹板桥霜"的咏唱之后,康熙时代诗人王九龄的《题旅店》也并不逊色,他前两句描绘了羁旅他乡的典型画面,在"世间何物催人老"的直抒胸臆和设问之后,忽然接上实以虚之的"半是鸡声半马蹄"。这首诗,意境隽永,又能调动读者的想象来最终完成和极大地丰富这一意境。前人曾经评论说:"人生事业,都从鸡声马蹄中得来,唤醒名利中人不少。"我们虽然不必完全同意这一解释,但这也是这位评论者对诗的意境参与创造的结果。舒瞻是乾隆时代的诗人,他的上述作品是题画诗,题一幅"杏花春雨图"。谈到杏花春雨,我们自然会想到陆游《临安春雨初霁》诗中的名句"小楼一夜听春雨,深巷明朝卖杏花",以及元代诗人虞集《风入松》中的名句"报道先生归也,杏花春雨江南",后人想要再在这个题目上争奇斗胜,是很不容易的了。但是,舒瞻在前两句实写之后,却以虚写开启了一个引人联想的境界。近现代之王文濡在《清诗评注读本》中说:"末句俊极趣极,入唐人绝句中,亦称上驷。"唐人绝句是以言短意长、有余不尽见长的,舒瞻的诗,也确实提供了再创造的广阔空间,显示了意境的想象之美。

　　西方的古典诗论强调作者的想象,但对诗作如何激发读者的想象则似乎注意不够,西方古代诗论家在这方面的见解,远不如中国诗美学的丰富。然而,现当代西方的一些诗人和诗论家,他们在这一方面的观点,逐渐有了和中国诗美学的相似之处。西方象征派诗人重暗示,暗示就要调动读者的想象力,庞德就曾经说过:"(诗)乃一种灵感的数学,予人一列等式;这些等式非为抽象的形体、三角形、平面等而设,乃为人类感情而设。"十九世纪法国象征派的代表诗人马拉美,则认为品诗的乐趣,是在于慢慢猜想、细细思忖。这,虽不是诗的全部真理,但却颇有道理。当代法国美学家杜夫海纳一再认为:"只有当被读者所认知,且被读者的认知所神圣化(consecrated)时,一首诗才真正地存在。"理克尔在《本文的模型》一文中提出了"境界"问题,并从读者的角度去理解,令我欣然色喜,他说："对于我们，境界是由文学作品所揭开的涉指（references）的全体。……对我而言，这是一切文学的涉指：不再是对话所固定涉指的环境（Umwelt），而是我们所读的、了解的、喜爱的每一篇文学作品的非固定的涉指所投影的'世界'。了解一篇文学，是同时点亮我们自己的情况，或者，可以说是，在我们的情况的叙述句中，加进使我们的'环境'变成'境界'的一切意义。"① 译文虽然佶屈聱牙，但理克尔的主旨是，作品的境界与读者读作品所再创造的境界是不可分的。——从东西方美学观点的比较中，我们也可以反证中国美学的意境说的源远流长，并且具有强大的生命力。美籍华人学者、诗人叶维廉，在中西比较文学的研究方面造诣很高，颇有成就，他尝试将中国的文学理论与西方的文学理论参照探讨，在《语法与表现——中国古典诗与英美现代诗美学的汇通》一文中，他谈到孟浩然的作品及其他一些唐诗时说："孟诗和大部分唐诗中的意象，在一种互立并存的空间关系之下，形成一种气氛，一种环境，一种只唤起某种感受但并不将之说明的境界，任读者移入、出现，作一瞬间的停驻，然后溶入境中，并参与完成这强烈感受的一瞬之美感经验……"他所说的"参与美感经验"，实际上就是意境的再创造的条件和过程。这种意境的想象美，在新诗作品中是经常可以见到的，最早如郭沫若的《天上的市街》：

> 远远的街灯明了，
> 好像闪着无数的明星。
> 天上的明星现了，
> 好像点着无数的街灯。
>
> 我想那缥缈的空中
> 定然有美丽的街市。
> 街市上陈列的一些物品，
> 定然是世上没有的珍奇。

---

① 见刘若愚：《中国文学理论》，台湾联经出版事业公司 1980 年版，第 301、317 页。

　　你看，那浅浅的天河，
　　　定然是不甚宽广。
　　我想那隔河的牛女，
　　　定能够骑着牛儿来往。

　　我想他们此刻，
　　　定然在天街闲游。
　　不信，请看那朵流星
　　　是他们提着灯笼在走。

　　郭沫若既有烈火狂飙式的《立在地球边上放号》，也有绮思柔情的《天上的市街》。后者写于一九二一年，至今已近百年，可当之无愧地入列"新诗百年佳品"。此诗的"街市"作为全诗意象结构的中心，由地上而天上，词情婉约，音韵谐美，有丰富的想象力和强烈的暗示力，同时，它们又能诱发读者的想象，对诗的优美的神话意境进行一番再创造。从这里可以看到，从想象美的角度而言，所谓意境，也可以说是诗作者的艺术想象与由它所触发的读者的艺术想象的总和，没有这种总和，就没有意境。台湾诗人白萩在《论诗的想象空间》一文中说："诗的创作和欣赏的过程，恰成相反。创作是由内而外的，欣赏是由外而内的。创作是美的发射，欣赏是美的吸收。由观照而浮现的境界，诗人将其表现，而欣赏者借由表现窥探诗人的内心。创作者是将宇宙的美使成具体，而刺激或唤醒欣赏者对于相同美的记忆。……本文所要讨论的乃是诗的想象空间，而非诗人的想象空间，盖诗人的想象空间乃指诗人完成作品时，所付出的绝对个人的情绪，而诗的想象空间是指经过诗人的内心所过滤出来的世界的欣赏，也就是侧重于由外而内的深入。"[①] 他的这一意见和我有不谋而合之处，值得参考。

　　综合美，是意境的又一个重要的美学特征。有人说："一首较完美的好诗，它应该是有'意境'的，但有'意境'的诗它仅仅标明在某一具体方面达到了好诗

---

① 白萩：《现代诗散论》，台湾三民书局 1972 年版，第 41 页。

的要求。'意境',只是一首好诗中的具体艺术属性。"① 而我以为,有意境的诗,它不只是在"某一具体方面"达到了好诗的要求,也不只是一首好诗的"具体艺术属性",而是在多方面达到了好诗的要求,是一首好诗的多元之美的集中体现,也就是说,意境所表现的不是单一美,而是综合美。

美的分类是多种多样的。从事物的性质来分类,有自然美、社会美和艺术美三大类的美;从事物使人产生不同的美感状态来分类,可分为雄伟美、秀婉美、悲剧美、喜剧美四个门类的美;从事物的构成状态来分类,可分为单象美、个体美、综合美三个方面的美。单象美虽然和整个对象的其他部分不可分割,它也不可能离开个体而孤立地存在,但单象毕竟不是就一个完整的个体之美而言的,它是指个体中的一个部分的美,如外形美中的黄金分割线和波浪线,音响美中的韵律、和声、对位,色彩美中的调和色与对比色等,都是属于单象美的范畴。个体美,是比单象美高一级的美,它是指一个完整的、能够独立存在的个体所显示的美,是内容与形式较完美的结合所呈现的美。在诗歌创作中,如一个巧妙的比喻,一个出众的意象,一个谐和的诗节,一个动人的构思,等等,能够引起欣赏者强烈而集中于某一方面的美感,这就是个体之美。在现实生活中,事物都是互相联系而不是各自孤立的,在任何艺术里,个体之美也只能是相对独立而存在,它们的价值更在于对艺术整体的综合美起作用。综合美,是个体与个体的有机关联所表现的美,它不是各个个体美的简单相加,而是个体美的总和、融合与升华,因此,它是艺术中最高一级的美,是内容与形式完美统一的整体的美。为了说明的方便,我们举几个为读者所熟知的例子:

　　　鸡声茅店月,人迹板桥霜。

　　　　　　　　　　　　　　　——温庭筠《商山早行》

　　　楼船夜雪瓜洲渡,铁马秋风大散关。

　　　　　　　　　　　　　　　——陆游《书愤》

————————————

①　刘静生:《探意境》,载《文艺理论研究》1983 年 5 月号。

枯藤老树昏鸦,小桥流水人家,古道西风瘦马。夕阳西下,断肠人在天涯。

——马致远《天净沙·秋思》

温庭筠的诗,继承前人的成就而有所创新,他以相当现代的意象并列的手法,在两句诗中列举了六个实体名词,六个具体的形象,这些形象单独地看,只是单象之美与个体之美,但是,诗人却巧妙地将它们组合在一起,以旅人"晨起动征铎,客行悲故乡"的愁思为红线,穿珠一般将它们联系起来,构成了一种综合的意境之美。陆游的诗也是如此,他在六十二岁时于家乡山阴写的这首诗中,回忆当年宋军在瓜洲和大散关击退入侵金兵的往事,两句诗也连用了六个实体性名词,那些名词所构成的形象也是具有个体之美的,但是,"塞上长城空自许,镜中衰鬓已先斑",在诗人所书之"愤"的审美观照之下,那些个体之美都融汇升华为一种综合之美了,即悲壮的意境之美,就像从各个角度照来的水银灯柱,共同构成了新的光华闪耀的世界。马致远的名作里,三句词写了九种景物,由"断肠人在天涯"一线贯穿,构成了全词的具有综合美的意境,由此可见,如果不是对整体意境的追求与创造,前面的出色描写充其量也只是一些散珠碎玉。

从以上的分析我们可以得出这样一个结论:综合美,是诗的意境的美学特征之一。这里,我想结合意境的内涵与外延,对这一美学特征补充论证。意境,就其内涵而言,是内情与外景在以形传神的形象之中的水乳交融,是情、理、形、神的统一,是诗的内容与艺术表现完美结合所呈现的美学状态,就其外延来说,它又是欣赏者的审美联想与想象的结果,是欣赏者参与美感经验的艺术世界。因此,诗的意境就必然具有综合美的艺术特征:既有情理交融的思想内容之美,又有形神结合的艺术表现之美,既有作者主观的审美之美,又有欣赏者主观的再审美之美,这样,意境就是多种诗美综合而成的一种化境,意境美就是诗的美神。很明显,意境包括了美的内容,但它绝不仅仅只是一首好诗的"具体艺术属性",这种看法只看到意境的形式美的一面,而忽略了主导的内容美的一面,同时,真正有意境的诗,也不是只在"某一具体方面达到了好诗的要求",而是在多方面的综合之美上达到了好诗的要求。如郭小川的代表作之一《乡村大道》:

一

乡村大道啊,好像一座座无始无终的长桥!

从我们的脚下,通向遥远又遥远的天地之交;

那两道长城般的高树呀,排开了绿野上的万顷波涛。

哦,乡村大道,又好像一根根金光四射的丝绦!

所有的城市、乡村、山地、平原,都叫它串成珠宝;

这一串珠宝交错相连,便把我们的锦绣江山缔造!

二

乡村大道啊,也好像一条条险峻的黄河!

每一条的河身,至少有九曲十八折;

而每一曲,每一折呀,都常常遇到突起的风波。

哦,乡村大道,又好像一道道干涸的沟壑!

那上面的石头和乱草啊,比黄河的浪涛还要多;

古往今来的旅人哟,谁不受够了它们的颠簸!

三

乡村大道啊,我生之初便在它上面匍匐,

当我脱离了娘怀,也还不得不在上面学步;

假如我不曾在上面匍匐学步,也许至今还是个侏儒。

哦,乡村大道,所有的山珍土产都得从此上路,

所有的英雄儿女,都得在这上面出出入入;

凡是前来的都有远大的前程,不来的只得老死峡谷。

四

乡村大道啊,我爱你的长远和宽阔,

也不能不爱你的险峻和你那突起的风波;

如果只会在花砖地上旋舞,那还算什么伟大的生活!

哦,乡村大道,我爱你的明亮和丰沃,

也不能不爱你的坎坎坷坷,曲曲折折,

不经过这样的山山水水,黄金的世界怎会开拓!

这是一首特异的景物抒情诗,它作于二十世纪标语口号诗风行的五十年代后期,尤为难能可贵。其所以说特异,就是它不仅有强烈而高尚的诗情,而且也寄寓了引人思索的哲理,闪耀着诗人人格美的光辉。这种深刻的有血有肉的艰难困苦玉汝于成之人生哲理,是当前的新诗创作所不可多见的,也不是那种借什么植物、动物来发抒一通肤浅的感慨的诗作所可比拟的,同时,诗人的深情与至理,又是附丽于对乡村大道以形写神的描绘而表现,诗人以四个比喻构成的博喻写乡村大道,这既是现实的乡村大道,又是人生的大道,向上者的大道,真正的人的大道。这首诗,充分表现了诗情之美、哲理之美、意象以及意象结构的整体之美。如前所述,脱离了对读者的作用去看诗美,这种诗美是不完全的,意境之美尤其如此,因此,不同的读者又会以各自的人生感悟与审美经验,去参与这首诗的意境的再创造,使诗的意境具有更丰富多面的综合之美,如多棱形钻石,闪耀出绚丽多面的光辉。

上面,我从山间小路攀缘而上,对意境美作了一些管窥蠡测,也许我仍然徘徊在意境美的高标的门墙之外,但是,我确信我至少已经在并不遥远的地方,瞻望了意境之美的金色的殿堂。

四

虚与实,是中国美学思想的重要范畴之一。虚实相生,是飘扬在文学艺术各个门庭的一面艺术旗帜,更是飘扬在诗歌领域中的一面重要艺术旗帜。就诗歌的意境创造而言,虚与实的巧妙结合,是意境构成的最重要的艺术手段。

虚与实,在诗歌中的原则意义与具体内涵是什么? 我以为,从原则上来说,实,就是诗人对生活具体而真实的形象描绘,即形象的直接性;虚,即留给读者的联想与想象的再创造空间,即形象的间接性。然而,在诗歌作品的具体艺术呈现中,虚与实各自所包括的具体内涵究竟又是什么呢? 古典诗论家们对于诗的虚实关系及其重要作用,留下了许多宝贵的见解,我在后面还要详细论列,但他们囿于传统的印象式的评点方法和文字,对虚与实的具体内涵却往往略而未及,而一些谈新诗的虚与实的文章,也往往只是笼统地谈到实是具体可感的事物与形象,虚是指情志与抽象的观念,而未能作深一层次的探讨。我以为,除了上面的原则性的说明之外,就虚与实的具体内涵而言,至少应该包括情景、今昔、时空、有无这四个重要的方面。下面,拟分别举例作一些说明。

在情与景这一对美学范畴中,情为虚,景为实。高适"怨别自惊千里外,论交却忆十年时。云开汶水孤帆远,路绕梁山匹马迟"(《东平别前卫县李寀少府》),清诗人谢煊的"旅人本少思乡梦,都被秋虫暗织成"(《嘉禾寓中闻秋虫》),一情一景,先情后景;唐诗人姚合的"我住浙江西,君去浙江东。日日心来往,不畏浙江风"(《送薛二十三郎中赴婺州》),清诗人黄景仁的"年年此夕费吟呻,儿女灯前窃笑频。汝辈何知吾自悔,枉抛心力作诗人"(《癸巳除夕偶成》),一景一情,先景后情。很清楚,在这些诗句里,写情之句为虚,写景之句为实,虚实相参,自成妙境。在新诗创作中,如闻一多的《死水》:

> 这是一沟绝望的死水,
> 清风吹不起半点漪沦。
> 不如多扔些破铜烂铁,
> 索性泼你的剩菜残羹。
>
> 也许铜的要绿成翡翠,
> 铁罐上锈出几瓣桃花;
> 再让油腻织一层罗绮,
> 霉菌给他蒸出些云霞。

让死水酵成一沟绿酒，
飘沸了珍珠似的白沫；
小珠笑一声变成大珠，
又被偷酒的花蚊咬破。

那么一沟绝望的死水，
也就夸得上几分鲜明。
如果青蛙耐不住寂寞，
又算死水叫出了歌声。

这是一沟绝望的死水，
这里断不是美的所在。
不如让给丑恶来开垦，
看它造出个什么世界。

　　现代学者诗人闻一多的诗集《死水》，出版于他从美回留学归来后的一九二八年。他以《死水》一诗作为诗集之名，可见对此诗的看重。这首诗表现了他对祖国既热爱又失望之情，故诗中多系"以丑为美"的对当时社会现实的批判，它有可使读者想象得之的抒情主人公的情怀理想的美学内涵。从情与景来看，全诗先实以写景，结尾才虚以写情，情景分写颇为分明，读者可以感受得到它们在诗的象征性意境中各自所起的美学作用。需要说明的是，诗中的情景一般是交融在一起的，但情景分写也说明了诗歌美学手段的多样化。

　　在今昔这一对美学范畴中，今为实，昔为虚。陆游的"一千五百年间事，只有滩声似旧时"（《楚城》），清诗人苋以宁的"留得当时临别泪，经年不忍浣衣裳"（《闺怨》），昔为虚，今为实，前虚后实；李商隐的"此日六军同驻马，当时七夕笑牵牛"（《马嵬驿》），明诗人李攀龙的"曲罢不知青海月，徘徊犹作汉宫看"（《和聂仪部明妃曲》），今为实，昔为虚，前实后虚。总之，今昔交错，虚实互转，构成了隽永的诗境。在新诗作品中，如学府诗人任洪渊《秭归屈原墓》的片断：

我不信

那以前额叩开过天庭的门扉的头颅

　　再也撞不破地下死亡的门户

那双手臂,那双抱起过崦嵫山

　　匆匆落日的手臂

能平静地抱住墓上一天一天的黄昏

我不信

那对天发出的一连一百七十多问

　　就这样被一堆泥土填满

地上给他的最后回答和最后一问

竟是这样一座问也无声的坟

诗中今昔对映,实以写今,虚以写昔,当今的现实为实,昔日的追怀为虚,着笔眼前,飞腾想象,语言奇瑰,既怀想民族的诗魂,中华的先哲,又昭示着不断进取和革新的精神,其现实与超现实相融合的意境,富于现实的意蕴和深沉的历史感。

在时空这一对美学范畴中,时间为虚,空间为实,时间无可捉摸,空间可凭想象。柳宗元的"一身去国三千里,万死投荒十二年"(《别舍弟宗一》),宋诗人乐雷发的"流莺应有儿孙在,问着隋朝总不知"(《汴堤柳》),空间为实,时间为虚,先实而后虚;黄仲则的"几回契阔喜生还,人老凄风苦雨间"(《别内》),清诗人孙原湘的"昨夜江南春雨足,桃花瘦了鳜鱼肥"(《观钓者》),时间为虚,空间为实,先虚而后实。时空交感,有助于诗之深远或阔大的意境的构成。在新诗中,如光未然(张光年)的《黄河颂》的片断:

我站在高山之巅

望黄河滚滚

奔向东南。

惊涛澎湃,

> 掀起万丈狂澜；
> 浊流宛转，
> 结成九曲连环；
> 从昆仑山下
> 奔向黄海之边；
> 把中原大地，
> 劈成南北两面。
> 啊！黄河！
> 你是中华民族的摇篮！
> 五千年的古国文化，
> 从你这儿发源，
> 多少英雄的故事
> 在你的身边扮演！

在抗日战争的时代，诗人登高山而望黄河，实写黄河奔腾万里的雄伟空间景象，气壮声宏，使人神为之扬而血为之沸。实写之后，浩然怀古，继之以对中华民族历史的追怀，诉之于读者深远的历史感的想象，如此虚实互用，就自然使得意境宏伟而深邃了。

在有与无这一对美学范畴中，有为实，无是虚。李商隐的"纵使有花兼有月，可堪无酒又无人"（《春日寄怀》），苏东坡的"人似秋鸿来有信，事如春梦了无痕"（《正月二十日与潘郭二生出郊寻春，忽记去年是日同至女王城作诗，乃和前韵》），实以写有，虚以写无，先实而后虚；唐代许棠的"学剑虽无术，吟诗似有魔"（《冬杪归陵阳别业》），唐诗人郑谷之兄郑启的"未见山前归牧马，犹闻江上带征鼙"（《严塘经乱书事》），虚以写无，实以写有，先虚而后实。虚实相倚，互为对照，使得意境灵妙多姿。在新诗创作中，如回族诗人丁文的《九星联珠——赠久别重逢之友 L》：

> 都期待着一次聚首，
> 可谁也不肯放慢脚步。

多么浩渺的天宇啊，

多么漫长的路。

各自煎熬着烈焰般的心，

快要负载不住相思的苦。

终于盼来了辉煌的时日

——神奇的九星联珠。

我们是两粒没有陨落的星。

在这个日子里

和它们一起，

分享了——

运行中相会的幸福。

这是一首取材独至而构思巧妙的意境清新的好诗。"九星联珠"是一种实有而罕见的天体现象，但它们期待着"相会的幸福"却是纯属子虚乌有，那不过是有情的诗人对无情的星体的一种想象而已。但是，诗人和他的友人契阔二十多年之后，终于在一九八二年"九星联珠"的那一天相会，却是一个实有的事实。"九星联珠"期待幸福的相会是虚，人间历经劫难的故友盼望并重逢是实，这样上天下地，虚拟与实写交织，巧妙的构思营造了隽永的意境。

简括地说，虚偏于写意，实偏于写境。虚与实的关系以及它们在艺术中特别是诗歌创作中的作用，中国古典美学有相当充分的论说，是我们民族美学思想的一笔十分宝贵的遗产。在绘画中，所谓"尺幅而有泰山河岳之势，片纸而有秋水长天之思"，固然说的是小中见大的典型化的美学原则，但前人对"势"与"思"的看重，也说明画除了要有"泰山河岳"与"秋水长天"之"实"外，也要有飞动之"势"与思而得之的"虚"，所以，清代笪重光在《画筌》中说："空本难图，实景清而空景现；神无可绘，真境逼而神境生。"虚实相生，无画处皆成妙境，笪重光以为对现实生活的描绘所构成的实景和真境是基础，是艺术的出发点，但艺术的指归并不在于实景和真境，而是在于"空景"和"神境"，那才是艺术的妙境，这是颇富于辩证观点的精辟见解。方熏在《山静居画论》中所举的实例，很能说明这个道理，他说："石翁《风雨归舟图》，笔法荒率，作迎风堤柳数条，远沙一抹,孤舟蓑笠,宛在中流。或指曰:'雨在何处?'仆曰:'雨在画处,又在无画处。'"这就是计白当黑、无中生有的妙谛,如果画家真的为了表面的真实,在画面上竟涂抹许多雨丝风片,那该是何等大煞风景? 在中国的民族传统中,绘画和诗歌是姐妹艺术,宋代范晞文《对床夜话》中的一段话,虽是兼论诗文,但却是中国古典文论中论虚实最早的文字,他说:"不以虚为虚,而以实为虚,化景物为情思,从首至尾,如行云流水,此其难矣。"他看重的还是意境中的情与景的关系,以虚为虚,就是从理念到理念,从知性到知性,从抽象到抽象,缺乏感性,缺乏生活的实感和具体的形象,以实为虚,则可以做到以景传情而情景交汇。明代的谢榛,在《四溟诗话》中指出写诗"妙在虚实"之后,他又举例说明:"贯休曰:'庭花濛濛水泠泠,小儿啼索树上莺。'景实而无趣。太白曰:'燕山雪花大如席,片片吹落轩辕台。'景虚而有味。"所谓"无趣"以及与之相反的"有味",证明这位诗论家论虚实时着重从欣赏者的审美感受着眼,因为排斥了欣赏者的审美感受,意境不可能单方面地构成。清代另一位颇具卓见的诗论家方东树看到了这一点,他在《昭昧詹言》中说:"凡诗写事境宜近,写意境宜远。近则亲切不泛,远则想味不尽。作文作画亦然。"他所说的"事境"所指为"实",他所说的"意境"所指为"虚"。他心目中的"虚",不单是指它的情志的内涵,也包括了它的作用于欣赏者的想象的外延,他标举的"想味不尽",就说明了这一点,这也正是他的见解的弥足珍贵之处。——对中国古典美学中虚实论这一笔遗产,我只匆匆作了如上的检视,虽然入目的只是片羽吉光,但已经觉得光彩照眼了。我们的任务是,在前人的基础上前进一步,对虚实与意境的关系作出哪怕是一点点新的探究。

虚实结合,无论从作者或欣赏者的角度来说,都是创造意境的基本美学原则,或者说基本美学方法,因为只有虚实结合,才得以构成并大大加强意境的生活实感与空灵感。可以说,没有虚与实以及它们之间的谐和的美,就没有诗的意境。虚实结合的方式是多种多样的,或化虚为实,或化实为虚,或虚中有实,或实中有虚,或先虚后实,或先实后虚,或虚实分写,或虚实交融,或虚实反衬,或虚实相照,如同清人吴景旭在《历代诗话·录品》中所说:"诗有虚有实,有虚虚,有实实,有虚而实,有实而虚,并行错出,何可端倪?"虚实的手段是多种多样的,有如众多的羽箭射向同一个红心一样,它们也都指向同一个目标:实感与空灵兼而有之的意境的创造。实感，就是偏于感性，有现实场景的生动描绘，富于生活气息，使人感到真实可信而不是虚无缥缈，玄幻莫测；空灵，就是偏于理性，有高远情思或深邃哲理的抒写，使人感情净化，思想升华，联想到超越字面的更深远的思想艺术世界。质实令人感，空灵令人思。诗歌创作，只有立足于生活而追求实感，才能避免因缺乏生活体验而纯粹从主观意念出发的抽象化、概念化与玄虚化，同时，诗歌创作也只有追求空灵，才符合诗歌本身的富于想象力与启示力的艺术规律，才能使读者思之无尽，味之愈长，充分发挥作品净化感情提升意志的感化力量。在中国古典诗歌中，虚实结合而创造出美好意境的作品，多如夏夜的星斗，使一代一代的读者痴痴地仰望。在新诗创作中，郭小川的《望星空》即是诗国天空一朵永远也不会熄灭的星光。在艺术上，我以为它是郭小川的诗艺达到了最佳竞技状态的作品。香港的文学评论家璧华编著的《中国现代抒情诗一百首》（香港天地图书有限公司 1982 年版），即选录了郭小川这首诗，并作了颇高的评价。

诗的意境，从虚实相生中诞生。然而，过实与过虚，却是诗歌创作常见的走向相反极端的两大弊病。从广义来说，实，本来是一切文艺创作的基础，也是诗歌创作的基础，任何真正的创作都是从现实生活出发，同时又是为了应该如此的美化了的生活；从狭义而言，任何作品也不能没有对生活具体的直接描绘，实以形见，"实"能给人以真切的感受，也只有"实"才能在欣赏者的想象中触发联想性的形象，所谓"凌波仙子，俱于实地修行得之，可悟为文之法也"。但是，钟厚必哑，耳塞必聋，过实，就一定会流于平庸臃肿，堵塞读者想象的通路，缺乏有意境的好诗所必不可少的灵动之趣。新诗长期以来的严重弊病之一，就是许多作品写得太实太死太长，斤斤于生活的形似，而且在描写上啰唆拖沓，意象与意象之间拥挤得密不透风。抒情诗，长于点的表现，而不长于线的叙述或面的铺陈，诗的韵味，产生在实与虚的巧妙结合之中，过实过死的诗，不仅不能达到高明艺术所创造的单纯而丰富的具有艺术诱惑力的境界，而且它们所赠给读者的只能是四个字：索然无味。艺术表现上的虚，是艺术表现的重要手段，也是艺术表现的重要组成部分。从本质上说，"虚"，也是属于另一种特殊表现形态的内容，国画中的"计白当黑"、书法中的"稀能走马"、电影中的"切出切入"、音乐的"休止符"、戏剧的"潜台词"，等等，都是各类艺术中对"虚"的要求与说明。虚以思进,诗歌作品只有加强诗的感情化与空灵化,注意构思和笔法的虚,才能产生灵动之美,才能导致形象在欣赏者审美想象中的丰富和扩大,才可能产生"意境"这种艺术的化境。英国哲人培根说:"读诗使人灵秀。"这可以启发我们认识"虚"的美学效果。但是,正如诗创作中过实过死的弊病十分严重一样,诗创作中另一严重的弊端,就是过虚过空。一些诗作者缺乏广泛而深刻的生活体验,而只是在他们的象牙塔中顾影自怜,自说自话,无病呻吟,从虚到虚的结果,他们的笔自然只能制造一些苍白贫血的假花了。另一种情况是,生活积累本来就不很丰厚,人生体验本来就相当肤浅,但又偏于对所谓艺术创新的追求,而那种脱离时代生活与诗人使命感的追求,就往往只能孵出一些虚玄莫测的文字游戏,或新的公式化、概念化的诗的赝品。在反对了前些年流行的"假、大、空"之后,这种"假、小、空"的游戏与赝品,在近些年来的诗坛上也曾汹涌一时,直到现在尚无退潮的迹象。明代韩廷锡《与友人论文书》说:"文有虚之神,然当从实处入,不当从虚处入。""尊作满眼觑着虚处,所以遮却实处半边,还当从实处用力耳。"虽是论"文",不是也可以说诗吗? 虽是说古人,不也可以启示今人吗? 过实则死,过虚则空,过实与过虚,虽然有如南北两极,各执一端,但却都是诗的绝症,它们从反面说明,只有虚实结合和转化,才能创造出美妙的诗的意境。

生活的长河永远奔流,浪花千叠,气象万千,源于生活的诗的意境也不会只有一个模式,而且也同样永远不会枯竭。

诗作者的艺术个性各有不同,出于艺术创造的意境也就各异,那些具有强烈的独创性的诗人,他们更会致力于意境的创新。

有的诗作"以意胜",有的诗作"以境胜",某一作品在意境的创造时中有所侧重,那并不妨碍它成为好诗,但是,只要以形象表现生活这一文艺创作的一般规律仍然起作用,只要意象是诗歌创造的核心这一原理无法否定,那么,有些人所说的"完全写意"是不可想象的。意境,这一中国诗歌创作的美学旗帜,将永远在诗的国土上随时代的风而高扬。

我们当然应该有开放的心胸,有古今中外博采众长的气魄,有不断革新和进取的精神,但是,是不是"传统诗歌理论"就一定都"僵化"和"过时"了呢? "传统诗歌理论"还可不可以发展变革和予以现代诠释呢? 传统是继承物也是发展物,是生生不已的美学范畴,难道它不是活的流水而是静止的泥潭吗? 我们可以运用西方的某些文学理论来合理地解释中国的古典诗歌,赋古典以新貌,难道本民族对于世界美学思想的独特贡献,就那么不值一顾吗?

意境,是诗人们考试才华的竞技场,是诗歌的无限广阔的审美领域,是诗歌创作与诗歌美学永远没有边疆的国土!

第六章 "云想衣裳花想容"
——论诗的想象美

　　劳动者春天播种,夏日耕耘,给大地带来了果实累累的金秋;艺术家立足于生活的沃土,飞腾起想象的彩翼,现实而超现实,给文学艺术的宝库创造了光芒灼灼的瑰宝。

　　阿尔卑斯山圣伯纳道,一七九四年第二次反法同盟战争期间,拿破仑率领大军抄近道越过这里挥师东征。历史上许多画家都曾表现过这一题材,但都赶不上法国十八世纪至十九世纪之交大画家雅克·路易·大卫的《跨越阿尔卑斯山的拿破仑》。占据这幅名作的画面中心的,是前蹄高举、振鬣长嘶的白色骏马和骑在马背上的拿破仑,他的红色大氅迎风飞扬,有如白雪皑皑的阿尔卑斯群山间一团燃烧的火焰。他一手握缰,一手向前高举,在召唤着画面上没有直接出现在他身后的千军万马。而实际上,拿破仑其时骑的是驴子而非战马,穿的是普通军大衣而非红色大氅。这里,我无意评价作为历史人物毁誉参半的拿破仑,我只是想说明,想象,在绘画这门艺术中具有何等重要的作用。

　　被称为"乐圣"的贝多芬,在耳朵全聋之后的一八一〇年前后数年间,还完成了许多今日为世人所熟知的名曲。法国大作家罗曼·罗兰在《贝多芬传》里称之为"杰作的森林"。贝多芬少年时读了德国名诗人席勒的《寄欢悦》,深为感动,多年来想把这首诗的诗意写进交响曲之中。一直到逝世前的一八三二年他才动笔,历时一年,完成后来被视为交响曲艺术巅峰的《第九交响曲》,首次演出时,对群众狂热的呼声与掌声全然不觉的贝多芬,谢幕达五次之多。从事音乐创作,需要有比常人更敏锐的听觉,贝多芬的作品,正是非凡的音乐想象力所创造的奇迹。

音乐与绘画,是诗的姐妹艺术,它们比邻而居,互相从对方的门庭中吸收长处,用来光耀自己的门楣。如果说,优秀的音乐作品和绘画作品,都是艺术家丰富的想象力的骄子,那么,出色的诗作当然更是奇异的想象力的宁馨儿了。"云想衣裳花想容",李白《清平调词》三首中的这句诗,虽是说从轻盈飘动的云彩,想象杨贵妃的霓裳羽衣,由枝上笑靥初开的花朵,想象杨贵妃的花容月貌,但不也可令我们思考想象在诗歌创作中举足轻重的作用吗?

一

想象在文学创作包括诗歌创作中的重要作用,中外的文论家和诗论家都有过许多论述,如果以"论想象"为题,请异代不同时的他们来开一个国际性笔会,这个笔会一定十分热烈,即使记录员手不停挥或键不停敲,也无法毫无遗漏地记下他们的精彩意见。当代诗论家丁国成就著有《漫谈诗的想象》的长文,他从"诗是想象的表现""诗人要善于运用想象""想象来源于生活经验""培养自己的想象力"四个方面立论,古今中外,博引旁征,颇具理论深度与操作价值。(见《古今诗坛》,吉林人民出版社 1984 年版)因此,我在这里也只能走马观花地对"诗的想象美"描绘一个大概的轮廓。

在西方,一般人认为西方文学批评史的奠基者是柏拉图和他的学生亚里士多德。"想象"一词的提出,亚里士多德有首创之功,他在《心灵论》《记忆和回忆》《修辞学》等著作中都多次论及想象。亚里士多德虽然是一个理性论者,他的主要论述对象是戏剧,主要论述方向是作品的知性与结构,但是,除了他认为"想象就是衰退了的感觉"这一观点显然经不起推敲之外,在谈论想象时,他的下述观点还是颇有价值的,尤其可贵的是,这些观点的提出远在两千多年以前:

想象不同于感觉和判断。想象里蕴蓄着感觉,而判断里又蕴蓄着想象。

显然,想象和判断是不同的思想方式。……一切感觉都是真实的,而许多想象是虚假的。

——《心灵论》①

显然,记忆和想象属于心灵的同一部分。一切可以想象的东西本质上都是记忆的东西。

——《记忆和回忆》②

在亚里士多德之后,接踵而来的是罗马古典主义的代表人物、诗人兼批评家贺拉斯。贺拉斯在《诗艺》一书中谈到了想象和真实的关系,他要求诗人的想象要符合生活的真实,虽然"画家和诗人一向都有大胆创造的权利",但他认为"不能因此就允许把野性的和驯服的结合起来,把蟒蛇和飞鸟、羔羊和猛虎,交配在一起"③。文艺复兴时期的伟大天才、英国的诗人与戏剧家莎士比亚,在他的《仲夏夜之梦》中更赞美了想象的魅力,他通过剧中人物提修斯之口说:"疯子、情人和诗人,都是空想的产儿。……诗人的眼睛在神奇的狂放的一转中,便能从天上看到地下,从地下看到天上。想象会把不知名的事物用一种形式呈现出来,诗人的笔再使它们具有如实的形象,空虚的无物也会有了居处和名字。"④——这是一段关于想象的有名的诗人议论,但是,在此以后一个相当长时期内的理论著作中,对于想象的理论研究没有突出的进展。文艺复兴以后的新古典主义者,他们和贺拉斯一样继承了古典主义的文学传统,他们承认想象在诗歌创作中的作用,但是,他们和亚里士多德以及贺拉斯一样,在他们的理论体系中,都未能将想象提到十分突出的地位,他们偏重的是诗的理性,强调的是判断力、鉴别力以及诗的构成的设计。

十八世纪以来,文学艺术中的"想象",在西方文艺理论中获得空前的重视。在作品或论文书信中,诗人们不断地发表他们的经验之谈,文艺批评家们也有

---

① 引自《外国理论家作家论形象思维》,中国社会科学出版社 1980 年版,第 8 页。
② 同上。
③ 贺拉斯:《诗艺》,人民文学出版社 1962 年版,第 137 页。
④ 《莎士比亚全集》(第二集),人民文学出版社 1978 年版,第 352 页。

了更多的专门性论述。他们的说法尽管形形色色,例如柏勒克在注释华兹华斯的诗时说:"只有一种能力可造就一个诗人:想象,神性的视力。"①这句话的前半句是对的,而"神性的视力"则仍不免神秘主义的色彩。但是,想象毕竟被更深入地论证了,而且更广泛地运用于作品的创作之中。如英国哲学家、心理学家洛克在《人类理智论》一书第四版中所谈到的"观念的联想",和今天我们一般所说的"联想"的含意已经大致相同。深受洛克影响的英国美学家爱迪生,于一七一二年连续发表十余篇统称为"谈想象力的快感"的文章,他从心理学的角度来解释想象,他强调"想象的乐趣"(其主要著作亦以此为名),并且认为这种乐趣是由于将想象作为一种联想的能力而产生的,同时又是引起读者共鸣所产生的一种官能的快感。这样,在十八世纪美学家和文学家群的词典中,"联想"和"想象"就成了时髦的常用名词。如十八世纪法国启蒙思想家、文学家狄德罗在《论戏剧艺术》中就说:"想象,这是一种特质,没有了它,一个人既不能成为诗人,也不能成为哲学家。"他又说:"诗人假想,哲学家推理。"②被车尔尼雪夫斯基称为"德国文学之父"的莱辛,他在《汉堡剧评》中论及想象时,就不单从作品对生活的审美表现这一个方面去理解,而同时也看到想象在读者的欣赏活动中的作用:他认为:"诗人不只想要被人了解,他的描写不只要清晰而已——他还想给我们唤起生动的概念,要我们想象,仿佛我们亲身经历了他所描绘的事物之实在的可触觉的情景。"③

十八世纪末至十九世纪初期,浪漫主义的文艺思潮汹涌澎湃于欧洲大陆,在这种主情的强调心灵世界直白的时风时雨影响之下,关于想象的理论有了进一步的拓展,想象的观念也发生了重大的变化,诗人和理论家们不再斤斤拘守于想象是对现实的模仿,以及推崇想象中的知性这一传统观念,而是更多地从创作者的主体世界着眼,强调创作者心灵的审美能动作用,也就是主观的感性的充分发挥。德国最伟大的诗人之一的歌德,就主张知性与感性的统一,并且强调艺术家的内在心灵的活动:

---

① 转引自姚一苇:《艺术的奥秘》,台湾开明书店 1968 年版,第 23 页。
② 转引自《外国理论家作家论形象思维》,中国社会科学出版社 1979 年版,第 27 页。
③ 莱辛:《汉堡剧评》,上海译文出版社 1981 年版。

绘画是将形象置于眼前,而诗则将形象置于想象力之前。

——《歌德自传》

作为一个诗人,努力去体现一些抽象的东西,这不是我的做法。我在内心接受印象,并且是那类感官的、活生生的、媚人的、丰富多彩的印象,正如同一种活泼的想象力所呈现的那样。

——《歌德谈话录》

除了歌德的诗论之外,英国十九世纪第一个积极浪漫主义诗人拜伦,在他的《恰尔德·哈洛尔德游记》的序言中,反驳了别人怀疑他在作品中影射某一个真人的说法。他直言不讳:"哈洛尔德只是我幻想的产儿。"而雪莱,这位英国十九世纪著名的浪漫主义诗人,他在没有写完的《为诗辩护》一文中,详尽地阐述了他对于诗的想象的看法,他的流传后世的名言是:

一般说来,诗可以解作"想象的表现"。

英国十八世纪末至十九世纪初浪漫主义诗歌流派"湖畔派"诗人之一的威廉·华兹华斯,鉴于"想象"与"幻想"在十七世纪时差不多被视为同义语,而在十八世纪则褒前者而贬后者,他在《抒情歌谣集》的脚注中尝试将想象与幻想加以区分,认为"想象是简单元素所产生的印象效果",而幻想是"意象累积与多变情况所激起的……快感与惊讶。"在《抒情歌谣集》一八一五年版的序言中,他与他的朋友、另一位湖畔派诗人柯勒律治展开关于想象的有名的讨论,华兹华斯认为写诗所需要的能力有五种,第一是观察和描绘的能力,第二是感受性,第三是沉思,第四是虚构,最后一个重要的能力则是"想象和幻想,也就是修改、创造和联想的能力",他还强调想象与幻想的联系及其区别,他说:"一首诗中想象多于幻想,它就排列在想象这一项目之下。一首诗中幻想多于想象,它就排列在幻想这一项目之下。"[1] 这里,且看华兹华斯的名作《咏水仙》:

---

① 见《古典文艺理论译丛》1961 年第 1 册。

我好似一朵孤独的流云，
　高高地飘游在山谷之上，
突然我看见一大片鲜花，
　是金色的水仙遍地开放，
它们开在湖畔，开在树下，
它们随风嬉舞，随风波荡。

它们密集如银河的星星，
　像群星在闪烁一片晶莹；
它们沿着海湾向前伸展，
　通往远方仿佛无穷无尽；
一眼看去就有千朵万朵，
万花摇首舞得多么高兴。

粼粼湖波也在近旁欢跳，
　却不如这水仙舞得轻俏；
诗人遇见这快乐的旅伴，
　又怎能不感到欢喜跳跃；
我久久凝视——却未领悟
这景象所给我的精神至宝。

后来多少次我郁郁独卧，
　感到百无聊赖心灵空寞；
这景象便在脑海中闪现，
　多少次安慰过我的寂寞；
我的心又随水仙跳起舞来，
我的心又重新充满了欢乐。

这首诗，是他和夫人有一天出游湖畔，见到盛开的水仙花后写成的。诗人将自己比作高空的流云,将虚实真幻交织在一起,想象空灵,清新可诵,如同诗人自己所说的,想象可以"使日常的东西在不平常的状态下呈现在心灵面前","想象也赋形和创造"。在西方浪漫主义文学思潮盛行的时代,在想象的理论方面做出了重要贡献的,还有另一位湖畔派诗人、著名的文艺批评家柯勒律治,他被西方文学批评史家视为"浪漫主义想象力理论的代言人"。他企图阐明"想象力的渊源与本质",他的有关想象的理论,分别表述在《欣赏批评的原理》《谈诗或艺术》以及他的主要理论著作《文学传记》中。柯勒律治强调创作时特殊的心理状态和心理活动,将具有特殊心理状态的这种想象力称为天才的表现。他认为想象力第一是一种连接的能力,也就是合成事物和变成其他事物的能力;第二是自我变化的能力,也就是被描绘的事物自身的具体化的能力;第三是化可能为真实的能力。他认为"想象力在本质上富于活力",而想象力分为两种,"第一性的想象,是一切人类知觉的活动功能和原动力……第二性的想象,是第一性想象的回声。它溶化、分解、分散,于是重新创造。如果这一步办不到,它还是不顾一切,致力于理想化与统一化"。[①]他所说的"第二性想象",也就是我们所说的"艺术想象"。总之,柯勒律治认为灵感与天才就是想象力的主观根源,这种浪漫主义的想象观,与华兹华斯的看法有许多共同之处。

在西方,十九世纪中叶以后在"实证哲学"影响之下的左拉,他是自然主义文学观的代表,如同学者姚一苇在《艺术的奥秘》一书中所指出的:"他们绝对忠实于自然,是自然的最谦卑的奴仆。……左拉的论点与浪漫主义的想象观正好形成两个极端:自浪漫主义的神性的、天才的、灵感的、不自觉的一变而为科学的、实验的、实证的,但却机械的想象观。"左拉曾说:"我们再也用不着想象了。"从左拉亦步亦趋的模拟生活的自然主义观点,我们也可以反证创造性想象的重要性。十九世纪末,弗洛伊德将意识分为意识、前意识与潜意识,他的精神分析学对西方现代派文学产生了极重要的影响,如一九二四年柏列顿发表《超现实主义宣言》,主张想象不受一切理性的控制;新天主教批评家马力顿,认为艺术家的活动完全是一种"创造的直觉",如此等等。综观西方现代派有关想象的理

---

① 见《外国作家理论家论形象思维》,中国社会科学出版社 1979 年版,第 23 页。

论,他们比浪漫主义的诗人和作家更其强调主观的作用,他们强烈主张艺术品是艺术家心灵的表露,是主观的表现而不是客观的再现。他们的理论当然也有其可取之处,但其通病则是排斥对生活的深入体验和理性指引,这应该为我们所不取。

中国的古典文学理论批评史,基本上是一部中国诗歌理论批评史。中国的古典诗论至王国维的《人间词话》为止,虽然没有出现过"想象"这一字眼,但却有许多与"想象"通似的术语,同时也留下了许多关于想象的精辟见解。限于篇幅,我们不能作细致的扫描,而只能择其要者作举一隅而三隅反的罗列。

在魏晋南北朝时期陆机的《文赋》以前,先秦与两汉的文学理论批评关于想象还来不及有更多的建树。其中值得注意和肯定的,是孟子在《万章》篇中提出的诗歌欣赏中的想象原则:

> 故说诗者,不以文害辞,不以辞害志;以意逆志,是为得之。如以辞而已矣,《云汉》之诗曰:"周余黎民,靡有孑遗。"信斯言也,是周无遗民也。

他所说的"以意逆志"的欣赏原则,就是说诗人从生活中有所感发,表现在以文辞构成的艺术形象之中,这是诗人创造的过程,而读者则相反,他们要从文辞所描绘的形象入手,去想象和体认作者所蕴含的思想感情与创作意图。孟子在这里所说的,实际上已接触到文学欣赏中读者的想象即艺术再创造这一重要美学课题,和现代西方的"接受美学"在精神上有相通之处。此外,在诗经中广泛运用的赋、比、兴,是我国诗歌传统的重要表现方法,汉代儒家的诗歌理论对此作过许多说明。除"赋"属于铺陈的艺术手段之外,"比"与"兴"实际上都是想象中的联想活动的产物。它们运用得好,能够寄托言外之意,加强含蓄之美,并激发读者丰富的联想。

文学创作中有关想象的理论,在先秦两汉时有如一颗刚破土而出的树种,还只有些许嫩芽,随着文学创作的发展,到魏晋南北朝时期就抽枝吐叶了。西晋的陆机,在《文赋》中有如下精彩的论述:

> 其始也,皆收视反听,耽思旁讯,精骛八极,心游万仞。其致也,情曈昽
> 而弥鲜,物昭晰而互进。……谢朝华于已披,启夕秀于未振。观古今于须臾,
> 抚四海于一瞬。

陆机在这里描绘创作过程中的形象思维活动,在形象思维过程中起主要作用的就是超越时间与空间的想象。可以说,陆机把握了具体创作过程中的美学核心。他的这一段本身极富想象美的文字,是中国文学批评史上对于想象最早的完整描述。在陆机之后的梁代刘勰的《文心雕龙》,是中国文学批评史上最周延最有理论系统的皇皇大著。这部著作的《神思》篇,讨论的就是文学创作的构思和想象。刘勰认为,想象就是主观的神思与客观的物境的交融:

> 故思理为妙,神与物游。神居胸臆,而志气统其关键;物沿耳目,而辞
> 令管其枢机。枢机方通,则物无隐貌;关键将塞,则神有遁心。

在《神思·赞曰》中刘勰又写道:"神用象通,情变所孕。物以貌求,心以理应。"他看到了感情对想象的激发作用,也估计到了理性对想象的制约作用,而感性与知性相融合的想象,在创作者的艺术思维中是和形象的捕捉、熔铸结合在一起的。由此可见,刘勰关于想象的理论较之《文赋》又有了进一步的发展。与刘勰同时而成书稍晚的梁代的钟嵘,他的《诗品》是中国文学批评史上第一部诗论专著,他在品鉴诗人诗作和理论建树方面,有独到的贡献,对于与联想和想象密不可分的"比兴",他也有了比前人进一步的认识:"文已尽而意有余,兴也;因物喻志,比也。"他在《诗品·总论》一开始就说:

> 气之动物,物之感人,故摇荡性情,形诸舞咏。照烛三才,辉丽万有。灵
> 祇待之以致飨,幽微藉之以昭告。动天地,感鬼神,莫近于诗。

中国诗论史上第一位批评家,他看到比是"物"与"志"之间一种联想作用,同时他又强调"意有余",作品是创作者形象思维的结果,而又要诉之于读者的想象。

对文学创作总的看法方面,他坚持了唯物主义原则,承认了客观的"气"与"物"的第一性,也充分肯定了创作主体的思想感情与艺术想象("性情""灵祇")的地位。他的观点与陆机、刘勰一脉相承,强调文学的"表现"作用,很值得重视。

以钟嵘的《诗品》开端,随着诗歌创作的走向成熟,唐宋两代的诗歌理论与批评也有了进一步的发展,在诗人们谈自己的创作经验的文章中,在有关诗歌创作的专门著作中,在以诗论诗的作品中,我们都可以看到,想象在诗歌理论与批评在如上所述的这三种主要形式里,都得到了普遍的重视。如中唐诗人刘禹锡,在《董氏武陵集纪》中说:"片言可以明百意,坐驰可以役万景,工于诗者能之。"这就是指想象的广阔性与自由性。司空图《二十四诗品》对于二十四种诗的风格的描绘,就是将创作者的艺术想象与读者的再造想象作为自己立论的出发点,而且本身也极富于想象之美。他的《与极浦书》中著名的"象外之象,景外之景,岂容易可谈哉"的理论,也完全是着眼于创作与欣赏两方面的想象作用。宋代的诗歌理论与批评,在形式上大都受到欧阳修《六一诗话》的影响,多以诗话的形式出之。姜夔《白石道人诗说》所论"有四种高妙"的诗中,其中一种就叫作"想高妙"。严羽的《沧浪诗话》提出诗的"一唱三叹之音""诗道亦在妙悟",他认为无论是从创作或者是欣赏的角度来看,想象都不可缺少。除此之外,在宋代众多的诗话里,只要稍一检视,就不难发现关于想象的片羽吉光。

在明清两代的文学理论与批评中,最引人注目的一个方面是"表现理论"的抬头和兴盛。有一些文学批评家和诗论家,他们十分强调主观精神对客观现实的能动作用,强调主观的感受和作者的个性,认为文学不单是对现实的如实反映,而是主观的积极的审美观照,这样,"想象"在创作中也就具有更为活跃的积极的素质。这一派批评家的代表人物,是晚明的思想家李贽、"公安派"的三袁兄弟特别是其中的袁宏道、清代的金圣叹,以及标举"性灵说"的袁枚。李贽在他的著作《童心说》中主张"童心",不论是哪一种文学样式,他认为"天下之至文,未有不出于童心",因此,他就对文学创作中的想象过程及其作用作了如下的描述:"蓄极积久,势不能遏,一旦见景生情,触目兴叹,夺他人之酒杯,浇自己之垒块,诉心中之不平,感数奇于千载。"(《杂说》)袁宏道在为其弟袁中道的诗集写的序文《序小修诗》中说：

> 大都独抒性灵，不拘格套，非从自己胸臆中流出不肯下笔。有时情与境
> 会，顷刻千言，如水东注，令人夺魄。①

袁宏道是"三袁"中更激进的一位，他更加注意文学创作基于感情与个性之上的活跃的想象。至于金圣叹，世人大都以小说批评家来看待他，其实，他也是一个相当出色的至今尚未得到应有重视的诗论家，他在许多书信中阐述了他的重个性、重主观的表现理论，对诗中的想象也作了诸如"无情犹尚弗能自已，岂以人而无诗也哉？离乎文字之间，缘于惆怅之际，性与情为挹注，往与今为送迎，送者既渺不可追，迎者又欻焉善逝，于是而情之所注无尽，性之受挹为不穷矣"②的精彩议论。他所批点的唐诗与杜甫诗，对诗艺作了广泛的探讨，时时可见智慧的闪光。金圣叹的"性灵"说，延续到袁枚得到了充分的发挥。在袁枚的诗文中，他的所谓"性灵"，一方面是指创作者彼此不同的艺术个性，一方面是指创作者基于真实而强烈的感情的基础上，对现实生活敏锐的艺术感受性。他说自己的创作是"以为诗写性情，唯吾所适"，而批评别人则是"今人浮慕诗名而强为之，既离性情又乏灵机"。袁枚主张"性灵"与"灵机"，自然就重视诗的清新独到的想象，如他在《随园诗话》中所说：

> 左思之才，高于潘岳；谢朓之才，爽于灵运。何也？以其超隽能新故也。
> 齐高祖云："三日不读谢朓诗，便觉口臭。"宜李青莲一生低首也。

袁枚所说的"超隽能新"，重要含义就是超拔脱俗的想象，即使像李白那样诗思如天马行空的大诗人，也不得不"一生低首谢宣城"（清王士禛《戏仿元遗山论诗绝句》）。可以看到，中国古典文论与诗论中重主观想象和表现的理论，到袁枚的著作中已经发展到一个新的阶段。

---

① 钟伯敬增订本：《袁中郎全集》（卷一）。
② 参见《金圣叹选批唐诗》，浙江古籍出版社 1985 年版。

对于中外文学理论批评史上所论说的想象,我在匆匆地勾画出一个极粗疏的轮廓之后,就要继而对想象本身以及诗的想象美的诸方面,作进一步的探险了。

二

想象,是艺术家创造力的最高表现,是诗人的才能最重要的表征之一。高度发展的想象力,是艺术家必具的徽章,更是诗人骄傲的冠冕。现代心理学将想象分为几个门类,一类是"无意想象"和"有意想象",前者又称为"不随意想象",后者又称为"随意想象";另一种分类就是"再造性想象"与"创造性想象";还有一种分类就是"幻想"。想象的艺术创造,既包括了作者所体验的生活原型和表象,又包括了作者突破个人直接经验的局限,凭借其主观作用所创造出的事物的美的秩序,因此,从本质上说,想象就是艺术创造。

审美想象,是艺术创造和欣赏的独特心理活动形式,同时,也是诗美的重要表现方式。在诗歌创作中,诗美的构成是多元的,但审美想象是不可缺少的重要元素。康德在《判断力批判》中谈到想象时,他认为"想象力是一个创造性的认识功能;它有本领,能从真正的自然界所呈供的素材里创造出另一个想象的自然界"①,而车尔尼雪夫斯基在《当代美学概念批判》中也说,艺术美"是想象力的创造物"②。可以断言,诗歌创作中的审美想象,集中表现为诗美,诗歌如果没有清新脱俗而丰美的想象,诗的美神绝不会翩然来临。诗的审美想象通过艺术的语言定型之后,它的美质主要表现在如下两个方面:

体现在审美想象中的审美感受与审美感情之美。诗的想象,是一种特殊的心理活动,离不开审美主体的作者对生活的审美感受与审美感情,在这一点上,它和科学的想象有严格的分野。科学也需要想象,但科学的想象是一种感情静止的抽象,它需要的是严格的数据与逻辑,科学家也召唤献身事业的热情,但他的想象却必须遵循自然的辩证法,而绝不能感情用事。诗的想象则不同,诗本来就是一种最擅于抒情的文学样式,因此,诗的想象的整个过程,不仅浸透了作者

---

① 《外国作家理论家论形象思维》,中国社会科学出版社 1979 年版,第 33 页。

② 《美学论文选》,人民文学出版社 1959 年版,第 52 页。

的审美感受和审美情感,而且这种审美情感也成为诗的想象的动力、材料和客体。也就是说,诗的想象是一种伴随着强烈审美感情的思维活动,它表现了作者的审美观和审美理想,想象的自身就沉淀着浓烈的审美感情,是审美主体的美学体验与想象世界的和谐统一,这种统一,往往构成了诗创作中有我之境的情景交融,以及无我之境的物我同一的艺术世界,从而强烈地刺激读者的想象,引起读者美感的共鸣。与此相反,科学的想象,它能使人按照理性的指引,去抽象地把握对象的本质,但却不能使人得到美感的愉悦和陶冶。朱光潜在《文艺心理学》中引用法国象征派诗人波德莱尔的话说:"你聚精会神地观赏外物,便浑忘自己存在,不久你就和外物浑然一体了,你注视一棵身材停匀的树在微风中荡漾摇曳,不过顷刻,在诗人心中只是一个很自然的比喻,在你心中就变成一件事实:你开始把你的情感欲望和哀愁一齐假借给树,它的荡漾摇曳也变成你的荡漾摇曳,你自己也就变成一棵树了。同理,你看到在蔚蓝的天空中回旋的飞鸟,你觉得它表现'超凡脱俗'一个终古不磨的希望,你自己也就变成一只飞鸟了。"① 波德莱尔所描绘的,正是诗歌创作和欣赏中的"移情"现象,也就是诗的想象中审美感受和审美情感的"物我同一"之投入与外射。正因为诗的想象具有包容审美感情这样的审美特征,而想象的奇特美妙与感情的强烈深刻往往成正比,所以那些缺乏想象之美的过于平实的作品,就无法刺激读者的感应,并激发读者的审美联想,这种作品,就一定是缺乏诗意和诗味的,而那种想象新奇的诗作,就像风吹海面激起汹涌的波涛一样,能在读者的心海上掀起感情的巨浪。如余光中的《寻李白》:

　　　　那一双傲慢的靴子至今还落在
　　　　高力士羞愤的手里,人却不见了
　　　　把满地的难民和伤兵
　　　　把胡马和羌马交践的节奏
　　　　留给杜二去细细地苦吟
　　　　自从那年贺知章眼花了

---

① 《朱光潜美学文集》(第 1 卷),上海文艺出版社 1982 年版,第 43 页。

认你做谪仙,便更加佯狂
用一只中了魔咒的小酒壶
把自己藏起,连太太都寻不到你
怨长安城小而壶中天长
在所有的诗里你都预言
会突然水遁,或许就在明天
只扁舟破浪,乱发当风
——而今,果然你失了踪

树敌如林,世人皆欲杀
肝硬化怎杀得死你?
酒入豪肠,七分酿成了月光
余下的三分啸成剑气
绣口一吐就半个盛唐
从开元到天宝,从洛阳到咸阳
冠盖满途车骑的嚣闹
不及千年后你的一首
水晶绝句轻叩我额头
当地一弹挑起的回音

一贬世上已经够落魄
再放夜郎毋乃太难堪
至今成谜的是你的籍贯
陇西或山东,青莲乡或碎叶城
不如归去归哪个故乡?
凡你醉处,你说过,皆非他乡
失踪,是天才唯一的下场
身后事,究竟你遁向何处?
猿啼不住,杜二也苦劝你不住

一回头囚窗下竟已白头
七仙、五友,都救不了你了
匡山给雾锁了,无路可入
仍炉火未纯青,就半粒丹砂
怎追蹑葛洪袖里的流霞?

樽中月影,或许那才是你故乡
常得你一生痴痴地仰望?
而无论出门向西笑,向西哭
长安都早已陷落
这二十四万里的归程
不必惊动大鹏了,也无须招鹤
只消把酒杯向半空一扔
便旋成一只霍霍的飞碟
诡绿的闪光愈转愈快
接你回传说里去

　　我以为,这是新诗史上迄今歌咏李白的冠军之作。余光中此诗创作依据的是李白的形象、事迹和诗篇,但作为审美主体,他对他所抒写的题材有强烈的感情体验,作了深刻的美的熔铸组合与变化,他以脱俗的飞腾的想象,表现了他对中国诗史上这位最杰出的天才的仰慕追怀以及对祖国优秀传统文化的敬意。一九八二年,我曾在《名作欣赏》以《海外游子的恋歌——读台湾诗人余光中的〈乡愁〉与〈乡愁四韵〉》为题,向大陆读者首介余光中这一姐妹之篇,遂广为国人所识。二十世纪八十年代之初在老诗人臧克家的家中,我也曾向他背诵此诗,他连称"高华",并说"高华"一词是他对好诗的高度评价。我也曾多次在大学的文学讲座上背诵此诗,每当诵至"酒入豪肠"至"绣口一吐就半个盛唐"三句,总是被热烈的掌声所打断,无一例外。由此可见,它所引起的读者美感共鸣的强度,与它想象的奇妙不凡密切相关,也和它审美感情的强烈独到分不开。
　　诗的想象之美,还在于诗的想象是再现性与创造性的统一。那种新颖的创造性的想象,能够创造出新鲜的意象,引发欣赏者的审美联想活动,使欣赏者的审美感受处于愉悦与惊奇的状态。可以说,一切优秀艺术作品都是审美主体的审美感情和审美想象的产物,同时,又都能够既作用于欣赏者的感情,又能够作用于欣赏者的想象,使欣赏者在审美活动中得到精神的愉悦和满足。诗歌在所有的文学形式中,既是一种长于抒情的样式,同时又是一种最富于想象力与启示力的艺术,因此,它特别要求富于想象之美,以新颖奇美怡情悦性的境界去征服读者的心灵和理智,也就是激动读者的审美情绪,点燃他们心中神圣的思想的火花。那些平庸的缺乏想象力的作品,暗淡无光而没有美的刺激性,它们不能使读者在审美初觉中产生激动之情,当然就更谈不上引起强烈的美感共鸣和心灵震撼了。如下面引述的菲华诗人的三首作品:

很抱歉
一装进信封里就全融了
看来只许想想,没可能
寄去,你毕生未见而渴于一见的
祖国皑皑的
白雪

读完信时,太阳
正以熟悉的眼神
读着我
且奇怪,为什么
我竟如此固执地去爱
祖国的严寒?

——云鹤《雪》

街旁各棵大小树
枝已参天叶已落地
还是想不透

移民局的上空

一簇云

要来就来

要去就去

　　　　　　　　　　　　——月曲了《大小对》

指向前面

向导说：

"那就是边界，

不可擅越。"

站在落马洲的瞭望台上

我偷问苍鹰

凛风、鸣虫

他们都说：

"不懂。"

　　　　　　　　　　　　——亡垂明《瞭望台上》

以上三首菲律宾华人诗人的作品，角度与构思虽有所不同，所描绘的具体情境也迥然有异，但表现的却是相同的或者说是近似的"寻根"或"怀乡"之主题。它们都感情深挚，语言精练，想象清超，富于个性，能强烈地刺激读者的想象力，均堪称难得一见的佳作。

在古典诗歌史上，不同诗人的同一题材的诗作，也可以给我们以诗美学的有关启示：

日照香炉生紫烟，遥看瀑布挂前川。

飞流直下三千尺，疑是银河落九天。

　　　　　　　　　　　　——李白《望庐山瀑布》

> 虚空落泉千仞直,雷奔入江不暂息。
>
> 千古长如白练飞,一条界破青山色。
>
> ——徐凝《庐山瀑布》

中晚唐之交的徐凝,曾经得到元稹和白居易的赞许。《全唐诗》有他的诗一卷,绝句占了十分之九,其中不乏可诵之作,更有千载传唱之名篇,如"萧娘脸薄难胜泪,桃叶眉尖易得愁。天下三分明月夜,二分无赖是扬州"(《忆扬州》)即是。但是,宋代大诗人苏轼却对徐凝的上述《庐山瀑布》诗颇有微词,见于他的游庐山后的《戏作一绝》:"帝遣银河一派垂,古来唯有谪仙词。飞流溅沫知多少,不与徐凝洗恶诗。"我同意苏轼诗前两句的看法,但并非震于李白与苏轼的赫赫名声,而是就诗论诗,李白的咏庐山瀑布之作,确实是落想天外,匪夷所思,诗人以雄奇之笔,状雄奇之景,那"反常合道,奇趣横生"的审美想象与审美境界,给予读者以强烈的美的震撼,这种美的境界和效果,的确是后来者所难以企及的,就像运动场上一名天才的跳高选手,在征服了一般人所难以达到的高度之后,后来人想再跨越那根横竿,就真是"谈何容易"了。不过,对徐凝之作,说是"恶诗"却也未免诋评太过,它的后两句形象感还比较强,尤其是颇有创意的"一条界破青山色",有如黑白分明的版画,对照鲜明,刀法遒劲。当然,它毕竟缺乏振翼腾飞的想象,加之和诗仙之作比较,等于是以己之中驷比彼之上驷,自然就不免相形见绌了。其实,自李白之后直到清代,追踪他的足迹的还大有人在,这里仅从绝句中略举数例:

> 豁开青冥巅,写出万丈泉。
>
> 如裁一条素,白日悬秋天。
>
> ——施肩吾《瀑布》

> 泻雾倾烟撼撼雷,满山风雨助喧豗。
>
> 争知不是青天阙,扑下银河一半来!
>
> ——诸载《瀑布》

云间瀑布三千尺,天外回峰十二重。

满耳怒雷飞雨急,转头红日在青松。

——陈沂《瀑布泉》

稍晚于徐凝的施肩吾,他的"如裁一条素"之句与徐凝的"千古长如白练飞"大致相同,其他数句都是以实写实之笔,缺乏空灵之趣。明代陈沂的"云间瀑布三千尺",也只能说是李白瀑布遥远而微弱的回声,全诗没有自己的想象和更多的新意。倒是晚唐诗人诸载的《瀑布》还值得称道,以瀑布喻银河,虽然可以看得出他仍踵武李白之后,但是,如果只此而已,他这首诗也只能是落入抄袭的窠臼而没有什么美学价值了。然而,他在几乎完全失去独立而向李白俯首称臣的情况下,又发挥了他不愿居人之下的想象力,写出了颇有审美激情与审美理想的后两句。女娲补天,只是初民的神话,时至晚唐,众生是不会相信青天缺损的。可是诗人却一反常理,出之以青天崩裂、银河半泻的奇妙景象,看似违反物态常情,却更深刻动人地表现了自然之美,刺激读者产生强烈新奇的美的感受,这样,它的美学效果自然就比施肩吾与陈沂之作高出多多了。

可见,诗的想象,本身是艺术美的重要表现形态,又是通向艺术美的一座必经的桥梁,而那种具有强烈的感情美和特出的创造美的想象,更是好诗必具的身份证。

三

我们从心理学的角度,结合诗歌创作检视了一番艺术的想象及想象之美,但是,诗的想象的主要表现方式是什么? 诗的想象与其他文学形式的想象有什么区别? 我们却还来不及详加论列,这犹如游览一座名山,还只是从山脚仰望了它的轮廓,它的动人的佳胜,还有待有心人拾级而上,并穿幽入仄地探寻。

诗的想象的独特形态之一,是比喻;想象之花开放得使万方瞩目的,是比喻。在中外文论和诗论中,比喻,过去或是只作为与"赋"和"兴"连类而谈的一种艺术手段,或是只作为修辞学书籍中的一种辞格,这样来认识比喻是远远不够的。从诗美学的角度来看比喻,它绝不仅仅是一种手段或一种辞格,它是一种有普遍美学意义和高度美学价值的联想,它是诗的想象美的宠儿。是的,我认定比喻是一种不可缺少的诗美,是诗的想象美的一种重要表现方式。诗的想象如果离开了比喻,那倒真是不可想象的了。翻阅中外古今的诗作,想象之美在内涵上沟通作者与读者的美感体验,在形象与意境构成上给予读者丰富的美感享受,怎么可以设想能无视比喻的美学作用呢? 我要强调指出,比喻,不仅是一种辞格或一种诗艺,而且是想象之美的一种十分重要的表现形态,是诗美的一个重要范畴。比喻的理论架构,是以心理学中的"类化作用"为其基础的,即大脑皮层上建立的暂时性联系,它利用作者与读者原有的美感体验,引发新的美感体验,因此,比喻从本质上说,它是想象的外化,是审美想象中的审美联想。

近代审美心理学中审美联想的理论,从古希腊亚里士多德的"联想三定律"的基础上发展而来。亚里士多德在《记忆论》中初步提出了后世所说的三大联想定律,即相似律、对比律、接近律,也就是接近联想、对比联想、相似联想。联想论,是十七世纪英国心理学家洛克的哲学心理学的重要内容,在欧洲心理学史上,"联想"一词最先由洛克在他的《人类理智论》中提出。什么是联想? 从心理学的角度来说,联想,是指由一事物想到另一事物的心理过程,是指在某一特定的事物或情景之前,重新回忆起有关的生活经验与思想感情,是由这一事物联想到另一事物的心理活动。从形象美的创造这一角度考察,联想是一种想象,是感物连类、由此及彼生发出同类或与之有直接或间接联系的艺术形象的想象。诗歌园地的比喻,就是想象之树的联想枝丫上结出的累累硕果,我们不妨徘徊其下,品赏它们的美色和美味:

接近联想的比喻。接近联想,是指时间或空间上相接近的事物之间的联想,时间一般是指季候和节令,空间则常常是指事物的外形。两种不同而有类似之点的事物,在生活经验所构成的回忆表象中容易形成某种联系,在想象活动中就会由某一事物的触发,形成对另一事物的回忆和联想。这种联想可称"同时性联想",在诗歌作品中,不一定表现为比喻,如"桃之夭夭,灼灼其华,之子于归,宜其室家"(《诗经·桃夭》),由红白桃花之盛开,联想到青春貌美的新嫁娘;"秋风吹渭水,落叶满长安"(贾岛《忆江上吴处士》),一叶落而知天下秋,反之,诗人由秋风萧瑟而联想到长安城的纷纷落叶。但是,接近联想也常常孕育和诞生比喻,在小说中给人印象极深的是鲁迅的《故乡》对豆腐西施出场的描写:"两手搭在髋间,没有系裙,张着两脚,正像一个画图仪器里细脚伶仃的圆规。"在诗中,也有绝妙的圆规之喻,这就是十七世纪英国玄学派诗人邓恩的《临别劝卿勿悲伤》:

> 如果我们的灵魂是两个,则双魂
> 像两脚圆规,竖直而且成对;
> 你的灵魂是站稳的脚,寸步不移,
> 但另一脚动时,你会跟随。
>
> 此脚虽然固定在圆心上,
> 另一脚出门远行时,
> 它便俯身前望,侧耳倾听,
> 等到另一脚回家,便再挺立起来。
>
> 你我之间也如此,我必像
> 那另一脚,斜斜地行走;
> 你的坚定,使我的圆不差分厘,
> 并使我始终如一,都在那里。

上述是邓恩这首诗的后三节,抒情主人公是即将出门远行的男子。圆规与男女的爱情本来毫无关联,但圆规与人的双脚却有相似的"共相",于是邓恩忽发奇想,接近联想就构成了全诗的这一巧喻。巧喻即英文中的 conceit,在西方修辞学史上有悠久的历史,中文翻译有巧喻、奇喻、妙喻、曲喻等说法。十七世纪英国诗坛的"玄学派诗人",倡导"想象主义",许多作者如马维尔、赫伯特、福罕、克莱晓等,都是巧于用喻的高手,他们追求奇幻意象的诗艺值得借鉴。又如台湾女诗人席慕蓉的《青春》:

> 所有的结局都已写好
> 所有的泪水也都已启程

> 却忽然忘了是怎么样的一个开始
> 在那个古老的不再回来的夏日
>
> 无论我如何地去追索
> 年轻的你只如云影掠过
> 而你微笑的面容极浅极淡
> 逐渐隐没在日落后的群岚
>
> 遂翻开那发黄的扉页
> 命运将它装订得极为拙劣
> 含着泪,我一读再读
> 却不得不承认
> 青春是一本太仓促的书

此诗采取回溯式的写法,一开篇就诗意盎然,引人遐思,在第二节的回叙和铺垫之后,第三节出之以"发黄的扉页""太仓促的书"的巧喻。俗云人生是一本大书,青春当然更应该是一本黄金之书,或是书的前二三章,诗人从两者的近似之点取喻,这是对青春的咏叹,对往事的追怀,也是对人生的能引起许多人共鸣的沧桑感慨。

相似联想的比喻。相似联想又称"类似联想",它的生理基础是苏联生物学家巴甫洛夫所说的"条件反射"的泛化,指两个不同的事物之间,由于某些特征与属性的相似而作用于审美主体的经验记忆,使作为审美主体的诗人的想象在它们之间架设起相通的桥梁,组合为新的形象。特别值得注意的是,相似联想不仅是事物一般性的表象的相似,即声音、颜色、形状上的形似,更重要的是神似,即事物的内在精神和人物的思想感情方面的一致。相似联想当然不一定构成比喻,如"春蚕到死丝方尽,蜡炬成灰泪始干"(李商隐《无题》),以蚕丝与烛泪来表现坚贞不渝、誓同生死的爱情,它虽然有比的因素,但主要却是一种诗意的象征;"流光容易把人抛,红了樱桃,绿了芭蕉"(蒋捷《一剪梅·舟过吴江》),由樱桃之红与芭蕉之绿而联想到流光如逝,以色泽及其变化表时间,这就更只能说是

"神似"而非"形似"了。然而,相似联想在诗中却有许多时候是以比喻出之的,
如土耳其现代诗人哈辛的《喷水池》:

> 日落时,欢愉从树上消隐。
> 鸟变成红宝石,叶变成火焰。
> 我的喷水池变成熊熊的赤光,
> 反响着鸟和树叶的明艳。

哈辛诗的意象,上承土耳其古典的"帝范"诗体,同时又学习法国象征诗派的
长处。正如译者余光中在《土耳其现代诗选》(台湾林白出版社 1984 年版)
一书所说,哈辛的诗"意象生动,余韵不绝,颇有中国七言绝句的味道"。上述
这首《喷水池》写日落时分喷水池的景色,全诗运用了几个相似联想所构成
的比喻,如果抽去了这些比喻,不仅全诗会黯然失色,整首诗的艺术架构就坍
塌了。

在中国古典诗歌中,以相似联想为基础所构成的妙喻也不少,如唐诗人张九
龄的《自君之出矣》与宋代词人吕本中的《采桑子》:

> 自君之出矣,不复理残机。
> 思君如满月,夜夜减清辉。
>
> ——张九龄《自君之出矣》

> 恨君不似江楼月,南北东西。南北东西,只有相随无别离。
> 恨君却似江楼月,暂满还亏。暂满还亏,待得团圆是几时?
>
> ——吕本中《采桑子》

以月亮比离情和比离人,远远已不是张九龄或吕本中的创造,可以说前人之述备
矣,但这一诗一词在相似联想上却有十分佳妙之处。明代唐汝询《唐诗解》说:
"不理残机,见心绪之已乱,思如满月,见容华之日凋。"清代李锳《诗法易简录》
认为:"若直言消减容光,便平直少味,借满月以写之,新颖绝伦,其思路之巧,全

在一'满'字。"我要说,张九龄的诗以女子的口吻写出,将自己的容光比为清辉渐减之月,是极为巧妙的相似联想所构成的比喻。这首诗如果没有这一比喻,也就会清辉顿减,不,清辉顿失了。与张九龄的诗一样,同是仿拟女子的口吻,吕本中的词以月喻离人,不同之处是,张九龄诗中的月是以女子自喻,而吕本中词中的月却是女主人公用以喻她远行的丈夫,"恨君不似"是反说,"恨君却似"是正说,比张诗更多一层曲折,是现代诗法中所谓"深层结构",而不论"似"与"不似",实际上都是相似联想所构成的妙喻,正如英国批评家瑞恰慈所说:"比喻是不同语境的交易。"又如元曲中的如下片断:

〔秃斯儿〕其声壮,似铁骑刀枪冗冗;其声幽,似落花流水溶溶;其声高,似风清月朗唳长空;其声低,似听儿女语小窗中,喁喁。

——王实甫《西厢记》

长江万里白如练,淮山数点青如靛,江帆几片疾如箭,山泉千尺飞如电。晚云都变雾,新月初学扇,塞鸿一字来如线。

——周德清〔正官·塞鸿秋〕《浔阳即景》

由红娘穿针引线,张生于月明之夜琴挑莺莺,王实甫以才子生花之笔,以近似联想构成的四个比喻,从"壮""幽""高""低"四个方面,一石而二鸟,既抒写了张生情之所寄,也表现了听琴的莺莺的情之所钟。浔阳江即流经江西九江的长江,周德清于傍晚登浔阳江楼眺望长江而作此曲,七种景物,不但句句对偶,还出之以六个明喻,累累如贯珠,作者的审美近似联想就是贯穿明珠的红线。

对比联想的比喻。对比,原来是指把两种相反的事物对列在一起,以强调比较它们之间的差异。审美想象中的对比联想,就是指由对某一事物的经验回忆,触发与它的特征相反相对的事物的回忆,它的美学价值绝不只是形式上的对列所造成的视听效果,更在于内在的感情与意义的新锐表达。中国古典诗歌中的律诗,其中的颔联与颈联要求对仗,对仗虽不一定都是对比,但有许多对仗却采取了对比的方式,因此,律诗中的对仗是对诗人对比联想的强弱的挑战,那众多的对比联想所构成的对句,也是对诗中对比联想的检阅。对比联想,很多不一定化为比喻的形式,如臧克家名作《有的人》的"有的人活着,他已经死了;有的人死了,他还活着",就是运用"矛盾语法"和对比联想的范例。在中国古典诗歌中,如刚柔对比联想:"江间波浪兼天涌,塞上风云接地阴。"(杜甫《秋兴八首》)人我对比联想:"诗句对君难出手,云泉劝我早归家。"(苏轼《答友人求书与诗》)有无对比联想:"学剑虽无术,吟诗似有魔。"(许棠〈冬夕归陵阳别业〉)动静对比联想:"众鸟高飞尽,孤云独去闲。相看两不厌,只有敬亭山。"(李白《敬亭山》)今昔对比联想:"此日六军同驻马,当时七夕笑牵牛。"(李商隐《马嵬驿》)时空对比联想:"蝴蝶梦中家万里,子规枝上月三更。"(崔涂《春夕旅怀》)巨细对比联想:"一去紫台连朔漠,独留青冢向黄昏。"(杜甫《咏怀古迹》)——像这种对比联想所开放的繁花,在古典诗苑中不胜采摘,这里摘取数枝,就可以想见满园春色了。由对比联想所构成的比喻,在古典诗歌中也不罕见,略举数例:

自在飞花轻似梦,无边丝雨细如愁。

——秦观《浣溪沙·漠漠轻寒上小楼》

人似秋鸿来有信,事如春梦了无痕。

——苏轼《正月廿日与潘郭二生出郊寻春,
忽记去年是日同至女王城作诗,乃和前韵》

鬓边霜雪秋催白,山势龙蛇雨洗青。

——张之洞《胡祠北楼送杨舍人还都》

水声粗悍如骄将,天色凄凉似病夫。

——王国维《五月十五夜坐雨赋此》

苏轼和秦观诗是虚实对比联想的比喻,张之洞诗是人物对比联想的比喻,王国维诗是人物与刚柔对比联想的比喻,对照鲜明,各呈异彩。

在想象之美中,除了上述几种主要的联想之外,我以为还有一种十分重要的联想,可以称之为"虚实联想",这种联想不是在两个具体的事物之间展开,而是在一个或一个以上的具体事物与抽象的意念、情思之间飞翔。具体形象是实,抽象情思是虚,这种由虚实联想所连接与组合而成的意象,既富于生活实感,又富于空灵之趣,对读者的审美联想具有强烈的刺激力。一味从具体事物联想到具体事物,所形成的意象容易流于直露和质实,而一味从抽象到抽象,那就容易堕入晦涩难明的泥潭,或空洞无物的虚空,而只有虚实相兼,才能别饶妙趣。可以说,所谓诗意,常常就诞生在虚实之间,如同点燃鞭炮的引线使鞭炮开花,虚实联想也好比是诗意的引线,使得诗花怒放。"客子光阴诗卷里,杏花消息雨声中",是南宋诗人陈与义《怀天经智老因访之》诗中的名句,据说这一联颇为宋高宗所喜爱,近世学者高步瀛在《唐宋诗举要》中也称之为"佳句",原因之一就是"客子光阴"是时间之虚,"诗卷"是视觉之实,"杏花消息"是意念之虚,"雨声中"是听觉之实,虚实之间,由诗人的联想活动联结起来,既有实景的描绘,又有对年华如水的留恋,所以就别具灵思妙趣了。当然,许多虚实联想的外在形式,往往又表现为比喻:

> 问君能有几多愁? 恰似一江春水向东流!
>
> ——李后主《虞美人》

> 日边清梦断,镜里朱颜改。春去也,飞红万点愁如海!
>
> ——秦观《千秋岁》

> 试问闲愁都几许? 一川烟草,满城飞絮,梅子黄时雨。
>
> ——贺铸《青玉案》

> 旧恨春江流不尽,新恨云山千叠。
>
> ——辛弃疾《念奴娇·书东流村壁》

古代诗人长于写愁情,从上面四例可以看到,不论诗人所处的时代与愁情的内容如何不同,也不论是运用单喻或复喻,但是,虚情实写、以实比虚的虚实联想则

一。比喻,有许多是"以实比实"的,联想均在实体之间也就是具体事物之间进
行。然而,以实比虚的比喻,或以虚比实的比喻,是虚实联想的结果,其意象常常
比以实比实的意象更为饱满而又空灵。如唐诗人雍陶的诗:"两崖开尽水回环,
一叶才通石罅间。楚客莫言山势险,世人心更险于山。"(《峡中行》)三峡之山
是"实",世人之心是"虚",虚实结合,即显奇思。如黄庭坚的诗:"花气薰人欲
破禅,心情其实过中年。春来诗思何所似? 八节滩头上水船!"(《绝句》)"诗
思"是虚,"上水船"是实,虚实相比,便开妙境。新诗中如冯至写于一九二六年
的爱情诗《蛇》:

> 我的寂寞是一条长蛇,
> 静静地没有言语。
> 你万一梦到它时,
> 千万啊,不要悚惧。
>
> 它是我忠诚的侣伴,
> 心里害着热烈的乡思;
> 它想那茂密的草原——
> 你头上的、浓郁的乌丝。
>
> 它月光一般轻轻地
> 从你那儿轻轻走过;
> 它把你的梦境衔了来,
> 像一只绯红的花朵。

"寂寞"是虚有的不具象的感情,"长蛇"是实在的可观的形象,"寂寞"是无语
的,悠长的,"长蛇"是无声的,修长的,"乡思"是"相思"的谐音,茂密的草原与
恋人的秀发也有通似之处,而"梦境"为虚,"花朵"却为实,诗人以实比虚,写自
己寂寞的相思可谓十分巧妙。因为冯至巧于用喻,将生活之真与想象之美结合
起来,因此旅美学者许芥昱在他的中国新诗的英文译著里,称冯至为玄学派诗

人,似乎并非全无道理。

"比喻之作用大矣哉!"两千多年前亚里士多德在《修辞学》中对比喻的咏叹,在后代的诗作里激起了经久不绝的回声。作为审美联想表现的比喻,在诗中的作用远比在小说、散文、戏剧中为大,因为在其他文学样式中的比喻,往往只有表现某一具体形象的作用,只是作为整部作品中的某一小小细节而存在,如同一座园林中的一处假山、一泓流水、一座台榭。然而,比喻在诗中却往往有牵一发而动全身的美学效果。如在荷马的史诗《伊里亚特》与《奥德赛》中,诗人大量地使用比喻,多用动物作喻体,把比喻和描写融为一体。据统计,《奥德赛》用喻有四十多处,而《伊里亚特》则多达一百八十多处,所以后来的评论家称之为"荷马式的比喻"。莎士比亚的作品中用喻极多,尤其是用多个比喻比况同一个对象,生动而新奇,如同滚滚智珠,是为"博喻",西方文论称之为"莎士比亚式比喻",如果去掉了那些比喻,莎士比亚的作品恐怕就会顿然失色了。

在某些诗歌作品中,比喻甚至就是全诗美学结构的同义语,因为那些作品是依靠一个或者几个比喻结撰成章的,如果没有那些比喻,全诗也就不复存在。苏联诗人马雅可夫斯基在《怎样写诗》一文中说过:"创造形象的原始方法之一是比喻。我初始诗的诗作,例如《穿裤子的云》全部建设在比喻上,一切是'好比,好比和好比'。"[1]"摽有梅,其实七兮。求我庶士,迨其吉兮。"《诗经·召南》中的《摽有梅》,全诗就是以比喻结撰成章。清代王夫之在《姜斋诗话》中也曾经指出:"《小雅·鹤鸣》之诗,全用'比'体,不道破一句,三百篇中创调也。"也就是说,《鹤鸣》一诗全诗皆比。其实,《诗经》中的作品,全用比体的并不罕见,如"南有乔木,不可休思。汉有游女,不可求思。汉之广矣,不可泳思;江之永矣,不可方思。……"《周南·汉广》篇表现一位男子对意中人求而不得的心理,就是全用比喻。如"硕鼠硕鼠,无食我黍! 三岁贯女,莫我肯顾。逝将去女,适彼乐土。乐土乐土,爰得我所。……"《魏风·硕鼠》篇联章复唱,就是民歌作者以"硕鼠"比喻剥削压榨百姓黎民的统治者,以至在后代"硕鼠"成了一个象征贪官污吏的"原型意象"。《小雅》中的诗,大都出于西周晚期上层或下层的贵

---

① 转引自陈宋成、张铁夫:《马雅可夫斯基》,辽宁人民出版社 1983 年版,第 146 页。

族之手,《鹤鸣》一诗,是讽喻当权者要招贤纳士,被认为是"招贤诗"之祖。全诗没有一句点明题旨,却用"鹤""鱼""树""石"的博喻出之,构成了全诗的美学整体,"他山之石,可以攻玉"的著名成语,正是从此诗而来。又如英国十七世纪诗人坎皮恩(又译名坎品、坎宾)的《她的脸上有一座花园》(又名《樱桃熟了》):

> 她的脸上有一座花园
> 园里盛开着玫瑰与白莲
> 那是一个极乐的天堂
> 有各样的美果生长
> 还有樱桃,但谁也休想买到
> 除非她自己叫"樱桃熟了"!
>
> 有两排明亮的珍珠
> 被樱桃完全遮住
> 巧笑时颗颗出现
> 像玫瑰花蕾上面霜雪盖满
> 可是王公卿相也休想买到
> 除非她自己叫"樱桃熟了"!

在我国,白居易有"樱桃樊素口,杨柳小蛮腰"(见孟棨《本事诗·事感》)之句,李后主也有"一曲清歌,暂引樱桃破"(《一斛珠》)之辞,但这些比喻毕竟还只是诗词中的一个单式意象,而坎皮恩的这首爱情诗写少女的美貌,却以多样的比喻组成了全诗的意象结构,可谓巧喻纷呈,结构精美。又如匈牙利伟大爱国主义诗人裴多菲的《我愿意是树》:

> 我愿意是树,如果你是树上的花,
> 我愿意是花,如果你是露水;
> 我愿意是露水,如果你是阳光……

这样我们就能够结合在一起。

而且,姑娘,如果你是天空,
我愿意变成天上的星星;
然而,姑娘,如果你是地狱,
为了在一起我愿意永堕地狱之中。

裴多菲是巧于用喻的能手。他的《谷子成熟了》《你爱的是春天》《云在低低地压下》《我的爱情是咆哮的海》等诗章,就都是"全用比体"。中外诗心相通。我国晋末宋初的大诗人、文章家陶潜有《闲情赋》,"愿在衣而为领,承华首之余芳……愿在身而为带,束窈窕之腰身……愿在发而为泽,刷玄鬓于颓肩……愿在眉而为黛,随瞻视以闲扬……"这位静穆的田园诗人竟然也十分罗曼蒂克,他一连抒写十愿,可谓柔情绮思,浮想联翩。异国而不同时的裴多菲《我愿意是树》也是这样,全诗的比喻如节日之夜缤纷的焰火,使人神为之摇,全诗的结构如弯曲回环的流水,令人心为之夺。

呵,比喻,想象的宁馨儿,缪斯的骄子!

四

诗贵想象之美。然而,美的想象究竟具有怎样的美学特征呢?如果说美的想象是一顶冠冕,那么,新颖性、创造性、奇异性就是镶嵌在冠冕上的三块宝石。

新颖性,是诗之美的想象的第一个美学特征。

创新,在诗歌创作中是一个常青的命题,不会因时间的流逝而衰老或失色。一首真正的诗,总要在内容上给人以思想感情的新的启迪,在艺术上给人以新鲜的美感享受,这样才能在读者的欣赏这一艺术再创造的审美活动中,获得永久的艺术生命。可以说,诗的真正意义就是创新,而没有想象的新意,就没有诗的新意。且让我们听听诗人的"创作谈"吧:李白称许好诗是"清水出芙蓉,天然去雕饰"(《经乱离后天恩流夜郎忆旧游书怀赠江夏韦太守良宰》),而诗圣杜甫呢,除了"不薄今人爱古人,清辞丽句必为邻"(《戏为六绝句》)的自许外,他说孟浩然是"吾爱襄阳孟浩然,清诗句句尽堪传"(《解闷十二首·孟浩然》),说严武是"清诗句句好,应任老夫传"(《赠严武》),说薛能是"清文动哀玉,见道发新硎"(《酬薛十二》),对如兄如弟的李白,他的"白也诗无敌,飘然思不群,清新庾开府,俊逸鲍参军"(《春日忆李白》)的赞美之辞,更是人所熟知的了。此外,如韦庄赞美许浑是"江南才子许浑诗,句句清新字字奇"(《题许浑诗卷》),皮日休说自己是"欲清诗思更焚香"(《寒日书斋即事》)。可以看出,古典诗家们都异口同声地肯定诗的"清"或者"清新",而他们所说的"清"或"清新",在很大程度上就是指审美想象的新颖性。杜甫赞美李白"飘然思不群",不就是推崇李白想象的超凡脱俗吗? 新意是一首好诗不可缺少的标志,而新意,又往往表现在想象的新颖上。如:

> 湖光秋月两相和,潭面无风镜未磨。
> 遥望洞庭山翠色,白银盘里一青螺。
>
> ——刘禹锡《望洞庭》

> 烟波不动影沉沉,碧色全无翠色深。
> 疑是水仙梳洗处,一螺青黛镜中心。
>
> ——雍陶《题君山》

> 曾于方外见麻姑,闻说君山自古无。
> 元是昆仑山顶石,海风吹落洞庭湖!
>
> ——方干《题君山》

> 满川风雨独凭栏,绾结湘娥十二鬟。
> 可惜不当湖水面,银山堆里看青山。
>
> ——黄庭坚《雨中登岳阳楼望君山》

这四首诗,同是写洞庭湖及湖中的君山,中唐刘禹锡是月夜遥望,他想象君山是

"白银盘里一青螺"；晚唐雍陶是白天远望,这位比刘禹锡小三十三岁的诗人在以青螺比君山这一点上,虽然受了先行者的影响,但刘诗以白银盘比月夜的湖面,以青螺比君山,比喻不俗,但却全是以实比实,而雍陶却融化古代的神话传说,又故作疑问之辞,虚实相比,想象空灵超隽,意象似幻实真,诗的想象的新颖,使得他这首诗有出蓝之美。北宋黄庭坚是雨中登楼眺望,作为后来人,刘禹锡与雍陶的诗,他当然是温习过的,从他这首诗可以隐约看出前人影响的淡若无痕的痕迹,但是,作为苏门四学士之一的他,自然不会甘于作前人的臣仆,他面对湖光山色,想象飞腾而别开新境。今人刘拜山在《唐人绝句评注》中说:"刘诗清丽,雍诗新奇,黄诗雅健,要以黄为后来居上矣。"我认为,三首诗的风格固然各异其趣,但它们的想象各有其新颖之处,这正是它们都获得成功的保证。特别是晚唐诗人方干的题君山之作,完全不顾在他之前的刘禹锡与雍陶之诗,他另发奇想,别开新境,闪耀的是浪漫主义的奇光异彩,近乎今日许多人所艳称的"现代派"。

中外相通,古今互证。我不妨于中外现代诗中再举三例:

> 死时我听见一蝇营营
> 　　室中那份沉寂,
> 有如空中大气的肃静
> 　　当暴风雨暂歇。

> 四周的眼睛都全已拧干
> 　　鼻息都蓄势威严,
> 待最终的攻击,待那君王
> 　　在室中赫然显现。

> 我分遣罢纪念品,又签罢
> 　　属我而又可遗赠
> 的东西——而就在这时候
> 　　插进来一只苍蝇。

带着莽撞的营营,青青无定,
　在天光和我之间;
然后是窗户的消隐,然后
　是我的视而不见。

——狄金森《当我死时》

葬我在荷花池内,
耳边有水蚓拖声。
在绿荷叶的灯上,
萤火虫时暗时明——

葬我在马缨花下,
永做着芬芳的梦。
葬我在泰山之巅,
风声呜咽过孤松——

不然,就烧我成灰,
投入泛滥的春江,
与落花一同飘去
无人知道的地方。

——朱湘《葬我》

当我死时,葬我,在长江与黄河
之间。枕我的头颅,白发盖着黑土
在中国,最美最母亲的国度
我便坦然睡去,睡整张大陆
听两侧,安魂曲起自长江,黄河
两管永生的音乐,滔滔,朝东
这是最纵容最宽阔的床

让一颗心满足地睡去,满足地想

从前,一个中国的青年曾经

在冰冻的密西根向西瞭望

想望透黑夜看中国的黎明

用十七年未餍中国的眼睛

饕餮地图,从西湖到太湖

到多鹧鸪的重庆,代替回乡

——余光中《当我死时》

在新诗史上,除朱湘的《葬我》与余光中的《当我死时》之外,写死亡的诗,著名的还有三十年代陈梦家的《葬歌》和戴望舒的《致萤火》。余光中一九六五年受聘在美国密西根州立大学英文系任副教授,年方三十七岁。他二十岁离开大陆至那时已有十七年,去国怀乡之感,发而为一系列伤离念远的游子之诗,《当我死时》即其中之一。熟谙诗史的余光中,当然也熟悉朱湘的诗。"葬我在荷花池内""葬我在马缨花下""葬我,在长江与黄河之间",从余光中诗与朱湘诗的比较,可以看到在艺术想象上的一脉相承之处,但余光中的想象毕竟是属于他自己的。美国现代女诗人狄金森有一首诗也名《当我死时》,与余光中诗题相同,写人之弥留将逝这一点完全一致。这当然不是偶然的巧合,余光中曾翻译了英美许多现代诗作,出版有《英美现代诗选》,其中就包括多首狄金森的作品,上述狄金森一诗,就是余光中的译笔,他的诗自然受到狄金森诗的影响。但是,同一题目,同是写死亡,余光中诗的想象也完全是新颖的,与狄金森的诗绝不雷同。如果说,狄金森的诗是西方的小提琴拉出来的安魂曲,那么,余光中诗则是一管东方的洞箫吹出来的如怨如诉的望乡之歌,家邦之曲,故国之恋,箫声咽,诗人望断乡关月,他的这一心曲与新曲,是在异国的寒夜倚窗远望故国时,从他的箫管里也是从他的血管里流出来的。

想象的新颖性的反面,就是想象的钝化,对于想象的新颖这一审美特征,我不拟再从正面来说明,而只想从它的反面作如下的论证。

诗,对于创新者是永远没有边疆的国土,而"钝化",则是诗的难以医治的重症。物理学上的"钝化",是指金属经阳极氧化或强氧化剂等化学方法处理,由活泼态转为不活泼态（钝态）的过程；诗的"钝化"，则是指作品从内容、形式到艺术手段的陈套、老套、俗套而没有新鲜感，缺乏诗之所以为诗的新颖艺术素质，对读者的审美心态毫无刺激性。贾谊在《吊屈原文》中说："莫邪为钝兮。"借用他的比喻再引申比喻一下，我们说，诗，本来应该像光芒四射的宝剑，但由于"钝化"的结果，锋利的宝剑上已经蒙上了厚厚的一层铁锈，照眼的光芒已经成为历史的记忆，那紫电青霜及锋而试的威力，当然也早已荡然无存了。"钝化"，在钝化的诗中是侵蚀到各个方面的，伴随艺术感受钝化而来的想象的钝化，是诗的钝化的一个突出方面。

想象的钝化，是艺术感受与艺术思维钝化的必然产物。对生活敏锐的艺术感受，对心灵活动的诗的敏感，是一位诗人必具的重要素质，也是新颖活跃的想象的起点。从心理学的角度来说，感觉是认识生活的开端，知觉则是对生活认识的深化。诗人的艺术想象力，不完全是什么非理性的纯粹的"直觉"；它也不完全是一种天赋，虽然我们必须承认一个人的艺术素质有高下、厚薄之分。诗的想象，属于艺术心理学的范畴，是一种感性与理性、感情与理智相统一的借意象以展开的精神创造活动。一个富于新颖的诗的想象的诗人，他对自己的美感经验能迅速地敏悟和深思，能敏锐地把握住新鲜生动的生活印象，构成新颖的诗的想象。如同但丁在《神曲·净界》中所说："你的感觉从实物抽取一种印象，并展开在你心里，使你的心转向于它，转向以后，假使你倾心于它，这倾心就是心和物之间经过喜悦而发生的新联系。"但丁所说的"新联系"，就是新颖的联想和想象。

诗的想象的钝化，一种是先天性的，先天性的想象钝化，就是先天性的艺术感觉迟钝，缺少艺术的细胞，缺乏活跃而充满生机的诗性思维的能力，他们的笔下，只能制造一些苍白、重复与老化的形象。在古典诗论史上，有的批评家批评某些人的诗作"百首如一首，卷初如卷终"，按我们今天的语言表述，不就是毫无新意的"钝化"吗？多年前的新诗创作，因为否定艺术个性而强调抽象的共性，许多作品千篇一律，彼此雷同，存在着严重的钝化现象。近些年有些所谓"向内转"的"创新"的诗作，在语言和意象方面又互相重复，如出一辙，这又是一种新的钝化现象。除了先天性的想象钝化之外，另一种则是后天性的想象钝化。这种钝化又可分为两种情况，一种是感受力与想象力衰退，原来出众的才华已逐渐失色，这就是古典诗人所说的"江郎才尽"，当代诗人何其芳晚年自云的"无奈梦中还彩笔，一花一叶不成春"，也是属于这种类型。古典诗史上许多雷同重复的诗，是钝化的，即使大诗人陆游，他也未能避免这种自我钝化现象，他"六十年间万首诗"的产量太多，也有令人触目的词意与词句的重复，清代的赵翼在《瓯北诗话》中早就指出了这一点。另一种则是由于惰性的模仿所造成的钝化，例如一位诗人创造了一个新颖的比喻，创造了一种新鲜的意象组合，于是同辈效颦，后辈效法，而不去努力发挥自己的创造性，这样，即使是有才华、有佳篇的诗作者也难免在"模仿钝化"的沼泽中失足了。如：

> 大海中的落日
> 悲壮得像英雄的感叹
> 一颗心追过去
> 向遥远的天边
>
> ——覃子豪《追求》

> 大海的日出
> 　引起多少英雄由衷的赞叹；
> 大海的夕阳
> 　招惹多少诗人温柔的怀想。
>
> ——舒婷《致大海》

> 但晨空澹澹如水
> 那浮着的薄月如即融的冰
>
> ——郑愁予《召唤》

> 残月像一片薄冰
> 漂在沁凉的夜色里
>
> ——舒婷《落叶》

舒婷是一位有才华的想象丰富的女诗人,她写过一些为人称道的优秀作品,但她的《致大海》与《落叶》中的两个想象比喻,却不能不认为缺乏新颖性,因为不论自觉与否,它基本上是对台湾老诗人覃子豪《追求》与另一著名诗人郑愁予《召唤》中的想象的模仿,因而也就是一种想象钝化的现象。舒婷如此,何况他人?在新诗创作中,这种想象钝化的现象是屡见不鲜的,有的诗人佳句佳篇一出,众人群起而仿之,你也如此,他也这样,众口一词,千喙一唱,造成诗歌创作中所最忌讳的"疲劳钝化"。

创造性,是诗美的想象的又一美学特征。

为了说明创造性的想象在诗歌创作中的美学价值,我们不妨先看看它对于科学家的重要性。十九世纪著名的荷兰化学家范特霍夫,他在对许多科学家调查研究之后得出的结论是,其中最杰出的人物都有高度发达的想象力。德国大数学家希尔伯特,似乎认为创造性的想象力对于科学家比对诗人更重要,他是如此对别人评价他的一个成绩不佳的学生的:"他已去当诗人了。对于数学来说,他太缺乏想象力了。"对于他的说法的前一部分,我当然不敢苟同,但后一部分却非无理。英国现代数学家布罗诺夫斯基也认为:"所有伟大的科学家都自由地运用他们的想象,并且听凭他们的想象得出一些狂妄的结论,而不叫喊'停止前进'。"关于数学与诗,希尔伯特未免因为卖瓜的说瓜甜而失之过偏,倒是法国大文豪雨果的说法比较折中。他说:"科学到了最后阶段,便遇上了想象。在圆锥曲线中、在对数中、在微分法与积分法中、在或然率计算中、在微积分的计算中、在有声波的计算中,在运用于几何学的代数中,想象都是计算的系数,于是,数学也成了诗。对于思想呆板的科学家的科学,我是不大相信的。"[1] 科学的想象在内涵、方式、作用等方面当然与诗的想象大不相同,但是,这不也可以雄辩地说明:科学家尚且需要大胆的创造性的想象,何况是以想象见长的诗,何况是以想象取胜的诗人呢?

在文学艺术中,读者十分厌恶那陈陈相因的构思,似曾相识的形象,人云亦云的语言。对以创造为美的诗人来说应该尤其如此。黑格尔老人在《美学》中说:"真正的创造就是艺术想象的活动。"他对艺术想象与创造同等看待。所谓

---

[1] 引自《西方古典作家论创作》,春风文艺出版社 1980 年版,第 370 页。

诗的想象的创造性,就是不依据原有和现成之描述而独立地创造出新的形象的心理过程,这种心理过程,是一种创造性的综合,把经过审美感情浸润与改造过的各个生活表象,经过艺术构思的组织,变为新美的意象结构与艺术意境。英国大诗人雪莱说:"想象是创造力,亦即综合的原理。它的对象是宇宙万物与存在本身所共有的形象。"① 现代心理学的一个分支就是创造心理学,创造心理学的研究成果告诉我们,人有一种思维叫创造性思维,这种思维孕育的意象称为"创见意象",它是对于客体的一种主观体验,而这个客体对于产生这种体验的人来说,还没有作为一种刺激实物而存在过,它是一种想象出来的客体。诗歌创作,主要是运用创造性的诗性思维,审美主体把生活表象与自己的审美体验重新组织安排,进行艺术加工,从而创造出新颖的形象。在科学研究中,所谓创造性,就是能够用新颖的或者异常的方法去解决问题,而艺术作为审美创造,是独创性很强的精神生产,诗歌更是这样。在诗歌创作中,所谓创造性,则主要表现为创造性的想象,也就是令人耳目一新的独特的艺术表现。文艺创作最忌一般化、程式化,那种思想平庸、内容浅薄而毫无艺术光彩的作品,早已败坏了读者的胃口,也无权进入艺术的门庭,而是否能发现别人未曾发现过的生活真谛,有没有对生活属于自己独到的审美体验与感悟,能否具有创造性的艺术把握力与表现力,是区别诗人与诗匠、优秀诗人与平庸诗人、大诗人与小诗人的一个重要标志。如颐和园里昆明湖边的那座石舫,不知已经有多少诗人触景生情发而为诗了,但是,给我印象最深的是土耳其大诗人希克梅特写于一九五二年的《昆明湖中的石船》,我还是在青少年时代就读到这首诗,青年时代在北京求学时,我曾面对此石舫而高咏过,它从那时起就铭刻在我的心版上,岁月的流水也无法将它冲没:

> 昆明湖中有一只船,
> 船身是石头所雕成。
> 中国所有的风帆
> 　都充满了风,
> 只有这只船感觉得孤凄——

---

① 引自《西方古典作家论创作》,春风文艺出版社 1980 年版,第 125 页。

　　　　它走不动。

寥寥数行,内涵饱满深厚,富于张力,精炼有如中国的绝句,诗人对这异国风光的创造性审美体验,对专制与极权的深刻批判,通过他自己创造性的绝不与别人雷同的想象得到动人的表现。后来中国诗人写这一题材的诗作不少,但似乎都未能后来居上。这样,写昆明湖石舫的诗的光荣,在相当长的时间里恐怕不得不归于这位外国歌者了。

　　李贺,是中国古典诗歌史上最富于想象力的诗人之一,也是想象最富于创造性的诗人之一,如他的《梦天》:

　　　　老兔寒蟾泣天色,云楼半开壁斜白。
　　　　玉轮轧露湿团光,鸾珮相逢桂香陌。
　　　　黄尘清水三山下,更变千年如走马。
　　　　遥望齐州九点烟,一泓海水杯中泻。

一千多年前,这位短命的天才诗人、古典诗中的现代宇航员,就乘坐"想象"这一阿波罗飞船登月了,比现代科技创造的登月飞船早了十个多世纪。这种关于登天的想象,在中国古代诗人中,恐怕只有屈原《离骚》的"前望舒使先驱兮,后飞廉使奔属",李白《天台晓望》的"门标赤城霜,楼栖沧岛月。凭高远登览,直下见溟渤",苏东坡《水调歌头》的"明月几时有?把酒问青天。不知天上宫阙,今夕是何年",才可以一起参加评比,因为这些大诗人的想象都富于创造性而各有千秋。但是,上引几位诗人写登天之诗,似乎都只是断句而非全篇,能与李贺《梦天》之整篇一较高下的,应该是同为南宋词人李清照的《渔家傲》和刘克庄的《清平乐·五月十五夜玩月》:

　　　　天接云涛连晓雾,星河欲转千帆舞。仿佛梦魂归帝所。闻天语,殷勤问我归何处。　　我报路长嗟日暮,学诗谩有惊人句。九万里风鹏正举,风休住,蓬舟吹取三山去!

　　　　　　　　　　　　　　　　　　　　　——李清照《渔家傲》

> 风高浪快,万里骑蟾背。曾识姮娥真体态,素面元无粉黛。　　身游银阙珠宫,俯看积气濛濛。醉里偶摇桂树,人间唤作凉风。
>
> ——刘克庄《清平乐·五月十五夜玩月》

或梦天,或梦天游月,宋词中的这两首名篇堪称一双永恒的璧玉。

克里斯蒂娜·罗塞蒂是英国十九世纪维多利亚王朝时期著名女诗人,和同时代的另一位女诗人勃朗宁(又译白郎宁)夫人齐名。她的《幸福的女郎》一诗,也有从天上俯瞰人间的描绘:

> 那是上帝之居的巍巍城楼,
> 她立在城楼之上;
> 上帝楼临无底的深渊,
> 清虚此下白茫茫;
> 那样高,从楼头向下看,
> 她难以觑见太阳。
>
> 楼倚九霄,像一座长桥,
> 横跨浩浩的太虚。
> 下视昼来夜去如浪潮,
> 光焰与阴影交替
> 于空际。最低处的地球,
> 疾转如侏儒生气。

罗赛蒂写这首诗时,异国而不同时,她不可能与李贺和刘克庄交流创作经验,也不可能读到他们的诗篇词作而受到什么启发,但是,他们却异曲而同工,从比较与赏读中,我们可以看到审美想象的创造性和彼此之不同特色。

不同的诗人写同一题材,可以表现出他们想象力的强弱和想象的创造性程度的高下,同一诗人写同一对象,哪怕是用同一个字,也是对自己的想象力的考验,因为独立性很强的富于创造性的诗人,不仅应该要求自己不重复别人而显示创造性,也要力求不重复自己而显示创造性。李贺,除了喜欢用"鬼""泣""死""血"之外,还特别喜欢用"白"字,这些字所表现的各个不同的幽冷怪艳的境界,充分表现了李贺生生不已的创造性想象力。如"雄鸡一声天下白""吟诗一夜东方白""蓟门白于水""一夜绿房迎白晓""小白长红越女腮""红缨不动白马骄""凉苑虚庭空澹白""云楼半开壁斜白""太行青草上白衫""河上无梁空白波""还家白笔未上头""玉烟青湿白如幢""蓝溪水气无清白""一山唯白晓""秋白鲜红死""杯池白鱼小""九月大野白",等等。他之喜用"白"字,如同温庭筠喜用"红"字,杜牧喜用"碧"字一样。李贺的题材不够宽广,格局也不够宏大,这和他的早夭以及生活视野的局限性分不开,但他确实是一个想象力得天独厚的诗人,他的足迹未至之处,却用想象力到达和征服了。从上面引述的这些诗句来看,可以借用俄国大批评家别林斯基的一句名言:"真正的诗人的每一首诗都是一个自成一体的独特的世界,他的作品尽管如何多种多样,他在任何一部作品或任何一笔线条上都不会重复自己。"① 而那些缺乏想象的创造性的作品,自然就难免"百首如一首,卷初如卷终"的讥评了。又如明代诗人郑之玄的《代傺依曲》:

> 侬如女萝根,欢如松柏枝。缠绵为君死,何况生弃离!
> 欢如南山石,侬如北海泥。相去一何远,泥弱不可提!
> 欢如天上月,侬如海上水。殷勤幸相照,焉能及海底!
> 侬如缣与帛,欢如刀与尺。一双交藤花,剪断不复惜!
> 欢如辘轳瓶,侬如辘轳井。风吹辘轳索,银瓶去无影!
> 欢如大海潮,侬如大海汐。往来空有信,相对无时日!
> 侬如门前柳,欢如门前鸦。不嫌鸦翅重,宁厌柳条斜!
> 侬如衔芦雁,欢如衔泥燕。气味两相知,温凉时自变!

这一组诗总共八首,以"欢"代"你",以"侬"代"我",颠之倒之,反复其比,八首诗首首相通,却没有一首相仿。这位知名度虽不高的诗人,其作品却堪称佳构,

---

① 《别林斯基论文学》,上海文艺出版社 1958 年版。

我们从中可以看到创造性想象有多么广阔自由的天地。

在议论想象的创造性的时候,我不能不谈到诗的构思。诗的构思,是诗歌创作中最富有创造性的关键阶段,一首好诗必然有出色的构思,而出色的构思,本质上是创造性想象,特别是想象中的创造性联想的表现。李商隐曾说:"独留巧思传千古。"(《奉同诸公题河中任中丞新创河亭四韵之作》)陆游认为:"诗无杰思知才尽。"(《遣兴》十首之五)普希金也曾经说过:"有一种最高的创造性:发明创造的独创性,其创作构思寓于宏伟的结构中——莎士比亚、但丁、弥尔顿、歌德的《浮士德》、莫里哀的《达尔杜弗》的独创性就是如此。"[1]李商隐所说的"巧思"和陆游所说的"杰思",就是由创造性的联想所形成的构思,普希金则论述了独创性与构思的关系。

任何艺术都要讲究构思,不平凡的艺术作品,都有不平凡的艺术构思。画史上传为美谈的宋代画院试题"深山藏古寺""踏花归去马蹄香",这是读者所熟知的了,老舍拟题、齐白石作画的"蛙声十里出山泉",也是构思的范例。据说,北宋画家李公麟画李广夺胡马突围的故事,他不画李广在敌阵中驰骤,也不画敌人如何纷纷中箭,而是画李广在急驰的马上返身张弓,"引而不发,跃如也",箭在弦上将发而未发之际,后面追击的胡人却已经翻身落马。张弓未射与翻身落马,是画面的构思体现,也是自由联想的结果,这种奇妙的联想所形成的构思,多么不落陈套地表现了这位历史名将勇敢善射的赫赫神威!画是这样,诗亦如之。在诗歌创作中,构思的杰出或者平庸,直接影响到诗的成功或失败。同时,一首成功的诗,它对生活必然有新颖而深入的感悟,对生活的美必然有自己独到的体验和发现,同时,也必然会有新的角度、语言和表现方法,而这一切,都离不开创造性的审美联想和想象,离不开联想的彩线所编织成的美学构思。试比较下面这两首诗:

> 荷叶罗裙一色裁,芙蓉向脸两边开。
>
> 乱入池中看不见,闻歌始觉有人来。

> ——王昌龄《采莲曲》

---

[1] 《普希金论文学》,漓江出版社 1983 年版,第 119 页。

采莲女,采莲舟,春日春江碧水流。莲衣承玉钏,莲刺胃银钩。薄暮敛容歌一曲,氤氲香气满汀洲。

——阎朝隐《采莲女》

王昌龄不愧是"诗家天子""七绝圣手",他的构思联想的线索是极为奇妙的:他独出心裁地把夏日荷花与采莲少女联系在一起,荷叶恍似罗裙,芙蓉有如笑靥,新颖的联想构成妙喻,而写景即是写人,写景即是写情,在前面两句的静态描绘之后,后两句化美为媚,继续展开美妙的想象;少女们乱入荷塘,人花莫辨,只到歌声清扬,才发现她们竟已来到了眼前。明代钟惺、谭元春《唐诗归》说:"从'乱'字、'看'字、'觉'字,耳目心三处参错说出情来,若直作容貌衣服相夸示,则失之远矣。"而明代瞿佑在《归田诗话》中曾惋惜这首诗"用意之妙,读者皆草草看过了",并指出"诗意谓叶与裙同色,花与脸同色,故棹入花间不能辨,及闻歌声,方知有人来也"。对此诗的赞美之辞,可以说不绝于诗评史。阎朝隐生活的年代较王昌龄为晚,除王昌龄之诗外,前代还有许多同类题材的诗作可资借鉴。可是,他的《采莲女》却正是"直作容貌衣服相夸示",平实板滞,毫无联想之妙,缺乏构思之美,没有一点诗的灵气。《全唐诗》收录阎朝隐的诗共三十首,《采莲女》尚是其中的佼佼者。由此可见,缺乏创造性联想与想象的才华的人,缺乏"巧思"甚至"杰思"的人,他们如果从事诗歌创作,失败的阴影早就在前头等待着他,如同今日许许多多新诗与旧体诗词的作者一样。

除了无花果之外,自然界的植物都要开花才能结果,如果把已经完成的诗的构思比作果实,那么,创造性的联想和想象就是结果之前的花。清新独创是好的构思的主要标志,而只有清新独创的联想才能保证构思的完美展开与成功,如当代诗人彭浩荡的《访齐白石故居》:

借问,那幅传奇在何处?
牧童遥指杏子坞

老屋端坐在荷塘清香之上

　　向客人讲述那雕花木匠的旧事

　　我正细细寻觅,是哪一朵荷花上的

　　蜻蜓,被那双圣手捕捉

　　水花四溅,一群透明的虾子弹到我面前

　　它们说,曾游遍大江长河

　　世界也闻到了中国水墨的芬芳

　　这时,从堂屋里传出

　　一阵热闹的蛙鸣

　　我悄悄溜到门边

　　见老人正在挥毫

　　宣纸上那道河源远流长

　　刷的一声,舞成了

　　百手画史的辉煌

年登上寿的齐白石,是出自民间的具有里程碑意义的大画家,湖南湘潭的杏子坞是他的故里,诗人寻访他的故居而作此诗。画家早已人去室空,徒留故居任人凭吊,诗人彭浩荡没有寸步不移地如实摹写,而是从实有的路上放牛牧童与故居边的荷塘落笔,以虚为实,以假作真,以幻境为实境,正是这种去俗生新的巧妙的构思,才使他的这一作品空灵隽逸,令人悠然回想。

　　奇异性,是诗之想象的第三个美学特征,也是诗之美的想象所必备的第三张身份证。

　　奇异与平庸是相对立的。平庸,是文艺创作特别是诗歌创作的誓不两立的敌人,是我们当前诗歌创作中泛滥成灾、久治不愈的弊病。古希腊的文艺批评家贺拉斯早就说过:"世界上只有某些事物犯了平庸的毛病还可以勉强容忍。……唯独诗人若只能达到平庸,无论天、人或柱石都不能容忍。"(《诗艺》)妙哉斯言!平庸表现在想象方面主要的征候,一是"俗",二是"熟"。所谓"俗",就是一般化,公共化,平实乏味,平淡无奇,多的是匠气与呆气,少的是有才气的诗作所必不可少的空灵之趣,看不到灵感的闪光,想象的飞翔。所谓"熟",就是雷同化,公式化,千人一面,千部一腔,内容与手法因无数次重复而令人疲惫,对读者的审美感官早已没有任何刺激作用。"俗"与"熟"虽然有所不同,但它们却像一对孪生兄弟,共同的特征是令人望而生厌,听而生憎,都不能激发读者或听众的美感。从诗歌史来看,"俗"与"熟"的诗大量存在,而沙里淘金的优秀诗作并不很多,每个时代的大部分诗作者都是在水平线上下浮沉,而"弄涛儿向涛头立,手把红旗旗不湿"(潘阆《酒泉子·长忆观潮》)的诗人,在任何时代都不可多得。我以为,杰出的诗人是有出奇制胜的艺术想象力的,优秀的诗作的想象,常常是"清人心神,惊人魂魄"(任华《杂言寄李白》)的。要扫除诗界的"俗"与"熟"的平庸之风,诗歌就必须生生不已地革新和创造。而要真正做到革新和创造,除了先天的诗的禀赋,除了敏锐地感应时代的脉搏和黎民百姓的呼吸,拓广加深对生活的审美体验之外,在诗歌艺术上也要立足于民族的深厚传统,同时又要有开放的胸襟,古今中外广收博采,熔于一炉而焕发出崭新的生机,而在诗的想象方面,则要出奇制胜,将奇异性作为自己追逐的目标之一。

喜新厌旧,好奇务新,是文学艺术特别是诗歌的审美基本规律,也是欣赏者所普遍具有的审美心理。想象的奇异性,就是与平庸做斗争,就是力求脱俗与去熟,就是诗作者对生活有独特的甚至奇特的发现与表现,它绝不是毫无灵心的一般化,也不是毫无个性的雷同化。书,各色各种,其中一种读者称之为"奇书";计谋,层出不穷,其中一种众生称之为"奇计";人才,形形色色,其中一种世人称之为"奇才";诗品,多种多样,其中一种论者称之为"奇品"。因此,李白诗歌的风格特征是"奇矫横逸",李商隐所撰《李长吉小传》称李贺为"才而奇者",苏东坡提出"诗以奇趣为宗,反常合道为趣"的诗美原则,陈与义是"尽取微凉供稳睡,急搜奇句报新晴"(《雨晴》),赵翼《瓯北诗话》认为"中唐诗以韩孟元白为最,韩孟尚奇警,务言人所不敢言",敦诚,是曹雪芹的友人,称许曹雪芹是"爱君诗笔有奇气,直追昌谷披樊篱",他们所称道的"奇",毫无疑问都包括了想象的奇异性。意大利文艺复兴时期的哲学家马佐尼,在《神曲的辩护》一书中说:"诗的目的在于教益。现在我觉得可以补充一句:作为一种理性的功能,诗的目的在于产生惊奇感。"法国十八世纪启蒙主义运动的创始人伏尔泰,在《论美》中也说:"要用'美'这个词来称呼一件东西,这件东西就须引起你的惊赞和快乐。"① 由此可见,诗人和美学家都主张追求和创造一种奇妙的诗的意象和境界,这种意象和境界,能够引起欣赏者的惊奇与愉悦的美感。

想象的奇异性,从根本上说就是想象富于独立性与独创性,标新立异而不与别人雷同,出奇制胜而另开妙境。它的具体表现形式也是多种多样的,其中两种值得特别注意的美学形式,就是"变形"和"反常合道""无理而妙"。

雪莱在《为诗辩护》中说:"诗使它所触及的一切都变形,每一形象走入它的光辉之下,都由于一种神奇的同感,变成了它所呼出的灵气之化身;它那秘密的炼金术能够把从死流过的毒液化为可饮的金汁。"② 这里,雪莱将奇异的想象以及想象中的变形,形象地比拟为"炼金术"。西方现代派绘画强调变形,西方现代派文学中也有相当多的变形描写,如荒诞派作家卡夫卡的《乡村医生》即是。但是,西方现代派文学艺术有些作品的变形,带有主观随意性,将客观事物扭曲变形来表现主观,而不是立足于怎样更深刻动人地来表现生活,因而往往流于怪诞不经,不可思议,如"面包里的太阳打了上帝一记耳光""口袋里装着蓝色的太阳"等,今日许多新诗作者盲目地效法西方现代派,下笔怪异荒诞,不知所云,实在不足为训。我们所说的诗的奇异想象所形成的变形,是指诗的意象与事物本来的自然形态有很大的不同,具有强烈的诗人主观色彩,但它却是为了更动人地抒情,更深刻地表现生活,即所谓"离形得似""妙在似与不似之间",遵循的是美的造型法则,而不是随心所欲,为变形而变形。诗歌不仅远远不同于科学论文,科学要求毫发不爽的精确,它不允许哪怕是肉眼也看不出的变形。诗歌的形象塑造,也大大不同于小说、戏剧、散文等文学样式中形象的塑造,由于抒情的特别强烈,特别是在强调表现而不强调再现的创作思想指导之下,诗的想象常常对生活作变形的反映,这种反映是写意式的而不是工笔式的,它表面看来似乎不太符合事物的外部形象,不合事物的原型和常态,但它却有深度有魅力地表现了客观事物与主观感情的本质。真正美妙的诗的变形,是奇异的想象,而不是荒诞不经的歪曲,它能够极大地增强诗的新奇之美,往往可以获得不合理而又更合

---

① 《西方美学家论美和美感》,商务印书馆 1980 年版,第 124 页。
② 《西方古典作家谈文艺创作》,春风文艺出版社 1980 年版,第 228 页。

理的艺术效果。

欧阳修曾经写诗赞美李白说:"李白落笔生云烟,千奇万险不可攀"。(《太白戏圣俞》)他也看到了李白诗境之奇的特点。李白的诗境,由于想象的奇异而使形象变形,已经大大不同于生活中的实境了:

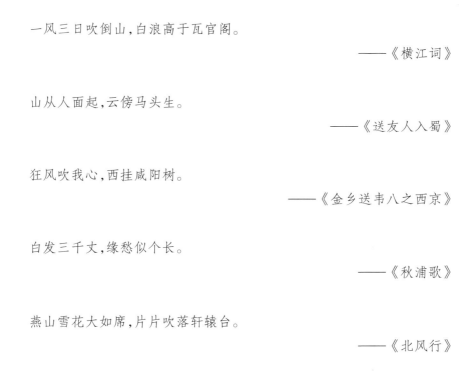

> 一风三日吹倒山,白浪高于瓦官阁。
>
> ——《横江词》

> 山从人面起,云傍马头生。
>
> ——《送友人入蜀》

> 狂风吹我心,西挂咸阳树。
>
> ——《金乡送韦八之西京》

> 白发三千丈,缘愁似个长。
>
> ——《秋浦歌》

> 燕山雪花大如席,片片吹落轩辕台。
>
> ——《北风行》

或写客观的事物,或写主观的"我",奇异的想象结果,都使得审美对象从空间上变形。这些变形意象,或从空间的高度着笔,或从空间的长度落墨,或从空间的幅度着眼,或从空间的距离落想,如果以生活的本来面貌与形态去要求,它们都是"反常"的。但它们虽然反常变形,却能征服读者,就是因为它们"合道"——以真情实感作基础,合于感情的逻辑,以诗所特有的而不是以散文的方式表现和歌唱了生活。以下将李白的两句诗与爱尔兰诗人叶慈的两句诗作一比较:

> 青天何历历,明星如白石。

黄姑与织女,相去不盈尺。

——李白《拟古》

……在天空颤动的青蓝里,
一个月亮,像贝壳一样残旧。
时间的大水,在星辰的四周
起落,碎成岁月,把它冲洗。

——叶慈《阿当之咒》

正如同香港诗人、学者黄国彬在《中国三大诗人新论》中所说:"《拟古》十二首其一把明星比作白石,给读者意外的喜悦,遥呼千多年后爱尔兰诗人叶慈《阿当之咒》的拔俗的意象。"① 李白的这一比喻之所以能给读者"意外的喜悦",就是因为有前人未曾表现过的变形的奇想——将明星想象为牛郎织女之间那条银河里的白石,给读者以新鲜与惊奇的美感。而叶慈的诗之所以被誉为有"拔俗的意象",也是因为比喻所造成的变形,能给人以丰富的联想和美的感受。其实,这种反常合道的变形想象,我们在新诗中也可以到处寻找到它的踪迹:

因为有剑

波涛日夜作龙吟

吞吐云雾成天文状

分不出剑光波光日月之光

潭的深度是剑的长度

水肥波瘦,热胀冷缩

呼唤剑客西来

持之出山

一展神威

---

① 《中国三大诗人新论》,香港学津书店 1981 年版,第 179 页。

濯足于潭,剑气满身

我也成为剑

有杀伐之勇

有吹毛断发之锐

还有寒浸天地之威

——龙彼德《剑潭》

我是中国的伤口,

我认得那把匕首,

舔着伤口的是人,

制造伤口的是兽!

我还没有愈合呢,

碰一碰就鲜血直流;

这是中国的血啊,

不是你们的酒!

——公刘《伤口》

前一例是以物为主体的变形,后二例是以"我"为主体的变形。龙彼德之作前一段是实以咏剑潭之剑,后一段竟然人物不分,抒情主人公之"我"竟化为外物之"剑",这种化人为物的变形,给人以惊奇之感,令读者不由不思索作者言内的寓意与言外的寄托。遭逢不幸的"我"竟变成了"中国的伤口",而"这是中国的血啊",公刘《伤口》中的这一警句,将被侮辱被损害的个人与民族和祖国交融在一起,是由大而小与由小而大的变形,包孕了深刻的社会与历史内涵,令人警醒!

在想象的奇异性的领域中,"反常合道""无理而妙"的出奇联想有十分重要的地位。如前所述,联想,是由生活中此一表象联想到彼一表象的想象活动,没有联想,就没有诗,没有才情横溢的联想,也就没有出色的才情横溢的诗。在我国古典诗歌中,联想和想象非常丰富,表现形态也多种多样,属于反常合道范畴的是那种无理而妙的奇想,如同迎春花报道春天来临的讯息,无理而妙的奇想,常常给诗带来令人流连玩赏而不忍离去的春光。

在西方的诗论中,虽然找不到诸如"反常合道"与"无理而妙"的字眼,但却有类似的看法。例如莎士比亚就曾说过:"最真的诗就是最假的诗。"而奥地利剧作家、诗人格利尔巴泽也认为:"逻辑不配裁判文艺。"在中国诗论史上,最早提出"反常合道"之说的,是北宋的大才子苏轼,南宋的魏庆之在其《诗人玉屑》卷十"奇趣"条目下,记载苏轼曾提出诗应"以奇趣为宗,反常合道为趣"。最早提出"无理而妙"的观点的,应是清初的贺裳,他在《载酒园诗话》卷一中说:"诗又有以无理而妙者,如李益'早知潮有信,嫁与弄潮儿',此可以理求乎?然自是妙语。至于义山'八骏日行三万里,穆王何事不重来',则又无理之理,更进一尘。总之诗不可执一而论。"他在《皱水轩词筌》中又再一次说:"唐李益词云:'嫁得瞿塘贾,朝朝误妾期。早知潮有信,嫁与弄潮儿。'子野《一丛花》末句云:'沉思细恨,不如桃杏,犹解嫁东风。'此皆无理而妙。"中国诗史上无理而妙的诗句和诗篇虽然早已有之,但从理论上加以探讨和总结的,还得首推贺裳,他提出的"无理之理""无理而妙"的观点,是对中国诗美艺术的可贵贡献。后来邹祗谟(号程村)对贺裳的说法加以补充:"张子野'不如桃杏,犹解嫁东风',《词筌》谓其无理而妙,羡门(清初词人彭骏孙,号羡门——引者注)'落花一夜嫁东风,无情蜂蝶轻相许',愈无理而愈妙,试与解人参之。"(《远志斋词衷》)"实事求是",本来是为人行事的一个准则,但有时在"愈无理而愈妙"的诗中,却不能也不必遵循。例如李义山有首题为《东阿王》的诗:"国事分明属灌均,西陵魂断夜来人。君王不得为天子,半为当时赋洛神。"诗意说曹植不能为天子而只能封王,是因为当年写了《洛神赋》,而事实上《洛神赋》写于曹丕登基已久的黄初三年,曹植作天子与否和《洛神赋》并无关系。因此清代邓廷桢在"鸦片战争"中与林则徐为战友而先后贬谪新疆,在《双砚斋笔记》中也说:"此盖诗人缘情绮靡,有托而言,正不必实事求是。"不必实事求是,就是称道"无理而妙"。对于"无理而妙"的诗,袁枚称之为"孩子语",他在《随园诗话》卷三中说:"余尝谓:诗人者,不失其赤子之心者也。……又曰:'老僧只恐云飞去,日午先教掩寺门。'(南宋洪迈《容斋三笔》记载僧维茂《住天台山》诗:"四面峰峦翠入云,一溪流水漱山根。老僧只恐山移去,日午先教掩寺门。"又,南宋俞桂《虎邱》诗:"寺僧未晚山门闭,不

放闲云一片飞。"袁枚误将或有意将"山移去"写成"云飞去"。——引者注）
近人陈楚南《题〈背面美人图〉》云：'美人背倚玉栏杆,惆怅花容一见难。几
度唤她她不转,痴心欲掉画图看。'妙在皆孩子语也。"商人妇因贾客无情而江
潮有信,早知如此,悔不当初嫁与弄潮儿而免得空房独守,这种无理而妙的想
象,很可能启发了舒婷《神女峰》中"与其在悬崖上展览千年,不如在爱人肩头
痛哭一晚"的诗思。张子野词写闺中少妇伤离念远,触景生愁,在情怀无可排
遣之时,逼出了桃杏嫁东风的无理而妙的结句。上引其他作品,也是出自同一
机杼。

可以看出,无理而妙的美学目标乃在于动人地抒情,而且是抒发那种情深
一往的痴情,所谓意似无理,翻见情痴,因无端之事,作有关之想,在表面的无理
中刻骨三分地表现诗中人物和作者的痴情,把实际上可以理喻的丰富隽永的
意义内容,蕴含于表面上看来不可理喻的矛盾的语言形式之中,使欣赏者感到
诗的意象不是平板地模拟生活的常态,而有无理之理,奇趣无穷,正如同"脂砚
斋"批点《红楼梦》时所说的"极不通极胡说中,写出绝代情痴""愈不通愈妙,
愈错会意愈奇"。在我国古典诗歌中,这种无理而妙的奇想是美不胜收的,唐
宋诗词中的妙例俯拾即是,人所热议,我只引述若干比较冷门的清代诗作略加
申说：

> 万壑千峰送客舟,槎牙怪石水交流。
> 岭猿莫更啼深树,只听滩声已白头!
>
> ——徐铣《十八滩》

> 霜鬓逢春可自由,老人端的为多愁。
> 不知小鸟缘何事,也向花前白了头?
>
> ——姜实节《白头公鸟》

> 云自孤飞月自明,蒲帆十幅剪江行。
> 君听浊浪金焦外,淘尽英雄是此声。
>
> ——王国炳《渡江》

渴疾由来亦易消,山前酒旆望非遥。
夜深更饮秋潭水,带月连星舀一瓢。

——郑燮《访青崖和尚和韵》

千枝红雨万重烟,画出诗人得意天。
山上春云如我懒,日高犹宿翠微巅。

——袁枚《遣兴》

清明连日雨潇潇,看送春痕上鹊巢。
明月有情还约我,夜来相见杏花梢。

——袁枚《遣兴》

不重雄封重艳情,遗踪犹自慕倾城。
怜伊几两平生屐,踏碎山河是此声。

——蒋士铨《响屧廊》

游山五岳东道主,拥书百城南面王。
万人丛中一握手,使我衣袖三年香!

——龚自珍《投宋于庭翔凤》

烟树苍茫叠翠微,道人长掩竹中扉。
白云也识山居味,不待鸣钟已早归。

——释敬安(八指头陀)《归云》

读上述这些诗篇,就会感到它们不同于流俗老套的呆板俗气之作,而富于曲径通幽、出人意表的美感。诗人们违反常情、常理、常事,摆脱陈旧的句式和陈旧的想象的羁绊,对客观的事物予以主观想象的改造,运用纯主观的假定与推理,变无情为有情。"移情说",是十九世纪后半期与二十世纪初期流行于西方国家的美学理论和思潮之一,是由德国哲学家费希尔父子提出,德国美学家里普斯确立,再由美学家谷鲁斯进一步发展的美学体系,它强调"审美主体是观照的自我",而"主体和对象互相渗透"。中国古典诗论虽无"移情"一词,但也有类似的理论,如刘勰《文心雕龙》中所说的"登山则情满于山,观海则意溢于海",清代吴乔《围炉诗话》中所说的"夫诗以情为主,景为宾,景物无自生,唯情所化"等,就是有关移情的议论。这种审美对象与审美主体的感情完全"合二为一"的移情作用,在中国古典诗歌中表现得十分广泛而突出。移情在诗中多表现为"反常合道"与"无理而妙","反常合道"与"无理而妙"的移情虽然使得诗的意象违反科学的逻辑,但它却使生活中的不可能成为可能,深刻地表现了感情的逻辑,而且,对这种"反常合道"与"无理而妙"的奇想的欣赏,实际上也离不开逻辑思维的能力和智慧。

美国诗人丁尼生有诗说:"在这个世界上,每一秒钟都有一个人死亡,也有一个人诞生。"有一位数学家建议改为:"每一秒钟有一个人死亡,有一个多一点的人诞生。"如果写诗也都按照数学家的严密计算与逻辑推理,那么,李白的"白发三千丈"就不可理解了,明末清初江阴无名氏《题七里庙壁》的"雪鬋白骨满疆场,万死孤忠未肯降。寄语行人休掩鼻,活人不及死人香",也是违反起码卫生常识的了,幸亏想象中的"无理而妙"是诗人的特权,这样,我们才可以读到古今中外许多美妙的诗篇。如臧克家一九四九年为纪念鲁迅而作的《有的人》,是所有悼念鲁迅的诗章中最出色的一篇,到现在还无人能出其右。这首诗的开篇是奇异不凡的:"有的人活着,他已经死了;有的人死了,他还活着。"诗人借无理而生妙意,乖常违俗的出奇想象和不同凡俗的"矛盾语",独到地表现了诗人对真正的生命价值的审美判断。又如当代籍贯江南而又常常云游四方的诗人叶坪的《桨声欸乃》:

> 桨声欸乃
>
> 梦里载我回江南
>
> 浓浓的乡音
>
> 浓浓的乡情
>
> 夏日里的清凉
>
> 冬天里的温暖

真想变成运河里的一条游鱼

把故乡亲切的水域游遍

真想老头儿又变回童年

咬一口青梅酸酸甜甜

一声声诗意欸乃

溅起水花扑面

猛然醒来

竟成了两滴热泪

这样的梦我做过许多回

我总用桨撑着泪水

划回江南

这首诗不仅是情深一往,而且联想新奇,诗人以"桨声欸乃"为全诗的抒情线索,想"变成游鱼",想"变回童年",而且竟然"总用桨撑着泪水/划回江南",化不可能为可能,正是这种无理而妙反常合道的想象,创造了一个奇异的令人遐思远想的艺术世界。正如曹雪芹在《红楼梦》中借学诗的香菱之口所说:"似无理的,想去竟是有情有理的。"否则,诗的风帆就真会在无理性的大海上迷失方向了。

想象是能动的,却不是无理性的。《庄子·逍遥游》中的大鹏,抟扶摇而直上者九万里,但它毕竟是从陆地上起飞,而且在"怒而飞"之后,还是要降落到陆地上。诗的想象也是如此。诗的想象,植根于生活的沃土,是生活的沃土上开放的活色生香的鲜花。有的诗作者缺乏深广的对生活的审美体验,没有由生活所触发的灵感,他们为想象而想象,闭门造车,把想象纯粹作为内心的游戏,这种想象,只能是缺乏泥土芳香和生命活力的纸花。

想象是自由的,但却不是排斥理性指引的。雨果说:"想象就是深度。"这种深度就是表现生活与思想感情的深度。十八世纪意大利法学家与历史学家维柯在《新科学》一书中主张:"推理力愈弱,想象力也就愈强。由于人类推理力的欠缺,崇高的诗人才产生出来。"这虽然不无道理,却是片面之词,而完全排斥逻辑思维,放逐理性,想象就会变成不可思议的怪物,而中外诗苑都不乏怪诞不经的苦果。

想象是飞跃的,但绝不是与感情绝缘的。生活是想象的基地,理性是想象导航的指针,而感情,则是想象起飞的发动机。没有真挚强烈的审美感情,就没有想象,审美感情愈真挚愈强烈,想象就愈活跃愈有生气。登山则情满于山,观海则意溢于海,真挚强烈的诗情,使得想象在艺术的天空振翅高翔。

巴尔扎克在《论艺术家》中说得好:"他的心灵始终飞翔在高空。他的双脚在大地上行进,他的脑袋却在腾云驾雾。他既是赤子又是巨人。"[1]确实,美的想象飞临之处,就是一片开花的国土,让我们奋力追求想象之美吧!

---

[1] 《古典文艺理论译丛》(第十册),人民文学出版社 1965 年版,第 100 页。

第七章 "观古今于须臾 抚四海于一瞬"

——论诗的时空美

永不复返的过去,一纵即逝的现在,无穷无尽的将来,时间,是没有开端的江河源,也是没有可以归宿之大海的滔滔河流。

覆载万物的天地,缈远浩茫的广宇,"点起万古不灭的盏盏灯光"(郭小川)的星空,是任何计算尺、探测器、最高端天文望远镜也无法衡量的世界。

时间与空间,与万物之灵的人结下了不解之缘,也与诗歌订下了千古不磨的盟约。诗歌,这一枝永不凋谢的艺术的奇葩,只有在时间和空间里才能盛开,只有在时间与空间之中,才流溢它的芬芳,闪耀它的异彩。

陆机说:"观古今于须臾,抚四海于一瞬。"(《文赋》)刘勰说:"思接千载,视通万里。"(《文心雕龙》)且让我漫游于中外诗歌的国土,去采撷一掬诗的时空美之艳彩与清芬。

一

中国两千多年前的哲人孔子,他下临逝川而发出深沉的浩叹:"逝者如斯夫,不舍昼夜!"他从哲理的角度所探询的,是无始无终的时间之流;中国两千多年前的诗人屈原,他以《天问》叩问苍茫的天地:"曰:遂古之初,谁传道之? 上下未形,何由考之?"他从文学的角度所探求的,不仅包括了时间,也包括了无边无际的空间。在后代的诗人们接踵而来之前,这两位思想界的先驱,就曾经鼓起沉思与想象的金色羽翼,在浩漫的时空里作他们最初的逍遥游。

　　对时间与空间这种哲人式的思索,是不分国界的。在西方,人们对时间之无尽与宇宙之无穷,也曾在长叹息之余,不倦地上下而求索。例如:在时空观的发展史上,就出现过亚里士多德的时间理论,形成过牛顿的"绝对时间"的思想,而在爱因斯坦的"相对论"产生之前,人们一般是将时空分开的,认为二者彼此独立而无联系,而爱因斯坦却将时空联系起来考察,提出了"四维时空"的学说,他在《相对论》中写道:"我们所居住的世界,是一个四维时空的连续区,再没有比这更通俗的说法了。"在西方,时空的确是哲学家、科学家研究的重要命题,但是,西方古今的诗人们对时空也曾经不断掷去他们的问号。两千年前罗马的卢克莱修,在他的诗篇《物性论》中,就曾经描绘了时间与空间的无限性:

> 整个宇宙之外,再没有别物存在,
> 所以它没有什么外边,
> 因此它也没有终点,
> 宇宙向各方伸展,绝无止境。
> ⋯⋯⋯⋯⋯
> 什么是许久以前发生的,
> 什么是现在存在着,
> 什么是将跟着来:
> 应该承认,离开了事物的动静,
> 人们就不能感觉到时间本身[1]。

而德国的哲学家康德,在他的《宇宙发展史概论》中,也曾经引用过十八世纪诗人冯·哈勒赞美无限和永恒的诗句:

> 无限无穷! 谁能把你权衡?
> 在你面前,世界好比一天,人类犹如瞬间。

---

[1]　转引自陈元晖:《康德的时空观》,中国社会科学出版社1982年版,第44、45页。

> 也许第一个太阳正在转动，
> 还有几千个太阳正在后面。
> 钟要摆使它自己走个不停，
> 太阳也要上帝的力来推动。
> 它的工作完成，另一个又照耀天空，
> 可是你呀，超乎数序，无始无终①。

英国的伟大诗人莎士比亚，在他著名的十四行诗中，对时间的易逝与诗章的不朽，也作了他诗人与哲人的思考，如下引的片断：

> 时间曾刺破青春表面的彩饰，
> 会在美人的头上掘深沟浅槽；
> 会吃掉稀世之珍，天生丽质，
> 什么都逃不过他那横扫的镰刀。
> 可是，去它的毒手吧！我这诗章
> 将屹立在未来，永远地把你颂扬。

由此可见，时空不仅是古今中外的哲学家与科学家所探索的重要领域，也是中外古今的诗人们所要表现的审美艺术对象。"去时与今时／两者／许是将来之现时／来时复涵于去时／设若／所有的时光皆为永恒的现在／所有的时光亦弃我不可追"，这是艾略特《焚毁的诺顿》一诗开始的名句，不也表现了他对于时间观念的理解吗？

然而，什么是时间与空间呢？它们的关系如何呢？我们可以看到，现实的物质运动总是同时间与空间相联系的，世界上一切事物的存在和发展，都要以时空作为自己运动的存在形式，也就是说，都必须经历一定的时间同时也占有一定的空间。因此，古代诗人如李白所慨叹的"大江流日夜，客心悲未央"的时间，外国诗人如德国席勒所说的"时间的步伐有三种：未来姗姗来迟，现在像箭一般飞

---

① 转引自陈元晖：《康德的时空观》，中国社会科学出版社 1982 年版，第 44、45 页。

逝,过去永远静立不动"的时间,就是指物质运动的顺序性——事物及运动过程先后出现的顺序,间隔性——事物运动过程的间隔距离的长短,持续性——事物运动过程进行的持续性的久暂;而古代诗人如陈子昂所悲歌慷慨的"念天地之悠悠,独怆然而涕下"的空间,则是指运动着的物质的伸张性和广延性。空间有伸张性,因为任何物体都具有一定的方位、距离、体积、形态和排列次序,即由长、宽、高三个方向所构成的三维空间,空间有广延性,是因为空间三维的延展是无限的,从物体的任何一点向前后、上下、左右延伸,都会无尽无穷。从上面所引述的李白与陈子昂的诗句看来,这两位诗坛高手似乎都艺术地表现了时空的上述特点,虽然他们是写诗而不是研讨物理。

　　时间与空间表面看来分属两个不同的范畴,实际上它们紧密联系在一起而不可分割。时间,以物质在空间的运动来度量和认识;空间,以物质在时间中的运动来度量和认识。爱因斯坦《相对论》中的"四维时空结合体"的提出,是对时空观的划时代的革命。爱因斯坦认为所谓绝对时间与绝对空间,只是人们一种纯属虚构的想象而已,在时空连续区里,单一的时间与单一的空间是不存在的,也就是说,既没有脱离时间而存在的空间,也没有脱离空间而存在的时间,时间是空间的内在形态,空间是时间的外在表现,如同苏联电影理论家查希里扬所说:"时间仿佛是以一种潜在的形态存在于一切空间展开的结构之中。"[1] 科学的理论是对客观规律的正确概括与反映,而事实上诗人们在写时间的发展时,自然离不开空间,而写到空间的情景时,自然同样也离不开时间,因为时间的流水,毕竟是在空间的河床中运行,而浩茫的空间,也无时无刻不受到时间流水的洗礼。这里,我们不妨从中外诗歌中各择一例来说明,如中国唐代的杜牧和十九世纪美国女诗人狄金森的作品:

> 李白题诗水西寺,古木回岩楼阁风。
> 半醒半醉游三日,红白花开烟雨中。
>
> ——杜牧《念昔游》三首之三

---

① 查希里扬:《银幕的造型世界》,中国电影出版社 1983 年版,第 27 页。

夕阳西返时没有人看见，
　　只有我一人和大地
参观这壮丽无比的盛典，
　　看他凯旋归去。

旭日涌现时没有人看见，
　　只有我一人和大地
还有几只无名的陌生小鸟，
　　躬逢这加冕典礼。

——狄金森《日落和日出》

杜牧诗中所写的"水西寺"，在安徽泾县西南之水西山上，生于杜牧一百多年前的李白，在唐玄宗天宝十三载（754）时，以及唐肃宗上元二年（761）以后，曾经数度往游。他在水西寺所作的《别山僧》一诗中，就曾有"腾身转觉三天近，举足回看万岭低"的豪句。而杜牧也曾经两度宦游宣州，其时是唐文宗太和四年（830）至六年，以及开成二年（837）至三年。杜牧上述这首《念昔游》绝句，就是追怀第一次宣州水西寺之游的作品。可以看到，这首诗采取的是时空夹写的方式，第一句写时间，第二句写空间，第三句再写时间，第四句再写空间，时空对映而交融，分明而错综。诗歌，是生活的艺术反映和表现，客观存在的时空之不可分割，从这首诗中可以具见。狄金森（一八三〇——一八八六）生前隐名发表的作品不超过七首，直到著名诗人艾肯所编的《狄金森诗选》于一九二四年出版后，她才在英美诗坛声名鹊起。上述这首诗写日落和日出，体式虽然是美国传统的一段四行的"童谣"体裁，格局不大，但却笔力概括，意象突出，一反这位女诗人大多数作品的轻柔风格。"夕阳西返""旭日涌现"写的是千古如斯的时间景象，而长天大地则是万世不磨的空间景象，二者相互交织，表现时光与永恒这一颇富哲学意味的主题，构成了一个和谐的时空连续区的艺术整体。

时间与空间密切联系在一起，有如两朵并蒂连枝的花。作为客观实在的时间与空间，有它们的直接现实性、感性具体性和客观规律性，总而言之，因为它们同物质及其运动不可分离，所以就决定了它具有客观实在性。相反，主观唯心主义者和客观唯心主义者都否定这一点,如康德就认为时空是人类感性直观中的先天形式,人们通过这种先验的知性形式去感知事物,才赋予事物以时间性和空间性,这是主观唯心主义者的观点;而黑格尔认为时间与空间是绝对观念的产物,自然界只有在空间中的展开而没有在时间中的发展,这是客观唯心主义者的观点。我认为,正因为时空是客观存在的,所以它就能为人们所感知,在人的知觉上反映出客观存在的时间——空间关系。一般神经正常的人都具备空间知觉和时间知觉。空间知觉,就是感知事物的空间属性的能力,包括对象的大小、远近、高下、形状、立体等等的知觉;时间知觉,就是对客观事物运动和变化的顺序性与连续性的反映。这两种感觉,虽然都为常人所共同具有,但是,诗人的时空审美感受力应该更为敏锐和深刻。纵观中国古典诗歌发展史,时空感表现得最为强烈和突出的,应该数屈原、李白和杜甫三大家:

曰:遂古之初,谁传道之? 上下未形,何由考之? 冥昭瞢暗,谁能极之? 冯翼惟像,何以识之? 明明闇闇,惟时何为? 阴阳三合,何本所化?

——屈原《天问》

朝发轫于苍梧兮,夕余至乎县圃。欲少留此灵琐兮,日忽忽其将暮。吾令羲和弭节兮,望崦嵫而勿迫。路漫漫其修远兮,吾将上下而求索。

——屈原《离骚》

明月出天山,苍茫云海间。
长风几万里,吹度玉门关。

——李白《关山月》

白日何短短,百年苦易满。
苍穹浩茫茫,万劫太极长。
麻姑垂两鬓,一半已成霜。
天公见玉女,大笑亿千场。
吾欲揽六龙,回车挂扶桑。

北斗酌美酒,劝龙各一觞。
富贵非所愿,与人驻颜光。

——李白《短歌行》

两个黄鹂鸣翠柳,一行白鹭上青天。
窗含西岭千秋雪,门泊东吴万里船。

——杜甫《绝句》四首之三

江山有巴蜀,栋宇自齐梁。

——杜甫《上兜率寺》

在《诗经》之后,屈原以他的如椽之笔,在中国诗歌史上书写了星光灿烂的第二章。《离骚》是中国古典诗史上最长的抒情诗,诗人上天下地,周流四极,时空幅度极其广阔,有震古烁今的气魄,完全是古希腊郎加纳斯所激赏的崇高之美(见《论崇高》),而他的三百七十四句、一千五百五十三字的《天问》,更是集神话、传说、地理、历史于一炉,他的想象如抟扶摇而直上者九万里的大鹏鸟,在广袤深远的时空中作永恒的逍遥游。李白的时空观念也十分强烈,《关山月》重在写空间,一丸明月被他写得意象飞动,空间壮阔,阴柔之景充满了阳刚之美。《短歌行》重在写时间,一轮红日被他写得闪射着哲理光芒,字里行间洋溢着浩茫辽远的宇宙感。杜甫,是一位兼得雄豪与细腻之美的诗人,他既善于写时间的一瞬,也善于写时间的久远,既善于对细小的空间精描细摹,也善于对阔大的空间纵笔挥洒。放之六合,敛之方寸,能粗亦能细,能大亦能小,具有极为深远阔大的历史感和宇宙感。在这一方面,他所敬重的诗仙李白,似乎都应该向他逊让三分。例如上述人所熟知的绝句,从绘画的眼光看来,"两个黄鹂"是两个圆点,"一行白鹭"是一条斜线,所占空间不大而点划分明,下面写到推窗可见的雪与开门即见的船,却烘托以"千秋"的时间与"万里"的空间,一笔宕开之后,神游于永恒中和宇宙里,引发读者极为丰富的美感联想。"锦江春色来天地,玉垒浮云变古今"(《登楼》),"怅望千秋一洒泪,萧条异代不同时"(《咏怀古迹》),"昆明池水汉时功,武帝旌旗在眼中。织女机丝虚夜月,石鲸鳞甲动秋风"(《秋兴》),"无边落木萧萧下,不尽长江滚滚来。万里悲秋常作客,百年多病独登台"(《登高》),其中所包容的深阂的历史感和宇宙感,使一般作手只能瞠乎其后地远望诗圣的背影。至于《上兜率寺》中的两句,宋代叶梦得早在《石林诗话》中就曾经说过:"诗人以一字为工,世固知之,唯老杜变化开阖,出奇无穷,殆不可以形迹捕。如'江山有巴蜀,栋宇自齐梁',远近数千里,上下数百年,只在'有'与'自'两字间,而吞纳山川之气,俯仰古今之怀,皆见于言外。"[①] 所谓"远近数千里,上下数百年",不正是赞美诗人有敏锐而广阔的美学时空感知吗? "乾坤万里眼,时序百年心"(《春日江村》五首之一),在中国古典诗人中,如果举行有关专题评奖,仅仅就历史感和宇宙感而言,杜甫,也是最有希望夺冠的冠军候选人。

二

　　包括诗歌在内的艺术,不仅是客观现实生活的再现,而且也是作者主观审美心理的表现,因为艺术不是一般的如哲学、逻辑学、伦理学等社会意识形态,它不是对客观现实及其规律作冷静的理性的分析与归纳,它是一种特殊的审美意识形态,是艺术家对客观现实生活的主观能动的审美表现,是客观现实生活的再现与主观审美体验的表现的统一,是审美对象和审美主体的统一。生活,经过艺术家主观审美的三棱镜的折射,并经过表现的载体具象化之后,才焕发出艺术的虹彩。生活的时空化为艺术的时空也是这样,生活的时空是客观存在的,它的质的规定性及其规律已如前所述,但是,艺术的时空毕竟不等同于生活的时空;艺术的时空,也是对客观现实生活时空的再现与艺术家主观审美表现的统一。

　　艺术时空,是艺术家对客观现实时空的审美反映,而不是脱离现实时空的制约与规范的纯粹自我表现,或者不顾客观再现因素的随心所欲的想入非非。这,可以说是艺术时空的第一性。这样,在艺术时空中,必然要表现现实时空的客观实在性、感性具体性、合规律性这三种质的规定性,也就是说,艺术时空是以现实时空作为表现的客观依据,以现实时空作为它实在的内涵。同时,它并非扬弃现实时空的生动具体的时空形式作抽象概念的演绎,如同哲学教科书中论时空所

---

① 何文焕辑:《历代诗话》(上册),中华书局 1981 年版,第 420 页。

作的科学表述一般,而是保留现实时空的相邻并列关系和相继持续关系的具体
表象和形式。此外,艺术时空还要符合现实时空的必然规律,如时间单向前进、
一去不返的一维性,空间所具有的长、宽、高三个方向的三维性。他山之石,可以
攻玉,西方现代派文学对时空的处理,既有它们可资借鉴的艺术经验,可以用来
丰富我们的艺术手段,但有的作品在时间方面不受制约地放任意识流,在空间方
面任意地进行切割和组合,使得作品头绪纷繁,结构紊乱,意旨难明,这却不足为
训。即使是诗仙李白,在诗的国度之中他固然像一匹行空的天马,骧腾于空间的
九霄之上,像一条弄水的游龙,遨游于时间的长河之中,但是,他诗中的时空,毕
竟是现实时空的一种艺术反映和表现,哪怕是一些时空表现不同常态的作品:

天台四万八千丈,对此欲倒东南倾。

——《梦游天姥吟留别》

大鹏一日同风起,扶摇直上九万里。

——《上李邕》

尔来四万八千岁,不与秦塞通人烟。

——《蜀道难》

百年三万六千日,一日须倾三百杯。

——《襄阳歌》

李白有极为广阔的空间视境和深远的时间感知,他在渺茫无边的长空飞腾扬
厉,在长远无涯的时间中出古入今,但他的诗作中的时空,仍然是与物质(天台、
大鹏、秦塞、太阳等)及其运动联系在一起的,仍然是现实时空形式的一种审美
表映。

　　然而,如同蜂蜜来自百花而形态、质地又不同于百花一样,艺术时空是现实
时空的反映,但又不完全等同于现实的时空,因为艺术时空是经过艺术家审美观
照和审美处理之后的时空,是客观再现与主观表现对立统一的审美时空,简而言

之就是一种美学的时空。在艺术时空中,因为时空是艺术家审美心理活动的产物,浸透了艺术家的审美感情,所以它一方面具有实在的客观现实性,另一方面又具有强烈的主观审美性,这种艺术时空的主观审美性,主要表现为审美心理活动所构成的心理时空。

心理时空,是从现代心理学借用来的一个专门术语,它的原意是说在不同的心态之中,时间的长短和空间的幅度可以变化,与生活中实际的长短与幅度不同,虽然心理时空仍然不失生活的客观依据,但却具有强烈的主观心理色彩。法国哲学家柏格森(一八五九———一九四一),首先提出了"空间时间"和"心理时间"这两个概念,英国构造派心理学家铁钦纳(一八六七———一九二七),也把时间分为"物理时间"和"心理时间"。这种理论,在生活中和作品中都可以找到它们的根据,而从审美的角度看来,心理时间与心理空间都可以说是一种"审美错觉"。在现实生活中,所谓"度日如年",不是说一天二十四小时在心理感受中有了如同一年的长度吗?(二十世纪美国作家马尔滋的一本小说,就名为《短促生命中漫长的一天》)所谓"咫尺天涯",不是说空间距离原来很短由于心理原因而扩大为千里万里之遥吗?生活中本来有此情此理,经过艺术家感情过滤和改造之后的时空,当然更可以呈现出与常态不同的变态。在艺术的各个门类里,都可以看到心理时空的美丽幻影。在盆景艺术中,所谓"一峰则太华千寻,一勺则江湖万里",也是心理时空在幅员狭窄的盆景构图中的折光,达到了方寸之中可以仿佛雄伟的自然的美学境界。在绘画艺术中,运用"以大观小"和"以小观大"的方法,突破有限的画面上时间与空间的局限性,所谓"团扇之上卷千里云烟,咫尺之中有万里之势",就是通过心理时空的审美作用,寸简尺幅也可以描绘壮阔的河山。例如宋代张择端的《清明上河图》,在十一米长的横幅之中,从时间上表现了连续的复杂完整的运动过程,从空间上表现了汴京内外的形胜以及五百多个人物。在舞台艺术中,舞台的时空极为有限,而中国的传统戏曲艺术却善于运用时空的虚拟性,人物在台上用几秒钟跑个圆场,就是千百里之遥,几个龙套过场就象征着千军万马,简单的几个身段动作,不过三五分钟,却可以使人有通宵达旦之感。关汉卿笔下的窦娥的奇冤大恨,竟然可以使炎炎六月天降大雪,而孙悟空的一个跟斗,居然远达十万八千里。在小说艺术中,二十世纪以前的小说,虽然基本上都是按照常规的时间即"太阳时"来叙述故事,但在时空的剪裁上就已经变化万千。如十九世纪英国批判现实主义作家狄更斯《双城记》的时空分割和组合,就是如此。而安娜·卡列尼娜自杀的一日,托尔斯泰就作了浓墨重彩的渲染,中译本就长达二十四页之多。现代西方的小说家根据柏格森和铁钦纳的"心理时间说"的理论,突破以时间为叙述顺序的传统的叙述故事方式,而让过去、现在和未来互相颠倒,彼此渗透,从而出现了所谓新潮派的心理时间小说。诗,是一种重在抒情而且要求动人以情的文学样式,和其他所有的艺术门类比较起来,它的艺术时空形式中融入了更为饱满强烈的诗人的主观审美情感,使得诗的艺术时空具有更为鲜明突出的审美感情性,因而往往突破生活中的常规时空的限制,构成时空的所谓"审美错觉",而呈现出异样的光彩。

早于柏拉图之前,希腊哲人赫拉克利特虽然有"人不能两次涉足同一河流"的名句,以表示时间的流逝不居,象征世上万物之流动与变易,但自柏拉图之后,西方哲学思辨偏于追求不变的"抽象理念",科学的发展,又加强了对"物理时间"的探索,因而对于"心理时间"的体验和表现,直到近代文学中才比较看重。在中国则不然,我国远古的诗作者对"心理时间"早就有深刻的体验了。我们不妨从中国最古老的古典诗歌中援引两例,像从深海中捞取两颗至今仍闪闪发光的珍珠:

> 彼采葛兮! 一日不见,如三月兮!
> 彼采萧兮! 一日不见,如三秋兮!
> 彼采艾兮! 一日不见,如三岁兮!
>
> ——《诗经·王风·采葛》

> 谁谓河广,一苇杭之。谁谓宋远,跂予望之。
> 谁谓河广,曾不容刀。谁谓宋远? 曾不崇朝。
>
> ——《诗经·卫风·河广》

前一首,是东周王畿方六百里内(相当于现在洛阳一带)的作品。在诗中,"一日"是一个固定的时间量,也是现实生活中客观存在的时间。但是,在有情人热切相恋的心理中,一日却如同不断递增的"三月""三秋""三岁",这里"三月""三秋""三岁"是心理时间,而不是实实在在可以度量的物理时间。正是这种艺术化的心理时间,不一般化地表现了人物的内心世界,给人们以丰富的美的享受,而"一日不见,如隔三秋"的成语也流传至今。后一首诗,一般人认为是宋人而侨居卫国者的思乡之作,卫国以前建都于朝歌(今河南淇县),与宋国隔黄河而相望,卫在河北,宋在河南。黄河本来是宽广的,在汛期更是一片汪洋,但作者每段都是以"谁谓河广"的呼告与反问领起,先是说用一片小小的苇叶就可以渡过莽莽的黄河,这种空间大小映照的艺术就已经是颇为高明的了,其中也隐然包含了艺术上的心理时间。"刀",通"舠",形如刀,即小舟之意,南朝梁吴均《赠王桂阳别三首》:"行衣侵晓露,征舠犯夜湍。""曾不容刀",就是说浩阔的黄河竟然容不下一条小小的轻舟,这可以说是极言黄河之狭,但从诗的时空观看来,这种将空间的阔大缩为极狭,则是诗人的审美感情作用的结果。这样将现实的空间转位为艺术的空间,就深切动人地表现了主人公对故乡的忆念之切,想望之殷。如果没有这种审美过程中的空间转位,而只是以实写实,诗之美神也就可能会远走高飞而无影无踪了。

广义地说,经过诗人审美感情浸透了的想象中的时空,也是一种诗化的心理时空。这种心理时空,虽然必然要受到客观时空规律的制约,但它却更是一种艺术想象的产物,它表面上往往不大符合生活中如实存在的时空真实,但它却创造了一个忠实于审美感情的时空情境,比生活真实的时空更富于美的色彩。如同香港的诗评家璧华在《心灵映照的空间》一文中所说:"经过人的心灵映照出的空间——人化或艺术化了的空间,它跳跃着生命的律动,焕发出斑驳陆离的光彩,充满了诗意的美。"① 如李商隐的名作《锦瑟》,是一首身世如谜之作,从古以来的解释就言人人殊,我以为理解为义山自伤生命与理想成空之作,也未尝不可。只是因为义山是中国古典诗史上最富于现代手法与色彩的诗人。他给自己的诗篇平添了一种朦胧而神秘的氛围,在诗中,诗人将自己对生命的感受和神话、传说以及辽远的时空融汇在一起,现实的时空与心理的时空相交织,构成了提供多种美感联想线索的诗化情境。台湾学者张淑香称此为"远征情境"(见《李义山诗析论》),另一位学者陈世骧在《时间和律度在中国诗中的示意作用》一文中说,这首诗在"境界扩到无穷的宇宙时空无限的变幻之后,

---

① 璧华:《意境的探寻》,香港天地图书公司 1984 年版,第 22 页。

终归一个情字直感","诗人的心灵由有限的时间年华,变化经历扩大到宇宙无限时间的感觉,终不离情,爱之情亦生之情。然后又回到有限时间之顷,时空感觉扩大了,而执着于情的透视也扩大了"。[①] 他们都是从审美感情与心理时空的关系着眼,对认识这首古典诗提供了一些新见解。又如当代两位台湾名诗人的作品:

> 即使地球和月亮
> 有着不可衡量的距离
> 而地球能够亲睹月亮的光辉
> 他们有无数定期的约会
>
> 两岸的山峰,终日凝望
> 他们虽曾面对长河叹息
> 而有时也在空间露出会心的微笑
> 他们似满足于永恒的遥遥相对
>
> 我的梦想最绮丽
> 而我的现实最寂寞
> 是你,把它划开一个距离
> 失却了永恒的联系
>
> 假如,我有五千魔指
> 我将把世界缩成一个地球仪
> 我寻你,如寻巴黎和伦敦
> 在一回转动中,就能寻着你
>
> ——覃子豪《距离》

[①] 《陈世骧文存》,台湾志文出版社 1972 年版,第 112 页。

> 远远的
>
> 荒凉的小水湄
>
> 北斗星伸着杓子汲水
>
> 献给夜
>
> 酿造黑葡萄酒
>
> ——痖弦《土地祠》

覃子豪的《距离》这首爱情诗先以地球与月亮"有无数不定期的约会"及"两岸的山峰终日凝望",来烘托恋人分袂后无由相聚的痛苦,然后神思飞越,"把世界缩成一个地球仪",物理的空间与时间化为了心理时空,如此便觉情深一往。"北斗星"与"小水湄"的空间距离何其渺远,痖弦《土地祠》的开篇却作了想落天外的空间压缩,将它们拉近而组接在一起,构成了诗意盎然的图景,物理的时空幻化成了诗意的心理时空,激发的是欣赏者丰富而葱茏的美学联想,让他们想象的翅膀振羽而飞。

三

诗的时空,虽然有它不同于文学艺术其他样式中的时空的特色,它丰富的美学组合的具体方式,我们将留在后面去作万花筒式的观赏,但它毕竟属于艺术时空这个大的范畴。作为艺术时空范畴内的诗的时空,它究竟具有怎样的美学作用,或者说,它究竟具有怎样的美学效果呢?

诗的时空的巧妙安排与运用,可以大大增强诗的美感,形成美好而多样的诗的意境。美感问题,历来是美学上一个争论纷纭的问题。美感到底是什么? 以前的美学家提供了各式各样的答卷。一种是"形象的直觉说",从十八世纪德国哲学家、美学家鲍因加登到康德以至克罗齐,这一派美学家关于美感的基本观点,可以用"美感经验就是形象的直觉"来概括。一种是由形象的直觉说引申和派生的"美感的态度说",这一派的学说认为世界是分成三元的,即实际的世界、科学的世界、美的世界,而所谓美的世界,就存在于美感态度之中。例如陶渊明的"采菊东篱下,悠然见南山",按照这一派的观点看来,南山的美与否,"悠然见"是决定性的,由于诗人的这种悠然的态度,才产生了美感。一种是二十世纪原籍瑞士的英国心理学家、美学家布洛的"心理距离说",这一派美学家认为,我与物的关系,应该由实用变为欣赏,我与物之间保持一定的距离,就可以产生美感。一种是"感情移入说",在西方,对移情现象或者说移情作用的议论由来已久,这一派的现代代表人物是十九世纪至二十世纪之交的德国美学家、心理学家里普斯,更是以"移情"作为他的美学思想的核心概念,他认为,由于人把生命和感情移注于客观的外物,使本来只具有物理的外物获得了人情,无生命的东西具有了生命,于是就产生了美的感觉。此外,还有人试图用生理学的观点来解释美感,这就是十九世纪至二十世纪之交的德国心理学家、哲学家谷鲁斯的"内模仿说",这种学派认为,人们在内心中对外物的形态动作的象征模仿,就是美感产生的泉源。关于美感的产生,还有一些其他说法,此处不一一赘述。

我以为,审美活动的过程是由审美主体和审美客体两个方面构成的,缺少任何一个方面,审美活动就无法进行。因此,正如有了荷花,才有杨万里的"毕竟西湖六月中,风光不与四时同,接天莲叶无穷碧,映日荷花别样红"(《晓出净慈寺送林子方》)一样,美感是美的反映,美感必须依赖美的存在而存在,它以客观世界中审美客体所存在的美为第一位的条件。同时,美感的产生也离不开对美的对象的反应和欣赏,离不开人在审美过程中特殊的心理感受,即审美的愉悦和惊奇感。如同法国伏尔泰在《论美》中所说:"要用'美'这个词来称呼一件东西,这件东西就须引起你的惊赞和快乐。"伏尔泰认为,客观的外物在"心里引起了这两种情感,这就是美。"[①]从审美活动的主客观统一的观点出发,可以看到诗中的时空美之所以为美,一方面是因为诗的时空不是抽象而不可捉摸的时空,而是由语言文字所具象化与定型化的表现了一定社会生活与思想感情内容的时空。作为审美对象,它具有形象性,也就是美感的直觉性。而另一方面,那种巧妙的时空安排,则不但使欣赏者对它内在生活内容和外在艺术形式产生一般的美感,同时更能引起一种愉悦和惊奇的感觉,而能否引起欣赏者的愉悦感和惊奇感,而非平庸感与抗拒感,常常是诗与非诗乃至一般之作与优秀之作的重要分野。如果我们漫步于古今佳作的花的原野,我们就会面对美不胜收的景色而流连忘返,以下是我随手采撷的花朵与花枝:

---

① 《西方美学家论美和美感》,商务印书馆1980年版,第124页。

夜宿峰顶寺,举手扪星辰。
不敢高声语,恐惊天上人。

——李白《题峰顶寺》

黄河之水天上来,奔流到海不复回。
高堂明镜悲白发,朝如青丝暮成雪。

——李白《将进酒》

江间波浪兼天涌,塞上风云接地阴。

——杜甫《秋兴》八首之一

山河扶绣户,日月近雕梁。

——杜甫《冬日洛城北谒玄元皇帝庙》

江上层楼翠霭间,满帘春水满窗山。
青枫绿草将愁去,远入吴云暝不还。

——李群玉《汉阳太白楼》

何人半夜推山去? 四面浮云猜是汝。常时相对两山峰,走遍溪头无觅处。
西风蓦起云横度,忽见东南天一柱。老僧拍手笑相夸,且喜青山依旧住。

——辛弃疾《玉楼春·戏赋云山》

从上面挂一漏万的举例可以看出,奇妙的时空描写是怎样大大加强了诗美和诗的美感,使诗脱离平庸的洼地而向美的意境飞升。李白的《题峰顶寺》就是出自这一机杼,而《将进酒》中的四句,两句写空间,两句写时间,空间的表现有如一个快速而空间阔大的蒙太奇镜头,而按一般的常态,人的头发要从青丝变成霜雪,一般也要几十年的时间,李白写时间的一联诗,却是将漫长的一生压缩在从"朝"到"暮"的短促一天里,诗化地表现了自己的愁情和愤懑,它给人的美感是那样的丰富和强烈,难怪它会成为传诵不衰的名篇名句。魏晋诗人阮籍《咏怀》

诗中也有"朝为媚少年,夕暮成丑老"之句,较之李白诗则相去远矣。杜甫的诗着重写壮阔的空间意象,他极大地缩短了"波浪"与"天"、"风云"与"地"、"山河"与"绣户"、"日月"与"雕梁"的空间距离,给人以一种匪夷所思的审美的惊奇之感。现代著名画家丰子恺,曾著有《绘画与文学》一书,其中的《文学的远近法》一文,对李群玉诗中的"江上层楼翠霭间,满帘春水满窗山"之句极为赞赏,他说:"实际,帘与窗是直立的,春水是横铺在地上的。但取消其间的距离,不管横直的方向……竟把'春水'扶起来立在地上,又拉起来贴在太白楼的窗上。"[①]这种空间关系的奇妙变形组合,正是诗作之获得美感与形成意境的重要原因。辛弃疾的《玉楼春》词,通过浮云遮不住青山的描写,寄寓了某种人生的哲理,但如果没有空间上的虚虚实实的变化,就不可能获得如此的出奇之趣与空灵之美。下面所引的两首新诗也是这样:

上海关。钟楼。时钟和分钟
像一把巨剪,
一圈,又一圈,
铰碎了白天。

夜色从二十层高楼上垂下来,
如同一幅垂帘;
上海立刻打开她的百宝箱,
到处珠光闪闪。

灯的峡谷,灯的河流,灯的山,
六百万人民写下了壮丽的诗篇;
纵横的街道是诗行,
灯是标点。

——公刘《上海夜歌》(一)

---

① 丰子恺:《绘画与文学》,开明书店 1934 年版,第 9—11 页。

谁在远方哭泣呀
为什么那么伤心呀
骑上金马看看去
那是昔日

谁在远方哭泣呀
为什么那么伤心呀
骑上灰马看看去
那是明日

谁在远方哭泣呀
为什么那么伤心呀
骑上白马看看去
那是恋

谁在远方哭泣呀
为什么那么伤心呀
骑上黑马看看去
那是死

——痖弦《歌》

公刘的诗,作于二十世纪五十年代前期,当时风传人口,至今也仍是未过时的咏大上海的名作,字烹句炼,构思新颖,既有古典诗的神韵,又有现代诗的风采,空间的变化,时间的浓缩,动人地表现了诗人青春的激情和夜上海的风貌,创造了诗的清新奇丽的意境。台湾诗人痖弦的《歌》这首诗,不仅继承发展了诗经中的作品如《摽有梅》的象征与反复咏唱的手法,也受到十九世纪至二十世纪之交奥地利名诗人里尔克《沉重的时刻》的构思与句法的影响,它由此及彼,以骑马"看看去"的"远方"为空间背景,以"昔日""明日",生命之"恋"与永恒之"死"为时间线索,以颇具象征意义的"金马""灰马""白马""黑马"穿插其间,这四个时空片段与层次,围绕"歌"而构成了令人寻索的意境。由此可以看到,由审美想象所构成的艺术时空,给诗创作带来的是多么旖旎的风景!

诗的时空的美学作用,还在于它可以使作品获得鲜明的时代感、深远的历史感与辽阔的宇宙感。反过来说,时代感、历史感与宇宙感,如果脱离了诗中艺术时空的设计和表现,则无所附丽,概念的说明和抽象的表述,也许可以成为一篇出色的哲学或科学论文,却远远地离开了诗的国土。文学作品是有时间性和空间性的,诗歌作品尤其如此。当代美国著名诗人和学者艾略特,尽管他的某些观点为我们所不能同意,但他却十分强调诗的历史感,他在一九一七年写成的《传统与个人才能》一文中说:"我们可以明确地说,任何一个二十五岁以上,还想继续做诗人的人,历史感对于他,简直是不可或缺的;历史感还牵涉到不仅要意识到过去之已成为过去,而且要意识到过去依然存在;这种历史感迫使一个人写作时,不仅要想到自己的时代,还要想到自荷马以来的整个欧洲文学,以及包括于其中的他本国的整个文学是同时并存的,而又构成同时并存的秩序。"艾略特所说的历史感,与时代不可分割,因此他接着指出:"正是这种历史感使得一个作家能够最敏锐地意识到他在时间中的地位,意识到他自己的同时代。"① 时代,是一定历史发展阶段上的时代,它不是游离于历史进程之外的孤立现象,历史,是一个特定的时代的历史,它必然打上某一特定时代的深刻印记。《淮南子·齐俗训》:"往古来今谓之宇,四方上下谓之宙。"而宇宙,则是从古以来的哲人、诗人和科学家所不断探索的更为广远的时空领域。时代感、历史感与宇宙感的融合,就能使得诗作既具有广度也具有深度,而不至于走向一眼见底的浅薄,有如浅水沙滩,也不会导致贫血的苍白,好似象牙塔中不食人间烟火者的低吟浅唱。一位优秀的诗人,一篇杰出的作品,一首不平凡的时代的诗,总是要追求一种博大的横向时代感、深闳的纵向历史感,以及纵横交织、深邃广远的宇宙感。从宏观的意义上来说,如上三者以及它们在新颖独特的艺术形象中的水乳交融,是诗史上第一流的诗人才可能具有的标记,也是中国古典诗歌史与新诗史上那些最优秀的作品的突出标志。

历史感离不开纵的时间线,即过去、现在和未来,时代感离不开横的空间面,

---

① 《托·史·艾略特论文选》,上海文艺出版社 1962 年版,第 3 页。

即由自然界构成的地理环境和由社会生活构成的人文环境,因此,诗人敏锐而深阔的时空感知与出色的时空艺术表现,就往往可以获致并加强诗作的历史感、时代感与宇宙感。"陶公战舰空滩雨,贾傅承尘破庙风",是李商隐写于长沙的《潭州》一诗中的名句,而在这一联之中,"陶公战舰"与"贾傅承尘"乃是古之时空,"空滩雨"和"破庙风"则是今之时空,因此,台湾学者颜元叔在《文学经验》一书中说:"使过去与现在两种时空形成对比或对立,加强了时空流变的感受,也使他的诗不仅有横断面的宽度,更有历史的纵深。"① 在这里,我应该着重提到已故诗人郭小川的《望星空》。《望星空》,是充分地显示了郭小川的艺术个性与诗的才华的作品,诗人着意表现了他个人对于历史、时代以及宇宙的独特艺术感受:

> 星星呀,
> 亮又亮,
> 在浩大无比的太空里,
> 点起万古不灭的盏盏灯光。
> 银河呀,
> 长又长,
> 在没有涯际的宇宙中,
> 架起没有尽头的桥梁。
> 啊,星空,
> 只有你,
> 称得起万寿无疆!

从哲学上说,这是唯物主义的而不是唯心主义的,因为真正"万寿无疆"的不是任何人而是宇宙,从诗情的深广与独特而言,万马齐喑,这是同时代的所有诗人当时都不曾也不敢抒发的。此诗写作在二十世纪五十年代"大跃进"时期,国弊民穷,但"形势一派大好"的虚假宣传却正甚嚣尘上,郭小川相当清醒地在《望星空》中说"我爱人间,我在人间生长,但比起你来,人间还远不辉煌"。在矛盾

---

① 颜元叔:《文学经验》,台湾志文出版社 1977 年版,第 261 页。

的心态中,诗人面对浩茫的星宇,希望的是人间将要比星光还要灿烂的灯光,时空阔大地抒写了他的美学理想:

> 我们要把长安街的灯火,
>
> 延伸到远方;
>
> 让万里无云的夜空,
>
> 出现千千万万个太阳。
>
> 我们要把广漠的穹窿,
>
> 变成繁华的天安门广场。

这首诗在《人民文学》一九五九年十一月发表以后,得到的是极不公正的群起而攻之的待遇。一九六四年四月,诗人严阵陪郭小川游黄山,谈到《望星空》时,郭小川对严阵说:"我不知道这些所谓的批评家手里的鞭子,究竟要把诗驱赶到什么地方? 不过,这首诗的确也有它的缺点,这个缺点,不是在于从星空看的东西太多,而是看得太少,尤其不够的是,没有更加深刻地认真地望一望我们的大地。"(见严阵《牡丹园记》)从郭小川的诗作本身和他的回顾之辞里,我们可以看到他的诗作所追求的,正是一种深闳博大的时代感、历史感和宇宙感,他的《望星空》的时空艺术感知,突出地表现了这种并不容易获致的可贵的美学特色。可以预言,在新诗的群星灿烂的天宇中,尽管《望星空》也有其作者难以完全超越的时代局限,但它仍将是一个永远也不会失色的星座!

中国古典诗歌的黄金时代的唐诗,按照传统的即明代高棅在《唐诗品汇》中的提法,有初、盛、中、晚之分。过去,人们常常褒盛唐之诗而贬晚唐之诗。我认为,一个时代有一个时代的文学,我们可以实事求是地总结一个时代诗歌创作的得失,而却不能过分地扬此抑彼。晚唐诗坛还是涌现了许多优秀诗人和作品,而且在题材、风格与技巧上也仍然比前代有所发展和丰富。但是,盛唐诗歌时空壮美的美学特色,却是前代诗歌包括晚唐诗歌在内的后世诗歌所不能比并的。盛唐时代许多诗人都具有深远的历史感知的时间观念和辽阔的宇宙感知的空间观念。前人评价盛唐之诗,虽然也看到诗人们各具风格,但是,他们却常常用"雄浑"一语,来比况盛唐诗的总的风格特征,来形容盛唐诗那种浩瀚无边的空间和渺茫无际的时间交织在一起所呈现的美学特色,有如长江大河,纵然有许多风光各异的支流,但它的主流却总是气概不凡,声威浩荡。对于晚唐诗,文学史家却爱用"纤巧"来说明它的风貌。一般来说,晚唐诗人较之盛唐诗人的时空感,的确是狭窄得多了。这里,我们不妨引述一些作品予以对比:

> 白日依山尽,黄河入海流。
> 欲穷千里目,更上一层楼!
>
> ——王之涣《登鹳雀楼》

> 秦时明月汉时关,万里长征人未还。
> 但使龙城飞将在,不教胡马度阴山!
>
> ——王昌龄《出塞》

> 一双幽色出凡尘,数粒秋烟二尺鳞。
> 从此静窗闻细韵,琴声长伴读书人。
>
> ——李群玉《书院二小松》

> 小院无人夜,烟斜月转明。
> 清宵易惆怅,不必有离情。
>
> ——唐彦谦《小院》

这也许是一些绝对化的例子。但是,我们从中也分别可以看出盛唐诗人与晚唐诗人时空审美感知的不同特色。如近世学者俞陛云在《诗境浅说续篇》中说王之涣诗:"前二句写山河胜概,雄伟阔远,兼而有之;后二句复余劲穿甲。二十字中,有尺幅千里之势。"我以为不仅如此,王之涣的诗还表现了一种无垠的时空感,显示了一种在精神上登高望远的审美心态,这是王之涣诗有永久的艺术魅力的重要原因之一。至于王昌龄诗"秦时明月汉时关"之互文的俯仰千载,"万里长征人未还"之辽远的纵横万里,漫长的历史和寥廓的宇宙相交会,时代感和历史感均十分强烈。而李群玉和唐彦谦的诗,虽然自有它们的诗味,有它们另一范畴内的时空之美,但西下的夕阳毕竟不能和方升的朝日争一日之短长,其气象和格局毕竟逼仄狭小得多了。

中国古典诗史上杰出的诗人杜甫,是一位时空感知极为强烈而极具时代感、历史感和宇宙感的诗人。杜甫的诗号为"诗史",这在唐代就已经有了公论。唐代的孟棨,在《本事诗》中就说杜甫:"推见至隐,殆无遗事,故当时号为诗史"。所谓"诗史",强烈的时代感与深阔的历史感,恐怕是一个必具的重要标志吧?在这一方面,可以和他并肩而立或握手言欢的,大约也只有屈原、李白、苏轼、陆游、辛弃疾、龚自珍等不多的几位诗人。杜甫的诗笔,固然能刚能柔,能粗能细,能意能工,能弥于六合,也能敛于方寸,能宏观也能微观(西方文学批评有所谓宏观世界和微观世界,前者指宇宙万物,后者指个人,但二者的关系却不可分割,微观世界是宏观世界的反映和缩影,宏观世界是微观世界的体现和外射),然而,他却是一位历史感、宇宙感、个人感(诗人对生命与世界的敏锐而细微独特的审美感受)十分强烈而融为一体的歌手。"万里悲秋常作客,百年多病独登台"(《登高》),"飘飘何所似? 天地一沙鸥"(《旅夜书怀》),"江汉思归客,乾坤一腐儒"(《江汉》),他每一歌吟,总是以广阔的空间地平线和深远的历史烟云作自己的背景。如果说,"郊寒岛瘦"的孟郊在中进士而"一日看尽长安花"之前的困顿境遇中,发出的是"出门即有碍,谁谓天地宽"(《赠崔纯亮》)的秋虫之声,时空逼仄,表现了作者灵魂的"小宇宙"的窄与浅,那么,"日月笼中鸟,乾坤水上萍"(《衡州送李大夫七丈勉赴广州》),杜甫在坎坷穷愁的遭遇里,发出的却仍然是"不眠忧战伐,无力正乾坤"的浩叹,和"吴楚东南坼,乾坤日夜浮"(《登岳阳楼》)的高歌,从这里,我们也可以探测到杜甫灵魂的深度和广度! 正因为如此,北宋孙光宪《北梦琐言》谈到晚唐诗人唐求时,曾说:"唐求《临池洗砚诗》云:'恰似有龙深处卧,被人惊起黑云生。'又云:'渐寒沙上路,欲暝水边村。'《早行》云:'沙上鸟犹睡,渡头人已行。'诗思不出二百里间。"[1] 所谓"诗思不出二百里间",固然是说他的诗作境界狭窄,不也是说时代感和历史感都不强吗?杜甫则不然,他既能够"或看翡翠兰苕上",也绝不曾"未掣鲸鱼碧海中",他的深宏的时空审美感知和高明的时空表现艺术,使他的作品闪耀着时代感、历史感与宇宙感的强光,照耀着诗史,也照耀着后代诗人长途跋涉的诗的道路。

---

[1] 《诗人玉屑》(上册),上海古典文学出版社 1958 年版,第 214 页。

四

艺术作品的时间与空间,是作者的审美时空意识通过艺术手段的物态化和具象化。时间与空间,既然是物质及其运动所赖以存在的基本形式,因此,在艺术作品中,它们也就成为艺术形象赖以存在和表现的两种基本形式了。

任何艺术作品都必然会有它的空间结构形式,也就是同一艺术形象内部或诸多艺术形象之间的相邻并列关系的艺术呈现。这种空间结构形式主要表现为横向性,如实体性的三度空间的雕塑,就是用体积和姿势来征服空间,意大利文艺复兴时期的雕塑家、画家米开朗基罗就喜用四分之三的扇形空间结构形式;绘画,是在平面上表现出虚拟性的三度空间形象,其主要构图框架是横幅与立轴;短篇小说多为生活的横断面的空间结构,长篇小说多为纵剖面的纵横交织的空间结构;戏剧的空间虽然有许多变化,特别是在现代戏剧之中,但它的基本空间仍是镜框式的舞台;音乐,由不同乐音的多种组合的关系构成空间结构。没有一定的空间结构的艺术品,是不可想象的。同样,任何艺术作品都必然会有一定的时间结构方式,也就是同一艺术形象或诸多艺术形象之间的相继持续关系的艺术表现。这种时间结构形式主要表现为纵向性,如音乐和舞蹈的时间结构,主要通过旋律的发展、节奏的进行来显示,而文学、戏剧、电影等门类的时间结构,则主要是通过情节的发展、环境的变化、人物的成长来呈现。早在我国古代的文论和画论中,对艺术作品的时空结构就曾有过许多论述。刘勰《文心雕龙·附会》篇,专门议论作品的时空结构。他说:"何谓附会?谓总文理,统首尾,定与夺,合涯际,弥纶一篇,使杂而不越者也。若筑室之须基构,裁衣之待缝缉矣。"他以"基构"来比喻艺术作品的时空形式,后代的文论家们对此作了许多发挥。南齐时谢赫的《古画品录》,提出了著名的"六法",其中的"经营位置"一法,实际上谈的就是作品的时空结构,而现代绘画理论的构图学,则从古典的"经营位置"发展到"经营空间",更加讲究空间的虚实结合,这种构图上的"空间组合",是现代绘画构图形式美的重要美学原则。

诗的时空结构,是诗的艺术形象整体赖以完美显示的形式和必要条件,较之其他文学艺术门类的作品的时空结构,除了许多共通点之外,它具有更强烈的感情性和更丰富的想象性。激情与奇想,可以突破与改变生活中的时空形态,而作变态不穷的组合。诗的时空结构的变化多姿,有如秋日晴空之上变幻万端的云朵,不可能用几个固定的模式来规范。我们只能从众多的优秀作品中,去追踪它飞腾变化的一些基本规律。这里,且让我从诗的天空摘几朵云彩,来描绘它们变幻不居的美的形态吧:

典型时空。凡是优秀的诗作,都会像目标确定的征人遵循道旁的路标一样,遵循一个共同的美学原则,这就是"以少总多"或者说"以一概万"。杜甫有句说:"尤工远势古莫比,咫尺应须论万里。"(《戏题王宰画山水图歌》)他虽然说的是绘画,其实何尝不是说诗歌?何尝不可看作是他的夫子自道之辞?诗歌,要做到语言精练而内涵丰富,字句的精练与篇幅的压缩都是必要的,但关键还是诗作者在对生活有强烈而深刻的美感体验的基础上,熔铸新颖独特而高度概括的生活场景,寄深意于一瞬之中,寓丰富于片段之内,以个别表现一般,用局部显示全体,创造出有限中见无限的广阔深远的艺术天地。但是,诗歌要获得所写者少、所见者多,所写为一、所指在万的美学效果,重要的常常在于选择、提炼、熔铸现实的时空,艺术地化为典型的诗的时空。这种时空,不是有见必录未加美学选择的,不是言尽意亦尽的,而是时间的纵向结构与空间的横向结构都经过匠心组织,既有鲜明的独特性,同时又有深广的概括性。总之,这种典型时空,是一种有鲜明特色的、有深厚美学容量的时空。如:

> 松下柴门闭绿苔,只有蝴蝶双飞来。
> 蜜蜂两股大如茧,应是前山花已开。
>
> ——饶节《偶成》

> 泪痕滴透绿苔香,回首宫中已夕阳。
> 万里河山天不管,只留一井属君王。
>
> ——陈孚《胭脂井》

> 珍重游人入画图,楼台绣错与茵铺。
> 宋家万里中原土,博得钱塘十顷湖。
>
> ——黄任《西湖杂诗》二首之一

古典诗歌中,描写春天的诗篇不计其数,即使是表现早春美好风物之作,也是可以编成一部诸如《早春诗萃》之类的专书的了。那些脍炙人口的作品,如宋代朱熹的"胜日寻芳泗水滨,无边光景一时新;等闲识得东风面,万紫千红总是春"(《春日》),杨巨源的"诗家清景在新春,绿柳才黄半未匀。若待上林花似锦,出门俱是看花人"(《城东早春》),等等,我们且不去说它,这里,让我们谈谈知名度不高的饶节的《偶成》吧。饶节是北宋抚州(今江西省抚州市)人,后来出家做了和尚,颇能吟咏,陆游曾称他为当时诗僧第一。他这首诗,时空格局并不十分阔大,在时间上,他只写了早春时节的某一时刻,在空间上,他只实写了"松下柴门"之前后左右,虚写了没有直接出现的"前山"。但是,这首诗对于表现早春郊野的美景和抒发人所普遍共有的审美感情来说,它的时空却是典型的,因为它不仅表现了此时此地的美景与此时此地诗作者的审美体验,具有时空的不可移易的独特性,也不仅是因为"应是前山花已开"的写法,如同唐代刘眘虚《阙题》中的"时有落花至,远随流水香",或是如同北宋梅尧臣《鲁山山行》中的"人家在何许,云外一声鸡"一样,是景外写景之笔,大大加强了诗的空间感,而且是因为它有超越诗中特定时空的概括性,让不同时代的读者都能获得美的享受。元代诗人陈孚的《胭脂井》,似乎更能说明诗的典型时空这一美学原则的重要性。史籍记载,韩擒虎统率的隋兵已破城而入,荒淫的陈后主和宠妃张丽华走投无路,仓皇躲进景阳宫的枯井中而终于被俘。陈孚诗中的"夕阳",颇具时间的典型性,它一方面是现实生活中日落黄昏的时刻,也有中国古典诗歌中"夕阳"意象的传统色彩,这一原型意象,是隋朝和陈后主日暮途穷的一种诗的暗示,它能唤起读者多方面的联想;在空间方面,陈孚只选取了"胭脂井"这一个点,这是一个不大的空间,但这个空间曾经演出过亡国之君那一幕历史的悲剧,沉淀着深厚的历史的内涵,它本身就是具有典型性的,同时,它又和天所不管的"万里河山"联系起来,大小相形,更是形象警绝而发人深省。清诗人黄任的《西湖杂诗》也是同一机杼,"中原土"与"十顷湖"的空间典型性与空间之大小反照,十分警策而又含蕴深远。

在新诗创作中,时空具有典型意义而包举深厚的作品,如台湾老诗人覃子豪《海洋诗抄》中的《追求》:

　　　　　大海中的落日
　　　　　悲壮得像英雄的感叹
　　　　　一颗星追过去
　　　　　向遥远的天边

　　　　　黑夜的海风
　　　　　刮起了黄沙
　　　　　在苍茫的夜里
　　　　　一个健伟的灵魂
　　　　　跨上了时间的骏马

东临碣石,以观沧海,建安时代曹操的《步出夏门行》,大约是中国诗史上对于海洋最早最完整的描写了。雄浑博大的"海洋交响曲",自从曹孟德抒写了第一个乐音之后,历代不知有多少诗人接踵而来,一试他们的身手。大海是浩瀚的,永恒的,如何去描摹它的风采呢？覃子豪的这首《追求》,虽然创作于一九五〇年,但至今仍然传唱不衰,主要就是因为诗人分别从黄昏与黑夜落笔,抒写了高天与海洋这一阔大深远的具有象征意义的典型时空,寄寓了有志者不甘屈服的意志,和永远向前与向上的人格精神。总之,典型时空和典型情感的交融,使得这一诗篇获得了长青的生命。

　　时空变形。时空变形的艺术手段,在现代派文学中运用得很广泛,以至它成了现代派文学艺术表现的一个主要特征。现代派作家在塑造形象时,他们从文学是作者的"自我表现"这一理论出发,一般都主张"变形",即改变生活原型的本来面貌,按照自己的主观意图来加以组织和处理。现代派文学这种"变形"处理并非一无是处,应该具体问题作具体分析。有的现代派文学作品完全否定外部世界的客观规律性,作家笔下的形象只是主观随意性的"经验符号",则不足为训。同时,我们还应该看到,从对生活的审美体验出发的"变形",按照美的规律对生活作变形的处理,从来就是文学创作的一种美学手段,只要是符合"美的规律"的,都应该是美的。变形,从审美者的美感体验来说,也可以被认为是一种"审美错觉",它使艺术形象与所依据生发的自然形态常常呈现出很大的不同,具有更强烈的主观色彩。而诗歌由于本身重在抒情和富于想象的特色,就更是经常有求于变形这一美学手段。因此,雪莱也曾经说过:"诗使它触及的一切变形。"① 这大约就是指广义的变形而言的吧。我这里所说的"时空变形",是指时间与空间外形上的变化而言的,大约包括如下数端:

时间的压缩。客观现实生活中比较长的时间,在动人地抒情的前提下,常常可以在诗人的主观想象中将其缩短,这是对时间的审美错觉。如陆龟蒙的《子夜变歌》:"岁月如流迈,春尽秋已至。荧荧条上花,零落何乃驶?"省略了春与秋之间的长夏,压缩了整整一季的漫长时间,加上不落常套地描状花谢的"驶"字,就更形象地表现了被压缩之后的时光的高速,有如电光石火,这样,诗化地显示了对生命的留恋和珍惜。"一照一回悲,再照颜色衰。日月自流水,不知身老时。昨日照红颜,今朝照白丝。白丝与红颜,相去咫尺间。"晚唐诗人邵谒的《览镜》亦是如此。唐代李益《同崔邠登黄鹤楼》诗说:"事去千年犹恨速,愁来一日即为长。"上述诗作中时间的压缩,是有深刻的时日匆忙而人生苦短的心理依据的。又如:

> 洞房昨夜春风起,故人尚隔湘江水。
> 枕上片时春梦中,行尽江南数千里。
>
> ——岑参《春梦》

> 越王勾践破吴归,义士还家尽锦衣。
> 宫女如花满春殿,只今唯有鹧鸪飞!
>
> ——李白《越中览古》

岑参,是盛唐颇负盛名的边塞诗人,他的诗中,飞扬的是金戈铁马的音响和节奏,但是,这位壮声英概的诗人的《春梦》,吹奏的却是一管清音袅袅的洞箫。他写闺中少妇怀念远方的游子,全诗就妙在时间的压缩。"江南数千里"之遥而要"行尽",在古代的交通条件下是要累月经年的,但岑参却将其压缩在"枕上片时春

---

① 《西方古典作家谈文艺创作》,春风文艺出版社 1980 年版,第 228 页。

梦"之中,诗的美感也就由此油然而生了。"君不见黄河之水天上来,奔流到海不复回;君不见高堂明镜悲白发,朝如青丝暮成雪",李白《将进酒》开篇的时空压缩的名句,是人所熟知的了,《越中览古》一诗,是他在会稽(今浙江省绍兴市)怀古而作。从越王勾践攻灭吴国到李白写此诗之时,时间已过去将近一千二百年。李白这首绝句前三句极力渲染越王破吴归来后的盛况,真是极尽鲜花着锦、烈火烹油之盛,最后一句"只今唯有鹧鸪飞",却一笔勒回到眼前,压缩了长远的时间,如清越的晨钟,如悲沉的暮鼓,含思绵邈而发人警醒。陆游《楚城》的"江上荒城猿鸟悲,隔江便是屈原祠。一千五百年间事,只有滩声似旧时",其时间压缩的艺术,也许传承了李白的一瓣心香吧? 又如李商隐的《咏史》:

> 北湖南埭水漫漫,一片降旗百尺竿。
> 三百年间同晓梦,钟山何处有龙盘?

"六朝文物草连空,天淡云闲今古同",这是杜牧《题宣州开元寺水阁阁下宛溪夹溪居人》一诗的起句,他也是写吴、东晋、宋、齐、梁、陈六朝三百年间的历史,感时伤昔,笔力概括,不失"小杜"的清新俊逸的诗家风范。李商隐的《咏史》,也是这位诗国才子擅长的咏史诗的上选之篇。在绝句写作中,第三句是非常重要的一环,肩负着承上启下、顿挫生情而别开妙境的任务。李商隐的这首绝句,在前两句形象化的描写和第四句形象精辟的议论之间,就是"三百年间同晓梦"这一妙句,它从北朝庾信《哀江南赋》中"将非江表王气终于三百年乎"一语中衍化升华而出。绵长的三百年,竟然有如早晨的一场春梦,这种时间的压缩,不是更有力地表现了全诗的悲剧性主题吗?

　　时间的扩张。为了诗化而不是散文化地表现诗人的审美感情,为了有艺术感染力地表现题旨,诗人常常将较短促的现实时间加以扩展,造成一种主观外射的诗的时间,从而创造出不一般化的美学境界。前面引述的李益《同崔邠登鹳雀楼》诗,在"事去千年犹恨速"之后,接着的对句就是"愁来一日即为长","一日为长"的时间,就是一种扩张了的心理时间,而不是本来面貌的现实时间。如白居易与张仲素唱和的《燕子楼》诗"满窗明月满帘霜,被冷灯残拂卧床。燕子楼中霜月夜,秋来只为一人长",写唐代关盼盼在丈夫张尚书愔(名臣张建封之子）死后念旧不嫁,于彭城（徐州）燕子楼旧居中独守十年而度日如年的心态,可谓入骨三分。又如《诗经·王风》中的《采葛》篇,"一日不见"而"如三月兮","如三秋兮","如三岁兮",就是如几何级数般递增与扩展的心理时间,与此同一机杼的,是唐代无名氏湘驿女子的《题玉泉溪》:

> 红树醉秋色,碧溪弹夜弦。
> 佳期不可再,风雨杳如年!

根据《全唐诗》记载,这首诗是湖南一个驿站的一无名女子所作。这是一首深婉而带悲剧色彩的爱情诗,全诗抒写佳期难再的惆怅和悲伤。前二句点染玉泉溪的秋光秋色,"醉"字与"弹"字既是写景,又是对昔日欢会的象征与暗示。抚今追昔,情何以堪! 诗的抒情主人公自然不禁感到那凄风苦雨的怀人之夜,竟然比整整一年还要漫长。这种时间的扩张,深层次地表现了人物的心理世界。

空间的压缩。出于时间压缩与时间扩张同样的美学原理,诗人们常常压缩现实的空间成为诗的空间。这种诗的空间,或者是它的整体比原有的实际生活的空间为小,或是原有空间中诸事物之间的实际距离被大大缩小,这种空间的审美错觉,虽违反生活的常态常情,却往往能创造出新美的诗境、获得不同一般的美学效果。李白《送友人入蜀》中的"山从人面起,云傍马头生",缩小了山与人面、云与马头的空间距离,从而传神地表现了蜀道的险峻难行,以及他独具的审美感受与审美发现,使人想起他的《蜀道难》中"连峰去天不盈尺"之句,也是出自空间压缩的同一诗心。杜甫《绝句》的"窗含西岭千秋雪,门泊东吴万里船",也是压缩了"窗"与"西岭千秋雪"之间、"门"与"东吴万里船"之间的空间距离,才成为富于美感的名句。李贺《梦天》中"遥望齐州九点烟,一泓海水杯中泻",也同样是化大为小的空间压缩,"从来系日乏长绳,水去云回恨不胜。欲就麻姑买沧海,一杯春露冷如冰",这是李商隐题为《谒山》之作,洪波涌起的沧海变成了一杯冰冷的露,这也是如上所述的李贺式的空间压缩,表现时不我与之感,而王安石《思王逢原》诗中的"庐山南堕当书案,湓水东流入酒卮",也是运用空间方位性与压缩性的审美错觉,独特地抒写了自己的审美感受。又如陆游的绝句《过灵石三峰》二首:

晓日瞳眬雪未残,三峰杰立插云间。

老夫合是征西将,胸次先收一华山。

奇峰迎马骇衰翁,蜀岭吴山一洗空。

拔地青苍五千仞,劳渠蟠屈小诗中。

灵石山,又称江郎山,在浙江江山市之南,山峰巨石高数十丈。陆游写这首诗是从四川东归之后,在从山阳去福建任建安通判途中,时年五十余岁。他面对灵石山而联想到沦陷在敌人之手的华山。这两首绝句不仅写出了江山胜状,而且也抒发了爱国豪情,在诗美学上,它们也别有一番风采:华山是巨大的,而诗人的胸廓是窄小的,但偌大一座华山,却被收复在诗人的"胸次"之中;青苍拔地的灵石山杰立云间,令吴蜀两地的奇山峻岭都相形失色,如被洗一空。绝句这种形式本来极为短小,但诗人却让如斯灵石山"蟠屈"在自己的绝句"小诗"里。正因为将山所占有的巨大空间大加压缩,出奇制胜,这样才获得了诗所特有的灵趣。

在新诗创作中,公刘出版于一九五七年的诗集《在北方》及其代序《唢呐和叶笛》,我在数十年前初读时就留下了深刻印象,其"序"中的空间压缩的诗句尤其使我过目不忘:

但北方递给我唢呐,

并且说:这是你的乐器。

我乃登上台阶般的长城,

望黄河犹如门前一湾流水。

北方浩阔,却拟人化地具象为递唢呐之人;长城矗立于万山之上,绵延磅礴,如今却缩小为"台阶";黄河之水天上来,奔腾东去,如今却缩小为门前的"一湾流水",这种空间缩小的艺术,正是极大地表现了诗人风华正茂时的胜概豪情,具有极强的诗的外张力。假若不强调主观审美感情的表现,出之以凡庸之笔,对生活如实照录一番,那诗作必然就要黯然失色了。

空间的扩展。在美学的原理与效果方面,它与空间的压缩是相同的,但在表现形态上却恰恰相反,它是现实生活中事物的原有空间的扩大,或是诸事物之间原有空间距离的扩大,这种美学形态,与杜甫的"日月笼中鸟,乾坤水上萍"(《衡州送李大夫七丈勉赴广州》),以及李商隐的"永忆江湖归白发,欲回天地入扁舟"(《安定城楼》)相较,所作的正是反向的或称逆向的展示。如杜牧的《赠宣州元处士》诗:

> 陵阳北郭隐,身世两忘者。
> 蓬蒿三亩居,宽于一天下。
> 樽酒对不酌,默与玄相话。
> 人生自不足,爱叹遭逢寡。

诗中所说的"蓬蒿三亩居",是指宣州元处士隐居之所空间的大小。"三亩",这是一个明确定量的现实空间,"宽于一天下",却是夸饰元处士"三亩居"之大,比整个天下还要宽广,这是空间的扩展,是一个虚拟性的诗的空间,而正是由于这种空间的扩展,才使得被赞扬的人物闪耀着诗意的光彩。清代洪亮吉在《北江诗话》中指出:"孟东野'出门即有碍,谁谓天地宽',非世路之窄,天地之窄也。即十字,而踡天蹐地之形已毕露纸上矣。杜牧之诗'蓬蒿三亩居,宽于一天下'非天地之宽,胸次之宽也。即十字,而幕天席地之概已毕露纸上矣。一号为诗囚,一号为诗豪,有以哉!"洪亮吉这一段品评大体上还是公允的,但却不能一概而论,同是孟东野,还有一首气魄不小的《游终南山》诗:

> 南山塞天地,日月石上生。
> 高峰留夜景,深谷昼未明。
> 山中人自正,路险心亦平。
> 长风驱松柏,声拂万壑清。
> 到此悔读书,朝朝近浮名。

全诗体现的风格,就是韩愈《荐士》诗中赞扬孟郊的"横空盘硬语,妥帖力排奡"。在中国古典诗歌中,从《诗经·大雅·嵩高》中的"嵩高维岳,峻极于天"

以来,写山的诗多得不可胜数,名篇杰构有如夜空中闪烁的星斗。但是,孟郊的"南山塞天地,日月石上生",列于写山的佳作之林或佳句之林,却毫无愧色。很明显,它的惊人艺术效果的获得,与将终南山所占有的实际空间予以极大地扩展分不开。时至晚唐,李山甫《南山》诗的开篇"钝碧顽青几万秋,直无天地始应休",正是同一机杼但却少为人知的绝妙好辞。在这方面,诗中的范例还多,曹操《步出夏门行》中的"秋风萧瑟,洪波涌起。日月之行,若出其中,星汉灿烂,若出其里",就是扩大沧海的实际空间,以表现其汪洋浩瀚的气魄。至于李白写愁情的"白发三千丈,缘愁似个长"(《秋浦歌》),写瀑布的"飞流直下三千尺,疑是银河落九天"(《望庐山瀑布》),杜甫写洞庭湖壮观的"吴楚东南坼,乾坤日夜浮"(《登岳阳楼》),写大雁塔的"七星在北户,河汉声西流"(《同诸公登慈恩寺塔》)——白发竟长达三千丈之长;瀑布不仅有三千尺,而且还如从天而落的银河;整个天地都沉浸在洞庭湖之中;在长安的大雁塔上,北斗七星竟然就在窗户之外,还可听到银河的水声。如此等等,不正是由于大大地扩展了原有物白发与瀑布、洞庭湖与大雁塔的空间量,才创造了历久不磨的诗的妙境吗?

时空变化。时空变化的含意,与时空变形不同。时间,有长有短,有过去、现在以及未来之分;空间,有前后、左右、高下、远近、大小等几种基本的方位和形态,因此,古今优秀诗人在将对生活美的再现与对主观审美体验的表现统一起来,而从中去寻求和追逐诗美之时,他们十分注意根据时空的上述形态去设计诗的架构。当然,虽然同是时空设计,但由于诗人们的慧眼灵心,却有着许多美妙的变化。秋空的白云,虽然同是云朵,虽然同是在天空中跳着轻盈的芭蕾舞,它们的舞姿不也是层出不穷吗?何况是诗人们自觉的艺术创造的时空设计呢?诗的时空变化是无穷的,但对它们的基本形态,台湾学者黄永武在他的《中国诗学·设计篇》里已作了精到的论述,有开创之功,对我有诸多启发,我这里且踵武其后,试图作并非一网而尽的追捕:

时间由长而短。如:

少小离家老大回,乡音无改鬓毛衰。

儿童相见不相识,笑问客从何处来?

——贺知章《回乡偶书》

在这首古典名篇中,空间是诗人故里的一个未经指明的地点,时间线索的安排却极见匠心。"少小"离家而"老大"才返回故里,"乡音"没有改变而"鬓毛"已衰,这两句的时间幅度极大,概括了诗人自己漫长的一生。第三句抒写的是儿童相见而不相识的片刻,与前一句相对而言,时间已经是很短很短了,结句写儿童的笑问,那更是人生长河的刹那之间。如此由一生而片断、由片断而刹那的递减之层递式时间安排,步步生花地表现了诗人老大回乡、百感交集的心态,以及人所普遍具有的沧桑之感。

时间由短而长。如:

> 云母屏风烛影深,长河渐落晓星沉。
> 嫦娥应悔偷灵药,碧海青天夜夜心。

> ——李商隐《嫦娥》

这首诗,历代诗论家解说纷纭,说明它的题旨义有多解而非单解,但抒写流落不遇之感,却是人们大致相同的看法。从时间安排上来看,它与贺知章上述之诗运行的完全是相反的轨道,第一句通过写主人公居室内的烛影,表明夜已深沉,时间较短;第二句写长夜将尽,天将明而未明,时间距离较长;第三句追溯神话传说中嫦娥偷长生不老之药的故事,时间宕开很远;第四句的"碧海青天"说明空间无尽,而"夜夜心"则暗示时间之无穷。这种由短到长而永无际涯的递增之层递式的时间设计,富于美感层次地表现了那一出悲剧的永恒性。

时间由慢而快。如:

> 剑外忽传收蓟北,初闻涕泪满衣裳。
> 却看妻子愁何在?漫卷诗书喜欲狂。
> 白日放歌须纵酒,青春作伴好还乡。
> 即从巴峡穿巫峡,便下襄阳向洛阳!

> ——杜甫《闻官军收河南河北》

唐代宗广德元年(763),史思明之子史朝义自缢,部将李怀仙斩其首来献,洛阳收复,连续八年的安(禄山)史(思明)之乱打下了一个结束的句号。漂泊西南天地间的杜甫,在梓州(今四川三台县)听到了这一喜讯后,一挥而就了上述这首诗。明末王嗣奭在《杜臆》中说:"此诗句句有喜跃意,一气流注,而曲折尽情,绝无妆点,愈朴愈真,他人决不能道。"而同为清代而稍后的清人仇兆鳌《杜诗详注》曾予以援引,清代的浦起龙在《读杜心解》中则赞之为老杜"生平第一首快诗也",并说它"其疾如飞",更是独具见地。前人所谓"快诗",主要是说诗人心情之喜悦愉快,我这里却要赋予新意而新解之:也表现了时间之快。由"忽传"到"初闻",由"却看"到"漫卷",由"白日放歌"到"青春作伴",由"即从""穿""便下""向"的动作,节奏愈来愈急,时间的速率也愈来愈快,有如电影中快速的蒙太奇镜头,有如音乐中的快板。正是由于这种急遽发展的时间节奏,才声情并作地表现了诗人的欢快之情。书法家书写这首诗时,如果用规行矩步的楷书,那恐怕是与诗意不协调的,明代被誉为"狂草若有神助,变化百出"的书法家詹景凤书写这首诗时,全用狂草,笔走龙蛇,因为只有那样,才能传达诗的快意及其时间的节律。

时间由快而慢。如:

> 寥落古行宫,宫花寂寞红。
> 白头宫女在,闲坐说玄宗。

——元稹《行宫》

对元稹这首五言绝句的赞美之辞,"前人之述备矣",可以变换一个角度,即从时间的节律这一角度来作美的欣赏。前二句,一句分写一个镜头,首先映入眼帘的是一座有些破败的古老行宫的外景,其次是宫院中开放的红而寂寞的花丛,先说"寥落",次说"寂寞",而镜头跳接之间,时间的流动较快。第三、四句描绘三五白头宫女,日长多暇,围坐在一起闲谈着开元、天宝年间的旧事,时间的速率明显地缓慢下来。清代李锳在《诗法易简录》中说:"白头宫女,闲说玄宗,不必写出如何感伤,而哀情弥至。"哀情,原是深远而悠长的,与诗情相适应的诗的时间,也是缓慢的,甚至在感慨万千中都仿佛凝滞不流了。

时空的倒转和超越。时间无始无终,空间无边无际,陈子昂当年在幽州台上登高一唱，"前不见古人，后不见来者"（《登幽州台歌》），就是站在现实时空这一立足点上，去追溯历史的时空与展望未来的时空。在诗人的彩笔下，可以使时空从现在倒转到过去，展现历史的图景，也可以使时空超越现在，直接表现未来的时空世界。在时空这一坐标上，诗人们可以作出许多奇妙的构思与处理。如人所熟知的李商隐的《夜雨寄北》：

> 君问归期未有期，巴山夜雨涨秋池。
> 何当共剪西窗烛，却话巴山夜雨时。

这首诗有许多妙处，其中最主要的一点，就是时空的倒转与超越所形成的构思的婉曲回环。"君问归期未有期"，这是回顾中所表现的过去的时空，"巴山夜雨涨秋池"，这是写这首诗时的现实的时空，"何当共剪西窗烛"，这是想象中的未来的时空，即时空的超越，"却话巴山夜雨时"，最后又回转到现实的时空。但是，如果从将来西窗夜话的角度着眼，那么，本来是时空超越的"却话巴山夜雨时"，就又化为时空的倒转了。总之，时空的倒转和超越及其变化，从美学上构成了这首诗的多层结构或深层结构，包涵了深厚的容量，形成了深远的美学境界。清代姚培谦在《李义山诗集笺注》中评这首诗说："'料得闺中夜深坐，多应说着远行人'（白居易《邯郸冬至夜思家》），是魂飞到家里去。此诗则又预飞到归家后也，奇绝！"同代的桂馥在《札朴》中则认为："眼前景反作日后怀想，此意更深。"他们也约略窥见了李商隐诗中时空超越的消息。至于时空的超越，在我国《诗经》中的《豳风·东山》篇里就已经有精彩的表现，征人在"零雨其濛"的归途上想象返家之后的种种景况，是时空超越的上品笔墨。电影中有所谓倒叙式蒙太奇，这种蒙太奇用于对未来的想象和对过去情景的叙述，如影片中由叠印、回忆、梦境、想象、梦想等构成的画面就是如此。

空间的大小映照。诗歌，篇幅短小而概括深广，有时需要描绘较大的空间景象以使境界开阔，气魄雄伟，因此就要有天高海阔、力劲气遒的笔意，以大笔写出大的境界，即诗中大景，同时，文学通过具体鲜明的形象来表现生活，具象性是文学作品的基本条件之一，因此，诗有时又需要描绘较小的空间景象，以加强具体亲切感，并和大的空间景象构成对照，这样，诗中就有精细的工笔，以细毫绘出小的境界,即诗中小景。空间意象一味求大,就会走向浮泛与空疏,空间意象一味求小,就会流于琐屑和狭窄。在诗人们以他们的实践所创造的诗歌美学中,我们常常可以看到如下的美的表现,即:大中取小,小中见大,巨细结合,点面相映,这,可简称之为诗中空间大小的正面的映照。

在中国古典诗歌中,不乏正面的大小映照的范例。如孟浩然《临洞庭湖上张丞相》一诗,"八月湖水平,涵虚混太清。气蒸云梦泽"三句,极写洞庭湖涵混汪洋湖天相接的壮观,是一个阔大的平面性空间,而第四句"波撼岳阳城",却着眼于一个较小的立体性空间,如此大小相形巨细映照的结果,巨因细而不致空无所依,小因大而精神飞动。杜甫《咏怀古迹》其三的前四句:"群山万壑赴荆门,生长明妃尚有村。一去紫台连朔漠,独留青冢向黄昏。"清人沈德潜在《唐诗别裁集》中认为"咏昭君诗此为绝唱,余皆平平"。从明人谢榛《四溟诗话》以至民国高步瀛《唐宋诗举要》,前人对此好评如潮,但未有从空间之大小映照巨细反形之诗法("群山万壑"与"村","紫台朔漠"与"青冢")拈出者。卢纶《塞下曲》的"鹫翎金仆姑,燕尾绣蝥弧。独立扬新令,千营共一呼",前三句写箭、写旗、写威严之主将,都是较小的空间意象,而"千营共一呼"则是一个壮阔的场面,具体的细部描绘与宏阔的巨笔挥写得到了较完美的统一,呈现出富于美感的诗的意境。这种由小而大的大小相形,与柳宗元"千山鸟飞绝,万径人踪灭。孤舟蓑笠翁,独钓寒江雪"(《江雪》)的由大而小的大小相形,路线相反而各有胜境。

在新诗创作中,追逐空间的大小交融的诗美的作者也并不乏人,如新加坡名诗人蔡欣的《让我斟一杯茅台》:

让我斟一杯茅台
让浓浓烈烈这酒
自我千寻喉头
黄河般滔滔灌下
痛痛快快,浇我块垒
拍我心房
慷慨歌唱
一个民族的悲壮

让我斟一杯龙井

让清清醇醇这茶

自我万顷舌面

长江般娓娓流入

曲曲折折,绕我愁肠

抚我五脏

深沉吟咏

五千年盛衰兴亡

一杯茅台一杯龙井

一曲黄流一湾清水

从五湖唱出四海

唱成龙族千代万代

多少龙静静蛰伏

多少龙脉脉等待

等雾一散 云一开

长虹万里直奔天外

"一杯茅台"与"一杯龙井"的容量本来很小,诗人的"喉头"与"舌面"的空间更不能算大,但在蔡欣的诗中,浅浅的一杯茅台大而如"黄河般滔滔灌下",小小的一杯龙井长而如"长江般娓娓流入",而短短的喉头变为"千寻",窄窄的舌面也化为"万顷",如此大小变形而大小相形,就既奔放又沉郁地表现了海外华人的寻根之情和故国之思,以及盼望中华腾飞之想,读来慨当以慷,令壮士起舞!

在空间的大小映照中,还有另外一种美的形态,那就是大小反形,巨细映衬,相反相成,相得益彰。这种空间与空间的组合关系,不是侧重于"大"与"小"的正面相互映照,而是着重于"巨"与"细"的反面的彼此衬托,不是着眼于它们之间的统一,而是着眼于它们之间的对立。大小反衬,就是在对立而统一的美学中,使生活与诗思得到远不是平庸的表现。郁达夫在《闲书·谈诗》一文中曾说古典诗歌最为巧妙的诗美艺术之一就是"粗细对称",他认为"近代诗人中,唯龚定庵,最擅于用这秘法",而"古人之中,杜工部就是用此法而成功的一个"。他曾对杜甫《咏怀古迹·明妃村》详加分析:"头一句诗是何等的粗雄浩大,第二句却收小得只成一个村落。第三句又是紫台朔漠,广大无边,第四句的黄昏青冢,又细小纤丽,像大建筑物上的小雕刻。"[①]郁达夫作为一位写旧体诗的高手,他看到了诗中空间大小结合的美,确实颇具艺术眼光,但他似乎还未拈出空间的大小反衬的美,这就有待我们去进一步作美的探索了。

诗圣杜甫,最喜欢也最擅于置小于大,即把较小的空间意象置于较大的空间意象之中,特别是把自己置于广阔巨大的空间之中,来反映时代,表现个性,显示出一种深沉的悲剧感和寥廓的宇宙感。在"残杯与冷炙,到处潜悲辛"的长安时期,他在《奉赠韦左丞丈二十二韵》的结尾就唱出了"白鸥没浩荡,万里谁能驯"的不屈服于命运的不和谐音,"白鸥"的空间意象之小,与"万里"浩荡烟波之大,构成了鲜明的反衬。在《得舍弟消息》一诗中,在"近有平阴信,遥怜舍弟存"之后,紧而承接"侧身千里道,寄食一家村"一联,"侧身"于"千里道","寄食"于"一家村",每句的上下两部分已构成鲜明的反照,而"千里道"与"一家村"之间,在上下句中又形成"大"与"小"的反衬,安史乱中世乱年荒的景况,诗人对手足殷切的悬念,于此曲曲传出。《登高》中的"万里悲秋常作客,百年多病独登台",是将一己置于无边的空间和无尽的时间之中,表现的是人生的具有普遍意义的悲剧。《咏怀古迹》的"三分割据纡筹策,万古云霄一羽毛",也是属于同一颗诗心。他的《江汉》与《登岳阳楼》更是这样。"江汉思归客,乾坤一腐儒",乾坤之"大",腐儒之"小",是多么强烈的反照,它使我们想起他的"乾坤一草亭"之句,不过前者的内蕴要丰富多了。而"吴楚东南坼,乾坤日夜浮"的阔大壮美,与"亲朋无一字,老病有孤舟"的窄狭悲伤,更是一种具有悲剧美的反衬。清代的黄生说:"写景如此阔大,自叙如此落寞,诗境阔狭顿异。"[②]同代的浦起龙在《读杜心解》中,对此作了进一步的解说:"不阔则狭处不苦,能狭则阔境愈空。"[③]杜甫诗中这种空间的反形艺术,诗意地而不是平淡地表现了生活,在诗

---

① 郁达夫:《闲书》,上海书店 1936 年版,第 109-110 页。
② 浦起龙:《读杜心解》(第二册),中华书局 1961 年版,第 583 页。
③ 同上。

史上留下了千古不磨的诗美。晚唐吕洞宾的"夜深鹤透秋空碧,万里西风一剑寒"(《题全州道士蒋晖壁》),元代宋元咏岳飞的"丹心一片栖霞月,犹照中原万里山"(《岳武穆王》),明代陆娟的"万点落花舟一叶,载将春色到江南"(《代父送人之新安》),清代易顺鼎的"记取僧楼听雪夜,万山如墨一灯红"(《丙戌十二月二十四日雪中游邓尉》),也许就从杜甫的"万古云霄一羽毛"得到过启示吧?在新诗创作中,有的诗人也十分注意空间的大小反衬:

> 这个岛啊,恍惚不在天海之间;
> 当暮霭苍茫时,它甚至不如一抹云烟。
>
> 这个岛啊,好似虚无缥缈的仙山;
> 在风雨依稀中,它简直不留下迹痕一点。
>
> 这个岛啊,你纵然看见也不好分辨;
> 在明亮的阳光下,它犹如一面褐色的风帆。
>
> 这个岛啊,你纵然发现也不可轻下判断;
> 在玫瑰色的霞光里,它不过是一支火焰。
>
> ——郭小川《茫茫大海中的一个小岛》

> 你问这牧场有多大,
> 蓝天多大它有多大;
> 片片云彩都飘累了,
> 也没找到码头休息一下。
>
> ——李瑛《我们的牧场》

郭小川的《茫茫大海中的一个小岛》,"大海"与"小岛"用"矛盾语"(又名"抵触法""矛盾修辞法")组接在一起,空间意象相反而实相成,别饶情趣;李瑛这首诗的开篇新奇而富于美感,这固然是将羊群暗喻为云彩而又将云彩作拟人化

的艺术处理分不开,但诗人将"牧场"比为"蓝天",牧场的"大"与片片云彩的
"小"又构成反衬,这样就增加了诗的美感的多样性与丰富性。

空间的角度变化。空间,除了大与小之外,诗人的艺术表现还有仰观、俯察、
前瞻、后顾、远视、近观、左顾、右盼八种方位和角度。所以莎士比亚曾在《仲夏
夜之梦》中说:"诗人的眼睛在神奇的狂放的一瞬中,便能从天上看到地下,从地
下看到天上。"在具体作品中,诗人可以只从一个固定不变的角度,也即是从一
个不移动的视点去表现空间景物,也可以采用中国传统绘画中的"散点透视"的
方法(或称"跑马透视法""移动透视法"),也就是从空间角度的变换去表现空
间景物。前者,可以称为单一的角度,后者,可以称为复合的角度。

单一的角度。如:

> 板桥人渡泉声,茅檐日午鸡鸣。
> 莫嗔焙茶烟暗,却喜晒谷天晴。
>
> ——顾况《过山农家》

> 借得东风一角天,平明来上渡江船。
> 浮云变幻江潮涨,只有青山似旧年。
>
> ——舒位《渡江望金山寺》

唐人顾况与清人舒位这两首诗的角度都是单一的,都是采用"前瞻"的角度,只
是由于前一首中诗人是"过"山农家,前瞻的空间画面有由远而近两个层面,而
后一首则是由一个固定的视点去"望",空间画面的层次是由近而远。但不论由
远而近或由近而远,视点虽有移动,方向却一致而无变化。

复合的角度。如:

> 千山鸟飞绝,万径人踪灭。
> 孤舟蓑笠翁,独钓寒江雪。
>
> ——柳宗元《江雪》

来船桅竿高,去船橹声好。
上水厌滩多,下水惜滩少。

——查慎行《青溪口号》

历数西南险,瞿塘自古闻。
水从天上落,路向石中分。
怒马惊秋涨,哀猿叫夕曛。
乘流千里疾,回首万重云。

——张衍懿《瞿塘峡》

柳宗元的名篇《江雪》,空间角度有上下远近的变化。清人查慎行的《青溪口号》,"来船""上水"与"去船""下水"的取景角度是两两相反的,它虽然有如绘画中的横幅,但绘画中的画面是静止的,而他的诗中却兼有前瞻与后顾两个不同的运动着的视点。另一位清代诗人张衍懿的《瞿塘峡》,则完全运用了绘画中的"散点透视法",也就是把从多种视点出发所看到的空间景物,在一首诗中作复合的表现。宋代画家郭熙,在《林泉高致》中提出山水画处理空间有"三远"之法,即仰视的"高远",俯视的"深远",平视的"平远",这"三远"在《瞿塘峡》一诗中有综合的显示。"水从天上落"是仰视,"怒马惊秋涨"是俯察,"路向石中分"是前瞻的平视,而"哀猿叫夕曛"写两岸啼不住的猿声,是左顾与右盼,而"回首万重云",则是与"路向石中分"的前瞻相对的"后顾"。这种多角度的表现,旅美诗人、学者叶维廉在《维廉诗话》中称之为"全面视境",它可以使诗作内涵丰厚而饶多立体感,即具有所谓"空间的深度"和"雕塑的意味"。卞之琳的早期名作《断章》,似乎也可从空间角度的变化来理解:

你在桥上看风景,
看风景人在楼上看你,

明月装饰了你的窗子,
你装饰了别人的梦。

早在四十多年前,卞之琳自己就强调全诗的意思是在"相对"上,而刘西渭(李健吾)评论卞之琳《鱼目集》的文章,认为此诗"寓有无限的悲哀,着重在'装饰'两个字",而有人还曾用近万字的篇幅给它作注释,但不论对此诗之旨意与诗艺如何解释,都不能离开这首诗空间构成的二重复合关系。

时空的综合。在现实生活中,时间与空间不可分割,因此,在诗歌创作中,单纯写时间而不表现空间,或是单纯写空间而不表现时间,都是不可想象的。只能说在表现时间或空间方面,有的诗作有所侧重而已。时间与空间,在诗歌作品中多为综合的显示与呈现。从一斑而可窥全豹,从一片落叶可以看到整个秋天,这里且略举时空综合艺术的数端,让我们由此而进一步想象与追踪时空艺术的无穷奥秘。

时空分设。在诗的结构间架方面,不少诗作采用时间与空间分别设计而又互相对映的方式来进行组合,在中国古典诗歌中,虽然时间与空间的分设并不等量均衡,其中有许多错综复杂的变化,但一句说时间,一句说空间,或一联说时间,一联说空间,这种情况却常常可以见到,如:

> 不喜秦淮水,生憎江上船。
> 载儿夫婿去,经岁又经年。
>
> ——刘采春《啰唝曲》六首之一

> 水流花谢两无情,送尽东风过楚城。
> 蝴蝶梦中家万里,子规枝上月三更。
> 故园书动经年绝,华发春唯满镜生。
> 自是不归归便得,五湖烟景有谁争?
>
> ——崔涂《春夕旅怀》

唐人刘采春所唱的《啰唝曲》,第一、二句写空间,第三、四句写时间,空间意象为实景,时间意象为虚景,虚实相生,方不板滞,也不致流于空泛。崔涂的诗,在时空安排上也是采取分设对映的形式。首句写时间,水的流逝与花的凋谢这两个意象,点明暮春时节;第二句写空间,以"楚城"这个实词点明春夕旅游之所。中间两联是时空分设同时又注意错综对照,一句空间一句时间,一句时间一句空间,而且在时间的长短与空间的大小上,都运用了对比的手法。在最后一联中,仍是一以表时间,一以表空间。这样,全诗就获得了一种美学上的统一与和谐。

时空交感。所谓"交感",就是交相感应之意,诗中的时空,不是一句写时间一句写空间这样两两分明地安排,而是在一句诗中和全首诗里,时空难分彼此地综合交糅在一起。这种时空交感之处理时空关系,在古典诗歌和新诗中最为常见。如:

> 早岁那知世事艰,中原北望气如山。
> 楼船夜雪瓜洲渡,铁马秋风大散关。
> 塞上长城空自许,镜中衰鬓已先斑。
> 出师一表真名世,千载谁堪伯仲间?
>
> ——陆游《书愤》

这首诗的首尾两联,还可以分析每一句的时空各有侧重之点,而中间两联则完全是时空交感的形态了。"瓜洲渡"与"大散关"是空间,而"夜雪"与"秋风"是指时间,时空壮阔而极具典型性;"塞上长城"与"镜中衰鬓"是空间,而"空自许"与"已先斑"则是指时间。这种交感的方式,使得时空更具错综变化之美。

时空转位。在有的诗作中,由于所描绘的空间场景在时间之流中变换,所以虽然就文字来看似乎是在写空间,实际上也表现了时间的流动,这可以称之为空间的时间化;相反,在有的诗作中,因为所描绘的时间意象的变换,是在空间之内进行,所以虽然就文字来看似乎是在写时间,实际上也显示了空间景象的变化,这可以称之为时间的空间化。空间的时间化与时间的空间化,就是诗学中的时空换位,或称时空转位,这种时空的潜在的相互作用,可以增进并促成诗的意境与结构的多样性,增强诗的美感。

在我国远古的诗歌总集《诗经》里,最早传达以空间的转换来表现时间的消息的,是《周南》中的《小星》以及《唐风》中的《绸缪》等篇。试看《绸缪》:

> 绸缪束薪,三星在天。
> 今夕何夕? 见此良人。
> 子兮子兮! 如此良人何!
>
> 绸缪束刍,三星在隅。
> 今夕何夕? 见此邂逅。
> 子兮子兮! 如此邂逅何!
>
> 绸缪束楚,三星在户。
> 今夕何夕? 见此粲者。
> 子兮子兮! 如此粲者何!

这首诗写洞房花烛夜的欢乐,和新婚者之互相赞美,诗人通过天空的星斗及其位置的变化来表现。"三星"即指天上的群星,"在天""在隅"以及"在户",虽然是描绘属于空间景象的星移斗转,却从时间上表示了一夜时光的流逝。这种空间的时间化,使这首上古之作极具现代的诗心之妙。

以时间的转换来显示空间的诗,在《诗经》中也可以找到有说服力的例证,那就是《豳风》中的《七月》,它通过时序的抒写,表现了农奴们一年到头辛苦劳动而奴隶主们不劳而获的情景。如果说这种时间空间化的艺术还比较朴素原始,那么,在古典诗歌成熟期的唐宋诗词中,就是屡见不鲜而光彩焕发的了。如宋末词人蒋捷的《虞美人》:

> 少年听雨歌楼上,红烛昏罗帐。壮年听雨客舟中,江阔云低断雁叫西风。　而今听雨僧庐下,鬓已星星也(也,诗音 yà)。悲欢离合总无情,一任阶前点滴到天明!

"少年听雨""壮年听雨"与"而今听雨",全诗各种典型空间意象,都是由时间领起并转位而来,这种空间的时间化的艺术,概括了元兴宋亡的动乱时代中作者漫长一生的遭际,留给读者的想象空间极为广阔。

在新诗创作中,着意将时间空间化与空间时间化作综合的表现,对时空的艺术处理十分动人之作,也是并不少见的。台湾诗人余光中的名篇《乡愁》,在构思上明显受到蒋捷此词的影响,全诗四节"小时候""长大后""后来呵""而现在"的表时间之短语置于每节之首,可见古今诗心之相通。香港诗人舒巷城《邮简上的诗》,也是颇值得借镜的一例:

> 此时在遥远的东边
> 正是万家灯火
> 这里,客中的时间
> 已度过了昨夜的银河
> 但你可曾想到,我的思念
> 竟像星光一样飞奔
> 向着前一夜陆地上
> 抬头与我共看星星的人

诗人应爱荷华"国际写作中心"的邀请去美国,在离港经东京转飞三藩市的飞机上写下这首诗,寄给他所爱的人。由于时差关系,西半球已是清晨而香港却是夜晚,这首诗就是运用时空转位的艺术,将时间与空间表现得分外巧妙,别绪离愁也表现得格外缠绵动人。

时空叠映。叠映,顾名思义就是把两个或两个以上的不同时空意象在一起重叠映现,有如电影中的叠映式蒙太奇或积垒式蒙太奇。美国意象派诗人庞德的《地铁站上》:"熙攘人群中这脸庞的骤现/润湿乌黑的树枝上的花瓣。"既是比喻,又是重叠式空间意象。又如新加坡女诗人淡莹《虞姬》的开篇:

> 在那双重瞳里
> 她是一朵
> 开错了季节的
> 海棠花
> 饮罢酒

舞罢剑
就遽然化作一堆
春泥

如此写历史人物虞姬,咏"霸王别姬",在新诗中可谓得未曾有,从这里可见这位
女诗人出色的诗才。据《史记·项羽本纪》记载,项羽为"重瞳",即一只眼睛里
有两个瞳孔。这本来是一种特异的生理现象,在诗中就成了一种空间意象。妙
就妙在诗人不是正面直接地写虞姬,而是从项羽所见的角度写虞姬,诗人将虞姬
比为"海棠花"与"春泥",并且把这两个叠映的意象,再叠映在"重瞳"之中,构
思新巧,内涵深永,诗心之妙可谓妙到毫巅。

时空叠映,并不是外国诗歌的专利品,在中国古典诗坛上也曾有过时空叠
映的精彩演出。"独在异乡为异客,每逢佳节倍思亲。遥知兄弟登高处,遍插茱
萸少一人",王维的《九月九日忆山东兄弟》,就是从一个抒情的定点出发,把两
个不同时空的意象叠映在一起。陈陶《陇西行》中的"奋扫匈奴不顾身,五千
貂锦丧胡尘。可怜无定河边骨,犹是春闺梦里人",两个对照鲜明的时空意象
的叠映,使得这首诗的悲剧色彩更加浓重。"君问归期未有期,巴山夜雨涨秋
池。何当共剪西窗烛,却话巴山夜雨时",李商隐的《夜雨寄北》,将此时此地的
现实的时空与彼时彼地的虚拟的时空重叠在一起,时空叠映极为高明。自李商
隐此作一出之后,王安石有"与公京口水云间,问月何时照我还? 邂逅我还还
问月:何时照我宿金山"(《与宝觉宿龙华院》),杨万里有"归舟昔岁宿严陵,雨
打疏篷听到明。昨夜茅檐疏雨作,梦中唤作打篷声"(《听雨》)。后继之佳篇,
虽然尚不如原作之精光四射,但也可以看到李商隐时空叠映的艺术对后人的
启示。

诗的时空,是诗美学中一个十分重要的领域。正如台湾学者黄永武在《中
国诗学》中所说:"研究诗的时空设计,在中国诗歌里特别重要,因为诗的素材,
不外时、空、情、理,中国诗里的理,是一种'别趣';中国诗里的情,往往高度复杂
而纵横钩贯于时空之中,借着自然时空的推移而忽隐忽现。人与自然时空是那
样奇妙地融合无间,情感与哲理,不喜欢脱离时空景象,去作纯粹的摹情说理,

每每透过时空实象的交互映射予以形象化。因此可以说,时空设计,是中国诗里最重要的环节。"① 黄永武在他的著作中,对于时空艺术有许多具体的论述,本文第四部分就从他的研究成果中得到许多启发和教益,例如"时空分设""时空交感""时空变形""时空变化"等,就是直接沿用了他的论点。但是,即使如此,我这仍然不免粗疏的一章,怎么可以期望穷尽诗的时空美的奥秘? 思接千载,视通万里,时间不尽,宇宙无穷,诗人们将在时空中继续作他们永恒的逍遥游,后来的诗论家们,也会在这广阔无边的天地中去继续探访诗美学的秘密!

---

① 黄永武:《中国诗学设计篇》,台湾巨流图书公司 1976 年版,第 43 页。

第八章　白马秋风塞上　杏花春雨江南

——论诗的阳刚美与阴柔美

很多年以前,由于一个偶然的机缘,看到了著名画家徐悲鸿1944年"书赠流丹仁弟"的一副自题联:"白马秋风塞上,杏花春雨江南。"我只知道后一句是元代诗人虞集《风入松·寄柯敬仲》词中的名句:"重重帘幕寒犹在,凭谁寄、银字泥缄? 为报先生归也,杏花春雨江南。"前一句查不到出处,也许是古典诗歌中的成句,或是后人自拟或画家本人自拟的吧,陆游《书愤》中有"楼船夜雪瓜洲渡,铁马秋风大散关"之句,朱光潜先生在《文艺心理学》中有"骏马秋风冀北"之辞。名画家吴冠中,后来也曾书"骏马秋风冀北,杏花春雨江南"一联。此联的前一句,后来又有人写作"铁马秋风塞北"或"骏马秋风塞北"。总之两位名画家那种劲裂秋风而又润含春雨的不凡笔力,那两句诗所展示的壮丽与秀美两种不同的艺术境界,像一股巨大的冲击波,叩响了我的心弦,给我以深刻难忘的印象。多年来,吟咏起这两句诗,常使我思索诗美学中一个十分重要的题目:阳刚美与阴柔美。

一

在大千世界里,美是多种多样的,我们不能要求春兰与秋菊具有同样的色彩与芬芳,也不能要求黄鹂与雄鹰具有同样的歌喉和翅膀。但是,在生活美、自然美与艺术美之中,除了喜剧美与悲剧美之外,阳刚与阴柔就是两种主要的美的形态,是美的两种基本范畴。

美是客观存在的,又有赖于人类的心灵去感应和捕捉。古罗马人从秩序、权力与崇高中去发现美;古希腊人从音乐的节奏、雕刻的对称、均衡中去发现美;古代的中国人则在和谐、适度、静观、感应中去发现美。文艺复兴时代的人在色彩中寻求美;现代人则在音乐、舞蹈、动态、流线型中去追逐美。在美学的理论概括上,美学范畴是美学中具有普遍意义的基本概念,是对审美经验的科学归纳。客观的审美范畴,是以"美"为中心,从审美客体方面研究美的种类,如悲剧、喜剧、崇高、优美的审美特征;从主观的审美范畴而言,是以"美感"为中心,探讨主观的审美范畴的审美特征,如悲剧美感、喜剧美感、崇高美感、优美美感等。主客观统一的审美范畴,则以"艺术形象"为中心,探讨艺术美及艺术美感的种类。如以美存在的领域及与人的关系来区分,美的形态又可分为自然美、社会美、艺术美与生活之美。就像哲学中的存在、意识、运动、矛盾,经济学中的商品、价值、生产、分配等范畴一样,而从客观的审美范畴而言,美学家把美最常见、最突出的具体表现形态,分为崇高、优美、悲剧、喜剧等几个不同的范畴。崇高,是美的最基本的表现形态之一,作为一种特殊的美学形态,也称为壮美、刚性美、阳刚之美、白马秋风塞上式的美;优美,与广义的作为审美对象总称的美不同,与广义的美相比较,它是一种狭义的美。优美,是与崇高相对应的一个美学范畴,也是美的一种最普遍的现象形态,人们一般称之为秀美、柔性美、阴柔之美、杏花春雨江南式的美。在自然界、社会生活和艺术创作的领域中,都可以看到崇高与优美的足迹,可以欣赏到它们开放的花朵。这里,我们且作一番广角镜式的快速的扫描吧!

红日出大海,能激励壮士们乘风破浪的怀抱;月上柳梢头,会孕育有情人海枯石烂的恋情;翠柏苍松,激流飞瀑,"悲落叶于劲秋",令人发凌云劲节慨当以慷之思;平湖曲涧,绿柳红桃,"喜柔条于芳春",使人作春意盎然心旷神怡之想。在我们祖国九百六十万平方公里的大地上,"天苍苍,野茫茫"与"杂花生树,群莺乱飞",雄浑的北国和秀丽的江南,不就是分别擅有阳刚与阴柔之美吗? 人体美不也如此? 人是自然的一部分,人体美是自然美的高级形态,女子的秀丽温柔,男子的英俊刚强,不也分别表现了阴柔之美与阳刚之美? 阴柔与阳刚这美的二分法,在中外古今各种艺术门类中无处不在,在不同民族、地域的历史文化背景中,都毫无例外地呈露出它们的美质。在中国书法美学的领域里,素来就有颜

（真卿）、柳（公权）与褚（遂良）、赵（孟頫）之异；在绘画美学的天地中，历来也有荆（浩）、关（仝）与董（源）、巨（然）之分；即以国画线描而言，游丝描柔美流畅，铁丝描刚劲有力。在西方，米开朗基罗的作品如摩西、大卫的塑像，气势豪壮而令人惊喜交集，达·芬奇的蒙娜丽莎的微笑，秀美含蓄，令人心绪如迷。在篆刻美学的范畴里，阴柔的篆刻语言是圆形、曲线、精巧、光滑和细腻，阳刚的篆刻语言是方形、直线、锐角、粗砺与犷放；在舞蹈美学的门庭内，杨贵妃的"风吹仙袂飘飘举，犹似霓裳羽衣舞"，和公孙大娘舞剑器时的"㸌如羿射九日落，矫如群帝骖龙翔，来如雷霆收震怒，罢如江海凝清光"，舞风是很有差别的，前者轻柔而后者豪荡。在音乐美学的歌台上，浑厚美如黄钟大吕，婉转美如牧笛清箫，伯牙鼓琴，志在高山，志在流水，巍巍乎而洋洋乎，是阳刚之美；韩娥唱歌，余音绕梁，三日不绝，悠悠然而袅袅然，是阴柔之美，而西方贝多芬的《英雄交响曲》素称浩瀚雄浑，德彪西的《月光曲》历来被认为轻盈妩媚。在戏剧美学的舞台上，南调与北调的韵味是各不相同的，"南北二调，天若限之。北之沉雄，南之柔婉，可画地而知也"。（见明代王骥德《曲律》）论诗，李白、杜甫与王维、孟浩然同时活跃在唐代的诗坛，他们的诗风迥异其趣；论词，苏轼、辛弃疾与柳永、周邦彦同时驰骋在宋代的词场，他们的词风各不相同。而明代的张綖（字世文）最早明确提出词分为"豪放"体与"婉约"体的观点，他在《诗馀图谱凡例》后附识曰："词体大约有二：一体婉约，一体豪放。婉约者欲其词情蕴藉，豪放者欲其气象恢宏。然亦存乎其人。如少游多婉约，东坡多豪放。"同时代而稍后的徐师曾在《文体明辨》中也认为："论词有婉约者，有豪放者。婉约者欲其词情蕴藉，豪放者欲其气象恢宏。"论文，同是属于唐宋八大家，欧阳修、曾巩的文章就偏于阴柔，韩愈、柳宗元的文章就偏于阳刚。在欧美，日神阿波罗是希腊艺术的两位守护神之一，德国哲人尼采所说的"日神精神"，亦称"阿波罗精神"，它代表明丽、和谐、梦幻与宁静的智慧，具有阴柔之美，古典风格的作家大都表现了这种精神；酒神狄奥尼索斯是希腊艺术的两位守护神之一，德国哲人尼采所说的"酒神精神"，亦称"狄奥尼索斯精神"，它象征豪放、激情和爆发的生命力，呈现出阳刚之美，浪漫风格的作家大都表现了这种状态。即以中国传统的武术而论吧，外家武功主阳刚，内家武功主阴柔，少林拳等拳种龙腾虎跃，太极拳等拳种真气内敛，路数和风格也各不相同。——从上面简略的述说可以看出，无论就自然美、生活美或艺术美而言,阳刚美与阴柔美在变化万千的美的形态里,是两种主要的美的表现形态。

在我国古典诗歌史上,阳刚之美与阴柔之美,也早已在最初和早期的篇章里闪耀过它们各自的光芒。

在《诗经·大雅·烝民》中,就有"人亦有言:柔则茹之,刚则吐之"之语,它的含意虽然和我们今天所说的艺术上的"刚柔"不同,但从语言学的角度来看,它却是"刚柔"一词的词源。"萧萧马鸣,悠悠旆旌",《小雅·车攻》中的名句所描绘的军容整肃的壮阔景象,是人所熟知的了,一千多年以后它甚至还启发过杜甫的诗思,使诗圣发出"落日照大旗,马鸣风萧萧"(《后出塞》)的豪壮的歌吟。但是,"巧笑倩兮,美目盼兮",《卫风·硕人》中对美人的传神描写所呈现的妩媚动人的风姿,却也鼓舞过后代许多诗人灵感的羽翼。李煜《菩萨蛮》"铜簧韵脆锵寒竹,新声慢奏移纤玉。眼色暗相钩,秋波横欲流",王观《卜算子》"水是眼波横,山是眉峰聚。欲问行人去那边,眉眼盈盈处",李清照《浣溪沙·闺情》"绣面芙蓉一笑开,斜偎宝鸭衬香腮,眼波才动被人猜",不也都是从中得到过启示吗?屈原的《离骚》与《天问》上下而求索,沉雄博大,气象万千,激荡着震古烁今的气魄:"朝发轫于天津兮,夕余至乎西极。凤凰翼其承旂兮,高翱翔之翼翼。……屯余车其千乘兮,齐玉轪而并驰。驾八龙之婉婉兮,载云旗之委蛇"(《离骚》),"曰:遂古之初,谁传道之?上下未形,何由考之?冥昭瞢暗,谁能极之?冯翼惟像,何以识之?明明闇闇,惟时何为?阴阳三合,何本何化?"(《天问》)而同样出自他手笔的《九歌》,除其中的《国殇》之外,却大都清新幽邈,摇曳着缠绵宛转的风韵:"帝子降兮北渚,目眇眇兮愁予。嫋嫋兮秋风,洞庭波兮木叶下。登白薠兮骋望,与佳期兮夕张。鸟何萃兮蘋中,罾何为兮木上?"(《湘夫人》)"秋兰兮青青,绿叶兮紫茎。满堂兮美人,忽独与余兮目成。入不言兮出不辞,乘回风兮载云旗。悲莫悲兮生别离,乐莫乐兮新相知"(《少司命》),上天下地气魄极为雄伟的豪放派的屈灵均,竟然同时又是轻歌微吟诗情极为幽远的婉约派的大宗师。魏晋南北朝时期的乐府诗,北方的粗犷豪迈,如"健儿须快马,快马须健儿,跋涉黄尘下,然后别雄雌"(《折杨柳歌》),如"敕勒川,阴山下。天似穹庐,笼罩四野。天苍苍,野茫茫,风吹草低见牛羊"(《敕勒歌》),南方的轻柔婉转,如"闻欢下扬州,相送楚江头。探手抱腰看,江水断不流"(《莫愁乐》），如"夜长不得眠，明月何灼灼。想闻欢唤声，虚应空中诺"（《子夜歌》）。值得顺便一提的是，唐代结束了为时几百年的南北分裂的局面，形成了一个大统一大繁荣的时代，吸收和融化了南北朝几百年各民族、各具地域风格特色的诗歌精华而推陈出新，正是唐代诗歌大放异彩的重要原因之一，而阳刚与阴柔这两条美的支流的汇聚，也使唐代诗歌的大江开放出更绚丽多彩的浪花。

综上所述，可见阳刚美与阴柔美是美的两种最主要的表现形态，是审美的两个基本范畴，也是诗歌之美的重要论题。

二

要深入理解诗中的阳刚美与阴柔美，有必要从中外艺术美学思想发展史的角度，对有关阳刚美与阴柔美的美学思想，作一番简略的回顾与探讨。

先看看阳刚阴柔的美学思想在中国土地上产生和发展的历史。

如前所述，早在《诗经》中的《大雅·蒸民》篇就有如下之句："人亦有言：柔则茹之，刚则吐之。惟仲山甫，柔亦不茹，刚亦不吐，不侮矜寡，不畏强御。"《左传》提出过"清浊、大小、短长、疾徐、哀乐、刚柔、迟速、高下、出入、周疏以相济也"（《昭公十二年》）的观点，《老子·七十八章》也体认到"天下莫柔于水，而攻坚强者莫之能胜"的"柔弱胜刚强"的生活哲理，《孟子·公孙丑上》也发出过"我知言，我善养吾浩然之气""其为气也，至大至刚"的议论，而这种"浩然之气"，是"至大至刚，以直养而无害，则塞于天地之间"的。但是，论及刚柔美学思想的源头，不能不提到《易传》，这虽是儒家学者对古代占筮用的《周易》所作解释的书，但其中包含了以阳刚阴柔的思想来认识社会现象与自然现象的努力，其中除"乾刚坤柔""刚柔有体""动静有节，刚柔断矣""刚柔相推而生变化""柔上而刚下，二气感应以相与"之外，卷九《说卦》还有如下文字：

> 昔者圣人之作《易》也，将以顺性命之理。是以立天之道，曰阴与阳；立地之道，曰柔与刚；立人之道，曰仁与义。兼三才而两之，故《易》六画而成卦。

天地人统合为一,并产生阴阳、刚柔与仁义三种对应关系,这是从宇宙天地的本体,推而及于人生的常规正道,表现的是我国古代朴素的自然哲学思想,也显示了我们民族的思想综合方式。上述种种,对我国后代有关文艺美学思想的形成,对阳刚阴柔的美学范畴的确立,具有深远的影响。

魏晋时期,纯文学获得了独立的地位,随着抒情文学特别是诗歌创作的发展,有关刚柔的美学思想也开始正式出现。沈约在《宋书·谢灵运传》中说:"民禀天地之灵,含五常之德,刚柔迭用,喜愠分情。"但是,明确地从作品的风格美角度提出刚柔之论这一创造性的美学见解,还是应该归功于刘勰之《文心雕龙》:

> 情理设位,文采行乎其中。刚柔以立本,变通以趋时。
>
> ——《镕裁》

> 然才有庸俊,气有刚柔……风趣刚柔,宁或改其气?
>
> ——《体性》

> 刚柔虽殊,必随时而适用……然文之任势,势有刚柔,不必壮言慷慨,乃称势也。
>
> ——《定势》

刘勰从作家的才情气质及艺术风格来论说刚柔这一对美学概念,显示了从美学思想高度对刚柔说的重新认识。以后,唐代释皎然的《诗式》、司空图的《二十四诗品》、宋代严羽的《沧浪诗话》等理论著作,对此各有阐发。特别是司空图,虽未标举刚柔之说,但他实际上是从壮美与优美这两个美学范畴来划分诗的品类的。《诗品》开卷第一品是"雄浑",第二品是"冲淡",一为阳刚,一为阴柔,这大约不是偶然吧,所以文学理论批评史家朱东润,早就将司空图《诗品》分为阳刚之美与阴柔之美两大类,"雄浑""悲慨""豪放""劲健"等品列为阳刚之美;"典雅""飘逸""绮丽""纤秾"等品列为阴柔之美[①]。北宋大画家米芾,他《续

---

① 朱东润:《中国文学批评史论集》,开明书店1941年版,第10页。

书评》中有一段不大为论家所引用但十分精彩的议论：

> 颜真卿书如项羽按剑,樊哙排突,硬弩欲张,铁柱将立,昂然有不可犯之
> 色。蔡襄书如少年女子,体态娇娆,行步缓慢,多饰铅华。

颜真卿书法的雄健与蔡襄书法的婀娜,是阳刚美与阴柔美的强烈对照,米芾形中见理的议论,可以说开后来姚鼐、曾国藩论刚柔的先声。同样可以视为先声的,是南宋诗论家严羽的《沧浪诗话》。

> 诗之品有九:曰高,曰古,曰深,曰远,曰长,曰雄浑,曰飘逸,曰悲壮,曰
> 凄婉。
> 其大概有二:曰优游不迫,曰沉着痛快。

严羽在标举诗的九种风格之后,复将它们归纳为两大类,可以看出,"优游不迫"正是属于阴柔之美,而"沉着痛快"则正是偏于阳刚之美。

金元之交的诗人元遗山,在《论诗绝句三十首》中说:"有情芍药含春泪,无力蔷薇卧晓枝。拈出退之山石句,始知渠是女郎诗。"元遗山这里对于不同风格的作品的褒贬,当然不尽恰当,清代诗评家薛雪在《一瓢诗话》中就批评他:"先生休训女郎诗,山石拈来压晚(应为'晓'——引者注)枝。千古杜陵佳句在,云鬟玉臂也堪师。"薛雪的观点比较持平,不扬此而抑彼,但元好问毕竟也看出了韩愈诗具有阳刚之美而秦观词具有阴柔之美。刚柔之说一脉相承,到清代姚鼐《复鲁絜非书》中得到了连用十二个比喻的寓理于象的形象描写：

> 其得于阳与刚之美者,则其文如霆,如电,如长风之出谷,如崇山峻崖,
> 如决大川,如奔骐骥;其光也,如杲日,如火,如金镠铁;其于人也,如凭高视
> 远,如君而朝万众,如鼓万勇士而战之。其得于阴与柔之美者,则其文如升
> 初日,如清风,如云,如霞,如烟,如幽林曲涧,如沦如漾,如珠玉之辉,如鸿鹄
> 之鸣而入寥廓;其于人也,漻乎其如叹,邈乎其如有思,暧乎其如喜,愀乎其

如悲。观其文,讽其音,则为文者之性情形状举以殊焉 ①。

这种如诗一样情文并茂的论文,的确可以给我们以美学的享受,同时也激发我们对于阳刚美与阴柔美的思考和想象。但是,姚鼐的功绩更在于:对从周代到清代两千多年有关刚柔的美感经验,第一次正式从美学上作了明确的归纳与肯定,提出了二者皆"美"以及美的种种形态,这,正是他对我国乃至世界的美学思想的重要贡献。清代曾国藩就承续了姚鼐的理论而有新的发展,他在《圣哲画像记》一文内,远承《易传》,近宗《复鲁絜非书》,有如下议论:

> 西汉文章,如子云、相如之雄伟,此天地遒劲之气,得于阳与刚之美者也,此天地之义气也。刘向、匡衡之渊懿,此天地温厚之气,得于阴与柔之美者也,此天地之仁气也。东汉以还,淹雅无惭于古,而风骨稍隤矣。韩、柳有作,尽取扬、马之雄奇万变,而内之于薄物小篇之中,岂不诡哉?欧阳氏、曾氏皆法韩公,而体质于匡、刘为近。文章之变,莫可穷诘;要之,不出此二途,虽百世可知也。②

曾国藩认为阳刚美有"雄伟""遒劲"的特征,有"雄奇万变"的动态,阴柔美则有"渊懿""温厚"的特征,他虽没有说明阴柔美具有柔婉清纯的静态,但也可令人连类而推及之了。他并且认为诗文的风格虽然变化万千,"莫可穷诘",但万变不离其宗,即所谓"不出此二途",其他各种风格之美均由阳刚与阴柔二美变化而来。联系到他有关刚柔之美的其他论点,我们不能不肯定曾国藩对前人的发展和超越之处。至于王国维《人间词话》中的观点,以及他的"美学上之区别美也,大率分为二种,曰优美,曰宏壮。自巴克(柏克)及汉德(康德)之书出,学者殆视此为精密之分类矣"的看法(见《古雅之在美学上之位置》一文),已为人所熟知,此处不再赘述。

阳刚与阴柔是中国古典哲学(美学)概念,在西方的文艺批评史上,没有阳

---

① 嘉庆原刊本《惜抱轩文集》卷六。
② 见《曾文正公文集》卷二。

刚与阴柔这种用语,西方美学家称前者为"崇高"或"雄伟",称后者为"优美"或"秀美"。对于它们在西方美学史上的发展轨迹,我也试图作一次粗疏的勾画。

西方最早提出"崇高"这一美学概念的,是公元前三世纪雅典的朗吉努斯。他在《论崇高》一书中说:"风格的庄严、恢宏和遒劲大多依靠恰当地运用形象……诗的形象以使人惊心动魄为目的。""我已经说过,在这全部五种崇高的条件之中,最重要的是第一种,一种高尚的心胸。"① 朗吉努斯强调诗人应该有崇高的心灵,但他主要是从修辞学的角度论述崇高。以后,十七世纪法国诗人、新古典主义文艺理论家的布瓦洛也论述过崇高,他写有《朗吉努斯〈论崇高〉的读后感》一文,把荷马、柏拉图、西塞罗等作家都归入"崇高的行列之中";英国十七世纪评论家爱迪生在《洛克的巧智的定义》中,也强调过崇高是"伟大之外又加上一种美或奇特",十八世纪英国画家、艺术理论家荷迦兹也曾说过:"宏大的形状,纵使样子难看,然而由于它们的巨大,无论如何会引起我们的注意,激起我们的赞叹。"②

在西方美学家中,真正将崇高与美作为一对审美范畴而详加论说的,是十八世纪英国美学家、经验派美学代表博克(又译伯克)。他著有《论崇高与美的两种观念的根源》,一书,将崇高与秀美区别开来考察,肯定自然界中存在着壮美,认为痛感与恐惧感是崇高感的基础。他认为崇高与秀美的区别是:"崇高的对象在它们的体积方面是巨大的,而美的对象则比较小;美必须是平滑光亮的,而伟大的东西则是凹凸不平和奔放不羁的;美必须避开直线条,然而又必须缓慢地偏离直线,而伟大的东西则在许多情况下喜欢采用直线条,而它偏离直线时也往往作强烈的偏离;美必须不是朦胧模糊的,而伟大的东西则必须是阴暗朦胧的;美必须是轻巧而娇柔的,而伟大的东西则必须是坚实的,笨重的。"③ 随后,在发表《判断力批判》之前十余年的一七六四年,德国的康德曾撰写《论秀美与雄伟的感觉》一文,将崇高与优美并列为美学中的两个重要范畴,认为秀美使人欣喜,雄伟使人感动。在《判断力批判》中,他把崇高更分为"数量的崇高"与"力量的崇高"两种,前者的特点在于对象体积的无限大,后者的特点在于对象既引

① 《西方文论选》(上卷),上海译文出版社1979年版,第125、128页。
② 荷迦兹:《美的分析》,《古典文艺理论译丛》第五册,第33页。
③ 《论崇高与美》,《古典文艺理论译丛》第五期,第65页。

起恐惧又引起崇敬的那种巨大的力量或气魄。博克认为崇高感是由崇高事物引起的,而康德则强调伦理道德观念在崇高感中的作用,认为崇高感是道德精神力量的胜利。他认为"对于崇高的愉快不只是含着积极的快乐,更多的是感叹或崇敬"①,"真正的崇高只能在评判者的心情里寻找,而不是在自然对象里"②,"这种愉快是对人自己的伦理道德的力量、尊严的胜利的喜悦和愉快。这就是崇高感"。③康德在西方,司空图在东方,他们生活在不同的历史时期,但在美学思想上却有许多相似之处,特别是康德一七九〇年刊行《判断力批判》之时,正是姚鼐写《复鲁絜非书》的前后,西方与东方两颗探索美的心灵,隔着地球的纬线,在历史的横断面上完成了他们美的二分法的感应,给后人留下了比较文学的有趣论题。在康德之后,车尔尼雪夫斯基认为:"更大得多,更强得多——这就是崇高的显著特点。"④同时,他还说明了"优美"的美感特性:"美的事物在人心中所唤起的感觉,是类似我们当着亲爱的人面前洋溢于我们心中的那种愉悦。"⑤

西方有关"崇高"与"优美"的美学理论,当然有很多值得我们学习和借鉴之处,任何闭关自守与盲目排外,都早已被证明是一种历史的错误。但是,我们毕竟也还应该自豪地看到,"阳刚美"与"阴柔美",毕竟是中国美学思想对特定的审美范畴的特定表述,许多寓理于象的论说带有直观美感和直探本源的民族特色,同时,中国古代关于刚柔美的论说常常和诗歌创作实际结合在一起,以大量的诗歌作品作为分析论证的材料,这是为西方有关美学的理论所不及的,因此,也就格外值得我们重视。我们希望中西美学理论之比较研究,能使我们对阳刚美与阴柔美获得视域更广阔、角度更新颖、探索更深入的认识。

三

阳刚与阴柔,壮美与优美,是审美的两个基本范畴,也是文艺创作特别是诗歌创作中十分重要的艺术课题。我们追溯了中外美学史的有关论述,然而,究竟

---

① 康德:《判断力批判》,商务印书馆 1965 年版,第 84 页。
② 同上书,第 95 页。
③ 同上书,第 101 页。
④ 《车尔尼雪夫斯基选集》(上卷),生活·读书·新知三联书店 1958 年版,第 18 页。
⑤ 车尔尼雪夫斯基:《生活与美学》,人民文学出版社 1957 年版,第 6 页。

什么是诗中的阳刚美与阴柔美？它们是怎样形成的呢？

《文心雕龙》语焉不详，我们古代的文论和诗论也没有作出深入系统的论述。这里，我不想对上述问题作孤立的论列，而只想从比较的角度，分别作一些粗浅的说明。我们看看两首写作时代相去不远而又同是登临揽胜的作品吧：

> 月冷龙沙，尘清虎落，今年汉酺初赐。新翻胡部曲，听毡幕元戎歌吹。层楼高峙，看槛曲萦红，檐牙飞翠。人姝丽，粉香吹下，夜寒风细。　此地，宜有词仙，拥素云黄鹤，与君游戏。玉梯凝望久，叹芳草萋萋千里。天涯情味，仗酒祓清愁，花销英气。西山外，晚来还卷，一帘秋霁。
>
> ——姜夔《翠楼吟》

> 轮奂半天上，胜概压南楼。筹边独坐，岂欲登览快双眸？浪说胸吞云梦，直把气吞残虏，西北望神州。百载一机会，人事恨悠悠！　骑黄鹤，赋鹦鹉，谩风流。岳王祠畔，杨柳烟锁古今愁。整顿乾坤手段，指授英雄方略，雅志若为酬？杯酒不在手，双鬓恐惊秋！
>
> ——戴复古《水调歌头·题李季允侍郎鄂州吞云楼》

姜夔和戴复古同是生活于南宋末造，所咏的楼又同在武昌，姜夔所写的安远楼在黄鹤山上，即戴复古词中所说的"胜概压南楼"的"南楼"。但是，两首词的美的形态却截然相异。姜夔词呈阴柔之美，戴复古词呈阳刚之美。阳刚美，又称刚健美或刚性美，它在内容与形式相对应中表现为一种力量与气概的美，它有昂扬奔放的情感，刚健雄浑的气魄，阔大高远的境界，富于力度的语言，在艺术风格上，呈现出壮美的丰姿，在美感效果上，它主要是使人惊心动魄，令人鼓舞，催人奋发，产生一种高远感与雄伟感；阴柔美又称秀婉美或柔性美，它在内容与形式相对应中表现为一种神韵与情致的美，感情细腻低回，境界清新精致，风格婉约含蓄，语言轻柔婉丽，其美感作用主要是赏心悦目，让人愉悦，启人沉思，使人产生一种清纯感与亲切感。总之，它们的美的素质、表现形态和所引起的美感心理状态，是各不相同的。

应该强调的是，阳刚之美由于能引起人们产生"崇敬"这样一种美感心理状态,与阴柔之美所引起的"喜爱"的美感心理状态有所不同,它在激发人们积极向上、奋发进取方面,自然有其特殊的美学作用。从上述这两首词的比较中可以看出,这两种不同形态的美的形成,和诗人所反映的生活内容以及所运用的笔法、语言是分不开的,同时,也和诗人的抒情个性的特点密切相关。《晋书·文苑传论》:"刚柔本于情。"诗歌中的美,是客观存在的自然美与社会生活美经诗人主观审美观照后的表现,姜夔与戴复古虽同是宋代的歌手,而且所抒写的是同一地方的名楼,但前者的词阴柔而后者的词阳刚,这就是由于他们所具体表现的生活内容和感情内容毕竟有很大的差异,而这种差异性又和这两位词人的感情气质与抒情个性有着内在的联系。姜夔虽然也有一些感时抚事之作,但他的生活圈子毕竟比较狭窄,缺乏豪放派词人那种高昂的政治热情和对生活积极进取的态度,宋末张炎在《词源》中曾称他的词是"野云孤飞,去留无迹",这不仅是对他的词的品评,也可以说是对他的人的写照。戴复古则是一位具有"一片忧国丹心"的诗人,他的豪迈奔放的感情气质表露在他的诗章之中,也决定了他在反映生活时有自己特殊的角度和方式,有自己独特的审美体验,因此,他的辞章就往往以"豪情壮彩"(《四库全书》评语)见胜。

　　阳刚美与阴柔美的形成,是客观因素与主观因素的统一,主观上是作者所抒发的感情是豪情抑或柔情,客观上是作者所描绘的题材与生活图景壮阔抑或纤细,然而,不仅如此,它还和与内容相适应的艺术表现手段有关。在艺术表现手段中,最重要的就是笔法和语言。正如一阕宏大的交响乐,必然要有多种不同音量和音色的乐器的合奏,正如浩荡奔腾的江流,必然要有宽广的河床才能运行。具有阳刚美的诗章,在笔法上往往是大笔勾勒,大开大合,相摩相荡,构成波澜起伏、气势磅礴的特色。而具有阴柔美的诗,运笔轻灵细巧,笔锋跳动的幅度不大,往往给人以一种细腻精致的美感。如同清代施补华在《岘佣说诗》中所论:"用刚笔则见魄力,用柔笔则出神韵。柔而含蓄之为神韵,柔而摇曳之为风致。"[①]从姜夔和戴复古的这两首词,人们分明可以看到它们在笔法上各异其趣。同时,语言的色调和力度与美感直接密切相关,在语言上,阳刚美的形成得力于阳刚性的词汇,阴柔美的形成得力于阴柔性的词汇。词彩豪壮,力度强烈,是阳刚性词汇

---

① 《清诗话》(下册),上海古籍出版社 1963 年版,第 993 页。

的特色;辞华秀润,力度轻柔,是阴柔性词汇的表征。戴复古词中的"轮囷半天上""胸吞云梦""气吞残虏""整顿乾坤手段,指授英雄方略"等等,语语大声镗鞳,字字劲健有力,读来真有风起云涌、雷奔电掣的气概,相形之下,姜词则轻柔妩媚,楚楚动人,他写高耸的层楼也不过是"槛曲萦红,檐牙飞翠",更无论"人姝丽,粉香吹下,夜寒风细"和"酒祓清愁,花销英气"的幽婉之辞了。

四

从美的形态和美感作用来说,阳刚美与阴柔美的特色不可混淆也不可彼此替代。

清代沈宗骞在《芥舟学画编》中曾经有生动形象的描绘,这是他笔下的阳刚美,他称之为"刚德":"挟风雨雷霆之势,具神工鬼斧之奇,语其坚则千夫不易,论其锐则七札可穿。仍能出之于自然,运之于优游,无跋扈飞扬之躁率,有沉着痛快之精能,如剑绣土花,中含坚质;鼎包翠碧,外耀光华,此能尽笔之刚德者也。"这是他笔下的阴柔美,他称之为"柔德":"柔如绕指,软若兜罗;欲断还连,似轻而重。氤氲生气,含烟霏雾结之神;摇曳天风,具翔凤盘龙之势。既百出以尽致,复万变以随机。恍惚无常,似惊蛇之入春草;翩翩有态,俨舞燕之掠平池。飏天外之游丝,未足方其逸;舞窗间之飞絮,不得比其轻。方拟去而复来,乍欲行而若止;既蠕蠕而欲动,且冉冉以将飞。此能尽笔之柔德者也。"阳则美与阴柔美的美质、美形和美的效果的区别,是显而易见的。例如,达·芬奇、米开朗基罗和拉斐尔,同是意大利文艺复兴时期的三大著名画家,但达·芬奇可以说是柔性美画风的代表,而米开朗基罗则是刚性美画风的代表。对达·芬奇的名作《蒙娜丽莎》,人们说世界上再没有一幅画的女性比蒙娜丽莎更具有柔性美,而米开朗基罗的名作《大卫》与《创世纪》,气势磅礴,雄健有力,人物极具力度,就连他所画的女性《夏娃》也焕发出一种刚性之美。在《西厢记·崔莺莺听琴》之中,作者形容张君瑞的琴音,也有"其声壮,似铁骑刀枪冗冗;其声幽,似落花流水溶溶"的描写,虽是比况琴声,但从中也可看到刚性美与柔性美的不同特色。

然而,阳刚美与阴柔美却可以互相融合而相得益彰。在大自然中,暴风雨之后也有清明的晴霁,群山万壑之中也有潺潺流泻的清溪,大海上不仅有奔涌的九级浪,而且也有波平如镜的风光。湖南岳阳楼俯临八百里洞庭,衔远山,吞长江,洞庭汪洋,君山秀丽,所以明代诗人袁中道赞美岳阳楼"得水而壮,得山而妍"①,就是看到了壮美与秀美的相交为用。在人类社会生活中,有烈火狂飙般的英雄人物,有铁马金戈的战斗生涯,有灿如朝日的崇高理想,同时,也有花前月下的儿女柔情,也有登山临水的闲情逸致,也有友朋之间的把袂谈心。因此,作为现实的反映的文学作品,不仅有的以阳刚美取胜,有的以阴柔美见长,而且常常可以做到刚柔并济。"文章之道,刚柔相济。"(清代吴德旋《初月楼古文绪论》)清代文学批评家毛宗岗评《三国演义》,就说这部小说有"笙箫夹鼓,琴瑟间钟"之妙,他举例而言说:"正叙黄巾扰乱,忽有何后、董后两宫争论一段文字,正叙董卓纵横,忽有貂蝉凤仪亭一段文字。……前卷方叙龙争虎斗,此卷忽写燕语莺声,温柔旖旎。真如铙钹之后,忽听玉箫;疾雷之余,忽观好月。"②而前引之沈宗骞,他在《芥舟学画谱》中,还曾特意说明"刚德"与"柔德"二美二者交相融汇的美学状态,他名之谓"合德",又名"成德"。而我认为,刚柔并济,正是诗歌创作中一个重要而有待深入探讨的美学课题。

　　世界上的许多事物往往各有所长,同时又各有所短,阳刚美与阴柔美也同样如此,它们各有自己的长处,也各有自己的不足。阳刚美的不足在于常常比较粗放,阴柔美的不足在于往往比较纤弱。过刚则直,过柔则靡,偏阳则暴,偏阴则暗。在诗歌创作中,简单地理解并因此而一味地追求刚性之美,片面地褒刚贬柔,那么,这种作品常常就会流于直露和肤浅,缺乏令人回味的余韵,等而下之的则成了标语口号的排列和主观意念的抽象说明,堕入凌杂叫嚣之途,而导致对真正的阳刚美的破坏。例如,南宋的刘克庄,继承苏辛一派的词风,他的词颇多英爽之气,但却缺乏苏辛词的多样性和丰富性,变化不多,某些作品慷慨豪迈而不耐细读,前人说他"奔放跅弛,殊无含蕴",的确是中肯的批评。在新诗创作中,由于长期以来极"左"思潮的影响,贬斥诗美、诗人的抒情个性和诗的风格的多样化,"假大空"的诗作曾盛行一时,将空洞老套的大言壮语、赤裸裸的教义陈述与诗美等同起来的误解,至今也没有完全消除,放纵不休,直露无余,图解概念,

---

①　《中国美学史资料选编》(下册),中华书局 1981 年版,第 172 页。

②　同上书,第 223 页。

热衷说教,导致"诗质"的稀释甚至阙如,仍然是当前诗作中积重难返的弊病。另一方面,在诗歌创作中简单地理解并因此而一味地追求阴柔之美,片面地褒柔贬刚,那么,这种诗作也必然流于轻浅和柔弱,缺乏鼓舞人心的力量,那些走入极端的作品,更是堕于软媚与晦涩,或者使人风云气短,或者使人不知所云,而导致对真正的阴柔美的破坏。在宋代的词坛上,周邦彦、吴文英、周密、张炎和王沂孙等词家的成就不能一笔抹杀,但情绪伤感,调子低沉,词旨晦涩,却不能不说是他们的许多作品的共同弊病。打倒"四人帮"以后,新诗创作有了很大的进展,但是,由于种种原因,有的人误将豪放刚健之作与"假大空"等量齐观,有的人同时又将缠绵委婉之章捧到了不恰当的高度,在倡导诗中必须有"我"和诗的艺术风格多样化的同时,诗坛上也吹起了一股"畸柔"之风,一些诗作热衷于"自我表现"地抒写纯属个人的苍白琐屑甚至低俗乃至恶俗的情感,或晦涩难明而自鸣得意有如天书,或伧俗猥琐不堪入目而令人难以卒读,这也是不容忽视的事实。

从诗美学的角度来看,阳刚美与阴柔美是对立的又是统一的,它们互相区别,又互相依存,二者只可偏胜而不可绝无,即所谓"阴阳刚柔并行而不容偏废,有其一端而绝亡其一,刚者至于偾强而拂戾,柔者至于颓废而阗幽,则必无与于文者矣"(姚鼐《海愚诗抄序》)。明清之交的文学家毛奇龄,在给朋友的信中写道:"曾游泰山,见奇峰怪崿,拔地倚天,然山涧中杜鹃红艳,春兰幽香,未尝无倡条冶叶,动人春思,此泰山之所以为大也。大家之诗,何以异此?"(袁枚《随园诗话》)大自然尚且如此,何况是诗歌创作呢?从这一角度来看,清人朱梦泉之"淮海风流句亦仙,遗山创论我嫌偏。铜琶铁绰关西汉,不及红牙唱酒边"(见于源《灯窗琐话》),批评元遗山论诗之"偏"固然不错,但他自己又以所谓"不及"来褒柔贬刚,却走向了另一个极端。一个诗人的艺术个性或一首诗的艺术格调,可以以刚为主,也可以以柔为主,但从美学整体来看却不能"畸刚"或"畸柔"。曾国藩曾说:"大抵阳刚者,气势浩瀚,阴柔者,韵味深美;浩瀚者,喷薄而出之,深美者,吞吐而出之。""阳刚之美曰:雄、直、怪、丽。阴柔之美曰:茹、远、洁、适。"(《求阙斋日记》)我以为,如果能刚中有柔,柔中有刚,刚健之中而情韵深长,柔美之中而风骨劲健,这样,诗人的艺术个性和作品,就可能像多棱形的钻石那样闪耀着多面的绚丽光辉。

是的,一个诗人的艺术个性和风格,完全可以做到刚柔相济,一个诗人完全

可以写出刚柔不同的或者偏刚或者偏柔的作品,如同德国现代著名诗人布莱希特所写的那样:

　　　坏人惧怕你的利爪,
　　　好人喜欢你的优美。
　　　我愿意听人
　　　这样
　　　谈我的诗。

——《题一个中国的茶树根狮子》

布莱希特所说的"利爪"与"优美",并不完全是指我们所说的阳刚与阴柔之美,但却可以引起我们的有关联想。拜伦写过《普罗米修斯》,也写过《雅典的少女》,普希金的《致大海》浩瀚雄浑,他的《致凯恩》却柔肠百转。"起来,匈牙利人,祖国正在召唤!"裴多菲的爱国诗篇《民族之歌》燃烧着激情的火焰,擂动进军的战鼓。"我愿是树,如果你是树上的花,我愿是花,如果你是露水",他的爱情之曲《我愿是树》流散着素馨花的芬芳,鸣奏着《月光曲》似的旋律。在我国,同是六朝的江淹,他的《恨赋》不就是以激昂胜,他的《别赋》不就是以柔婉胜吗？诗圣杜甫既有"楚天不断四时雨,巫峡常吹万里风"(《暮春》)、"莽莽万重山,孤城山谷间"(《秦州杂诗》)的高唱,也有"泥融飞燕子,沙暖睡鸳鸯"(《绝句》)、"桃花细逐杨花落,黄鸟时兼白鸟飞"(《曲江对酒》)的轻歌;诗仙李白之诗,既有"黄河落天走东海,万里写入胸怀间"(《赠裴十四》)、"黄河西来决昆仑,咆哮万里触龙门"(《公无渡河》)的阳刚震撼力,也有"燕草如碧丝,秦桑低绿枝"(《春思》)、"桃花流水窅然去,别有天地非人间"(《山中问答》)的阴柔感染力。

　　在中国古典诗歌史上,李清照该是宋代的婉约派的绝妙琴师了。但是,"生当作人杰,死亦为鬼雄"(《乌江》),"南渡衣冠少王导,北来消息欠刘琨"(《失题》),"感月吟风多少事,如今老去无成。谁怜憔悴更凋零？试灯无意思,踏雪没心情"(《临江仙》),"千古风流八咏楼,江山留与后人愁。水通南国三千里,气压江城十四州"(《题八咏楼》),时代的烈风毕竟也吹进了她的窗户,她清婉的琴弦上也弹响过凄厉高昂的变奏。苏轼和辛弃疾,这是北宋与南宋词坛豪放派的旗手了,前人形象地称誉他们是"词中之龙",但是,他们不仅有狂风暴雨的交响诗,也有如怨如诉的小夜曲。他们的作品激荡着天风海浪,也展现着月夜花朝。当时就有人在苏轼面前将他的"大江东去"和柳永的"晓风残月"作了一番比较。宋代俞文豹《吹剑录续》记载:"东坡在玉堂日,有幕士善歌,因问:'我词何如耆卿?'对曰:'郎中词,只好十七八女子,执红牙板,歌"杨柳岸晓风残月";学士词,须关西大汉,绰铁板,唱"大江东去"。'公为之绝倒。"明代徐钒《词苑丛谈》也说:"苏子瞻有铜喉铁板之讥,然《浣溪沙》春词曰:'采索身轻常趁燕,红窗睡重不闻莺。'如此风调,命十八女郎歌之,岂在'晓风残月'之下?""枝上柳绵吹又少,天涯何处无芳草",这是他的《蝶恋花》中的名句,清代诗人王士禛也曾说过:"'枝上柳绵',恐屯田(柳永)缘情绮靡,未必能过。孰谓东坡但解作'大江东去'耶? 髯直是轶伦绝群。"(《花草蒙拾》)辛弃疾,这位驰骋沙场与词场的健将,写出过许多虎掷龙腾的壮词,但也写过一些缠绵悱恻的情语,对此,前人曾经作过不少评论,宋代刘克庄在《后村诗话》中评论说:"公所作,大声镗鞳,小声铿锽,横绝六合,扫空万古。其秾丽绵密处,亦不在小晏、秦郎之下。"清代沈谦在《填词杂说》中也认为:"稼轩词以激扬奋厉为工。至'宝钗分,桃叶渡'一曲,昵狎温柔,魂销意尽,才人伎俩,真不可测。"而张耒对贺铸词的看法则是:"方回乐府,妙绝一时,夫其盛丽如游金张之堂,妖冶如揽嫱施之袂,幽洁如屈宋,悲壮如苏李。览者自知之。"(《东山词序》)这就说明在诗歌史上堪称大家的诗人,他们的艺术个性和风格必然呈现出多样统一的风格特色,他们有鲜明突出的不与别人雷同的主导风格,同时,他们的风格又是多样化的,不断发展的,他们兼有几套不同笔墨。这正是诗坛大家和小家的一个重要分水岭。

在现代诗坛上,郭小川、贺敬之、公刘是豪放派的代表人物,他们的诗作在艺术上继承了李白、苏轼、辛弃疾的传统而加以发展,以阳刚为主而杂以阴柔,使作品呈现出多样的风姿而不是单一的色调。郭小川的名作《望星空》是宏放而幽远的,贺敬之的《桂林山水歌》是刚健而妩媚的,公刘的诗豪迈而间以柔婉,他早期的诗集《在北方》的代序就是《唢呐和叶笛》一诗,诗人说:"于是在匆忙中,我失落了叶笛。但北方递给我唢呐,并且说:这是你的乐器。……但我仍然有梦幻和情思,因为我啜饮过南方的泉水。有一天,也许我会重新拾得那叶笛,而唇边又将流出北方的乳的香味。"公刘的全部诗作,音色和音程虽然有所变化,但总是兼有唢呐的高亢和叶笛的柔情。在当代诗人的行列里,郭风、闻捷的诗是以柔婉见长的,郭风的《叶笛》的轻歌,闻捷的《天山牧歌》的婉曲,都曾经得到过人们的赞赏,然而,"敢于从悬崖上倾泻下来,一颗雄心使他成为万丈飞瀑"(《瀑布》),笛韵之中忽然也有铜号的音响;"他那神奇的枪法百发百中,嘹亮的歌喉震荡山川"(《复仇的火焰》),牧歌之后也有奋厉之声;在诗美的刚柔相济方面,值得另行提出的是李瑛和邵燕祥,他们的作品似乎不是以阳刚为主,也不是以阴柔为主,和前面几位诗人比较起来,他们的作品显示出刚柔并重的特色。李瑛的诗有军人的英武,"我们匆匆地策马前行,迎着壮丽的一轮旭日,哈,仿佛只要再走几步,就要撞进他的怀里"。(《戈壁日出》)但是,"从你,我还听见多了一百种鸟的歌声,从你,我还看见多了一百种草的颜色,从你,我还闻见多了一百种花的香气,亮晶晶光闪闪的小河水"(《亮晶晶光闪闪的小河水》),他的诗英武之中又柔情似水。邵燕祥的诗有劲健的腕力,但又有细腻的抒情,"好像长白山森林里的百鸟复活在长江上,一队风帆驮着滚滚的长江水,从天边展翅飞来了"(《长江上》),"后来的日子,哪怕亲人视同陌路,我坚信:我有无数陌生的亲人。人民!在你们的门楣下,栖息过我流徙四方的灵魂"(《致人民》),他的前后相隔三十年的诗,尽管前者轻快而后者深沉,然而我们仍然可以看到那种刚健和柔婉相交融的特色。总之,对于阳刚之美与阴柔之美,上述诗人他们或许有所偏重,但他们决不偏废或截然划分,而常常是将二者结合在一起而焕发出新的异彩。即使是女诗人的作品,我们也常常可以看到刚柔之美这二原色的携手合作,如柯岩的组诗《旅德诗抄》中的《菩提树大街的废墟》:

> 在菩提树大街上
> 再也没有了成行的菩提
> 菩提树,菩提树
> 你去到了哪里
>
> 在栉比鳞次的高楼间
> 颓然兀立着钟楼的废墟

彩色缤纷中一抹熏黑
是战争留下的足迹

宽阔的马路上
漫步着一双双情侣
看得见是深情的流盼
听不见的是喁喁私语

褐色党徒的长靴
曾踢碎过他们童年的梦
但菩提树的浓荫
却永远绿在心底

为了那无影无踪的菩提
留下了触目惊心的废墟
永远消逝的晨钟
刻骨铭心的记忆

在菩提树大街上
情侣们徘徊寻觅
菩提树,菩提树
你到底去了哪里

女性诗人的作品,一般是以细腻柔婉见长的,柯岩的诗作,除了显示出她独特的艺术个性之外,也表现了女性诗人所共有的婉约风华。上述这首诗,它的基调是温婉缠绵的,但是,由于它所表现的战争的深层内涵以及主题的庄重严峻,在"爱情奏鸣曲"的柔美旋律之中,也不时回响起刚健深沉的音调,在柔情如水里,也不时照映出昔日纳粹横行钢血交飞的悲剧历史图景,这样,她的婉约之篇也就具有了刚性的力度,使人低回而又催人警醒。

五

　　刚性美与柔性美的交融,不仅可以表现在同一个诗人的全部创作之中,同时,也许更有启示意义的是表现在同一首诗作里,即所谓"能于豪爽中着一二精致语,绵婉中着一二激励语,尤见错综"(沈谦《填词杂说》),也就是清人刘熙载在《艺概》中所说的"壮语要有韵,秀语要有骨"。

　　在美学上,多样统一是美的一个重要法则,只有多样而无统一,往往显得驳杂零乱,只有统一而无多样,则往往显得单调呆板。古希腊哲人赫拉克利特早就指出:"互相排斥的东西结合在一起,不同的音调造成最美的和谐。"(《古希腊罗马哲学》)亚里士多德之子尼可马赫也认为:"和谐是杂多的统一,不协调因素的协调。"(《数学》)刚与柔,正像艺术中虚与实、直与曲、正与反、疏与密、藏与露等范畴一样,既是对立的,又是统一的,阳刚与阴柔彼此相对相斥相反相克,而又可以相对相协,相斥相吸,相克相生,相反相成,如果能辩证地将它们运用在同一首诗中,为塑造美的形象服务,常常就能够获得较之单纯的阳刚之美或阴柔之美更丰富多样的美感。苏轼与他的弟弟苏子由论书法,就曾经提出过"端庄杂流丽,刚健含婀娜"(《和子由论书》)的重要艺术见解。唐代王嗣真议论王羲之的书法之美,一方面赞之为"拨云睹日,芙蓉出水",一方面又赞之为"清风出袖,明月入怀"(《书后品》)。清代刘熙载于此一脉相承,认为王羲之的书法"力屈万夫,韵高千古"(《艺概》)。清代金圣叹评论《水浒传》,也指出这部作品注意壮美与优美的融合,如在写"壮美"的武松后,随之就写"文秀"的花荣:"看他写花荣文秀之极,传武松后,定少不得此人。"金圣叹以为就像在铙吹之后,要接之以洞箫清啭,山摇地撼之后,要忽又柳丝花朵①。音乐也是如此,"间关莺语花底滑,幽咽泉流水下滩"与"银瓶乍破水浆迸,铁骑突出刀枪鸣",白居易不也正是以对立统一的美的法则,绝妙地描绘了刚柔并美的琵琶之声吗?刚,是强烈的,宏壮的,警动的,动态的,有魄力的;柔,是隽永的,纤细的,秀润的,静态的,有神韵的,它们的特色和效果各不相同。在同一首诗里,如果以刚济柔,以柔济刚,刚中有柔,柔中有刚,摧刚

---

　　① 参见叶朗:《中国小说美学》,北京大学出版社 1982 年版,第 100 页。

为柔,化柔为刚,就能在艺术的对照中给人以多样统一的美感。

清诗人黄仲则《将之京师杂别》中说:"自嫌诗少幽燕气,故作冰天跃马行。"这位多才多病的诗人,祈求的是诗中的阳刚之力。"水声粗悍如骄将,天色凄凉似病夫"(《五月十五夜坐雨赋此》),王国维的诗句一写水声,一写天色,不也可以启发我们对于诗中刚柔并济的理解? 近代诗人苏曼殊,一九一二年从爪哇给柳亚子的信中也引有清初布衣诗人查容《送武曾之宣府》中的如下诗句:"壮士横刀看草檄,美人挟瑟请题诗。"在一首诗中,如果既有"壮士横刀",同时又有"美人挟瑟",美的情感与韵味可能更多样、更丰富。明代的诗人兼诗论家李梦阳,曾经说过写诗必须注意"叠景者意必二,阔大者半必细",胡应麟在《诗薮》中两次引用并表示赞成,他还以杜甫《送翰林张司马南海勒碑》一诗为证,认为"前半阔大后半工细也":

> 冠冕通南极,文章落上台。
> 诏从三殿去,碑到百蛮开。
> 野馆浓花发,春帆细雨来。
> 不知沧海使,天遣几时回?

颔联概括了阔大的空间,气象堂皇,是诗中刚笔,颈联忽然别开一境,描摹细腻,情致绵邈,是诗中柔笔,这样互相映照而互为补充,就显得壮阔而不空疏,婉约而不琐碎,相反,如果一味阳刚或一味阴柔,走向极端则不免流于粗豪或者软弱,而缺乏相映成文之美。除上引这首诗之外,杜甫的有名七绝"两个黄鹂鸣翠柳,一行白鹭上青天。窗含西岭千秋雪,门泊东吴万里船"(《绝句》),前柔后刚。著名五绝"迟日江山丽,春风花草香。泥融飞燕子,沙暖睡鸳鸯"(《绝句》),前刚后柔,都是雄浑与细腻的结合。他的《戏为六绝句》的"或看翡翠兰苕上,未掣鲸鱼碧海中",未必不可以看作是对"畸柔"的诗风的一种批评。清代袁枚的《随园诗话》中曾经有如下精到的见解:"诗虽奇伟,而不解揉磨入细,未免粗才;诗虽幽俊,而不能展拓开张,终窘边幅。有作用人,放之则弥六合,收之则敛方寸。巨刃摩天,金针刺绣,一以贯之者也。"在谈到同时代的蒋心余的诗时,他批评说:"子气压九州矣,然能大而不能小,能放而不能敛,能刚而不能柔。"这种使得蒋心余折服为"吾今日始得真师"的意见,对于我们今天的新诗创作也未尝没有借鉴的意义吧?

　　在当代的新诗创作中,我们可以读到一些真力弥满的颇具生活实感的作品,作者善于刚柔交综,他们的诗笔在刚柔之间,雄句与婉句兼而有之,这样,就使他们的作品光彩闪耀。新疆的诗人章德益是新时代边塞诗派的代表人物之一,他以写边塞风光见长,诗风豪迈,想象奇瑰,音调高亢,如果说他以前的某些诗作豪放有余而细腻不足,力度很强而韵味略差,有时不免显得平板和单调,那么,他的近作已经注意到以柔补刚,以柔笔写豪情了。他的组诗《天山的千泉万瀑》就是如此。"无形的风,却有着有形的肖像,要不,我们怎能在大自然的编年史册中,为它存一份档案",其中的《风的肖像》一诗,先以健笔浓墨,在纸上扬起大漠风尘:

> 从浓黄浊重的飞沙中,临摹它的肤色;
> 从纷飞披垂的枝条中,描绘它的乱发;
> 从轰然飞逝的沙雾中,勾勒它的背影;
> 从狰狞怪谲的乱云中,想象它的脸相。
>
> 从急旋的冲天沙柱中,
> 勾勒出它自天垂落的袖管;
> 从遮天蔽云的尘雾中,
> 速写下它拂天而过的大氅。

诗人也许从庄子《逍遥游》里对大鹏的描写得到过启发吧,如此独特地描绘大漠风尘,辞采壮丽,笔力雄悍,即使置于唐代的边塞诗中也无多让。但是,"我们怎能用这样的肖像,在地球的编年史中存档",于是,诗人摧刚为柔,"重新为它绘像":

> 从渠水的涟漪中,临摹它的笑纹;
> 从林带的绿盖里,描绘它的裙衫;
> 从胭红的秋果中,想象它的肤色;
> 从初春的花卉里,勾勒它的脸相。

在豪壮奔放之中,忽然着一二绵丽婉约之语,肝肠似火而色貌如花,外柔内刚,在劲健之中透出妩媚的风姿,故豪壮之情不失于粗犷,加强了而不是削弱了诗的美感。这不禁使我想起了大规模刊刻宋词之始的明代毛晋,他所编《宋六十名家词》例言中有一段精彩的话,那是评论辛弃疾的:"稼轩《摸鱼儿》诸作,摧刚为柔,缠绵悱恻,尤与粗犷一派,判若秦越。"辛弃疾的词,确不是"豪放"一词所可概括的,这位大诗人,绝不让他的风格之美囿于一隅或定于一尊。从诗美学的角度来看,辛词对我们今天的新诗创作最具有艺术启示意义的一点,就是他豪壮而不流于粗砺的叫嚣,而能于豪壮中蕴蓄隽永的境界,他凄美而不堕入颓唐的末路,而是在凄美中充沛着一派豪情。清代施补华在《岘佣说诗》中论及刚柔时,认为"少陵、退之、东坡三大家,皆不能作五绝,盖才太大,笔太刚,施之二十字,反吃力不讨好"[1],"太白才逸,笔在刚柔之间,故亦能作五、七绝"。[2] 他还指出:"七绝亦切忌用刚笔,刚则不韵。即边塞之作,亦须敛刚于柔,使雄健之章,亦饶顿锉,乃不落粗豪。"[3] 我以为,这一深知诗中三昧的艺术箴言,不独是对于边塞诗人,就是对于所有的诗歌作者,恐怕都是不无启发的。试读艾青的《维也纳》吧,全诗如下:

> 英斯河谷的两岸
> 是连绵雄伟的大山
> 每架大山像城堡似的庄严
> 山上的云杉是千万支宝剑
> 像披着甲胄的卫队
> 整齐威武,戒备森严
>
> 群山环抱的盆地
> 是一个绿色的摇篮
> 美丽的维也纳

---

① 《清诗话》(下册),第995、996页。
② 同上。
③ 同上。

是一个传说中的公主
躺在温柔的怀抱里
但她却不能真正的睡眠
老是眨着秀美的眼睛
不安地仰望天空
忧心忡忡地注意风云变幻

前一节诗豪壮森严,后一节诗婉约秀美,豪壮之中蕴含的是对维也纳的一脉深情,婉约之中透露的是对和平的渴望与对战争的警惕,刚柔相济的结果,使得这首诗具有了更丰富的美的意蕴。

在诗歌创作中,除了刚柔调济,以柔笔写豪情之外,我们还看到另一种使人颇饶兴味的情况,那就是刚柔并备,以健笔写柔情。有的诗人,或者这些诗人的某些作品,所抒发的情感不是豪迈奔进那一种类型,而更多地表现为沉挚深婉的情态,但是,他们却偏要以刚笔出之,而主要不是运用那种与感情的状态相一致的柔婉笔墨。这种以健笔写柔情和以柔笔写豪情,同样具有相辅相成的效果,同时,以健笔写柔情,较之以健笔表现那种本来是雄浑豪壮的情感,艺术的难度似乎更大,更需要诗人才情风发。文天祥的《正气歌》的高风健笔是人所景慕的了,然而,"世态便如翻覆雨,妾身原是分明月",他的《满江红》以深婉秀逸之笔抒坚贞激越之情,也觉分外动人。即以词家三李而论,李白《忆秦娥》一阕,悲秋怀古,伤离念逝,但词笔却相当豪壮。王国维《人间词话》就曾指出"西风残照,汉家陵阙"一句,"遂关千古登临之口"。李清照四十七岁之后,身逢家国巨创,她的风格由清丽婉约一变而为凄怆沉痛,如《题八咏楼》之"千古风流八咏楼,江山留与后人愁。水通南国三千里,气压江城十四州",如《武陵春》中的"只恐双溪舴艋舟,载不动许多愁",都是晚年流落浙江金华时所作,以健笔写哀思,兼有婉约与豪放之长,所谓"堕情者醉其芳馨,飞想者赏其神骏","又凄婉,又劲直"(清人陈廷焯《白雨斋词话》),别是一番情味。前人曾说"易安倜傥有丈夫气,乃闺阁之苏辛,非秦柳也",清人李调元在《雨村词话》中,更认为"盖不徒俯视巾帼,直欲压倒须眉",确是别具慧眼的妙评。李后主更是如此,他一生留下四十多首词,前后期的风格有很大的不同,转折点当是四十岁被俘后追述辞庙北上的那首《破阵子》："四十年来家国,三千里地山河。凤阁龙楼连霄汉,玉树琼枝作烟萝。几曾识干戈? 一旦归为臣虏,沈腰潘鬓消磨。最是仓皇辞庙日,教坊犹奏别离歌。垂泪对宫娥!"在词中,"四十年"和"三千里"对举,时空阔大,感情沉痛哀怨,然而却以大笔濡染,以雄奇写幽怨,以豪放表婉约,在五代词中是绝无仅有的异响,对以后的苏辛词派也有重要的启迪作用。在新诗创作中,我们也可以看到一些以健笔写柔情之作:

你有杏花春雨,

也有凛风烈雪。

中国! 中国!

你滋育了我,

也折磨了我。

呵,我亲爱的祖国!

你能翻江倒海,

也能重铸日月。

中国! 中国!

你粉碎了我,

也糅合了我。

呵,我亲爱的祖国!

十年闭门造车,

重悟人心是辙。

中国! 中国!

我为你沉吟,

我为你放歌。

呵,我亲爱的祖国!

——忆明珠《中国! 中国! 》

"唧唧！唧唧!""同志！同志!"
"啾啾！啾啾!""朋友！朋友!"

"你从那里来?""我从山外来。"
"你往哪里去?""我往山里走!"

"唧唧！你可知森林神奇的故事?"
"我正是来这里听你讲授。啾啾!"

鸟儿在树上飞鸣,我在树下行走。
一唱一答,我们都是青山的歌手!

——浪波《答鸟语》

忆明珠写历经劫难之一代人对华山夏水的祖国忠贞不贰的柔情,出之以健笔豪墨,节奏遒劲,极富力度,诵之如读诗的誓言,此诗可以与当年闻一多的《一句话》对读。如果说忆明珠不拘泥于具体细描而大笔挥洒,那么,诗人浪波之作本以刚性之美见长,颇多英爽之气,他这首以人鸟对话结撰成章的《答鸟语》,清新俊秀,逸兴遄飞,有如山神柔婉的风笛,然而短促的对偶的句法,以刚济柔摧刚为柔的笔力,仍可见以健笔写柔情的特色与艺术魅力。老诗人丁芒的《致陆游》也是如此:

任你细雨骑驴去了剑门,
在军中猎虎,醉后狂歌。
笔走龙蛇落在蛮笺上,
写你铁马秋风的豪兴。

你还是几度到沈园,
寻觅伤心桥下惊鸿的倒影。
壁上淋漓着你的泪渍,

斜阳里颤抖着画角的余音。

你的悲哀是双重的，
沉沉坠着那一万首诗章。
愤慨更染红了，
我那暮雨,我那斜阳!

丁芒的《陆游》词采刚劲,音韵铿锵,节奏有如音乐中的"快板",健笔富于力度。然而,他此诗抒写的既是陆游慨当以慷忧思难忘的报国壮志,也是陆游对唐婉死生不渝的一往深情,以刚写柔,其中也寄托了他半生戎马半生坎坷的感慨,刚柔互见,有如音乐中的"二重奏"。清人李重华在《贞一斋诗话》中指出:"诗情要软,诗笔要健,即手柔弓燥意。"这首诗,不也正是情软笔健吗?

　　白马秋风塞上是美,杏花春雨江南是美,怒猊抉石、渴骥奔泉是美,翠岭明霞、碧溪初日是美。在诗歌创作中,只要感情真挚深沉,内涵浑厚博大,以刚为主或以柔为主都可以构成美的风格,都可以产生美的作品,但刚柔并济则更能增添美的光彩。

　　清人沈祥龙在《论词随笔》中说:"词有婉约,有豪放,二者不可偏废,在施之各当耳。房中之奏,出以豪放,则情致绝少缠绵;塞下之曲,行以婉约,则气象何能恢拓? 苏辛与秦柳,贵集其长也。"二十世纪俄罗斯诗人彼得露西•勃罗夫卡,有《无论是小溪,无论是瀑布》一诗:

有的人爱听抒情的歌曲
有的人喜欢隆隆的雷声

可我坦率地说
无论是小溪
无论是瀑布
它们的声音都很动听

生活五光十色
生活丰富多样
它的精神需要永无止境
让有人像小溪一样抒发柔情
让整个世界响彻瀑布般的轰鸣

我以为，那种同时具有刚与柔之美的诗作，既不是美丽而缺乏骨力的山鸡，也不是羽翅雄张而缺乏文采的鹰隼，而是高飞远翔的光彩耀眼的凤凰！

第九章　尊重读者是一门艺术

——论诗的含蓄美

　　一望无际的平原，固然有阔大雄浑的气派，但层峦叠翠的群山，似乎另有它引人入胜的风光；奔腾浩瀚的江海，有它摇人心旌的魅力，但长堤曲槛、绿水回环的湖泊，似乎另有它令人流连忘返的风姿。

　　"美酒饮教微醉后，好花看到半开时"，北宋邵雍在《安乐窝》诗中如是说。"山重水复疑无路，柳暗花明又一村"，南宋陆游在《游山西村》诗中如是说。由自然界而文学艺术，我联想到诗美学中一个十分古老然而却又像生活之树一样长青的论题——含蓄美。

一

　　含蓄，不单是诗歌所特有的，同时也是一切耐读耐看的文艺作品所不可缺少的要素。

　　绘画，讲究象外之趣，我国清代的画论早就提出"为人不可使人疑，惟画理当使人疑，又使人疑而得之"（恽恪《南田画跋》），"虚实相生，无画处皆成妙境"（笪重光《画筌》），"字画疏处可以走马，密处不使透风。常计白以当黑，奇趣乃出"（包世臣《艺舟双楫》记邓石如语），"作画令人惊，不如令人喜；令人喜，不如令人思"（戴熙《习苦斋画絮》），等等，都是这种观点的印证和发挥。如果一幅画将画家的感受和寄托袒露无遗，读者也因之一览而尽，而不能由此及彼地

"疑"与"思"——玩味和思索,这种画多半不怎么高明。音乐,追求弦外之音,音乐中的戛然的休止,所谓"别有幽愁暗恨生,此时无声胜有声"(白居易《长恨歌》),正是指的这种余韵悠远令人回味的境界。小说,是不排斥含蓄的。果戈理说:"说教并不是我的职责。我的职责是用生动的形象,而不是用议论来说明事物。"[1] 而美国当代著名小说家海明威,一九三二年在他的纪实性作品《午后之死》中,曾提出过所谓"冰山理论"或称"八分之一原则",他说"冰山在海里移动很是威严壮观,这是因为他只有八分之一露出水面",而作家所依靠的是"水面下的八分之七,这并不是要求作家把这八分之七和盘托出,相反,应该把它深藏在水里,以加强八分之一的基础"。高尔基曾经批评富尔曼诺夫:"写得不经济,话太冗长,有很多的重复,还有很多的说明,这些说明是您对自己和读者的智慧不信任的明显表示。"(见《文学书简》上册)可惜时至今日,这种不信任读者智慧的说明,不仅没有在我们的小说创作中销声匿迹,反而以它的噪音不断冲击人们的耳膜。戏剧,是注意含蓄的,"静场"即是含蓄,而具有潜台词的戏剧语言是概述明确和内容丰富的统一,是外延与压缩相结合的结晶,演员不欢迎把话说尽而使自己没有创造天地的剧作家,观众也讨厌剧作家唠唠叨叨不留余地。德国戏剧家布莱希特为《伽利略》写的一句著名台词是:"思考是人类最大的快乐。"十八世纪德国著名戏剧家、艺术理论家莱辛也曾经说过,艺术家的作品"不是让人一看了事,还要让人玩索,而且长期地反复玩索",要获得这种美学效果,他认为应该选用"最能产生效果"的"那一顷刻"来表现,而"最能产生效果的只能是可以让想象自由活动的那一顷刻了。我们愈看下去,就一定在它里面愈能想出更多的东西来"[2]。除此之外,电影中的空镜头,舞蹈中急速旋转后的停歇,书法中"稀可走马",篆刻中的"残破",等等,都是艺术中含蓄美的具体表现。在文学艺术的广阔天地里,那种劝诫语、解说词或说明书式的作品,都不能刺激而只能窒息人们欣赏的欲望,而艺术的含蓄,就是将丰富深广的社会生活和思想感情的内容,熔铸含蕴在鲜明生动的艺术形象之中,作者不是笨拙地直接宣扬或解说自己的观点,而是充分调动读者的想象力,使读者通过艺术形象的欣赏而得到思想感情的陶冶和美的享受。

---

[1] 转引自布罗茨基主编:《俄国文学史》(中册),人民文学出版社1957年版,第515页。

[2] 莱辛:《拉奥孔》,人民文学出版社1979年版,第18–19页。

含蓄,有人说是一种风格,有人说是一种技巧,我说两者都是,苏东坡说"言有尽而意无穷者,天下之至言也"(姜夔《白石道人诗说》),因此,我以为它首先还是文学艺术所共同的一种艺术规律,一种普遍的艺术美学法则,它的美学内涵和美学价值远远超过一般意义上的风格和艺术手法。

在我国古代美学理论中,含蓄常常被视为一种艺术手段,特别是诗歌抒情的一种手段。例如明代谢榛认为"诗乃摹写情景之具,情融乎内而深且长,景耀乎外而远且大"(《四溟诗话》),清人王夫之《姜斋诗话》就进一步分析"情景名为二,而实不可离",具体的含蓄方式有"情中景"与"景中情"两种。清末梁启超《中国韵文里头所表现的情感》是一篇著名的文章,他以"回荡""奔迸""含蓄蕴藉"来区分诗歌抒情的方法,他说"回荡""奔迸"的表情法"是有光芒的火焰","含蓄蕴藉"的表情法则是"拿灰盖着的炉炭"。但是,从具体手法上来认识含蓄,我以为仍是一种狭隘的至少是狭义的理解。此外,含蓄也常常被视为一种风格,刘勰《文心雕龙·体性》篇,就以"味深""调远""辞隐"等偏于含蓄的概念,来表述扬雄、阮籍、陆机等人作品的风格。清代叶燮《原诗》说"七言绝句创作,古今推李白、王昌龄。李俊爽,王含蓄",这也是从风格的角度来处理含蓄这一美学概念,从而区分两位七绝圣手风格的差异。这,也不能认为是对含蓄的广义的理解。如前所述,含蓄在某种意义上固然可以说是一种手法,或者一种风格,但从广义上说,它更是中国的文学艺术特具的一个共同的美学原则。"含蓄"一词,最早见于北宋诗歌,韩愈《题炭谷湫祠堂》诗有"森沉固含蓄,本以储阴奸"之句,但韩愈所说的"含蓄",是包藏、容纳之意,是对祠堂实景及自己的感受的描写,并没有艺术的指向性的内涵。到韩琦《观胡九龄员外画牛》一诗中"采摭诸家百余状,毫端古意多含蓄",情况就发生了变化,"含蓄"就是指艺术品的内容丰富而含蕴不露了。中国古典诗论的美学思想,在魏晋以前纯文学还未独立存在之时,强调的是诗歌的社会作用。虽然《列子》中记载韩娥的歌声"余音绕梁,三日不绝",《孟子》中也记载孟子说过"充实之谓美"以及"言近而旨远者,善言也"的话,这些都与含蓄及其美感效果有关,但占绝对主导地位的还是孔子"兴观群怨"与"思无邪"的重社会作用的诗教。魏晋时代,文学与其他学术明确地分离而有了独立的地位,对文学包括诗歌在内的美学特征的探讨就日渐发展和深入。陆机评价诗文,在《文赋》中提出了"或清虚以婉约,每除烦而去滥;阙大羹之遗味,同朱弦之清泛。虽一唱而三叹,固既雅而不艳"的美学观点。刘勰《文心雕龙》中也多次提到了诗文的耐人咀嚼的"味",如"清典可味""志隐而味深""深文隐蔚,余味曲包"等,即触及了含蓄的美学内涵。在这一方面,梁代钟嵘的《诗品》做出了更大的贡献。在中国古典美学思想史上,他首先提出了"滋味"之说,并以之作为评价诗歌的审美标准,"使味之者无极,闻之者动心",成了一面使后代诗论家都望风来仪的艺术旗帜。唐代司空图《二十四诗品》以二十四首诗描述二十四种诗品,其中一品就是"含蓄",自他之后,历代许多诗论家虽然不可能像我们今天这么明确地表述,但他们都不同程度地认为含蓄是诗歌创作的艺术原则和诗歌欣赏的美学特征之一。这一点,只要我们略事检视古代的诗歌理论著作,就能随手拈来许多例证。

含蓄,对于中国诗歌创作具有特殊重要的美学意义,可以说,含蓄,是中国诗歌民族作风与气派的一个主要特征。

美和对美的欣赏是有民族性的。民族的共同心理素质和审美习惯,对审美心理的形成具有制约作用,不同的民族因此而具有不同的审美观念。西方民族是性格比较外向的民族,也是长于逻辑思维的民族,西方民族的民族精神、思维特点和行动方式,对他们诗歌的风格当然有直接的影响,所以西方诗歌特别是浪漫主义诗歌,大都追求抒情的激烈奔进,酣畅淋漓,诗人们直抒胸臆,揭示心灵的活动与隐秘,一般不讲求委婉曲折,含吐不露。雨果评论拜伦,认为他是自由批判精神的象征的"撒旦",雨果指出:"他的心扉,似乎每当一个思想从中喷射出来的时候,就要张开一下,犹如一座狂吐火焰的火山。"[1] 而歌德的有关看法则是:中国人"那里一切都比我们这里更明朗,更纯洁,也更合乎道德。在他们那里,一切都是可以理解的,平易近人的,没有强烈的情欲和飞腾动荡的诗兴"。[2] 他的书信体小说《少年维特之烦恼》开篇有《绿蒂与维特》一诗,郭沫若的译文是:"青年男子谁个不善钟情?妙龄女人谁个不善怀春?这是我们人性中的至圣至神,啊,怎么从此中有惨痛飞进?可爱的读者哟,你哭她,你爱他,请从非毁之前救起他的声名。你看呀,他出穴的精魂正在向你耳语:请做个堂堂男子哟,

---

① 雨果:《论文学》,上海译文出版社 1980 年版,第 16 页。
② 《歌德谈话录》,人民文学出版社 1978 年版,第 112 页。

不要步我后尘。"中西诗歌美学风格的差异,由此可见。

　　中国诗歌的民族作风与气派的基本特色,除中国古代诗歌理论作了许多形象的表述之外,梁启超曾用"含蓄蕴藉",闻一多曾用"蕴藉"来概括。钱锺书在《中国诗与中国画》一文里,也曾指出西方一些批评家同样持下述看法:"有人说,中国古诗'空灵''轻淡''意在言外'……中国古诗含蓄简约……抒情从不明说,全凭暗示,不激动,不狂热。"① 至于美国的新诗运动,更是受到中国古典诗歌重意象和暗示的影响。一九一五年,庞德就指出读中国诗就可以明白什么是意象派,蒙罗则把意象派看成是"对中国魔术的追寻"。总之,由于民族性格与意识的主客观的制约,中华民族的心理气质偏于内向,而中国儒家"温柔敦厚"的诗教,对民族审美心理也有深远的影响。因此,在我国人民长期的审美过程中,由于历代诗人的苦心经营,含蓄,就成了历代诗论家对诗歌创作的一个基本美学要求,成了我国民族的美学思想的一个重要内容,也成了中国诗歌突出的民族风格特征之一。司空图《二十四诗品》关于含蓄的名句是"不着一字,尽得风流"。诗海一瓢,我们且看看李商隐的两首诗和诗评家们的议论吧:

> 遏云歌响清,回雪舞腰轻。
> 只要君流盼,君倾国自倾!
>
> ——《歌舞》

> 一笑相倾国便亡,何劳荆棘始堪伤。
> 小怜玉体横陈夜,已报周师入晋阳!
>
> ——《北齐》二首之一

第一首诗的后两句和第二首诗的前两句,异曲而同调,都是抽象的议论和直接的说明,这里,我们不去评论诗人这种论说是否正确,而只注意它的艺术效果。对于《歌舞》诗,清人纪晓岚的批评可说一语中的:"殊乏蕴藉。"② 确实,这首诗前

---

① 钱锺书:《旧文四篇》,上海古籍出版社 1979 年版,第 12–13 页。
② 见《李义山诗集三色印本》,同治广州萃文堂刊本。

两句虽描写了歌舞的场面,点明了题目,但仍属平平之笔而没有十分出彩之处,而后两句论言直遂,把结论一眼见底地端给读者,就更使人感到兴味索然了。对《北齐》诗,诸家的评论则是一分为二的,纪晓岚引廉衣的话道:"病只在前二句欠浑,后二句如此快写,乃妙。"① 朱彝尊也只欣赏后两句:"故用极亵昵语,末句接下,乃有力。"② 至于纪晓岚,他对李商隐诗的批评相当苛刻,但对这首诗的后两句也不得不表示心折:"议论以指点出之,神韵自远。若但议论而乏神韵,则胡曾咏史,仅有'名论'矣,诗固有理足意正而不佳者。"③ 所谓"欠浑"与"议论而乏情韵",就是缺乏鲜明的形象和形象的含蓄性,作者的观点以抽象直白的形式表述,而"议论以指点出之,神韵自远",就是强调对生活的认识和评价要通过"指点"——具体鲜明的形象的图画——含而不露地表现出来,那样,才能引起读者深远广阔的联想。《北齐》诗的后两句就是如此:冯淑妃名小莲,乃北齐后主而人称"无愁天子"高纬之宠妃,"小怜"是"小莲"的谐音双关语。君王宠爱之夜,敌兵已破城而入,诗人以"超前夸张"的修辞手法,将并非同时发生之二事组接在一起,两句诗,两重情境对峙并相互撞击,有如两幅对比强烈的图画,仿佛两个悲喜分摄的镜头,诗人不着一字而感喟无穷,情境的逆转产生强烈的张力,读者也自然地对诗的内蕴引起联翩的浮想。李商隐的诗,着意纠正韩愈、白居易诗风上发露质直的缺点,以婉曲含蓄见长,但他的某些过于直露的诗,也仍然受到批评家的指责。从上面引述的诗及诗评家的评论中,我们可以看到将深广的内容寓于形象之中的含蓄,既是艺术的普遍美学法则,是诗人与诗论家共同的美学追求,也是我国古典诗歌弥可珍贵的民族传统艺术特色。

二

　　谢冕是当今声名颇著的诗评家,他的近作《重获春天的诗歌》(《文艺报》一九八〇年六月号),很具见地,文字清新。但下述看法我却不敢完全表示同意:"应当看到,古典诗词中那些田园情趣以及蕴藉含蓄的格调,与高速公路、电子计

---

① 见《李义山诗集三色印本》,同治广州萃文堂刊本。
② 同上。
③ 同上。

算机、气垫船的流韵已经呈现出极大的不调和。"如果我没有歪曲他的原意,那
么,他对"蕴藉含蓄"是有所排拒的,这就未免失之片面了。今天,并没有人提出
要搬用"古典诗词中那些田园情趣以及蕴藉含蓄的格调",来表现当今的现代生
活,而现代化的进程使本来可贵的"田园情趣"几近荡然,则是一个严峻的现实
问题,但是,"蕴藉含蓄"固然有它的具体内涵,但作为一个普遍的适用于任何时
代的美学原则,它却不会过时。我以为,不论物质文明如何向现代化发展,广义
的作为艺术普遍规律的含蓄是永远需要的,除非取消了艺术而只保留说明词、宣
言书、科学报告和报刊社论。即使只就诗歌领域而言,我国古典诗歌主要传统艺
术特色之一的含蓄,也仍然值得今天的诗作者发扬,因为文学艺术有它的历史
继承性,也有它的民族的作风和气派,同时,只要不否认诗是最精炼最富于暗示
性与启示力的表现生活和诗人心灵的文学样式,只要承认拖沓冗长与平直浅露
仍然是当代诗歌创作中两种常见的颇具传染性的痼疾,我们就不能轻率地否定
"含蓄"。即使如法国的存在主义哲学大家萨特,他也这样说过:"今日许多青年
不再考虑风格。他们以为只需简明地写出了要说的东西,就可以了。但风格,刚
刚相反——我不是说它的简明性不可以同时并有——是用一句话同时表达两三
种意思的一种方式。简明的句子,有它明显的意思,而同时可以有不同的深刻的
含意。"①

对含蓄这个古老的命题,我们可以用现代的信息论美学的观点给予新的
解释。

一九四八年,美国数学家申农发表了《通讯的数学理论》,创立了一般信息
论也称狭义信息论这门学科。属于广义信息论范畴的信息论美学,是运用信息
论的观点解释文艺创作中的审美现象,用信息论的方法解决创作与欣赏中的美
学问题。信息论美学的代表人物、法国的莫尔斯在一九五八年出版了《信息论
与审美感知》一书,另一位主要人物——德国的本泽也于二十世纪五十年代后
期开展了对于信息论的研究。莫尔斯认为:"所有的艺术作品——广而言之,
艺术表现的任何形式,都可以被视为一种信息。"② 信息,按日本最新出版的《现

---

① 转引自黄维樑:《中国诗学纵横论》,洪范书店 1978 年版, 第 168 页。
② 转引自姜庄国:《信息论美学初探》,《当代文艺思潮》1985 年第 1 期。

代用语的基础知识》的定义是："信息是生活主体同外部客体之间有关情况的消息。"① 这可以说是信息论美学的基本观点和出发点。在作者——作品——读者这三重关系上，作者是信息发送者，作品被称为信息源，它是由人类所特有的信息系统——文字所构成的，读者是受体，是信息接收者，读者最后的接受就达到了信宿，而读者的视觉、听觉等感官系统（传感器）被称为传递通道，也称信道。艺术作品要被读者更充分更合理地欣赏并且更积极地参与，而不是见一是一、见二是二的被动地接受，那么，信息源就必须做到最优化。最优化的主要表征之一，就是信息源本身必须具有较大的信息量，做到高度的精炼和浓缩，同时具有可传达性，一眼见底的明了与百思不解的晦涩，一读之下就为读者全盘接受或百读之下仍使读者莫名其妙，这两个极端都只能说明作品信息量极少或等于零。因此，我们所说的诗美学上的"含蓄"，所谓"有余不尽"，所谓"令人于言外可想"，等等，就是要求作为审美客体的作品储备最可能充分的语义信息，这种信息本身具有多层结构，并且具有相当的多余信息量，能激发作为审美主体的读者在欣赏过程中积极地进行审美参与和思考，把审美感知和信息量结合起来，从而在欣赏这一不断运动的状态中丰富和扩充信息量。也就是说，信息是审美主体与审美客体互为条件的结果，是主客体共同创造的美学内容，作品的含蓄，有助于作者和读者共同创造为好诗所必具的丰富的审美信息。

　　一切文艺作品都要求通过有限的描写表达丰富的内容，但其他文学样式大都还有相当广阔的可供作者驰骋的天地，而诗歌则是最集中最凝练的一字千金的文学样式，它要求以最简约的篇幅表现尽可能深广的内涵，以一当百，从有限中见无限，就必须高度讲求含蓄。因此，真正的含蓄就是明朗与模糊，就是丰富与多义，它能使作品具有丰富多样令人寻索的美学信息，它也是医治诗作啰唆冗长之弊病的一剂良药。"意蕴总是比直接显现的形象更为深远的一种东西"（黑格尔），以长为胜，貌似多而实少，无尽则有尽；引一概万，貌似少而实多，不尽则无尽。含蓄的诗，把巨大的有刺激性的信息容量压缩在凝练的形式里，直接形象单纯，间接形象丰富。它凝练，以内蕴深广的寥寥数语胜过空洞浮泛的万语千言；它含蓄，日月不居，却永远能在新的阳光下焕发新的信息。我每读元稹的

---

① 转引自朱志尧、刘路沙编著：《信息世界》，北京出版社 1985 年版，第 3 页。

《古行宫》，总是为它的诗中有画所惊叹，也被其言短意长的含蓄所征服。诗人描绘的空间不大：一座寥落的行宫，数株寂寞的宫花，几个白头的宫女。可是，诗人抒写的时间与情事却是悠长的，一句"闲坐说玄宗"，妙就妙在没有点明说的什么，却使人由眼前的现实蓦然回溯到遥远的过去，安史乱前开元天宝时代的盛况，安史乱中动乱流离的社会生活，以及诗人抚今追昔的深沉的感慨，那广阔深远的内容一齐包容在这寥寥二十字之中，这真不能不令人叹服于它的精炼与含蓄！前人有鉴于此，清人潘德舆说："'寂寞古行宫'二十字足赅《连昌宫词》六百余字，尤为妙境。"（《养一斋诗话》）① 他认为这首短短的绝句可抵得上同一作者的另一首长诗。在潘德舆之前，瞿佑将不同作者的长短不同的诗作了比较，"乐天《长恨歌》凡一百二十句，读者不厌其长，元微之《行宫》诗才四句，读者不觉其短，文章之妙也。"（《归田诗话》）② 言下之意，后者和前者各臻其妙。胡应麟更赞美这首诗"语意妙绝，王建七言《宫词》百首，不易此二十字也"。③ 他竟认为元稹二十字可胜过颇有才华的王建的共二千二百字的一百首宫词！如果说，简洁是天才的姐妹，那么，精炼可说是含蓄的子民了。我想，舍去含蓄而求精炼，那是难以做到的。许多新诗之所以在篇幅上竞相比赛长度，意有穷而言不尽，不讲含蓄该是重要原因之一吧？"好尽之病""好直之病"，无论是古代或今天，都是对诗美的破坏，都为诗美所忌讳。即使大诗人如白居易和苏东坡，前人也曾分别批评他们，认为白居易的一些诗"言尽意尽，更无余味"（宋人魏泰《临汉隐居诗话》），认为苏东坡一些作品"东坡才思甚大，而有好尽之病，少含蓄也"（清人施补华《岘佣说诗》）。因为白居易主张"通俗"，走到极端就容易流于直白浅露，像一眼见底的沙滩，而苏东坡是北宋词坛豪放派的领袖，他的作品纵横鼓荡，气势有如海雨天风，但有时也不免显得过于发露而不够内敛。古代已久经时间考验的大诗人尚且有为人诟病之处，何况作为一般的新诗作者的我们？

中国诗歌讲求含蓄，是为了攀登上充实之美的峰峦，而不满足于在一目了然的平原上驰马。西方诗人虽然不一定拥有并使用"含蓄"一词，但有些作者，如象征主义诗人特别是意象派诗人，他们倡导象征、暗示与意象，反对明说和直陈，

① 郭绍虞编选：《清诗话续编》（第四卷），上海古籍出版社 1983 年版，第 2047 页。
② 丁福保辑：《历代诗话续篇》（下册），中华书局 1983 年版，第 1245 页。
③ 胡应麟：《诗薮》，上海古籍出版社 1958 年版，第 121 页。

以马拉美所说的"一语道破,则诗趣索然"为艺术信条,都曾受到中国古典诗歌讲求言外之意和意象经营的艺术观念的影响,从某种意义上来说,他们所追求的也就是含蓄。如意象派主将庞德的《抒情曲》:

> 我的爱人是深处的火焰
> 躲藏在水底。
> ——我的爱人快乐而善良
> 我的爱人不容易找到
> 就像水底的火焰。
>
> 风的手指
> 迎着她的手指
> 送一个微弱的
> 快速的敬礼。
>
> 我的爱人快乐
> 而且善良
> 但是不容易
> 遇见。
>
> 就像水底的火焰
> 　　不容易遇见。

《抒情曲》所要表现的是什么,庞德并没有直接说明,或者说,诗人的本意根本不在说明而在表现,他只是抒写了躲藏在水底的火焰这样一个矛盾的意象,作含而不露的暗示,这是符合他《诗的几条禁例》中"不要用多余的形容词,不要将事物抽象化"的原则的。从庞德的作品可以看到,含蓄在象征派与意象派诗歌中,不仅是作为形象创造的一种手段而归属于艺术手法或艺术风格的范畴,含蓄之美,在他们的形象系统中更是力求内蕴丰富与美感密度的重要美学法则。

"含蓄"这个古老的美学命题,从当代的接受美学的观点来解释,也可以恢复它的青春。

接受美学,又称接受理论或接受研究。德国的汉斯·罗伯特·姚斯与沃尔夫冈·伊塞尔是这一学派的代表人物。姚斯于一九六〇年发表《文学史作为文学科学的挑战》一文,奠定了接受美学的地位,而伊塞尔也有《阅读过程的现象学研究》《阅读活动·审美反应理论》等重要论著。这种于六十年代在西方新兴的文学研究的方法论,一反传统的只将作者与作品作为研究对象的做法,也着重将读者作为文学研究的对象,充分肯定读者在文学活动中的地位和作用,从而开阔了人们的思维领域与文学视野。这,正是接受美学对文学研究的重要贡献。

接受美学认为,文学作品的社会意义与美学价值,只能通过读者的欣赏这一审美再创造的活动才能得到呈现,而诗是读者的体验,在读者的欣赏与接受之外,诗就不可能存在。照接受美学看来,作品的创作完成是"发生史",读者的接受过程是"影响史",只有"发生史"与"影响史"的结合,也就是作品与欣赏的结合,作品才是最后的也才是真正意义的完成。作者的创作过程与读者的接受过程,苏联的接受美学家称之为"动力过程",这就是说作者通过创作想象的境界而表现生活与心灵,读者通过再创造想象的境界而体验深化与扩大生活与心灵。因为接受美学主要是从读者的观点来考察文学作品的功用,所以法国当代美学家杜夫海纳在《审美经验的现象学》中说:"作者全力以赴的不是描写或模仿某一预先存在的世界,而是唤起他的再创造的世界。"[1] 他在《诗意》《语言与哲学》等著作中一再强调:"只有当被读者所认知,且被读者的认识所神圣化(consecrated)时,一首诗才真正地存在。"[2] 综上所述,可见接受美学是以读者在欣赏作品过程中的审美心理为主要研究对象的学问。在德国阐释学与接受美学的基础之上发展起来而盛行于美国的"读者反应批评",是一种更加注重读者的审美心理和积极参与的理论。中国传统诗美学中的"含蓄",那所谓令人"玩味不尽"的含蓄,它一方面要求作品应蕴含丰富的"不尽"的审美信息,同时对读者的审美想象又要有强烈的刺激作用,有较高层次与较深程度的"玩味"价值。

---

① 转引自刘若愚著:《中国文学理论》,杜国清译,台湾联经出版事业公司 1981 年版,第 311 页。
② 同上书,第 301 页。

因此,中国传统的"含蓄"美学概念,从它内蕴的信息量可以用信息论美学的看法来理解,从它外射的对读者审美想象的刺激,则可以用接受美学的观点来解释。从这里我们还应该看到,中西美学思想可以作比较研究,它们之间不乏能够汇通之处,我们可以取长补短,互相印证发明,而不应或盲目排斥,或妄自菲薄。

在所有的文学样式中,诗歌是最具暗示性与启示力的诉之于想象的艺术。鉴赏想象力,是审美感受的心理规律的一个重要方面,读者的艺术欣赏也是艺术创造的同义语,而诗歌不仅本身要富于想象,而且要善于刺激和调动读者的想象力,使读者的思想感情在欣赏这一艺术再创造活动中潜移默化,同时又在读者的想象活动中进一步延续与扩展诗的天地。所以英国作家王尔德曾说批评家"以艺术作品为起点,从事新的创造",而巴尔扎克在《幻灭》中借人物之口说:"真正懂诗的人,会把作者诗句中只透露一星半点的东西拿到自己的心中去发展。"要做到这一点,在很大程度上有赖于"含蓄"。含蓄,以富于启示力的形象刺激读者的时空联想,确是医治一眼望穿绝无余韵的诗病的有效药方,因为它将读者的想象作为诗的形象与意境的外部构成因素纳入创作过程,在读者的审美再创造的过程中,扩大作品的美学容量,加强作品的艺术感染力。无视读者的审美心理,就不可能有含蓄,含蓄之美,就是对欣赏者审美心理的尊重和肯定。我国优秀的古典诗歌之所以令人百读不厌,其重要艺术奥秘之一就是光芒闪敛,情在词外,引而不发,激发读者审美想象的积极性,让他们根据各自的生活经验与艺术修养去领略那无限风光。例如下面两首宋诗:

平桥小陌雨初收,淡日穿云翠霭浮。
杨柳不遮春色断,一枝红杏出墙头。

——陆游《马上作》

应怜屐齿印苍苔,小叩柴扉久不开。
春色满园关不住,一枝红杏出墙来。

——叶绍翁《游园不值》

南宋诗人叶绍翁这首千古传唱的绝句,其实脱胎自在他之前的陆游的诗。陆游是七绝名家,但他这首诗却远不如叶诗有名,原因就是叶诗设置了一个特意寻春的情境,写得蕴藉空灵,含蓄有致。叶绍翁的诗,第一句写空间,第二句写时间,点出叩门之久,心情之殷,为下文作了有力的铺垫和蓄势,第三句是绝句写作中极重要的一环,他写得意象饱满而用意新警,"满园"对下面的"一枝"作了强烈的映照,也激发读者的审美联想与审美期待,人们读完余韵悠然的结句,想象的羽翼自然会随着"一枝"的指引而飞向那春色无边的园中,飞向那广阔辽远的时空。比较起来,陆游诗景物杂然并陈,叙写过于质实,吸引人的力量就差多了。不过,叶诗虽好,却不免有"作案"的痕迹,如果读者熟悉唐代不太知名的王梦周的《故白岩禅师院》一诗,就会不免生疑:

> 能师还世名还在,空闭禅堂满院苔。
> 花树不随人寂寞,数株犹自出墙来。

王梦周的生卒年里均无可考,名不见经传,《全唐诗》他的名下仅此一诗。叶诗与此诗同为绝句,可疑之一;韵脚相同,而且重复了"苔"与"来"两个关键词,可疑之二;更重要的是,两诗后两句的用语和意境大体相同,王诗写人去院空,唯见花树出墙,不胜惆怅之情见于言外,叶诗也大致如此。不过,作案的叶诗竟然写得后来居上,就只能委屈王诗更不为人知而默默无闻了。

为了充分说明含蓄与调动读者想象力的关系,我们不妨再引述唐代吴融《途中见杏花》一诗。吴融是晚唐人,王梦周是否读过他之诗,无法确考,但叶诗和陆诗,恐怕也都从他这一作品中得到过启发:

> 一枝红杏出墙头,墙外行人正独愁。
> 长得看来犹有恨,可堪逢处更难留。
> 林空色暝惊先到,春浅香寒蝶未游。
> 更忆帝乡千万树,澹烟笼日暗神州。

言情则"愁""恨"满纸,描写则密不透风,窒息而不是刺激读者的想象,篇幅是王梦周诗与叶绍翁诗的两倍,容量和艺术感染力则远远不及后者。从上述几首诗的比较中,我们是否可以得到某些艺术上的启示呢?确实,由于以前长期以来没有正确处理文艺和政治的关系,热衷于把诗歌作为政治的单纯的传声筒,不讲究诗的艺术,以为随便赋得五言八句就是诗,因此,新诗中也包括当代诗词中那种唯恐读者不懂的说明书和说教式作品,实在是太多了。近些年来又走入另一个极端,新诗中颇多琐屑虚无晦涩难明之作,如不明底细百思不解的谜语,如一塌糊涂见之败兴的泥塘,上述这些无法激起人们任何美感联想的东西,假"诗"之名以行,自然就败坏了读者的胃口,同时也败坏了诗的名声。

三

一曲清歌,会有三日不绝的绕梁余音;一帧名画,其中必有广阔的境界可供观者"卧游";一首好诗,自然也会有见于言外的令人寻绎不尽的深远天地。然而,弦外之音,依靠弦上的弹奏;笔墨之外的情趣,仰仗笔墨之内的技巧来表现;言外之意,当然也有赖于言中的匠心安排。要做到诗的含蓄,艺术手段是多种多样的,这里,且让我们在诗的海洋里采撷几颗珍珠,去领略它们含蓄艺术的光彩:

从侧面落笔点染,力避正面直言说破,用意十分,下语三分,使言外含蕴无限。诗歌,当然不能没有正面的叙事和议论,那种与形象相结合的饱含感情的精辟议论,会像绘画中的异彩一样使全篇熠熠生辉,同时,正面叙写的笔墨又往往为交代事情所必需,特别是在较长篇幅的作品里。但是,诗歌毕竟拙于说理而长于抒情,拙于叙事而长于以一个瞬间或片断表现生活。因此,在诗歌中,特别是在短小的抒情诗中,要做到有"事外远致",往往就需要从侧面着笔,避开正面的直说,吞多吐少,欲放还收,以构成含蓄蕴藉的境界。清人吴乔在《围炉诗话》中提出的一个见解很值得重视:"诗意大抵出侧面。郑仲贤《送别》云:'亭亭画舸系春潭,直待行人酒半酣。不管烟波与风雨,载将离恨过江南。'人自离别,却怨画舸,义山忆往事而怨锦瑟亦然。文出正面,诗出侧面,其道果然。"[1]我以为,我们一些诗作者似乎还不很理解"诗意大抵出侧面"的道理,他们的作品总是倾箱倒箧,正面说破,唯恐读者低能而反复其言,毫无诗的素质,使人不能卒读。诗的

---

① 吴乔:《围炉诗话》,商务印书馆 1936 年版,第 72 页。

形式虽有新旧之别,但诗心却今古相通,新诗要提高艺术水平,必须从古典诗歌中吸收营养,含蓄就是其中一端。如上述北宋郑仲贤(文宝)的《送别》诗(此诗又名《无题》或《柳枝词》,作者亦作张耒),全诗无一处正面写别离,全然从画舸着笔,而那种难以言状的离愁别绪,却表现得分外恻恻动人,而且化无形为有形,读者仿佛可以感触到载满一船的愁思的重量!前辈诗人臧克家在艺术表现方法上刻意取经于古典诗歌,他曾说他特别重视学习古典诗歌"那种精炼、含蓄、真实、朴素的表现风格"。如他写于一九三四年的《生命的叫喊》:

> 高上去又跌下来,
> 这叫卖的呼声———
> 一支音标,沉浮着,
> 在测量这无底的五更。
>
> 深闺无眠的心,将把这
> 做成诗意的幽韵?
> 不,这是生命的叫喊,
> 一声一口血,喊碎了这夜心。

诗人写过去的时代里底层劳动者的艰辛生涯,并没有从正面作直叙式的烦琐描写,求助于那种意随语竭的枯燥说明,而是从寒夜的叫卖声着墨,从侧面予以暗示,用语凝练,动词传神,内涵丰厚,极富张力。正如同诗人自己所说:"我要求谨严、含蓄(亲爱的读者,千万不要误解了这两个字)。因为,我尊重读者,不把他们当傻子。谨严,就是应有尽有,不多也不少。含蓄就是力的内在。诗不是散文,应该让读者享受一点属于他们的权利。"[①] 又如流沙河的《看西湖》:

> 走完一带汗湿的街区
> 瞥见一角冰凉的湖水

---

① 臧克家:《〈十年诗选〉序》,见《中国现代文论选》第一册,贵州人民出版社 1982 年版,第 213 页。

隔着柳丝如隔着睫毛

西子向我瞬目示意

眼中笑出荷花来

啊　惊人的妩媚

何必增添游客的拥挤

踩一堤的冰糕纸和西瓜皮

仍然说不清西湖的美丽

我只远远地窥视她

相信她是在对我笑

留一个回甜的记忆

"水光潋滟晴方好,山色空濛雨亦奇。欲把西湖比西子,淡妆浓抹总相宜。"（《饮湖上初晴后雨》）自苏东坡以他的彩笔为西湖写照传神之后,不知有多少诗人接踵而来,可圈可点的作品数不胜数,不过,佳作在前,越是后来者越难以着笔。流沙河此诗的聪慧之处,就是不写正面写侧面,不写全部写一瞥,一瞬之秋波,无穷之回想。这种旁敲侧击的含蓄,这种不写之写的精炼,真是令那些浅俗直露而篇幅冗长的诗作相形见绌。

诗中留白,为读者留下联想与想象的天地。诗的意象和其他文学样式的形象有许多相同之处,但也有其相异之点。诗的意象特征之一,就是切忌太实太死,在意象与意象之间要有读者驰骋联想的空白,要有可供读者再创造的回旋天地。充实,常常是和空白联系在一起的,过实过死,不仅不能刺激读者的想象,而且只能走向充实的反面。假如戏剧中满台人欢马叫,绘画中满纸烟云不留余地,音乐中一首乐曲全为急管繁弦,小说中一篇全是直叙加议论,那不仅是单调和贫乏的表现,而且也违反了读者审美心理的规律。真正的"空白",是"充实"的同义语,它不是空洞与空虚,不是空空如也,而是引人联想的丰富,是"浅露直"的克星。作品的审美意义与审美价值,与读者的欣赏这一审美活动分不开。因此,正如德国"接受美学"的创始人沃尔夫冈·伊塞尔所说的那样:"作者只有激发读者的想象,才能希望使他全神贯注,从而实现作品本文的意图。""文学的文本也是这样,我们只能想见文本中没有的东西;文本写出的部分给我们知识,但只有没有写出的部分才给我们想见事物的机会;的确,没有未定成分,没有文本中的空白,我们就不可能发挥想象。"① 这种文本中的空白,伊塞尔又称之为"召唤结构"。在中国古典诗歌中,许多诗作者运用"语不接而意接"(方东树《昭昧詹言》)的手法,多用实词,省略其间的连接词和转折词,让构成整体形象的各个意象之间留下大量的空白,诱导读者以自己的想象去补充和丰富。中国诗论的"语不接而意接",与西方文论的"召唤结构",实在有其通似之处。杜甫就很擅此法,如"吴楚东南坼,乾坤日夜浮"(《登岳阳楼》)、"窗含西岭千秋雪,门泊东吴万里船"(《绝句》)。李商隐有独创之秘,如"暗暗淡淡紫,融融冶冶黄"(《菊》)、"阶下青苔与红树,雨中寥落月中愁"(《端居》)、"此日六军同驻马,当时七夕笑牵牛"(《马嵬》)、"座中醉客延醒客,江上晴云杂雨云"(《杜工部蜀中离席》)。陆游也谙于此道,如"楼船夜雪瓜洲渡,铁马秋风大散关"(《书愤》)、"江声不尽英雄恨,天地无私草木秋"(《黄州》)、"山重水复疑无路,柳暗花明又一村"(《游山西村》)。马致远《天净沙》前四句连用九个名词,其中的关联词语一概省略,由结句的意念意象"断肠人在天涯"一线贯穿,构成一幅凄凉落寞而引人联想的图画。当代诗人沙白的诗集题名为《杏花春雨江南》,其实,这六个字原是元代诗人虞集《风入松》词中的名句,和他人的另一名句"骏马秋风冀北"一样,六个字三个意象,或秀美,或壮美,意象之间留有广阔的可供自由想象的天地。又如:

> 江南江北旧家乡,三十年来梦一场。
> 吴苑宫闱今冷落,广陵台殿已荒凉。
> 云笼远岫愁千片,雨打归舟泪万行。
> 兄弟四人三百口,不堪闲坐细思量!
>
> ——李煜《渡中江望石城泣下》

---

① 转引自张隆溪:《仁者见仁、智者见智——关于阐述学与接受美学》,见《读者》1984 年第 3 期。

　　春花秋月何时了,往事知多少? 小楼昨夜又东风,故国不堪回首月明中。　　雕栏玉砌应犹在,只是朱颜改。问君能有几多愁? 恰似一江春水向东流!

——李煜《虞美人》

前者,是南唐后主李煜城破被俘押往汴京开封时所作;后者,一般都认为是他在囚禁中的绝命之词,前者少为人知而后者传唱人口,因为前者质实而后者空灵。此词中的悲愁之意是显豁的,但悲愁的具体情事在词中却没有过多的具体描写,而是点到即止,特别是在艺术上避免语穷意尽的平面直叙,而是以"词断意连"的句法结撰成章,字面上若断不断,若接不接,实断而虚连,句与句之间,上阕与下阕之间,留下了大片的空白,刺激读者以自己的审美想象去主动参与作品的再创造。这,正是"含蓄"的妙谛与魅力。

　　对于上面所说的诗中空白,中外诗家的说法各有不同。西方现代派诗宗艾略特称之为"压缩的方法",美籍华人诗人兼诗论家叶维廉称之为"意象并发",而清代诗论家方东树《昭昧詹言》对之论说最为充分和详尽。他说:"古人文法之妙,一言以蔽之,曰'语不接而意接。'""大约诗章法,全在句句断、笔笔断,而真意贯注,一气曲折顿挫,乃无直率、死句、合掌之病。"他十分赞赏"截断"的手法,同时从反面指出:"凡絮接、平接、衍叙、太明白、太倾尽者,忌之。"我以为,从含蓄之美的角度来说,这种诗中空白可称为"意象空白"或"结构空白",它并不仅仅限于名词与名词(或名词片语与名词片语)之间的组合,如元曲家马致远有名的《天净沙》一词,它同时显示为如下的特色:不强调文法严密的句意连属,疏远平铺直叙的叙述方式,放逐散文式的步法,追求舞蹈式的步法,意象与意象之间和结构与结构之间,具有相当大幅度的转折与跳跃,从而构成有待欣赏者的审美想象去充实的大片空白。当代德国接受美学理论家姚斯,他的接受美学的核心观念为"期待视野",如前所述,另一位接受美学创始人当代德国的伊塞尔,则提出文本的"召唤结构"的观点,而召唤结构由"空白""空缺"与"否定"三个要素构成。这,与上述中国古典诗论可谓精神相通。如李商隐的《锦瑟》:

> 锦瑟无端五十弦，一弦一柱思华年。
>
> 庄生晓梦迷蝴蝶，望帝春心托杜鹃。
>
> 沧海月明珠有泪，蓝田日暖玉生烟。
>
> 此情可待成追忆，只是当时已惘然。

这首诗，历来的注家和诗论家解释纷纭，莫衷一是，有代表性的看法至少在五六种以上。"此悼亡诗也"（朱彝尊），"锦瑟乃是以古瑟自况"（汪师韩），"悼亡斥外之痛，皆于言外包之"（张尔田），"此篇乃自伤之词，骚人所谓美人迟暮也"（何焯），"此诗统摄了义山诗整个远征情境的各个层面的观感"（台湾张淑香《李义山诗析论》），如此等等，莫可定诂。因此，元遗山早就发出过"诗家总爱西昆好，独恨无人作郑笺"（《论诗绝句三十首》）的叹息，王渔洋也有过"獭祭曾惊博奥弹，一篇锦瑟解人难"（《戏仿元遗山论诗绝句三十首》）的回声——之所以这样，就是因为这首诗在题旨与内容上十分含蓄。在艺术表现方面，各句之间互不连属，横亘截断，意象呈切片式的演出，绝非平板直露的顺序式显示，意象与意象之间和结构与结构之间，有提供了联想线索但却等待读者想象去补充的广阔空白。这种具有"期待视野"与"召唤结构"的空白，正是诗的含蓄之美重要的表现形态之一。

言尽而意不绝的诗的结句，与含蓄结下的是不解之缘。我国古代诗人和古典诗论对于结句十分重视，诗人们作了多种多样的探索，诗论家们作了各色各式的说明。结句多彩多姿，但大致有两种体式，一种是以议论煞住，斩钉截铁，一种是如撞洪钟，清音有余。对于后一种结句，前人形象地称之为有"曲终江上之致"。"曲终人不见，江上数峰青"（钱起《省试湘灵鼓瑟》），一曲既终，伊人不见，但江上不是虚空一片，而是涌出几点余音尚在缭绕的青山，这就是所谓无限性的意境。是的，一首诗如果开头卓然不凡，中间也别饶情趣，而结尾却不仅不能后来居上，而且十分平庸，那该是多么大煞风景。相反，那种在结尾时宕开作收、言不尽意的结句，就像一个高明的导游，在眼看已经山穷水尽之际，又把你引领向一个柳暗花明的新的境地，那该是何等令人惬意爽心！

如前所述，含蓄，是为了激发欣赏者的想象之美，也是为了增强审美客体内在充实之美，而结句作为一首诗的终点同时又兼为欣赏者想象的起点，这种特殊

的地位决定了它在含蓄美的创造方面的重要作用,此为时间艺术的诗歌与空间
艺术的绘画的不同之处。"意惬关飞动,篇终接混茫!"(《寄彭州高三十五君适、
虢州岑二十七长史参三十韵》)这是杜甫对那种收束时另辟新境之结句的赞美,
也是诗家们苦心追求的境界。构成这种境界的具有普遍意义的一种艺术手段
就是"实下虚成"。这一说法,最早见于宋代范公偁《过庭录》所引晁以道的话。
晁引杜甫诗《缚鸡行》为例说:"如'小奴缚鸡向市卖',是实下也。末云:鸡虫
得失无了时,注目寒江倚山阁',是虚成也。"所谓"实下",是指一首诗前面所抒
写的实在的情事,而"虚成",则是在结尾处"以景截情"(或称"以景结情"),将
读者的想象引向一个无限性的时空,使他们去寻味那无穷的言外之意。对杜甫
《缚鸡行》的结句,除晁以道赞美之外,各家都称颂备至,如"结语之妙,尤非思议
所及"(宋代洪迈《容斋随笔》),"写出一时情事如画"(明代王嗣奭《杜臆》),
"注江倚阁,海阔天空"(清代浦起龙《读杜心解》),"一结宕然以深,悠然以远。
摩诘诗:'君问穷通理,渔歌入浦深。'同此运笔,同此会心,使人三复而有余味"
(清代吴瞻泰《杜诗提要》),等等。我们且看全诗:

> 小奴缚鸡向市卖,鸡被缚急相喧争。
> 家中厌鸡食虫蚁,不知鸡卖还遭烹。
> 虫鸡于人何厚薄? 吾叱奴人解其缚。
> 鸡虫得失无了时,注目寒江倚山阁。

杜甫身处"山河破碎风飘絮"的时代,但很多人还在蝇营狗苟,夺利争权,拘拘于
鸡虫得失。他忧时伤世,不禁感慨横生而托物寄情。不论是如实地记叙生活中
实有的情事,还是虚构地寓言写物,这首诗前面都是实写,用的是实笔而不是虚
笔。如果收束时仍然是这种质实的笔墨,那格局就会显得狭窄,天地就会显得
局促,也就无法强烈地刺激读者的想象,充实之美与想象之美都会受到相当的限
制,但杜甫在结尾处却以写景来收束,不了了之,以有限表现无限,构成了一种烟
波无际的美学境界,如江上观峰,如秋波临去,令人低回,不能自已。

　　实下虚成、余味曲包的结句,在古典诗歌中灿若繁星,在新诗中却并不多见。
许多作者对中国古典诗歌的优秀艺术传统不甚了了,甚至还人云亦云地盲目否定

传统,并以热读并效法翻译的外国诗歌为时髦与新潮,他们下笔或混乱晦涩而不知所云,或直白浅露而毫无余味,或喋喋不休而不堪卒读,真是令读者掷卷而长叹息! 这里,我且引用"七月派"代表诗人之一牛汉的一首小诗,以针砭上述之时弊:

> 暴风雪过后。
> 荒凉的湖边,
> 一排小船
> 像时间的脚印
> 冻结在厚厚的冰里;
> 连同桨,
> 连同舵,
> 连同牢牢地
> 拴着它们的铁链。
>
> ——《冻结》

此诗写于"文革"时期的一九七四年。诗人所写严冬时湖边冻结的船,既是实写也是象征。诗人在实写和象征什么呢? 诗人没有也不用明说,好诗本来就是应该让读者思而得之。此诗写到"桨"与"舵"都"冻结"了即可收束,但却生发出"连同牢牢地拴着它们的铁链"这一结句,中国古典诗论可称之为以景截情,意在言外,而西方的美学批评则可认为是"召唤结构"留下的"期待视野"。总之,此诗的结句出人意表,留下了很大的想象空间,刺激读者的联想和想象。亲爱的读者,它想象征和叙说的究竟是什么呢? 以"船"为中心意象的诗,还有当代学府诗人杨景龙的《自渡》:

> 船的意义在于下水,渡人到河的对岸
> 转眼节气,就是大寒
>
> 翻脸无情的河水。以结冰的方式
> 冻僵一条赤膊的小船

　　在冬天。船无法自渡,过不了河

　　这样的结果,可曾预见

这首诗,所咏的是结冰的河流与冻僵的船,与牛汉的诗有相似之处,但它创作的时间远在牛汉之后,应该并没有牛汉诗中的寓意,但当时的年轻诗人只是抒写北方冬日河边的一帧小景吗? 景象如在目前,而耐人寻索的意蕴却见于言外,正是这种含而不露的含蓄,在读者的品尝思索中极大地扩展了诗的容量。

四

　　含蓄的诗,使人回味再三,但是,率真豪放、汪洋恣肆的诗也别是一番滋味。

　　含蓄是美,明朗也是美。清人贺裳《皱水轩词筌》早就指出有些作品"亦有作决绝语而妙者",他并且引述韦庄的《思帝乡·春日游》和牛峤《菩萨蛮·玉楼冰簟》二词为证。清人况周颐的《蕙风词话》也说,"至真之情,由性灵肺腑中流出,不妨说尽而愈无尽"。因此,不能以为那些淋漓痛快的诗章就等于散文式的直说,就等于缺乏意象深度的空喊,而完全与含蓄无缘。我以为,那些真情沛然直抒胸臆的作品,在总的风格上确实和主要以含蓄取胜的作品不同,就像在原野上奔腾的江河与在群山间蜿蜒的溪水风姿各别一样。但是,只求大放大畅而不注意含蓄有致,就一定会流于浅薄平直,而那些明朗雄放的优秀作品,它们也必然具有含蓄的某些因素,如内涵的丰富性、意象的启示性、意象之中提供引人联想的天地等等,只有这样,它们才可能"作决绝语而妙"。中国的即使是浪漫主义诗人,他们的抒情也和西方浪漫主义诗人的汪洋恣肆、不留余地有异,他们大都仍然注意艺术的节制,注意饱满激情与表现适度的美学统一,李白的诗就是如此。苏东坡和辛弃疾,是宋词豪放派的代表人物,苏东坡的作品才情纵横,诗风自由奔放,但他也有不少婉丽含蓄之作,即使他那些铜琶铁板高唱大江东去的作品,也不是一泻无余而是内蕴深厚的。辛弃疾的词也是这样,近人陈洵《海绡说词》(见唐圭璋编《词话丛编》第五册),曾指出"虽以稼轩之纵横,而不流于悍疾,则能留故也",在分析辛的名作《水龙吟》("楚天千里清秋,水随天去秋无际")时,他又再次指出"稼轩纵横豪宕,而笔笔能留"。所谓"能留",就是婉曲蕴藉,就是他所说的"词笔莫妙于留,盖能留则不尽而有余味,离合顺逆,皆可随意指挥"。从这里可以看到,豪放如辛词,也仍然是豪放中有婉约,奔逸中有沉郁,笔墨纵横而又留有余韵,因为剑拔弩张的结果是浮嚣,一览而尽的产物是乏味。在古典诗歌中,直述而无余蕴的诗也不为少见,但在新诗中则比比皆是。例如一首被视为优秀作品而转载的诗《迟到》,写一位年过三十的女工晚上去电视大学上课时迟到,并由此生发许多联想,作者的题旨无可厚非,但内容有些生硬做作,写法平铺直叙,在五十九行的铺写之后,作者如此收束:

> 是的,我迟到了,又一次迟到!
> 但我还是七分惭愧,三分自豪,
> 因为我已经在生活线上起跑。
> 生活,不是一场短短的百米冲刺,
> 而是漫长的马拉松赛跑。
> 我会咬紧牙关,奋起直追,
> 去追回这十分钟、十个月、十年,
> 去追回寒夜里失去的青春,
> 去追赶祖国如花似锦的明朝!

前面的大量篇幅就已经使人觉得过于浪费了,在结尾仍然以散文的笔法直言其事而直抒其情,诗作者或者以为这样可以加强诗的思想性,但殊不知诗的思想是要通过艺术来表现的,这种作品只能被认为是张口见喉、诗质稀薄之作,缺少的是艺术的美感。

含蓄,既具有内涵的丰富性和暗示性,同时,又应具有明了性和可接受性。因此,含蓄是藏与露、隐蔽与明朗的辩证统一,它不是含糊,与隐晦更有着本质的区别。那些含蓄的优秀诗作,无一不是"象内"蕴蓄着旨趣,"弦内"包含着余音,"言内"概括着深意,即鲜明地描绘了规定的情境,着意地提供了联想的线索,大体地指示了想象的范围,让人们由此三分而联想那七分。晦涩,则与此相反,它常常是内容浅薄混乱而又故弄玄虚的结果。横通纵贯中西文学的香港学者黄维樑早在他的《怎样读新诗》中,就左右开弓既批评了"失诸太浅"的"浅白易读",也批评了"失诸太深"的"艰深晦涩",他颇具洞见地指出:"新诗应该明朗而耐读:明朗则不会艰深晦涩,耐读则不致浅露无味。好的新诗(古典诗亦然),当明朗如光亮的珍珠,且应多姿耐看如面面生辉的钻石。"诚哉斯言,真乃金针度人之论! 在当前的诗歌创作中,大量存在的是那种浅露平直的令人一眼望穿的诗,但是,晦涩难懂的作品也触目皆是,而且它们还得到了一些人的赞扬甚至吹捧,这就不能不引起警惕。在我国,晦涩难明的作品古已有之,如李贺、李商隐少量的某些诗作,但他们的这类诗作并不值得今天的诗作者效法。元代的元遗山不是早就慨叹过"诗家总爱西昆好,独恨无人作郑笺"(《论诗绝句》)吗? 有的人以二李诗中那些诗旨难明的作品为今天某些无法看懂的作品辩护,我以为在这一点上还不如前人。二十世纪二十年代,中国象征派的始祖李金发的诗虽然流行一时,但许多都不知所云,时间和群众是最权威的评判者,他的作品在中国新诗史上绝不可能占有重要的地位。在国外,法国象征派诗人马拉美说过"诗是谜语",现代派远祖、美国爱伦·坡的《乌鸦》,一百余年来解说纷纭,至今还是天书莫测,那究竟有多大的社会价值和美学价值? 我国当前的诗坛上,除个别老诗人跟风趋时也写一些看不懂的诗之外,不少青年作者由于种种原因,在表现方法上盲目地一知半解地搬用外国象征派、现代派的手法,也偏爱于写作此类谜语。朦胧,还可以雾里看花,作为诗美的一种形态,在诗苑中当然应该备此一格,我国远古时代的诗歌总集《诗经》中的《蒹葭》与《月出》二篇,不就是具有典型的朦胧之美而令人吟诵再三吗? 然而,以写晦涩诗和鼓吹晦涩诗为高明,并责备看不懂这种诗的读者"文化水平低","看不懂是水平线以下的问题",却不能不说这是自视高明的诗人和评诗人的悲剧。下面是北岛的《迷途》:

> 沿着鸽子的哨音,
> 我寻找着你,
> 高高的森林挡住了天空,
> 小路上,
> 一棵迷途的蒲公英,
> 把我引向蓝灰色的湖泊,
> 在微微摇晃的倒影中,

> 我找到了你,
> 那深不可测的眼睛。

在本书的第二章中,我曾援引北岛的《我不相信》并多所肯定,但是,这首诗实在使人百思难得其解,虽然也曾有人解说得头头是道,但恐怕只有解说者能领悟此中玄机,此诗实在深藏得近于涩晦。

含蓄,使人产生艺术的联想,加深对于生活的感悟和理解,获得多方面的丰富的美的享受;晦涩,却只能让人胡猜,除了那猜不透的谜语之外,什么也得不到。有人认为,"懂"或"不懂"不能作为评价诗的标准,这种理论实在缺乏科学的与事实的依据。我以为,思而能"懂"或百思"不懂",虽绝不是评价诗的唯一标准,但至少也应该是判断的尺度之一。一首诗,如果只能使很多人都不知所云,那怎么能进一步去判断它的思想和美学的价值呢? 渊博如鲁迅,也说"李贺的诗做到别人看不懂"(《且介亭杂文·门外文谈》),又说他"年轻时较爱读唐朝李贺的诗。他的诗晦涩难懂。正因为难懂,才钦佩的。现在连这位李君也不钦佩了"(《鲁迅书信集下卷·致山本初枝》)。鲁迅尚且如此,我们的诗作者何由妄自尊大? 我们对一些实在读不懂的新诗何必自充解人? 即以英国诗歌而论,邓约翰、勃朗宁、霍普金斯、艾略特、奥登等人的某些作品,就是十分难懂的,拜伦就曾经讥嘲华兹华斯的诗晦涩,他说只有愚妄的人才能说懂得华兹华斯的诗,而同是维多利亚时代的大诗人丁尼生与勃朗宁,前者却说对后者的长诗《梭德罗》只懂得开始和结尾两句,而后者在回答别人对他的一首诗的疑问时,则说:这首诗我自己原来是懂的,现在只有上帝能懂了。英国美学家鲍桑葵一九一四年在伦敦大学曾作三次美学演讲,其讲演稿辑为《美学三讲》一书,他认为美有"容易的美"与"艰难的美"两种,我则以为"艰难的美"尚有美可以领略,晦涩则毫无美质可言。晦涩难懂并不是一种什么光荣,它是古今中外的诗坛都并不少见的一种流行病与并发症,我们不必讳疾忌医。据我所知,中外许多优秀的诗人都是主张诗应让人看得懂——当然是思而得之的懂,而不是一览便知的懂。列夫·托尔斯泰也曾经说过:"我们时常听见人家提到冒充的艺术作品时这样说,这些作品都很好,但是很难懂。……而事实上,说一件艺术品很好但很难理解,就等于说一样食物很好,可是人们不可能吃它。……反常的艺术可能是人民所不理解的,但是好的艺术永远是所有的人都能理解的。"① 谜语非诗,胡语非诗,呓语非诗,让我们的诗都成为"好的艺术"吧。

真正的含蓄,是对读者的理解和尊重,是诗人对读者发出的请求共同创造的邀请书。否定了含蓄,就否定了读者的参与和创造,从而也在根本上否定了诗作本身。不尊重读者的作者,读者也不会去欣赏和尊重他们。

真正的含蓄,是与晦涩无缘的。含蓄,是充满生命力的含苞待放的花蕾,它洋溢着春天的生机和潜力,"美酒饮教微醉后,好花看到半开时",它又刺激读者产生丰富的审美想象。晦涩,是空虚与封闭的同义语,是作茧自缚,是一塌糊涂的泥沼,是诗歌创作的歧途末路。

真正的含蓄,是与浅薄对立的。审美传达论认为,作者的经验与他人完全不同,难以理解,则不能传达,相反,经验为人所共知,与读者所体认的完全一致,则不必传达。浅薄的作品,根本就是由于作者体验的浅薄,为略识之无的读者一览便知,无所谓艺术的传达。

含蓄,传达的是丰富的审美信息,有待读者的共感和交流。含蓄的作品是作者与读者的想象力共同活跃的双赢结果。美的含蓄,应该是中国古今诗歌艺术的普遍规律,是诗歌国土上滋润百花的雨露春风。

---

① 托尔斯泰:《艺术论》,人民文学出版社 1958 年版, 第 101 页。

第十章　五官的开放与交感
——论诗的通感美

　　在我国诗歌美学的宝山里，通感，似乎是一个有神秘色彩的同时又被冷落了的领域。长期以来，我们的诗人很少到这里来探寻他们所需要的艺术珍宝，我们的理论家也很少到这块土地上来开发和耕耘，于是，有的人一半出于盲目一半出于偏见，就一厢情愿地在通感艺术的领地上插上一面西方现代派的旗帜。他们宣称：通感，是西方现代诗歌所独有的艺术殿堂，中国的新诗要有所革新和发展，就必须到那里去补课。他们的高谈雄辩，倒也真惊动了一些听众，特别是一些对我国诗歌的历史和现状不甚了然的爱好诗歌的青年。

　　一九七九年，中西兼通的学者黄维樑曾作《诗的新与旧》之长文，收录在他的《怎样读新诗》一书里。这篇长文第六节的标题是"各种修辞技巧大多古代已有"。他提到象征、反讽、变形、用典等，以古典诗歌和新诗来说明它们并不是西方现代诗歌的专利，在中国古已有之，如"中国早就有象征主义的诗人，李商隐是其中一位"。至于"通感"，许多昧于中国诗歌传统的人，也以为是舶来品，其实，钱锺书先生收入《旧文四篇》《七缀集》等书的《通感》一文，早为我们开启了通感艺术的大门，synaesthesia 一词，钱先生译为"通感"，有人则翻为"移觉""联觉""统觉"或"共感觉"等，此后，一些有心人也陆续前来造访，但他们大都是从修辞学的角度，来探索通感艺术的奥秘。在这一章里，我想以中国的古典诗歌和新诗为主，从诗歌美学的角度，对诗的通感美作一番远不是登堂入室的探讨。

一

我绝不是一个排外主义者。夜郎自大,闭关锁国,过去已经给我们带来了不少深刻的教训。从诗歌艺术发展的历史来看,唐代之所以成为我国古典诗歌的黄金时代,重要原因之一,就是唐代诗人不仅继承了自《诗经》以来的源远流长的民族诗歌传统,同时也吸收了国内多民族的文化甚至外国文化的精华。中国新诗的产生和发展,更是直接受到外国诗歌的巨大影响。以诗的通感而论,我国古代诗论家虽然也看到了诗创作中这一重要现象,作了一些论述,但作为诗歌美学中的一种理论的雏形,确实也是西方首先提出来的。古希腊的亚里士多德在《心灵论》(又译为《论灵魂》)中就首先提到过通感现象,他认为声音有"尖锐"与"钝重"之分,那是与触觉比照的结果,"因为听觉与触觉有相似之处"。十八世纪英国哲学家贝克莱在《视觉新论》中,也看到了人的感觉领域中的相互关系,即通感现象,他说:"我们必须承认,借光和色的媒介,不但把空间、形相和运动等观念暗示在心中,还可以把任何借文学表示出来的观念提示于心中。"近代意大利美学家克罗齐也触及了艺术中的通感现象,他以绘画为例说:"又有一种怪论,以为图画只能产生视觉印象。腮上的晕,少年人体肤的温暖,利刃的锋,果子的新鲜香甜,这些不也是可以从图画中得到的印象吗? 它们是视觉的印象吗? 假想一个人没有听、触、香、味诸感觉,只有视觉感官,图画对于他的意味何如呢? 我们所看到的而且相信只用眼睛看的那幅画,在他的眼光中,就不过像画家的涂过颜料的调色板了。"[1]

西方诗歌的创作,在荷马的史诗《伊利亚特》之中,就有"像知了坐在森林中一棵树上,倾泻下百合花似的声音"之句。十六、十七世纪欧洲的"奇崛诗派"和十九世纪前期的浪漫主义诗人,都喜欢运用这种手法,而十九世纪末叶的象征主义诗人如法国的波德莱尔等人,更是将通感作为他们的一种主要的艺术手段,并从理论上发挥为"通感说"。早在一八四〇年,波德莱尔写了一首十四行诗《交感》(又译为《呼应》或《对应》),这是他的诗的宣言,他认为大自然的各

---

[1]　克罗齐:《美学原理》,外国文学出版社 1983 年版, 第 25–26 页。

种颜色、芳香、音响虽各具特质但却互相呼应,甚至可以互相转化,同时,外界的一切又可以与人的精神互相对应和升华:

> 大自然是座宇宙,有生命的柱子
> 不时发出隐约的歌声。
> 人走过那里,穿越象征的森林,
> 森林望着他,投以熟悉的眼神。
>
> 如同悠长的回声,远远汇合在
> 一个幽暗深邃的统一体中,
> 广阔得有如黑暗连接着光明,
> 香味、颜色和声音交相呼应。
>
> 有的香味新鲜如儿童的肌肤
> 柔和有如洞箫,翠绿有如草场,
> 别的香味呢?腐败、浓郁而不可抵御。
>
> 像无极无限的东西四处飞扬。
> 如龙涎香、麝香、安息香和乳香,
> 那应歌唱心灵和感应的热狂。

这种"感官呼应论",是象征主义诗人的理论基础,是他们的创作实践的指针,它拓展了诗的领域,增强了诗的表现力,对法国现代诗歌的发展起了推动作用。波德莱尔的学生、另一位象征主义诗人兰波,他在《文字的炼金术》中说:"我发明母音的颜色——A黑色,E白色,I红色,O蓝色,U青色。我规定子音的形状和行动。我企求有朝一日,以本能的节奏创造足以贯通任何感觉的诗文字。"①

但是,讲求通感的表现技巧,并不等于这就是西方诗人的发明或专利,多年

---

① 程抱一译:《法国七人诗选》,湖南人民出版社1984年版,第55页。

前,钱锺书引进西方的这一理论概念分析中国古典诗歌,首次提出了"通感"又称"感觉挪移"的观点,他在《通感》一文开门见山地指出:"中国诗文有一种描写手法,古代批评家和修辞学家似乎都没有拈出。"(见《文学评论》1962 年第 1 期)① 在《管锥编》中,他又多次提到这一理论,他认为"寻常观感时复'互用',心理学命曰'通感';征之诗人赋咏,不乏其例。"他还认为:"寻常眼、耳、鼻三觉亦每通有无而忘彼此,所谓'感受之共产'(Sinnegüter-gemeinschaft);即如花,其入目之形色,触鼻之气息,均可移音响以揣称之。"② 由此可见,通感这一美学现象在中国艺术中确实是古已有之,只是没有从理论概念和体系上加以归纳总结而已。我们既要看到西方在理论概括和阐述上的长处,也希望有心人能从中西方诗歌的比较研究中,说明中西方诗歌运用通感的异同,他山之石,可以攻玉,从而帮助诗人吸收西方诗歌通感艺术中于我们适用的东西。不过,为了在中国的土地上发展中国的新诗,我们实在也没有理由和必要将中外共通的通感看成舶来品。

二

通感是什么? 它具有何种独特的美学效果? 它有哪些表现形态? 构成它的主客观条件是怎样的呢? 这些,都是有待我们深入探讨的问题。且让我遨游于我国古典诗歌的广袤的国土,并漫步在我国新诗的园林,对诗的通感美作一番简略的巡视吧。

眼、耳、舌、鼻、身,是人体的五种主要感觉器官,又称之为感觉分析器,分司视觉、听觉、味觉、嗅觉和触觉。人体的各个官能的单项性本来决定了它们有严格分工而各司其职,在一般情况下,既不能越俎代庖,也不能同时兼用,正如西晋陆机在《演连珠》中所说:"臣闻目无赏音之察,耳无照景之神。"但是,在特殊的情况之下,它们却可以互相联系,互相作用,互相转化,互相沟通,这就构成了诗文中的所谓"通感"。我国的《列子·黄帝篇》中说:"眼如耳、耳如鼻、鼻如口,无不同也,心凝形释。"说法虽不免有些神秘色彩,但也看到了人的感官的交互作用,而《礼记·乐记》中"故歌者,上如抗,下如坠,曲如折,止如槁木,倨中矩,

---

① 钱锺书:《旧文四篇》,上海古籍出版社 1979 年版,第 50 页。
② 钱锺书:《管锥编》(第三卷),中华书局 1979 年版,第 1073 页。

勾中钩,累累乎端如贯珠"的对音乐的描写,也运用了通感,所以唐代学者孔颖达《礼记正义》解释说:"声音感动于人,令人心想其形状如此。"由此可见,"通感"就是人的各种感觉器官作用的沟通和转换,即视觉、听觉、味觉、嗅觉和触觉的感应与交通。这在日常用语中是屡见不鲜的,如"食言""言谈无味""耳食之误""目所履历""饱看青山""饱餐秀色""目击""目逆""目语""目耕""睡得香""想得美"之类,不胜枚举,表现在文学创作特别是诗歌创作中,就成了一种特殊的修辞手段和艺术技巧。

在日本十七世纪著名诗人松尾芭蕉的俳句中,就有许多妙用通感的诗句,如"松风落叶水声凉""海边暮霭色,野鸭声微白""比起白山石,秋风色更白""残暑午棚蚊声暗"等,艺术地表现了不同感觉之间的交错和汇通。在中国,"尔乃听形类声,状似流水,又像飞鸿",汉代马融的《长笛赋》将乐声比为迂回的流水和高翔的飞鸿,是将听觉转换为视觉,启发了后来韩愈、白居易、李贺等人描写音乐的诗思。"歌台暖响,春光融融",在杜牧的《阿房宫赋》里,歌声也令人有温暖的感觉,这是听觉转换为温度觉;清代的刘鹗写《老残游记》时,正值西方象征主义诗人风行通感之际,他当时大约也还不懂得什么西方现代派文学,然而,这并不妨碍他运用通感去描写王小玉美妙的难以形容的歌声。老舍一九三〇年在《济南的冬天》里写道:"济南的秋天是响晴的。自然,在热带地方,日光永远是那么毒,响亮的天气反有点叫人害怕。可是,在北中国的冬天,而能有温晴的天气,济南真得算个宝地。"他称济南的冬天是"响晴的",称热带地方的天气是"响亮的",天气也有了声音和力度。至于朱自清《荷塘月色》中的"微风吹过,送来缕缕清香,仿佛远处高楼上渺茫的歌声似的",诉之于嗅觉的香气通于诉之听觉的歌声,真不禁使人联想起苏州狮子林一个角门上所刻的"听香"二字,从而顶礼知名作家与不知名艺术家的一瓣心香。也许是由于诗歌是最富于想象力与暗示力的艺术,而小说和散文则必须注意人物性格与生活场景的真实描绘吧,在诗歌创作中,通感的运用比在小说和散文中要广泛得多。在我国,诗歌运用通感最早的大约是南北朝时的陆机,他在《拟西北有高楼》诗中写道:"佳人抚琴瑟,纤手清且闲。芳气随风结,哀响馥若兰。"在中国古典诗歌里,兰花素来是君子的象征,陆机借美人以自喻,佳人弄琴,悲凄的琴声居然也像兰花的孤芳一样馥郁。以后,随着诗歌的繁荣和趋于成熟,在唐诗和宋词中表现审美通感的诗句,就如同春天绿原上的花朵随处可以采撷了。

以上,是对通感以及它在中国古典诗文中的历史表现的粗线条表述。

三

通感的运用,可以使作品获得新奇之美,使读者得到新鲜奇特的美的感受。

文学创作最忌讳平庸而重创新,最忌讳一般化而重独造。"好奇务新"与"喜新厌旧",既是读者所普遍具有的一种审美心理,也是文学艺术创作中一条审美基本规律,诗歌,则更是如此。化熟为新,化常为奇,往往体现了诗人对生活新颖独到的发现和不同凡响的艺术创造,是诗人对于诗歌美学的贡献;陈陈相因,众喙一辞,必定是诗作者毫无自己的独特感受与独特艺术表现的结果。熟必生厌,俗必乏味,既"熟"且"俗"的作品是缺乏美学价值的,因此,苏东坡早就提出"诗以奇趣为宗"。英国十八世纪诗人爱德华·杨格在《论独创性的写作》中也认为,独创性的作品"扩大了文艺之国,给它的版图增加了新的省份。模仿者只是将早已存在的远比它好的作品给我们复写一下,所增加的不过是一些书籍的残渣……有独创性的作者的笔好像阿尔迷达(意大利女巫之名——引者)的魔杖,从不毛的荒野里召唤出一个花香鸟语的春天。"① 而英国最杰出的诗人之一、"湖畔派"三诗人中第一人华兹华斯,也说过诗要"在这些事件和情境上加上一种想象力的色彩,使日常的东西在不平常的状态下呈现在心灵面前"。② 审美通感,常常能获得平中见奇的美学效果。"向前敲瘦骨,犹自带铜声",这是李贺《马》诗中的审美通感的名句,宋代刘辰翁对它的评价就是一个"奇"字。又例如"湿",它是水的作用的结果,词义是和"干""燥"相反的,因此,王昌龄有"争弄莲舟水湿衣"(《采莲曲》),杜甫有"林花着雨胭脂湿"(《曲江对雨》),韦应物有"细雨湿衣看不见"(《别严士元》),李清照有"黄昏疏雨湿秋千"(《浣溪沙》),它们虽然都不失为好句,但也都还只是按照生活本来的面貌和形态来刻画事物,比较质实和平常,还不能让人生发出耳目一新的新奇之美的感受,下面所引的这些诗句却迥然不同,它们召唤出的是引人入胜的新天地:

---

① 《西方文论选》(上册),上海译文出版社 1979 年版,第 496 页。
② 《十九世纪英国诗人论诗》,人民文学出版社 1984 年版,第 5 页。

渡河光不湿。

——庾信《月》

荆溪白石出,天寒红叶稀。
山路元无雨,空翠湿人衣。

——王维《山中》

晨钟云外湿,胜地石堂烟。

——杜甫《船下夔州廓宿,雨湿不得上岸》

压树早鸦飞不散,到窗寒鼓湿无声。

——薛逢《长安夜雨》

春日在天涯,天涯日又斜。
莺啼如有泪,为湿最高花!

——李商隐《天涯》

月浪冲天天宇湿,凉蟾落尽疏星入。

——李商隐《燕台·秋》

柳岸晚来船集,波底夕阳红湿。

——赵彦端《谒金门》

数间茅屋水边村,杨柳依依绿映门。
渡口唤船人独立,一蓑烟雨湿黄昏。

——孙觌《吴门道中》

花怯晓风寒蝶梦,柳愁春雨湿莺声。

——黄庚《俞景仁相过》

苦雾沉旗影,飞霜湿鼓声。

——林鸿《出塞》

至少在"湿"字的运用上,这些作品比前面所引述的诗句,其艺术的平实与新奇判然立见。这些作品,都运用了通感的手法,然而又呈现出各自不同的美的形态。北周的庾信抒写谢庄《月赋》中所描绘的白露暧空、素月流天的景象,他说月光渡过了天上的银河,它的光芒却不曾沾湿,这种视觉与触觉的审美通感是如此奇妙,定然启发了后来者的诗思诗想,杜甫后来曾赞美说"清新庾开府""庾信文章老更成",景仰庾信的他,对于他的这句诗也一定是心折的吧?善于抒写大自然的美妙景色的高手王维,他写山中草树繁茂,浓翠欲流,竟然沾湿了行人的衣裳,这也是极具美感的视觉通于触觉的审美通感。杜甫船下夔州而宿于云安廓外时,正逢苦雨,早晨的钟声穿空渡水而来,袅袅的余音又消失在遥远的天边,他敏锐地捕捉了这刹那间特殊的美的感受,以脱俗去熟的手法把它定形在这一具有朦胧之美的诗句里。按照现代物理学的常识看来,空气的振动产生了声音,声音只有高低、强弱、远近、大小之分,而没有形状和色泽,张继《枫桥夜泊》的"夜半钟声到客船",写的正是夜半时分由远而近的山寺钟声,但是,杜甫却心裁别出,在他的生花彩笔之下,诉之于听觉的声音也有了诉之于温度觉的湿度,这样,不仅化无形为有形,具有形象的直观性,同时,又出乎常理常情而又反常合道地抒写了那种特定的氛围与情境。从美学上来说,生动的形象感染,是使读者产生美感体验的必具条件,杜诗的这种奇特之境,给予读者的自然是不同一般的美的感受了。清代诗论家叶燮在《原诗》中说得好:"俗儒如此必曰'晨钟云外度',又必曰'晨钟云外发',决无下湿字者。"一字之差,有时也可以作为诗匠和诗人的分水岭吧?在这一方面,中唐那位不太知名的诗人薛逢的"压树早鸦飞不散,到窗寒鼓湿无声",在诗艺的考场上,倒是可以向大诗人杜甫应战的,自薛逢而下,上引诸例均可谓各有胜长,读来令人有惊艳之喜。

诗心古今相通,有才能的诗人必然能够师承前人而有自己的新的创造,当代诗人李瑛在国外访问时曾写下《谒托马斯·曼墓》一诗,表达了诗人对德国当代这位批判现实主义代表作家的怀念。开篇的一节是:

> 细雨刚停,细雨刚停,
> 雨水打湿了墓地的钟声;
> 最后一片云掠过教堂的尖顶,
> 天上,露出皎洁的月明。

钟声都被雨水打湿了,景象迷濛,情思凄婉,一笔就渲染出那不无凄凉之感的气氛和环境,细腻入微地传达出诗人那种特殊的内心感受。师法古人而有自己的面目,从这里可以看到诗才的闪光。无独有偶的是,台湾诗人洛夫的《且说雨巷》也写了因"雨"而"湿",但却是另外一种情境:

> 戴诗人和谁的关系最密切?
> 雨不知道
> 伞不知道
> 巷也不知道
> 姑娘只知道一点点
> 就那么一点点
> 点点滴落在伞上落在巷子里
> 落在诗人湿漉漉的
> 擦不干的闲愁里

《雨巷》是戴望舒作于一九二八年夏而在次年八月发表的名作。大半个世纪过去了,后来者的洛夫作《且说雨巷》一诗,开篇就说"我认识了戴诗人 / 也就理解了 / 雨和油纸伞的关系 / 油纸伞和巷子的关系 / 巷子和丁香姑娘的关系",然后故作调侃与解构,认为《雨巷》一诗只是表现了一种"闲愁"。作此诗时,戴望舒因白色恐怖而避难于好友施蛰存家,认识其妹施绛年,她可能即《雨巷》主人公的原型。但也有研究者认为,此诗以"窄巷"喻黑暗政治,以"彷徨的姑娘"自喻,那所表现的就更不只是闲愁了。然而,不管怎样,在洛夫的诗中,无形的不可把握的"闲愁",竟然是因雨而"湿漉漉的",而"擦不干的",情意觉通于触觉,这就是通感所结的美果了。

上节所述的其他几例,也都是由于妙用通感而获得清奇之趣。李商隐写《天涯》一诗之时,年止四十。那一年,他原来的和当时的府主郑亚与卢弘,分别逝世于循州和徐州,彷徨无路的诗人从徐州返回长安,只得以诗文去请求中书侍郎兼礼部尚书令狐绹的援引。全诗全用喻体,构思巧妙,"最高花"即暗示令狐绹。最出色的是诗人由莺的"啼鸣"而联想到"啼哭",听觉形象的"啼"转化为视觉形象的"泪",视觉形象的"泪"再转化为触觉形象的"湿",通感运用之新美自然,深曲传情,真是一般作者所百思不到!李商隐是一位驾驭审美通感的高手,他的《燕台四首·冬》的结句是"风车雨马不持去,蜡烛啼红怨天曙",飘忽似风的车,奔驰如雨的马,都无法载负自己去追寻已经杳然远逝的恋人,而天河欲曙,烛泪啼红,更是视觉移就于听觉的通感,曲尽其致地表现了诗人内心缠绵悱恻的感受。而在《燕台四首·秋》中,他把月光想象为波浪,而波浪在天空中汹涌,把天宇都打湿了,这也是视觉通于触觉的审美通感的结果。写江河落日,唐诗人王维曾有"日落江湖白""长河落日圆"的名句,可是,南宋词人赵彦端《谒金门》写夕阳西下时浮光跃金的景象,竟然在色彩"红"之外还用了一个"湿"字,真可以说灵思独运,一洗陈腔俗调,构成了一幅夺人心目的新奇的图画。这种水天绚丽落日熔金的奇境,出人意料而又在人意中,不正是通感这根魔杖所唤起的吗?赵彦端乃宋太祖之弟魏王赵廷美七世孙,宋孝宗赵眘见到这首词时,十分欣赏"波底夕阳红湿"一句,问是何人所作,当他知道是赵彦端时,便极为高兴地说:"我家里人也会作此等语。"后来周密在《闻鹊喜·吴山观涛》中有"数点烟鬟青滴,一杼霜绡红湿"之句,他也许受到过赵彦端的启发吧?宋代孙觌的诗不怎么为人所知,但他的"一蓑烟雨湿黄昏",不能不说有一种奇妙的空灵之趣,因为前面所说的"花"和"夕阳"还有具体可感的形象,而表时间的"黄昏"却是像表声音的钟声一样无可捉摸,但"黄昏"总是给人以迷茫暗淡的感觉,加之烟雨濛濛,空气中充满了水分,黄昏也就随之而令人感到湿漉漉的了,这种视觉变换为触觉的手法,仍然是通感的奇妙作用。无独有偶的是,臧克家在他的《送军麦》中也有以通感写黄昏的笔墨:

> 牛,咀嚼着草香,
> 颈下的铃铛,
> 摇得黄昏响。

响的本来是铃铛，"黄昏"是不会响的,但诗人笔下的铃铛却摇响了黄昏,属于视觉的黄昏却给人以听觉的感受,这种写法,和孙觌的诗有异曲同工之妙。此外,元代黄庚与明代林鸿的诗句,也是表现了视觉通于触觉的审美通感,继承前人而有自己的新的境界,慧心的读者自可径行寻味,不必我于此喋喋不休了。

通感的运用,还可以使作品意境深曲,引发读者丰富的联想,加强美的多层性与丰富性。

新奇,是指创新和奇趣;深曲,是指境界有深度,有层次,有曲折,即审美的幽深境界,而不是一览无余,即赏即尽。因为通感是一种"感觉挪移"现象,它不是平面的直述式的表达,而是曲径通幽式的联想的表现,所以它就不仅具有深婉的美感特色,而且能够极大地刺激和启发读者想象的积极性。从美学的角度来说,想象和美是密不可分的,而"通感"则是一种以审美对象为基础的主观感情自由抒发的想象活动,甚至可以说是由某种特定的心境所造成的幻觉,因此,通感这种特殊形式的美感,本身就是主客观交融而偏于主观想象的产物,它能给人以丰富的联想。例如,绘画中的《云汉图》见之觉热,《北风图》则望而生寒。拉韦纳是意大利东北部的名城,该城的镶嵌图案冠绝古今,盛名超过君士坦丁堡的同类型艺术,故但丁称之为"色彩交响乐"。无独有偶,大音乐家贝多芬第一个而以后歌德也认为建筑是"凝固的音乐",而有的人则说大型建筑物的"柱、窗、柱、窗"或"柱、窗、窗、柱、窗、窗"的排列,"颇富有圆舞曲的味儿",故宫则是"一部大型的凝固了的乐章",而颐和园长廊则是"一部狂想曲"。对贝多芬的《第四交响曲》,罗曼·罗兰就评论说:"这是一朵精纯的花,蕴藏着他的一生比较平静的日子的香味。"(《贝多芬传》)对意大利"提琴之王"帕格尼尼的演奏,十九世纪德国名诗人海涅在他的小说《佛罗伦萨之夜》中,描绘其"演奏时的提琴弓,犹如画家的彩笔,在听众面前画出了一道幻奇的情景"。贝多芬的乐曲和帕格尼尼的演奏原是听觉形象,罗曼·罗兰和海涅把它们转化为视觉形象"花"与"画",化为诉诸嗅觉的"香味",这是他们的感官开放驰骋想象的结果,但是,由于音乐与花、香味以及音乐与画那种生活中难以想象而在想象中却可以奇妙组合的联系,就使人觉得形象新奇、耐人联想。关于星星,古代诗人之作多矣,"嘒彼小星,三五在东",中国诗歌史上的星星,最早闪耀在《召南·小星》篇里,但《诗经》中对它的描写毕竟还是朴素的。在苏轼的"天高夜气严,列宿森就位。大星光相射,小星闹若沸"(《夜行观星》)里,一"闹"一"沸",视觉移感于听觉,写秋夜天空繁星光芒闪烁的景象,不同凡俗,给人以奇异而丰富的美感,星星,因此而在中国诗歌中获得了更高的美学价值。但是,我有疑而问的是,苏轼生年后于宋祁三十八载,宋祁《玉楼春》中的名句"绿杨烟外晓寒轻,红杏枝头春意闹"已名声大噪,苏轼难道没有向前辈取经吗? 关于"梦",在古典诗歌中也屡见不鲜,如李白的"我欲因之梦吴越,一夜飞渡镜湖月"(《梦游天姥吟留别》),如陆游的"雪晓清笳乱起,梦游处,不知何地"(《夜游宫·记梦寄师伯浑》),等等,都不失为佳作隽句,但如下的描写却别有一番美的情韵:

> 药杵声中捣残梦,茶铛影里煮孤灯。
>
> ——李洞《赠曹郎中崇贤所居》

> 梦魂欲渡苍茫去,怕梦轻、还被愁遮。
>
> ——周密《高阳台·寄越中诸友》

> 熏透愁人千里梦,却无情。
>
> ——李清照《摊破浣溪沙》

> 乡梦窄,水天宽。
>
> ——吴文英《鹧鸪天·化度寺》

> 西风吹老洞庭波,一夜湘君白发多。
> 醉后不知天在水,满船清梦压星河!
>
> ——唐温如《过洞庭》

梦本来是无形的,属于意觉的范畴,一些诗人写到它时都是采取平实的写法,但从上述五例来看,这五位诗人都不仅化平实为具体,同时,也都运用了审美通感,他们借助于"移感"即感觉的转换,把意觉转位为触觉,于是妙境顿生。在晚唐诗人李洞的笔下,"残梦"不仅具体有形,而且还可以被"药杵"所"捣",真是情景如见,引人联想。在周密的辞章里,梦魂不仅可以飞举,而且有"轻"的触感,有的版本"梦轻"或作"梦惊",岂仅是语言难通,而且顿然失去了这种奇幻凄迷的意韵。李清照词写桂花的清香飘进并且熏醒了愁人的梦,"千里"本已使"梦"有了可感的幅度,"熏透"则又使梦诉之于人们的嗅觉,于是更使情境深婉,芬芳悱恻。如果说李词中的"千里梦"是形容梦境的辽远,还不算是惊人之笔,那么,吴文英的"乡梦窄"的"窄"就十分新警巧妙了。诗人那种羁旅他乡有家难返的愁绪,通过这个感觉挪移的"窄"本已有了不同一般的表现,再加上"水天宽"和它构成的大与小、实与虚的矛盾对比,就愈显婉曲之妙而启人遐思。经当代学者中山大学陈永正教授著文考定,唐温如是宋末元初人,《全唐诗》误为唐人,诗题为"题龙阳县青草湖",后人相沿成习。龙阳县即今日湖南汉寿县,洞庭湖之南部称青草湖,故青草湖亦可泛指洞庭湖。此诗之题,实应为《过洞庭》。在唐温如这一枝独秀堪称上上之选的咏洞庭的诗中,梦不仅有了具体可感的形象,而且分别有了重量和幅度。清梦有了"满船"的形态,而且有了"压"星河的重量,确实是前所未有令人一读难忘的独创。别恨离愁,这是古典诗歌经常抒写的主题,诗人们的有关名句不胜列举,"呼儿将出换美酒,与尔同消万古愁"(李白《将进酒》),"一上高楼万里愁,蒹葭杨柳似汀洲"(许浑《咸阳城东楼》),"问君能有几多愁,恰似一江春水向东流"(李后主《虞美人》),"春去也,飞红万点愁如海"(秦少游《千秋岁》),"试问闲愁都几许? 一川烟草,满城飞絮,梅子黄时雨"(贺方回《横塘路》),"盘堆霜实擘庭榴,红似相思绿似愁"(龚自珍《己亥杂诗》),等等。他们状写愁情之多,愁情之远,愁绪之长,愁思之乱,愁怀之广,愁情之色,极尽比喻之妙,然而,有的诗人却是以通感的审美方式表现的,这样常常可以别开生面,在别人杂沓的脚印之后另行开辟一条新的道路,而且由于构思的非直线式而是曲线式的运行,就往往能够构成深远的诗境,具有想象和美感的丰富性:

> 亭亭画舸系寒潭,直待行人酒半酣。
> 不管烟波与风雨,载将离恨过江南。

——郑仲贤《绝句》

闻道双溪春尚好，也拟泛轻舟。只恐双溪舴艋舟，载不动，许多愁！

——李清照《武陵春》

在前一首诗中，无形状可求的"离恨"，被装载在亭亭的"画舸"里，于是离恨便立即变成了可以触摸的实体，在烟波和风雨之中，分外显得凄怆而沉重！这种若即若离不黏不脱的意象，洋溢着一种略显朦胧的想象之美，在抒情上又十分深曲细腻，它使人倾服，好像竞技场上一根高度不低的横竿，后来的诗人都试图跨越而一显身手，但即使是最有才华的诗人，似乎都只是以不同的程度和形式重复此诗所创造的形象，如周邦彦的"无情画舸，都不管、烟波隔南浦。等行人、醉拥重衾，载将离恨归去"（《尉迟杯·离恨》），如苏东坡的"无情汴水自东流，载得一船离恨向西州"（《虞美人》），如王实甫《西厢记》的"遍人间烦恼填胸臆，量这些大小车儿如何载得起"，等等，而明代陆娟的"津亭杨柳碧氄氄，人立东风酒半酣。万点落花舟一叶，载将春色到江南"（《代父送人之新安》），更只是郑仲贤《绝句》的依样画葫芦了。李清照的词同样是受其影响，但这位才情秀发的女词人却仍然有自己的发展和创造，郑仲贤写的愁还是可以装载运行的，而李清照则是只恐她的舴艋舟"载不动，许多愁"，她同是运用从意觉到视觉到触觉的通感，但她却是从相反的角度来表现，更令人觉得愁情分外沉重，而且意象别具美的风采。"如果碧潭再玻璃些／就可以照我忧伤的侧影／如果舴艋舟再舴艋些／我的忧伤就灭顶"（《碧潭》），李清照如果知道千年后台湾诗人余光中年轻时写有上述诗句，她会不会嫣然一笑？

四

妙用通感，可以使形象鲜明生动，让读者油然而生新颖奇特的美的感受，同时，由于形象对审美主体产生多种感官刺激，迁想而妙得，因而能够激发人们丰富的审美联想与情感，这是通感所具有的特殊美学效果。至于通感的表现形态，主要有如下几种：

听觉与视觉的通感。听觉与视觉的通感现象，是通感中最常见和最主要的一种，这是因为在人的多种感官中，听觉和视觉这两种感觉最灵敏、最细致、最丰富而又结合得最紧密,它们是感受客观对象之审美属性的最重要的生理、心理基础,是人的感官中的高级感官,而嗅觉、味觉、触觉则属于低级感官。人的大脑中所贮存的经验信息,一般来说,百分之八十五来自视觉,百分之十左右来自听觉。因此,车尔尼雪夫斯基在《艺术对现实的审美关系》中说:"美感是和听觉、视觉不可分离地结合在一起的。"视觉易于引发真切的形象感,它所感受的审美对象空间性比较鲜明,它往往间接地唤起美感,听觉易于引发空灵的形象感,它所感受的审美对象的时间性比较突出,它往往直接地唤起美感,这,是视觉与听觉的不同审美特征。在审美通感中,最常见的是富于美学意味的视听通感,即视觉美感与听觉美感的交通和换位,使欣赏者从视觉中可以同时得到听觉的感受,如同听到声音;从听觉中同时得到视觉的感受,如同看到具象。俄国的作曲家里姆斯基 – 科萨科夫关于"彩色听觉"的理论和试验,就是在音乐中运用视听审美通感。他在《音乐随笔》中说:"和声——光与阴影⋯⋯管弦乐法与一般音色:光芒、闪耀、透明、迷濛、闪烁、闪电、月光、落日、日出、暗淡、黑暗。"而法国象征主义诗人魏尔伦的"白杨仍在诉无边的悲哀,喷泉仍在吐银白的呢喃"之句,波德莱尔的"回声渺茫如黑夜,浩荡如白天"之句,都是视觉与听觉通感的著名例证。

在我国的古典诗歌中,对音乐艺术的描写有许多运用视听通感的范例,如李颀的《听董大弹胡笳弄兼寄语房给事》《听安万善吹觱篥歌》,白居易的《琵琶行》,韩愈的《听颖师弹琴》等。在韩愈《听颖师弹琴》中,诗人对音乐的描写有"喧啾百鸟群,忽见孤凤凰",是听觉转化为视觉;在西方的诗歌里,美国现代诗人阿什·贝利曾经如此形容鸟鸣的声音:"一群云雀儿明快流利地叽叽呱呱,在天空里撒开了一颗颗珠子。"这也是听觉向视觉的换位。清代诗人黄景仁写猿声与鹃声,有"湖天阔,清湘望断三更月。三更月,猿声似泪,鹃声是血"(《忆秦娥》)之语,听觉转换为视觉;他写星星,"隔竹拥珠帘,几个明星,切切如私语"(《醉花阴·夏夜》)视觉感受则转换为听觉感受。而意大利诗人巴斯古立则这样描写夜空中的群星:"碧空里一簇星星喷喷喳喳,像小鸡似的走动。"这是从视觉到听觉再到视觉的审美通感。在我国古代的优秀诗人群中,李贺之诗与现代派的诗歌表现艺术似乎有更多的相似之处,他是古典诗人中最擅长运用通感的诗人,他的诗作常常将五官的感受力互换:"箫声吹日色。"(《难忘曲》)

那伴随着夜以继日的歌舞的箫声,竟然吹暗了天色,吹熄了日光,而且似乎连箫声也染上了逐渐暗淡的白日的颜色,这真如英国著名音乐家马利翁的名言:"声音是听得见的色彩,色彩是看得见的声音。"(引自《齐鲁学刊》一九八六年第二期《色彩与音乐》一文)"露压烟啼千万枝"(《昌谷北园新笋》),诗人看到千万枝竹上的露珠,在朝烟晓雾之中,他竟然听到了有才而未能施展的竹子的啼哭。《李凭箜篌引》中的"芙蓉泣露香兰笑",听觉挪移于视觉,《恼公》中的"歌声春草露,门掩杏花丛",听觉挪移于视觉,至于"露光泣残蕙"(《秋凉》)、"冷红泣露娇啼色"(《南山田中行》)等,都是视觉与听觉的互通。他的《天上谣》中的"天河夜转漂回星,银浦流云学水声",是人所熟知的了,"众鸟高飞尽,孤云独去闲"(李白《独坐敬亭山》),"水流心不竞,云在意俱迟"(杜甫《江亭》),"有时水畔看云立,每日楼前信马行"(元稹《过襄阳楼呈上府主严司空楼在江陵节度使宅北隅》),前人写云多是"看云",而李贺写云却是"听云",流云本来像流水一样都具有流动的形态,诗人又将它放在银河这个特定的环境里,于是,流云也学流水发出了潺潺的声响。李贺这种异乎寻常的美妙的视听通感,当然从杜甫诗"七星在北户,河汉声西流"(《同诸公登慈恩寺塔》)中得到过启示,但它确实有出蓝之美,曾经启发过许多后来人的诗情。如宋代诗人孔武仲有一首七绝,题前小序是"五鼓乘风过洞庭,日高,已至庑下",诗题是《乘风过洞庭》:

> 半掩船篷天淡明,飞帆已背岳阳城。
> 飘然一叶乘空度,卧听银潢泻月声!

在咏洞庭的花团锦簇的诗作里,这是一朵特异的奇葩。诗人写五更时分在岳阳城下乘船过洞庭去湖中君山的感受,前两句重在写实,后两句重在想象。生活中原已有"月光如水"的用语,后来明清之交的诗人阮大铖也曾有过"看月"而兼"听月"的"视听一归月,幽喧莫辨心"(《秋夕平等庵》)之句,因此,在孔武仲的由于湖天一色、船行水响而触发的联觉里,流照的月华之"色",也就奇妙地具有了潺潺的流泻之"声"。"卧听银潢泻月声",这种"以耳代目"的神来之笔,恍如夜空中一束闪亮的焰火,使全诗大放异彩奇光。现代诗人徐志摩《月下雷峰塔影》的新诗中,有"我送你一个雷峰塔影,明月泻影在眠熟的波心"之句,他知不知道孔武仲此诗呢?

在新诗人的作品中,如丁芒的《月光,在林中喧响》一诗,就极具通感之妙:

> 月光,发出金属的响声,
> 铜钹般清脆,浏亮,
> 夜惊散了,化成轻烟
> 在树枝间缭绕盘旋。
>
> 风也披上发亮的羽毛
> 低低地穿梭飞翔,
> 振响了满树银鳞,
> 像琴手骤雨般的弹拨。
>
> 露珠儿保持着凝重
> 只按节奏,敲一敲池塘,
> 却以银铃般的清越
> 给旋律注入飞跃的乐感。
>
> 谁在挥舞指挥棒?
> 那是枝影有节奏的婆娑。
> 月光,在林中的乐池
> 举起了热烈的秋的合唱。

这首诗,全部是运用通感艺术思维写成的。视觉的月光竟然有动听的响声,而且与触觉相通,举起"秋的合唱",而听觉形象的风也披上了诉之视觉的"发亮的羽毛"。全诗妙用通感,通过感受力的交换和变位,所经营的意象及意象结构就显得新奇动人,富于朦胧之美及美感的深层性,构成了奇幻隽永的意境。我想,中国新诗人之善于运动视觉与听觉的审美通感,原因之一是受到中国古典诗人的潜移默化的影响。"凤吹声如隔彩霞,不知墙外是谁家? 重门深锁无寻处,疑有碧桃无数花",我随手拈来的是中唐诗人、大历十才子之一的郎士元的《听邻家吹笙》一诗,笙声如花,这种视之悦目听之动心的视听交感的盛宴,不就显示了美妙的听觉移就于视觉的通感吗?

视觉、听觉与触觉的通感。形象,不仅是作品的思想和感情之表现形式,也是艺术家为读者所提供的审美对象,诗歌作为文学的一种样式,它的形象是用文字来塑造的,诗的形象,是用文字表现出来的人生图画,一般只能作用于读者的视觉,但是,为了加强形象的直观性和可感受性,使形象更为鲜明生动,活泼新创,诗人们就常常让视觉、听觉与触觉相沟通。

触觉,主要指感触物体的轻重、冷暖、厚薄、粗细、软硬、宽窄、滑腻、干湿等等。法国大雕刻家罗丹说过,他在抚摸古希腊的大理石雕像时,好像感到人的体温;古希腊的一尊女神塑像,曾使克尼德地方的一位少年忘情地去拥抱它。这,都是因为艺术品栩栩如生而产生的巨大魅力。用文字为材料所创造的诗歌形象,也应该努力追踪这种境界。在中国古典诗歌中,如:

> 地白风色寒,雪花大如手。
>
> ——李白《嘲王历阳不肯饮酒》

> 晓看红湿处,花重锦官城。
>
> ——杜甫《春夜喜雨》

> 琉璃地上绀宫前,发翠凝红几十年。
> 夜久月明人去尽,火光霞焰递相燃
>
> ——刘言史《山寺看海榴花》

> 无叶无枝不见空,连天扑地径才通。
> 山莺惊起酒醒处,火焰烧人雪喷风。
>
> ——窦庠《龙门看花》

红蕉花样炎方炽,瘴水溪边色最深。
叶满丛深殷似火,不唯烧眼更烧心。

——李绅《红蕉花》

杨花扑帐春云热,龟甲屏风醉眼缬。

——李贺《蝴蝶飞》

虫响灯光薄,宵寒药气浓。

——李贺《昌谷读书示巴童》

促织灯下吟,灯光冷如水。

——刘驾《秋夕》

促织声尖尖似针,声声刺着旅人心。
独言独语月明里,惊觉眠童与宿禽。

——贾岛《客思》

玉轮轧露湿团光,鸾珮相逢桂香陌。

——李贺《梦天》

石涧冻波声,鸡叫清寒晨。

——李贺《自昌谷到洛后门》

月漉漉,波烟玉。

——李贺《月漉漉篇》

一编香丝云撒地,玉钗落处无声腻。

——李贺《美人梳头歌》

冷翠烛,劳光彩。

——李贺《苏小小墓》

"地白风色寒",是李白妙用通感的奇创之笔。风本身没有色,除了绘画上所说的主要是心理作用的热色与冷色之外,色本身也无所谓寒与不寒,但由于北方豪雪,大地一片茫茫,在诗人的审美感受中,朔风仿佛也是白的,白色又给人以寒冷之感,于是,就产生了这一地与风均白均寒的审美通感的妙句。一夜东风,林花着雨,杜甫的"花重"二字,写出了本来繁盛的红花经雨后所具有的重量感,表现了诗人观察的细致和发现的敏锐,而且由"红湿处"这一点推及"锦官城"这一个面,就愈益强化了那种春深如海的诗意,韦应物五律《赋得暮雨送李曹》(一作李胄)的"漠漠帆来重,溟溟鸟去迟",其中的"帆重",也是出自同一机杼的审美通感。刘言史与窦庠之诗,均是写看花之作,都将繁花喻为霞光火焰,视觉通于触觉,而李绅的《红蕉花》一诗,由红蕉花之"红"而联想到"烧眼"和"烧心","烧"字极妙,是视觉通之于冷暖觉的审美通感,较刘、窦之作更胜一筹。杨花扑帐,暮春日暖,李贺的"春云热"由视觉而换位为触觉,传神地表现了暮春三月那种蝶乱蜂忙的景象,清代丘象升虽赞美"'云热'二字,极雕而无迹"(《见六家辩注本》),但却不可能像我们今天一样指出美在通感。在刘驾的笔下,灯光也像清冷的水一样有冷暖的温度感,加上和促织的长吟短唱动静互映,更烘染了那种凄清寂寞的氛围。其实,刘驾的这种描写也是有所师承的,在他之前不久,李贺就有"虫响灯光薄,宵寒药气浓"之句,那个"薄"字下得十分奇警,而和刘驾同时的李商隐,也曾有过"灯光冷如水"之句,这也可能是不谋而合吧? 秋日蟋蟀的声音是十分尖厉的了,何况是在浪迹他乡深夜不眠之游子的听觉中呢? 贾岛将蟋蟀的鸣声这一听觉形象转化为"针"的视觉形象,再换位为"刺"的触觉,描摹深细而独到。李贺梦中作天上之游,天空中阵雨过后,玉轮般的月亮在露水上碾过,它的光芒都被打湿了,这位诗人真是善于洗去陈腔俗调。冬天山涧液体的水波被冻结为固体的冰凌,这是视觉与触觉的换位,这种情景一般作者还不难表现,李贺的独造之处就在于"冻波声",他运用听觉与触觉的奇妙通感,给人以诉之听觉的波声也被冻结这种触觉上的新颖感受。在他的《月漉漉篇》之中,月亮都是湿漉漉的,它光芒迷茫如烟,寒凉如玉,这一多种感官的感受力的移就,使我想起他的《江南弄》的结句"吴歌越吟未终曲,江上团团贴寒玉",团团的冷月有如寒玉,这种审美通感与"月漉漉,波烟玉"异曲而同工。在他的《美人梳头歌》里,玉钗落地无声,"玉钗"的视觉,"无声"的听觉转位为"腻"的触觉,这样,浓黑柔美的长发垂落地上的美人形象,就如同纸上有人,从这里可见李贺的艺术感受力与审美通感力特别敏锐,而陆游《乌夜啼》中"金鸭余香尚暖,绿窗斜日偏明。兰膏香染云鬟腻,钗坠滑无声"的描写,就只能算是对前人的追摹了。烛光本来是温暖的、红色的,但是在李贺笔下,却开出了一朵寒冷的火焰,因为他所写的,是冷绿色的烛光一般的鬼火。"冷翠烛,劳光彩"的审美通感,从一个侧面显示了李贺"哀艳荒怪"的风格。李贺,这位在艺术上极为"现代"的古典诗人,真是一位运用通感手法的高手,他之驱遣审美通感,比欧洲"奇崛诗派"的感觉移借早了七百多年,而通感作为一种艺术手段,成为西方象征派诗人风格上的标志,则已是迟至十九世纪之事。在这一点上,我们应该承认,李贺,他真是一位诗歌现代手法的天才的先驱,是古典诗人中的"现代派"的杰出歌手!

在新诗创作中,也可见到视觉、听觉与触觉交互作用的例证:

> 不知是哪一页鲁莽
>
> 酒醉后
>
> 被山风绊落深谷
>
> 血色的喊声
>
> 立刻惊醒
>
> 满杯秋心
>
> ············
>
>
> 只顾将所有的秋山
>
> 忙不迭装进背囊
>
> 竟失手跌碎了
>
> 野鹊的音符一小串……
>
> ——蔡欣《张家界惊秋》

晚钟

是游客下山的小路

羊齿植物

沿着白色的石阶

一路嚼了下去

（如果此处降雪）

而只见

一只惊起的灰蝉

把山中的灯火

一盏盏的

点燃

——洛夫《金龙禅寺》

　　新加坡诗人蔡欣之《张家界惊秋》一诗共为九节,此处选录的是开篇与结尾的两节。红叶坠于深谷,扬起的竟是"血色的喊声",这是视觉通于听觉,而将"秋山"忙中"装进背囊",这本已是视觉通于触觉了,而野鹊的鸣声竟然"失手跌碎",这更是听觉与触觉之间的通感,乃匪夷所思的妙想。《金龙禅寺》一诗,是洛夫的一首精彩小品。"晚钟 / 是游客下山的小路",是这首诗发语不凡的起句。"晚钟"的声音是听觉形象,下山的"小路"是视觉形象,钟声悠扬,小路弯曲,它们可想和可见的外形有相似之处,于是洛夫便有了这一视、听审美通感,如果写成"游客在晚钟声中沿小路下山",那该是何等大煞风景。而飞鸣的蝉,竟点燃了山中的灯火,这是视觉与听觉通于触觉,也可称奇思飘逸,妙想天开。

　　视觉、听觉与味觉、嗅觉的通感。诗的形象诉之视觉、听觉,可以使读者如见其形,如闻其声,作用于触觉、味觉和嗅觉,更可以使读者如触其物、如尝其味、如嗅其气。视觉与听觉是五觉中的高级感官,触觉、嗅觉虽然是五觉中的低级感官,但后者却是不可缺少的辅助审美的感官。一九三〇年,一家出版社曾向高尔基提出如下的问题:"您常常根据什么样的感觉来构成形象:视觉的、听觉的、触觉的,等等?"高尔基的回答是:"当然是根据一切的感受。"高尔基在《保尔·魏伦和颓废派》一文中还说:"你一面读,一面想象色彩、气味、声音、感觉——非常鲜明地想象这一切,在一首诗里体味许多活的形象。"① 确实,调动其他感官的审美积极性,可以强化视觉形象与听觉形象,对审美对象作全面的立体的感知,这样,诗的形象就不止于单一的美,而能具有复合的美,刺激读者的多种感官,让人获得更丰富的美感:

　　　瑶台雪花数千点,片片吹落春风香。

　　　　　　　　　　　　　　　　——李白《酬殷明佐见赠五云裘歌》

　　　溪冷泉声苦,山空木叶干。

　　　　　　　　　　　　　　　　——高适《使青夷军入居庸》

　　　香雾云鬟湿,清辉玉臂寒。

　　　　　　　　　　　　　　　　——杜甫《月夜》

　　　数峰清苦,商略黄昏雨。

　　　　　　　　　　　　　　　　——姜夔《点绛唇》

　　　雨过树头云气湿,风来花底鸟声香。

　　　　　　　　　　　　　　　　——贾唯孝《登螺峰四顾亭》

　　　我躺在这里,
　　　咀嚼着太阳的香味;
　　　在什么别的天地,
　　　云雀在青空中高飞。

　　　　　　　　　　　　　　　　——戴望舒《致萤火》

　　　青色的夜流荡在花阴如一张琴,

_____

① 《高尔基论文学》(续集),人民文学出版社 1979 年版,第 12 页。

香气是它飘散出的歌吟。

——何其芳《祝福》

那年,你的长睫微启,
我在早春雪融的天山,
窥见两泓脉脉的碧潭,
破晓时静候远空的晨曦。
如今,你的长睫微启,
我在温暖的夏夜酡然,
看见一坛醇酒轻颤,
静穆了千年后,酒光漓漓。

——黄国彬《如今,我看见一坛醇酒》

从物理学的观点看来,空气的流动形成了风,风本身也无所谓香与不香,特别是将冬日的雪喻为"雪花",也只是一种想象比拟而已,而且雪花是没有香气的,但李白却将视觉与嗅觉相沟通,感到雪花芬芳,连吹花的冬风也化为春风,春风也是芳香的了。在高适的审美感受中,听觉的"泉声"通于味觉的"苦",不凡庸地表现了北方的苦寒,和屈居下僚的诗人行军途中特殊的审美心态,这位盛唐边塞诗的代表人物,他诗风豪壮,艺术感触却十分细腻。杜甫在乱离中怀念远在鄜州的妻儿,他遥想他的妻子也在久久地望月怀人,她周围的轻雾也染上了一层淡淡的清香。"香雾",视觉通于嗅觉,烘染了月夜相思的朦胧情境,给人以多样的诗的美感。姜夔写黄昏时雨中的山峰仿佛在商量什么,显得那样"清苦",视觉、听觉通于味觉,曲曲传达出自己内心的愁苦之情。明代的贾唯孝写鸟声被风从繁花下吹送过来,连鸟音都染上了花的芬芳,听觉通于嗅觉,情味悠然而令人遐想。在戴望舒的想象里,有色而无味的阳光也有了可供咀嚼的香味。在何其芳的诗境中,视觉经验、嗅觉印象和听觉形象三者携起手来,细腻柔美地表现了春夜怀人的情境。写恋人眼睛的妙句,也是可以从何其芳早期诗作《秋天》中找到的:"谁的流盼的黑睛像牧人的笛声 / 呼唤着驯服的羊群 / 我可怜的心?"这是视觉与听觉的通感,在香港诗人黄国彬的爱情诗中,第一节将恋人的眼睛比为"碧潭",第二节将恋人的眼睛喻为"醇酒",前者是富于空灵之趣的视觉形象,后者发挥了审美通感的作用,将视觉移就于嗅觉和味觉("石绿香煤浅淡间,多情长带楚梅酸。小诗拟写春愁样,忆着分明下笔难",金元之交的元遗山的《眉》诗,由画眉的黛绿色联想到楚梅之酸,是色觉通于味觉的色味交综的通感),使人从酒的芬芳醇美联想开去,对审美对象展开全面的审美感受。总之,上述这些与通感有关的诗句和篇章,都可以说是命意新奇而富于美感。

除如上所述之外,诗中的通感还有其他的表现形态,如意觉与颜色视觉的通感:"碧绿的天真,惨白的悲忿。"(公刘《人之歌·看胡风芝主演的〈李慧娘〉后》)颜色视觉与温度觉的通感(色温现象):"净碧山光冷,圆明露点匀。"(罗隐《秋霁后》)"寺多红叶烧人眼,地足青苔染马蹄。"(王建《江陵即事》)"月寒秋竹冷,风切夜窗声。"(李后主《三台令》)嗅觉与味觉的通感:"今朝香气苦,珊瑚涩难枕。"(李贺《贾公闾贵婿曲》)"松柏愁香涩,南原几夜风。"(李贺《王濬墓下作》)听觉与颜色视觉的通感(色听现象)。明清之交的李世熊崇尚屈原诗歌的奇瑰,他所作的"月凉梦破鸡声白,枫霁烟醒鸟话红"(《剑浦陆发次林守一》),是极为出色的。表现听觉与嗅觉的通感,清代李慈铭的"山气花香无著处,今朝来向画中听"(《叔云为余画湖南山桃花小景》),是很能给人以启发的。这里,我还要着重提出通感中一种十分奇妙的现象,可以称之为多级通感或多重通感,它比一般的两种感官之间的互通来得复杂和曲折,它包含三个或三个以上的感觉挪移关系,更能造成西方诗学中所谓的"审美的幽深境界",加强美感的多样性和丰富性。如人所熟知的宋祁《玉楼春》中的名句:

> 绿杨烟外晓寒轻,红杏枝头春意闹。

用一"轻"字而使晓寒有了重量,这本来就是视觉、温度觉与触觉的通感,但更妙的却是下一句。只有从多重通感或多级通感的角度来看,"红杏枝头春意闹"之所以分外动人才能得到最恰切的解释。清人王士祯《花草蒙拾》说这一句是以"花间暖觉杏梢红"为蓝本点化而来(五代和凝《菩萨蛮》有"暖觉杏花红"之句,见后蜀赵崇祚所编《花间集》——引者注),不论事实如何,这一说法可以给我们以启示。从颜色学的观点看来,红色是热色,我们可以设想枝头繁茂的红杏花先引起了诗人温暖的感觉,这是颜色视觉与温度觉的通感。在人的审美心理活动中,冷与静是联系在一起的,习称为"冷静",热与闹是关联在一起的,习称为"热闹",因此,诗人又自然地将温度觉与听觉沟通起来,色彩艳丽的红杏花使人由温暖的感觉而引起喧闹的感觉,就是十分奇妙的了,到这里,诗人又深入一重,化实为虚,集中表现属于抽象意觉的"春意",说春意在枝头上喧闹,如此回环深曲,感有多重,当然就使得这句诗成为灵秀隽永的千古绝唱!王国维否定了李渔《窥词管见》中"红杏闹春,予实未之见也"的名副其实的"管见",认为"著一'闹'字,而境界全出"(《人间词话》),但我以为单纯从炼字上还无法完全理解这句诗的美妙境界,而必须从多重通感这个角度去探讨。宋祁之后的名词人晏几道,其词作颇多传诵人口的佳篇,他的《临江仙》中之"风吹梅蕊闹,雨细杏花香",形容繁盛欲开的"梅蕊"也用了"闹"字,但却未能后来居上,也未能为广大读者所熟知,原因就在于它只是一般地由视觉形象转化为听觉形象,色彩亦不鲜明,而且有拾人牙慧之嫌。在新诗创作中,如回族诗人丁文《愿望》中的断句:

炎炎烈日,我是一丝云,
给人们以潮湿的希望。

在这两行诗句里,"希望"是诗的中心,属于情意觉。为了表现人所共有的"希望",诗人先写炎炎烈日的环境,后写"一丝云"的对比性形象,这是意觉通于视觉,而云虽一丝,但在炎阳的照晒之下还能给人以潮湿之感,这是视觉通于触觉,而"潮湿的"最终附丽在"希望"之上,抽象的意念具体可感而不可触,这又是触觉通于微妙的意觉了,如此婉曲移借,加强了美感的多面性与意蕴的深层性,真是笔意清润多姿而妙趣横生!

五

文学活动是作者的审美创造与读者的审美再创造之对立统一,艺术家的全部技巧指向,就是创造引起读者审美再创造的刺激物。通感,就是其中的重要技巧之一,也是艺术创造中重要的审美心理现象。通感并不神秘,十八世纪神秘主义者圣·马丁说自己"听见发声的花朵,看见发光的音调",给通感涂抹上一层神秘的色彩,与我国画家所谓"耳中见色,眼里闻声"不无相似之处,而欧洲象征诗派的一些诗人,更是热衷于向宗教中的神秘主义去寻找通感的理论依据。我认为,从某种意义来说,通感并不单纯是一个技巧问题,而可以从它所由产生的主客观条件得到合理的解释。

世界上的万事万物都不是孤立存在、互相绝缘的,而可以在一定的条件下彼此联系、互相沟通,这是通感产生的客观现实基础。散文诗名家郭风在《关于创作》中说:"到生活中,要开放'五官',要把视觉、听觉、触觉、味觉等方面的感觉器官统统开放起来,观察周围的人和物以至领略自然的各种声、色、香、味。"由此可见,郭风是强调生活本身的声、色、香、味的客观存在性,并主张诗人应该有敏锐的对生活美的艺术感受力。香港学者兼诗人黄国彬在诗集《地劫》中写道:

> 让黛色阳光和黑暗流入两瞳,
> 涛声风声和寂静流入两耳,
> 花草和泥土的气息流入鼻子,
> 舌尖交给葡萄醇酒,
> 肌肤交给风露阳光。
>
> ——《诗话》之一

他所说的也正是人的五官感觉,以及刺激人的五官感觉的现实生活的外部信息,没有这些外部信息,人的五觉是不可能产生的。同时,客观事物的某些特性一经人所认识之后,在一定的条件下它们就可以互相沟通。《世说新语·假谲》中所说"望梅止渴"的故事,也说明通感的产生,并不是纯主观的随意性想象的结果,而是有其客观现实生活的基础。俗语有云:"用笔不灵看燕舞,行文无序赏花开。"这样,我们也就不难理解,唐代的草圣张旭在看了公孙大娘的剑器浑脱舞之后为什么草书大进,唐代另一位草书大家怀素为什么听嘉陵江水声而有悟于书法之道,因为那正是艺术通感在发挥作用。又如法国早期象征主义诗人兰波的著名十四行诗《母音》(又译为《彩色十行诗》):

> 黑 A, 白 E, 红 I, 绿 U, 蓝 O, 母音们,
> 我几天也说不完你们神秘的出身:
> A 是围绕着恶臭垃圾嗡嗡叫的,
> 苍蝇身上黑绒绒的紧身衣;
>
> E 是蒸气和帐篷的洁白, 高傲的冰峰,
> 白色的光线, 伞形花微微的颤动;
> I 是咳出的鲜红的血, 怒火中烧
> 或深自忏悔时美丽双唇的笑;
>
> U 是涟漪, 绿海的神奇的颤动,
> 放牧着牛羊的草原上的安宁,
> 炼金术学者额上的皱纹的安详;
>
> O 是号角的刺耳的奇怪的响声
> 被天体和天使们划破的寂静,
> 她眼睛里发出紫色的柔光。①

有人说这首诗"成功地实践了'有色听觉'的理论",许多人也许会感到难以理解,但它对我们认识"通感"这一审美心理现象,确实提供了一种参照物。

　　审美通感的产生,还有其主观的生理与心理的原因。人的各种感觉器官能够互相沟通,是因为在各个感觉器官之间,具有某种生理上的内在联系。现代心理学研究的成果证明,人的五官虽然各司其职,它们各自感觉的是生活中的单项性映像,但在大脑这一分析器的中枢部分却可以形成感觉的相互沟通,一种感觉可以借助于另一种感觉的兴奋而兴奋起来。这种"联觉现象"的产生,亦即一种感觉兼有另一种感觉的心理现象的产生,根据美国汤普森主编的《生理心理学》的说法,是由于外界信息进入人的感官而向中枢输送时,发生改辙换道现象的

---

　　① 引自张英伦等主编:《外国名作家传》(下册),中国社会科学出版社 1980 年版,第 343 页。

结果。例如听觉形象转换为视觉形象,在我国传统美学中称为"以耳为目""听形类声",钟子期听伯牙弹琴,伯牙志在高山、志在流水,钟子期的欣赏就达到了审美通感的境界,他赞叹说:"美哉!巍巍乎若泰山。""美哉!汤汤乎若流水。"(分别见《吕氏春秋》《列子》)这种建基于联觉的基础上的审美通感,是不分中外的,贝多芬写完《F大调弦乐四重奏》的第二乐章之后,弹给朋友阿门达倾听并询问他的感受,阿门达的回答是:"我听到了一对情人的离别。"贝多芬说:"对了,我在创作这个曲子时,心里想的是《罗密欧与朱丽叶》的坟墓场面。"从生理学的角度看来,乐音这外界信息作用于人的听觉感受器,经过某种传递和改道,转送到大脑的视觉神经中枢,从而转位为视觉形象。如果没有生理上的某种奇妙的内在联系,没有外界刺激物的在神经活动过程中的能的转化,审美通感的产生是不可想象的。除此之外,审美通感的产生还有其心理上的原因,而且它和生理原因紧密联系在一起。心理学认为,通感,是一种条件反射现象,从一种感觉转换为另一种感觉,是大脑皮层各区之间互相联系、互相作用的结果,是人的多种感觉在生活实践与审美实践中建立特殊联系的结果。如同十九世纪德国哲学家、美学家费歇尔所说:"一个感官响了,另一感官作为回忆、作为和声、作为看不见的象征,也就起了共鸣。"[①] 例如就温度觉与听觉的关系来说吧,人们在生活实践中积累了大量的感觉经验,通过语言给予概括,其中就有"热闹"与"冷静"二词,无论从自然界或日常生活来看,"热"与"闹"、"冷"与"静"都是联系得很紧密的,于是,在作为人生经验的艺术表现的诗赋中,就自然会有"歌台暖响,春光融融;舞殿冷袖,风雨凄凄"(杜牧《阿房宫赋》)与"绿阴生昼静,孤花表春余"(韦应物《游开元精舍》)之类的有关通感的描写。又如唐诗人刘长卿《听弹琴诗》的开篇两句:

> 泠泠七弦上,静听松风寒。

刘长卿在这里也表现了听觉与温度觉的通感。"松风寒"是一语双关的,它本来是一种琴调的名称,因此,"静听松风寒"也可理解为听弹琴者弹奏名为"松风

---

① 《美的主观印象》,见《古典文艺理论译丛》第八册。

寒"的曲调,但是,这句诗的多解性却大大加强了它的美的内涵。"岁寒然后知松柏之后凋也",人们在生活实践与审美实践中,总是把"松柏"与"岁寒"联系起来的,松风自然也象征了一种傲霜斗雪的坚贞节操,于是,"静听"的听觉在心理上就通向了"松风寒"的温度觉,表现了诗人对生活综合的审美感知。

除上面所说的主客观的依据之外,奇妙的通感体现在诗的艺术形象之中,还有赖于诗人基于主客观基础之上的创造性的联想和想象,将自发的低级的通感,提升为自觉的高级的艺术通感。在诗歌创作中,对生活美与自然美的艺术敏感与新鲜活跃的想象,是通感产生和成长的摇篮。因此,我们也可以把通感看成一种艺术思维。心理学关于知觉组合的研究说明,在状态上或性质上相似相同的事物之间固然可以引起感觉的转移,在状态、性质上不接近的甚至有相当距离的事物,也可以引起相关的联想和想象,这种心理学上称为"远距离联想"的获得,重要的就是诗作者对生活必须有深入细致的独到体验,对生活中的各种事物能够敏锐地触类旁通,在审美实践中锻炼和提高自己合于"自然与巧妙"这一原则的感觉转移的能力,对不同的事物进行美感的概括。在中国古典诗人之中,李贺表现了他十分活跃而突出的艺术通感的能力,在这一方面,其他的一般诗人固然无法与之相比,即使如大诗人李白和杜甫也只能逊让三分,如:

> 斫取青光写楚辞,腻香春粉黑离离。
> 无情有恨何人见,露压烟啼千万枝!
>
> ——《昌谷北园新笋》

> 秦王骑虎游八极,剑光照空天自碧,
> 羲和敲日玻璃声,劫灰飞尽古今平。
>
> ——《秦王饮酒》句

与李白被称为诗中的"仙才"与"诗仙"相对,长吉真是不愧为诗中的"鬼才"与"诗鬼"。明代高棅《唐诗品汇》中说他"远去笔墨畦径",这一点从他的特异的审美通感中也可以看到。《昌谷北园新笋》四首之二以"斫取青光写楚辞"领起全篇,视觉形象的"青光"竟然如某些实在的物体一样可以"斫取",这是视觉感受与触觉感受在自觉的艺术思维中的奇妙交感,而"露压烟啼千万枝",则更是化视觉形象为听觉形象的感觉移借了。《秦王饮酒》的开篇也是如此,"羲和敲日玻璃声",是视觉形象通于听觉形象,诗人大约是首先有了日光如玻璃一样具有光泽的感受,于是进一步产生了羲和敲日而发出玻璃般的响声的通感,构成了这一奇诡非凡的意象。时隔千年之后,台湾诗人洛夫在《与李贺共饮》中写那位苦吟诗人的出场:"石破 / 天惊 / 秋雨吓得骤然凝在半空 / 这时,我乍见窗外 / 有客骑驴自长安来 / 背了一布袋的 / 骇人的意象 / 人未至,冰雹般的诗句 / 已挟冷雨而降 / 我隔着玻璃再一次听到 / 羲和敲日的叮当声。"羲和敲日之声依旧,只是"玻璃声"化为了更具听觉美感的"叮当声","玻璃"一词仍在,只是"我隔着玻璃",巧妙地成了洛夫所在的台湾台北市居所实有的窗户玻璃了。从这里我们可以看到,成功的艺术通感是一种创造性的审美想象,也可以说是一种现实与超现实相结合的诗性思维,它可以通过审美主体自觉的艺术创造而得到训练和加强。这里,我们不妨再从唐诗中举一例证:

> 裁成艳思偏应巧,分得春光最数多。
> 欲绽似含双靥笑,正繁疑有一声歌。
>
> ——温庭筠《牡丹》

这是温庭筠的律诗《牡丹》的中间二联,历来是写国色天香的牡丹之名句。在温庭筠之前,王昌龄曾有一首《采莲曲》:"荷叶罗裙一色裁,芙蓉向脸两边开。乱入池中看不见,闻歌始觉有人来。"王昌龄把芙蓉和采莲少女合而为一,他听到的歌声毕竟不是芙蓉所唱,而是由乱入池中如芙蓉般的少女唱出来的,温庭筠,这位晚唐的诗思敏捷的才子却不同了,他入神地欣赏牡丹含苞欲放时甜美的笑靥,当它们纷纷怒放而繁英似锦之时,他仿佛听到了它们的一曲欢歌,这种由视觉而转位为听觉的奇妙的审美通感,大大加强了美的生动性和丰富性,是作为审美主体的诗人的自觉创造的结晶。朱自清的散文名作《荷塘月色》中写月下的荷花,有"微风过处,送来缕缕清香,仿佛远处高楼上渺茫的歌声似的"的通感描写,这位娴于中国古典诗词的学者,在他的审美创造中,是否也从温庭筠的作品中得到过审美通感的启示呢?

　　审美通感,是以更美地表现生活与人的精神世界为指归的,我们应该从中国古典诗歌和西方诗歌中吸收通感艺术的表现经验,以丰富新诗的艺术表现手段。但是,西方有些现代诗人脱离生活和具体情境单纯人为地滥用通感,却并不可取,如"一阵响亮的香味迎着你父亲的鼻子叫唤"之类。在我们当前的新诗创作中,某些缺乏充分的通感反应条件,矫揉造作故弄玄虚而使人不知所云不信所云的诗作,如"小草伸着懒腰,止不住地打起绿色的喷嚏"之类,实在也只能看作是对真正之诗的通感的误解,只能称之为矫揉造作的文字游戏。

　　王安石四十六岁应宋神宗之召进京变法,重游十六岁时随父亲王益游览过的汴京城西之西太一宫,作有《题西太一宫壁二首》,近代陈衍选编《宋诗精华录》誉之为"宋人绝句压卷"与"绝代销魂"之作。其一是:"柳叶鸣蜩绿暗,荷花落日红酣。三十六陂春水,白头想见江南。"写荷花为"红酣",视觉通于听觉与触觉,前所未有。现在的诗人作家,不论其成就与知名度究竟如何,均一视同仁地冠以"著名"二字,此为"著名"之贬值与滥用,如同滥印而贬值的钞票,而清代不著名之诗人史台懋于安徽合肥市作《包公祠荷花》,却远胜一些所谓"著名"诗人之作:"丛祠花发绕回汀,烦暑时时过客停。谁把栏干界红白?红莲沉醉白莲醒!"结句是矛盾语,亦是通感辞,美哉此语,妙哉此辞,它由人及物,化用了李商隐《龙池》的"夜半宴归宫漏永,薛王沉醉寿王醒"(《龙池》)的"沉醉"与"醒"二词,也远绍了王安石的"红酣"一语之一脉心香。审美通感,是为更动人地表现生活之美和美的思想感情服务的,让我们探索通感艺术的奥秘,去努力地感受、发现和艺术地表现生活之美吧!

第十一章　语言的炼金术
——论诗的语言美

如果把文学的诸多样式比为连绵起伏的群山，那么，在山的家族之中，传统观念中的"诗"，就可以说是崛起于千山之上的峰峦，而真正的好诗，则是思想、激情、学识、才华集于一身的人才能攀缘而上的峰顶。

语言，是各种不同的艺术门类的基本艺术手段。"绘画语言"主要指线条、色彩和构图，在平面上创造有立体感的形象，具有在二度空间描绘生活的鲜明的直接性；"音乐语言"主要是音响和旋律，它完全是依靠音响效果在人的听觉反应中构成听觉形象；"舞蹈语言"主要是人体的动作，有规律而多变化的舞蹈动作构成舞蹈的艺术形象，有些少数民族的看来简单的舞蹈，其舞蹈语言也有两三百种之多；篆刻，被海外人士称为中国艺术中最富有特色的一种，边款、残破、阴阳、争让、衔连等，就是它的主要语言。那么，作为文学的最高样式的诗呢？

苏联的文学家高尔基曾经说过："诗，是文学的最高样式。"那么，诗的语言，应该是至精至纯的文学语言，诗的语言艺术，应该是最高明最智慧的语言艺术。其他任何文学样式的作者都必须讲究语言之美，诗人就更需要追求语言的美感。"虎豹无文，则鞟同犬羊"（《文心雕龙·情采》），早在两千多年前，我国的荀子就在《大略》中就说过："言语之美，穆穆皇皇。"俄国大诗人涅克拉索夫在《形式》一诗中也曾写道："诗句，如像钱币一样，要铸造得精确、清晰、真实。严格地遵守着规范：使用语言要紧密，思想——要广阔。"而英美著名现代诗人、批评家艾略特也认为：“文学家的工作乃是和语文及意义之艰苦的缠斗。”① 我以为，就像竞技场上出色的射手弓弦响处，他们的箭头都奔向同一个红心一样，优秀的诗人在诗的竞技场上，他们的语言之矢也都力图射向一个美的红心，这个红心，由具象美、密度美、弹性美、音乐美所构成。

一

　　诗的语言美，首先是具象之美。

　　西方文艺理论批评史的第一章，是由古希腊的柏拉图和他的学生亚里士多德书写的，亚里士多德在他的名著《修辞学》中，把生动、对比和比喻作为修辞的三大原则，他说：“文字必须将景物置诸读者眼前。”他评论荷马的史诗《伊利亚特》与《奥德赛》时也认为：“荷马常赋予无生命事物以生命……其出色之处，就在具体生动之效果，由彼传出。”② 亚里士多德关于语言的这一观点，和欧阳修《六一诗话》记载的宋代诗人梅圣俞的看法大体一致，梅圣俞的说法是：“必能状难写之景，如在目前，含不尽之意，见于言外。”如同演奏同一首乐曲，一个用的是西方出产的小提琴，一个用的是东方古老的箫笛。实际上，他们都不约而同地说明了文学语言的首要条件和美质是“具象性”，而现代西方文学批评强调所谓“具体呈现法”，也就是指的“具象性”。科学以理服人，科学论文的语言手段是概念、判断和推理，文学以情动人，文学诉之于文字的形象表现。诗是美文学，尤其要追逐那生动形象的具体呈现法，像牧人追寻那丰饶的草地和绿洲，要放逐枯燥说教的抽象直说法，如牧人远避那贫瘠的荒原和沙漠。如果热衷于纯粹的理念和超出于具体之上的抽象，等待着诗人的除了失败的结局就别无其他，而只有将抽象化为生动的具体，将审美观照下的生活所激发的审美体验化为新颖独特的意象，才是诗人的英雄用武之地。正因为如此，用语言表现出来而可以具体感受的具有美学内涵的意象，就成了一首好诗的基本要素。如下面三联诗句：

----

① 转引自刘文潭：《现代美学》，台湾商务印书馆印行 1983 年版，第 104 页。
② 转引自黄维樑：《清通与多姿》，香港文化事业有限公司 1981 年版，第 97 页。

窗里人将老,门前树已秋。

——韦应物《淮上遇洛阳李主簿》

树初黄叶日,人欲白头时。

——白居易《途中感秋》

雨中黄叶树,灯下白头人。

——司空曙《喜外弟卢纶见宿》

三位诗人同用十个字所抒写的,是大致相同的情境,他们写景兼比喻的语言,也可以说都是相当生动的了。但是,明代的谢榛却充当了他们异代不同时的裁判:"三诗同一机杼,司空为优:善状目前之景,无限凄感,见乎言表。"(《四溟诗话》)司空曙虽是"大历十才子"之一,但他的名声和地位不及后来的韦应物,较白居易相差更远,然而,在诗艺上谢榛却不论资排辈,他的上述裁决,是他以公正的评论家身份和以严格的诗艺标尺来评断的结果。他之所谓"见乎言表",指的就是司空曙诗出色的语言表现。白居易的诗比韦应物的诗生动,因为白诗的"黄叶"与"白头"具有色彩感,但他们的诗同是单纯的比况,而司空曙的诗不仅有白居易诗的优点,还有室外之"雨"和室内之灯的内外环境的点染,而且"雨中"和"灯下",更是比中有"兴",有色彩而且有音响,环境和气氛的渲染更胜一筹,能激发读者更丰富的美感。而这一切,都是于言表可"见"的,也就是诗的语言具有鲜明的具象性,能通过读者的想象活动获得历历如见的视觉效果。

任何样式的文学创作,语言都要求具象而非抽象,这是文学创作在语言艺术方面的共同规律,是所有文学创作的语言的共性,作为文学样式之一的诗歌,当然也是如此。但是,诗歌语言与其他文学样式的语言同而不同,它具有共性,也还有自己鲜明独特的个性,即使是语言的具象性或具象之美,诗歌语言也有自己的所强调的特出之点,这就是:动态之美,色彩之美。

动态之美。诗歌语言的具象,不是对变动不居的生活作客观的死板模拟,也不是对流动的审美情思作凝固化的处理,而是要以富于动态美感的语言,描绘出动态之"象",简言之,就是描绘事物的动态,或从动态中描绘事物。这样,就构成了具象美中的一原色——动态美。诗的语言动态美的美学依据,一是根据作为审美客体的生活,一是符合读者的审美心理状态。因为根据唯物主义的美学观看来,世界上的万事万物都处在不停息的运动之中,运动是绝对的,而静止则是相对的,春去秋来,花开花谢,日月升落,潮汐涨退,大千世界的事物都呈现出不同的运动之美,表现了生命的节奏律动和具有普遍性与永恒性的运动变化。绘画语言,以线条和色彩在平面上描画的是生活的静止的形象,诗的语言则是显示事物的运动和发展,表现的是动态的形象。同时,一首诗的最终完成必须依赖于读者的审美想象活动,而读者的审美联想本身就不是凝滞的而是流动的。流动的运动的意象,在诗中较之静态意象更富于生命感,更能调动读者审美的积极性,激发读者审美的愉悦,这就是诗的动态美在审美心理学上的依据。

　　文艺复兴时代的意大利诗人阿里奥斯托,在他的作品《激动的罗兰》里刻画了美女阿尔契娜的形象,诗人描写她的眼睛:"她那双眼睛给人的印象不在于黑和热烈,而在于她的秋波流转;她那嫣然一笑,瞬息间在人世展开了天堂。"十八世纪德国戏剧家、美学家、文艺批评家莱辛对此表示极为欣赏,并在他的名著《拉奥孔》中提出了有关的重要美学见解,他分析了诗与画的异同,说明"画家只能暗示动态,而事实上他所画的人物形象都是不动的",而"诗想在描绘物体美时能和艺术争胜,还可用另外一种方法,那就是化美为媚,媚就是动态中的美",他认为:"在诗里,媚却保持住它的本色,它是一种一纵即逝而却令人百看不厌的美。媚是飘来忽去的。因为我们回忆一种动态比起回忆一种单纯的形状或者颜色,一般要容易得多,也生动得多,所以在这一点上,媚比起美来,所产生的效果更强烈。"[1] 其实,莱辛所说的美的"飘来忽去"的形态,以及由"回忆"这种动态美而产生的强烈的"效果",正是包括了动态美的客观生活与审美主观心理这样两个方面。阿里奥斯托对阿尔契娜形象的描写,其语言是富于动态的具象之美的,然而,早在两千多年前中国的《诗经》里,就有这样同工的异曲了:

　　　手如柔荑,肤如凝脂,领如蝤蛴,齿如瓠犀,螓首蛾眉。巧笑倩兮,美目盼兮!

　　　　　　　　　　　　　　　　　　　　　　　　　——《卫风·硕人》

---

　　① 《拉奥孔》,朱光潜译,人民文学出版社1979年版,第121页。

全诗四章,这是其中的第二章,写诗中女主人公的形象之美,前面五句,分别以五个比喻来比况人物的各个部位和肌肤色泽,虽然形象鲜明,但全是以实比实地表现人物的静态,或者说静态的人物,语言显然还是不够"生动"的,最后两句却以动态的语言写人物的动态,远渡重洋去借用莱辛的说法,就是"化美为媚"。一以写巧笑倩丽,一以写秋波欲流,这样,人物就顿时顾盼神飞,虽然时隔两千多年也仍然如同纸上有人,呼之欲出。李后主《菩萨蛮》写与小周后幽期密约,"脸慢笑盈盈,相看无限情"还言之不足,又另赋《菩萨蛮》一首,其中的"眼色暗相钩,秋波横欲流",远承《诗经》中的一缕馨香而又后来居上,读来令人意夺魂飞。

诗,是时间艺术,长于表现时间和运动;绘画,是空间艺术,长于描绘静态和物体。"若纳水輨,如转丸珠"(司空图《诗品·流动》)诗,只有描绘事物的动态才能具象化,才能具有活生生的传神的形象,因此,我们就不难理解我国传统的诗歌美学为什么那样强调炼字,而且特别强调动词的锤炼,而即使是名词与形容词,也常常让它们兼有动词的性质与作用,所谓的"名动用法"与"形动用法",即语法学中所说的"词的兼类"。我国的古典诗歌,在汉魏以前虽然也有佳句可摘,也有如陶渊明"悠然见南山"中的"见"字可求,但那时的作品还只是注意全篇的自然浑朴,诗的艺术也还没有发展到讲究"炼字"与"炼句"的阶段。"炼字"与"炼句",毕竟是诗歌创作到了高度繁荣的唐代的自觉的产物。"语不惊人死不休"(《江上值水如海势聊短述》),是杜甫的自我期许,"吟安一个字,捻断数茎须"(《苦吟》),是卢延让创作经验的夫子自道,而"推敲"这一关于炼字的经典式佳话的创造者,也是唐代的韩愈和贾岛。在唐代以前,我们确实没有发现过上述这种诗歌美学的迹象。

在字的锤炼之中,炼动词是最重要的一环。一首诗,是由一些诗的意象按照诗人的美学构思组合而成的,而真正能构成鲜明的化美为媚的意象的词,主要是表动态的具象动词。名词,在诗句之中往往只是一个被陈述的对象,它本身并没有表述发展中的情态的能力,而能给作主语的名词以活色生香的情态的,主要就是常常充当谓语的动词。动词能够构成"动态意象",使意象鲜活飞动,这样,具象动词的提炼,就成了中国古典诗歌美学中炼字的主要内容,离开了炼动词,炼字艺术就会大大地黯然失色,就如同灯火辉煌的大厅里,熄灭了几盏主要的聚光灯。

　　优秀的诗人,总是力图避免平板的静态的说明和叙述,在必不可免时,也要将这种文字裁减裁员到最低限度,而努力将静态叙述的形象,化为动态演示的化美为媚的意象,而原来本是动态表现的文字,就更要求它成为写生妙语。如六朝时何逊《入西塞示南府同僚》诗中的"薄云岩际出,初月波中上","出"与"上"本来已是动态的表现了,但杜甫的《宿江边阁》诗却化为"薄云岩际宿,孤月浪中翻"。仇兆鳌在《杜甫详注》中评论说:"何诗尚在实处摹景,此用前人成句,只转换一二字间,便觉点睛欲飞。"所谓"点睛欲飞",关键就是杜甫的动态演示更为传神出色。杜甫的"四更山吐月,残夜水明楼"(《月》)也是这样,"明"本来是表示光亮的形容词,杜甫在这里之所以用得分外出色,就是"明"字这一形容词在这里兼摄了动词的作用,使得楼台灯火在暗夜和水波的反衬之下,更富于动态之美。此外,杜甫这一联诗中的"吐"字也是下得极妙的,曾启发过后代许多诗人的心灵,下面举例加以比较:

　　　四年风露侵游子,十月江湖吐乱洲。

　　　　　　　　　　　　　　　　　——陈与义《巴丘书事》

　　　满城钟磬初生月,隔水帘栊渐吐灯。

　　　　　　　　　　　　　　　　　——查慎行《移居道院纳凉》

　　　雾里山疑失,雷鸣雨未休。
　　　夕阳开一半,吐出望江楼。

　　　　　　　　　　　　　　　　　——郑板桥《江楼》

　　　酒入豪肠,七分酿成了月光
　　　余下的三分啸成剑气
　　　绣口一吐就半个盛唐

　　　　　　　　　　　　　　　　　——余光中《寻李白》

宋代诗人陈与义对杜甫的诗心仪已久,他在国破时艰之中渡江南来后,于湖南岳阳写下的《巴丘书事》一诗,也尝试着用了一个"吐"字。民国高步瀛在《唐宋诗举要》中赞美说:"言水落而洲出也,吐字下得奇警。"与杜甫诗比较起来,陈与义的诗句虽未能获得出蓝之誉,但至少也可以说有所师承而又颇具创造精神。清初诗人查慎行大约于此也未能忘情,不然就是因为熟读前人诗句而形成一种诗的潜意识,他写华灯初上灯水交辉的夜景时,也用了一个"吐"字,化静为动,造语新奇,这个富于动态美的"吐"字的运用,可以说真是不让杜甫与陈与义专美于前。在上述这些著名诗人之后,"扬州八怪"之一的画家兼诗人郑板桥又接踵而来,他虽然同是用一个"吐"字,却是表现不同的情境而又别开妙境。如果说,这些诗作都是古典诗人的创造,那么余光中的《寻李白》,就是一曲新歌了。李白,中国诗史上的这位旷世奇才,是中华民族永恒的骄傲,他既和美酒结下不解之缘,也极为喜爱天上的明月,写下了许多咏酒咏月的篇章,同时,他的性格与作风的重要内容之一就是任侠,"抚剑夜吟啸,雄心日千里"(《赠张相镐其二》),他不止一次地讴歌那闪闪发光的宝剑,而他那豪迈恣肆的诗篇,表现了他所处的那个时代的面貌与精神,今人评论他的诗是"盛唐之音",因此,余光中的"绣口一吐就半个盛唐",就是以匪夷所思的奇思妙句,为我们民族的这位诗仙造像传神,为中国历史的青春时代立诗存照。在语言学上,二十世纪英国语言学家、伦敦学派的创始人福斯有所谓"情境意义"的理论,他认为"情境意义"的产生,不能脱离"典型参与者"和"情境上下文",从上引诸多诗句可以看到,"吐"字本来是一个普通的动词,单独看来并没有什么奇警与平凡之分,但是,在有才华有生命感与历史感的诗人的笔下,在具体的语言情境中,它却显示了语言的具象性与生命活力,表现了不同凡俗的动态之美,如同一颗宝石,使全句乃至全诗熠熠生辉。

诗的语言的具象性,不仅要表现出事物的轮廓及其动态与精神,使得意象触手可及,呼之欲出,而且要表现出事物的色彩,声色并作,如在目前。色彩,本来属于绘画美的范畴。在我国新诗史上,诗人闻一多最早提出并再三强调诗的绘画美,他写于一九二六年的《诗的格律》一文,就提出了新诗要有"音乐的美""绘画的美"和"建筑的美"的主张。他说:"在我们中国文学里,尤其不应当忽略视觉一层,因为我们的文字是象形的,我们中国人鉴赏文艺的时候,至少有一半的印象是要靠眼睛来传达的。原来文学本是占时间又占空间的一种艺

术。既然占了空间，却又不能在视觉上引起一种具体印象——这是欧洲文字的
一个缺陷。我们的文字有引起这种印象的可能，如果我们不去利用它，真是可
惜了。"①闻一多所说的诉之于视觉的具体印象，就是中国文字摹形绘色的功能。
在我国古典诗论史上，可以追溯到闻一多具有民族特色的"绘画的美"这一理论
的源头，那就是诗书画三绝集于一身的苏轼的观点。他在评王维的《书摩诘〈蓝
田烟雨图〉》时说："味摩诘之诗，诗中有画；观摩诘之画，画中有诗。"（《东坡志
林》）在《韩干马》一诗里，他赞许"少陵翰墨无形画，韩干丹青不语诗"，他认为
杜甫的诗是无形的画，韩干的画是无声的诗。以后，方薰在《山静居画论》中也
称赞杜甫"此老使笔如画"，王嗣奭在《杜臆》中还特别提出过杜甫的"以画法为
诗法"的艺术。在西方的文艺理论批评中，古罗马诗人兼批评家贺拉斯和古希
腊诗人艾德门茨，就分别提出过"诗歌就像图画"（《诗艺》）"画为不语诗，诗是
能言画"（《希腊抒情诗》）的看法，但那是从广义的诗画关系来立论的，从中国
语言文字的特殊性以及诗画艺术紧密结合的民族传统来考察，诗的绘画美，应该
说是中国诗歌独有的民族艺术传统，是西方其他语系的文字所不能相比的。

　　作为空间艺术的绘画，在平面上表现静态的视觉形象，其基本艺术手段是线
条、色彩与构图，在近代的摄影机发明以前，它是唯一可以为生活中各种形象录
像的艺术，即晋代陆机所说的"存形莫善于画"。"画"，本来的意义是以线勾取
物形，着重于物体的"形"。"绘"，本来的意义是以颜色渲染物象，着重于"色"，
孔子所说的"绘事后素"，正是此意。绘画的色彩，直接以不同的颜色诉之于观
众的视觉，而诗的语言的色彩感，则以具有色彩感的文字作间接的描摹，而通过
读者的审美联想活动来完成。生活中的万类万物都有不同的色彩，我国古代绘
画理论如六朝齐代谢赫《六法》中所说的"随类赋彩"，就是根据被描绘对象的
不同颜色而予以色彩的表现，正如同宋代蔡絛在《西京诗话》中所说的："丹青
吟咏，妙处相资。昔人谓诗中有画，画中有诗者，盖画手能状而诗人能言之。"②
诗是语言艺术，虽不能如同绘画直接地以色彩描绘客观事物，但却可以用表示或
者暗示色彩的文字的虚摹，来引起读者对于色彩的美感联想。

---

① 《闻一多论诗》，第 84 页。
② 《中国历代诗话选》，岳麓书社 1985 年版，第 353 页。

诗人不是丹青妙手,他不能像画家一样拥有一个五颜六色的调色板,但是,作为一个诗人,毕竟不能成为语言的色盲,他也应该有一个语言的彩色碟,具有对色彩敏锐的艺术感觉,善于发挥文字的诉之于读者想象的潜在功能。诗人臧克家作为闻一多的学生,他曾经回忆说,闻一多对色彩的感觉特别敏锐。确实,如果说王维是诗人而兼画家,那么闻一多也是。闻一多一九二二年去美国留学,就读芝加哥艺术学院,他攻读的是绘画,直到晚年,他还保持了对绘画的浓烈兴趣。因此,他的诗作的语言很注意色彩的呈现:

> 这灯光漂白了的四壁。
>
> ——《静夜》

> 拾起来,还有珊瑚色的一串心跳。
>
> ——《收回》

> 也许铜的要绿成翡翠,
> 铁罐上锈出几瓣桃花;
> 再让油腻织一层罗绮,
> 霉菌给他蒸出些云霞。
>
> 让死水酵成一沟绿酒,
> 飘满了珍珠似的白沫;
> 小珠们笑声变成大珠,
> 又被偷酒的花蚊咬破。
>
> ——《死水》

在上述诗的片断中,诗人就充分发挥了对语言的色彩的敏感,使描绘的物象得到色彩的呈现。《死水》一诗,是以"死水"来象征半封建半殖民地的旧中国,这首诗被认为是完美地体现了闻一多"音乐的美""绘画的美""建筑的美"主张的作品。上面所引的是第二、三两节,那些能引起多方面色彩联想的字眼,既是对一潭死水的如实描摹,也是对腐败而光怪陆离的旧中国的间接瑞喻。在当代诗人中,阮章竞的叙事诗名作《漳河水》那如出色的风景画一样的开篇,是叫人难以忘情的:

> 漳河水,九十九道湾,
> 层层树,重重山,
> 层层绿树重重雾,
> 重重高山云断路。
>
> 清晨天,云霞红红艳,
> 艳艳红天掉在河里面,
> 漳水染成桃花片,
> 唱一道小曲过漳河沿。

前一节写山,画面是由绿色、乳白色两种色调构成的,后一节写水,画面是由红霞、碧水两种景物构成的。一九八三年九月在新疆的"绿风"诗会期间,我看到阮章竞背着画板,在山谷流泉边挥毫作画,我突然想到他的《漳河水》的开篇,难怪有如从画家的调色碟中渲染出来的一幅水彩。

谈到语言的色彩感,我们自然不免要提到炼字中的炼形容词,特别是形容词中的表色彩的词。诗歌,是社会生活的主观化的表现,少不了绘景摹状,除了化抽象为具体、变无形为有形之外,还必须表现出事物的色彩,刺激和丰富读者美的感受。这一任务,相当大的部分由形容词来担当,或由形容词中表色彩的形容词来承负。在古典诗歌中,可以看到这样一种令人饶有兴味的美学现象,即表颜色的形容词除了用在诗句中的各不相同的位置,如苏轼的"老身倦马河堤永,踏尽黄榆绿槐影"《召还至都门先寄子由》,如王安石"春风过柳绿如缲,晴日蒸红出小桃"(《春风》),此外,还有一种特殊的用法,那就是醒目地用于句首或句末:

> 青惜峰峦过,黄知橘柚来。

——《放船》

魂来枫林青,魂返关塞黑。

——《梦李白》

远岸秋沙白,连山晚照红。

——《秋野》

紫崖奔处黑,白鸟去边明。

——《雨》

碧知湖外草,红见海东云。

——《晴》

波漂菰米沉云黑,露冷莲房坠粉红。

——《秋兴》
（以上杜甫）

绿筠遗粉箨,红药绽香苞。

——《自喜》

暗暗淡淡紫,融融冶冶黄。

——《菊》

金舆不返倾城色,玉殿犹分下苑波。

——《曲江》

红露花房白蜜脾,黄蜂紫蝶两参差。

——《闰情》

曾是寂寥金烬暗,断无消息石榴红。

——《无题》
(以上李商隐)

日落江湖白,潮来天地青。

——王维《送邢桂州》

云根啼片白,峰顶掷尖青。

——曹松《猿》

白烟昼起丹灶,红叶秋书篆文。

——王贞白《仙岩二首》之一

鬓从今日添新白,菊是去年依旧黄。

——李煜《句》

残暑一窗风不动,秋阳入竹碎青红。

——范成大《晚思》

守着窗儿,独自怎生得黑!

——李清照《声声慢》

湖天光景入空濛,海立云垂瞑望中。
记取僧楼听雪夜,万山如墨一灯红。

——易顺鼎《丙戌十二月廿四日雪中游邓尉》

一角西峰夕照中,断云东岭雨蒙蒙。
林枫欲老柿将熟,秋在万山深处红。

——丘逢甲《山村即目》

宋代的范晞文,早就在《对床夜话》中说:"老杜多以颜色字置第一字,却引实字来。"老杜这种诗法,很有点像西方的印象派绘画,印象派绘画注重表现"瞬间印象",此派画家对大自然的光色变化的色彩感觉十分锐敏,如印象派的中心人物、法国画家莫奈的《日出》《海滨》等名作就是如此。上引杜甫等人的诗句,强调捕捉的是色彩鲜明的印象,诗句首先激发欣赏者鲜明而丰富的色彩美感,然后再让他们去深入感知色彩之后所描绘的事物。表色彩的形容词炼于句末的方式则恰恰相反,它首先让欣赏者感知所描绘的事物,然后再让欣赏者的想象在纯然是色彩的世界中飞翔,并进一步体味所描绘的事物的美质。在学习古典诗人这种诗的美学而有所创新方面,我们可以看到一些新诗人的苦心和努力。如前所述的闻一多之诗作,就正是如此。台湾诗人余光中《乡愁》的姐妹篇《乡愁四韵》,诗分四节,中间两节即四韵中之二韵是:"给我一张海棠红啊海棠红/血一样的海棠红/沸血的烧痛/是乡愁的烧痛/给我一张海棠红啊海棠红//给我一片雪花白啊雪花白/信一样的雪花白/家信的等待/是乡愁的等待/给我一片雪花白啊雪花白","红"与"白"置于句尾,而且在每节中均连续重复与间隔重复,反之复之,一唱三叹,令人读来感同身受而荡气回肠!

诗的语言的具象性,为什么能构成美感呢? 因为语言是生活的直接现实,是思维的物质外壳,同时,在文学作品包括诗歌作品中,它又是作品的艺术世界与读者的主观审美感知的中介。在人的审美感知中,视觉与美的关系最为密切,因为在生活中和在文学作品中都是一样,美总是具体可感的形象,不具形象的美是很难想象的。作为审美对象的形象,主要有视觉形象与听觉形象两类。视觉形象,由事物的形状、动态、线条、色彩等因素构成,具有形态的实感,能够引发欣赏者的视觉美感。因此,德国大诗人歌德称视觉为"最清澈的感觉",车尔尼雪夫斯基也早已说过"美感是和听觉、视觉不可分离地结合在一起的"。正如二十世纪结构主义美学代表与原型批评美学的权威、加拿大的弗莱(又译弗拉亥)所说:"文学似乎是介于音乐和绘画二者之间:文学的语言一方面形成节奏,近于一串乐音,而在另一方面则形成图案,近于象形文字或图画的意象。"[①] 正因为如

---

① 转引自张淑香:《李义山诗析论》,台湾艺文印书馆 1974 年版,第 11 页。

此，以动态之美与色彩之美为主要呈示形态的汉语诗，其语言的具象之美，就更能使欣赏者获得充分的美感享受了。

二

在诗的语言美的领土上，除了具象美这面旗帜之外，还有其他的旗帜飘扬，其中之一就是"密度美"这面悠悠旆旌。

密度，原是物理学的专有名词，指物体的质量及其体积的比值，在同一个体积之中，所包含的质量愈高，那么它的密度就愈大。后来西方现代文学批评借用来作为诗歌批评的用语，认为诗歌要讲究语言密度。依照我的理解，密度，不是指文字的繁多与篇幅的冗长，恰恰相反，其基本含意就是指在有限的文字和篇幅中包孕尽可能稠密的信息内涵，表现尽可能丰富的社会生活与思想感情的美学内容，引发读者尽可能丰富多样的美感。诗歌讲究密度，必须通过语言文字来表现，因为语言是人类社会的一种特有的信息系统，语言的密度愈高，它所包容和触发的信息量就愈大愈多，如果说一首诗作就是一个信息储存器，那么，这个储存器就是由语言文字建构而成的。

诗，特别讲求信息的丰富，也特别讲求作为信息接收者的读者的反馈作用。因此，诗的语言的密度美，就成了诗歌语言的显著美学特色之一。我国南宋的吴沆，在《环溪诗话》中就曾引用张右丞对杜甫的评论："杜诗妙处，人罕能知。凡人作诗一句，只说得一件物事，多说得两件，杜诗一句能说得三件、四件、五件物事。常人作诗，但说得眼前，远不过数十里内，杜诗一句能说数百里，能说两军州，能说满天下。此其所以为妙。且如'重露成涓滴，稀星乍有无'，也是好句，然'露'与'星'只是一件事。如'孤城返照红将敛，近市浮烟翠且重'，亦是好句，然有'孤城'，也有'返照'，即是两件事。又如'鼍吼风奔浪，鱼跳日映沙'，有'鼍'也，'风'也，'浪'也，即是一句说三件事。如'绝壁过云开锦绣，疏松夹水奏笙簧'，即是一句说了四件事。至如'旌旗日暖龙蛇动，宫殿风微燕雀高'，即是一句说五件事。惟其实，是以健。若一字虚，即一字弱矣。"[1] 他将杜甫不同

---

[1] 《历代诗话论作家》，湖南人民出版社 1984 年版，第 267 页。

的诗句对比,认为杜甫许多好诗一句说得三至五件事物,虽然吴沆没有可能使用"密度"这个现代的批评用语,但他所说的,实质上也就是诗的语言密度问题。又如杜甫写于夔州的《登高》一诗,明代胡应麟在《诗薮》中认为"此诗自当为古今七言律第一,不必为唐人七言律第一也",而对于其中的一联"万里悲秋常作客,百年多病独登台",吴沆之后的同时代人罗大经在其《鹤林玉露》中赞扬说:"盖'万里',地之远也;'悲秋',时之惨凄也;'作客',羁旅也;'常作客',久旅也;'百年',暮齿也;'多病',衰疾也;'台',高迥处也;'独登台',无亲朋也。十四字之间含八意,而对偶又极精确。"这两句"八悲"也正是他的"字少意多,尤可涵咏"的诗学主张的发挥。如果我们承认所谓"密度"可以用一句简洁的话来概括,就是"文字简约,内涵丰富",那么,我们就会惊喜地发现,"密度美"这一枚奖章固然可以佩戴在外国优秀诗人的胸前,但它的光荣似乎应该更多地属于中国古典诗人以及中国古典诗歌。

所有可以称为文学作品的作品,都应该讲究语言的密度,任何忠实于艺术生命的作家,都不会去浪费语言,像不知稼穑之艰难的纨绔子弟,挥霍他们得来容易的钱币。然而,由于篇幅远较其他的文学样式来得简短,也由于主要不是作用于读者的知性和推理,而是作用于读者的美感体验与美感想象,语言简约,讲求密度,就成了中外诗歌语言美的共同标记。确实,中外古今的诗人不论他们的艺术观点如何不同,也不论他们实际的艺术成就怎样,语言的密度,毕竟是他们在诗的竞技场上共同追逐的一个目标。经日本十七世纪诗人松尾芭蕉提倡而成为独立诗体的"俳句",一般是以三句十七音组成一首短诗。而另一种诗体"柔巴依",则出自波斯与塔吉克的民间口头创作,并由波斯语古典文学代表作家鲁达基定型,它在古波斯又名"塔兰涅"(Taraneh),即"绝句"之意。这种四行一首的短诗,以不同的译文风行世界,如同美国诗人兼评论家洛厄尔的一首小诗所说:"波斯湾孕育了这些思想之珠—— 一颗颗闪着满月的柔和光辉——奥马尔·赫亚姆剖贝把珠儿采出,菲茨杰拉德用英语一线串住。"英美意象派主将庞德的《地铁站上》,初稿为三十行,六个月后改为十五行,一年之后压缩为二行,至今仍不失为名作,至少在如何讲究密度这个问题上,可以给我们特别是动辄数十、百行的诗作者以某种艺术的教益。确实,外国诗人特别是现代英美意象派诗人,也是讲究诗的语言密度的,意象派六原则之一就是不用无益的形容词,以上所引的诗例就是明证。

不错,语言的"密度美"是诗歌语言美的共同规律,而并不是中国诗歌所独有的"国粹"。但是,我们毕竟要不无自豪之感地看到,中国的古典诗歌更有讲求语言密度美的美学传统,积累了丰富的有关美学经验,有如一座蕴藏丰富的宝山,有待诗学的勘探队员们前去作更广泛、更深入的探测和开掘,等待着我们的是一个浩大艰巨而效益可观的工程。中国的古典诗歌,有古体诗和近体诗之分,形式也多种多样,但近体诗中的绝句与律诗,却是其中两种主要的成就也最大的诗体,五绝二十个字,七绝二十八个字,五律四十个字,七律五十六个字,世界上其他国家的诗歌体式,除了日本的和歌、俳句,波斯的柔巴依之外,像如此之精炼的恐怕也是绝无仅有吧? 诗成珠玉在挥毫,中国古典诗歌的律绝,经过唐宋两代诗人的艰苦经营,留下了许多精美如珠玉的篇章。元明清三代尤其是清代有才华而又不甘心株守前人遗产的作者,虽然在整体成就上已经无法赶上乃至超越昔日的光荣,但也还是有不少可读可诵的清辞丽句,只要我们不因为泰山岳峙于天而对众山视而不见。因此,我们完全可以实事求是而心平气和地说,密度美,是中国诗歌语言美最突出的表征,是中国古典诗歌语言最可宝贵的民族传统特色之一。

语言,是思想的直接现实,也是一种信息系统。诗中的语言密度,归根结底,是由信息源的诗人对生活的美感体验的深广,以及对作为信息储存器的语言的敏感与功力所决定的。对生活浅尝辄止,不具有经过净化与升华的有普遍意义的人生经验,对语言本身缺乏艺术的敏感和调遣自如的功力,就绝不可能追逐到语言的密度之美。日本学者滨田正秀在他所著的《文艺学概论》中论及语言时,发表了如下的意见:"语言具有客观示意性和主观表义性这样双重含义。也就是说,语言处在主观同客观的切点上,它既是理论性的工具,又是表述感情的手段。……而最能充分地运用语言的切点机能的,要算是诗的语言了。"① 他所谓"作为切点的语言",不失为精到之论。照我看来,主观上的表意性是指作为审美主体的诗人对作为审美客体的生活的主观体验,而客观的示意性则是这种美学体验形诸语言文字之后的物态化。二十世纪以来,人们从不同的角度去探讨语言现象,在现代语言学的家族之中,有心理语言学、社会语言学、教育语言学、历

---

① 滨田正秀:《文艺学概论》,中国戏剧出版社 1985 年版,第 32 页。

史语言学、地理语言学等旁系分支,而诗的美学,则是从美学的角度来探讨诗的艺术规律与艺术世界的学问,诗的语言学,也同样是探讨语言在诗中的独特表现的科学。因此,我们且在诗的海洋上扬起探索者的风帆,看看是否能在金银岛上探求到一些诗的语言密度美的珍宝。

诗的语言密度美的获致,从消极方面来说,需要浓缩和压缩。在美的领域中,单纯而丰富的形象能给人以更多的美感,或者说能更多地引发欣赏者对美的想象,与此相反,如同一棵树上有过多的枯枝败叶而削弱了观赏者的美感一样,芜杂与臃肿的形象,则不能不损害和谐之美与充实之美。因此,所有的文学大家都十分注意美学中的"一"与"多"的统一,力求以少总多,以少胜多,语言简洁而内涵丰富。例如契诃夫就曾说"简洁是天才的姐妹",而当代美国著名作家、诺贝尔奖获得者海明威,则被称为一个"拿着一把板斧的人",意谓他对十九世纪后半叶以来美国文学中文风芜杂的弊病,曾大加攻伐。他的名作《永别了,武器》的末页,就修改删削了三十多遍,而《老人与海》的手稿,也删改了近二百遍才付印。小说尚且如此,何况是诗? 诗对创作者来说是时间的艺术,对欣赏者而言也是时间的艺术,欣赏者读诗,在极为短暂的时间中如能获得深刻而丰富的美的印象与感悟,即是由于诗本身具有形式"少量"而内涵"密质"的特色的结果。换言之,这种美学效果的获得,与语言的浓缩与压缩分不开。如同苏联名诗人马雅可夫斯基在《和财务检查员谈诗》中所说:

> 做诗——
> 和镭的提炼一样。
> 一年的劳动,
> 一克的产量。
> 为了提炼仅仅一个词儿,
> 要耗费
> 几千顿
> 语言的矿藏。

善哉斯言! 庞德也有大致相似的见解:"伟大的文学,无非是意义浓缩到了极点的语言。"① 这,大约也是所谓"英雄所见略同"吧?

浓缩和压缩,就是文字最大限度地向内凝缩,涵蕴最大限度的向外延展。向内凝缩,即做到没有任何多余的字、词、句、段,像铁匠打铁一样,去掉任何多余的杂质;向外延展,即在文字的高度浓缩和简约之后,诗的容量具有极大的文字之外的空间延展性。北宋王直方的《王直方诗话》曾经记载说,有人写的咏松之句是"影摇千尺龙蛇动,声撼半天风雨寒",一位和尚认为不如"云影乱铺地,涛声寒在空"。别人用以去请教诗人梅圣俞,梅圣俞的裁判是:"言简而意不遗,当以僧语为优。"获得诗的语言密度美的这种"言简而意不遗"的方法,明代谢榛在《四溟诗话》中称之为"缩银法",他是这样说明的:"成皋王传易及子弦易问作诗有'缩银法',何如? 予因举李建封诗:'未有一夜梦,不归千里家。'此联字繁辞拙,能为一句,即缩银法也。限以炷香,香及半,弦易曰:'归梦无虚夜',香几尽,传易曰:'夜夜乡山梦寐中。'予曰:'一速而简切,一迟而流畅。其悟如池中见月,清影可掬。'"谢榛所云"李建勋"应为五代之"蒋维东",其诗题为《旅中》,仅余两句,见于《全唐诗续补遗》。蒋维东诗原为十个字,两句一意,且纯为知性的解说,读来索然无味,别人压缩为五字或七字,删减了字数,意思不仅保留了,而且诗味也较原作为佳。与此相反,杜牧《山行》中的"霜叶红于二月花",本来是脍炙人口的名句,可是南唐有个叫作李中的诗人,却拙劣地模仿为"好是经霜叶,红于带露花",文字增多而诗质稀薄,他自然只能得到佛头着粪或是点金成铁的讥评。白居易曾写有《晚岁》一诗:"壮岁忽已去,浮荣何足论。身为百口长,官是一州尊。不觉白双鬓,徒言朱两幡。病难施郡政,老未答君恩。岁暮别兄弟,年衰无子孙。惹愁谙世网,治苦赖空门。揽带知腰瘦,看灯觉眼昏,不缘衣食系,寻合返丘园。"对这首十八句的作品,谢榛不慑于白居易的鼎鼎大名,他认为可以删去一半,剩八句即可。英国名诗人雪莱在一封书信中曾经说过:"紧凝(intensity)是每种艺术的极致。能紧凝,则一切杂沓可厌之物,皆烟消云散,而与美和真接壤。"② 从这一标尺出发,我们衡量下面的诗例:

---

① 转引自黄国彬:《三大诗人新论》,香港学律书店 1981 年版,第 45 页。
② 转引自黄维樑编著:《火浴的凤凰——余光中作品评论集》,台湾纯文学出版社 1979 年版,第 283 页。

玉树歌残王气终,景阳兵合戍楼空。

松楸远近千官冢,禾黍高低六代官。

石燕拂云晴复雨,江豚吹浪夜还风。

英雄一去豪华尽,惟有青山似洛中。

——许浑《金陵怀古》

玉树歌残王气终,景阳兵合戍楼空。

英雄一去豪华尽,惟有青山似洛中。

——谢榛压缩

对许浑《金陵怀古》诗的中间两联,前人颇为称道。但是,如果不是从局部而是从整体的美学效果来看,我还是同意谢榛在《四溟诗话》中的看法,他以为删去中间四句,"则气象雄张不下太白绝句"。我要补充说明的是,谢榛虽然喜欢"唐"门弄斧,对许多他认为有疵病之唐诗予以斧正,有的虽然有理,有的却点金成铁,但对许浑诗所动的手术应该还是成功的:字数整整减少了一半,全诗却呈现出净化之后的透明状态,诗质达到饱和点,能引发欣赏者更丰富的审美联想。如果打一个跛脚的比喻,那就如同有杂质的毛铁在经过千锤百炼之后,成为密度极高的百炼精钢,更具寸铁杀人的威力。

在新诗创作中,经压缩而字数削减意义却不减少的例证也并不稀见。如果说,宋玉在《登徒子好色赋》中赞美"东家之子"身材适度,"增之一分则太长",那么,在真正的诗作中,哪怕是多一个字也应视为赘疣,有损诗的语言密度之美。如公刘写于二十世纪五十年代前期的诗作《五月一日的夜晚》中的后一节:

整个世界站在阳台上观看,

中国在笑! 中国在跳舞! 中国在狂欢!

羡慕吧,生活多么好,多么令人爱恋,

为了享受这一夜,我们战斗了一生!

引文中打了着重号的"跳舞"的"跳"字,是公刘寄往《人民文学》的原稿中曾有的,发表时,负责编辑的诗人吕剑删去了这个"跳"字。这个"跳"字显然无益于"中国在舞"这个美好的意象,而且就诗的音乐感来说,也显然是一个纯属多余的不和谐音。古代流传的"一字师"的诗坛佳话,一般都是改易一个字,吕剑却是删去一个字,但这并不妨碍公刘后来称吕剑为他的"一字师"。的确,这一字之删,严于斧钺,净化了文字,也圆融和稠密了诗意。即使如诗圣杜甫,他的七律《送王十五判官扶侍还黔中》颈联云"离别不堪无限意,艰危深仗济时才",清人就因为上联语意重复而讥之为"无聊之极"(朱瀚),何况是我们?举一隅而三隅反,我们的诗作者不是可以从中得到有益的启示吗?

　　追求诗的语言的密度美,从积极的意义上来说,就有赖于在炼意的前提下,将炼字、炼句、炼意统一起来,一炉而炼。一个部门要提高办事效率,就必须裁汰冗员,合并或精减不必要的多余机构,充分发挥每一个工作人员的潜力与能量,诗也仿佛如此。诗的写作,也要从字、句、篇这三个基本核算单位出发,尽量裁减冗员,压缩开支,合并诗句,删去一切赘疣,同时,除了消极地删削之外,重要的是还必须积极地炼,而讲究炼字、炼句、炼意及其结合,就是中国古典诗歌的民族优秀传统之一,也是中国古典诗美学的一个突出特色。西方的诗人虽然也有这方面的见解和实践,但却没有像中国诗人这样以之作为高度自觉的美学追求,在理论上也缺乏这方面系统的概括。

　　我国古典诗歌讲究炼字,除了每一个字都必须千锤百炼外,还很注意"诗眼",即一句诗或一首诗中最为精炼传神的一个字。"诗要炼字,字者眼也","工在一字,谓之句眼",清人仇兆鳌在《杜少陵集详注》中再三强调了"诗眼"之说。可以看出,所谓炼字是有自己的美学目标的,这就是:一方面要求对整首诗的语言作美学净化,做到去掉一切可有可无的文字杂质,达到语言洗练而内涵丰厚的境界,另一方面还要锤炼出精妙动人的传统诗韵美学称之为"诗眼"的字,更动人地表现生活,给人以更丰富的美感。炼句,是中国诗歌美学的重要环节,在实践与理论方面都给我们留下了宝贵的遗产。"炼句未安姑弃置"(《枕上》),大诗人陆游就是这样表述过他的艺术责任心。杜甫说自己"为人性僻耽佳句,语不惊人死不休"(《江上值水如海势聊短述》),这早已成为历代诗人望凤来仪的一面艺术旗帜了。更值得注意的是他的美学思想,杜甫在评论前代或同代诗人的诗作时,固然着重其人与其整个作品,但也有很多时候是从"句"的评价着眼的,而谈到自己的作品时,对"句"在诗中的地位也给予了足够的重视。"赋诗新句稳,不觉自长吟"(《长吟》),"不薄今人爱古人,清辞丽句必为邻"(《戏为六绝句》),"词人取佳句,刻画竟谁传"(《白盐山》),"觅句新知律"(《又示宗武》),这是自己的创作经验谈,而评论别人的则更多了,道李白是"李侯有佳句,往往似阴铿"(《与李十二白同寻范十隐居》),说高适是"美名人不及,佳句法如何"(《寄高三十五》),赞美孟浩然是"吾爱襄阳孟浩然,清诗句句尽堪传"(《解闷十二首·孟浩然》),称美王维是"最传秀句寰区满,未解风流相国能"(《解闷十二首·王维》)。对名家如此,对非名家他也提出过同样的审美要求:"近来海内为长句,汝与山东李白好"(《苏端薛复筵简薛华醉歌》),"清诗句句好,应任老夫传"(《赠严武》),"史阁行人在,诗家秀句传"(《哭李之芳》)。炼字与炼句,在诗创作中有其独立的美学意义和价值,但它们又绝不是一个孤立的存在,就像接力运动员奔向终点线一样,炼字和炼句都是向炼意这一条终点线冲刺的。杜甫重视字句,但更十分重视炼意与完整的全篇。"庾信文章老更成,凌云健笔意纵横"(《戏为六绝句》),这不是赞美庾信的纵横之"意"吗?"谢朓每篇堪讽咏"(《寄岑嘉州》),这不是赞美谢朓的完整之"篇"吗?正如同一个战士、一个班组要在统一号令之下才能充分发挥战斗力一样,炼字与炼句也必须以炼意为前提才具有美的价值。因此,有字无句固然不足取,有字有句而无篇,那也只具有单一的美,而缺乏复合的整体美,在诗美学中,复合美是远较单一美为高的美学层次。只有篇中炼句,句中炼字,炼字不单是炼形、炼声、炼色彩,同时也是炼意,炼句也不单是炼佳句、秀句、奇句、豪句、警句、惊人句等,同时也是为了炼完美的全篇,这样才能达到美的胜境。以我们今天的语言来表述,为了求得诗的语言的密度美,就必须将炼字、炼句、炼意统一起来,使"意"——作为主观的审美情思感悟和所表现的客观社会生活内容,通过简练的语言不仅得到具体化、生动化的显示,而且得到深广化、美学化的表现。

中国古典诗歌锤炼语言以求密度之美的美学传统,被许多新诗人继承并发扬光大。新诗史上的闻一多,在这一方面也颇为突出。这位曾经远渡重洋去西方取经并娴于西方诗歌的诗人,在创作中他也曾经在西方诗歌的艺术殿堂里燃起过他的一炷心香,他强调向西方诗歌特别是它们的艺术技巧学习,但是,在诗的内容和灵魂上,他始终属于东方和中国,他承继了中国古典诗歌的传统而加以发扬,语言的锤炼就是其中之一。他在《英译李太白诗》一文中说:"中国的文字尤其中国诗的文字,是一种紧凑非常——紧凑到了最高限度的文字。像'鸡声茅店月,人迹板桥霜',这种句子连个形容词动词都没有了;不用说那'尸位素餐'的前置词、连续词等等的。这种'诗意'的美,完全是靠'句法'表现出来的。"他还认为:一个字要当几个字用,只字半词都是珍贵的,字不虚设,然后辞简意密,情重味隽。——这,完全是中国诗歌传统美学思想的阐述和发展。例如写于一九二五年春的名作《洗衣歌》,诗人在完稿之后还修改过三次之多,他还给梁实秋写信征询有关字句的修改意见。他的长女立瑛不幸夭逝,他先后写了三首悼亡诗,除《忘掉她》《我要回来》之外,就是每节四行的《也许》。这首诗,一九二五年发表时共为六节,一九二八年《死水》出版时删成四节。刚发表时其中三节如下:

> 也不要让星星瞥眼,
> 也不要让蜘蛛牵线……
> 一切的都该让你酣眠,
> 一切的都应该服从你!

> 也许这荒山的风霜,
> 真能安慰你,休息你。
> 我让你休息,让你休息;
> 我吩咐山灵别惊动你。

> 也许听着蚯蚓翻泥,
> 听细草的根儿吸水。
> 也许听着这般的音乐,
> 比那咒骂的人声更美。

收入诗集《死水》时,这三节诗改为如下两节:

　　　　不许苍鹭拨你的眼帘，

　　　　不许清风刷上你的眉，

　　　　无论谁都不许惊醒你，

　　　　我吩咐山灵保护你睡。

　　　　也许你听着蚯蚓翻泥，

　　　　听那细草的根儿吸水，

　　　　也许你听这般的音乐，

　　　　比那咒骂的人声更美。

十五年后，闻一多在编选《中国新诗选》时，对上述这八句诗又作了精心的修改：

　　　　不许阳光拨你的眼帘，

　　　　不许清风刷上你的眉，

　　　　无论谁都不能惊醒你，

　　　　撑一伞松阴庇护你睡。

　　　　也许你听这蚯蚓翻泥，

　　　　听这小草的根须吸水，

　　　　也许你听这般的音乐，

　　　　比那咒骂的人声更美。

可以看出，诗人不断锤炼的结果，炉火是更纯青了，不仅诗的意象更为鲜明、凝练和丰盈，而且达到了字无可削、句无可删的诗美的高难境界。

　　诗歌语言的密度之美，还和诗的语言的暗示性有关。早在二十世纪二十年代，闻一多在给诗人陈梦家的信中，就曾说："但明彻尚可，赤裸却要不得，这理由又极明显。赤裸了便无暗示之可言，而诗的文字哪能丢掉暗示性呢？"（见《闻一多全集》，上海开明书店 1948 年版）一座园林，按曹雪芹的说法是该藏的要藏，该露的要露。因为只有露中有藏，藏中有露，才会峰回路转，曲径通幽，使得实际上的天地与游赏者审美心理的天地结合起来,才显得园林的丰美和深邃。而一览无余,一眼洞穿,即使地域宽大,也会因为堵塞了想象的通路而读者感到格局狭窄。诗歌,则更是如此。文字,作为信息符号或信息系统,本来有两种主要的功能,一是说明意义,即指示性,一是作出启发,即暗示性。广义上的散文家重前者,而优秀的诗人却看重后者。诗人要力避平直的叙述和抽象的说明,而要追求启发与暗示。指示性的文字,一般说来内涵明确,密度反而较小,暗示性的文字,内涵具有伸缩性和延展性,能在作为信息接收者的读者的审美活动中,释放和产生更多的信息,这样密度反而较大。我国的古典诗歌美学自司空图《二十四诗品》倡导"不着一字,尽得风流"以来,不论诗人们分属于哪一个流派,观点如何不同,但大都异口同声地赞同司空图的这一主张,或变换说法加以引申发展。这,和西方浪漫主义诗歌喜欢放纵主观感情而偏于直说是不同的。诗歌,不是历史的大事记,不是事物的说明文,也不是某种教义的宣传品或教科书,它的语言,绝不同于说明式、宣传式、鉴定式、训诫式的语言。诗歌虽绝不排斥真诚的直抒胸臆,绝不疏远精辟而饱含感情的和形象相结合的议论,但就整体说来,诗歌是远离直叙而重在表现的,是不轻易说明而重在暗示的。诗的语言,应该是刺激和促使信息接收者思考的语言,应该是使信息接收者同时参与信息创造的语言。当然,对于不能或不善于思考文字的信息接收者,任何好诗都几乎毫无作用,相反,一首不能刺激信息接收者乐于思考的诗,也绝不会是出色的作品。因此,真正的诗歌语言,不是以直接向读者灌输多少内容见长,而是以间接地启发读者深广久远的思考感悟取胜。中国古典诗歌美学要求诗的语言"一语百情""片言明百意""使人思而得之""以少少许胜多多许"等等,就是看到并高度评价了语言的暗示性。西方诗歌包括现代派诗歌,在这方面和中国古典诗歌美学有不少共通之处。例如,法国象征派诗歌的旗手马拉美虽然说过"诗是谜语"之类的荒唐言,但幸亏他的荒唐言还不至于"满纸",他也还是有一些颇可以借鉴的见解。他曾经说过:"一语道破,则诗趣索然;品诗之乐,在于慢猜细忖"。后来,塞蒙思把马拉美的这一名言意译为:"直说即破坏,暗示才是创造。"(转引自黄维樑《中国诗学纵横论》)这,和中国传统诗歌美学思想不也有许多通似之处吗?

　　诗的语言重在暗示,以加强密度和诗质,是中国古典诗歌的具有民族特色的美学传统。中国古典诗学批评强调诗的暗示,除司空图之外,由宋代严羽所开创而由王士祯、王夫之、王国维所发展的"妙悟主义"的批评论也是如此。如同美籍华人学者刘若愚在《中国诗学》中所说:"妙悟主义者的另一个论点是,诗应该使用暗示而不是直接的陈述或描写以产生它的效果。"[1] 明说则密度低,暗示则密度高。用不着烦琐地举例,让我们回到一千二百年前,去叩问唐代"大历十才子"之一的钱起的门扉,他会欣然捧出他的名篇《归雁》以供品赏:

> 潇湘何事等闲回? 水碧沙明两岸苔。
> 二十五弦弹夜月,不胜清怨却飞来!

你也许会说这首诗的风格是属于"含蓄"一类,但是,你也不能不承认它的语言的暗示性在古典诗歌中是有典型意义的。正因为暗示,所以含蕴很深,密度相应地扩大和加强。我们且温习几位诗家的评论:明人钟惺《唐诗归》说:"悠缓意似瑟中弹出。"明人唐汝询《唐诗解》认为:"瑟中有《归雁操》,仲文所赋《湘灵鼓瑟》为当时所称,盖托意归雁而自矜其作,谓可泣鬼神、感飞鸟也。"清人高士奇辑录、何焯《唐三体诗评》:"托意于迁客也。禽鸟犹畏卑湿而却归,况于人乎?"清人王士禛辑、宋顾乐评《唐人万首绝句选》说:"为归雁想出归思,奇绝妙绝。此作清新俊逸,珠圆玉润。"近人俞陛云《诗境浅说续编》认为:"作闻雁诗者,每言旅思乡愁。此诗独擅空灵之笔,殊耐循讽。"看来各家的体会与解释均有所不同,钟惺所谓的"悠缓意",俞陛云所谓"独擅空灵之笔,殊耐循讽",尤其无所确指,颇相当于西方现代文学批评中所说的"模棱语"。上述这种富于启示性的多层暗示的美学效果的获得,和钱起诗作本身语言的暗示性分不开。在当代新诗人之中,也有许多人是入于传统而又出于传统的,入于传统,是对民族传统中的美学思想与艺术技巧作了批判的继承,出于传统,是指在新的生活与艺术积累的基础上作了新的创造。如台湾诗人郑愁予的名作《错误》:

---

[1] 刘若愚原著:《中国诗学》,杜国清译,台湾幼狮文化事业公司1977年版,第134页。

> 我打江南走过
> 那等在季节里的容颜如莲花的开落
>
> 东风不来,三月的柳絮不飞
> 你的心如小小的寂寞的城
> 恰若青石的街道向晚
> 跫音不响,三月的春帷不揭
> 你的心是小小的窗扉紧掩
>
> 我达达的马蹄是美丽的错误
> 我不是归人,是个过客

这是一首情调缠绵的爱情诗。它构思奇妙,选取作为匆匆过客的"我"的角度,去写思妇对意中的"归人"的期待与怀念,语言变化多姿,而又极富古典风味,韵味悠长,达到了暗示性的饱和状态。读这首诗,明智的读者自会获得一种审美的愉悦,我这里只想指出它的语言的暗示性。诗中有比喻:"那等在季节里的容颜如莲花的开落。""你的心如小小的寂寞的城。"有暗喻:"你的心是小小的窗扉紧掩。"但均未一语道破,内涵蕴藉。而"东风"之"不来","柳絮"之"不飞","春帷"之"不揭"各指什么,诗人也没有挑明。很清楚,诗人有意避开了语言的说明性的功能,而将语言的暗示作用发挥到了极致。至于结尾的"美丽的错误",虽然是西方现代诗论所艳称的"矛盾语",实际上它是从何其芳早期诗作《花环》末句"你有更美丽的夭亡"脱胎而来,含意隽永,可谓渊源有自。

诗人、学者杨牧在《郑愁予传奇》一文中曾评论说:"'青石的街道向晚'绝不是'向晚的青石街道',前者以饱和的音响收煞,后者句法完整,但失去了诗的渐进性和暗示性。"[①] 由此可见,在水一方的美丽岛上的中国诗人,也是欣赏诗的语言的暗示性的。读郑愁予这首诗而议及诗的暗示性与密度美的关系,我不禁想到当年胡适所写《谈谈"胡适之体"的诗》一文。胡适说他的诗的第一个原

---

① 《传统的与现代的》,台湾志文出版社1974年版,第161页。

则,就是"说话要明白清楚",而他的《尝试集》正是如此。我们虽然不能一笔抹杀前人,但从今天的诗美学的角度看来,这种说法只能说是新诗襁褓期的语言了。不过,当时没有后来包括今日那种晦涩的谁也莫名其妙的诗,不然,胡适此语倒是可以视为对此类诗作的针砭。

<h1 style="text-align:center">三</h1>

弹性美,是飘扬在诗歌语言美领地上的又一面旗帜。

弹性,本来是物理学的一个专门术语。它是指下述这种物理现象:材料或物体在外力作用下产生变形,除去外力后变形随即消失,而恢复到原来的状态。在物理学的领域内,与弹性有关的物质或学问,有弹性体、弹性纸、弹性波、弹性纤维、弹性力学等等。现代诗学论及诗歌的弹性,也许是走出诗学的门户,从物理学的门庭借用而来的。黑格尔早在《美学》中就说过:"适合于诗的对象是精神的无限领域。它所用的语文这种弹性最大的材料(媒介)也是直接属于精神的,是最有能力掌握精神的旨趣与活动,并且显现出它们在内心中那种生动鲜明模样的。"[1] 不过,黑格尔老人所说的语言之"弹性",似乎还只是指诗的语言一般的表情达意的功能,他还来不及对诗的语言之弹性问题作出具体的阐述。在中国新诗史上,最早提出诗的语言弹性的是诗人兼学者的闻一多与朱自清。闻一多在《文学的历史动向》一文中说:"诗这东西的长处就在它有无限度的弹性,变得出无穷的花样,装得进无限的内容。"如果这还只是就诗的整体而言,那么,在《怎样读九歌》这篇文章中,他就是直接地议论诗的语言的弹性了。他说:"本来'诗的语言'之异于散文,在其弹性,而弹性的获得,端在虚字的节省。"这真是一语破的之论。与这段话互相发明的,是他的学生的课堂听课实录:"按诗的语言与散文的语言的差异,在文句有无弹性。虚词减少则弹性增加,可是弹性增加以后,则文句意义的迷离性,游移性也随着增多。"[2] 时下一般关于诗歌的论著,以及谈论诗的语言的文章,绝大多数根本没有涉及诗歌语言的弹性或弹性美的问题。我想,诗界的前贤筚路蓝缕以启山林,尽管他们还没有来得及在这方面

---

① 黑格尔:《美学》(第三卷下册),商务印书馆 1981 年版,第 19 页。
② 《闻一多论古典文学》,重庆出版社 1984 年版,第 59 页。

开辟出一条现代化的大道,但已经为我们竖立了前进的路标,我们不应该就此止步而不奋勇向前。

诗歌语言的弹性,其基本含义是指语言的伸缩自如和变化多方。高度艺术化的弹性诗歌语言,文字的意象经营是弹力结构式的,有极大的伸缩性和延展性,以精炼的富于变化之文字表现的各个意象之间,有大量的可供读者联想和想象的空白。总之,它能动人地富于张力地表现出生活之美与诗人思想感情之美。因此,追寻和提炼具有弹性美的诗歌语言,可以极大地提高语言的表现力和美学价值。

在诗歌创作中,语言弹性美的舞姿是多种多样的,翩若惊鸿,婉若游龙,我们只能追踪它主要的几种美的形态,并试图在下面作一些粗疏的描述。

如前所说,闻一多认为"弹性的获得,端在虚字的节省",这是颇有见地的。我以为,诗人在组词成句时,根据汉字"六书"中的象形原则和汉字一字一意的特色,在不妨碍诗意表现的前提下,省略可有可无的虚词和关联词语,而将实词特别是其中的名词组合在一起,可以有助于获得语言的弹性美。在中国汉语文字中,关系词、连接词的有无,可以有很大的伸缩性,这是语法关系十分明确的印欧语系语言所无法做到的。在印欧语系中,有关系词的地方绝不能省略,否则就影响语意的清晰表达。中国古典诗人深知中国汉民族这种语言弹性美的奥妙,他们或在组词成句之时,或在句与句、联与联之间,作仍然有诗意线索贯穿的"省略"和"跳跃",省去许多关联的词语,主要运用实体性而非抽象性的名词,让它们之间构成一种特殊的美的秩序,这样,就大大扩展了诗句之内与诗句之间的天地,繁富了诗意,增强了密度。台湾学者张淑香在谈到李商隐"滞雨长安夜,残灯独客愁"(《滞雨》)、"昨夜星辰昨夜风,画堂西畔桂堂东"(《无题》)等诗句时,曾说:"这些诗句的意象,都是由名词或名词片语的孤立或并列而产生的,意象之间,语法散漫,省略了任何联系的媒介。这种呈露的方式,就是艾略特所谓的'压缩的方法'。"正是因为语言的某些环节可以被省略和压缩,所以就更具张力和弹性。岑参《白雪歌送武判官归京》诗中有"中军置酒饮归客,胡琴琵琶与羌笛"之句,王夫之在《唐诗评选》中说:"胡琴琵琶与羌笛,但用柏梁体,神采惊飞。"(相传汉武帝与群臣于柏梁台联句作七言诗,人各一句,不相连属,但每句押韵,此种联句诗称"柏梁体"。——引者注)吴沆在

《环溪诗话》中也说过："韩愈之妙,在用叠句,如'黄帝绿幕朱户闭'是一句能叠三物。如'洗妆拭面着冠帔,白咽红颜长眉清',是两句叠六物。唯其叠多,故事实而语健。"他们都看到了省略关系词而多用实词在增强语言弹性方面的作用。

在上述语言弹性方面所取得的成功,我以为还是应该首推杜甫。这并非震于他的诗名而盲目崇拜,而实在因为他确实是一位集大成的承先启后的大诗人。六朝的庾信在《周祀宗庙歌》中有"终封三尺剑,长卷一戎衣"之句,杜甫于《重经昭陵》中化用为"风尘三尺剑,社稷一戎衣",全用实体性名词构句,一句之内大小相形,大大增强了诗的弹性。他在衡阳送人去广州,其诗中名句"日月笼中鸟,乾坤水上萍"(《衡州送李大夫七丈勉赴广州》),也是语言富于弹性的范例。此外,如"水落鱼龙夜,山空鸟鼠秋"(《秦州杂诗》)、"风烟巫峡远,台榭楚宫虚"(《赠李十八秘书别三十韵》)、"白狗黄牛峡,朝云暮雨祠"(《奉使崔都水翁下峡》)、"水阔苍梧野,天高白帝秋"(《暮秋将归秦留别湖南幕府亲友》)、"西山白雪三城戍,南浦清江万里桥"(《野望》)、"瞿塘峡口曲江头,万里烽烟接素秋"(《秋兴》八首其六)、"吴楚东南坼,乾坤日夜浮"(《登岳阳楼》),等等,都是同一个天空上所变幻的不同的云朵。对于杜甫《夜雨更题》中的"直怕巫山雨,真伤白帝秋。群公苍玉佩,天子翠云裘"这两联,清代的黄生表示极为赞赏,提出了颇有创造性的见解,他说:"五、六句中,不用虚词,谓之实装句。苍玉佩,翠云裘,点缀浓至,与三、四寥落之景反照,此古文中传神写照之妙。"(《杜诗说》)鱼龙川和鸟鼠谷本是秦州地名,杜甫却以之入诗,在《秦州杂诗》二十首其一中写为"水落鱼龙夜,山空鸟鼠秋",当代香港学者黄国彬分析后一句,见解颇为精彩:"五个字进入读者的思维,会同时引发下列的意念或联想:山空,鸟鼠,秋,鸟鼠秋,秋鼠,秋山(山秋)秋空(空秋),在读者的脑中交叠成一组难以分析的印象或感觉,已经有同时呈现的效果了。但丁和莎士比亚,恐怕也没有如此繁富浓缩的句子。意大利语以省略主语为常态,英语有简洁体,但意语和英语的句法不像古汉语(尤其不像杜诗的汉语)那么灵活。在杜诗的句法中,读者的想象可以自由舒展。但丁和莎士比亚浓缩意义的本领惊人,但因为受意语和英语的先天限制,结果在这方面比不上杜甫。杜诗许多诡秘繁复得难以分析的句子,都像'山空鸟鼠秋'一样,把汉语句法的特色发挥净尽。"(《中国三大诗人新论》,

香港学津书店 1981 年版）在杜甫之后，许多异代不同时的诗人都纷纷前来成都杜甫草堂听课，继承了他们的老师"实装句"的艺术，发扬了中国诗歌语言的弹性美。如李商隐的"陶公战舰空滩雨，贾傅承尘破庙风"（《潭州》）、"江海三年客，乾坤百战场"（《夜饮》），如温庭筠的"鸡声茅店月，人迹板桥霜"（《商山早行》）、"高风汉阳渡，初日郢门山"（《送人东游》），如黄山谷的"春风春雨花经眼，江北江南水拍天"（《次元明韵寄子由》）、"桃李春风一杯酒，江湖夜雨十年灯"（《寄黄几复》），如陆游"楼船夜雪瓜洲渡，铁马秋风大散关"（《书愤》），如元遗山"严城钟鼓月清晓，老马风沙人白头"（《甲辰秋留别丹阳》），如马致远"枯藤老树昏鸦，小桥流水人家，古道西风瘦马"（《天净沙》），如虞集"为报先生归也，杏花春雨江南"（《风入松》），都是中国诗歌天空上的盏盏星光，它们的光辉永远不会熄灭。

中国古典诗歌语言的这种弹性之美，连西方的碧眼黄髯儿都赞叹不已。英美意象派的祭酒庞德，从翻译中朝拜了我国的唐诗，他虽身不能至却心向往之。开创"意象脱节"的翻译法，他翻译李白《古风》第六和第十四中的"惊沙乱海日"与"荒城空大漠"两句，就译为：

> 惊奇，沙漠的混乱，大海的太阳。
> 荒凉的城堡，天空，广袤的沙漠。

他的名作《地铁站上》发表时，分行及行内的形式就是根据"意象脱节"之法，又如他的《诗章》第四十九：

> 雨；空旷的河，一个旅人。
> 秋月；山临湖而起。

庞德称他所效法的唐诗的这种语言艺术为"意象脱节"，所谓"脱节"，就是与弹性分不开的。西方的诗人，都尚且如此赏识并追求中国方块字的弹性之美，这还不足以引起我们的诗人，特别是那些否定"纵的继承"而只主张"横的移植"的作者深长思之吗？其实，对于这种富于弹性之美的语言艺术，中国古典诗论也作过一些探索和总结，如明代李东阳《麓堂诗话》认为这是"不用一二闲字，止提掇出紧关物色字样，而音韵铿锵，意象俱足"，清代黄生对此拟名"实装句"，而清代的方东树在《昭昧詹言》说得更为透彻，他多次分析唐宋诗人如杜甫、黄山谷的优秀作品，充分发挥了他所理解的有关弹性美的看法。他认为"文法以断为贵"，要运用"蹊径绝而风云通"的组词成句的方式，提出"凡絮接、平接、衍叙、太明白、太倾尽者，忌之"，主张"大约诗章法，全在句句断，笔笔断，而真意贯注，一气曲折顿挫，乃无直率、死句、合掌之病"，而他概括得最精当的说法，则是"语不接而意接"，见《昭昧詹言》卷一："古人文法之妙，一言以蔽之，曰：语不接而意接。……俗人接则平顺骈蹇，不接则直是不通。韩公曰：口前截断第二句。太白云：云台阁道连窈冥。须于此会之。"① 散文的语言，讲究明白畅达，语意连属，合于语法的一般规范，更接近生活中语言表现的常态和现状，不容许有过多的省略和跳跃，因此，法国现代大诗人瓦雷里就曾经把散文比作走路，把诗歌比作跳舞，这真是绝妙的比喻，有助于我们对诗歌语言弹性的理解。

使我们不免感到遗憾的是，尽管古今汉语有所变迁，但中国诗歌语言的这种弹性之美，却还没有被新诗作者所充分认识和大力发扬，当今新诗中有太多太多的散文语言和散文句法，散文的步兵大举进犯，兵锋所至，大片的本应为诗所舞蹈的国土都沦陷了。有感于此，二十世纪八十年代前期，我就曾撰文诊断"诗的散文化"之弊，题为《诗歌啊，和散文划清界线吧》，收录于冯牧、阎纲、刘锡诚主编的"当代文艺评论丛书"之一《李元洛文学评论选》（湖南文艺出版社1984年版）。早在四十年代之初，臧克家曾写有一首《三代》，三句诗，是三个时间不同而空间相同的蒙太奇镜头的跳接，颇得语言弹性美的神髓：

孩子，
在土里洗澡；

爸爸，
在土里流汗；

① 《昭昧詹言》，人民文学出版社1961年版，第28页。

爷爷

在土里葬埋。

全诗只有二十七个字,而且其中的"在土里"九个字是重复的,但它言简意丰,时空阔大,全赖实字成句和语不接而意接的弹性句法。在当代诗人贺敬之二十世纪五十年代所作的《放声歌唱》中有"五月——麦浪。八月——海浪。桃花——南方。雪花——北方。……"之妙句,也正是出自同一机杼,可惜在新诗创作中后来似乎成了空谷足音。从以上的举例又可以看到,诗句之内,诗句之间与段落之间,不是用平铺直叙顺序写来的散文词法与句法,或者说,省去了散文中必不可少的连接和转折,而是欲断还连,欲连还断,这种断片式的诗化语言表现,避免了平顺板滞的连接,跳开了繁冗文辞的泥泞之途,不仅使得语势跳脱而劲健,加强了语言的弹性美,而且能引发欣赏者更丰富的自由联想。

　　义有多解,是诗歌语言弹性的重要表征之一。一般说来,自然科学以及社会科学方面的论述,其基本要求是准确恰切,不能游移不定,不能模棱两可,概念及其表述要有无懈可击的逻辑性与科学性,至于其他文学样式如小说、散文之类,准确、鲜明、生动,也是对它们的语言的具有普遍意义的基本要求。然而,情况也不尽然。在大千世界中,尤其是在信息系统中,有大量"模糊"的存在形式与"精确"的存在形式分庭抗礼,这样,现代的新型分支学科,如"模糊数学""模糊集合""模糊逻辑""模糊美学"等,就应运而生。现代的语言学家充分注意到了语言信息中的"模糊性"现象,如伦敦学派的琼斯就曾经指出:"我们大家,包括那些追求'精确无误'的人,在说话和写作时往往使用不精确的、模糊的、难于下定义的术语和原则……但仍然互相了解。"(转引自陈明远编著《语言学和现代科学》四川人民出版社1984年版)"模糊语言"以及"模糊修辞"的理论,早已越过了精确语法所戒备森严的边境,深入到了小说、散文和戏剧的国土,一些论述小说或散文、戏剧中模糊语言的文章,就是这一理论的战果。诗的语言,具有更强烈的感情投射的主观色彩,诗的语言过程,不仅包括了信息的产生和输送,也包括了信息的接收和加工处理,用信息论的术语,后者就是信息接收者(读者)对信息的"反馈"(又译为"回授"),这种反馈作用对于诗的欣赏有十分重要的意义。一般说来,诗的语言也应该讲求确定性,如果没有内涵的确定性,使人无从索解,"茫如坠烟雾"(李白),那样诗就会变成云雾充塞的天地,或是不知所云的谜语,作者的美感经验不能得到明确的表现而与欣赏者交流,欣赏者自然也就不可能对应地产生美的喜悦了。但是,这仅仅只是事情的一面,或者说主要的一面。诗的语言常常也要讲求不确定性,即模糊性,也就是义有多解,而不是只有单解。作者提供联想的线索,使欣赏者有多种美的体会与探寻,使他们可以作出多样的然而合理的解释。这种明确与模糊的统一,单义与多义的统一,确定性与不确定性的统一,有助于在一中见万,在有限中见无限,即在有限的文字和篇幅中,包孕无限的意蕴,同时,又能充分调动读者欣赏的积极性,使他们在审美活动中获得不是单一的而是多样的美感,这样,诗作本身也在读者的积极反馈状态中扩展了它外在的信息量。

语言的多义性或多解性,这是西方现代文学的批评用语。一九三〇年,英国语义学美学创立者瑞恰慈的学生,英国年轻的诗人、学者、英美新批评派主要代表威廉·燕卜荪写了一部有名的论著,中译有的译为《论含混》,有的译为《模棱七型》,有的译为《七种暧昧类型》或《七类晦涩》,而朱自清译为《多义七式》,似乎更为允当。燕卜荪在他这部至今仍是英、美大学英文系师生研究诗学和批评的必读著作中,在西方文艺理论史上首先系统地研究"多义"(又称"复义")这一命题,他认为"模棱的作用是诗歌的基本要素之一",他还说:"'模棱'本身可以意味着你意思不肯定,意味着有意说好几种意义,意味着可能指二者之一或二者皆指。"燕卜荪的这本论著一出,"模棱语""多义语"便盛行于西方,是现代西方文学批评中颇具影响的"新批评派"的重要用语。即使如存在主义者萨特,他在《萨特七十岁自写像》一文中,也表示欣赏"用一句话同时表达两三种意思",他强调说:"简明的句子,有它明显的意思,而同时可以有不同的深刻的含意。如果我们无法实现语言给予我们的多样性,实无写作的必要。文学与科学的区别,可以说是因为文学不是单调的。"[1] 这,和燕卜荪的看法有颇多相同之处。后来,有人认为"模棱"之类的词有欠准确,于是威瑞特就改用"多义语"(又译"多种解释")来指代这种诗歌语言现象。我们可以而且应该借鉴西方文学批评包括现代、当代文学批评中有益的资源,用西方现、当代文学批评中的某些理论,

---

[1] 转引自黄维樑:《中国诗学纵横论》,洪范书店 1978 年版,第 168 页。

来合理地解释中国文学特别是中国古典文学的某些现象,常常可以开辟一些研究的新领域,找到新的角度而有所发现。

但是,我们在借鉴西方而表现出应有的开放精神之时,却不可以冷落我们民族的传统,关于语言的多义性或多解性,我国古代文论和诗论措辞与西方虽然有别,但也早已表述过许多近似的有益的见解。刘勰在《文心雕龙·隐秀》篇中早就说过:“隐也者,文外之重旨者也;……隐以复意为工。……隐之为体,义生文外;深文隐蔚,余味曲包。”他所说的“重旨”与“复意”,实际上就是一言多意的同义语。在唐代,皎然《诗式》认为“两重意以上,皆文外之旨”,他所说的“两重意”,发挥的就是刘勰关于“重旨”的见解。宋代魏庆之的《诗人玉屑》,曾引录苏轼“论画以形似,见与儿童邻。作诗必此诗,定知非诗人”的诗句,苏轼以为写一首诗,它的含意如果仅是文字表层所表现的单一的意义,而没有多方面的含蕴,这种写诗的人是称不上诗人的,这不也可以看作是对诗意的多种解释的赞美吗?由此可见,在诗歌艺术的很多问题上,我们可以作中国与西方的美学的比较和汇通,以丰富和发展我们中国的富有民族特色的诗学理论,并促进诗歌创作的繁荣。美籍华人学者刘若愚,曾写过李商隐诗的英文译著以及题为《李商隐诗中的模棱》的文章,他认为李商隐的某些作品是“翻译者的梦魇,也是模棱猎者的乐园”,加拿大籍华人学者叶嘉莹的《杜甫秋兴八首集说》,搜集了前人对《秋兴》的诸多解释,也可视为以多义语的理论来论杜诗的著作,而海外华人学者梅祖麟与高友工一九六八年开始合写的《杜甫的秋兴:语言学批评的尝试》的长文,也是以新批评的方法探讨杜诗的一言多意之妙的。这些著述启示我们,要借鉴西方的文学理论,进一步发扬中国文学包括诗学批评的优良传统,而诗的多义语对于今日大陆的诗歌理论工作者来说,还是一块有待开发的处女地。

其实,早在二十世纪四十年代,学者、散文家朱自清就曾运用威廉·燕卜荪的理论研究中国古典诗歌,写有《诗多义举例》一文(《朱自清古典文学论文集》,上海古籍出版社 1981 年版),他一九四五年至一九四六年在西南联大讲授中国文学批评,其学生刘晶雯整理成《朱自清中国文学批评讲义》一书(天津古籍出版社 2004 年版),其中就有论述“多义”的专节。香港学者黄维樑撰于二十世纪七十年代伊始的《中国诗学史上的言外之意说》一文,进一步对多义语作了多方面的探讨。他认为:“诗篇中,一字,一句,甚或全篇可作多种解释,而诸意并行不悖,不但无伤诗意之美,而且有益其多姿之趣,其得力处,在一言多意。常人以为一言当只有一意,如今一言可有多意,这些多出来的意义,就是言外之意了。"(见《中国诗学纵横论》)他以中国传统的"一言多意说"去解释西方的"多义语",并且认为多义语可以增强诗的内蕴和美感,这可以说是用比较文学的方法研究理论得出的创见。而我还以为,多义语正是诗的语言的弹性表现,语有多义,给欣赏者提供多方面的理解线索,而不是非理性的不可知,或是一汪泥潭的晦涩,这样,语言就富于伸展衍变的弹性。而语言只有一义或单解的单行道,连广义上的欣赏者审美想象的余地都没有,这种语言则绝无弹性之美可言。

在中国古典诗歌中,有不少一言多意或多义语的作品,有些诗作甚至是诗歌史上聚讼纷纭的对象,直到现在笔墨官司还没有了结。由于诗的语言的多义弹性,事实上有些官司是无法结案的。从欣赏者有更充分的审美自由这个角度来说,确实不必定于一解,因此也无须结案。例如,对于汉代无名氏的《古诗十九首》,近人隋树森的《古诗十九首集释》与今人马茂元的《古诗十九首新探》,就有多种不同的说法,可谓见仁见智,因人而异。前文所述叶嘉莹的《杜甫秋兴八首集说》,对杜甫的有关之作也收集解说达数十家之多。至于对李商隐的许多无题诗、失题诗和采取首句前二字为题的篇什,元遗山慨叹"独恨无人作郑笺"于前,王渔洋表示"一篇锦瑟解人难"于后,其过于深曲令人索解为难的地方是不可取的,但它的语言具有多义之美,使欣赏者有博通之趣,就像一个仪态万方的美人,吸引人们欣赏她多方面丰富而不单调的永不凋敝的美质,也还是可以给我们今天的新诗作者以启示的吧?如《锦瑟》一诗,历来就解说纷纭,说法在十种以上而莫衷一是,这种不能定归于"一是"的多解,也许就是这首诗美的魅力之所在。梁启超在《中国韵文里所表现的情感》一文中曾说,如果将这首诗拆开来要他逐句解释,他连文义也无法贯通,虽然如此,他还是觉得这首诗很美,他的结论是:"须知美是多方面的,美是含有神秘性的。""神秘性"的说法也许不够科学,"美是多方面的"的观点我则以为堪称卓见。又如李贺,他和李商隐一样,是中国古典诗歌史上在艺术方面最具"现代感觉"和"现代手法"的诗人,研究李贺的专家清人方扶南说其诗的特色之一,就是"所喻止一绪,而百灵奔赴",妙哉此言!照我的理解,这就是说诗人写一首诗,却可以让人作多方面的美的欣赏,作多方面可通的解释。李贺诗的总数,根据清人王琦《李长

吉歌诗汇解》的统计,共有二百四十首,可以看到,李贺对马特别偏爱,除了写
到马的有六十首之外,还有专门咏马的绝句《马诗十三首》,为李贺诗集作评注
者从明代以来不下十余家之多,而对李贺《马诗》的评论也不少,各有会心而并
未有一统之见,这确实是一个令人思索的美学现象。再如李后主《浪淘沙》的
结句:

> 流水落花春去也,天上人间!

词意是什么呢?红学家俞平伯在《读词偶得》中认为可以有四种解释,一是说春
归何处,应该标点如下:"天上? 人间?"一是表感叹之意,春天去到了天上和人
间,如此则标点为:"天上! 人间!"一是对比之意,从前是天上,现在是人间;一
是说"流水落花"指别时的容易,"春去也"指相见时的艰难。上述这些解释都
灵活可通,当然并不排除有更切近情理的其他解释。这,也证明诗的多义性常常
可以获致美的多样性。

在外国诗歌中,有的诗人注意发挥语言的模棱其语的弹性功能,突破语言表
现的非此即彼、非甲即乙的单一性,而使语言的表现获得多义性的美学效果。如
德国现代著名诗人里尔克副题为"在巴黎动物园"的《豹》:

> 扫视栅栏的他的视线,
> 逐渐疲乏得视而不见。
> 他觉得栅栏似乎有千条,
> 千条栅栏外不存在世界。
>
> 老在极小的圈子里打转,
> 壮健的跨步变成步态蹒跚。
> 犹如力的舞蹈,环绕中心
> 伟大的意志在那里口呆目惊。
>
> 当眼睑偶尔悄悄地撩起,

> 就有个影像进入到里面，
>
> 通过四肢的紧张的寂静，
>
> 将会要停留在他的心田。

《豹》，是里尔克的代表作之一。但他虽然写的是豹，却又不止于豹，不能按一般的欣赏习惯去寻求一种固定的答案，不同的读者固然会获得不同的美的感受，就是同一个读者，也可以对它作出多种合理的解释，这，正是与诗的语言的整体弹性结构分不开的。又如荷兰诗人凡·黑尔的《根》：

> 根找到了住所
>
> 树把它不需要的
>
> 举向天空

凡·黑尔生于一九一九年，一九七四年去世，其诗作《根》虽只有寥寥三行，却是西方当代诗歌中脍炙人口的小诗之一。诗中的富有弹性的语言，不是表示一种确切的鉴定表式的论断，也不是直线式地宣示一种众所周知的道理，而是颇具义有多解的弹性：它是象征生活中的某种人生相？是暗喻某种哲理的意义？是某种人生的感悟与感慨？似乎都是，但又很难于以一言来明确界定，非此即彼不容多解的硬性法则在这里好像此路不通。由此可见，一象一意而一看可懂的单纯明朗，固然不乏好诗，如李白的《静夜思》，如孟郊的《游子吟》，可是，一象多意而且能让读者因象悟意，义有多解而且能够让读者思而得之，这种诗也应该称为好诗，这种诗美也不是一种容易追求到的诗美吧？

诗歌语言的弹性，还包括特殊的词法与句法，即诗歌中词性的变化与活用，词语组合的诗化方式以及句式的伸缩变化，它们可以有助于诗歌化陈为新，化常为奇，化平庸俗套为别开生面，有助于诗歌获得新创多姿之美。

二十世纪初期，在俄国兴起了形式主义文论的流派，其代表人物什克洛夫斯基提出的"陌生化"的原则，成为形式主义文论的核心概念，在美学发展史上有重要意义。表现在诗歌语言上，就是要破除语言运用方式的习惯性与陈旧性，改变日常用语的词序，化常为奇，化俗为新，给读者以陌生新奇的美的享受。在日常的生活语言和散文语言中,应该遵守语法的规律和约定俗成的语言规范,可是也不尽然,诗尤其如此,尤其应注意追求"陌生化"的美学效果。对语言现象及其规律作概括的语法,本就已经有"词的兼类"与"词类活用"的表述,何况是具有更大的美的自由的诗歌? 在诗歌创作中,为了更动人地表现"外象"的生活之美和"内情"的感情之美,而且考虑到与欣赏者的审美活动能够汇通,不应因相沿成习的"俗"与"熟"而造成读者的审美疲劳,词性是可以适度变化而力求"陌生化"的,而最主要的变化,包括形容词作动词、名词作形容词以及名词作动词三个方面。这里,借用"花开两朵,各表一枝"的陈辞,分别缕述如下:

形容词作动词,前人称之为"实词活用"。这种语言现象,在其他样式的文学创作中也可以见到,如鲁迅《社戏》中的"月色便朦胧在这水气里",形容词"朦胧"一经动化,便平添了一种生动活泼的情趣,如改为"月色在这水气里显得很朦胧"的正常叙述,便会令人觉得板直乏味了。在同一篇文章中,表现看戏的拥挤之状,有这样的描绘:"我同时便机械地拧转身子,用力往外一挤,觉得背后便已满满的,大约那弹性的胖绅士早在我的空处胖开了他的右半身了。"这里,形容词"胖"也是运用了动化的用法,其艺术效果显而易见。但是,我以为现代散文、小说中的形容词用作动词,还是从中国古典诗歌借鉴、衍化而来的,如王维《鸟鸣涧》中的"月出惊山鸟"之"惊",《观猎》中的"雪尽马蹄轻"之"尽"与"轻",均是。这种形动用法,是中国古典诗歌之所独擅。南宋诗人杨万里《舟过谢潭》有道是:"夹江百里没人家,最苦江流曲更斜。岭草已青今岁叶,岸芦犹白去年花。"其中的"青"与"白"本为正宗的形容词,一旦化为动词,便横生妙趣。南宋词人蒋捷《一剪梅·舟过吴江》的结句是脍炙人口的,"流光容易把人抛,红了樱桃,绿了芭蕉","红"与"绿"这两个迹近于俗的形容词,别出心裁地显示了静态事物的动态化,诗人以樱桃由浅红到深红、芭蕉由浅绿到深绿的发展,表现韶光飞逝之意,获得了去俗生新的视觉效果和美学意趣。其实,早在蒋捷登场之前,杜甫就已经有很精彩的示范演出了。安史乱中他流寓四川梓州时,写有一首题为《客夜》的诗:

客睡何曾著,秋天不肯明。

> 入帘残月影,高枕远江声。
> 计拙无衣食,途穷仗友生。
> 老妻书数纸,应悉未归情。

南宋吴曾在《能改斋漫录》中说过,初唐张说《深渡驿》有句是"洞房悬月影,高枕听江流",杜甫这首诗的颔联是化用其意。我认为吴曾只见到了杜甫的继承,而未见到杜甫的发展。这首诗中"高枕"之"高",本来是形容词,在这里与出句的"入帘"相对,就改变了形容词的语法特点而动化了。清人屈复辑评的《唐诗成法》曾经指出:"'悬''听'二字犹有痕迹,而杜之'入帘残月影,高枕远江声'远矣。"怎么"远矣"呢? 仇兆鳌在《杜诗详注》中,引述了洪仲的有关看法:"高枕对入帘,谓江声高于枕上,此以实字作活字用。"很明显,"高枕远江声"之"高",与杜甫写于同时同地的《客亭》中的"秋窗犹曙色,落木更高风"之"高",以及《悲秋》中之"愁窥高鸟过,老逐众人行"中之"高",它们的意趣情味是有所不同的。后者仍是形容词,而前者则弹性地转化为动词了。其实,"秋天不肯明"中的"明",本来也是形容词,这里化为动词,并作感情移入,这样也平添了一番诗的动感。

对于形容词的动词化,洪仲认为是"实字活用",王嗣奭的说法稍有不同,他称之为"死字活用",此说见于他的《杜臆》。他谈到杜甫《陪郑公秋晚北池临眺》一诗,其中有如下一联:

> 异方初艳菊,故里亦高桐。

王嗣奭在《杜臆》中说:"桐叶落则枝挺起,故云'高桐'。'艳菊''高桐',皆死字活用。"仇兆鳌《杜诗详注》所引《杜臆》,文字与今本略有不同,一并援引于此以资参照:"菊花开而吐艳,桐叶脱而枝高,艳、高二字,死字活用。"照他看来,"艳""高"这两个形容词,在这首诗的具体语言环境中都动态化了。其实,这种弹性用法,在杜诗中屡见不鲜,如《晓望》中的"高峰寒上日,叠岭宿霾云",这里的"宿"是动词,不同于上述诗中的"萋萋宿草碧"中的"宿"是形容词,同样,出句的"高峰寒上日"的"寒"字,也转变了本来的形容词的词性,而成为使动用法的动词。又如他的"绿垂风折笋,红绽雨肥梅"(《何将军山林》),"肥"本来是形容词,这里却妙用为动词了。而清代女诗人吴藻的"目送飞鸿,阵阵过南楼,猛觉尖风寒翠袖"(《江城梅花引》),"和烟和月写生难,定寒了玉人翠袖"(《鹊桥仙》),其中的"寒"字,都是弹性的动化用法。此外,在清诗人中,吴绮有"七里水环花市绿,一楼山向酒人青"(《程益言邀饮虎邱酒楼》),徐铣有"溯洄泱漭忽闻鸡,风饱江帆叶叶齐"(《晓发京口》),易顺鼎有"黑夜白堆三尺雪,红窗绿杀一痕灯"(《岁除前一夕,为仿苏题罗两峰〈鬼趣图〉》),李慈铭有"细草色从人去绿,小桃花为燕来红"(《惆怅》),"水气远涵双塔白,山花返照一城青"(《近游》),如此等等,其中均可见形容词作动词的妙用,又如:

> 烟霞石屋两平章,渡水穿花趁夕阳。
> 万片绿云春一点,布裙红出采茶娘。
>
> ——袁枚《湖上杂诗》

> 峭寒催换木棉裘,倚杖郊原作近游。
> 最是秋风管闲事,红他枫叶白人头。
>
> ——赵翼《野步》

在袁枚之诗中,形容词"红"作动态的呈现,虽说可能是从王安石"浓绿万枝红一点,动人春色不须多"(《咏石榴花》)化出,但仍可见诗心之妙。赵翼之作,移情于秋风本已出彩了,"红"与"白"的形容词作动词,更使全诗锦上添花。

在新诗创作中,有的诗人继承了古典诗歌的艺术遗产,注意了词性的活用,这样,就加强了语言的弹性之美。如香港诗人黄河浪有"山依然青在湖上/水一样五里平铺"之辞,如台湾诗人张健有"茉莉花芬芳了清晨,你的温柔宁静了夜"之句,而另一位台湾诗人痖弦也有"海水,蓝给他自己看"之语。下面是两首诗的片断:

> 进入苏州
> 进入一幅立轴小小

小小的立轴

小小的江南

江南的

小小的水乡

玲玲珑珑着

这道那道

小小的桥梁

牧童的笛声永远嘹亮

——蔡欣《姑苏行》

呵,琴师,你独坐高岩,

有多少悲欢汪在心底?

不然,从你指尖流出的泉水,

怎么会铮琮不绝?

——丁芒《泉韵》

"玲珑"本是形容词,如写成"小桥玲珑"或"玲珑的小桥",则是一般习见的常态用法,缺乏新意,现在一经蔡欣转化为动词,便觉风情无限。"汪"本来是形容词,在丁芒的诗中也动态化了。诗人把山泉比为琴师,"汪"字从水,切合情境,形象具体而丰满,同时因为词性转化,更有去俗生新之妙。在王维的"大漠孤烟直,长河落日圆"(《使至塞上》)里,"圆"是形容词,而在杜甫的"陇月向人圆"(《宿赞公房》)中,"圆"则富于动态与动感。宋代黄山谷的"心犹未死杯中物,春不能朱镜里颜"(《次韵柳通叟寄王文通》),其中的"朱"是老牌形容词,似乎已经因年深月久众人习用而"钝化"了,而一旦用如动词,便觉分外新警,充分显示了语言的弹性与再造的功能。我们当代的诗人,对此是否有识宝的慧眼和化腐朽为神奇的才华呢?

名词转化为动词,或者说名词动态化,同样也显示了诗歌语言的弹性之美。名词与动词的语法功能有别,它们各司本职,一般来说不能汇通,但是,汉语表情达意的最基本的句型是动词谓语句,作者一般都是在动词上努力锤炼和出新,力求创造美的效果,这样,在选用原来本身为动词的动词之外,众生在口头语言或书面语言中,有时还把名词活用为动词,以收到独特的修辞效果,产生新奇而丰富的美感,这种语言美学现象,在诗歌之外的文体中也可以看到,如《左传·曹刿论战》中之"齐人三鼓"之"鼓",《左传·秦晋殽之战》中"秦军遂东"之"东",《史记·项羽本纪》中"范增数目项王"之"目",都是人所熟知的例证。在中国古典诗歌中,我们可以找到许多名词动化的例证:

> 泊回京师,日诣丰乐楼以观西湖。因诵友人"东南妩媚,雌了男儿"之句,叹息者久之。
>
> ——陈人杰《沁园春·小序》

> 不是斯文掷笔骄,牵连姓氏本寥寥。
> 夕阳忽下中原去,笑咏风花殿六朝。
>
> ——龚自珍《梦中作》

> 漫脱春衣浣酒红,江南二月最多风。
> 梨花雪后酴醾雪,人在重帘浅梦中。
>
> ——厉鹗《春寒》

在上述诸诗中,"雌""殿""雪"本为名词,但在各自的语言环境中均化为动词,灵丹一粒,通体生辉。南宋许多人国难当头但仍歌舞升平而不问国事,醉生梦死,词人陈人杰笔下"雌了男儿"之"雌",讽世人苟安一隅,真乃道前人之所未道,其空前绝后的新创真令人一读难忘!又如"秋"字本来是名词,但在某种规定的语境中也可兼摄动词的意义和作用,杜甫就有"风江飒飒乱帆秋"之句,本来是"秋帆乱",倒用为"乱帆秋",本来作动词用的"乱"转化为形容词,而本为名词的"秋"却向动词转化了。与杜甫这一"秋"字异曲同工的,有唐代女诗人薛涛的《筹边楼》:

> 平临云鸟八窗秋,壮压西川四十州。
> 诸将莫贪羌族马,最高层处见边头。

薛涛本来是说秋色秋光入窗,但倒用为"八窗秋"之后,既与全诗协韵,又避免了平铺直叙的弊病,同时地使名词"秋"兼有了动词的意味和动态感,美的内涵也就随之丰富得多了。"悲哉,秋之为气也,萧瑟兮草木摇落而变衰",自宋玉在《九辩》中为秋一唱之后,秋似乎更易于引发"秋士多悲"的诗人的感兴。台湾诗人郑愁予《右边的人》一诗,是对坚贞爱情与有限生命的感叹,如诗的开始两节:

> 月光流着,已秋了,已秋得很久很久了
> 乳的河上,正凝为长又长的寒街
>
> 冥然间,儿时双连船的纸艺挽臂飘来
> 莫是要接我们回去,去到最初的居地

在诗中,"乳"字固然是名词作形容词用,而首句中的两个"秋"字也变化了词性,即从名词转化为动词,不仅表示秋深,也表示生命的成熟,一词双关,有创造性所带来的新颖之美。

在词性的活用方面,诗歌创作中名词作形容词也可见到,前人称之为"实字虚用",北宋杨万里《诚斋诗话》就曾说:"诗有实字,而善用之者以实为虚。"如他自己的《春晓》之一:"一年生活是三春,二月春光尽十分。不必开窗索花笑,隔窗花影也欣欣。"名词"生活"转化为形容词,犹言今日所云之"好时光"。如杜甫晚年流落湖南时所写的《入乔口》:

> 漠漠旧京远,迟迟归路赊。
> 残年傍水国,落日对春华。
> 树蜜早蜂乱,江泥轻燕斜。
> 贾生骨已朽,凄恻近长沙。

颈联中的"树蜜"应该如何解释?西晋崔豹《古今注》曾说:"木蜜生南方,合体皆甜,嫩枝及叶皆可生噉,味如蜜。"明末清初的学者黄生说:"言早蜂而及树蜜,言轻燕而及江泥,皆取其类。"他们都是把树蜜作为一个整体名词看待。不错,"蜜"与"泥"本来都是名词,但它们在这里都表现了词性的转化与兼摄作用,台湾学者黄永武在《中国诗学》中说得好:"'蜜'字、'泥'字都是名词,在这里都转作形容词用,说树像蜜一般的甜,江像泥一般的浊,蜜与泥还兼摄动词的意味,说树被蜜化了,江被泥化了,蜜泥二字的词性极不固定。词性不固定,在文法上讲或许是一种缺点,在诗歌上讲,却是一种优点,一种趣味。用字简洁,含义丰盈,句子乃生峭可喜。"[1] 由此可见,名词作形容词,是诗歌语言弹性美的一个重要方面,这里有着广阔的有待探究和用武的天地。

与此所反的是,在诗中形容词亦可作名词用。南宋诗人杨万里以诗的"活法"名世,所谓"活法",就是生动、幽默、奇趣新创的同义语,一言以蔽之,就是"鲜活"。他的友人张镃一再赞美他说:"目前言句知多少?罕有先生活法诗。""今谁得此微妙法?诚斋四集新版开。"杨万里诗的"活法"表现在遣词造句方面,词性活用就是其中的一端,如形容词作名词:"秋光好处顿胡床,旋唤茶瓯浅着汤。隔树漏天青破碎,惊风度竹碧匆忙。"(《城头秋望》),在诗中本是形容词的"青"与"碧",摇身一变化为名词,顿觉去俗生新,去熟生鲜。又如他的《晓出净慈寺送林子方》:"毕竟西湖六月中,风光不与四时同。接天莲叶无穷碧,映日荷花别样红。"本为形容词的"碧"与"红"兼职名词的作用,且分别置于一句之尾,故而有出新之趣,同时摇曳生姿。在他之后的词人吴文英(梦窗),以"梦窗句法"名世,其词常将表颜色属性的形容词转换或兼类为名词,如"新漪涨翠"(《花心动·郭清华新轩》)、"草生梦碧"(《扫花游·赠芸隐》)、"波帘翠卷"(《齐天乐·会江湖诸友泛湖》)、"水叶沉红"(《采桑子慢·九日》)等,都有化陈为新的效果。

诗歌语言的弹性,除了词语的词性变化与活用之外,还包括词语与词语之间的组合关系,也就是词语之间的配合、修饰等等的关联。

诗的语言弹性,当然与单个的词的运用有关,但又不能只孤立地看待个别的词语,更重要的是,要注意词与词之间的关联所构成的美的语境。进行一场战役,不仅需要每个战士的勇敢战斗,也需要彼此之间的协同作战,需要

---

[1]　黄永武:《中国诗学·设计篇》,台湾巨流图书公司 2009 年版,第 257 页。

各个兵种之间的互相配合,诗的语言弹性与此有些相似。闻一多论诗的弹性所说的"变得出无穷的花样",应该包括文字与文字之间的关联所呈现的新面貌。现代语言学中的结构主义语言学派认为,每种语言都有一套独特的关系结构,不仅如此,每种语言的个别单位都不是孤立存在的,而是在彼此的对立和关系中存在的。这种语言和语境的关系,我们以战士、兵种与战役的关系说明,而结构主义学派的鼻祖、瑞士的语言大师索绪尔,则将语言结构比喻为象棋的结构关系。我以为,并非所有的语言关联构成都能表现出语意的弹性美,那些一般化的相沿成习的语言组织,不能给人以美感,因为重复刺激的结果,必然导致欣赏者大脑皮层的疲劳,因之也导致新鲜感的丧失和美感的消亡。例如"多么豪迈的气势,何等响亮的号召,攀登吧,让我们采取古老文化的瑰宝,攀登吧,让我们获得奋勇前进的动力"之类。只有那种切合特定语言情境并且表现了新美的秩序的语言关联,才具有诗意之美与弹性之美。对于具有这种美质的语言关联和组织,我称之为诗化的弹性组合方式。这种组合力式,有如万花筒一样变幻无穷,我下面所捕捉的,只是它的几类图案而已。

名词与数量词的关联组合。

量词是表示事物单位的词,包括物量词和动量词两种,而数量词是数词与量词的合称,它们结合在一起构成合成词。在唐代以前,量词特别是其中的动量词不多,运用得也较少,唐宋时代,量词有了很大发展,在诗文中经常运用,它常常和数词携手,去与名词联姻。我们可以看到,许多数量词与名词的组合是处在一种常态之中,但是,只要这种常态具有诗意,它也就不失为是美的。如王建"树头树底觅残红,一片西飞一片东。自是桃花贪结子,错教人恨五更风"(《宫词》),如陈玉兰"夫戍边关妾在吴,西风吹妾妾忧夫。一行书寄千行泪,寒到君边衣到无"(《寄夫》),如此等等,不胜枚举。但是,数量词与名词的关联有两种情况,一种是常态的,一种是非常态的。非常态然而是合理的成功的组合,就更能充分表现诗歌语言的弹性,获得如苏东坡所说的"反常合道"而奇趣横生的美学效果。这里略引数例:

萧娘脸薄难胜泪,桃叶眉长易得愁。

天下三分明月夜,二分无赖是扬州。

——徐凝《忆扬州》

春色三分,二分尘土,一分流水。细看来,不是杨花,点点是离人泪。

——苏轼《水龙吟·次韵章质夫咏杨花词》

无端天与娉婷,夜月一帘幽梦,春风十里柔情。

——秦观《八六子》

记取楼前流水,应念我终日凝眸。凝眸处,从今又添,一段新愁。

——李清照《凤凰台上忆吹箫》

旧恨春江流不尽,新恨云山千叠。

——辛弃疾《念奴娇·书东流村壁》

满载一船明月,平铺千里秋江。波神留我看斜阳,唤起鳞鳞细浪。

——张孝祥《西江月·黄陵庙》

笑问嫦娥灵药几时偷? 圆缺阴晴天不管,谁管得,古今来,万斛愁!

——吴藻《江城梅花引》

"三分天下有其二",本来是《论语》中有关议论的散文句式,"天下三分"也是中国历史演义小说中的习见之辞,它本身并不具备诗意。但徐凝的诗却奇思喷涌,异彩怒发,他把属于普天下的可爱的皎皎明月也划为三等分,其中的二分却竟然让扬州给占去了。(此诗另有版本"脸薄"作"脸下","眉长"作"眉头")数量词与名词的奇异结合,诞生了何等美妙的诗的宁馨儿。苏东坡《水龙吟》中的词句,曾受到徐凝《忆扬州》诗的影响并有所创造,这是显而易见的。在苏轼的词中,"三分""二分""一分"这些数量词分别与"春色""尘土""流水"关联,却别是一番风情。在秦观的词中,数量词"一帘"与"十里",分别置于"夜月"

与"幽情""春风"与"十里"之间,承上而关下,既可以修饰前者,又可以修饰后者,似乎具有更大的弹性。在古典诗词中,写愁的名句很多,如李后主的"问君能有几多愁,恰似一江春水向东流"(《虞美人》),如贺铸的"试问闲愁都几许,一川烟草,满城飞絮,梅子黄时雨"(《青玉案》),但是,对于本来无可名状的抽象的"愁"情,李清照说是"一段",辛弃疾道是"千叠",而吴藻以为是"万斛",他们分别从长度、从厚度、从容量来表现愁情,名词与数量词脱俗的组合,自然就获得了脱俗的诗美。

就像燧石与燧石相撞击而迸发出火花一样,在新诗创作中,名词与数词或量词的奇妙关联,也常常能焕发出新颖独特的美的光彩。新加坡诗人喀秋莎有一组诗题名《夜树意象》,其中的一首是:

> 在夜的黑镜前
> 你披发而坐
> 一面静静地梳理月光
> 一面构思着
> 把哪朵星插在鬓上

量词"朵"一般是"花"的修饰语,如唐人刘禹锡《春词》的"行到中庭数花朵,蜻蜓飞上玉搔头",如宋人杨万里《探梅》的"一树梅花开一朵,恼人偏在最高枝"之类。以量词"朵"来形容"星"这个名词,这恐怕是喀秋莎这位海外华裔诗人的独创吧?远在喀秋莎之前一千多年,晚唐诗人徐寅(寅一作夤),就曾有《题福州天王阁》七律,其颔联是"三门里面千重阁,万井中心一朵山",他用数量词"一朵"来形容山,可谓得未曾有,喀秋莎之作与之堪称古今同趣,中外同心。洛夫善于营造意象,在动词、名词与数量词的组合方面,也颇见功夫,如写水田鹭鸶的"偶然回首——便衔住水面的一片云"之类。又如《随雨声入山而不见雨》的结尾:

> 下山
> 仍不见雨

> 三粒苦松子
> 沿着路标一直滚到我的脚前
> 伸手抓起
> 竟是一把鸟声

这是一首写游山听雨的诗,轻倩可喜,特别是上述结尾,写得很是空灵漂亮。"苦松子"变为"鸟声",这中间诗之联想的飞跃都省略了,但鸟和树不可分离,因此,诗人的联想仍是合理的,有生活情境作为依据,其中省略的空白,读者完全可以用自己的审美想象去补充。特别是"鸟声"本来没有具体形状,无可把捉,而现在诗人不仅"抓起"了"鸟声",而鸟声居然盈握,被冠以数量词"一把",这个本来十分普通而且通俗的数量词用得十分新奇独到,给人以过目不忘的印象,因为它不仅形象地补足了抓起苦松子的动作,而且使不具形的声音具有了可感可触的形象,诱人遐思,让人得到丰富的美的享受。

动词与名词的关联组合。

汉语中最基本的词类,就是名词、动词、形容词这三大主力军。据统计,它们的兵力占汉语词类总数的百分之九十以上,是汉语构句的基本成分。因此,如果说一个诗作者就是一位将领,那么,他所拥有的词就是他的士兵,而名词、动词、形容词就是他的主要兵种。士兵的善战与否,除本身的素质之外,还在于将领是否指挥有方,诗人的出色或平庸,在很大程度上也决定于他调动与驱遣语言的功力和才力。在语言的关联组合方面,能构成并增强诗美的,主要是动词与名词的连结。名词是表示事物的词类,动词是表示动作或变化的词类,诗中动词与名词的连结所显示的弹性之美,主要是无形可指的抽象名词以及专有名词与动作动词之间关联的结果。在诗句中,抽象名词所表示的不是有形可指的具体事物,是虚的,动作动词所表示的是具体的动作及其变化,是实的,实的动词与表具体事物的普通名词之间的连结,固然也能产生诗意,但实的动词与虚的名词之间的关联,经过诗人陌生化艺术手段的处理,将虚与实、实感和空灵结合在一起,从而构成一种全新的诗意的关联,形成新美的诗的语言秩序,就更能获得诗之所以为诗的美感。例如下列古典诗歌中的例子:

十年兵火真多事,再到禅扉却破颜。
唯有两般烧不得,洞庭湖水老僧闲。

——裴说《岳阳兵火后题僧舍》

草色引开盘马地,箫声吹暖卖饧天。

——宋祁《寒食》

小廊茶熟已无烟,折取寒花瘦可怜。
寂寂柴门秋水阔,乱鸦揉碎夕阳天。

——郑板桥《小廊》

"水""火"不容,湖水本来已经是"烧不得"的了,何况是空门僧人的"闲"情。晚唐诗人裴说写兵连祸结之后的民生凋敝,不正写而侧写,而且将动词"烧"与名词"湖水"和"闲"连结在一起,其新创的意趣令人一读难忘。"天",是一个与"地"相对的专有名词,但这个名词所包容的内涵,无论是它客观具有的或是人们所想象的,都比较虚,不像负载万物的"地"那么实在。"西风渺渺月连天"(许浑《重游练湖感旧》),"推起西窗浪接天"(苏轼《南望》),"老雁一声霜满天"(萨都剌《过广陵驿》),"尚传芳讯早春天"(袁枚《春柳》),以上诸例,与"天"相组合的均为名词,虽系好句,但并无十分出彩之处,而在上引宋人宋祁之词与清人郑板桥之诗中,表具体动作的"吹""揉"等动词,和抽象的"卖饧天""夕阳天"连结在一起,而"卖饧天"如何能被箫声"吹暖"?"夕阳天"如何能被"乱鸦"揉碎?现在它们却关联在一起,实以虚之,虚以实之,在陌生化的虚实互参之中,呈现出好诗所必具的空灵之美。

读古人的上述这些诗句,我不禁想起老诗人臧克家的"不曾有人来此凭吊,朝夕鸦阵煽黑了天"(《刑场》),以及老诗人辛笛"看一行大雁驮起金色的秋天"(《金色的秋天》)之句,异代不同时的诗人,他们的诗心往往是相通的。在新诗创作中,这种动作动词与抽象名词的富于弹性的组合,也常常能带来盎然的诗趣,创造出空灵的诗境。我们有理由相信,当虚实互转、实感与空灵相参的陌生化诗美学法则体现在词语组合之中,构成一种新而且美的诗的语言秩序时,它的美学效果就不是"说明式""陈述式"或"描叙式"的陈旧老套的散文语序所可以望其项背的了：

> 雪压着枝叶
> 冰冻着根
> 冬天的霜齿
> 咬得好深
> 一直咬进
> 年轮
> 而受伤的森林
> 仍固执地举起
> 亿万枝松针
> 在白茫茫中
> 刺绣着
> 不老的青春
>
> ——黄河浪《冬景》

> 夕阳像一朵大红花
> 绣在雉堞的镶边上
> 小城的夕暮如锦了。
>
> 而在迢迢的城外
> 莽莽的林子里，
> 黑巫婆正在那儿
> 纺织着夜……
>
> ——痖弦《小城之暮》

"刺绣"这个及物动词一般是和具体物象连结在一起，"青春"则是不具形的抽象名词，森林"刺绣"是由"松针"联想及"绣针"的结果，而"刺绣"的竟然是"不老的青春",香港诗人黄河浪就这样通过具象与抽象的结合,从平凡的景色中写出了不平凡的诗意。台湾诗人痖弦的《小城之暮》首节以夕阳写小城暮色,次节以黑巫婆写城外更深的暮色。如果说,夕阳如红花"绣"在雉堞的镶边上已经情景如画,但动词"绣"所及的仍然是实有名词"镶边",那么,"纺织"却是与抽象名词"夜"组合在一起,则更加显示了诗人的奇思妙想。

诗歌语言的弹性,除了词法之外,也与句法分不开。诗歌的句法与散文的句法有共同之处,但诗是一种具有鲜明的独立性的文学样式,由于它本身内在的特点,它的句法有许多地方也有异于散文,其最突出的特点就是句法的弹性,这种弹性,主要表现在句式的跳跃、句式的倒装等方面。

诗歌,要求语言凝练而容量深广,同时,和音乐一样,它又是一种重在主观抒情的艺术,它不是说明生活或是叙述生活,而是表现生活与歌唱生活。法国现代诗人瓦雷里(又译"瓦莱里")曾说在《诗与抽象思维》一文中:"正像走路和跳舞一样,他学会区别两种不同的类型:散文与诗。"(《现代西方文论选》1983年版。着重号原有。——引者注)这,也可以用来描写诗的语言与散文语言的不同。如果说句式相当于"步法",那么,诗用的是舞蹈步法,散文用的是走路步法,虽然诗有时也可以漫步,散文有时也可以舞蹈,但舞步毕竟是诗之所擅与诗之所长。因此,诗在处理句式与句式之间的"连"与"断"的关系时,它着重处理的是抒情意念上的"连"和诗句结构之间的"断",而非语法上严密的逻辑关系,像一般散文那样讲究行文的表层秩序,它苦心经营的,更在于句式与句式之间的"断",也就是合理的有抒情线索连贯的跳跃和省略,在富于弹性的跳跃和省略之间,留下广阔的供欣赏者自由联想的时间与空间。诗的这种句式结构,我不妨借用物理学上的一个名词,称之为"弹力结构"。是的,散文的句式有如漫步,一路行来,按部就班,如果跳跃过多则显得空疏无当。而诗的句式则好似腾舞,掣电惊风,飞云回雪,如果改用散文的步法,那就无异于要飘飘而舞的诗神规行矩步了。

在我国最古老的诗歌总集《诗经》里,第一篇诗是《关雎》,在句式方面,它就是用舞蹈步伐向后代作出示范动作的,由"窈窕淑女,君子好逑"到"窈窕淑女,钟鼓乐之",省略了很多过程,有如一阕跳跃幅度很大的"幻想奏鸣曲"或"婚礼进行曲",用西方现代派诗歌所津津乐道的"自由联想"或"曲折联想"来衡量,它也是很合于标准的。确实,诗歌的长处不在叙述而在表现,在抒情诗中,应该将叙述压缩到最低限度,而着重表现生活的一个或几个片断,以及它在诗人心境上所激起的美的闪光。在句式方面,则要求连中之"跳"和连中之"断",如:

> 银甲弹冰五十弦,海门风急雁行偏。
> 故人情怨知多少? 扬子江头月满船!
>
> ——萨都刺《赠弹筝者》

> 六朝文物草连空,天淡云闲今古同。
> 鸟去鸟来山色里,人歌人哭水声中。
> 深秋帘幕千家雨,落日楼台一笛风。
> 惆怅无日见范蠡,参差烟树五湖东。
>
> ——杜牧《题宣州开元寺水阁,阁下宛溪夹溪居人》

> 半世交亲随逝水,几人图画入凌烟?
> 春风春雨花经眼,江北江南水拍天。
> 欲解铜章行问道,定知石友许忘年。
> 脊令各有思归恨,日月相催雪满颠!
>
> ——黄庭坚《次元明韵寄子由》

> 把
> 一个苦难
> 两个苦难
> 百十个苦难
> 亿万个苦难
> 一股脑儿倾入
> 这古老的河

让它浑浊

让它泛滥

让它在午夜与黎明间

枕面辽阔的版图上

改道又改道

改道又改道

——非马《黄河》

上面引述了形式各不相同的古今四首诗,为的是说明:诗的语言弹性表现在句式上,就是有很大的跳跃性,句与句之间有大片由于省略所形成的空白。元代萨都刺的七绝赠给弹筝的艺人,赞扬他的技艺,诗的抒情意旨是鲜明的,四句诗,四个意象,但句与句之间有大幅度的跳跃和省略。如果打一个不够准确的比喻,一篇散文铺设的是合乎规格的水泥路面,而这四句诗有如四个桥墩,架设的却是全诗抒情的桥梁。杜牧的七律也是如此,尽管律诗讲究开合照应,"鸟去鸟来山色里"的自然景色,紧承"天淡云闲今古同"的今昔相同,而"人歌人哭水声中"的世情描写,遥接"六朝文物草连空"的历史回顾。此外,"深秋帘幕千家雨"与"人哭"有关,"落日楼台一笛风"也与"人歌"有缘,但全诗的句法仍然十分灵活,腾挪跳宕,不板不滞,所以清人王有宗在《评注十八家诗抄》中说:"空灵如蜻蜓点水,不着痕迹。"蜻蜓,这位得到许多古典诗人垂青的大自然的使者,它的"点水"就完全是舞蹈式的,用以比况杜牧的跳跃句法,是再恰当不过的了。黄庭坚之诗亦复如此。句与句之间似不连续,而其中有意脉贯穿。清人方东树《昭昧詹言》在指出此诗"平叙起,次句接得不测"之后,又总结和赞美了黄诗人的句法特点:"山谷之妙,起无端,接无端,大笔如椽,转折如龙虎,扫弃一切,独提精要之语。每每承接处,中亘万里,不相连属,非寻常意计所及。"诚哉斯言!妙哉斯言!旅美台湾诗人非马的诗,素以诗思深刻、构思新巧和语言警炼见长,他的《黄河》写民族的沧桑历史与深重苦难,笔力概括,句法的跳跃性极大,具有强烈的心灵撞击的力度。这里需要说明的是,诗的弹性句法讲究跳跃和省略,但也要注意意念的连接和贯穿。诗的跳跃,脚还是要点地的,不是从悬崖上跳入没顶的深渊,诗的省略,也还是要有所暗示,不是留给人们伸手不见五指的漆黑。西方现代诗歌所提倡的"联想切断""自由连结"等,我们应当借鉴,用以来丰富我们的诗艺,帮助作者克服诗的语言连结过实过死的弊病,但是,我们却不可以因为强调语言的句式的跳跃性,而去欣赏甚至建造那诗的迷宫。法国象征主义诗人马拉美认定,诗"必须坚持把写出的东西首尾切断,以便让人摸不着头脑",这不可不信,也不可尽信。

诗的语言组合的弹性,还表现在句式的倒装。倒装,是诗歌语言艺术中一种变常为奇的艺术,指的是变化语言的常态性的秩序为非常态性秩序。诗的语言倒装,不出下面这三种情况:或者是颠倒诗句中文字的先后,或是颠倒诗篇中诗句的次第,或是颠倒全诗的时间顺序结构。诗的倒装的美学效果,是为了增强语言的弹性和变化,也是为了使诗句化平直为曲折,化平板为劲健。宋代陈善在《扪虱新话》"荆公诗极精巧"一条下记载,王安石曾把杜荀鹤《雪》诗中的"江湖不见飞禽影,岩谷唯闻折竹声",改为"江湖不见禽飞影,岩谷唯闻竹折声",把王仲至《试馆职》诗中的"日斜奏罢长杨赋,闲拂尘埃看画墙",改为"日斜奏赋长杨罢"。陈善对王安石改笔的评价是:"如此语乃健。"这是颇有道理的,从这里可以看到诗歌语言的善于变化的弹性,以及变化之后所产生的力度。杜甫在四川曾写有《奉济驿重送严公》一诗,前四句是:"远途从此别,青山空复情。几时杯重把?昨夜月同行。"按照时间顺序的过去、现在、未来的常态,后两句应该是作"昨夜月同行,几时杯重把",但杜甫却颠之倒之,因此,清人吴瞻泰称之为"交互句"(《杜诗提要》),申涵光则说:"三、四别绪凄然,若下句意在前,则直然矣。"(清人刘濬辑《杜诗集评》)而仇兆鳌也认为:"三、四言后会无期,而往事难再,语用倒挽,方见曲折。若提昨夜句在前,便直而少致矣。"(《杜诗详注》)他们都从不同的角度,看到了艺术的倒装的弹性语言在诗中的作用。

在《诗经》里,就可以寻觅到倒装在中国诗歌中留下的最初的足迹。我们从"风""雅""颂"中可各举一例。《鲁颂·閟宫》中有"戎狄是膺,荆舒是惩"之句,意思是"去打击狄、戎,又对荆舒严惩",按正常语序是"膺戎狄,惩荆舒",现在却颠倒了词序;《郑风·褰裳》中说:"子不我思,岂无他人?狂童之狂也且!""子不我思",就是"子不思我",是汉语语法中动宾关系的倒置,译成现代汉语就是"你如果不思念我"。《小雅·节南山》中有句是:"赫赫师尹,民具尔瞻。""民具尔瞻"的正常语序应该是"民具瞻尔",意思是"太师尹氏威风凛凛,人们都在侧目看着你"。但是,《诗经》中的这种倒装,主要是由当时所通行的语法来决定的,可以说是一种"随言倒装",也就是自然成文的结果,而不是刻意经营的一种美学追求。作为语言艺术的一种自觉追求的倒装,作为显示语言弹性之美的诗的倒装,是先秦以后特别是从唐代开始的诗人们努力的结果。最为人们所艳称的,是杜甫《秋兴》八首之八中"香稻啄余鹦鹉粒,碧梧栖老凤凰枝"一联。宋代沈括早就在《梦溪笔谈》中说:"古人多用此格,盖欲相错成文,则语势矫健耳。……此亦语反而意全"。所谓"语反",就是倒装,亦称"倒插句",假若按常规平顺的写法,应该是"鹦鹉啄余香稻粒,凤凰栖老碧梧枝",也就是说,香稻是鹦鹉啄食之余的颗粒,碧梧是凤凰栖息而老的树木,这样构句当然也无不可,只是语言平直,缺乏弹性,远不如倒装之后的新奇劲健,伸缩自如。老杜深谙此中奥妙,因此,前人就盛赞子美善用故事及常语,多颠倒用之,语峻而体健(北宋王彦辅《麈史》)。如宋人李欣《古今诗话》就说"香稻""碧梧"之句,"此语反而意奇",并指出韩愈的"舞金鸾窥沼,行天马度桥"之句,"亦效此理"。元诗四大家之一的范梈,在《诗学禁脔》中则进一步指出:"错综句法,不错综则不成文章。平直叙之,则曰'鹦鹉啄余香稻粒,凤凰栖老碧梧枝',而用'香稻''碧梧'于上者,错综之也。"李白《秋浦歌》之一的"白发三千丈,缘愁似个长。不知明镜里,何处得秋霜",人们惊叹于诗仙的夸张,但却很少注意它的倒装。其实,乾隆在《唐宋诗醇》中早就说过:"突然而起,四句三折,格力极健,要是倒装法也。"清人黄叔灿《唐诗笺注》也认为:"因照镜而生白发,忽然生感,倒装说入,便如此突兀,所谓逆则成丹也。唐人五绝用此法多,太白落笔便超。"他们都指出李白诗的倒装之妙。此外,如普通说法的"家书隔年到",杜牧《旅宿》中倒装为"家书到隔年",一般习惯用法的"费声恨徒劳",李商隐在《蝉》中倒装为"徒劳恨费声",如此等等,不胜枚举。作为诗的语言弹性美的倒装,可视为唐代诗人对诗美学的又一突出贡献。

诗的语言之具有美学意义的倒装,与"随言倒装"相对,称之为"变言倒装"。可分词序的倒装、句式的倒装以及全诗整体结构的倒装三类。

词序的倒装。这种字词的倒装,在古典诗歌中极为常见,因为古汉语多一字一音一义,便于独立驱遣。如杜甫《江汉》的"片云天共远,永夜月同孤",便是

"片云共天远,永夜同月孤"的倒装。王维《山居秋暝》的"竹喧归浣女,莲动下渔舟",是"竹喧浣女归,莲动渔舟下"的倒装。王之涣《登鹳雀楼》的"白日依山尽,黄河入海流",是"白日依山尽,黄河流入海"的倒装。著名的《望岳》,是杜甫青年时代的大作,其中"荡胸生层云,决眦入归鸟"写极目远望,对它奇特不凡的句法,有的人认为难以分析。如宋代刘辰翁就说"荡胸句不必可解,登高意豁,自见其趣"(周敬、周珽辑《唐诗选脉会通评林》),其实,诗人在这里运用的正是"字的倒装"的技巧。本来,诗人的意思是"望层云之生而胸为之荡,望归鸟之入而眦为之裂"(吴瞻泰《杜诗提要》),然而,如果按常规的说法写成"层云生荡胸,归鸟入决眦",虽也文从字顺但却较为平庸,许多诗的美质顿然无存,现在分别将"荡胸"与"决眦"倒装在一句之首,语用倒挽,顿觉笔势曲折劲健而富于张力。在新诗中的词序倒装,如:

> 是不是可握住的,如温情的手?
> 可看见的,如亮着爱怜的眼光?
> 会不会使心灵微微地颤抖,
> 或者静静地流泪,如同悲伤?
>
> ——何其芳《欢乐》

按一般语序,上述诗节应该写成:"是不是如可握住的温情的手? 如可看见的亮着爱怜的目光? 会不会如同悲伤,使人心灵微微地颤抖,或者静静地流泪。"但是,在何其芳的早期之作的这节诗里,诗人于四句之中三句用了倒装,或倒装于前,或倒装于后,这样,诗的语言就显得富于变化和弹性而非平直呆板了。

句的倒装。这种倒装,是由字词的语序扩大到整个句子,是以句子为单位的倒装。明代李东阳在《麓堂诗话》中,曾以杜甫"风帘自上钩""风窗展书卷""风鸳藏近渚""风江飒飒乱帆秋"为例,说明"诗用倒字倒句法,乃觉劲健"。而谈到韩愈《雉带箭》的"将军大笑官吏贺,五色离披马前堕",以及杜甫《冬狩行》的"草中狐兔尽何益? 天子不在咸阳宫"时,清代洪亮吉在《北江诗话》中说:"诗家例用倒句法,方觉奇峭生动。……使上下句各倒转,则平率已甚,夫人能为之,不必韩杜矣。"洪亮吉所说的,也正是句的倒装的美学效果。"此日六军同驻马,当时七夕笑牵牛",这是李商隐《七夕》诗的名句,按时间发展顺序,本来应先说"当时",再说"此日",现在却上下倒装,便觉变化多方,颇具张力。"李白乘舟将欲行,忽闻岸上踏歌声。桃花潭水深千尺,不及汪伦送我情",这是李白的名篇《赠汪伦》,人们一般只是欣赏其比喻的巧妙,很少注意它的倒装,而沈德潜《唐诗别裁》却认为:"若说汪伦之情,比于潭水千尺,便是凡语,妙境只在一转换间。"他所说的"转换",我理解至少包括了倒装这一含意。不是吗?如果出于凡庸之手,也许会写成"汪伦送我情何限,胜过潭水千尺深",那将是何等拙劣的笔墨,而现在一经倒装转换,就好像童话中的仙笛一吹,便出现了一个不同凡俗的美的世界。

在新诗创作中,也可看到弹性倒装句的影踪:

> 趁夜色,我传下悲戚的"将军令"
> 自琴弦……
>
> ——郑愁予《残堡》

> 滑落过长空的下坡,
> 我是熄了灯的流星。
>
> ——郑愁予《生命》

> 曾嬉戏于透明的大森林,
> 曾濯足于无水的小溪,
> ——那是,挤满着莲叶灯的河床呵,
> 是有着牵牛和鹊桥的故事
> 遗落在那里的……
>
> ——郑愁予《雨丝》

郑愁予的诗尤其是前期的作品,风格典丽而清新,他吸收了西方诗歌的许多长处,又植根于深厚的民族传统。他的诗,很喜欢运用倒装句法,以上三首诗的片断都是由倒装构成,平顺的诗句一经倒装之后,便显得曲折有致,平添了一番诗的韵味。诗人、学者杨牧在《郑愁予传奇》一文中谈到《残堡》的倒装时,他指出:"倒装句法的使用,造成悬疑落合的效果。"(见《传统的与现代的》一书)他所说的"悬疑落合",不就是诗的语言弹性的效果吗?

　　从倒装角度去看诗歌语言的弹性,我们还可以从全诗的艺术构思的整体去探讨。晚唐的词家兼诗家温庭筠,流寓湖北时曾写有《碧涧驿晓思》:

> 香灯伴残梦,楚国在天涯。
> 月落子规歇,满庭山杏花。

根据生活本身的时间顺序,这首诗写诗人黎明时醒来之后,在碧涧驿的庭院中闲步,夜月已经西沉,曾经挑动他满怀离愁别绪的杜鹃鸟,也已经停歇了它们带血的啼啭,环顾四周,满庭的山杏花正在开放,而房中的残灯还在摇曳。斯时斯地,这位籍贯山西的诗人才清醒地意识到自己是作客他乡,置身于远在天涯的楚国! ——按照生活中实有的先后发生的情态,这首诗原本应该写成:

> 月落子规歇,满庭山杏花。
> 香灯伴残梦,楚国在天涯!

如此结撰也未尝不可,可是令人感到有些平板熟套,以"楚国在天涯"的直叙收束,也相当枯涩乏味。现在将"月落子规歇,满庭山杏花"倒装在后,立即就化板为峻,变熟为新,而且这种以景截情的结句,也留给了读者思之不尽的余地。

　　与温庭筠之作可以相映成趣而相互发明的,有同是晚唐诗人郑谷的《淮上与友人别》一诗:

> 扬子江头杨柳青,杨花愁杀渡江人。
> 数声风笛离亭晚,君向潇湘我向秦。

明代诗话家谢榛虽不乏卓见,但却好为人师,而且是好为唐人之师。他对不少他认为有不妥之处的唐诗名篇妄加修改,结果往往点金成铁,这不但在明代所仅见,在中国诗论史或唐诗接受史上均属绝无仅有。他在其《四溟诗话》中说绝句"凡起句当如爆竹,骤响易彻,结句当如撞钟,清音有余",此论原则上固然不错,但他对郑谷诗的改作却令人大跌眼镜:

> 君向潇湘我向秦,杨花愁煞渡江人。
> 数声长笛离亭晚,落日空江不见春。

前人早就指出郑谷诗为"掉句体","末以一句情语转上三句",也就是整体构思上的"倒装"。清人贺贻孙的《诗筏》说得更明确:"诗有极寻常语,以作发句无味,倒用作结方妙者。如郑谷《淮上别故人》诗……盖题中正意,只'君向潇湘我向秦'七字而已,若开头便说,则浅直无味,此却倒用作结,悠然情深,令读者低回流连,觉尚有数十句在后未竟者。唐人倒句之妙,往往如此。"

在新诗创作中,从一首诗的全局来设计语言倒装的还不多见,但还是可以从何其芳三十年代的诗集《预言》中找到:

> 震落了清晨披满的露珠,
> 伐木声丁丁地飘出幽谷。
> 放下饱食过稻香的镰刀,
> 用背篓来装竹篱间肥硕的瓜果。
> 秋天栖息在农家里。
>
> 向江面的冷雾撒下圆圆的网,
> 收起青鳊鱼似的乌桕树的影子。
> 篷上满载着白霜,
> 轻轻地摇着归泊的小桨。
> 秋天游戏在渔船上。
>
> 草野在蟋蟀声中更寥廓了。

溪水因枯涸见石更清冽了。

牛背上的笛声何处去了，

那满流着夏夜的香与热的笛孔？

秋天梦寐在牧羊女的眼里。

——《秋天（二）》

三节诗中的第五句本来都是起句，现在都倒装在每节的最后，诗人是从全诗的艺术整体布局来处理诗的倒装的，正是这种排比式的倒装结构，使得全诗跳脱空灵而唱叹有情。台湾《创世纪诗社》主将之一痖弦的《山神》一诗，写于风华秀发的二十四岁之时，可以与何其芳之作前后媲美而对读，此诗每节分别以倒装的"春天，呵春天，我在菩提树下为一个流浪客喂马"，"夏天，呵夏天，我在敲一家病人的锈门环"，"秋天，呵秋天，我在烟雨的小河里帮一个渔汉撒网"，"冬天，呵冬天，我在古寺的裂钟下同一个丐儿烤火"收束，在语言的弹性和结构上颇见创意，虽然明显地受到何其芳《秋天》一诗的影响。

四

在诗的语言的旗帜上，还大书著如下三个字：音乐美。

诗歌，是绘画的姐妹，也是音乐的比邻。无论中外，诗歌都是讲求音乐之美的。德国的与歌德齐名的杰出诗人海涅，他的诗不仅为广大读者所诵读讽咏，同时还被之乐章，供人歌唱。据有关资料统计，海涅的诗谱成乐曲的，至少在三千阕以上，而早在一八八七年，仅是以海涅的诗制谱的独唱歌曲，就已经有二千五百阕之数。试想，如果不是诗人的作品本身音乐感强，怎么可以这样被广为传唱？匈牙利的伟大爱国诗人裴多菲，得到过海涅的赏识，海涅曾经托人向裴多菲致意。在裴多菲战死之后，他写信给匈牙利的德语作家、翻译家凯尔特伯尼·卡洛依说："裴多菲是一个诗人，只有彭斯和贝朗瑞才能与他相比……我自己只有少许这样自然的声籁，这个农家子富有自然的声籁有如一只夜莺。"① 海

---

① 转引自兴万生：《裴多菲评传》，上海文艺出版社 1981 年版，第 352 页。

涅评价裴多菲,其中一个重要方面就是对他的作品的音乐美之肯定。因为十八世纪英国诗人彭斯的诗受到民歌的熏陶,富于音乐性,许多都谱成了歌曲,而贝朗瑞这位十九世纪前半叶的法国诗人,被称为"不朽的贝朗瑞",也是一位人民歌手,他的许多作品和乐曲结缘之后,在广大的群众中更是不胫而走。

西方现代和当代的诗人之中,大多数也还是主张诗应有音乐之美的。英国诗人豪斯曼在《诗的名与实》一文中,曾经说明诗对他的作用,是生理超过心智。英美意象派的诗人强调诗的音乐美,这是众所周知的了,法国象征派诗人魏尔仑甚至说:"诗是音乐,其声调需和谐,并由此和谐之声调,织成一曲交响乐。"他还主张"音乐在一切事物之先","诗,不过是音乐罢了"。在美国,爱伦·坡被诗人爱默生称为"叮当诗人",因为他说过"文字的诗可以简单界说为美的有韵律的创造",而在创作实践中,他尝试将诗与音乐再次结合起来。林赛诵诗用乐器伴奏,桑德堡用吉他来自弹自诵。现代派宗师艾略特在明尼苏达大学诵诗,听众多达一万三千余人。佛罗斯特诵诗,一般也都有两千以上的听众,他是注意诗的音乐美的,在《诗的运动》一文中,他认为"音律是埋藏在矿石中的金子。"(《美国作家论文学》,生活·读书·新知三联书店 1984 年版)名诗人沙比洛在《什么不是诗》一文中说:"一切好诗对于听众皆有直接的震撼力……现代诗之为病,便是与一切活生生的听众脱节之病。"在美国,市场上不仅出售诗人的诗集,而且发售成名诗人自诵作品的唱片和录音带。英国诗人狄伦·汤默斯和美国诗人佛罗斯特的唱片销数,都突破了十万大关[①]。这些例证都说明,无论中国或西方,诗和音乐的关系原来都很密切,而现在诗与音乐的分家虽然是一种世界性的潮流,我仍然认为从广义上说,诗歌不仅要诉之于读者的眼睛,而且要诉之于听众的耳朵,不仅要美视,而且要美听,从视与听两方面充分发挥诗歌的美感作用。

在中国,诗歌、音乐、舞蹈在远古时原来就是三位一体的,《吕氏春秋·古乐篇》记载说:"昔葛天氏之乐,三人操牛尾,投足以歌八阕。"在中国古典诗歌史上,诗歌与音乐更是难解难分,有一种特殊的亲缘关系。我们古典的缪斯,不仅有善于捕捉形象的慧眼,而且有美妙的歌喉。《诗经》中有的诗章,和舞蹈相配

---

① 参见余光中:《望乡的牧神》,台湾纯文学月刊社 1968 年版。

合而又可以歌唱,其中的十五国风,就是各国具有地方特色的可以歌唱的民歌。以屈原的作品为代表的《楚辞》,当时也是可以歌唱的,《九歌》就是由民间祭神的乐歌加工改写而成,《九章》也可以被之音律,其中的"少歌曰""倡曰"其实就是乐章章节的名称。而即使是《离骚》这种由屈原所首创的中国诗歌史上最长的抒情诗,当时也是可供歌唱的乐歌。"大风起兮云飞扬,威加海内兮归故乡,安得猛士兮守四方",刘邦衣锦还乡时所作的《大风歌》,司马迁的《史记·高祖本纪》的记载是"发沛中儿得百二十人教之歌",这是一种巨型的罕见的大合唱,其规模不仅远远超过了我们今天的诗歌集体朗诵,而且也为今天一般大合唱的人数所不及。汉魏六朝的乐府,与音乐的关系更为密切,从合乐的角度看,汉代乐府就是当时合诸新乐的乐章。唐代诗歌中的绝句,与新吸收的外民族的音乐"胡乐"相配合而歌唱。萌于隋、兴于唐而盛于宋的词,它在萌芽之初就是作为一种配合乐调歌唱的文学形式,所谓"依声填词",说明它是一种不仅诉之于视觉同时也诉之于听觉的以供弦歌的音乐文学。宋词以后,南北曲次第兴起,那被称为"散曲"的曲词,特别是其中的"小令",也是可以合于管弦而歌唱的。

　　从上面简略的叙述可以看出,中国古典诗歌有着与音乐密切结合的传统,可视而且可听,不但具有视觉美,而且具有听觉美,这是中国古典诗歌十分可贵的民族传统特色,一些西方国家的诗歌难以与之比拟。但是,由于后来诗歌与音乐分家,各自独立门户,关系也就日形疏远。在对待诗歌格律的问题上,过去有两种极端的观点,一种是墨守古法,另一种则是全盘否定。清代末期诗界革命的倡导者黄遵宪,提出写诗要有"新思想"和"现代的语言",这是与时俱进的,但他却又主张用旧格律,对古典诗歌的格律全盘照搬。"五四"运动时期,某些人不满于新诗的产生,他们从复古主义出发,片面强调什么"骈文律诗,既准音署,修短相伴;两句之中,又复声分阴阳,义取对比,可谓美之极致"。(谢无量《中国大文学史》),这种开历史倒车的说法,自然是行不通的。除此之外,当时有一派人却主张"文当废骈,诗当废律",否定对古典诗歌优秀传统包括其中音乐美传统的继承,这一派以胡适为代表。胡适自有他的历史功绩,这另当别论,但他在写于一九一九年的《谈新诗》一文中提出了"废除押韵"的主张,流风所及,"五四"以后一个时期内的"自由诗",很多欧化气息浓重而不注意音韵。时至今日,许多作者对诗的音乐美仍然茫无所知而毫不重视,一些作者强调所谓诗的内在韵律,而否定对诗的音乐美的追求,他们的作品,阅读起来尚且无法悦之于目,动之于心,更不要说背诵和歌唱了。

在中国新诗史上,对音乐美提倡最力的是闻一多。他继承中国诗论的精华,意在发扬中国民族诗歌音乐美的传统,同时又企图针砭新诗中忽视音韵格律的弊病。早在一九二六年,他就发表《诗的格律》一文,提倡诗的"音乐之美",提出了许多卓越的见解,直到今天仍然值得我们去"温故而知新"。当前的许多新诗作品,当然不能要求能"唱",但能"读"这种起码的要求也无法做到,因为它们毫无音韵之美,难以"卒读"。在二十世纪,由于五十年代与六十年代极端西化之风盛吹,内容的虚无、表现的晦涩、语言的欧化就成了台湾现代派诗歌的不治之症。如同黄维樑所指出的:"文字要扭曲、想象要离奇,题旨要隐晦、结果是超现实和潜意识的魑魅魍魉,四出惊人吓人惑人。"黄维樑还认为:"'五四'以来的新诗,也应与音乐配合。新诗不但应该可以朗诵,还应该可以用歌的形式唱出来。不过,六十年来,新诗而入乐成歌者,一直不多。刘半农作词、赵元任谱曲的《教我如何不想她》是少数的例子之一。"(以上均引自《怎样读新诗》)加拿大诗坛的情况也是可以借鉴的,从二十世纪六十年代以来,加拿大诗歌的地位和影响超过了其他的文学样式,一些重要的出版社都以出版诗集起家,主要原因之一,就是咖啡馆诗歌朗诵会活动频繁,使诗歌从书斋走向了群众和社会,诗人也成了公共场所的表演者和活跃人物。这,不也是可以给我们的新诗创作以某种有益的启示吗?

诗的音乐美,除了诗人感情的状态和律动所形成的内在韵律之外,其外在的表现就是语言的音乐美。早在二十世纪二十年代,闻一多在《冬夜评论》一文中,就曾经指出:"声与音的本体是文字里内含的质素:这个质素发之于诗歌的艺术,则为节奏、平仄、韵、双声、叠韵等表象。"他认为要"将这种潜伏的美十足地、充分地表现出来",否则"只有两条路可走:甘心作坏诗——没有音节的诗,或用别国的文字作诗"。概而言之,我以为诗的语言音乐美,主要表现在韵、节奏和音调三个方面。

尽管有的人主张写诗纯任自由,不必押韵,我却不敢苟同。虽然押韵可宽可窄,可严格或不严格,但我却坚持认为韵是中国民族诗歌格律的一条基本规律,也是诗歌音乐美的第一要素。我国的古典诗歌,从《诗经》到清末的作品,除了极少数的例外,不论押韵的宽严与否,绝大部分都是押韵的,这一经过了几千年时间考验而不衰的美的法则,我们难道可以轻易地弃置吗? 北宋诗人许颢的《许彦周诗话》说:"作诗押韵是一巧。"清人沈德潜《说诗晬语》也认为:"诗中韵脚,如大厦之有柱石,此处不牢,倾折立见。"如果说,雨果在《莎士比亚论》中说"诗韵是一种力量",并且比喻"一句诗,就像一群人一样纷乱,而有了韵脚,它就像一个军团踏着有节奏的步伐"(《雨果论文学》,上海译文出版社 1980 年版),而苏联诗人马雅可夫斯基为了一首诗的几处韵脚,曾经把一首诗的几行改了六十次之多,那么,我们以优美的汉语作为语言手段并有深厚音乐美传统的诗歌,就更应该重视"韵"这一语言的审美特质了。

从音乐美感的角度去考察汉语语音,可以看到汉语中元音特多。汉语大多数音节是以元音结尾的,而在元音之中,占多数的又是乐音。这样,汉语语音先天就是最富于音乐美感的语音,具有极强的审美表现力。作为汉语语音的韵,又称韵脚,即同一韵母的字,在句末最后一字的位置上重复出现,回旋往复以造成和声。押韵的方式是多种多样的,有规律可循的押韵方式有隔句韵,连句韵,奇句韵,逗韵,双句与双句、单句与单句错综互韵的交错韵(又名"抱韵"),起首一韵,中间转入他韵,最后复与首韵相和的遥韵,转换韵脚的转韵,等等。韵的重要作用之一,就是充分利用汉语语音的审美特质,通过韵脚的关联,关上联下,把跳跃式的单独的诗行构成一个审美整体,使诗作具有抑扬顿挫、流畅回环的韵律美,顺口动听,易记能唱。一九二〇年,诗人徐志摩从美国到英国康桥(今译剑桥),在剑桥大学皇家书院当特别生。他写过有名的《再别康桥》一诗及散文《我所知道的康桥》,诗全引、散文节引如下:

> 轻轻的我走了,
> 正如我轻轻的来;
> 我轻轻的招手
> 作别西天的云彩。
>
> 那河畔的金柳,
> 是夕阳中的新娘;

波光里的艳影，
在我的心头荡漾。

软泥的青荇，
油油的在水底招摇；
在康河的柔波里，
我甘心做一条水草！

那榆荫下的一潭，
不是清泉，是天上的虹，
揉碎在浮藻间，
沉淀着彩虹似的梦。

寻梦？撑一支长篙，
向青草更青处漫溯，
满载一船清辉，
在星辉斑斓里放歌。

但我不能放歌，
悄悄是别离的笙箫；
夏虫也为我沉默，
沉默是今晚的康桥！

悄悄的我走了，
正如我悄悄的来；
我挥一挥衣袖，
不带走一片云彩。

——《再别康桥》

　　我在康桥还只是个陌生人,谁都不认识……我知道的只是一个图书馆,
几个课室,和两三个吃便宜饭的茶食铺子。

——《我所知道的康桥》

诗与文的题材与主题大致相同,但从押韵的诗和不押韵的散文的比较,可以看出
韵在诗中所起的作用。《再别康桥》之所以至今能为读者所熟知和吟唱,原因之
一就是它的包括押韵在内的语言的音乐美。徐志摩也是格律诗派的音乐美的倡
导者,《再别康桥》一诗,用的是首尾呼应而中间多次变换韵部的遥韵,音韵和谐
而柔美,宛如一阕"梦幻曲",在早期的新诗创作中,在音韵美方面,也许只有朱
湘的《采莲曲》和戴望舒的《雨巷》可以和它比美。仅仅从美韵而言,散文《我
所知道的康桥》也是无法和《再别康桥》比并的,诗人的另一同题异奏的诗《康
桥,再会吧》,也因为不及前作而也就不大为人所知了。

　　中国文字从始创之初,就是音、形、义三位一体,文字繁衍的法则之一乃是
"声义同源",文字学家所指出的"义本于声,声即是义"(刘师培)"形在而声在
焉,形声在而义在焉"(段玉裁),说明了汉语字义与音响的微妙关联。汉字的音
响不但常常与意义有关,而且与感情的状态也很有关系。清代的周济就看到了
这一点,他在《宋四家词选目录序论》中说:"支真韵宽平,支先韵细腻,鱼歌韵
缠绵,萧尤韵感慨,各有声响,莫草草乱用。"晚清的陈锐在《袌碧斋词话》中也
说:"学填词先知选韵,琴调尤不可乱填,如水龙吟之宏放,相思引之凄清,仙流
剑客,思妇劳人,宫商各有所宜,则知塞翁吟,只能用东钟韵矣。"现代声韵学根
据声响的不同程度,把十三辙分为洪亮级、柔和级与细微级,中东、人辰、江阳、言
前、发花辙共鸣强度大,发音洪亮;怀来、灰堆、遥条、梭波辙收音比较柔和舒缓;
一七、姑苏、乜斜辙口形微张,收音不响亮,它们分别表现了不同韵辙的字之音色
音响与思想感情的内在关系。抒发欢快明朗、热烈奔放的感情,一般宜用声音响
亮的韵辙,倾吐哀切沉痛的情思,一般宜用声调迫促低沉的韵辙。因此,诗人用
韵时注意声情相切,随情选韵,因情变声,就能够有助于思想感情的诗意表现,烘
染诗的情调和气氛,加强抒情的强烈性和激动性,获得声义相谐之美。

　　在古典诗人中,杜甫是自许"晚节渐于诗律细"的,他从陕西流落到四川,世
乱时艰,路途险峻,情怀愁苦,他这时写的诗大都用的是细微级的韵辙,并多用迫

促的仄韵,如"贫病转零落,故乡不可思。常恐死道路,永为高人嗤"(《赤谷》)、
"水寒长冰横,我马骨正折。……飘蓬逾三年,回首肝肺热!"(《铁堂峡》)等等
即是。而"剑外忽传收蓟北,初闻涕泪满衣裳"(《闻官军收河南河北》),诗人这
生平第一首快诗,却是用的洪亮级的韵辙,押江阳韵,从这里可见随情选韵、声义
相生的音韵美学原则的作用。又如秦观的辞情兼胜的《满庭芳》:

> 山抹微云,天连衰草,画角声断谯门。暂停征棹,聊共引离尊。多少蓬
> 莱旧事,空回首、烟霭纷纷。斜阳外,寒鸦数点,流水绕孤村。　　销魂。当
> 此际,香囊暗解,罗带轻分。漫赢得、青楼薄幸名存。此去何时见也,襟袖
> 上、空惹啼痕。伤情处,高城望断,灯火已黄昏。

这首词既伤恋人间的离别,又感慨自己的坎坷不遇,用的是低沉而凄厉的韵脚,
与落寞伤感的诗情音义相生,情由声出。据宋人吴曾《能改斋词话》记载,在西
湖的游船上,知府副长官某附庸风雅,唱这首词时将第三句误唱成"画角声断斜
阳",一位名叫琴操的歌女在侧提醒他:"画角声断谯门",非"斜阳"也。这位误
唱的公务员向她提出"尔可改韵否",即是否可将错就错,依"阳"字韵将整首
诗的韵脚改过来。琴操略加思索,就依阳字韵吟唱起来,令满座叹服她的兰心
蕙质:

> 山抹微云,天连衰草,画角声断斜阳。暂停征辔,聊共饮离觞。多少蓬
> 莱旧侣,空回首、烟雾茫茫。孤村里,寒鸦万点,流水绕空墙。　　魂伤。当
> 此际,轻分罗带,暗解香囊。漫赢得、青楼薄幸名狂。此去何时见也,襟袖
> 上、空有余香。伤心处,高城望断,灯火已昏黄。

据说秦观的亦师亦友苏东坡听后,也赞赏不置。我想,苏东坡赞叹的该只是歌女
的才艺和随机应变的本领吧,因为这位诗词大家不会不懂得,歌女改后的词韵属
"江阳"韵,这是宜于表达高昂激越的感情的韵部,用这种韵来表达秦观词中的
内容和感情,形式与内容显然有相当尖锐的矛盾。《乐记》说:"乐者,心之所生
也,其本在人心之感物也。是故其哀心感者,其声噍以杀;其乐心感者,其声啴

以缓;其喜心感者,其声发以散;其怒心感者,其声粗以厉;其敬心感者,其声直以廉;其爱心感者,其声柔以和。"从上述三首诗还可以看到,音韵中自有"壮士声情"与"美人韵节",有"钟吕之音"与"筝琵之响",而"纤细题用不着黄钟大吕,宏伟题用不着密管繁弦"(李重华《贞一斋诗说》),如果新诗作者无视于声韵的美学,而片面强调所谓"自由"和"散文化",不仅根本不押韵,而且连宽松的有所关联与呼应的韵脚都付之阙如,随心所欲,佶屈聱牙,"呕哑嘲哳难为听",那受到惩罚的难道不正是他们自己吗?

恩格斯曾经从审美的角度来形容他所通晓的语言之美。他说意大利语"像和风一样清新而舒畅",西班牙语"像林间的清风",葡萄牙语"宛如满是芳草鲜花的海边的浪涛声",法语"像小河一样发出淙淙的流水声",这些比喻都离不开惠风与流水,以表现这些国度的包括节奏美感在内的语言之美。诗人郭小川也很主张语言的音乐性,诗人李瑛一九七七年八月在北京告诉我,郭小川曾经拟拜语言学家王力先生为师,钻研汉语诗律学。在郭小川《关于诗歌的一封信》和《谈诗》这两篇文章中,诗人着重论述了"诗是最有音乐性的语言艺术""音乐性是诗的形式的主要特征""诗是文学样式中最有音乐性的一种形式",有趣的是,他对汉语诗的音乐美也以流水为喻,认为"诗应当是叮当作响的流水"。这流水的"叮当作响",自然也就包括了诗的节奏。节奏,是大千世界万事万物有规律的律动,是诗的语言音乐美的必具条件。鲜明谐美的节奏,是诗区别于其他文学样式的形式美的主要特征,没有谐美的节奏而能获得语言的音乐美感,就像没有泥土而期望树木开花一样虚妄。

构成诗的节奏的因素,在不同民族以至不同时代的诗歌中是并不一致的。从节奏的角度来看,汉语语音美的特质之一,就是以音节为基本单位,而且音与义谐,音节单位和意义单位基本上一致,这与英语、俄语节奏单位与意义单位常不一致颇不相同。正因为汉语的这种音义双关的特点,就为内容之美与形式之美的统一提供了极大的客观可能性,而汉语多单音节与双音节的特色,又十分有利于表现美的节奏。在印欧语系的诗歌中,节奏主要是由"轻重律"所构成的,在汉语诗歌中,节奏,主要是由有规律的"音节"(一义多名,或称为"顿""音步""音组")而形成。有规律的音节的和谐配合,是构成节奏美感的最主要的起决定作用的因素,除此之外,也不排除语音的强弱高低("重读"

与"轻读")。是否可以这样说:在诗句的组织上从时间方面大体整齐地安排音节,在力度方面适当注意语言的抑扬顿挫,就能形成汉语诗歌鲜明谐美的节奏感。

中国古典诗歌的律诗和绝句,每句字数相等,音节配合的格式相对固定,一般是七言四顿,五言三顿,每一行诗音节数量必须相等。如李商隐五律《晚晴》中的"天意怜幽草,人间重晚晴",是"二一二"格式。同题中的"并添高阁迥,微注小窗明",是"二二一"格式。而贺知章《回乡偶书》中的"少小离家老大回,乡音无改鬓毛衰",则是"二二二一"的格式。早期的新诗人刘大白在《中诗外形律详说》中曾认为,五言诗三音节,七言诗四音节,五比三与七比四,比较接近形式美中的"黄金分割律",这是颇有见地的。音节均齐,加上平仄调谐,节奏自然就铿锵悦耳。新诗的形式,大体上是沿着"自由诗"与"格律诗"的双行道向前发展,如同古代既有约束较少的古风和歌行(可称为古代的自由诗),也有诗法精严的绝句和律诗一样(可称为古代的格律诗)。新诗的节奏,虽远比古典诗歌的节奏自由,但是,新诗也仍然应该讲求时间的节奏感和力度的节奏感。闻一多和郭小川在这方面的实验和贡献,这是大家所熟知的了,不必赘述,且以朱湘的名作《采莲曲》和戴望舒的名作《雨巷》的开篇两节为例:

> 小船呀轻飘
> 杨柳呀风里颠摇;
> 荷叶呀翠盖,
> 荷花呀人样妖娆。
> 日落微波,
> 金丝闪动过小河。
> 左行,右撑,
> 莲舟上扬起歌声。
>
> 菡萏呀半开,
> 蜂蝶呀不许轻来;
> 绿水呀相伴,

清净呀不染尘埃，

溪间，

采莲，

水珠滑走过荷钱。

拍紧，

拍轻，

桨声应答着歌声。

——朱湘《采莲曲》

撑着油纸伞，独自

彷徨在悠长，悠长，

又寂寥的雨巷，

我希望逢着

一个丁香一样地

结着愁怨的姑娘。

她是有

丁香一样的颜色，

丁香一样的芬芳，

丁香一样的忧愁，

在雨中哀怨

哀怨又彷徨。

…………

——戴望舒《雨巷》

二十世纪二十年代前期新月派诗人朱湘所作的《采莲曲》，意境古典而现代，诗型严整而自由，音韵和谐而流丽，其音乐之美在今日之新诗创作中仍不多见。戴望舒则由于《雨巷》诗而获得"雨巷诗人"的美称。《雨巷》一诗写于一九二五年以前，是诗人二十余岁时的作品，叶圣陶予以发表时，赞赏它给"新诗的音节开了一个新纪元"。这首诗在新诗的草创时期，艺术上确是成功的尝试，自有不可忽视的贡献。它每节六行,每行的音节大体匀称,又注意了平仄的协调和反复咏唱,所以不仅具有谐美的节奏感,而且这种舒缓柔美的节奏,与内在感情的宛转低回又取得了表里一致的谐和。戴望舒后期的诗在内涵上由个人的抒情转向时代的歌唱,这是应该肯定的,但他后来却反对诗的音乐美,主张"诗的韵律不在字的抑扬顿挫上,而在诗的情绪的抑扬顿挫上",这尚属一偏之理,但在《论诗零札》开篇他却竟然说"诗不能借重音乐,它应该去了音乐的成分"[①],这就未免失之极端了,因此,他后期的作品,在音乐之美上也就再也没有达到《雨巷》所达到的高度,令人叹惜!

新诗语言的节奏,不能用一种死板的程式来固定,它的天地与形式远比古典诗歌广阔繁富。但是,新诗的语言节奏要做到声情兼美,客观上还是有美的规律可循,借用王勃《滕王阁序》中的一句话就是"四美具",我以为即是:整齐的美,错综的美,抑扬的美,回旋的美。整齐,能在一致中形成和谐;错综,能在参差中构成变化;抑扬,能在轻重中造成起伏;回旋,能在重复中强化情韵。只有整齐,容易流于呆板;只有错综,容易流于零乱;只有抑扬,容易流于沉闷;只有回旋,容易流于单调。因此,要去短扬长,将四美统一起来,交相为用,才能构成一阕美的交响乐。在这一方面,徐志摩和戴望舒的下列作品值得称道:

> 最是那一低头的温柔,
>   像一朵水莲花不胜凉风的娇羞,
> 道一声珍重,道一声珍重
>   那一声珍重里有蜜甜的忧愁——
>   沙扬娜拉!
>
>   ——徐志摩《沙扬娜拉·致日本女郎》

> 说是寂寞的秋的清愁,
> 说是辽远的海的相思,
> 假如有人问我的烦忧,

---

① 《戴望舒诗选》,人民文学出版社 1958 年版,第 77 页。

　　我不敢说出你的名字。

　　我不敢说出你的名字，
　　假如有人问我的烦忧。
　　说是辽远的海的相思，
　　说是寂寞的秋的清愁。

——戴望舒《烦忧》

诵读徐志摩和戴望舒的这两首诗，可以感受到那种音乐之美如俄罗斯作曲家柴可夫斯基的"如歌的行板"。它们大致上都符合"整齐、错综、抑扬、回旋"的美的原则。如徐志摩的诗，诗行大体整齐，但一、三、五是短句，二、四是长句，整齐中有错综，同时，一句之中平声字与仄声字分布均匀，抑扬有致，此外，第三行全句与第四行开始的重复，加强了全诗一唱三叹的情韵。还值得称道的是，它的语言音乐美和它所表现的特定内容，是十分协调的。戴望舒的诗同样具有这些优点，读者也许认为它每行的字数过于统一，其实，这也是诗的形式美的一格，同时，全诗又错综回旋，从另一角度丰富了它的表现力。第二段等于是第一段的倒排，句法有如古典诗歌中的"回文"诗体，但回文诗词曲多数只是文字的技巧竞赛，而戴望舒在技巧之外，显然是为了渲染那淡远的一唱三叹的情绪与清怨。在新诗创作中，一些作者丢弃了我国诗歌民族传统中的音乐美，在建行分节方面，自由得毫无节制和规律，看来不顺眼，读来不悦耳。一首诗，如果不能美于目而悦于耳，怎么能够期望动于心？因为目与耳，是通往心的殿堂的两条通道，两条通道堵塞而此路不通，怎么可以令人心为之动？

　　诗语言的音乐美，还包括音调，而音调，则是由韵辙、平仄协调、双声叠韵、重言复唱等几个方面构成的。

　　韵辙，就是押韵时所选择的韵脚，以及换韵时韵脚的变化，不同的韵辙，它的音响效果不同，这就自然影响到全诗的音调。这一问题，前面已经作过论说，这里就不再赘述。

　　在汉语诗歌中，平仄协调与否，在很大程度上影响到一首诗音乐美感的强弱。在汉语音韵学中，音高与音长的变化差异构成"字调"。汉语的"字调"在古代分为四声,四声是由声调的起伏,也就汉语语音的调值变化所决定。具体地说,汉语的声调变化以音节为单位。汉字是一字一音,也就是一个字代表一个音节,因此所谓"调值",就是音节的相对音高及其升降变化。在现代汉语中,阴平与阳平属于起伏在三度以内的,称平声,上声与去声属于起伏在三度以外的,称仄声。古汉语中有所谓"平声柔而长,上声厉而举,去声清而远,入声短而促"的说法,又有"平声平道莫低昂,上声高呼猛烈强,去声分明哀道远,入声短促急收藏"的形象描写。现代汉语虽然没有了入声,但这种描写大体上还是适用的。

　　诗的语言的音乐美感如果说是"叮当作响的流水",那么,以流水的波浪为喻,平声就有如波峰,仄声就有如波谷,将平声与仄声和谐地交织起来,平仄协调,轻重相间,就有助于形成诗歌语言的抑扬顿挫的声调美。清人沈德潜在《说诗晬语》中说:"诗以声为用者也,其微妙在抑扬抗坠之间。读者静心按节、密咏恬吟,觉前人声中难写、响外别传之妙,一齐俱出。"所谓"抑扬抗坠之间",主要就是指的平仄的调和配合。唐代的绝句与律诗,宋代的词,每个字的平仄都有统一的规定,诗词的格式都有许多定式,这种规定和定式,不是任何权威强制的结果,从音乐美看来,这是许多年中经过许多诗人反复试验的美的结晶。唐绝唐律以及宋词均可合乐歌唱,即使后来音乐与文字分道扬镳,今天绝大多数乐谱已经失传,但我们现在朗读起来,仍然可以享受到语言的一些音乐之美,而这种美感相当大的程度上来自平仄。正因为如此,当有的人不顾汉语诗律的这一特点,或者说忽视汉语语音的这一优点而企图另辟蹊径的时候,失败,就在歧路上脸色冰冷地等待着他们。如晚唐的与陆龟蒙交谊很深而颇多唱和的皮日休,这位小品文曾经得到鲁迅赞赏的诗人,他也颇有一些优秀诗作,如《金钱花》等篇,但他的《奉酬鲁望夏日四声四首》,却使人不敢恭维。陆龟蒙有《夏日闲居作四声诗寄袭美》,他写了四首诗给袭美(皮日休),一首名"平声",即所有的字都是平声;一首名"平上声",即一句全是平声,一句全是上声;一首名"平去声",即一句全是平声,一句全是去声,一首名"平入声",即一句全是平声,一句全是入声。兹分别各引二首:

塘平芙蓉低,庭闲梧桐高。
清烟埋阳乌,蓝空含秋毫。

冠倾慵移簪,杯干将铺糟。
倏然非随时,夫君真吾曹。

——皮日休

怡神时高吟,快意乍四顾。
村深啼愁鹃,浪霁醒睡鹭。
书疲行终朝,罩困卧至暮。
吁嗟当今交,暂贵便异路。

——皮日休

荒池菰蒲深,闲阶莓苔平。
江边松篁多,人家帘栊清。
为书凌遗编,调弦夸新声。
求欢虽殊途,探幽聊怡情。

——陆龟蒙

新开窗犹偏,自种蕙未遍。
书签风摇闻,钓榭雾破见。
耕耘闲之资,啸咏性最便。
希夷全天真,讵要问贵贱。

——陆龟蒙

我们以"＿"代表平声,以"|"代表仄声,如此全平全仄,截然分割,单调呆板,毫无声韵之美,充其量不过是文字试验而已,也许还只能算是一种文字游戏。从古典律绝的平仄规律看来,平仄安排的原则主要是一句之中的相间和上下句之间的相对,从而长短相生,轻重互动,反复回旋,构成抑扬顿挫的音韵之美。我们从清代诗人的五、七绝中信手拈来两例:

月黑见渔灯,孤光一点萤。
微微风簌浪,散作满河星。

——查慎行《舟中书所见》

莫唱当年长恨歌,人间亦自有银河。
石壕村里夫妻别,泪比长生殿上多!

——袁枚《马嵬》

包括绝句与律诗的"近体诗",其平仄分别有几种固定的格式,同时又约定俗成变通为"一三五不论,二四六分明",由上引二诗可见,汉语语音的调值变化所形成的四声,充分表现了汉语语音的特点和美质,善于运用,可以在音调上形成一种音乐般的旋律。当代文学除诗歌之外的其他文体,尤其是散文,在行文时适当注意平仄调谐,可增阅读与诵读之美,何况是诗?我们的新诗创作实在不应该忽视这种美质,而不去充分发挥它的审美表现力,否则,那将是不小的损失。

新诗对于平仄的安排,当然不可能也不必像古典诗歌那样严格和规范化,但适当注意平仄的相间相对,确有益于声调的悠扬悦耳。如前面所引述的徐志摩的《沙扬娜拉》及戴望舒的《烦忧》就是如此。在音乐美方面,《祝酒歌》是郭小川自己比较满意的作品,下引二节略作分析:

三伏天下雨哟,
雷对雷;
朱仙镇交战哟,
锤对锤;
今儿晚上哟,
咱们杯对杯!

　　　　舒心的酒，

　　　　千杯不醉；

　　　　知心的话，

　　　　万言不赘；

　　　　今儿晚上哟，

　　　　咱这是瑞雪丰年祝捷的会！

　　前一节六句的韵脚为三平声，后一节的六句韵脚则对之以三仄声，这种"韵位"的安排，合于平仄调谐的音乐美感的基本法则，读来抑扬有致，而绝不平板单调。因为平声为高调和长调，仄声为低调和短调，平声长而平，仄声短而促，平仄长短相间，高低相重，互相生发，相得益彰，音调就自然谐和动听了。

　　双声叠韵，是汉语语音不同于印欧语系语音的又一突出审美特征，是汉语音乐美感一个可供今天的新诗作者开发的领域。汉语语音的音节结构，是由声、韵、调三个方面组成的，两个字同一声母，此为双声，形成声的和谐；两个字同一韵母，此为叠韵，构成韵的和谐。李重华《贞一斋诗说》所说的"叠韵如两玉相扣，取其铿锵；双声如贯珠，取其宛转"，就是对双声叠韵之美的形象描写。汉语中的联绵词特多，前人就编写过巨册的联绵词词典，它们不是双声，就是叠韵，如"合体连语"的"芳菲""鸳鸯"，如"并行连语"的"晨昏"，如"相属连语"的"高歌"，等等。即使不是联绵词的许多其他的词，也有许多是双声叠韵的。因此，从《诗经》《楚辞》开始，双声叠韵早就存在于我国古代诗文之中，到六朝时由沈约等文人从声律上加以总结，就更广泛地运用到创作中来。如同王国维在《人间词话》中所说的："双声叠韵之说，盛于六朝，唐人尤多用之。"综上所述，可以看到双声叠韵是中国语言的美质之一，对诗歌创作尤其有增强音乐美感的作用。

　　双声叠韵的美学效能，如同平仄一样，不可以滥用。如全句双声的"清秋青且翠，冬到冻都凋"（姚合《葡萄架》），全句叠韵的"屋北鹿独宿，溪西鸡齐啼"（明人祝枝山撰联），就是适得其反的毫无音律之美的例子。晚唐诗人陆龟蒙，除作了上述所谓"四声诗"之外，还有如下不足为训的篇章：

溪空唯容云,木密不隙雨。

迎渔隐映间,安问讴鸦櫓。

——《双声溪上思》

琼英轻明生,石脉滴沥碧。

玄铅仙偏怜,白帻客亦惜。

——《叠韵山中吟》

一诗之中,全是双声或全是叠韵,那就势必单调,单调就不可能产生美感。由此可见,双声叠韵在诗中也要做到声义相切,即利用声音来更好地表现诗作内涵的情状与意义,而不能流于纯粹的玩弄文字。同时,从声律美而言,双声叠韵的单用固然悦耳动听,但如果作适当的间隔和呼应,就会更富于美的和声效果。在杜甫的诗中,双声叠韵极尽变化之能事,清人周春在《杜诗双声叠韵谱括略》作过专门的研究。我另举数例(。代表双声,·代表叠韵):

双声对双声:

美名人不及,佳句法如何。

——《寄高三十五书记》

叠韵对叠韵:

怅望千秋一洒泪,萧条异代不同时。

——《咏怀古迹》五首其二

叠韵对双声:

磊落星月高,苍茫云雾浮。

——《发秦州》

双声对叠韵:

一去紫台连朔漠,独留青冢向黄昏。

——《咏怀古迹》五首其三

如此相间而相对,不仅声义相谐,由声见义,而且遥相呼应而成和声,音调就颇有意尽言中、音流弦外的美感,达到了我国古代诗论家所说的"声由情出,响外别传"的美学境界。

表现了双声叠韵之美的作品,在新诗中并不多见。但在对音乐美有自觉追求的郭小川的诗作中,却可让我们读诗如听乐:

可不在肃穆的山林呀,可不是缥缈的仙境。

——《厦门风姿》

这个岛啊,恍惚不在天海之间;
当暮霭苍茫时,它甚至不如一抹云烟。
这个岛啊,好似虚无缥缈的仙山;
在风雨依稀中,它简直不留下迹痕一点。

——《茫茫大海中的一个小岛》

北方的青纱帐哟,常常满怀凛冽的白霜;
南方的甘蔗林呢,只有大气的芬芳!
北方的青纱帐哟,常常充溢炮火的寒光;
南方的甘蔗林呢,只有朝雾的苍茫!

——《青纱帐——甘蔗林》

郭小川是讲究句法章法的整齐以及回环错综之美的,上述诗篇本来就具有和谐的节奏与优美的旋律,加上双声叠韵("炮火"虽非叠韵,但两字收尾之音仍同为O)的巧妙运用,金声而玉振,铿锵而和鸣,读者就不仅因为声中见义而想象时眉睫之前卷舒风云之色,同时,也因为义载于声而吟诵时吐纳珠玉之声。我至今仍然认为,郭小川的优秀作品,是益人心智陶冶灵魂的诗的教科书,也是使人聆听再三欲罢不能的诗的协奏曲。

重言复唱又称"类叠",即叠字和叠句,也就是音节的接连重复和间隔重复。它有六种情况:

一种是接连重复的叠字,如:

河水洋洋,北流活活,施罛濊濊,鳣鲔发发,葭菼揭揭,庶姜孽孽,庶士有朅。

——《卫风·硕人》

纷容容之无经兮,罔茫茫之无纪。轧洋洋之无从兮,驰逶迤之焉止。漂翻翻其上下兮,翼遥遥其左右。泛潏潏其前后兮,伴张弛之信期。

——屈原《悲回风》

青青河畔草,郁郁园中柳。盈盈楼上女,皎皎当窗牖。娥娥红粉妆,纤纤出素手。

——《古诗十九首》

一种是接连重复的叠句,如:

殷其雷,在南山之阳。何斯违斯?莫敢或遑。振振君子,归哉归哉!

——《召南·殷其雷》

胡马,胡马,远放燕支山下。跑沙跑雪独嘶。东望西望路迷。迷路,迷路,边草无穷日暮。

——韦应物《调笑令》

少年不识愁滋味,爱上层楼,爱上层楼,为赋新诗强说愁。
而今识尽愁滋味,欲说还休。欲说还休,却道天凉好个秋。

——辛弃疾《丑奴儿·书博山道中壁》

一种是间隔重复的叠字,如:

　　父兮生我,母兮鞠我。拊我畜我,长我育我,顾我复我,出入腹我。欲报
之德,昊天罔极!

　　　　　　　　　　　　　　　　　　　　　　——《小雅·蓼莪》

　　知子之来之,杂佩以赠之;知子之顺之,杂佩以问之;知子之好之,杂佩
以报之。

　　　　　　　　　　　　　　　　　　　　　　——《郑风·女曰鸡鸣》

　　或连若相从,或蹙若相斗,或妥若弭伏,或竦若惊雊,或散若瓦解,或赴
若辐辏,或翩若船游,或快若马骤,或背若相恶,或向若相佑。……

　　　　　　　　　　　　　　　　　　　　　　——韩愈《南山》

一种是间隔重复的叠句,如:

　　采采芣苢,薄言采之。采采芣苢,薄言有之。
　　采采芣苢,薄言掇之。采采芣苢,薄言捋之。
　　采采芣苢,薄言袺之。采采芣苢,薄言襭之。

　　　　　　　　　　　　　　　　　　　　　　——《周南·芣苢》

　　陇头流水,流离山下。念吾一身,飘然旷野。
　　朝发欣城,暮宿陇头。寒不能语,舌卷入喉。
　　陇头流水,鸣声呜咽。遥望秦川,心肝断绝。

　　　　　　　　　　　　　　　　　　　　　　——《汉乐府·陇头歌辞》

　　旦辞爷娘去,暮宿黄河边。不闻爷娘唤女声,但闻黄河流水鸣溅溅! 旦
辞黄河去,暮至黑山头。不闻爷娘唤女声,但闻燕山胡骑声啾啾!

　　　　　　　　　　　　　　　　　　　　　　——《木兰辞》

一种是对偶式的叠字,分别置于开头、结尾、上腰、下腰,如:

> 霏霏云气重,闪闪浪花翻。(《望兜率寺》)
> 娟娟戏蝶过闲幔,片片轻鸥下急湍。(《小寒食舟中作》)
> 汀烟轻冉冉,竹日静晖晖。(《寒食》)
> 信宿渔人还泛泛,清秋燕子故飞飞。(《秋兴》八首其三)
> 世乱郁郁久为客,路难悠悠常傍人。(《九日》)
> 江天漠漠鸟双去,风雨时时龙一吟。(《滟滪》)
> 穿花蛱蝶深深见,点水蜻蜓款款飞。(《曲江》)
> 野月茫茫白,江流泯泯清。(《漫成》二首其一)

> ——以上杜甫

一种是首尾照应重复的叠句,就每句看,它们是相同的,就整体看,它们分别置于开篇和结尾,构成了段落的反复咏唱,如:

> 南方的甘蔗林哪,南方的甘蔗林!
> 你为什么这样香甜,又为什么那样严峻?
> 北方的青纱帐啊,北方的青纱帐!
> 你为什么那样遥远,又为什么这样亲近?

> ——郭小川《甘蔗林——青纱帐》

迎着四月的天空,明媚得像成熟的麦穗的天空,在故乡的广阔的平原上,我走到哪里,我都听见麦笛在吹着,吹出花一般的音乐。

故乡的歌手啊,四月来了。果园像一顶花冠,龙眼树开放着米黄色的小花,橙花散发着醇酒一般的浓香。故乡的歌手啊,四月来了。麦田像一座天空,里面注满阳光和流动的风。啊,故乡的歌手,我听见麦笛在吹着,吹出花一般的音乐,吹出阳光一般的音乐。

把劳动的欢情,从那小小的笛管里吹出来吧。吹出劳动的欢情,吹出梦和收获的甘美。一往情深的,把音乐的阳光和花瓣,洒在我们自己的土地上，洒在我们自己劳动又由自己收割的土地上，洒在我们自由的国土上。

　　四月来了，在故乡的广阔的平原上。我走到哪里，我都听见麦笛在吹着，吹出花一般的音乐，吹出南方的阳光一般明媚的音乐。

——郭风《麦笛》

　　从以上六种类叠的情况可以看出，汉语音节审美表现力的一个重要方面，就是音节的重叠。音节的重叠不论是哪一种方式，它们的共同美学效果，除了借"音感"的作用来表现景物的特色，显示人物的动态和心理，烘染环境和气氛以外，重要的还在于形成一种音乐的旋律，加强抒情的感染力，激发欣赏者审美的情绪。中国诗歌中很多这种由音节的重叠所构成的重言复唱，是因为中国诗歌与音乐历来有着密切结合的传统，而反复则是音乐旋律所借以构成的重要美学手段。朱自清早在《诗的形式》一文中指出："复沓是诗的节奏的主要的成分，诗歌起源时就如此，从现在的歌谣和《诗经》的《国风》都可看出。韵脚跟双声叠韵也都是复沓的表现，诗的特性似乎就在回环复沓，所谓兜圈子，说来说去，只说那一点儿。复沓不是为了要说得少，是为了要说得少而强烈些。"[1]他看到了诗歌中重言复唱的强调与抒情的作用。曹雪芹，本质上是一位杰出的诗人，他的《红楼梦》就可以说是一部长篇叙事诗。"情切切良宵花解语，意绵绵静日玉生香"，"只见凤尾森森，龙吟细细，举目望门上一看，只见匾上写着潇湘馆三字"，在《红楼梦》中，不乏这种精彩的具有美学意义的音节重叠之笔，它们给作品平添了许多韵味，唤起欣赏者丰富的美感经验。具有诗质的小说尚且如此，何况是诗？因此，李清照《声声慢》连下十四叠字的"寻寻觅觅，冷冷清清，凄凄惨惨戚戚"，由于义恰声谐，合则双美，离则两伤，所以成为千古绝唱，为历代的读者所艳称，被认为是"出奇制胜，匪夷所思"，而元代散曲家乔吉《天净沙》的"莺莺燕燕春春，花花柳柳真真，事事风风韵韵，娇娇嫩嫩，停停当当人人"，全部由叠字成篇，但由于缺乏内容美作为前提与支撑，就不免流于文字的游戏了。

　　当今的新诗创作，完全有必要继承和发扬古典诗歌重言复唱的艺术传统，以

---

① 朱自清：《新诗杂话》，香港港青出版社 1978 年版，第 97 页。

求声调之美，做到可读、可诵甚至可唱。诗人，可以向音乐的殿堂去取经，何妨与音乐家携手？新诗草创时期的刘半农的《教我如何不想她》，就由赵元任谱曲而传唱至今。刘半农一九二〇年去欧洲攻读，时年二十岁，他于当年九月写了上述这首诗。它抒发了海外游子对所爱的人和祖国的怀念，诗中的"她"，内涵原是可有多解而不是只有单解的。全诗音韵谐美，节奏柔婉，流荡着"乡愁曲"似的旋律，那"教我如何不想她"的间隔重复的叠句，使全诗读来更是荡气回肠，这就难怪一经语言学家赵元任谱曲就传唱不衰了。光未然的《黄河大合唱》固然是上品的诗，但如果没有冼星海谱曲，恐怕也不会这样广被人传唱。在海峡彼岸，某些优美的民歌和校园歌曲乃至新诗，它们的词（诗）与曲不就是相得益彰吗？有人就把余光中的《乡愁》谱成了南管和苏州评弹，而他的《乡愁四韵》也经作曲家罗大佑谱曲而传唱到四面八方。的确，诗的语言与散文语言的主要分水岭之一，就是音乐性。如果说小说、剧本、散文之类主要是诉之于视觉的文学样式，那么，诗就不仅是美视的而且是美听的文学样式了。诗，诉之于心灵，也诉之于听觉，诗所培育的审美主体，不仅是开启自己的视力的读者，也应该是开启自己的听力和心灵的听众。在香港，张明敏的《中华民族》获得了"黄金唱片奖"，《我的中国心》销售量已经超过二十万张，获得一九八三年"白金唱片"最高荣誉奖，这对我们的新诗创作，不也可以提供某些有益的启示吗？十八世纪德国诗人、剧作家席勒说过："诗是蕴蓄于文字中的音乐，而音乐则是声音中的诗。"[1]我想，我们的诗人何不与音乐家结成诗与音乐的联盟，合力去开创诗的新局面？

诗，是文学的最高形式，是最高的语言艺术。

诗的语言美的标志是：具象美、密度美、弹性美、音乐美。与具象美背道而驰的，是语言抽象苍白的"概念化"；与密度美相去不可以道里计的，是语言空疏散漫的"散文化"；与弹性美唱不和谐的调子的，是语言平板单薄的"平面化"；与音乐美相比而妍媸立见的，是"呕哑嘲哳难为听"的"非音乐化"。在当今的诗坛上，许多作者缺乏汉语言的深厚素养，缺乏对语言的敏感与组合的功力，语言的"概念化""散文化""平面化"和"非音乐化"比比皆是，如同漶漫的风沙，

---

[1] 《十九世纪英国诗人论诗》，人民文学出版社 1984 年版。

包围和侵蚀着真正的诗的绿洲。我们不禁要大声疾呼,为了抗拒那非诗的语言风沙的侵袭,我们要追求、提炼和净化诗的语言,我们要让具象美、密度美、弹性美和音乐美携起手来,建造一道道语言的防风林。

柯勒律治是十八世纪与十九世纪之交英国的浪漫主义诗人,文艺批评家,"湖畔诗派"的代表人物之一,他有一句名言是:"散文是排列组合得最好的言词,诗歌是排列得最好的妙语。"后一句又被译为"诗是最佳词语的最佳排列"。诗是妙语,更是智慧语,诗人,应该是语言的出色的冶炼手,或者说是语言的出众的魔术师。驱遣语言,又应该如同良将用精兵一样指挥如意,兵如果不是多而且强,要打胜仗难以想象,兵强而将领无用兵之才,也必然会每役皆北。你如果想成为一个真正的诗人,你就必须是拥有精锐的千军万马而又调遣有方指挥如意的良将!

第十二章　严谨整饬　变化多姿
——论诗的形式美

世界上有什么堪称完美的"美"的事物,只是具有美的内容而没有赏心悦目之美的形式的呢?

百花园中的梅兰竹菊,它们各具一时之秀。在中华民族的审美过程中,它们早就被誉为"岁寒三友"和"四君子"了。如此令名远扬,除开本身的美质与芸芸众生在审美过程中的"比德"作用之外,它们也具有与生而来的美的形态,色彩与芬芳。

大地上的江河溪涧,它们各极一时之盛。在堤岸与岩谷间或浩荡或奔腾的流水,本来就是逝者如斯夫不舍昼夜的生命力的象征,何况它们多具阳刚的气势和优美的曲线。"汉之广矣,不可方思,江之永矣,不可泳思",自从两千五百年前的无名诗人在《诗经·周南·汉广》中咏唱以来,历代不知有多少诗人为它们唱叹讴歌,留下了与江河一样多姿而悠长的绝唱。

天宇上的日月星辰,它们各具一时之辉。它们守望在白天和夜晚的天空,给世间众生带来了光明、温暖和无穷无尽的遐想。"日月之行,若出其中。星汉灿烂,若出其里"(《观沧海》),"小时不识月,呼作白玉盘。又疑瑶台镜,飞在青云端"(《古朗月行》),"天高夜气严,列宿森就位。大星光相射,小星闹若沸"(《夜行观星》),从曹孟德到李太白到苏东坡,许许多多诗人抒写了他们的仰望赞叹之歌。星辰日月,它们是众生不可或缺的伴侣,尤其是星斗与月亮,它们外形的多彩多姿之美,它们的温暖与光芒,更是众生审美的对象。

　　莎士比亚说,人是万物的灵长。普天之下的男人与女人,如果堪称"俊男"与"美眉",姑且不论必具的心理与气质的内在之美,他们或她们必然具有外形之美,如身材、五官和身体各部分之均衡比例等等。"手如柔荑,肤如凝脂,领如蝤蛴,齿如瓠犀,螓首蛾眉,巧笑倩兮,美目盼兮",这是《诗经·卫风·硕人》篇中对美人的赞美,除了身材高挑之外,作者还以六个比喻多角度多侧面地比况美人外形之美,最后画美点睛,启发了无数后来人咏美人的灵感。

　　大自然之美与人体之美的所以为美,除了内在的美质之外,无一例外地都因为具有形式美。那么,作为人的审美活动产物的文学艺术之各个门类与样式呢?作为曾经是文学艺术皇冠上的明珠的诗呢?本章副标题名为"论诗的形式美",那么,形式美有什么重要性?诗的形式美的特征与标志是什么?如何在中国古典诗歌与外来西方诗歌的基础上,镕铸、锻造并大体定型中国新诗的美的形式?这,就是我们要探讨的基本问题。

一

　　在文学艺术的领域里,没有形式是不可思议的,可以说,没有形式就没有一切,当然也就没有文学艺术作品本身。是否有以深刻的生活体验与高远的精神意旨为内涵的完美之艺术形式,不仅决定了作品艺术价值的高下,也决定了作品的成败。因此,对美的艺术形式的重视和追求,是具有艺术自觉性自律性的作家艺术家乃至文艺理论家的共识,他们对此的诸多相关论说,如同弓弦响处,枝枝白羽奔向形式美的靶心。

　　在今日的现实生活中,实用艺术包括建筑艺术和工艺与设计艺术两大门类,它们都无一例外地讲求形式美。形式美,对于它们而言相当于外在的生命,没有形式美的建筑与工艺设计作品,是混乱、丑陋与不堪入目的代名词。即以建筑艺术而论,其造型必须符合形式美,诸如统一、均衡、对称、比例、序列、韵律、色彩等的基本法则,例如北京的故宫和苏州的园林,其建筑艺术就达到了形式美的极致。今日被不少人误用到舞蹈、绘画甚至晚会、展览会与百货商场方面去的"美轮美奂"一词,本义是形容建筑的众多与高大,源出《礼记·檀弓下》:"晋献文子成室,晋大夫发焉。张老曰:'美哉轮焉,美哉奂焉。'"在形容高大的"轮"与描状华丽的"奂"之前,分别冠以两个"美"字,强调的正是建筑的形式美。

实用的建筑美术和工艺与设计美术尚如此讲求形式之美,文学艺术的诸多门类当然更是这样:

绘画。绘画是造型艺术,其造型手段是光、色、点、线、形与空间,在二维平面中创造具有三维感之立体的静态的视觉形象。它是一种极为注重形式和形式美感的艺术,也是所有造型艺术中最基本的最具表现力的艺术样式。中国成语中所谓"经营布置""计白当黑""尺幅千里""妙手丹青"等,既是对绘画艺术妙缔的说明,也是对绘画艺术形式美的赞叹。

书法。在中国,常常将诗、书、画相提并论。书画同源,国人历来将书法视为与绘画同样重要的艺术,称之为"纸上的舞蹈"。书法是线条与体态的艺术,特别追求多彩多姿的形式之美:在对汉字的线条的运用、组合与变化中,注意其大小、开合、轻重、疏密、聚散、虚实等间架结构的辩证关系,并且着意经营整幅书法的章法与布局。概而言之,赞隶书则言凝重深厚,美楷书则说庄重刚健,颂草书则道自由奔放,这都是对不同的书法形式美的高度概括。中国成语中之"龙蛇飞动""颜筋柳骨""鸾翔凤翥""铁画银钩""怒猊渴骥"等,既是对书法的笔墨、节奏与韵律的形容,也是对书法形式美的精练而诗意的礼赞。

音乐。音乐语言最基本的是三大要素,即节奏、旋律与和声,因为它是诉诸人的听觉而非视觉的声音艺术,不像绘画与书法那样具有空间造型性,也不像文学那样借助于语言文字具有语义符号性。音乐艺术的形式美,就是作曲家必须遵循乐音组合的基本原则和规律,让所创造的乐曲和谐美妙悦耳动听,既符合听众的审美听觉生理的需求,也满足听众的审美听觉心理的需要。"一片宫商""绕梁之音""清耳悦心""哀丝豪竹"等成语,都是形容乐声之美,而"游鱼出听""老鱼跳波"等典故,则是对音乐艺术美的效果的浪漫想象和夸张。相反,如果乐曲或歌曲缺乏形式美,那就适得其反,白居易在《琵琶行》中,早就说过不堪卒听者为"呕哑嘲哳难为听"了。

舞蹈。在所有的文学艺术门类中,舞蹈、音乐和诗歌是最为古老的艺术样式和文学样式,它们在古代密不可分,跳的是手拉手的三人舞。屈原的《九歌》,就是诗歌、舞蹈、音乐三结合之骄子。舞蹈,简言之是空间艺术,也是时间艺术,更是以美化了的人体动作为主要表现手段的造型艺术,其基本要素是动作、节奏与构图。如果说书法是纸上的舞蹈,那么,舞蹈就是"活动的雕塑",它的动态的造型与构图,集中地表现了它所独具的强烈的形式美感。且不要说"妙舞""曼舞""舞态生风""飘然若仙"那些对舞蹈的形式美的赞赏了,杨贵妃自编自导自演的《霓裳羽衣舞》,我们今日虽然已经无法得见,但白居易在《长恨歌》中留下的一句"风吹仙袂飘飘举,犹似霓裳羽衣舞",那舞蹈的轻盈曼妙的形式之美,令千载之下的我们仍不免神往心驰。

语言艺术。和其他诸多艺术样式有别,语言艺术,是以语言文字作为传达媒介的艺术样式,它包括传统的诗歌、散文、小说、戏剧等四大文学门类,以及新兴的电影剧本与电视剧本。诗人和作家在创作活动中,根据题材与主题的需要和审美主体抒情表意的诉求,运用文字,组合语言,形成各类文体的具有审美意义的表现形式,如诗歌的分行建节,小说的章节回合,戏剧的分折分场分幕,散文的开合自如不拘一格,等等。其中,诗歌由于语言凝练,篇幅短小,更直接更快捷地诉之于受众的视觉与听觉,较之其他文学样式,其形式美问题更为突出和重要。尤其是现当代的新诗,论者往往说它"尚未成型",就是指形式尚无一定之规,没有相对稳定的为芸芸作者大体遵行的美的形式,而是各是其是,各形其形,有如春秋战国群雄纷争旗号也纷飞的乱世。

长期以来,我们重作品的思想内容而轻作品的艺术形式。表现在片面地强调"内容决定形式",似乎是有了内容便有了一切,殊不知形式也反作用于内容,而且内容与形式本身就是一个互相渗透互相包容而不可分割的整体;也表现在不加分析地批判"形式主义",殊不知在注重精神内涵的同时,对形式的美学追求形成一种主义也未尝不可,而且有的作品虽无深厚的社会生活内容但有绝美的艺术表现形式,这种作品也能为受众提供赏心悦目的美的享受。我们因为种种原因对形式美这一严肃而具重要实践意义的命题,多年来在理论上未能进行充分的深入的探讨,在创作上未能普遍地进行自觉的探究,尤其是在新诗的领域。当前新诗乱象丛生,表现在形式上也是如此,可谓五花八门,随心所欲,而有的诗评家推波助澜,倡导极端的无限制的自由,对诗的形式问题不屑一顾。而中外卓有建树的文艺理论家和作家以至诗人,他们对秩序与结构也即作品的形式之美,都非常重视和讲究,此处不妨略作援引:

两千多年前希腊的大学者亚里士多德,在其《修辞学》一书中,将比喻、生动与对比视为修辞的三大原则,其中的"对比"就已经颇具形式意味。香港学者黄维樑指出:"结构的好坏,影响作品的成败至巨。……亚里士多德在《诗学》论到悲剧时,就非常重视情节,说悲剧应具有开始、中间和结束的完整结构。二十世纪以芝加哥大学为大本营的新亚里士多德批评学派发扬亚氏学说,也强调结构的重要。"①

文学作品的结构,几乎是文学形式的同义语,至少也有很多重合之处。古希腊的柏拉图,就很重视文学的形式,他认为文学作品的结构是一个有机统一体,他在其《斐多篇》中,就曾经这样说道:"每篇论说都必须这样组织,使它看起来具有生命,就是说,它有头有脚,有躯干有肢体,各部分要互相配合,全体要和谐匀称。"②

十三世纪意大利经院美学家托马斯·阿圭那,可以说是一位极端重视形式的美学家,他在《神学大全》中认为"美即在恰当的比例;美严格地讲属于形式因的范畴",他的"美的三要素"说的是:"美有三个要素。第一是一种完整或完美,凡是不完整的东西就是丑的;第二是适当的比例或和谐;第三是鲜明,鲜明的东西公认为美好。"③总之,他认为完整、和谐、鲜明是美的三要素,也是形式的三要素,这一看法有颇多可取之处。

席勒是十八世纪德国的剧作家与诗人,他的剧本《阴谋与爱情》,被恩格斯誉为"是德国第一部有政治倾向的戏剧"。关于内容与形式,他曾经作过如下表述:"在真正美的艺术作品中不能依靠内容,而要依靠形式完成一切。……内容不论怎样崇高和范围广阔,它只是有限地作用于心灵,而只有通过形式才能获得真正的审美自由。"④席勒的"要依靠形式完成一切"的观点有如双刃剑,轻内容重形式的作者会以之为根据而走向片面与极端,而正确处理内容(写什么)与形式(怎么写)的作家,则会充分重视形式对于完成艺术品的巨大积极作用,最大限度地发挥形式相对独立的审美价值。

---

① 转引自黄维樑:《清通与多姿态——中文语法修辞论集》,香港文化事业有限公司 1981 年版。
② 转引自黄维樑:《从〈文心雕龙〉到〈人间词话〉》,北京大学出版社 2013 年版。
③ 转引自《美学大辞典》(修订本),上海辞书出版社 2014 年版。
④ 席勒:《审美书简》,中国文联出版公司 1984 年版。

　　及至现代,侧重于对作品作形式研究的美学思潮洪波涌起,形成了一些著名的学派,如二十世纪一二十年代发轫于英国而传播到欧洲各国的"形式主义美学",如二十世纪二十年代盛行于俄苏的"俄国形式主义美学",如二十世纪三十年代形成于苏俄与捷克,而在世纪中期于法国臻于鼎盛的"结构主义美学",如二十世纪二十年代始于德国而后传播至欧美各国的"符号论美学",如此等等,不一而足。上述美学思潮中不乏有益的见解,如"形式主义美学"的代表人物英国的克莱夫·贝尔就提出了"有意味的形式"的观点,他认为艺术是"有意味的形式"①,成为这一学派的重要而著名的理论。符号论美学的代表、美国的苏珊·朗格,则著有《情感与形式》等重要著作,认为艺术是表现人类情感的符号形式的创造,而艺术符号的生命形式之特征,主要是有机统一性、运动性、节奏性和生长性。其经常为论者所引用的名言是:"艺术是某种情感概念的形象性表达。""美是有表现力的形式。"②

　　在中国,古代文艺理论家们对于艺术形式也给予了足够的重视。鲁迅在《魏晋风度及文章与药及酒之关系》一文中,指出曹丕的时代是"文学的自觉时代",我们可以由此引申说,整个魏晋时代不仅是"文学的自觉时代",而且也是"审美的自觉时代",这一时代的文艺美学思想较之前代有了很大的发展,对审美文化形式的重视与探求就是其突出表现之一,而代表人物与代表作则是西晋的陆机与他的《文赋》。《文赋》是我国古代最早的重要文艺理论著作,也是我国古代美学史上第一篇全面而系统地论述文学审美特征的文章,它第一次将创作过程、方法、技巧以及形式明确地纳入文学批评的范畴。曹丕在《典论·论文》中,将文学分为奏议、书论、铭诔、诗赋四科,而陆机《文赋》的文体分类则细化为七分法:"诗缘情而绮靡,赋体物而浏亮,碑披文以相质,诔缠绵而凄怆,铭博约而温润,箴顿挫而清壮,颂优游以彬蔚,论精微而朗畅,奏平彻以闲雅,说炜晔而谲诳。"他说的是文体的内涵与风格,也涉及各类文体的形式。至于对谋篇也即文章的篇章结构,他更有如下精彩的话语:

　　　　然后选义按部,考辞就班。抱景者咸叩,怀响者毕弹。或因枝以振叶,

①　克莱夫·贝尔:《艺术》,中国文联出版公司1984年版。
②　苏珊·朗格:《情感与形式》,中国社会科学出版社1986年版。

或沿波而讨源；或本隐以之显，或求易而得难。或虎变而兽扰，或龙见而鸟澜；或妥帖而易施，或岨峿而不安。罄澄心以凝思，眇众虑而为言，笼天地于形内，挫万物于笔端。

陆机以文学化的话语方式，表述的既是作家的创作心理活动过程，也包括了这一过程所外化的艺术形式。陆机之后，梁代的史学家兼文学家裴子野有《雕虫论》一文，同时而稍后的刘勰，则著有人咸美称为"体大虑周""笼罩群言"的《文心雕龙》一书，这是我国古代最著名最具体系的文艺理论著作，总共五十篇，包括总论、文体论、创作论、批评论四个部分。在《总述》一篇中，他所论的"执术驭篇"，就是指根据文学创作的原理来镕裁驾驭作品的篇章结构，也即作品的形式。他的描述式的议论是：

若夫善弈之文，则术有恒数。按部整伍，以待情会，因时顺机，动不失正。数逢其极，机入其巧，则义味腾跃而生，辞气丛杂而至。视之则锦绘，听之则丝簧，味之则甘腴，佩之则芬芳。断章之功，于斯盛矣。

时至唐代，随着诗歌及其形式的发展与成熟，诗家对诗歌形式包括遣词造句谋篇布局的审美探讨日益细致与深入，对诗歌之声律美与和谐整齐之形式美的研究，做出了巨大的贡献。如初唐上官仪的《笔札华梁》，除了讨论诗之对偶，还论及"平头""上尾""蜂腰""鹤膝""大韵""小韵""傍纽""正纽"等八病。盛唐的王昌龄在他的《诗格》与《诗中密旨》中，提出了篇章结构中的起句法、落句法及"饱腹狭肚"说，以及一联中上下句的各种关系，这种将诗的篇章视为一个艺术整体的观念，正是刘勰《文心雕龙》关于文章的整体形式观的发展。此后，中唐诗僧皎然的《诗式》与《诗议》也是重要诗论著作，"诗式"，本意就是诗的范式与法度，其中谈到谋篇布局的"通塞"与"盘礴"二法，前者属于今日所谓之纵向叙述法，后者属于今日所谓之横向铺陈法，都与诗的形式密切相关。晚唐司空图的《二十四诗品》，是中国诗歌美学史上里程碑式的作品，他不仅提出了诗的"韵味"说，主张诗歌风格的多样化，而且强调了语言形式对风格形成的作用，如"不着一字，尽得风流"（《含蓄》），如"犹矿出金，如铅出银"（《洗炼》），这固然是说意象与意境的含蓄和冼炼之美,何尝不也涉及了语言表达方式与形式的美学魅力呢?

中国古典诗歌美学著作,自北宋欧阳修的《六一诗话》之后,主要是以诗话、词话、曲话的形式出之,那种审美印象式、感悟式的批评,虽然不及西方文学理论之体大思精,讲究架构与体系,但吉光片羽,颇具洞见,往往直探诗心与本源,而且文字多为美文,文采风流,绝无现当代文艺理论与文学批评习见的老八股与洋八股的枯涩与艰奥之弊。诗的形式,从艺术美学的角度而言,可分为"外形式"与"内形式",中国的古典诗歌特别是其中的诗与词,到唐宋两代已分别成熟和定型,也即"外形式"均已具有相当稳定的美学规范,因此,中国古代的诗歌理论与批评,自唐宋之后多偏于对"内形式"的审美探究,这虽然不在本文的主要论说的范围之内,但那众多的络绎而来的嘉言胜义,和不可胜数的优秀古典诗歌相映生辉,确实有如诗国天空令人目不暇接的灿烂的星光。

二

在所有的文学样式中,诗歌是最注重形式之美的,而中国的新诗自呱呱坠地之日算起,也就是自"五四"新诗革命伊始,即标志着中国诗歌进入了现代时期。由于"五四"的激进思潮的影响,新诗当时割断了与古典诗歌这一母体的脐带,相对于传统的古典诗歌,新诗的形式完全是从西方引进的,近百年来几经反复,几经探索,新诗的形式迄今仍然尚未定型,许多没有美的法度与制约而随心所欲的分行文字比比皆是。古典诗歌形式与新诗形式虽然属于两个完全不同的形式范畴,但他山之石都可以攻错,何况是属于本民族的中国古典诗歌与中国新诗?西班牙诺贝尔文学奖获得者阿莱桑德雷说得好:"诗和艺术,向来一直是属于传统的延伸。"我们探讨古典诗歌形式之美的基本特色,不仅是从另一个角度领略古典诗歌的优胜,同时,对于新诗的形式建设也应该是有益的借鉴,因为诗心与诗艺古今相通,而且它们是生息繁衍于同一民族的文化与感情的土壤之上。

诗的形式,包括外形式与内形式,又称外部形式与内部形式,前者,我另行称之为显形式,后者,我另行称之为隐形式。内部形式具有两重性,它既是作品内容的过渡与中介,也就是内容的各种要素在作家的构思中之表现方式与结构方式,它与内容紧密相关,同时,它又属于作品的隐形结构的范畴;外部形式,即美的内容所由呈现的外部组织结构与存在方式,也就是和内部结构相关联的作品的外部形态与风貌。中国的古典诗歌在长期的发展历程中,经历了诗经、楚辞、五言诗、七言诗、古体诗、近体诗、词与曲这样几个阶段,形成了概而言之的诗、词、曲三种体式,而单独以诗而论,又可分为"古体诗"与"近体诗"两大部分。唐代诗歌繁荣昌盛表现在诸多方面,显现在形式上的标志则是"各体皆备",而在唐代定型与成熟而且最富实绩和生命力的则是"近体诗",也即古典诗歌中的"格律诗"。唐人将于唐代蔚为大观的格律诗之前的诗歌统称为"古体诗",所以格律诗在唐代则自然称为"近体诗"了。为醒目起见,将古近体的名称与体式列表如下:

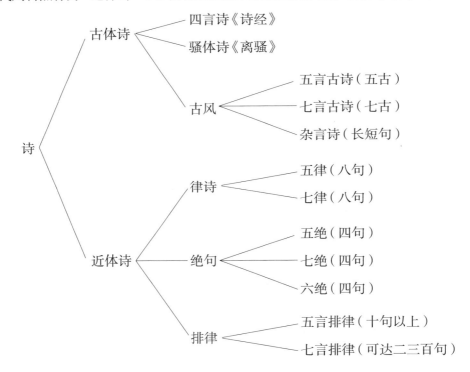

列名于诗后之"词",是一种新兴的音乐文学形式,它萌芽于隋,抽枝发叶于唐、五代,至宋而蔚然成林。一种文体的繁荣,必然与相应的文学形式的完备成熟密切相关,如同诗至唐代而彬彬大盛,宋词继唐诗之后成为一代文学的代表,也是因为词体词调之臻于至备至盛。据《康熙词谱》等书的统计,词共有八百二十余调,二千三百多体,而在《全宋词》与《全宋词补辑》中,宋代词人共用词调八百八十一个,如计入同调异名者,则共用一四〇七调,加之一调而多体,宋代词人所用词调大约有两千种体式。宋词之后元曲大兴,"元曲"分为杂剧和散曲两个部分,是散曲与杂剧的通称。散曲包括小令与套数两种形式,它们尤其小令是新兴的诗歌体裁,是中国古典诗歌继唐诗、宋词之后的又一个高峰,就诗歌体裁或形式而论,散曲是中国古典诗歌的晚潮与落霞。

就具体形式而言,中国古典诗歌中的诗词曲当然是各不相同的,如同春兰与秋菊,冬梅与夏荷,它们有各自的形态、色彩与芬芳,然而,如果说自然界的繁花虽然百态千姿,毕竟也会有它的共同的美质,那么,诗词曲在形式上特别是外形式上有什么共同的美学特征呢? 它们能给今日的新诗以怎样的形式启示呢?

中国古典诗歌的形式美,概而言之,我个人以为至少具有如下数端,即:整齐和谐之美,参差流动之美,音韵和鸣之美。

先论整齐和谐之美。

艺术之美,绝对包括形式之美,而形式之美的要义之一,就在于作品的外结构。一首优秀的诗,从结构的角度而言,除了内在的感情结构,文思的意脉结构,表现的意象结构,就是外在的表层结构即外结构了。结构,一般是指一篇或一部文学作品部分与部分之间关系的总和,是作品各个部分相互关联而形成的一个有机系统,而结构的外部有机形式即表层结构,是形成诗的结构美也即形式美的最基本的条件。我们谨从诗词曲中各举数例:

> 蒹葭苍苍,白露为霜。所谓伊人,在水一方。溯洄从之,
> 道阻且长。溯游从之,宛在水中央。
> 蒹葭萋萋,白露未晞。所谓伊人,在水之湄。溯洄从之,
> 道阻且跻。溯游从之,宛在水中坻。
> 蒹葭采采,白露未已。所谓伊人,在水之涘。溯洄从之,
> 道阻且右。溯游从之,宛在水中沚。
>
> ——《诗经·秦风·蒹葭》

> 玉露凋伤枫树林,巫山巫峡气萧森。
> 江间波浪兼天涌,塞上风云接地阴。

丛菊两开他日泪,孤舟一系故园心。

寒衣处处催刀尺,白帝城高急暮砧!

——杜甫《秋兴八首》之一

凤髻金泥带,龙纹玉掌梳。走来窗下笑相扶,爱道画眉深浅入时无?
弄笔偎人久,描花试手初。等闲妨了绣功夫,笑问鸳鸯两字怎生书?

——欧阳修《南歌子》

骊山四顾,阿房一炬,当时奢侈今何处?只见草萧萧,水萦纡,至今遗恨
迷烟树。列国周齐秦汉楚。赢,都变做了土;输,都变做了土!

——张养浩《骊山怀古》

整齐和谐之美,与汉字多为单音节有关。多为单音节的汉字,易于形成诗歌外形
的整饬对称和平仄的组合变化,同时,它也是欣赏者对于和谐的审美心理需求的
结果。古希腊大雕刻家坡里克利在《法规》中曾说:"美是多部分之间的对称和
适当的比例。"也是早在古希腊时期,毕达哥拉斯学派在美学上就提出了"美是
和谐与比例"的观点,他们认为成功的人体美与艺术作品,就是各部分之间的比
例对称,而"黄金分割"(又称"黄金律""黄金分割律")比例这一普遍适用最
易引起美感的形式美的法则,就是由他们首先发现的。文艺复兴时期,这一法则
广受推崇,认为是"不可违背的规律"。时至十九世纪,德国美学家蔡津于1854
年正式提出"黄金分割律"的名称与理论,使其成为完整的学说。产生于二十世
纪三四十年代德国的"格式塔理论",亦称"心理学结构主义",又名"完形心理
学美学",因为"格式塔"亦称"完形",完形心理学即形式心理学,主要研究审美
感知中的组织与结构,即侧重形式研究。其早期代表人物德国的考夫卡有《格
式塔心理学原理》《艺术心理学问题》等著作,他认为艺术作品各部分相互依
存,组成一个结构严谨的统一整体;其后期代表人物美国的阿恩海姆,有《艺术
与视知觉》《建筑形式动力学》等著作,他认为艺术创作的关键是把握住事物在
组织结构上的整体特征,因为在人的审美知觉经验中,内蕴着一种"完形"也即
对于"组织与结构"的要求,面对无序的零乱的图形,则产生心理的紧张与压迫

之感,要求改变不规则无规范的图形,使之成为完美的"格式塔"。上引之诗词曲,正可以中西互照与互证,说明整齐和谐之美是诗的形式美的首要特征。

中国最古老的诗歌总集《诗经》,是源远流长的中国诗歌的两大源头之一,另一源头则是以屈原的作品为代表的《楚辞》。除了少数例外,《诗经》的外形式是大体整齐的四言句型,换言之,整齐的四言乃《诗经》的基本句型。律诗与绝句,是在唐代定型并成熟的近体诗,五绝与五律,七绝与七律,系从汉朝以还的五言诗与七言诗发展而来,是更为严整的所谓"齐言体"。《秋兴》八首是杜甫律诗的巅峰之作,也是老杜的代表作之一,堂堂之阵,正正之旗,无论是内容与形式,均可作如是观。集大成于宋的词是继起于唐诗之后的一种新诗体,乃配乐而唱的歌辞。词之所以又称"长短句",因其句型饶多变化,词的特征之一就正是句型的长短不齐,而非"齐言体"。然而,尽管词的格式有两千多体,每首词的字数多少不同,句法与章法也鱼龙百变,但在流动错综之中,仍然有其另类的整饬之美,绝非毫无法度之杂乱无章。即以上引之欧阳修《南歌子》而论,句式有五言、七言与九言,是典型的长短句,杂言体,但上下片中的五言各为对偶,而且上下片的句式又两两相对,故在活泼流走之中仍然不乏整齐和谐之美,有如奔腾的河流,仍然有规范与约束它的河床与堤岸。曲,是元代盛行的又一种新诗体,它虽然对古代诗歌的常规有很大的突破,走向戏剧化就成为杂剧,这不在本文的讨论范围之内,走向散文化则成为包含小令与套数的散曲。散曲多写日常社会生活,大量使用口语,自由添加衬字,句型较词变化更多。然而,曲仍然在变化中有整齐,流动中有和谐,上引张养浩的作品就是如此。张养浩,是元代颇具才干又清廉正直最终在陕西领导救灾时因公殉职的地方大员,同时又是不仅以数量而且以质量取胜的大曲家,他以"中吕·山坡羊"为曲牌所写成的七首力作,是系列性的怀古伤时的组曲,其思想与艺术所达到的高度少人能及,堪称中国古典诗歌之顶级瑰宝之一。组曲中的《骊山怀古》一曲,句式虽然长短不一,但参差中仍可见整齐,流宕中仍可见和谐。除了形式美之外,它是一帖清凉散,一记警世钟,更是一把锋利无情的解剖刀,锋芒所至,超越时空而天地无言。

次说参差流动之美。

安定与和谐,是正常的自然与社会应具的基本形态,也是众生审美的基本心理诉求,然而,世界上的万事万物都处在不断的运动、发展与变化之中,静态是相对的,动态是永恒的,人的审美心理亦复如此。表现在艺术形式上,芜杂与畸形固然为审美心理所不取,呆板与僵硬同样也会为审美心理所排拒。音乐,是诉之于时间的乐音、旋律与和声的艺术,它除了整齐和谐之外,也必然要讲求参差与流动之美。绘画,是以线条、色彩、构图为手段,在平面上描形状物而获得立体感的艺术,"气韵生动",就成了中国古代绘画审美的最重要的要求,画史上所艳称的三国曹不兴的"曹衣出水"、东晋顾恺之的"春蚕吐丝"、唐代吴道子的"吴带当风",揄扬的就是绘画造型的流动之美。文字的书写艺术称为"书法",中国的文字由初期的象形与实用,走向后来纯粹的线形结构与表现艺术,书体有篆书、隶书、楷书、行书与草书,其书法形式在严整的法度之外也讲求流动之美,即字体结构的变态纵横势若飞动,尤其是以王羲之、张芝、张旭、怀素等人为代表的草书书法,更是具有令人赏心悦目意夺神飞的流动之美,"满纸烟云""惊雷掣电""凤舞龙飞""笔走龙蛇"等等,就是对草书的流动之美的形容与赞颂。文学艺术的门类虽各有不同,但它们的艺术法则却往往相通而无门户之见,因此,中国的古典诗歌除了讲究形式的整齐和谐之外,同样也追求参差流动的视觉美感。兹举数例如下:

> 噫吁哦,危乎高哉! 蜀道之难难于上青天!
> 蚕丛及鱼凫,开国何茫然!
> 尔来四万八千岁,不与秦塞通人烟。
> 西当太白有鸟道,可以横绝峨眉巅。
> 地崩山摧壮士死,然后天梯石栈相勾连。
> 上有六龙回日之高标,下有冲波逆折之回川。
> 黄鹤之飞尚不得过,猿猱欲度愁攀援。
> 青泥何盘盘,百步九折萦岩峦。
> 扪参历井仰胁息,以手抚膺坐长叹。
> 问君西游何时还? 畏途巉岩不可攀。
> 但见悲鸟号古木,雄飞雌从绕林间。
> 又闻子规啼夜月,愁空山。
> 蜀道之难难于上青天,使人听此凋朱颜!

连峰去天不盈尺,枯松倒挂倚绝壁。

飞湍瀑流争喧豗,砯崖转石万壑雷。

其险也如此,嗟尔远道之人胡为乎来哉!

剑阁峥嵘而崔嵬,一夫当关,万夫莫开。

所守或匪亲,化为狼与豺。

朝避猛虎,夕避长蛇,磨牙吮血,杀人如麻。

锦城虽云乐,不如早还家。

蜀道之难难于上青天,侧身西望长咨嗟!

————李白《蜀道难》

知章骑马似乘船,眼花落井水底眠。

汝阳三斗始朝天,道逢麹车口流涎,恨不移封向酒泉。

左相日兴费万钱,饮如长鲸吸百川,衔杯乐圣称避贤。

宗之潇洒美少年,举觞白眼望青天,皎如玉树临风前。

苏晋长斋绣佛前,醉中往往爱逃禅。

李白一斗诗百篇,长安市上酒家眠,天子呼来不上船,

自称臣是酒中仙。

张旭三杯草圣传,脱帽露顶王公前,挥毫落纸如云烟。

焦遂五斗方卓然,高谈雄辩惊四筵。

————杜甫《饮中八仙歌》

缚虎手,悬河口,车如鸡栖马如狗。白纶巾,扑黄尘,不知我辈可是蓬蒿人?衰兰送客咸阳道,天若有情天亦老。作雷颠,不论钱,谁问旗亭美酒斗十千?　酌大斗,更为寿。青鬓长青古无有。笑嫣然,舞翩然,当垆秦女十五语如弦。遗音能记秋风曲,事去千年犹恨促。揽流光,系扶桑,争奈愁来一日却为长!

————贺铸《行路难·小梅花》

悲风成阵,荒烟埋恨。碑铭残缺应难认。知他是汉朝君,晋朝臣?把风

云庆会消磨尽,都做北邙山下尘。便是君,也唤不应;便是臣,也唤不应!

——张养浩《〔中吕·山坡羊〕北邙山怀古》

　　冷清清人在西厢,叫一声张郎,骂一声张郎。乱纷纷花落东墙,问一会红娘,絮一会红娘。枕儿余,衾儿剩,温一半绣床,闲一半绣床。月儿斜,风儿细,开一扇纱窗,掩一扇纱窗。荡悠悠,梦绕高唐,萦一寸柔肠,断一寸柔肠!

——汤式〔双调·蟾宫曲〕

　　如前所述,近体诗主要指绝句与律诗,与现代新诗中的格律诗相对,它可以说是古典格律诗,或古典时代的格律诗,它包含押韵、平仄、对仗、字数、句式五要素。古体诗则是泛指唐代的律绝以前的诗体,包括五言古诗与七言古诗,以及唐以后称之为"歌行"的齐言体七古,与诗中含有七言句的杂言诗,因为它们不像绝句与律诗那样讲究平仄甚至对仗,押韵换韵也比较自由,所以与新诗中的自由诗相对,我称之为古典自由诗,或古典时代的自由诗。绝句与律诗的形式以整齐和谐见长,但也适度地讲求错综与流动之美,古体诗则虽也注意整饬与协和,但其外形式的表现则主要是参差流动之美。所谓"参差",就是有意改变整齐的句式,增减诗句的字数,使得诗句适度地长短不齐,有序地错综排列,其美学效果就是去板重甚至板滞之弊,而求变化之姿与活泼之趣。所谓"流动",就是在静态之外强调动态,在错综变化之中加强运动感与生命感,使得形式有流荡恣肆之味。这里,或许可以借用现代心理学的"意识流"一词,十九世纪美国实用主义哲学家、心理学家威廉·詹姆斯,在其《论内省心理学所忽略的几个问题》一文中说:"意识并不是片段的连接,而是不断流动的。用一条'河'或者一股流水的比喻来表达它,是最自然的了。"

　　据《全唐诗》统计,李白的七古有一五六首,杜甫的七古有一四一首,他们的这一体裁的作品不仅数量为唐诗人之冠,而且也代表了唐人七古最高的、后人已无法超越的成就。李白的《蜀道难》是袭用乐府古题之作,是杂言体的乐府歌行,时间由古及今,空间由秦至蜀,极写蜀道之艰难以及诗人主观的心理感受。在语言形式上,它的字数从三言、四言、五言、七言、九言直到十一言,极尽参差错综流走飞动之致,诗韵也突破了前人旧作一韵到底的程式,所以唐人殷璠编选《河岳英灵集》，曾说此诗"可谓奇之又奇，自骚人以还，鲜有此体调"，而清人沈德潜在《唐诗别裁集》中更赞美道："太白七言古，想落天外，局变自生。大江无风，波浪自涌。白云从空，随风变灭。此殆天授，非人可及。"由以上评语，也可见《蜀道难》诗形式的参差流动之美。需要说明的是，《蜀道难》虽呈流动之美的极致，所谓笔阵纵横，起雷霆于指顾之间，但却绝不零乱散漫，杂乱无章，除了前述的时空线索与有机结构之外，此诗在句法上既有缤纷的杂言，还有二十余句整齐的七言贯串撑持其间，而且主旋律"蜀道之难难于上青天"一语出现三次，分别置于诗的开篇、中间与结尾，反之复之，一线贯穿，所以它仍不乏整饬和谐之美。杜甫也是七言古诗的高手，如果说李白是"无法之法"的天才创造，那么，杜甫则是"有法之法"的才人手笔了。他的《饮中八仙歌》乃是作于长安的前期作品，分别写了秘书监贺知章、汝阳王李琎、左相李适、吏部侍郎苏晋、右司郎中崔宗之、吴郡长史张旭、翰林供奉李白、处士焦遂等八位酒友。这是一首"齐言体"的七古，也就是说全诗共二十二句，均为整齐的七言，李白的七古多为杂言，杜甫的七古多为齐言，这一特点上引二诗亦可佐证。匀为七言、整齐和谐之美自是不待多言的了，然而，《饮中八仙歌》却为何仍显示出参差流动之美呢？我以为就在于它的章法与句法。大略言之，杜甫创造性地在一首诗中写了八个人物，有如肖像诗，络绎而来，先后出场，看似意识之流，实为精心结撰。同时，对八个人物所用的笔墨有详有略，或两句，或三句，最多则四句如李白，如此不求平均分配，在句法上乃至诗的外形式上，就显出错落有致甚至奇诡多变了。清人王嗣奭说此诗"如云在晴空，卷舒自如，亦诗中之仙也"（仇兆鳌《杜诗详注》卷二引），就是有见于它的参差流动之美，沈德潜在《唐诗别裁集》中赞它"前不用起，后不用收，中间参差错落，似八章，仍是一章。章法古未曾有"，亦复可作如是观。我引此诗，未采用一般可见的连排之法，更可见其参差错落之致。至于诗与词在形式美方面的区别，主要则在于句式，当代学者管士光于此可谓要言不烦，一语中的："词的句式以长短参差不齐为主要特色，这一点与诗很不同。近体诗以整齐的五七言为特色，乐府诗、古体诗虽然间有杂言，但一般也以大致整齐的句式为主，唯独词在句式上别开生面，从一字句到十一句都有。"[①]

---

① 管士光：《宋词精选·前言》，大象出版社 2012 年版。

前引北宋贺铸之《小桃花·行路难》,抒写的正是如火山爆发而四射、如瀑布奔流而直下的志士失路的悲愁愤懑。全词可以说是一种特殊形式的诗,仅以唐诗而论,李白《别南陵儿童入京》的"仰天大笑出门去,我辈岂是蓬蒿人",李贺《金铜仙人辞汉歌》的"衰兰送客咸阳道,天若有情天亦老",李白《行路难》的"金樽清酒斗十千,玉盘珍馐值万钱",李益《同崔邠登鹳雀楼》的"事去千年犹恨速,愁来一日即为长",贺铸都能"巧取豪夺",为我所用而一炉而炼。原本是句式整齐的七言之诗,或原装或改装化用于词作之中,与全词的长短句式水乳交融在一起,汇成了较之诗更为照眼动心的参差流动之美。至于张养浩与汤式所作之曲,其纵横婉曲,跳跃变幻,也是充分表现了曲的错落参差纵放流动的形式美的特色。晚唐诗人兼诗论家司空图,著有影响深远的诗美学著作《诗品·二十四则》,"若纳水辐,如转丸珠。夫岂可道,假体如愚",这最后一品的题名即为"流动",他来不及读到后出的宋词和元曲,来不及欣赏它们风采另具的内容美与形式美,不然,他当会另有会心吧?

从以上的举例分析与论说可以看出,匀整可称常态,流动可称变态。过于整齐,容易流于板滞;过于划一,容易流于单调。板滞与单调,引起的是读者审美心理的疲劳感与抗拒感。十八世纪德国美学家温克尔曼倾向于美在形式,他认为艺术之美在于姿态优美、和谐与均衡,他提倡的是一种"高贵的单纯和静穆的伟大"的"静穆美"。在他之后的德国剧作家、批评家与美学家莱辛则与之相反,在他的名著《拉奥孔》中提出"化美为媚"之说,而"媚",就是动态美。而前述之格式塔理论在强调"完形"即"完整性"之时,也强调"运动变化性"即"动化原则",它认为已定型的艺术形式不能永远满足读者的审美心理需求,作家艺术家应该挑战新兴的更有趣味的美感,对已定型的形式作偏离性的变形尝试。中国古代的诗歌由四言、五言而至七言,就是整体形式的运动和变化,五古与七古多杂言体,也是不拘囿于"齐言"的变形,而近体诗中绝句与律诗的字数、句数、平仄与对仗虽都有严格的规定,但诗人们为了追求定型中的变形之美,严整中的流动之美,匀齐之中的参差之美,在字法、句法、章法乃至对仗的丰富多样方面呕心沥血,为今日新诗创作提供了永远没有失效日期的宝贵经验,如果"藏金于室而自甘冻饿",缺乏文化的底蕴、定力与自信,只是两眼向外,那既是古典诗歌的不幸,更是今日作者的悲哀。

再议音韵和鸣之美。

所谓"再议",既是承续前文"先论整齐和谐之美"与"次说参差流动之美"而来,也是因为在第十一章"语言的炼金术——论诗的语言美"中,我已经从韵、节奏和音调三个方面论说了诗语言的音乐美。这里,我再着重从形式美的角度,作一些补充说明,二者可以互参。

如前所述,形式可以分为内形式与外形式。诗不仅要美观即美视,在外形上给人以视觉之美,而且也应该美听,即诉之于受众的听觉,使他们获得艺术享受层次上的听觉之美。音韵是表情达意的,诗的音韵内蕴是诗人审美情意的声音表现,它的外形则是受众的听觉美感,不具图形而有"音形"——这是我无以名之而杜撰的一个名词,所以音韵可说是内形式与外形式之间的中介与桥梁。汉字是音形义的统一体,在古代,汉诗文的创作是在作者的吟诵中进行的,汉诗文作品首先是诉诸声音的作品,因此,我国古代的文论家要求一般的文章都要注意声韵美感。清人江慎修在《音学辨微》中说:"诗赋骈体,固须辨平仄,即时文对偶,亦必平仄调和,方有声响。散文亦必平仄相间,音始和谐。"而曾国藩在日记中也曾经说过:"情韵不匮,声调铿锵,乃文章中第一妙境。"他还在"八本堂"家训中说:"诗文以吟诵为本。"而当代学者、二十世纪五十年代中期我在北师大中文系就读时的老师启功先生,在他的《诗文声律论稿》中也谈及贾谊的名文《过秦论》的节律,指出即使是古代的散文,也有铿锵有致、抑扬顿挫的音乐之美。文章尚且如此,诗歌更何莫不然? 早在《文心雕龙》之中,刘勰就以专章《卷七·声律》篇论述诗文的声律之美了,他在开篇之后就说"故言语者,文章关键,神明枢机;吐纳律吕,唇吻而已",中间又说"则声转于吻,玲玲如振玉;辞靡于耳,累累如贯珠矣。是以声画妍蚩,寄在吟咏",结局又比喻说"古之佩玉,左宫右徵,以节其步,声不失序。音以律文,其可忽哉",作为古典文艺理论的皇皇大著,《文心雕龙》本身在形式上就具有整齐之美、参差之美与音乐之美。明代的诗论家谢榛的《四溟诗话》有相关的精到之见。例如,他就说过诗家要过"四关",即"诵要好,听要好,观要好,讲要好",而且他对于其心目中的四好出之以美文描绘形容:"诵之行云流水,听之金声玉振,观之明霞散绮,讲之独茧抽丝。"其中的"观",就是美看,即诉之于视觉美感的形式美,而作者或读者之"诵",受众或听众之"听",则是美听,即诉之于听觉美感的形式美。我国优秀的古典诗歌,不仅耐讲,而且也耐诵、耐听、耐观,具有整齐的美,抑扬的美,回环的美,使人如对明眸皓齿气韵高华的美人,就是因为它们能够入乐。先秦的古乐称"雅乐",汉魏六朝的音乐称"清乐",隋唐的西域音乐称"燕乐"("燕"与"宴"通)。《诗经》是配雅乐的歌词,"乐府"是配清乐的歌词,唐"绝句"与唐宋"词"是配燕乐的歌词。而今日许多既无美的内涵又乏美的形式的新诗呢? 则如同人所不欲观之矣的嫫母与东施了。

　　时至今日,古代的乐曲早已失传,但文本仍在。诵(非今日之朗诵,乃昔日之吟唱)之行云流水,听之金声玉振,诗的形式美中的音韵和鸣之美,仍存在于韵式、节奏、声调三个方面之中。就著者而言,在前面的第十一章中,我已前章之述备矣,除了上述"三方",三十年后此书再版我仍然没有太多新的发现和见解,这里只再行举例概而言之。先以北方的《诗经》与南方的《楚辞》为例:

> 桃之 / 夭夭,灼灼 / 其华。
> 之子 / 于归,宜其 / 室家。
>
> 桃之 / 夭夭,有蕡 / 其实,
> 之子 / 于归,宜其 / 家室。
>
> 桃之 / 夭夭,其叶 / 蓁蓁。
> 之子 / 于归,宜其 / 家人。
>
> ——《周南·桃夭》

　　《诗经》是古代的乐歌,其中的作品绝大部分为四言句式,换言之,四言句式是《诗经》的主要句式,此外尚有三言、五言、七言等为次要句式。诗学中之所谓"音顿",乃是后有顿歇的音组,音组的外化则是一个词或词组。《诗经》的句式大都为双音顿,即由两个双音词或双音词组构成,而其他的非四言句式,虽兼及其他句式,却仍以双音顿为其骨干。以上引之《桃夭》看来,它分别在第二、第四句押尾韵,即偶句韵,而每行两个音组,即双音顿,全诗的音调欢快而热烈,有如今日鸣奏之《婚礼进行曲》,因为此诗本是古代对新娘的祝福之辞。台湾当代诗人洛夫的"春／在羞红着脸的／一次怀了一千个孩子的桃树上"(《城春草木深》),其意象正是从《桃夭》转化而来,套用现代诗或现代派的手法和句式,则可说其诗分娩虽在当代,怀胎却早在两千年前。

刘勰在《文心雕龙·辨骚》中,以"其文辞雅丽,为词赋之宗"一语,对以屈原的作品为代表的楚骚形式美作了高度评价。楚骚的形式美可谓多姿多彩,霞蔚云蒸,即以体式而言,它既有如《诗经》一样的以四言为主的作品,如《天问》《九章·橘颂》《大招》与《招魂》,也有以六言、七言为主并杂有部分五言句的《九歌》,还有全篇是七言的《山鬼》和《国殇》,此外,《离骚》与《九章》中的大部分则是所谓标准的"骚体",它的源头是南方长江流域一种新兴诗体,如《说苑》所引的《越人歌》,《孟子》所引的《孺子歌》,其特征是节奏乃二、三音顿交错运用,多以"兮"字以增强抑扬顿挫的旋律之美,诗语言颇多楚语楚声。此外,屈原还首创了全篇皆为问句的发问型诗体如《天问》,台湾当代诗人余光中仿此就作有《小小天问》。屈原还首创了两人一问一答的答问型诗体《卜居》与《渔父》,唐诗人崔颢的名篇《长干行》二首,继承与传扬的正是屈子的一脉心香。《离骚》长达三七三句,《天问》长达三七四句,不便援引,此处仅从韵式与节奏的角度,略引楚骚中的一些片断:

> 纷吾／既有此／内美兮,
> 又重之／以修能。
> 扈江离／与辟芷／兮,
> 纫秋兰／以为佩。
>
> 汨余／若将／不及兮,
> 恐年岁／之不吾与;
> 朝搴阰／之木兰／兮,
> 夕揽洲／之宿莽。

——《离骚》

> 山峻高以蔽日兮,下幽晦以多雨。

霰雪纷其无垠兮,云霏霏而承宇。

————《涉江》

欲儃佪以干傺兮,恐重患而离尤。
欲高飞而远集兮,君罔谓女何之。

————《惜诵》

心犹豫而狐疑兮,适自适而不可。
凤凰既受诒兮,恐高辛之先我。

————《离骚》

　　根据闻一多的研究,楚辞中的"兮"字来源于民间乐歌的歌唱,相当于现代汉语中的"啊",它既表抒情,也表声音的延长和句与句之间的间歇。从上例可以看到,带"兮"字的奇句为三音顿,不带"兮"字的偶句为双音顿,句式相当整齐而且对称。但是,楚辞的句式还是颇多变化的,远远比《诗经》多样而丰富,即就上述例句而观之,按照常规的习用句法,修饰内美的"纷"字应置于"内美"之前,作者可能为突出内美之美不胜收,并且和下文表示披、带之意的"扈"字构成音节上的对称与和谐,就化句法的常态为变态,将形容词"纷"置换于句首。这种将形容词前置或副词后置(如"高翱翔之翼翼""神高驰之邈邈")之句式,在楚辞中所在多有。又如韵式,除了"转韵"与换韵之外,尚有首、尾韵,中、尾韵,交叉韵等多种形式。上引之《涉江》为首、尾韵,即奇句之首字相押,偶句之尾字相押;上引之《惜诵》为中、尾韵,即奇句的句中之字相押,偶句句尾之字相押;上引之《离骚》为交叉韵,即奇句之句尾字相押,偶句之句尾字相押,这样,就如同当代学者徐志啸所指出的:"楚骚的韵律美大大增加了作品的艺术蕴含与情感色彩,为楚骚的形式美增添了亮彩。"①

　　《诗经》之后的楚辞,出现了大量的五言句、六言句与七言句,是四言体诗向五七言体诗过渡的桥梁。屈原就是为这座具有历史意义的桥梁奠基的伟大工程

_____

　　① 参见徐志啸:《〈楚辞〉展奇》,浙江古籍出版社 2012 年版。

师。唐代近体诗盛行以前的五七言诗,统称为"古体诗",亦可称为"古风",有人甚至径直称为"古诗"。它既有齐言体,也多杂言体;它不限句数,长短无须统一,它既可押平韵,亦可押仄韵;它既可押偶韵,也可句句押韵乃至换韵。总之,古体诗同样讲求形式美中的音乐之美,如陈子昂的《登幽州台歌》:

> 前不见古人,后不见来者。
> 念天地之悠悠,独怆然而涕下!

前两句为五言,后两句为六言,乃前后参差的杂言体,然而,因为前后句均为三音顿,且前后两两相对,故参差中又不乏整饬。这首诗可称"杂言古体",亦可名为"古绝句",其韵式为偶句尾韵。古典诗歌未有不押韵者,不像今日之许多新诗都将押韵弃之如敝履了,真是可悲而又可惜,所以"者"字绝不能读今音之 zhě,而应读唐音或古音之 zhǎ,而与"下"(xià)字押韵,如辛弃疾的《踏莎行·赋稼轩集经句》:

> 进退存亡,行藏用舍(shǎ)。小人请学樊须稼。衡门之下可栖迟,日之夕矣牛羊下。　　去卫灵公,遭桓司马。东西南北之人也(yǎ)。长沮桀溺耦而耕,丘何为是栖栖者(zhǎ)。

"稼轩",是辛弃疾罢职后为自己在江西带湖别墅所起的名号,此词全是撷取儒家经典之句以成篇。上阕结句之"日之夕矣牛羊下",用《诗经·王风·君子于役》中之"日之夕矣,牛羊下来"句,下阕结句之"丘何为是栖栖者",化自《论语·宪问》中之"微生亩谓孔子曰:'丘何为是栖栖者与?'"此词全用经语化合成章抒情言志,不唯可见辛弃疾的腹笥丰厚与创造活力,而上下阕最后一词"下"与"者"的韵脚,既来自原典,又与陈子昂诗韵脚相同,真是天工人力,妙合无垠。

中国古典诗歌的体式由古体诗一变而为近体诗,再变而为词,再变而为曲,其体式都和音乐结下了不解之缘。换言之,音乐是催发剂,是它们赖以萌生和发展的必要条件,同时,汉语语言本身的音韵之美,也是它们各自的形式美的显著标志。汉语本身的音乐性大致有如下数端:汉语音节中具有乐感的元音十分丰富,声韵有和谐之美;汉语词的读音有轻有重,轻重相间,有节奏感和整齐之美;汉语声调分平仄两类,汉语词平仄相间,可增强节奏感与抑扬美;汉语中有大量的双声词、叠韵词、叠音词、同韵词,声音的复现构成回环之美;汉语之音节简短整齐,易于协调音乐美感。汉语的音乐性美不胜收,下面主要从音韵与平仄方面略作论列。

齐梁时的沈约早最提出了四声八病的声律论,因为汉语的字调有平、上、去、入四类,叫作"四声",现代汉语有阴平、阳平、上声、去声四个声调,而古汉语中的平声字在普通话中已分为阴平与阳平两类。日本遍照金刚在其《文镜秘府论》中引《文笔式》所作的归纳是:"平声哀而安,上声厉而举,去声清而远,入声直而促。"《康熙字典》所载《分四分法》的歌诀是:"平声平道莫低昂,上声高呼猛烈强,去声分明哀远道,入声短促急收藏。"简言之,阴平声发音高低不变或变化很小,阳平声先低后高,上声先高又低然后再高,去声则是先高后低。沈约等人将上、去、入三声合称为仄声,将阴平声称为平声,以显示声音的高低起伏与节奏的长短相间,以表现诗歌的声调与节奏的美感(现代汉语则一二声为平声,三四声为仄声)。西洋诗歌通过轻重音的交替构成音步形成节奏,汉语近体诗则是通过平仄长短高下的交替实现节奏。近体诗分为绝诗(绝句)与律诗两类,每类复为五言、七言两体,分称五绝、七绝,五律、七律。其音韵美获致的最基本的手段是:专押平声韵,必须分清字词的平仄而且平仄相对,律诗的中间两联必须讲究平仄调谐的对仗。诗之后的词是一种新兴的诗体,唐五代人称之为"曲子词",即因为它是配曲合乐而唱的歌辞。比之近体诗词的格律,更严格、更复杂,也更丰富多样,例如说句法、章法的合于不同词谱的要求,加之领字、叠字、叠句、叠句的运用等,便更增添了词文本本身的音韵之美。词后之"曲",是前朝已有但到元代始盛的另一种新诗体,它与词有许多不同之处,但也有相似之点,即与音乐密切配合的音乐之美。不过,词与曲虽然都要按谱歌唱,但曲分小令与套数两类,曲多运用衬字,曲辞不仅要分别平仄,还要分辨上声与去声,一首曲辞一韵到底而不能换韵,等等。一言以蔽之,"在音律上,曲比词的要求更为严格"①。如此,元曲在形式美方面所显示的音韵之美,虽然时隔七百余年,我们也仍然可从

---

① 参见程毅中:《中国诗体流变》,中华书局 2013 年版。

纸上目睹而于想象中耳闻。

这里且从诗词中略引数例,从形式美的角度稍加申说(以"竖"表仄声,以"横"表平声,以①⊖表可平可仄):

　　　　寒雨连江夜入吴,平明送客楚山孤。
　　　　①丨－－丨丨－　⊖－①丨丨－

　　　　洛阳亲友如相问,一片冰心在玉壶。
　　　　⊖－①－丨丨　－丨－－丨丨－

　　　　　　　　　　　　　　　　——王昌龄《芙蓉楼送辛渐》

　　　　剑外忽传收蓟北,初闻涕泪满衣裳。
　　　　①丨①－－丨丨　－－①丨丨－－

　　　　却看妻子愁何在,漫卷诗书喜欲狂。
　　　　⊖－①丨－－丨　丨丨－－丨丨－

　　　　白日放歌须纵酒,青春作伴好还乡。
　　　　①丨⊖－－丨丨　－－丨丨丨－－

　　　　即从巴峡穿巫峡,便向下襄阳向洛阳。
　　　　⊖⊖①丨丨－－丨　①丨　－－丨丨－

　　　　　　　　　　　　　　　——杜甫《闻官军收河南河北》

　　当代唐诗专家管士光在《唐诗精选》中,曾评说"王昌龄被后人称为'七绝圣手',在七绝这一诗体的发展上有特殊贡献",并特别指出他的作品"意境浑厚含蓄"而"语言圆润流畅",而杜甫则是"无体不精,尤其是七言律诗,更达到了炉火纯青的境界"[1],证之上引王昌龄的绝句与杜甫的律诗,可谓此言不虚。从音韵而论,沈约在创立"永明体"诗歌时,曾要求"一简之内,音韵尽殊,两句之中,轻重悉异",唐诗则是将平上去入诗化为平仄两类,即将"四声律"简化为可操作性强而又可有所变通的"平仄律",而且范围由绝句的"两句"之中扩大到

————————

[1]　管士光:《唐诗精选》,大象出版社 2012 年版。

律诗的两联之间。绝句是以四个诗句为一首诗的结构单位,两句之间平仄相对,出句与对句的声律不同,第三句具有承上启下别开境界的转折作用;律诗则以八个诗句为一首诗的结构单位,一联之内平仄相对,两联之间则必须平仄相粘,其整体状态是,每联出句与对句的声律有异,各联之间的平仄也不相同,加之如绝句结构一样但体式扩大了的起承转合所造成的节奏感,便使形式美中的音韵美达于极致。对于王昌龄此诗,管士光在《唐诗精选》中特别标举其"以音调谐美、感情真挚见长",对杜甫此诗呢,更可谓"好评如潮"了,清人黄周星《唐诗快》说"写出意外惊喜之况,有如长江放流,骏马注坡,直是一往奔腾,不可收拾",清诗人查慎行《初白庵诗评》说"由浅入深,句法相生,自首至尾,一气贯注,似此章法,香山以外罕有其匹",清人浦起龙《读杜心解》先说"八句诗,其疾如飞",在逐句逐联赏析之后,他的结语是此诗乃老杜"生平第一首快诗也"。谚云:"熟读唐诗三百首,不会吟诗也会吟。"前"吟"是指创作,后"吟"是指欣赏特别是指吟诵、吟咏甚至吟唱。唐人的律体诗尤其是其中的绝句,都是可以吟唱的,今日仍传为美谈的"旗亭画壁"的故事就是证明。至于由歌女们歌唱的宋词,则更是具有音乐之美,词与曲比翼双飞,如北宋与南宋之交的陈与义的《临江仙》:

忆昔午桥桥上饮,	⊙|⊖--||,
坐中多是豪英。	⊖-⊙|--（韵）。
长沟流月去无声。	⊖-⊙||--（韵）。
杏花疏影里,	⊖--||,
吹笛到天明。	⊙||--（韵）。
二十余年如一梦,	⊙|⊖--||,
此身虽在堪惊。	⊖-⊙|--（韵）。
闲登小阁看新晴。	⊖-⊙||--（韵）。
古今多少事,	⊖--||,
渔唱起三更。	⊙||--（韵）。

《临江仙》这一词牌是双调,上下阕相同,共六十个字。其形式既有整齐和谐之

美,亦有参差流动之美,同时,上下阕各三次押同一韵部的韵脚,而且上下阕各句之间的平仄相间,这样就更充分地显示了音韵和鸣之美。又如岳飞的《满江红》:

怒发冲冠,	⊙|--,
凭栏处、潇潇雨歇。	⊖⊖|、⊖-⊖|(韵)。
抬望眼、仰天长啸,	⊖⊙|、⊙-⊖|,
壮怀激烈。	⊙--|(韵)。
三十功名尘与土,	⊙|⊖--||
八千里路云和月。	⊖-⊙|--|(韵)
莫等闲、白了少年头,	|⊙-、⊙||--,
空悲切。	--|(韵)。
靖康耻,犹未雪;	⊖⊙|,-⊙|(韵);
臣子恨,何时灭。	⊖⊖|,--|(韵)。
驾长车,踏破贺兰山缺。	|⊖-、|||--|(韵)。
壮志饥餐胡虏肉,	⊙|⊖--||,
笑谈渴饮匈奴血。	⊖⊙|--|(韵)。
待从头、收拾旧山河,	|⊖-、⊙||--,
朝天阙!	--|(韵)。

《满江红》为双调,九十三字,其间平仄相间,且多用对仗,共押九个韵脚。慨当以慷忧思难忘的英雄情怀,借助这一词牌的大声鞺鞳风起云飞的音韵,而获得了令懦夫立志壮士起舞的美学效果。

　　白居易在《与元九书》中说:"诗者,根情,苗言,华声,实义。"他将诗比喻成为主干植根于土的开花结果的植物,而照眼动心的花就是音韵。除了无花果,植物而无花光,将是何等大煞风景,诗如果没有形式美中必具的韵律之美,怎能叫读者听者能"不亦快哉"呢? 意大利大诗人但丁早在《论俗话》中就说:"诗不是别的,而是写得合乎韵律、讲究修辞的虚构故事。"(《文艺理论译丛》③,人民文学出版社 1958 年版) 而苏联热衷于诗朗诵的名诗人马雅可夫斯基在《怎样作诗》一文中更是极而言之："韵律 (节奏、拍子) 是诗的基本力量,基本动力。"(《马雅可夫斯基选集》第 5 卷,人民文学出版社 1961 年版) 今日我们读唐诗宋词元曲,虽然乐谱大都不传,我们已经无缘领略无福享受那一番诗音乐的盛宴,但其形式美中的音韵之美并未完全与时俱逝,我们在诵读之时也仍然会聆听到其中的诗的音乐,穿越遥遥山水茫茫岁月,从千年前、从七百年前隐隐传来。

三

　　大略言之,中国的古典诗歌可分为"古体诗"与"近体诗"两大类 (后者在广义上包括词与曲),以今日的诗学话语视之,古体诗可称为中国古代的"自由诗",近体诗可视为中国古代的"格律诗"。在中国古典诗歌的广阔天地里,自由诗与格律诗各呈奇光异彩,各有胜构佳篇,它们如双峰对峙,似二水分流,而又互相呼应和交汇。自由诗虽然自由却仍有法度与节制:如句式虽长短参差,但五言特别是七言乃是全篇的骨干;如必须押韵而且可以转韵与换韵;如语言与篇幅的简约精练;等等,一言以蔽之,古典自由诗自有艺术的自律,绝不流于散漫杂乱毫无诗意的自由化。同样,格律诗虽然格律森严甚至细入毫芒 (杜甫"晚节渐于诗律细"《遣闷戏呈路十九曹长》),但它也仍然追求活泼流动的生命:如句式与节奏的变化,韵式的丰富与多样,平仄的调谐,衬字与虚字的运用,等等,一言以蔽之,古典格律诗虽然是戴着镣铐跳舞,但在一举手一投足之间,也仍然有回旋的天地,也仍然有对自由的向往,力避固化与僵化。

　　如果说,在诗的体式或形式上,中国的古典诗歌是以"自由诗"与"格律诗"这两种形态,在相对独立平行但又互相影响中向前发展,那么,中国的新诗也同样如此。胡适,不仅以他发表于一九一七年伊始的《新青年》上的《文学改良刍议》和后来撰写的《白话文学史》,成为中国新文学的奠基人,而且以他在一九一七年二月《新青年》上发表的八首白话诗,成为中国新诗的创始人,因为它们是最早的新诗,所以应该被认定为中国新诗史的起点。中国新诗的历史行将百年,在风雨百年的轨道上,行驶的也正是自由诗与格律诗的两个车轮。这里,我且从历史的后视镜里,做匆匆一瞥式的世纪回顾。

　　在二十世纪之初,新诗作为新文化运动和白话文运动的一部分,排斥并取代了中国传统诗歌而崛起于诗坛,随后成为中国诗歌的主流。因为新诗从诞生之日起就割断了与传统诗歌这一母体的脐带,用胡适的主张而言就是"诗体大解放",所以新诗的形式就全部是从西方引进而来,二行体、三行体、四行体、五行体、六行体、七行体、斯宾塞九行体、十四行诗、连行不分节体、无韵体(素体),如此等等,如潮水般涌进国门。从西方诗歌引进的"分行"形式,不仅成为新诗的基本形式,连带使无标点不分行的传统诗歌在书写与排印上也予以分行,这是胡适对中国诗歌的一大贡献。然而,他同时又倡导"有什么话、说什么话;话怎么说,就怎么说",在时风时雨之中,自由诗便勃然而兴,并且长期成为新诗形式的主体。从新诗草创时期由胡适、刘半农、鲁迅、康白情、刘大白、刘延陵、郭沫若、冰心等人创作的白话诗、自由诗、小诗,到后来新诗发展进程中的各种各样的流派与诗体,如以李金发等人为代表的象征诗派,以戴望舒等人为代表的现代派,以蒲风为代表的中国诗歌研究会的大众派,以艾青为代表的七月派,以杭约赫、穆旦(查良铮)、袁可嘉为代表的九叶派,他们采用的都是自由体新诗形式。从二十世纪五十年代之初迄今,除了五十年代初期何其芳昙花一现地重提格律诗的主张,除了郭小川在六十年代前后着意进行辞赋体的格律新诗的创作,加上近些年来一些学者与诗人对格律诗的提倡,放眼诗坛,基本上仍是自由诗的天下。老一辈诗人大都中西诗学兼通,而改革开放以来的新时期涌现的诗作者,大多既缺乏深厚的古典诗歌的修养,又只能从译文上去仿效西方诗歌,而不能直读原文而"与西诗短兵相接"(余光中语)——十九世纪英国名诗人雪莱早在《诗辩》中说道:"译诗是徒劳无益的,把诗人的创作从一种语言翻译成另一种语言,犹如把一朵紫罗兰投入坩埚,企图由此探索它的色泽和香味的构造原理,其为不智一也。"美国现代名诗人佛罗斯特更将诗说成是:"翻译中所丧失的东西。"——这些见解虽然不免绝对,但也颇有道理。由于中西诗学之修养欠缺,加之误解了自由诗的"自由",以为自由就是随心所欲,信马由缰,再加之俗世红尘中浮躁虚华之心的驱使,纸质媒体与网络上发表之远胜古代的便利,许多诗作者早已没有了"两句三年得,一吟双泪流"和"为人性僻耽佳句,语不惊人死不休"的创作态度与殉道精神,于是,或直露拖沓或艰涩难明而且又毫无形式美感的自由诗,极端散文化与恶性西化便大肆泛滥而且严重成灾。梁实秋早在一九三一年初发表的《新诗的格调及其他》一文中就曾说："新诗,实际就是中文写的外国诗。"时至一九四八年,朱光潜在《文学杂志》发表《现代中国文学》一文,他有感而言曰:"旧形式破坏了,新形式还未成立。"四十年过去后的二十世纪八十年代,美籍华人历史学家唐德刚在《胡适口述自传》中,从胡适一九二〇年出版的《尝试集》生发开去,仍然认定新诗至少是还未脱离"尝试阶段"。迟至今日,情况仍不容乐观,尤其是自由诗形式的乱象更是与时俱进。在《怎样读新诗》的长文中,香港学者黄维樑认为"五四以降数十年来发表过的新诗,坏的作品恐怕比好的作品多",他指出"随意分行、松散零乱的新诗,是新诗的大病,其实这些东西根本不能称得上是诗"。他出以比喻痛而言之:"诗写得零乱,不比乱开汽车,会弄出人命。但不会写诗的人乱写他所认为是诗的东西,且以诗人自命,结果浪费读者的时间,损伤诗的声誉,使诗道卑下,这也是一种公害。"①诗学专家、诗歌翻译家丁鲁在他的《中国新诗格律问题》一书中,也曾一针见血地痛下针砭:"我们当然不应一概反对自由诗。但不能不说,无限的自由,已经败坏了中国新诗的声誉,因为这使许多作品成了'非诗'。"他颇具洞见地指出:"诗歌作品应该真正是诗,是好诗;应该真正是中国的诗,中国人的诗。无论格律诗也好,自由诗也好,一切随意写出来的东西,不注意语音美感的东西,都是不能长久流传的。"②丁鲁此书,是近些年来少见的全面而深入地研究新诗格律的重量级学术著作,而且他还和学者吴广平联手,以白话格律诗的形式,翻译了以屈原作代表的全部楚辞,企望对今日新诗的诗体建设有"他山之助"。

在中国新诗史上,对格律诗的探索虽然较之自由诗的创作起步略晚,像起跑线上发令枪响之后慢了半拍的选手,但随即跟进,诗人与诗论家对格律诗的试验与探索,也贯穿了中国新诗发展的全过程,至今仍然还在上下而求索。诗人与诗论家力图创建新体的格律诗,原因是多方面的:中国传统诗歌以格律诗为主体,古典诗词曲的节奏韵律和优美形式已经形成了一种集体无意识,乃至整个民族的诗学记忆;新诗的形式固然是从西方引进的,但新诗运动的先驱者们大都学贯中西,他们不但熟悉西方的自由诗,也亲炙了西方的格律诗,明白如同中国传

① 黄维樑:《怎样读新诗》,香港学津书店 2002 年增订新版。
② 丁鲁:《中国新诗格律问题》,昆仑出版社 2010 年版。

统诗歌一样,西方的自由诗与格律诗也好像血缘相同的兄弟,也有似并行而不悖的双行道,这是中外攸同的普遍诗学规律;作者与读者都不满足于单一的自由诗,尤其是那种散漫拖沓毫无审美规范的自由诗,出于矫枉心理,他们便呼吁并进行格律诗的探索和创作。

刘半农,应该是最早意识到不能率意而为而应该创造新诗体的先驱,其《我之文学改良观》发表于一九一七年五月一日的《新青年》,他提出要“增多诗体”,要“自造或输入他种诗体”,而他作于一九二〇年后由赵元任谱曲的名作《教我如何不想他》,我以为是新诗史上最早的格律体新诗,全诗四节,各节的格式大体相同,但前二节与后二节又构成对称,各节的一、二句与四、五句分别押韵,且以“教我如何不想他”一语一线贯穿。然而,刘半农此诗和其他诗人讲求格律的诗作,如刘大白的《别后》、冰心的《繁星(七)》、郭沫若的《天上的市街》等,都还只是潮水来临之前的讯息,自觉的群体性的格律诗探索与创作之大潮,要到一九二六年至一九三一年才洪波涌起。弄潮儿向涛头立,弄潮的是闻一多、徐志摩、朱湘、饶孟侃、刘梦苇、孙大雨等不少人所组成的“新月诗派”,这是以闻一多与徐志摩为主将的中国新诗史上的第一个格律诗派。一九二六年五月,闻一多在《晨报副刊·诗镌》上发表《诗的格律》一文,提倡现代格律新诗的“三美”,即音乐美(音节),绘画美(辞藻),建筑美(节的匀称和句的匀齐),并以收辑在诗集《死水》中的作品实践了他的主张。徐志摩的格律诗见解,先后见于他在《诗镌》创刊的所作的《诗刊弁言》与终刊时所作的《诗刊放假》,他表示要发现新诗的“新格式”与“新音节”,他认为“一首诗应当是一个有机的整体,部分与部分相关联,部分对全体有比例的一种东西”,他收入《翡冷翠的一夜》与《猛虎集》中的作品,就是他诗歌格律主张的实践。朱湘的第一本诗集《夏天》都是自由体新诗,一九二七年出版的《草莽集》则多是格律体新诗,其中以《葬我》与《采莲曲》为标志性作品,尤其是后者,不仅完善了对称式格律体新诗的形式,而且在现代新诗中也洋溢着古典词曲的音韵。简而言之,闻一多的格律诗作多为诗形整饬的节奏型,主要表现为整齐美,徐志摩、朱湘的诗作多为整饬中有参差的旋律型,二要表现为抑扬美与回环美,他们所共同建立的,是中国格律新诗有垂后意义的不可磨灭的纪念碑。

一九三二年以后,格律体新诗的创作由高潮而趋于低潮,原因是多方面的。从新月派本身而言,主将之一的闻一多一九二八年去武汉大学任教,于诗创作金盆洗手,转而致力于学术研究,另一位主将徐志摩一九三一年飞机失事而英年早逝,于是从此群龙无首;从整个诗坛而言,二十年代以李金发等人为代表的象征派诗歌兴起,形成了与格律诗派相对峙的象征诗派,在相当长的时期里作者不少,有方兴未艾之势;从时代而论,一九三一年"九一八事变"之后,抗日军兴,自由体新诗能更迅速更具当下性地抒写时代的情绪。不过,其间仍有一些诗人坚持格律体新诗的理论探讨与实际写作,如年轻学者诗人吴兴华命名"绝句"的系列绝句体的新诗尝试,如何其芳《汉园集》中的《花环》《预言》等篇章表现了对格律美的追求,如林庚的格律体新诗集《北平情歌》《冬眠曲及其他》,如主要从事自由体新诗的九叶派诗人袁可嘉的格律新诗《沉钟》与《岁暮》,等等。又如臧克家,他虽然提倡自由诗,"不赞成一定的形式",认为"形式一固定便成了一种限制",但他在闻一多的影响下,也十分讲求字句的锤炼与篇幅的严整,如《老马》《洋车夫》等名篇即是。即令如提倡诗的散文美而以自由诗见长的艾青,一九三八年也写有每节十行、两节均衡对称的格律诗《手推车》,一九五四年与一九七九年更分别作有可称半格律体的《礁石》和《盼望》。

创建现代格律体新诗的潮头再次涌动,是以一九五四年何其芳发表《关于现代格律诗》一文为标志。他继承和发展了闻一多关于"三美"的理论,提出了"顿诗"的主张,认为顿数虽然多少不一,但每行的顿数应该基本一致,以口语写出而讲求顿(音节,或称音步)和押韵的规律的,才是现代格律诗,他的《回答》一诗,就是对这一理论主张的实践。当时,由何其芳此文引发了一场现代格律诗的大讨论,主要的文章有美学家朱光潜的《谈新诗格律》,语言学家王力的《中国格律诗的传统和现代格律诗的问题》,老诗人卞之琳的《谈诗歌的格律问题》,学者兼诗人林庚的《关于新诗形式的问题和建议》。老一辈诗人臧克家文章的题目是《精炼、整齐、大体押韵》,题目中所标明的三个方面,可视为他对格律诗的特征与要求的基本看法。不过,在当时的社会环境和历史条件下,这一关于格律体新诗的讨论,还没有到达高潮就已悄然退潮,也没有出现颇具影响的作品,倒是在五十年代与六十年代之交,郭小川吸收了诗词曲赋特别是赋之铺排和诗之对仗以及小令之灵动的艺术乳汁,创作了一批铺张扬厉音韵铿锵的对称体格律新诗,如叙事诗《将军三部曲》,如抒情诗《甘蔗林——青纱帐》《厦门风姿》《伊犁河》《雪满天山路》,等等,在当时颇具影响,也为诗体的建设留下了可贵的经验。至于格律诗理论的深入探讨与格律诗创作的全面复苏,则要等到数十年后改革开放的历史新时期,才能再度提上议事日程。

新诗的历史将近百年,其形式如人们所言尚未成熟,但我认为也无须苛求,从《诗经》到唐代近体诗的确立,历史的车轮走过了约一千六百年之久,百年新诗大约还正当小小少年。中国的现代新诗也必然如古典诗歌一样,实行自由诗与格律诗的双轨制。在诗的形式建设上,我以为问题的关键是,既要移植借鉴西方诗歌的形式,但也必须吸收融汇本民族传统诗歌的艺术资源。朱光潜多年前就曾指出:"许多新诗之不能引人入胜,正因为我们的新诗人在运用语言的形式技巧方面,向我们的丰富悠远的传统里学习得太少。"①而早在一九二二年上海亚东图书馆出版俞平伯的诗集《冬夜》之时,朱自清在序言中就极为前瞻地表述了他即使到今天仍颇具针砭性的见解:"我们现在要建设新诗的音律,固然应该参考外国诗歌,却更不能丢了旧诗、词、曲。""旧诗词曲底音律的美妙处,已为我们理解、采用,而外国诗歌因为语言的睽异,就艰难得多了。"我以为,现代自由诗应该有艺术的自律,应该吸收古典格律诗整饬和谐的长处,散中有整,约束篇幅,句子不要过于长短参差,不押严韵也应注重宽韵,不能将自由诗贬低为分行的而且是蹩脚的拖沓乏味之散文。与此同时,现代格律诗则应该吸收古典自由诗的参差流动之美,整中有散,注意句式与音韵的变化,力避呆板凝固之弊。骆寒超是我国当代研究成果卓著且最具系统性与学术性的诗学专家,曾出版《骆寒超诗学文集》十二卷,②其中第一、二、三卷分别是《汉语诗体论·结构篇》《汉语诗体论·语言篇》和《汉语诗体论·形式篇》,体大思精,胜义纷呈。在《形式篇》中,第六章以"两大体式"为题,专辟两节分论"自由体诗及其规范特征"与"格律体诗及其规范特征",第九章则以"呼唤新形式"为题,以三节的篇幅分论"格律化自由体""自由化格律体"和"浑成体"。在诗的形式无论就宏观研究与微观研究而言,骆寒超的论述可谓集前人之大成而又时出己见。卑之无甚高论,我只以为新诗中的自由诗与格律诗这两大体式,尚可细分为四类,即:自由诗,半自由诗;格律诗,半格律诗。

① 朱光潜:《朱光潜批评文集》,珠海出版社1998年版,第223页。
② 《骆寒超诗学文集》,人民文学出版社2000年版。

　　顾名思义,格律诗诗形严整,字句齐一,讲究押韵;半格律诗则具有格律诗的基本要素,但却又相对宽松与自由。自由诗节段与篇幅无一定之规,句子长短不一,可以或往往不押韵脚;半自由诗则有自由诗的参差之美与流动之趣,但却同时兼具格律的某些艺术元素,如句式大体整齐,注意内在的旋律与外在的押韵。以下分别举例说明。

　　巧合的是,在海内外诗人赠我之诗中,正好有自由诗、半格律诗、半自由诗三种。自由诗是台湾诗人洛夫一九八八年五月八日所作的《湖南大雪——赠长沙李元洛》。[1] 我与他均为湘人,神交数载,从一九八五年开始,我前后撰长文短论共八篇,在大陆读者尚不知洛夫为何许人也之前,最早引进和推介他的诸多诗作。《湖南大雪》是两岸开放我们初次相晤前夕的作品,诗中所云之冒雪来长沙夜访,均系被赋有诗之特权的诗家的想象之辞。除诗前所引《诗经·小雅·采薇》篇之"昔我往矣,杨柳依依,今我来思,雨雪霏霏"之外,全诗长达一百一十七行,就篇幅而言,在洛夫的自由体抒情诗中,仅次于他《血的再版——悼亡母诗》和《杜甫草堂》。这是一首典型的现代自由诗,全诗分为五节但行数多少不一,依顺序分别为三十二行、十七行、十二行、二十六行和三十行,每行的字数也长短不齐,最长者为十五字,最短者为两字,且全诗不但未押尾韵、不设标点,篇中前后或彼此照应之韵也付之阙如。然而,此诗广获好评,而且被论者视为洛夫的代表作之一,除了超越友朋赠答的习见的小格局,构成俯仰天地、浮沉古今的大世界,表现了一种深沉而悲怆乃至悲壮的历史感、民族感和宇宙感,也在于表现手法与遣词造句的传统与现代的交融,也在于全诗形式虽开阖自由却具有激扬回荡的感情旋律。台湾诗人余光中的《楚人赠砚记——寄长沙李元洛》,[2] 则另是一番风采。二〇〇五年,我与余光中应邀参加于四川成都举行的元宵诗会,在峨眉山下的峨眉宾馆,我赠他一方端砚,他返台后于当年五月答以此诗。此诗为"斯宾塞体"。斯宾塞(又译史宾莎)(一五五二——一五九九),英国文艺复兴时期的诗人,其诗诗体完美,富于音乐性,对英国诗歌格律的形成有很大的影响,被称为"斯宾塞体",或称"斯宾塞九行诗体"。它是在英国诗人

---

① 李元洛:《写给缪斯的情书——台港与海外新诗欣赏》,北岳文艺出版社 1992 年版。
② 《中国当代名诗人选集·余光中》,人民文学出版社 2006 年版。

乔叟(一三四○——一四○○)的"七行诗体"的启发下演化而来,为斯宾塞所独创,每节九行,首八行为"五步格",即每行含十个音节五个音步,第九行为"六步格",即含十二个音节六个音步,九行的韵脚为 ababbcbcc。斯氏之名作《仙后》及较长之诗《圣安妮节前夕》,即用此体,以后仿效者众,如济慈。余光中有《圣安妮节前夕》之中译,而《楚人赠砚记》则正是此体的移植。不过,他移植的只是此体的结构形式,在音节音步及韵式等方面则并未一仍其旧,宽松的韵脚,跨行的句法(跨行句亦称奔行句或待续句),或骈或散的句式,使得此《楚人赠砚记》一诗所调配的,是格律与自由的鸡尾酒,故我称之为"半格律诗",近似于骆寒超所云之"自由化格律体"。至于"半自由诗",则近似于骆寒超所云之"格律化自由体",如新加坡诗人蔡欣的《石砚情——赠湖南李元洛》:

　　一方石砚在手
　　心里　骤然又荡起
　　渺渺云烟
　　问远方　滔滔江畔
　　可还歌鼓着湘灵?
　　问有客辗转传来的
　　是石砚沉甸甸
　　还是　思念沉甸甸?
　　在南岛这三伏天
　　摩挲着　清凉凉新砚
　　一石心情才微凹
　　怎么就滑落滚滚思潮
　　滚滚　澎湃回三年前
　　赤道的某个会堂
　　会堂里　某个大雪纷飞的
　　冬夜的湖南
　　便落肚不是茅台
　　只要湘音诵开

酒意　早醉了五湖四海

说不尽烛光的韵事

说不尽　海的这岸

或者那岸

有多少种缪斯的风采

多少种　都翩翩趑趄

汇入　我的诗涛起伏的胸怀

遥望北面　是长沙的方向

长沙过去是汨罗

汨罗汨罗　传说

是一脉血管

自两千年前

流经那浩瀚的心脏

错误地逶迤入

我这腔太小的南方

在这五月　鼓声如雷鸣

看潮涨潮落

荡起一片楚歌回荡

鼓声震醒五月

叹我　局促在小书房

叹三年一约云烟将过

只余几朵　盘桓在

青龙舞爪的湘石上方

凹下斜斜这砚幽情

摩挲是一片清凉

近闻是一缕幽香

贴耳静听

岩层内暖暖脉动

不正是一江汨罗轰响

一九八八年七月,我应新加坡华人作家协会与歌德学院之邀,赴新忝列华文文学大同世界第二届国际研诗会。在歌德学院举行的诗歌朗诵晚会上,我即席背诵洛夫新写成而寄我的《湖南大雪》,如潮之掌声刚停,旅美之老诗人周策纵教授起而戏言,建议将我的名字与洛夫连在一起,全称“李元洛夫”。隔日之《联合早报》上,即刊出蔡欣之《致李元洛夫》一诗。一九九一年五月,湖南作家代表团访问新加坡,我托团长、诗人未央带去湖砚一方赠蔡欣,遂有蔡欣此诗。此诗乃自由诗体,全诗四十七行,一气而下,不分节段,句型亦长短不一。我之所以称它为“半自由诗”,是因为它在形式上虽然相当灵活自由,却不同于我们习见的毫无节制信马由缰如同分行散文的自由诗,它讲究音韵和旋律,其韵脚也随感情的起伏激扬而多所变化,并非单调地一韵到底,其中除了多用跨行句以显示现代自由诗的风采,也多用排比、对仗、复沓、照应等传统语言方式,表现了格律的某些艺术元素的作用。《石砚情》是自由半格律,与第七章所引蔡欣的格律诗《让我斟一杯茅台》,其间的分别判然立见。

如前所述,新诗诞生不久之后,对格律诗的探求和实验就由新月派掀起了高潮,以后仍波澜起伏,其中就包括了本是西方的十四行诗的中国化。十四行诗,国人也音译为“商籁体”或“声籁体”,是欧洲的格律谨严的抒情诗体,其奠基人是文艺复兴时期意大利“桂冠诗人”彼德拉克(又译“佩脱拉克”),人称“彼德拉克体”,又名“意大利式”。这一诗体传至英国,莎士比亚在写作三十七个剧本的同时,结合英语的特点又以余力创作了一百五十四首十四行诗,对原有的格律予以改造、变化和丰富,人称“莎士比亚体”,亦名“英国式”或“伊丽莎白式”。在莎士比亚之后的英国大诗人密尔顿(又译弥尔顿)也写作十四行诗,其韵脚排列与彼德拉克、莎士比亚之作同中有异,故称“密尔顿十四行诗”。音韵与段落上呈现的整饬而回旋的形式美,为十四行诗的显著特色,因此得到具有格律诗传统的中国诗人的厚爱。在中国,以英文写作十四行诗最早者为胡适,以中文写作十四行诗先行者为闻一多。近百年来,创作十四行诗各具成就与特色的诗人众多,其中尤著者有闻一多、徐志摩、朱湘、戴望舒、冯至、卞之琳、何其芳、唐祈、唐湜、郑敏、屠岸、丁芒、白桦等人,台湾与海外有纪弦、周策纵、彭邦桢、余光中等人。当代老诗人屠岸,其十四行诗写作发轫于二十世纪四十年代之初,而他翻译的《莎士比亚十四行诗集》早在 一九五〇年即已印行问世。一九八〇年代因时趋势,年华已经渐老的他焕发了如歌德所云的"第二届青春",迎来了他十四行诗创作的花季,一九八六年由花城出版社印行的《屠岸十四行诗》,一九九〇年在人民文学出版社出版的《讴歌人的自白——屠岸诗选》,就是嫩蕊商量细细开之后的果实。我且引他的一首近作以供观赏:

刘彻吟唱道:白云飞——
秋风升腾于原野上一池秋水;
王子安墨迹:秋水共长天一色——
滕王阁从此屹立为千古崔巍。

秋水啊秋水,你是丰姿? 是神态?
秋水为神玉为骨:杜子美唱道。
秋水啊秋水,你是眼波? 是眉黛?
一双瞳仁剪秋水:李长吉挥毫。

高人泛驾于秋水之上,任逍遥:
秋水至时,百川灌河……听河伯
与海神对话,归结为万物一齐。
庄周哲学永远在秋水中蹉跎……

为什么秋波成为眼睛的代号?
灵魂的窗口非你莫属,你知道……

——《望秋水》

这是一首出色的中国化的英国式十四行诗。首先它是不多不少的十四行,合于十四行诗总的行数规范,其次,它遵循了英式十四行诗严谨的格律规范。十四行诗大都由四个诗节或两个诗节构成,两个诗节为(八六),四个诗节常见的意大利式为四四四三,英式为四四四二,《秋水》的诗节正是英式。在押韵方面,意式十四行诗前两个四行组是拖韵,后六行两个三行组有多种变化,而英式十四行诗前面三个四行组用交韵,结尾两行是偶韵,《秋水》的韵式正是如此。在音步方面,英式十四行诗以每行轻重格五音步为多,闻一多倡音尺说,孙大雨倡音组说,何其芳倡音顿说,屠岸大多数十四行诗为每行五音组,每组多为二至三字,《秋水》大体也是这样。尤为可贵的是它不仅是标准的英式十四行诗,也是中国化的十四行诗,它描写的是中国有关秋水的人文和历史,表现的是中国人的人生理趣与感悟,激扬的是中国古典律诗遗传的神韵。老诗人在《答〈未名诗人〉问》时曾说:"中国现代派应带有中国特色。对西方现代派的手法可以借鉴,但模仿是没有出息的。"诚哉斯言,善哉斯言!

在当今诗坛,骆寒超是理论与创作双管齐下的学者兼作家。他的诗学研究贯通古典与现代,融汇中国与西方,连接学府与文坛,兼顾理论与创作。即就诗体建设而论,他也作了极具理论深度与实践价值的探究,这一方面的专著,有他的三十余万字的《汉语诗体论·形式篇》为证。此篇由上、中、下三个部分所构成,即"旧诗的回环节奏类形式""新诗的推进类形式"与"新诗的未来形式建设",而有关的单篇文章,最重要的则是《论二十世纪中国新诗的形式探求及其经验教训》《论新诗的规范和我们的探求》等。他不仅纸上谈兵,而且投笔从戎,承续少年时代的诗人之梦,在二十世纪八十年代之末开始着意写作自由体诗和格律诗,尤其是十四行诗。一九九七年在浙江文艺出版社出版的《三星草——汉式十四行诗三百首》,就是他和唐湜、岑琦的十四行诗的合集,而《骆寒超诗学文集》第十二卷《白茸草》所选收的二百多首新诗,创作时间从二十世纪五十年代起,但最具特色与分量的仍是后期的十四行诗。只是因为很少发表等种种原因,其诗名不免为文名所掩。他的十四行诗的难能可贵之处,就是以中国古典诗歌作为大背景与参照系,充分发挥汉语语言的优势和长处,对这一西方诗体作了自己的东方式的改造,力求十四行诗的中国化。在段式和韵式方面,他没有墨守意式或英式的成规,而是尝试各种章法结构,各种声韵节奏,如"四四四二""四四三三""四三四三""三四三四""二四二四二""二三四三二""七七"等型号的诗节组合,甚至全诗不分节段,浑然一体。押韵则一节一韵,每节换韵。尤其是以"鹧鸪天""浪淘沙"乃至"凉州词""霜天晓角""晓风残月"命题的词,更是他自云的"继承传统的一次更大胆的行动"。如《鹧鸪天》:

给我苎萝村口的芳郊

浣纱滩碧水流藻

五月风里的鹧鸪天

绿遍古原草

呵,烟霞烟柳,春情春潮

江南的鸣声唱彻

故家的春晓

给我琴妮湖边的鲜花

圣母院钟声飘瓦

孤帆远影的鹧鸪天

情断珊瑚沙

呵,远山远水,古堡古塔

异国的鸣声唱彻

春晓的故家

骆寒超生于西施故里,也曾作为中国作家代表团的一员栖停于法兰西的客舍。他的故国之思与异国之梦交织在一起,将东方意象与西方意象汇于一诗,其词法句法则颇有宋词与元曲中小令的风致,而首节的结句"故家的春晓"与第二节的结句"春晓的故家",则有中国古典回文诗的独具意趣。全诗十四行,诗分两节,每节七行,是骆寒超所自创的"七七"式。整首诗是严整而活泼的格律诗,骈散结合,对仗精严而流走多姿,有如坚实的堤岸守护的河床中,歌唱的是浪花四溅的流水。都云作者痴,谁解其中味?这种中式的十四行诗,来自异域而植根中土,不得以"十四行诗的误区"视之,慧心的读者吟诵之余当别有会心。

二十世纪八十年代伊始,格律诗探索的第三次浪潮因时而至。先后出版了一些格律诗选和有关格律诗的研究著作,成立了"中国现代格律诗学会",许多诗人不满于现行的极端的自由诗之弊而潜心格律诗创作,其中就有老诗人刘章和青年诗人高昌。他们的特点是新旧体诗兼攻,不仅娴于传统诗词,也以新诗写作见胜,同时相约进行"八行体"的格律诗的写作试验,合作出有《白话格律诗》

一书。刘章的八行体,其形式大体为不分节段的八行,和四句一节总共八句的八行,以及两句一节总共四节的八行。如《无题》:"六合天地,人海茫茫,斗转又星移。生活有多少话题,问能留下,几多记忆? // 多少花朝,多少月夕,往事怕重提。只要是不曾忘记,爱是美丽,恨也美丽!"全诗共分两节,四句一节,句式对称,结构严谨,但对称的句式仍有长短之分,所以精严中仍有灵动之趣。又如《演员》一诗:

> 要心碎你就心碎,
> 要流泪你就流泪。
> 不要问我:"你演的是谁?"
> 唤醒自己的真情味!
>
> 唤醒自己的真情味,
> 不要问我:"你演的是谁?"
> 要流泪你就流泪,
> 要心碎你就心碎。

此诗名为八行体,实际上却可视为四行体,因为第二节乃第一节的重复,准确地说应该是"反复"。诗人运用的是古已有之的"回文诗"的"回文"修辞手法,颠之倒之,反之复之,不仅加强了全诗的音乐美感,也强调了诗所含蓄的令读者思而得之的意味与意旨。这首诗,可能是在戴望舒的名作《烦忧》一诗的影响下写成,但却同而不同,同中有异,它们是似曾相识却各具光彩的两颗小小的珍珠。

　　高昌的八行诗却是另一番面目。从形式而言,他的这类作品在段式上采取的均是"二四二"的诗型,首尾两节句式大体整齐,有时也略有参差,而且各篇首尾两节的字数可以不一,没有一定之规,但中间四行每行的字数却大体为九个字,有时略有增减,但两句与两句却仍整齐划一。押韵的方式则为一韵到底,试举二例如下:

这些西瓜是一些小小的奇迹
率领翠绿的藤蔓在夏天隐居

用自己纯植物的方式
过世上最椭圆的日子
包蕴所有的辛酸和苦涩
珍藏所有的纯朴和甜蜜

草摆向南草摆向北草摆向东草摆向西
是它们清凉了这个火烫的火烫的夏季

——《西瓜地漫笔》

不断地有人接到一张车票，
去和死人挤在一个车厢里。

生命就像一只始祖鸟，
飞来飞去全都是历史。
车轨就像一本老皇历，
翻来翻去全都是昨日。

身后追着一个泪流满面的孩子，
"不朽"——这倒霉孩子的名字！

——《八宝山杂感》

　　这是两首题材截然不同而形式相同的诗。前者写的是农村，后者写的是城市；前者写的是自然，后者写的是社会；前者写的是活泼泼的生命之颂歌，后者写的是阴沉沉的死亡之咏叹。咏西瓜地之作我以前曾偶有所遇，但均为自由诗，如此讲究格律且尾句有汉乐府《江南》之遗韵的新格律诗，则得未曾见。至于咏八宝山而直抉生命之悲剧意义而表达所谓"终极关怀"之作，而且出之以如斯之格律形式,则更是发人警醒的空谷足音了。

自由诗与格律诗,是车之两轮,是鸟之双翼,是同一血缘的姐妹花。两轮不可能也不应该有一轮摧折,双翼不可能也不应该有一翼铩羽,姐妹花不可能也不应该有一花萎败。两轮可以彼此互辅,两翼可以比翼齐飞,在诗之广阔的天地里和深厚的故土上,姐妹花当嫣红姹紫并蒂而开!

天上的日月星辰,地上的江河湖泊,高耸入云的山岳,依时绣地的百花,它们是造化的钟灵毓秀,各有其或撼人心魄或摇人心旌的形态与风神,何况是人的智慧所创造的诗歌?难道它们不应该有美的形式?

艺术形式与艺术内容是不可分割的统一体,艺术形式是艺术内容所赖以表现的中介与载体,艺术内容脱离了艺术形式则无所附丽,同时,艺术形式作为作家、艺术家的审美精神创造,它又具有相对的独立性,所以文学艺术的各个门类,都孜孜于各自的美的艺术形式的创造与探究,这种创造与探究的过程,绝非一蹴而就,而是路漫漫其修远兮的美的历程。

在诗歌创作中,最核心最具有审美意义的艺术问题,就是意象与形式。意象偏重于内容何以表现,形式偏向于内容怎么表现。中国的古典诗歌如同陈年的醇酿,如果翻译成为现代的白话,即使分行押韵,文字高明,转换之间美酒也就化成了清水,由此可见形式具有何等重要的审美价值与意义。

中国古典诗歌诸多美的形式的定型与成熟,是诗人的殷殷心血与历史的漫漫时光共同创造的结晶。新诗有传统诗歌可以继承,有外国诗歌可以借鉴,有近百年来前辈诗人的经验与成果可以汲取,在形式的创造上应该事半而功倍,只要我们认识到艺术形式的重要而不妄加轻忽,只要我们有虔诚的为艺术而殉道的精神。

第十三章　天人合一　写照传神

——论诗的自然美

　　法国十九世纪前期的文豪，人称"法兰西的莎士比亚"的雨果，早在《〈光与影集〉序》中就说过："诗人的两只眼睛，其一注视人类，其一注视大自然。"美国十九世纪的思想家、散文家爱默生在《自然》一文的开篇也曾说："大自然好像人类生命舞台的背景，既适合喜剧，也适合悲剧。"茫茫宇宙中的小小地球是人类生存的唯一家园，大自然本是人类"诗意地栖居"之所，自然之美本是造化的恩赐，而好山好水则是自然之美的主体，但生态环境的污染与破坏所形成的生态危机，已经和道德危机、精神危机、价值危机、文明危机一起，成为今日人类面临的五大危机。天人合一，写照传神，古往今来那些抒写和赞美自然之美的诗的胜构佳篇，总是让身处危机中的现代人的我们悠然回眸，怅然回首。

　　山水诗，是我国古典诗苑中风姿独具的一枝。"秩秩斯干，幽幽南山。如竹苞矣，如松茂矣"（《斯干》），"汉之广矣，不可泳思。江之永矣，不可方思"（《汉广》），这枝花，在《诗经》对山水自然景色的描绘里，萌生了它的第一片嫩叶；"帝子降兮北渚，目眇眇兮愁予。嫋嫋兮秋风，洞庭波兮木叶下"（《湘夫人》），"采三秀兮于山间，石磊磊兮葛蔓蔓。怨公子兮怅忘归，君思我兮不得闲"（《山鬼》），这枝花，在屈原对洞庭和巫山的吟唱中，流溢着它早播的第一缕芬芳。而后，经过几百年时间的孕育，"东临碣石，以观沧海。水何澹澹，山岛竦峙。树木丛生，百草丰茂。秋风萧瑟，洪波涌起。日月之行，若出其中；星汉灿烂，若出其里"，在我国山水诗第一枝报春的早梅——曹操《步出夏门行》中的第一章《观沧海》开放之后,由于陶渊明以及中国最早的山水诗人谢灵运、谢朓等诗人的着意栽培,在汉魏六朝时期的晋宋之际,山水诗在诗苑里开始占有了一隅之地,而随着盛唐诗歌的百花齐放,山水诗便呈现出了姹紫嫣红的景象。虽然宋代以后元明清三代还有不少出色的山水诗,但唐代毕竟是中国古典诗歌山水诗的全盛时期,以至一千多年后的今天,当我们在诗苑中流连欣赏之时,仍倾心于唐代山水诗艳丽的色彩与馥郁的芬芳。

新诗,已经有了近百年的历史,作为对古典诗歌传统的继承、发展与革新,新诗中的山水诗之花,也仍然在新的土壤上和新的季候风中开放,尽管它似乎还远不如盛唐山水诗那样繁茂和多彩,也还没有足够的名篇杰构让人们背诵传唱。人生存和生活的环境,除了社会环境,就是自然环境,山水是自然环境的主体,自然美是"美"的一个重要方面,而诗对自然美的表现,主要也是在山水诗中。为了促进新时代的山水诗这一品种的发展和繁荣,这里,且让我从审美的角度,对当代山水诗的美学特征作一个粗略的轮廓式的描画。

一

山,是自然界中一种最普遍的景象,水,是自然界中一种最普遍的物质。十九世纪英国艺术家、艺术评论家约翰·拉斯金(又译罗斯金)说:"造化为了愉悦人,在自然美景的安排上,用心最多,希望由美丽的景色来教化我们,并和我们对话。"山水之美,就是自然美景的一个重要组成部分,也是人类生活中重要的审美对象。在我国最古老的诗歌总集《诗经》里,写山的诗句不少,写水的诗句更多。美国的华生在《中国抒情诗歌》中,对《唐诗三百首》中的作品做了一个统计:写山的有一五〇处,山与风共写的有一一五处;写水的有七十九处,河八十一处,海三十六处,浪二十一处,泉十八处,湖与池十七处。他所说的虽不全是严格意义上的山水诗,而着重指的是山与水这自然界两个重要的元素在三百多首唐诗中出现的次数,但我们也可由此看到山水在自然界以及在人类生活中的地位。俄国作家、文学批评家车尔尼雪夫斯基不是曾从美学的角度赞美过水吗?他说:"水,由于它的形状而显出美。辽阔的、一平如镜的、宁静的水在我们心里产生宏伟的形象。奔腾的瀑布,它的气势是令人震惊的,它的奇怪突出的形象也是令人神往的,水,还由于它的灿烂透明,它的淡青色的光辉而令人迷恋;水把周围的一切如画地反映出来,把这一切屈曲地摇曳着,我们看到水是第一流的写生画家。"(《论崇高与滑稽》)[①] 从这里可以看到,山水之美,是自然美的主要的范畴。

所谓山水诗,即直接并主要是以山水为审美对象的诗作。在中国,《诗经》《楚辞》以及汉魏乐府和文人诗作中,都有不少描写山水的部分,在外国,在荷马的史诗与罗马帝国时期的叙事诗里,也有大幅的山川的描绘,但是,在上述这些中外诗作中,山水并没有占主要的地位,还不曾具有独立的美学价值,它们只是一种背景的烘托、环境的渲染、题旨的陪衬,在诗中只是起衬托的次要的作用。而山水诗,则是山水在诗中不复处于陪衬的地位,而成为全诗独立的美感观照的主体对象。自然美,我以为一是指山水的普遍意义的自然美,一是指山水的特殊意义的自然美,而一首优秀的山水诗所表现的自然美,正是上述两种美的形态在新颖的富于美学意义的意象中的融合,而天人合一,力图感受、捕捉和表现山水的这种自然之美,正是当代山水诗的一个重要美学特征。

在一般意义上来说,自然美,不论是指经过人类加工改造过后的自然美,还是天球不琢的原始状态的自然美,都是指自然事物的美。艺术作品中自然事物的美,一方面包括了自然事物的客观自然属性,也就是美的自然形式和自然形象,如线条、色彩、形体的均衡、对称、变化统一等自然质料与自然规律,这是构成自然美的客观基础,否定了这一点,认为自然美仅仅是人们的主观情感和意识外射于自然物象的结果,如十九世纪与二十世纪之交意大利哲学家、历史学家克罗齐所说"美不是物理的事实,它不属于事物,而属于人的活动,属于心灵的力量",[②] 这就否定了自然美的质的规定性和客观存在性,就会陷人主观唯心主义的泥沼。在我国,晋代文学家嵇康不是早就说过"嘉鱼龙之逸豫,乐百卉之荣滋"(《琴赋》),清代散文家方苞不也说过"凡山川之明媚者,能使游者欣然而乐"(《游雁荡山记》)吗?另一方面,承认自然的美是第一性的,但不能排斥人对自然的感受和认识的第二性。自然事物之所以成为人的审美对象,是和人对它的主观审美感受与审美评价分不开的,是人的思想意识与主观感情对自然美

---

① 《车尔尼雪夫斯基论文学》(中卷),人民文学出版社 1965 年版,第 103 页。
② 转引自:《西方美学家论美和美感》,商务印书馆 1980 年版,第 291 页。

作审美观照后的结果,即中国古典哲学与诗学所说的"天人合一","天地与我并生,而万物与我为一","登山则情满于山,观海则意溢于海"。如诗人彭浩荡的《桂林的山》:

> 一万匹天国的骆驼,
> 遛出了篱门,
> 自由地徜徉在漓江之滨。
>
> 盛怒的神,
> 一夜之间将它们化成了岩石,
> 于是,平地崛起了,
> 山的一支奇特的家族!

从古到今,咏唱桂林山水的诗作多得有如天上的星斗。自从唐代杜甫在浣花溪畔写出"五岭皆炎热,宜人独桂林"(《寄杨五桂州谭》)的畅想曲之后,"江作青罗带,山如碧玉簪"(韩愈《送桂州严大夫》),"地窄山将压,江宽地共浮"(李商隐《桂林》),"桂岭环城如雁荡,平地苍玉忽嶒峨。李成不在郭熙死,奈此百嶂千峰何!"(黄庭坚《过桂州》)"桂林山水甲天下,绝妙漓江秋泛图"(清人金武祥《遍游桂林山岩》),这些描写桂林的山的诗句,尽管角度不同,但都重在表现桂林的山的自然之美。(1983 年,在独秀峰之读书岩,桂林市文物工作者发现被钟乳石所覆盖之诗碑,上刻南宋的郡守王正功两首诗,第二首之起句即为"桂林山水甲天下,玉碧罗青意可参",时在宁宗嘉泰元年(1201),故此金句的作者,应归于这位地方官王诗人名下)。彭浩荡《桂林的山》抒写的虽然是和前人相同的自然对象,而且这一对象本身千百年来并没有多少变化,但诗人却能有自己独特的不与别人雷同的审美感受,同时又能通过自己的独特审美感受的抒发,来不一般化地表现桂林的山的自然美。在这首诗中,主要意象一是"骆驼",一是"岩石",主要手法是对骆驼作动态描写,对岩石作静态刻画,以虚比实,动静相生,而贯穿其中的则是诗人对桂林的山的线条、形态与气韵的审美判断,是诗人对于祖国大好山河的热爱之情。在咏桂林的山的新诗之林中,彭浩荡的《桂林的山》无疑是出类拔萃之作，我们不必强求它蕴含多么深厚的思想意义，或有其他象征暗示的内蕴，它只是偏于主观审美感受地表现了自然本身固有之美而给人以赏心悦目的美的享受，给人以向上的精神的愉悦，正所谓"对自然美的悠然神往的欣赏，赶走我们的一切回忆；我们简直没有想到什么，只想到眼前欣赏的对象而已"（车尔尼雪夫斯基《当代美学概念批判》）[1]。擅长写山水的诗人蔡其矫在《回声续集》的"后记"中，谈到他所写的关于桂林山水的诗，他说这些诗"在意境上得到旧诗词的启发，但又自觉把古典山水诗中的出世思想，变为现代人心理上必然具有的欣赏山水和热爱山水生活的天然联系"，如《漓江》一诗的片断：

> 上面是青色的长缕的云
> 左右是陡立的绿色的山
> 下面一条浅蓝的江透明如水晶
>
> 而水底闪烁着彩色的卵石
> 仿佛为这青绿色的世界
> 铺就一条鲜花的大道
>
> 一叶扁舟悄悄地划过
> 把倒映在水里的晴岚翠色
> 散作万千的金圈和银丝
> 颤动在蓝天里

是的，自然美的特点之一就是形式胜于内容，而自然界的山水主要也是以它们的形式美取悦于人，因此，艺术地富于美感地表现了山水的形式之美，就可能成为好作品。中国传统画中有在唐代为吴道子所正式创立的山水画，西方现代画中有产生于十六、十七世纪之交的荷兰而后在法国与意大利得到发展的风景画，有的山水画与风景画虽然也有寄托，但很多却只是自然美的集中再现和典型表现，

---

① 见《美学论文选》，人民文学出版社 1957 年版。

如达·芬奇在《论绘画》中所说的"第二自然",即按照作家艺术家的审美方式创造的更完美的自然,也就是他们所加工创造的艺术作品。其中有不少佳作被人们视为珍品。如中国某些优秀的古典山水诗,如荷兰后印象派名画家梵高的《向日葵》与《星夜》。在当代新诗创作中,如擅长写山水的诗人孔孚的《海上日落》:"青苍苍的海上,铺条玛瑙路。太阳走了,像喝多了酒。果然跌倒了,在天的尽头。"诗人传神地写出了海上日落的美景,给人以美的享受,这种诗当然也是好诗。又如余光中的《山中传奇》:"落日说黑蟠蟠的松树林背后／那一截断霞是他的签名／从焰红到烬紫／有效期间是黄昏／几只归鸟／追过去探个究竟／却陷在暮色,不,夜色里／一只,也不见回来——这故事／山中的秋日最流行。"这真是一首绝妙的风景小品,不让王维与孟浩然的山水绝句专美于前。因此,对于山水诗我们也不能一律要求它们具有深厚的思想意义,并以此作为衡量山水诗的高下的唯一标尺。

在特殊的意义上来说,自然美是指特定的时间、地点和条件之下的自然事物之美。任何自然美,都不是一个脱离特定时间与特定空间的抽象的存在,它既具有美之所以为美的美的普遍性,表现出自然事物的美的本质,也具有美之所以为美的独特性,显示出自然事物的"这一个"的个性。"天之任于山无穷"(石涛语),同是四川的山,民间就流传着"剑阁天下雄,夔门天下险,峨眉天下秀,青城天下幽"的谚语,这"雄""险""秀""幽",就是人们对不同之山的独特自然美的独特审美发现。而宋代画家郭熙在他的《林泉高致·山水训》中,不也早就说过"真山水之烟岚,四时不同:春山艳冶而如笑,夏山苍翠而如滴,秋山明净而如妆,冬山惨淡而如睡"[①]吗?同是桂林的山,其风姿美态也是同中有异的,客观上给诗人们提供了美的创造的广阔天地,如"孤峰不与众山俦,直入青云势未休。会得乾坤融结意,擎天一柱在南州"(张固《登独秀峰诗》),独秀峰既是桂林的山,它有桂林的山的美的普遍性,独秀峰又是桂林的山中的独秀之峰,它又有作为桂林的山的"这一个"的独特性。张固的诗感受、把握并表现了这种美的独特性,这就是开篇所说的"孤峰不与众山俦"吧?它独特地表现了独秀峰的独特之美,绝不可能移易于别处来形容其他的山。在张固之后,清诗人袁枚接踵而来,他年轻时做客桂林,也写了《登独秀峰》一诗:"来龙去脉绝无有,突然一峰插南

---

① 《历代论画名著汇编》,文物出版社 1982 年版,第 67 页。

斗。桂林山形奇八九,独秀峰尤冠其首。三百六级登其巅,一城烟火来眼前。青山尚且直如弦,人生孤立何伤焉!"仍然是戛戛独造,可谓不让张固之作独擅于前。"风格即人",这是十八世纪法国著名文学评论家布封《论风格》中的名句。然而,诗人表现自然美,何尝不也要求表现作为审美对象的自然美的独特美质?"满天风雨是苏州""流将春梦过杭州""二分无赖是扬州""风声壮岳州""淡烟乔木隔绵州""旷野见秦州""黄云画角见并州",如果说,前人的名句隽语都是如此风情独至地表现了不同地域之风物的美的特征,对于自然美的表现当然更要讲求美在独特,显示出自然形象的具体性与独异性,而不能诉之于概念化和类型化。例如桂林山水,唐代韩愈《送桂州严大夫》中的"江作青罗带,山如碧玉簪",历求被称为写真的名句,但是,韩愈实际上并没有到过桂林,缺乏对桂林山水独到的美的体验,因此,这两句诗美则美矣,然而却仍不免有些浮泛,用于描绘其他佳山胜水也似无不可。郭沫若有见及此,一九六三年三月他在游阳朔时就曾说过:"罗带玉簪笑退之,青山绿水复何奇?"这里,我们且欣赏艾青作于一九五三年的《西湖》:

> 月宫里的明镜
> 不幸失落人间
> 一个完整的圆形
> 被分成了三片
>
> 人们用金边镶裹
> 裂缝以漆泥胶成
> 敷上翡翠、涂上赤金
> 恢复它的原形
>
> 晴天,白云拂抹
> 使之明洁
> 照见上空的颜色

　　在清澈的水底

　　桃花如人面

　　是彩色缤纷的记忆

"水光潋滟晴方好,山色空蒙雨亦奇。欲把西湖比西子,淡妆浓抹总相宜",苏东坡的《饮湖上初晴后雨》是古典诗歌中写西湖山水的冠军之作,艾青的《西湖》恐怕也是咏西湖的众多新诗中的上乘之篇了。苏东坡以浙江的西湖喻浙江的美人,他灵心独绝的就近取喻,以"西湖"与"西子"的同字巧妙绾合,写绝了未经人工的西湖山水所独具的自然美;艾青从西湖尤其是西湖的"三潭印月"落笔,月宫明镜,地上西湖,上下辉映,交融莫辨。杭州西湖本多桃花,清人杨昌浚题湖心亭的名联即是:"桃花红压玻璃水,萍藻深藏翡翠鱼。"诗人在全诗结尾请桃花出场,也正是切景切题,且平添佳趣。总之,艾青以他独特的审美感受和空灵华美的意象,表现了经过人工改造后的西湖的独特自然美。今古两位大诗人时隔千年,他们在西子湖边不期而遇,握手言欢,共同向中国诗歌的宝库,也向人间天上的西湖,贡献出他们的诗的双璧。

二

　　永州(今湖南省永州市),是唐代柳宗元度过十年贬谪岁月的地方。"千山鸟飞绝,万径人踪灭。孤舟蓑笠翁,独钓寒江雪",他的《江雪》所表现的那种冷峻凄清的境界,所渲染的那种寒冷寂寥的氛围,固然是他政治上失意后孤标傲世的心情的反映,但也不能不说是他所处的那个时代的某种折光。除了《江雪》等名篇之外,他还有一首《渔翁》:"渔翁夜傍西岩宿,晓汲清湘燃楚竹。烟销日出不见人,欸乃一声山水绿。回看天际下中流,岩上无心云相逐。""西岩",即流经县城的潇水之西岸的朝阳岩。这首诗的意象和《江雪》虽有所不同,但大体上是《江雪》的主调的变奏。

　　物换星移几度秋。时间的流水已经逝去了一千多年,如果诗人柳宗元魂兮归来,那他的山水诗也会呈现出新的面貌,而不会只是重复过去时代的意境了,何况是我们今天的山水诗的作者呢? 我们可以看到,当代新诗创作中的许多优秀的山水诗,不仅艺术地表现了山水的自然之美,使欣赏者产生赏心悦目的美感,同时,在山水诗的艺术形象之中,还显示出由于审美的时代差异而带来的时代精神和时代特色。

美,不仅包容了审美客体本身的美质,而且也包含了审美主体对客体的认识和评价。山水诗在审美上的时代特征,是由如下两个方面的原因形成的。一方面,山水之美不仅有自然属性,而且有社会属性。未经人类加工改造过的山水是这样,经过人类加工改造过的山水更是如此。因为自然美和人类社会实践是不可分割的,自然美之所以成为人们的审美对象,除了它本身的本质属性之外,还由于它是人的本质力量的对象化,是在人类长期的社会实践与人们长期的审美过程中形成起来的。所以,自然美就是自然属性和社会属性的统一,它必然会带上或深或浅、或明或暗的时代的印记。另一方面,如同艺术美不同于自然美一样,艺术中的自然形象与自然界中的自然形象也有不同。"每一种艺术都属于它的时代和民族"(黑格尔《美学》),作为自然美的艺术表现的山水诗,它必然要显示出一定时代的作者的审美意识,表现出一定时代的、民族的审美趣味、审美观念和审美理想。同时,审美意识并非一成不变的凝固化的东西,而是随不同时代的社会实践的发展而发展,随不同时代的社会理想而呈现出新的面貌。总之,山水诗的时代特色,归根结底由自然与人类社会生活中的美学关系或称审美关系所决定。那么,当代山水诗对时代精神或时代特色的显示,究竟有哪些途径呢?

充分显示情景的时代色彩。山水诗描绘的是自然界的山水,有的山水还处于未经加工的原始状态,有的则是人类直接改造过的对象,不管怎样,在今天,整个自然正处在从"人化的自然"到"自然的人化"(马克思《一八四四年经济学——哲学手稿》)的过程之中,反映着特定时代的人与自然的关系。同时,山水本身虽然是无意识的,但山水诗却饱含着特定时代的作者的审美情感,它不同于一般的拙劣的风景照片,而是一个时代的作者的审美创造。我以为,时代色彩不十分鲜明的山水诗,只要它具备了其他的作为诗所必须具有的素质,只要它表现了山水的美质,能使人产生喜悦和愉快的美感,它仍不失为一首好诗,我们绝不能用过于狭隘的标尺去否定它;相反,对于那些具有鲜明的时代色彩和强烈的时代精神同时又具备了诗之特质的山水诗,我们却也应该予以充分的肯定,那种反对在山水诗中反映时代精神的观点,至少是片面的。这里,我要着重提出的是贺敬之的《桂林山水歌》与郭小川的《伊犁河》。逝者如斯夫,不舍昼夜,数十年过去了,虽然它有那个特定的时代的投影,但我仍然以为它们是新时代山水诗的代表作品,时间的波浪,并未能冲淡它们的光彩。"云中的神呵,雾中的仙,神姿仙态桂林的山!情一样深呵,梦一样美,如情似梦漓江的水!水几重呵,山几重,水绕山环桂林城……是山城呵,是水城,都在青山绿水中……"在这种"幻想交响曲"一般的动情的起调之后,诗人贺敬之国叙了对桂林山水的渴慕怀想,描绘了桂林山水在新时代新的风姿,他不禁化实为虚,想象飞腾而壮怀激烈:

　　　　呵!桂林的山来漓江的水,
　　　　祖国的笑容这样美!

　　　　桂林山水入胸襟,
　　　　此情此景战士的心。

　　　　江山多娇人多情,
　　　　使我白发永不生!

　　　　对此江山人自豪,
　　　　使我青春永不老!

诗中表现了为桂林山水所特有的美,并洋溢着青春奋发的时代情感,这就远不是那种纯客观地模山范水之作所可能比拟的了。这种在山水诗中所闪射的时代光辉,在郭小川的《伊犁河》中辉耀着另一番异彩。"想那春寒时——""当阳春到来""想那初夏时——""当盛夏来临","想那早秋日——""当深秋到来""而此时——严冬已至",诗人写于一九六三年的这首诗,将想象中与现实中伊犁河的景象两两分写,有如高明的画家在他的调色板上渲染之后,绘出一幅幅伊犁河的美景。而在开篇和结尾,诗人反复咏唱的是:

　　天地不沉，

　　生命不已，

　　太阳不灭，

　　时光不止；

　　天山不倒，

　　源头不死，

　　伊犁河哟，

　　长流不息！……

王之涣的《登鹳雀楼》，在"白日依山尽，黄河入海流"的写景后，生发出"欲穷千里目，更上一层楼"的豪句，鲜明地显示了诗人自己的艺术个性，也反映了封建社会上升时期的盛唐时代精神。孟子说："观水有术，必观其澜。"在富于哲理的《伊犁河》里，郭小川肝肠似火，浩气如虹，阳刚性的力度很强而时空阔大的词汇，更加有力地谱出了这一阕豪放雄浑的抒写人生与生命哲理时代新曲！

　　然而，生活是多面的，除了正面也有反面，除了光明也有阴影，除了幸福也有苦难，除了欢声笑语也有深创巨痛，诗人对生活的审美体验也是多样的，除了激扬也有沉郁，除了欢愉也有苦痛，除了放声歌唱也有反思批判。如果遇上的时代，是十九世纪英国小说家狄更斯《双城记》开篇以对比与对仗的语言所描述的那种时代，则更是如此。例如历经劫难的"七月派"老诗人牛汉的《夕阳》：

　　祁连山莽莽峰峦上

　　刀痕似的裂缝里

　　沉甸甸的夕阳

　　堆得很厚很厚

　　那里最容易聚集瘀血

这首作于一九八七年的诗写的是山与夕阳，当然是属于山水抒情诗的范畴。但是，咏祁连山的诗不少，但却从来没有人从"刀痕"着笔，它也不同于前人写过的"苍山如海，残阳如血"。咏物而不泥于物，山水诗也要寄情于物，托物寓怀，那么,此诗的"刀痕""裂缝""夕阳""瘀血"寓指的是什么呢？读者自可见仁见智,以自己的生活体验和由此及彼的想象去补充丰富和阐释诗的意象。

山水之美是时代社会生活与人的品德的一种象征和暗示,是时代精神的一种特殊形式的表现。自然美之所以成为美,除了它的其他自然属性之外,还往往是由于自然美具有多面性,它和人类社会生活有多方面的联系,具有和人类社会生活的美相似的特征,可以赋予某种暗示、象征和寓意。"智者乐水,仁者乐山"(《论语·雍也》),更多地充分地肯定自然物的象征意义,这是中国古代美学思想的一个显著特点,也是中国古代美学不同于西方古代美学的一个重要方面。例如萌发于先秦美学中的"比德"说,就是把自然美看成为生活美的一种象征,它着眼于自然美与人类社会生活的关系,即认为自然物象可以和社会生活中的人"比德",通过由此及彼、以此喻彼的美感联想,由审美客体的自然美暗示审美主体的品德美。这样,将自然美与生活美联系起来,就扩展了山水诗的审美领域。正因为如此,我们也就不难理解在我国古典诗歌中,松、竹、梅这些自然景物何以得到历代诗人热情永不衰竭的歌颂,而成为某种人物与某种品质的美的象征了。在百花之中,梅花,由于得到诗人的青睐最多而居于绝对冠军的地位。"折花逢驿使,寄与陇头人。江南无所有,聊寄一枝春",我国最早的咏梅诗应该是南北朝时期宋代陆凯的《赠范晔》,这"一枝春"的美色之中就是有所暗示的。"亭亭山上松,瑟瑟谷中风。风声一何盛,松枝一何劲。冰霜正惨凄,终岁常端正。岂不罹凝寒？松柏有本性。"(刘桢《赠从弟》)"竹生空野外,梢云耸百寻。无人赏高节,徒自抱贞心。耻染湘妃泪,羞入上宫琴。谁能制长笛,当为吐龙吟。"(刘孝先《竹》)在中国诗史最早的咏松、竹的诗篇里,诗人们早就把自然之美与人们的社会生活、道德观念通过"比德"而联系起来,成为他们那个时代的一种善的象征。在当代的山水诗中,可以看到这一思想艺术传统得到了继承和发展,如香港诗人傅天虹的《玉印山》：

四面悬崖
犹如刀削斧砍
玉印山　一颗
长方形的大印

　　平躺江边
　　等待着
　　第一个举得动它的
　　人物

他在表现山的自然属性与形态的同时,对自然物的象征意义也作了美学的思考,在自然形象与人类社会生活之间,架起了一道美学联想的彩虹,这样,虚实相生的诗篇就富于时代与思想的内蕴,也能引发读者的美的想象。山水题材作为时代精神的一种特殊形式的表现,香港诗人秦岭雪的《黄河》却又是一番景象:

　　一抹白光
　　照亮十里荒滩
　　大河瘦如沟渠
　　搁浅于朽烂木船
　　嘴上泛苦的游客
　　艰难地
　　咽下了
　　李太白半截诗篇

在工业化、现代化无远弗届的今天,自然环境遭到了越来越严重的破坏,就连李太白曾高歌豪唱过的"黄河之水天上来"的黄河,也几度断流。曾日月之几何,而江山不可复识,苏轼千年前的警语,将成为可兑现的预言,因此日益觉醒的环保意识,已经成为当今的时代精神的一个重要方面。秦岭雪的《黄河》,正是从被破坏被污染的角度,如同警钟,乃美学中的"以丑写美",表现的正是对自然美的珍惜与追怀,让现代人自警自惕。

　　从对历史感与传统感的现实表现中显示时代特色,也是当代山水诗反映时代风貌的一个方面。我国有古老悠久的历史,有丰富而深厚的文化传统,而这种历史和传统往往与名山胜水结下了不解之缘,例如诗人们写到长江黄河,自然会缅怀中华民族像黄河长江一样流长源远的历史。由于中国有深厚久远的文化与历史的传统,有民族生存与发展的特定自然条件和地理环境,因此,在长期的历史发展过程中,即使对山水的审美欣赏,也会形成民族的共同心态和审美的民族差异,形成一种深厚的传统感与历史感,具有深厚的民族审美心理的沉淀。在当代山水诗的创作中,我们看到许多诗人在描山绘水抒情言志之时,常常不是孤立地去写山水,而往往以当代诗人的审美观点对山水作历史的传统的透视,将时代感、历史感与民族传统感融合起来,使山水诗获得一种民族心理的深度与新的时代的光彩。如余光中的《民歌》:

传说北方有一首民歌
只有黄河的肺活量能歌唱
从青海到黄海
风　也听见
沙　也听见

如果黄河冻成了冰河
还有长江最最母性的鼻音
从高原到平原
鱼　也听见
龙　也听见

如果长江冻成了冰河
还有我,还有我的红海在呼啸
从早潮到晚潮
醒　也听见
梦　也听见

有一天我的血也结冰
还有你的血他的血在合唱

　　从 A 型到 O 型

　哭　也听见

　笑　也听见

黄河与长江,实在有太多的民族历史传统文化的沉积,江河浩荡有声,诗人从"民歌"这一特殊的角度对大河大江合于一诗的富于奇思妙想的咏唱,是和历史回顾以及诗人的现实抒情结合起来的,诗的意象壮美而洋溢着传统文化的芬芳,表现了龙的传人之具有历史深层意识的时代感情,在歌咏黄河长江的众多诗作中,可谓独具一格。湖北秭归的昭君村,是汉代王昭君的故里,昭君村下明亮清碧的香溪,向游人娓娓地诉说着千百年来的古老故事,倾吐着她永恒的心思。在学院派文人、诗人任洪渊的《香溪》里,香溪说:

　　我从月亮里流来

　　我从星星上流来

　　流自白雪,绿叶,长青的山色

　　流自山花山鸟自开自谢的芳菲

　　　　无人领会的啼啭

　　我怎么会只流成泪滴

　　打湿远方坟上青青的草

　　我怎么会只是琵琶上的流响

　　流着一根不断的哀弦

　　我怎么会只流在争吵的历史里

　　谴责,怜惜,惋叹,

　　甚至长过我的漪涟

　　爱我的人们,再不要

　　用我去洗塞上的沙风

　　去洗你们的干戈搅起的烟尘

就让我这样清清地流吧

我再也不会流进

你们那有时是浑浊的回忆里面

我从哪里流来

我就流向哪里

我流成月光,流成星光

流成青山,蓝天,花瓣的缤纷

　　和鸟翅的飞旋

流成一双双弯弯的眉

连着云中,雨中

　　远远近近、隐隐约约的山峦

流成两岸一对对清澈的少女的眼睛

　　闪烁着明天

全诗固然洗尽俗调,落想空灵,隽语俊句层见叠出,表现了香溪独特的自然之美,但是,香溪和其他溪流的不同之处,就是它毕竟是一条奔流在特殊的时空与历史往事中的溪水,诗人把历史、现实和未来巧妙地交融起来,融入现代人超越具体历史时空的对自然美的现代思考,展示了山水诗的一种新境界。一般的外国读者也许需要通过注释才能了解这首诗的意趣,但略有文化历史知识的中国读者,定然会感到它不同于习见的就山水写山水的山水诗,而会从中听到历史的回声和现实的脉跳,看到时代和新时代的新诗人在香溪的波光上那明亮的投影。

三

我国当代山水诗的艺术,是我国古典诗歌和新诗史上山水诗的艺术在新时代的发展。山水诗,既要表现山水独具的美的自然特性,又要表现诗人主观的审美体验与感悟,当代山水诗在审美主体与审美客体的艺术关系上,它最引人瞩目的美学特色,就是以形写神、以景传情与以神写形、以情写景。

以形写神,以景传情。"以形写神",是东晋大画家顾恺之提出的富于首创意义的美学主张,自此以后,它一直就是中国画创作特别是中国山水画创作的中心美学命题,历代画家和诗人都纷纷表示赞成顾恺之的见解。对于那些机械呆板地模拟自然和生活表象的作品,唐代的张彦远在《论画》中就批评说:"至于传移模写,乃画家末事。然今之画人,粗善写貌,得其形似,则无其气韵……岂曰画也。"① 宋代罗大经《画说》也指出:"绘雪者不能绘其清,绘月者不能绘其明,绘花者不能绘其馨,绘泉者不能绘其声,绘人者不能绘其情,此亦未知妙道云尔。"苏轼更在他的诗中指出"论画以形似,见与儿童邻。赋诗必此诗,定非知诗人"(《题鄢陵王主簿所画折枝二首》)。文学艺术的各个门类既有其独立存在的特殊性,但也有它们的通似之处,而在文学艺术的大家族里,诗和画有着更亲密的血缘关系。清人许梿在《六朝文絜》中选谢庄的《月赋》而未选谢朓的《雪赋》,他曾作如下的说明:"此赋假陈王、仲宣之局,与小谢《雪赋》同意。兹刻遗《雪》写《月》者,以《雪》描写着迹,《月》则意趣洒然。所谓写神则生,写貌则死。"好一个"写神则生,写貌则死"!这正是中国古代美学思想的精华。中国古典山水诗的发轫之作,如南朝谢灵运的作品,钟嵘在《诗品》中就曾批评其"故尚形似","颇以繁富为累",也就是偏于山水外貌的细致刻画,有繁冗堆垛的弊病。而被称"小谢"的谢朓的山水诗作,虽然风格流丽清新,较之谢灵运有所提高和发展,但仍不免"微伤细密","意锐而才弱"(《诗品》)。只有到了唐代,山水诗才天高地广,异彩纷呈,出现前所未有的崭新面貌。例如谢灵运的《从斤竹涧越岭溪行》写山中的自然景色:"岩下云方合,花上露犹泫。逶迤傍隈隩,迢递陟陉岘。过涧既厉急,登栈亦陵缅。川渚屡径复,乘流玩回转。苹萍泛沈深,菰蒲冒清浅。企石挹飞泉,攀林摘叶卷。"描绘作直线式地进行,专在刻意形容,力图穷形尽相,意象密集而无空灵之趣,比起王维《山中》的"荆溪白石出,天寒红叶稀。山路元无雨,空翠湿人衣"之语言简约,神韵悠远,谢灵运这位诗人虽有"清水出芙蓉"的美誉,但也会要自愧不如。因此,以形写神不仅是唐代山水诗所确立的中国古典山水诗的美学原则,所谓"会景而生心,体物而得神"(王夫之《姜斋诗话》),而且也为当代的山水诗所相承袭并有新的发展。

在山水诗中,所谓"形",就是山水独特的外部形态和特征,而"世徒知人之

---

① 《历代论画名著汇编》,文物出版社 1982 年版,第 36 页、第 123 页。

有神,而不知物之有神"①(邓椿《画继》),所谓"神",就是山水的内在精神、气韵以及诗人在对山水作审美观照时独特的审美感悟。一般说来,形似是神似的基础,没有"形似"这一外形描写的具象,"神"也就无从附丽。而"神似"则是形似的内在,无神而只有形,就有如树木失落了纷披的绿叶,河床干涸了奔腾的流水,花朵凋谢了远扬的芬芳。因此,以形写神,以景传情,就成为山水诗意象造型的主要美学手段之一。

在形与神、情与景这一矛盾统一的美学范畴中,古典山水诗固然强调以形写神,情景交融,但应该看到,新诗毕竟已经变革了古典诗歌某些传统的审美因素,就整体的比较而言,古典山水诗似乎更着重山水外形的客观的刻画,诗人对山水的态度也比较偏于客观的欣赏,而当代山水诗更注重诗人的主观审美感情的渗透,主观与客体在更高的程度上融为一体,它突破了古典诗歌习见的借自然某一客观之物以抒发某一主观之情的程式,而表现出经过感情过滤了的比自然美更高的美。这里,可以借用十九世纪法国后期印象派代表人物并被誉为"现代绘画之父"塞尚的一句话:"他画风景不是描写自然而是表现自然。""表现自然",当然就是审美主体与审美客体在山水意象中的统一。如白族诗人晓雪收录在诗集《茶花之歌》中的《黑渔河》一诗:

> 清澄,晶莹,透明,
> 像流淌的翡翠⋯⋯
> 掬一捧水一饮而尽,
> 四山的灵气爽透了心。
>
> 美丽的金翅鸟,
> 飞来河边照影,
> 却看见鱼儿正静静地
> 在读蓝天上的白云。

---

① 《历代论画名著汇编》,文物出版社 1982 年版,第 129 页。

这是一首清纯隽永的诗。诗人以"流淌的翡翠"来比况河水的"清澄、晶莹、透明",尚嫌不足,复补之以掬水而饮"爽透了心"的主观审美感受。为了更传神地表现河水的清净透明之美,在诗的第二节,诗人的主观审美移情于客观外物,本来是诗人自己目击神授,却偏偏要说飞来河边照影的金翅鸟,"看见鱼儿正静静地 / 在读蓝天上的白云"。如此以形传神,神形兼备,以妙语收束全诗,真是可谓状难写之景如在目前,含不尽之意见于言外了。又如诗人赵丽宏的早期诗作《英雄》:

> 山峰,高昂起峻峭的头颅,
> 青藤,就是他们披散的发束,
> 几株古松倔强地伸出枝干,
> 像愤怒的手臂指向苍天……
> 哦,在这人迹罕至的深山里,
> 一定埋葬过至死不屈的英雄!

诗人写山并没有寸步不遗,而只写了"山峰""青藤"和几株古松的"枝干",并且移情于物,分别将其比喻为"头颅""发束"和"手臂",以形传神,以景写情,最后逼出"哦,在这人迹罕至的深山里,一定埋葬过至死不屈的英雄"的警人心目的结句,而直到结句的最后两个字,才点明全诗的题目与主旨,如同打击乐器中的重锤,让人悚然而惊,如同绘画艺术中的异彩,让人凝然而思。

以形写神,以景传情,是中国诗画美学中富有艺术价值和民族特色的美学思想,它有如不竭的水泉,催放了当代山水诗中的许多花朵。相对说来,以形写神的重心还是在形,首先,它要求从形出发,经过形似的途径而达到神似的殿堂;其次,既然"为神之故,则又不离乎形"(沈宗骞《芥学舟画编》),它就还必须以相当的笔力,对客观事物的外形做必要的刻画。艺术的美学法则总是不断发展和丰富的,我们没有必要也不可能去区分不同的艺术美学法则的轩轾,但是,在重在抒情的偏于主观化的诗的天地里,特别是重在抒情写意的当代山水诗的天地里,我们确实也可以看到以神写形、以情写景的广阔的英雄用武之地。

以神写形,以情写景。艺术形象,是主观与客观的统一,是客观的现实生活与作者主观的审美情思的统一。诗的艺术形象,较之于小说、戏剧、散文的艺术形象,又有着强烈得多的主观抒情性,诗人往往不像小说家、戏剧家、散文家那样必须对生活的外在形态作如实的描写,他们有着更充分地抒发审美感情和更多地追求空灵之美的自由,而在山水诗的创作中,这种自由又比在其他内容的抒情诗作中更为天地开阔,这样,就产生了以神写形、以情写景的美学法则。

　　真、善、美的艺术情感,是艺术的生命,而真、善、美的诗的情感,则更是诗的生命。如果说艺术不可无我,那么,诗尤其不可无我。诗是诗人审美感情的表现,诗既把主体感情对象化,也常常把对象化的感情作为所表现的直接而主要的内容,而诗的艺术魅力的强弱,总是与诗人在描绘对象中倾注了多少自己独特而又能引起广大读者共鸣的美学情感有关。如前所述,在山水诗中,"神"固然是指山水通过形体、动静所表现出来的气质与个性,但更是指诗人对作为艺术对象的山水所产生的特定的审美情思。因此,所谓以神写形,以情写景,就是以表现诗人对客体的艺术对象的审美情思为主,使诗中的"自我"上升到主宰的、统摄的地位,使形似与外景居于次要的被影响的地位,甚至在外部形态上产生不同于生活原型的变化,即变形。这样,物我感应而物我神交,在诗人的心灵里,我可以化为物,物也可以化为我,不是寸步不遗于抒情对象的自然属性,而偏重于对象的主观化。这种山水诗,虽然有更为强烈的主观色彩,但却绝不同于主观臆造的唯心主义的幻影,因为诗人的情思还是由客观之物所激发的,而且又不排斥对客观之物的形态之描绘,只是被描绘的事物更感情化而已。同时,这种山水诗因为突出了"神"与"情",就能避免对山水的外部形貌做亦步亦趋的模拟,防止陷入过实过死的简单复制的自然主义。我们经常可以看到一些罗列现象的山水诗,其令人厌倦的重要原因就在于它们是缺乏激情地描摹山容水态。"众鸟高飞尽,孤云独去闲。相看两不厌,只有敬亭山",这是李白的《独坐敬亭山》,在古典山水诗中,这首诗传扬着一种独特的离形得似的美学神韵;"西风吹老洞庭波,一夜湘君白发多。醉后不知天在水,满船清梦压星河",这是元末明初籍贯会稽的诗人唐温如的七绝,经当代学者陈永正教授一九八七年撰文考定,始见于元代浙江天台人赖良编纂之《大雅集》,以及清初钱谦益所编多为"明世之遗民"的《列朝诗集》甲集,诗题为《过洞庭》。《全唐诗》误为唐人,诗题作《题龙阳县青草湖》,遂以讹传讹。这首迁想妙得的诗,不就是在六百多年前传递了以神写形、以情写景的信息吗?"青山偃蹇如高人,常时不肯入官府。高人自与山有素,不待招邀满庭户"(《越州张中舍乐寿堂》),"我见青山多妩媚,料青山,见我应如是。情与貌,略相似"(《贺新郎》),在苏东坡与辛弃疾的上述歌吟里,我们也看到了这种美学思想的形象表现。在西方,擅长描写大自然的英国"湖畔派"诗人威廉·华兹华斯说过:"无法赋给(意义)的智心,将无法感应外物。物象的影响力的来源,并非来自固有的物性,亦非其本身之所以然,而是来自与外物相交往受外物所感染的智心所赋出的。所以诗……应该由人的灵魂出发,将其创造力传达给外在世界的意象。"[①] 在我国古代的诗论与画论里,也有以神写形、以情写景的美学思想的明确表述,如苏轼论文与可画竹,就说他"与可画竹时,见竹不见人。岂独不见人,嗒然遗其身。其身与竹化,无穷出清新。庄周世无有,谁知此凝神"(《书晁补之所藏与可画竹三首》);明代画家唐志契主张山水画要达到"山性即我性,山情即我情"的境界(见《绘事微言》)。清初大画家石涛认为:"山川使予代山川而言也,山川脱胎于予也,予脱胎于山川也,搜尽奇峰打草稿也。山川与予神遇而迹化也,所以终归之于大涤也。"(见《中国画论类编》)而王国维在《人间词话》中也指出:"诗人对宇宙人生,须入乎其内,又须出乎其外。入乎其内,故能写之;出乎其外,故能观之。入乎其内,故有生气;出乎其外,故有高致。"——这些,都是中国古典美学重"写意"而不专事"写实",重表现而轻模仿的天人合一的美学思想的闪光。

桂林,大约是因为有"山水甲天下"的美誉吧,在当代山水诗创作中,写桂林山水的诗为数不少,前面引述的蔡其矫的《漓江》、贺敬之《桂林山水歌》与彭浩荡《桂林的山》,就是其中的佳构。这里,我们不妨再援引湘籍旅美名学者、老诗人周策纵的《漓江》:

> 碧玉的水里写了几笔山,
> 一篙掀起冷翠的牧歌。
> 我小时那湘妃的影子浸得湿湿的。
> 船轻轻掠过她的鬓发,

---

① 转引自叶维廉:《比较诗学》,台湾东大图书公司 1983 年版,第 158 页。

是出没在云里的凤凰,
驾着我去叩苍天门,
瑶殿里嫦娥的细腰荡漾,
舞我如水藻。
这一泓永恒的自沉,
向潇湘,向汨罗,向洞庭。

诗的开篇,就是以神写形,以情写景的妙笔。目遇神飞于漓江的美景,这位出生于湖南的老诗人,竟然别具慧眼地从江水中看到了故乡的湘妃的倩影,也别具慧心地想到了沉江于自己的故乡的屈原,他诗思飞天,又移情于水,状自然之"实",更写胸中之"意",其"白日梦"上天下地,欲断还连,独具风神地表现了自己对于漓江独特的审美体验,完成了这一于他的年龄堪称老树着花的诗篇。

在当代山水诗创作中,写瀑布的诗不少。有的主要在以奇特的想象表现自然之美,如台湾李仙生虽非今日俗云之"著名诗人",但其《瀑布》意象之新奇却令我一读难忘,虽然其中并无象征或寄寓:

一条拉链
哗啦啦拉开两山翠绿

有的则写瀑而不止于瀑,而是在审美客体的外形描绘中,寄寓了许多关于社会世相的思考和人之生命的感慨,如学府诗人杨景龙的分为三个片断的《千瀑沟》:

1
都是些走投无路的水
天不收,地也不留

看上去,多像命数的奇偶

2

一个家族的谱系。前赴后继
跳下去。一千次粉身碎骨

诗意的名字,叫瀑布

3

岁月静好的人,寻求刺激
跑到这里围观

坠崖的跌宕,妙曼

有的则在表现瀑布的自然属性与形态的同时,对自然物的象征意义作美学的思索,将飞瀑与壮心乃至壮士交融在一起,如余光中的《飞瀑》:

不是失足更不是自尽
一路从上游奔腾而来
是来赴悬岩的挑战
飞吧,轰动千山的一纵
把生命扬在半空
乘着最透彻的一刻
已往和未来断然一割
把危机化成了生机
这壮烈的交割典礼
这一去,就是下游了
那一堆狞怪的乱石
全在那下面等我
要把我撞伤,撞碎
撞成飞沫和漩涡

　　　　却拦不住我
　　　　向一个出海口
　　　　奔腾而去的决心

上面几位诗人写的都是看瀑，与李白《望庐山瀑布》的题材大体相同。李白的诗
当然是千古名作，后来者想在诗仙的大作之旁"飞流溅沫"，真是谈何容易？但
是，在审美主体与审美客体的关系上，杨景龙和余光中却更强烈地倾注了自己的
审美感情，更直接地披露了自己的主观世界，他们着重表现的已经不是作为艺术
对象的客观的瀑布本身，而是由瀑布所触发的人生感悟和主观情志。且让我们
再看看诗人丁芒的《听瀑》吧，这是一首格调高昂而以神取形、以情驭景的颇有
艺术光彩的诗篇。诗人主要不是从视觉而是从听觉的角度来写瀑布，他先以博
喻写瀑声所给予他的美的感受：

　　　　难道是瀑布的声音
　　　　飞成了一谷的云雾？
　　　　我觉得似许多槌
　　　　擂响了岩壁的鼓；

　　　　也许是行雨的雷电
　　　　疲倦了，来这儿洗沐？
　　　　还是东海的波涛
　　　　竟在丛山中走迷了路？

他没有如许多常见的山水诗那样，过多地去模拟山水的外在形态，而是以"莎士
比亚式"的比喻和诉之于通感的出奇想象，去写山中瀑布的声音，去写瀑布倾泻
在他心上所掀起的感情的波涛。这，已经是以情写景的笔墨了。不仅此也，诗人
不仅是一般地为自己的主观情思捕捉一个所谓的"感情对应物"，他还不禁将自
己与山合而为一，将自己的热血与瀑布汇流在一起，亦山亦人，亦瀑亦血：

阵阵急风扑面而来,

吹动了我一腔情愫。

于是,我也想山一般俯身

向大地畅快地倾吐:

是膏血,就把缝隙填充,

是情思,就把损破缝补。

即使只有拙劣的诗句

也要响作催春的鼙鼓!

"我也想山一般俯身",在移情于物的飞动的神思中,曾经命途多舛的诗人化为了山,"是膏血","是情思",在对象的主观化里,瀑布和热血交融在一起,这种以神写形、以情写景的造型艺术,偏于艺术对象的主观化,它不是山水外形的消极的复制,也不是习见的外加的比附,而是以深刻的激情和鲜明的个性去理解、感悟和拥抱自然,物我两忘,天人合一,山水成了诗人的心灵的外化与对象化,这样,就突破了如实地描山绘水的局限,避免描写什么使人感受的依然是什么的弊病,意象新鲜奇特,意境含蓄深远,全诗就具有更丰富深厚的思想与生活的内蕴,也更富于诗之所以为诗的诗质。正如歌德所说:"艺术家对于自然有着双重关系:他既是自然的主宰,又是自然的奴隶。他是自然的奴隶,因为他必须用人世间的材料进行工作,才能使人理解;同时他又是自然的主宰,因为他使这种人世间的材料服从他的较高的意旨,并且为这较高的意旨服务。"[1] 我们可以看到,在山水诗的写作中,艺术内涵与伦理道德的"善"与"美"联系得愈为自然、紧密和深切,诗就有可能更具美学价值,丁芒的这首诗即是如此。同时,他在此诗中所表现的重在"写意""写心""写我"的美学追求,正是山水诗美学进程中必然的也是可喜的现象。

题材、体裁、风格、流派及手法的多样化,是包括诗歌在内的文学繁荣昌盛的重要标志,山水诗虽不可能也不会奢望去成为诗的百花园中的姚黄魏紫,但它确

---

① 爱克曼辑录:《歌德谈话录》,人民文学出版社 1978 年版,第 137 页。

实也是诗苑中不可缺少的令人赏心悦目的异草奇花。面对祖国的壮丽山河,面对我们的民族曾经诗意地栖居的山河,面对现代化大潮中很可能曾日月之几何江山不可复识的山河,我们不能满足于只去吟诵古人的诗句,而要求更多地听到时代的美妙新声与惊心警示。华山夏水,人杰地灵,无私的造化既然赐给我们这么多山水杰作,古典诗歌中既然拥有那么多讴山咏水的胜构,读者不也要求新诗中有与之相应的佳篇吗? 如果神州的每一处旅游胜地,都有读者争相传诵的为河山增色的新诗,不是更有利于他们对于美的领略吗?

　　人生于天地之间,必然与外界有不可或缺的关连,人与社会,人与自然,就是人与外界的两种最重要的关系,而山水则是自然界的主体。清人张潮《幽梦影》说得好:"文章是案头之山水,山水是地上之文章。"由于种种历史的和现实的原因,时至今日,新诗中山水诗这一枝花的家族的门庭是冷落的,很多诗人在门前匆匆而过,也不肯少驻他们忙碌的车马。于是,我匆匆忙忙地写下这一章粗糙的文字,权当一瓣心香,去供奉山水诗或者说广义的风景抒情诗这位有些被冷落了的花神。

第十四章 以中为主 中西合璧

——论诗艺的中西交融之美

对于一个国家而言,它的民族的诗歌传统,犹如一条浩荡的江河,而其他国家诗歌的影响,则像大地上许多自异域远道而来的万千溪流,或是从空中乘风飞落而下的异国的八方霖雨,使得江河更加波澜壮阔而气象万千。江河,如果拒绝了地上的溪流和天上的雨水,它就会河床窄狭,水量有限甚至呈枯竭之状,但是,如果溪流暴涨,淫雨霏霏,江河也许就会横溢,淹没了原来的河床,迷失了原有的河道。

这,仅仅只是一个比喻而已,或者说,是将中国远古的《诗经》以比兴开篇的传统手法运用到论文中来。我在这一章中所论述的,是对本民族诗歌传统的继承,对外国诗歌的借鉴,以及继承与借鉴之间的关系。我的中心论点是:要坚定地立足于本民族的传统,同时又要以开放的心胸和眼光博采广收,以中为主,以西为辅,纵横结合,中西合璧,力求诗歌艺术的中西交融之美,力求中国新诗的民族化与现代化。

且让我就从这一比喻出发,继续我的诗美学的长途跋涉吧。

——

近些年来,有些诗作者和新诗论者的共同倾向之一,就是不同程度地忽视或否定传统而强调取法外国诗歌。他们认为传统已经僵化,主张用西方现代派的诗歌艺术来"革新"和"改造"我们的新诗。有的人甚至说:"中国古典诗歌的传统不行了,要学习外国诗歌,中国新诗至少可以部分'全盘欧化'。"

这种意见,使我不禁联想到"五四"时代新文化运动之初一些相似的观点。"五四"运动,是反帝反封建的政治大革命,"五四"文学革命运动开拓了诗歌革命运动的道路。当时,在反帝反封建的革命潮流的鼓动之下,加之新诗要突破旧诗的枷锁而赢得自己生存的权利,所以在新诗倡导者的言论中,自然不免有"矫枉过正"之处。有的人一律把古典诗歌传统视为已经过时的"国粹",而对于西方诗歌,则一律加以鼓吹。诗歌方面如此,广义的语文方面也是这样。如钱玄同在《中国今后文字问题》一文中就说:"中国文字,论其字形,则非拼音而为象形文字之末流,不便于识,不便于写;论其字义,则意义含糊,文法极不精密;论其在今日学问上之应用,则新理新事新物之名词,一无所有;论其过去之历史,则千分之九百九十九为记载孔门学说及道教妖言之记号。欲使中国不亡,欲使中华民族为二十世纪文明之民族,必以废孔学、灭道教为根本之解决,而废记载孔门学说及道教妖言之汉文,尤为根本解决之根本解决。"基于此,他又主张:"从中学起,除国文及本国史地外,其余科目,悉读西文原书,如此,则旧文字之势力,既用种种方法力求灭杀,而其毒焰亦可大减。"——近百年后的今天重读这些议论,一方面可以令人想见当时的革命精神以及它们在特定历史条件下的进步意义,一方面也令人深感先行者的偏激近乎天真。"五四"时期的新诗革命者宣称要"打倒旧诗"而"全盘西化",这固然是有进步意义的,但即使就是在当时也存在片面性。时至今日,有的人竟然不同程度地重弹历史的老调,除了可以认为是对新诗要以古典诗歌与民歌为发展基础这一不无偏狭的理论的反弹之外,实在可以被看成是一种乖违常识和历史感的偏见。

文学发展过程中民族范围的历史继承性,是文学发展的客观规律之一。文学的发展,除了作为文学所反映的内容——社会生活及其发展这一外在的主要条件之外,还有内在的本身的条件,这就是文学自身的继承、革新和发展。换言之,继承民族传统是诗歌发展的内在规律。各个时代的文学,都是继承了前代优秀文学的传统,在吸收了其中的营养之后发展起来的。只有这样,也才能使文学具有为民族的审美心理所乐于接受的民族形式、民族风格和民族气派。文学发展的历史长河之中,新时代的文学有如后浪,它是前浪的延续和革新,同时,对于未来时代的文学,它本身又是前浪。从诗歌美学这一特殊角度来看,对诗歌民族传统的继承,还关系到对美感的民族性的传承问题。一个民族在长期的共同文化生活中,形成了美感的民族性,这种美感的民族性,就是民族的共同文化所培养的共同心理素质,在审美感受和审美活动中的反映。美感的民族差异性,表现为审美趣味、审美习惯和审美对象的不同,在艺术的内容与形式以及风格上,也有许多差异,而这些美学上的差异又体现为不同的民族作风和民族气派。因此,中国诗歌创作中对于民族传统的继承,固然是诗歌本身发展的需要,也是为了保持和发扬美感的民族性,尊重并珍重民族的审美习惯和美学趣味,使作品为中国人民所喜闻乐见。

我们先从诗歌史作纵的考察,看看不同时代诗歌的美学继承关系。中国的诗歌史,在《诗经》中众多的无名诗人群星闪耀之后,终于出现了第一颗光华灿烂的星斗,这就是屈原。我们应该承认,楚国的学识渊博的屈原,当时确实是大量吸收了北方中原文化的精华,但是,在战国纷争的时代,以屈原作品为代表的"书楚语、作楚声、记楚地、名楚物"的《楚辞》,却是在楚国本身诗歌艺术的基础上发展起来的。《招魂》中就曾经描述:"陈钟按鼓,造新歌些;涉江采菱,发阳荷些。"根据《文选》李善的注释,"阳荷""涉江"与"采菱",都是楚国当时流行的民间歌曲,即所谓"新歌"。屈原的作品如《离骚》与《九章》,就是从楚国民歌中吸收了丰富的养料而经诗人匠心熔铸之后所结出的黄金果,从《九章》的"涉江"篇与楚地民歌"涉江"同名,我们也依稀可以听到一些远古的消息。屈原的另一些作品如《九歌》,更是直接以楚国南部民间的祭神歌曲为蓝本,予以加工改写而成,如果没有楚国的那些丰富的民间乐曲,如果没有屈原这样一位含英咀华的一代才人,可以断言,中国诗歌史的早期篇章就会改写,也就不会出现《楚辞》这个代表一代文学的专有名词了。如果说,《诗经》中的《汉广》和《江有汜》是楚地的民歌,但《诗经》毕竟是北方文学的代表,那么,以屈原作品为代表的《楚辞》,显然就是南方文学的象征了。从屈原的作品可以看出,如果没有对于本民族本地区的文学传统的继承,文学的发展是不可想象的。美国现代诗人爱默生在《诗人》中说:"艺术最深刻的美质都是植根在祖国文化的故土里。"(《西方文论选》下卷,上海译文出版社1984年版)以之来证明屈原的作品,这位两千年后外国诗人的见解,表述的是异国不同时却是发人深思的美学原理。

至于现在为许多人经常提到的英美现代诗宗的艾略特,他实际上也强调"传统"和"历史感",他在《传统与个人才能》这一名文中说:"正是这种历史感才使得一个作家成为传统主义者,他感觉到远古,也感觉到现在,而且感觉到远古与现在是同时存在的。同时,正是这种历史感使得一个作家能够敏锐地意识到他在时间中的地位,意识到他自己的同时代。"①

从广义而言,中国古典诗歌史经历了诗经、楚辞、汉魏乐府、魏晋南北朝诗歌、唐诗、宋词、元曲以及明清诗歌这样几个阶段。一代有一代之文学,一代有一代之诗歌,但它们之间的传承与发展的关系却是历历分明的。唐代,是中国古典诗歌的黄金时代,唐代诗歌,是中国古典诗歌史最为光华灿烂的一章,以至民间有"唐诗汉字晋文章"这样的谚语。唐诗的繁荣,自然有其多方面的原因,它鼎盛的依据是多元的而不是单元的,它具备了繁荣的充分社会历史条件和文学自身发展的条件。以前者而言,表现为如下四个方面:社会稳定,政治开明;经济繁荣,国力昌盛;帝王提倡,诗赋取士;爱诗赏诗,蔚为风气。以后者而言,表现为如下四个方面:波澜有自,源远流长;南北融合,刚柔相济;中外交流,广收博采;刻苦敬业,文人相重。但是,其中的最重要的原因之一,还是文学本身发展的内在规律。从诗经到隋代诗歌,中国诗歌的发展已经有一千六百多年的历史,经过历代诗人的创造,在语言形式、表现艺术与音律协和等方面,已经积累了十分丰富的经验,就如同早霞的仪仗队已经布满天空,金色的太阳就要喷薄而出,就如同千百条河流已经汇集到海岸的出口处,尾闾东注就要聚合成浩荡的海洋。唐代的诗坛,由于有了以前千余年的诗艺积累,加上其他方面的条件,风云际会,在时代的聚光灯下,自然就成了许多优秀或杰出的诗人竞试歌喉之有声有色的舞台。

唐代优秀的或杰出的诗人,对于传统的诗美都是有所承传而又有所发展的,没有发展,就只能抱残守缺,株守固有的田园,但是,如果没有承传,却也就没有开疆拓土的基地。对唐代的也是中国的伟大诗人杜甫,元稹在《唐故工部员外郎杜君墓系铭并序》中曾经如此赞美:"至于子美,盖所谓上薄风骚,下该沈宋,言夺苏李,气吞曹刘,掩颜谢之孤高,杂徐庾之流丽,尽得古人之体势,而兼人人

---

① 周煦良等译:《托·史·艾略特论文选》,上海文艺出版社 1962 年版,第 3 页。

之所独专矣,……诗人以来,未有如子美者。"① 杜甫为什么能获得如此巨大的成
就呢? 一个重要原因,就是因为他是一位正确地处理了文学的继承与发展的关
系的诗人,是一位集大成而又有才力加以发展创造的诗人。如同宋代词人宋祁
在《新唐书》中所说的:"然恃华者质反,好丽者壮违,人得一概,皆自名所长,至
甫,浑涵汪茫,千汇万状,兼古今而有之。"这种"兼古今而有之",就是批判地继
承了前代的文学遗产而加以发展,而绝不是一无依傍地凭空创造,或固步自封地
僵化保守。杜甫的《戏为六绝句》,是诗歌史上的格调独特体例创新之作,它是
以绝句形式写成的文学批评论文,在具体内容上它虽然是针对论敌否定近代的
齐梁文学和现代的初唐文学而发,但议论的中心还是对文学遗产是继承或是否
定的问题。在这六首绝句中,杜甫旗帜鲜明地提出了自己关于传统的主张:"不
薄今人爱古人,清词丽句必为邻。""别裁伪体亲风雅,转益多师是汝师。"那么,
他自己是怎样实践的呢? 他在《奉赠韦左丞丈二十二韵》一诗中说:"读书破万
卷,下笔如有神。"杜甫,他是把"读书破万卷"的继承传统,和"下笔如有神"的
发展创造联系起来的。他继承了前人的成就,但是,他又如运动场上杰出的跳高
选手一样,跳过了一个个更高的高度,我这里略举几例吧:

野鸟繁弦啭,山花焰火然。

——庾信《奉和赵王隐士诗》

江碧鸟逾白,山青花欲燃。

——杜甫《绝句》二首之一

薄云岩际出,初月波中上。

——何逊《入西塞示南府同僚》

薄云岩际宿,孤月浪中翻。

——杜甫《宿江边阁》

---

① 《中国历代文论选》(第二册),上海古籍出版社 2001 年版,第 65 页。

棠枯绛云尽,芦冻白花轻。

——阴铿《和傅郎岁暮还湘州》

青惜峰峦过,黄知橘柚来。

——杜甫《放船》

洞庭北会大江……湖水广圆五百余里,日月若出没于其中。

——郦道元《水经注》

吴楚东南坼,乾坤日夜浮。

——杜甫《登岳阳楼》

这里,仅仅只是从遣词造句这一个侧面,探究杜甫诗歌创作的渊源关系,意在说明他的作品之所以有"出蓝之美",首先还是因为他是"青出于蓝",正确地对待和富于才力地解决了继承传统的问题。杜甫的诗继承了《诗经》所确立的现实主义传统,继承和发展了《楚辞》到初唐各家在艺术上的长处,源远流长而取精用宏,融汇百家而专精独诣,这样才成为一代甚至百代的诗宗,即所谓海汇百川兼涵众长,各体皆备创新垂后。而那些否定继承传统的人,是绝不可能有可观的成就的。世界上哪有无源之水、无本之木呢？观今宜鉴古,当年那些对王杨卢骆都"哂未休"的"轻薄为文"之辈,不早就如杜甫所预言的那样"尔曹身与名俱灭"了吗？

杜甫,是一位像海洋容纳百川一样全面地继承了前代诗歌成就的诗人。诗歌史上的事实雄辩地说明,对传统的继承,哪怕是专精独诣于一个方面,也可能取得令人瞩目的成绩。例如元稹、白居易、张籍、王建等人,受到杜甫新乐府的启发,继承了杜甫诗歌的现实主义精神,他们创作了许多新乐府诗篇,发起并形成了诗史上的"新乐府运动"。中唐的韩愈、孟郊、贾岛等人,他们继承了杜甫沉郁峭拔的诗风,形成和发展了奇险怪僻的风格。晚唐李商隐效法杜甫的七律,在七律的写作上获得了显著的成就,成为在杜甫之后对律诗贡献至巨的诗人。总之,从中唐开始到元明清各代,杜甫的影响,绵绵不绝,"残膏剩馥,沾丐后人多矣"

（《新唐书·杜甫传赞》）。从这里可以看出，没有对传统的继承就没有发展，这是文学创作包括诗歌创作的铁的美学法则。

二

对待本民族的文学传统的态度，大致上可以归纳成为三种：一种是对传统的全盘否定，数典忘祖；一种是对传统的全盘肯定，僵化保守；一种是批判继承，守正求变，不断创新。

在中国古典诗歌史上，没有出现过对传统全盘否定的偏向。由唐诗到宋词，由宋词到元曲，语言形式的由四言到五言，由五言到七言，都是在有所继承有所革新的辩证运动中进行，即使如清末黄遵宪等改良派诗人所发动的"诗界革命"，主张"独辟新界而渊含古声""熔铸新理想以入旧风格""以旧风格含新意境"（梁启超《饮冰室诗话》）①，以"我手写吾口"（黄遵宪《杂感》），表现"古人未有之物，未辟之境"（黄遵宪《人境庐诗草自序》），但对旧体诗有所革新，但并没有导致对传统的全盘否定。在中国新诗史上，对民族诗歌传统的全盘否定论出现过三次：一是在"五四"新文学运动初期，一是台湾二十世纪的五十年代和六十年代，一是在大陆门户开放之后的二十世纪的八九十年代。这里，我且在水之一涯，对台湾诗坛当年否定传统之风略加回顾和审视。

由于政治的、经济的、文化的和地理的种种原因，从二十世纪五十年代初期起到六十年代末期，台湾许多诗人在朝向西方的高速公路上争先恐后地赛跑，扬起了一阵到七十年代才逐渐落定的尘土。五十年代前期，台湾成立了三个诗社，一九五三年初创而于一九五六年正式宣告成立的以纪弦为掌门人的"现代派诗社"，一九五四年三月以覃子豪、余光中、钟鼎文为主创立的"蓝星诗社"，一九五四年十月由痖弦、洛夫、张默三人创办的"创世纪诗社"。这三个诗社的共同旗帜是现代主义，当时都不同程度地存在反传统的倾向，尤以"现代派诗社"倡导最力。直到一九六一年，纪弦在《从自由诗的现代化到现代诗的古典化》一文中，还以"司令部""大本营"的姿态自诩说："新诗的再革命这一响亮的

---

① 梁启超：《饮冰室诗话》，人民文学出版社 1963 年版，第 1、2、51 页。

口号,是由我们首先喊出来的。新诗的再革命这一伟大的运动,是由我们首先发起了的。"① 他们以新诗的再革命为己任。然而,什么是他们的新诗再革命的主要内容呢? 这就是"现代派诗社"成立时所发表的"现代派信条释义"六条,其中一条就是:"我们认为新诗乃是横的移植,而非纵的继承。这是一个总的看法,一个基本的出发点,无论是理论的建立和创作的实践。"② 在上面引述的纪弦写于一九六一年的那篇文章中,纪弦仍然坚持他这种彻底反传统的观点,他说:"现代诗是彻底反传统的,其野心在于一旷古所未有的全新的文学之创造。"对于台湾反传统的虚无主义诗风与诗论,港台文坛的有识之士纷纷给予针砭。香港学者、诗人黄国彬在《旧调重弹》一文中说:"任何文学,必须有深厚的传统才能'多元',才能'无限',才能'丰富''坚实''辽阔''广大',否则便会流于单调贫瘠。只事横移而否定继续的作者,恐怕只能写出平面而非立体的作品。台湾早期部分诗人,便犯了这毛病。他们要抛弃传统,就如坐在树丫而要锯断树丫一样愚蠢;树丫一断,即使不粉身碎骨也会摔得满天星斗。"③ 而另一位香港学者、评论家黄维樑,他在《论诗的新和旧》中回顾了新诗发展六十余年的历史,他认为:"诗是应该新的,但旧诗值得新诗作者学习的地方很多,新诗绝对不应该与传统隔绝。旧诗与新诗的关系,是母与子的、源与流的关系。"④ 在台湾文坛,对反传统的观点批驳得最有力的,是诗人而兼学者的余光中,这位台湾现代派诗歌初期的健将,在五十年代末期反正之后,就不仅以他的创作实践表明他对传统的回归、重认与创造,而且写了一系列的文章,对现代派的"反传统"的观点进行了持久而有力的火力轰击。余光中认为"唯有真正属于民族的,才能真正成为国际的"(《冷战的年代》后记)。早在一九六一年,他就在《幼稚的"现代病"》一文中指出:"一个作家要是不了解传统,或者,更加危险,不了解传统而要反传统,那他必然会要受到传统的惩罚。所谓传统,不过是一个民族的先人的最耐久、最优秀的智慧的结晶,流在后人的血管里,出入于后人的呼吸系统之中。我们能够登报和父亲脱离父子关系,却无法改变父亲给我们的血型,否则我们一定死亡。"

---

① 张汉良、萧萧编选:《现代诗导读》(第二卷),台湾故乡出版社 1979 年版,第 23 页。
② 《现代诗导读》(第二卷),第 387 页。
③ 黄国彬:《从蓍草与贝叶》,香港诗风社 1976 年版,第 42 页。
④ 黄维樑:《怎样读新诗》,香港学津书店 1982 年版,第 29 页。

他告诫那些患了幼稚的"现代病"的诗作者,在"彻底反传统(或者被传统消灭)之前,多认识一点传统"①。诗人洛夫与余光中同为台湾诗坛的重镇,他早期诗作深受法国超现实主义诗歌的影响,诗观也相当激进,后来他也做了调适与修正。他在《中国现代诗的成长》一文中说:"六大信条过于强调西化,特意标出中国新诗乃'横的移植'为其基本出发点,致无法在本土上根深蒂固,继续发扬。"②在《请为中国诗坛保留一分纯净》中,他又指出:"无论如何,回到民族文学传统的浩浩长河中来,是一个诗人必然的归向,实无争论的必要。"③这,确实是发人深省的过来人的箴言。

与对传统虚无主义的全盘否定的态度相反,另一种态度就是国粹主义的僵化保守。传统,本来是一个流动的生生不已的创造性的美学范畴,但是,在这些人的心目中,传统却是一团凝固体,是一种只能全盘接受和以供仿效的模式,绝不能加以革新、丰富和发展。

在中国诗歌史上,对传统持极端保守姿态的是明代诗歌,特别是明代的前后七子。前七子,是弘治、正德年间的李梦阳、何景明、徐祯卿、边贡、康海、王九思、王廷相;后七子,是嘉靖、隆庆年间的王世贞、谢榛、李攀龙、宋臣、梁有誉、徐中行、吴国伦。明代的前后七子,他们反对明初以杨士奇、杨荣、杨溥为代表的"台阁体"诗派,反对这一诗派从内容到形式都毫无生气的作品,在这一点上他们是有功绩的,同时,他们自己的创作也并非一无可取。但是,前后七子的共同文学主张是"复古",他们所领导的文学复古运动,就是以古为法式、以尊古为正统的复古运动。从这里,就可见明代诗坛复古风气之盛。的确,明代二百七十余年的诗坛,除了明初高启、明末陈子龙等少数几位出色的诗人而外,杰出的诗人见不到踪影,倒是末流诗人不少,有价值的作品不多。原因之一,就是复古模拟之风横扫了诗坛,使得诗作者们都望风而靡。这一代的诗人,或仿盛唐,或拟中唐,或效晚唐,但他们都遗落了唐代诗人那种积极进取勇于创造的艺术精神,而只是斤斤于字句声调上求形似。后人讥嘲明代复古派的诗作是优孟衣冠,毫不足取,这固然不免有失偏颇,但也自有相当道理。总之,明代诗坛从整体看是

---

① 余光中:《掌上雨》,台湾时报文化出版企业有限公司,第 162、164 页。
② 洛夫:《诗的探险》,台湾黎明文化事业公司 1979 年版,第 35、140 页。
③ 同上。

一个复古的诗坛，在诗创作继承与革新的关系方面，它的态度是保守的，缺乏独创精神，因此，明代虽长达近三百年，本来应该有足够的时间去孕育诗的奇才，但却没有能够向中国诗歌史贡献更多的杰出的诗人和作品，成就根本无法与以前的唐宋两代相提并论，也不及以后的清代很远。这一历史事实，值得后来的我们深思。

中国的新诗，在一九一八年一月《新青年》杂志四卷一期上呱呱坠地，开始了它的第一声呼唤。"五四"前夜，在文学革命的旗帜之下，新诗是新文学大军中一支锐气方刚的先锋部队。在胡适、沈尹默、刘半农登高一唱之后，各界有代表性的人物如鲁迅、李大钊、陈独秀、宗白华、谢冰心、汪静之等人纷纷写作新诗，诗坛出版了《新诗集》和《分类白话诗选》。一九二〇年和一九二一年，胡适的《尝试集》与郭沫若的《女神》先后出版，举行的是新诗的正式而隆重的奠基礼。但是，诗歌革命以及在诗歌革命中产生的新诗，却遭到了传统的保守派的怀疑、不满和攻击。例如黄侃，因为胡适诗中有"两个黄蝴蝶"之句，就讽称胡适为"黄蝴蝶"而不称其名，而在其所著的《文心雕龙札记》中则咒骂新诗为"驴鸣狗吠"。而"学衡派"的主将胡先骕、吴宓、梅光迪等人，他们反对以白话写诗，而主张照搬传统，所谓以旧瓶装新酒。如胡先骕在《中国文学改良论》中说："……其他唐宋名家指不胜屈，岂皆不能言情达意，而必俟今日之白话诗乎？如刘半农《相隔一层纸》一诗，何如杜工部之'朱门酒肉臭，路有冻死骨'之写得尽致。至于沈尹默之《月夜》诗：'霜风呼呼的吹着，月光朗朗的照着，我和一株顶高的树并排立着，却没有靠着。'与其《鸽子》《宰羊》之诗，直毫无诗意存于其间，其可覆瓿矣。……不此之辨，徒以白话为贵，又何必作诗乎？"胡先骕，曾经写过一万二千字的题为《评〈尝试集〉》的洋洋大文攻击胡适的创作，他的上述观点，集中表现了"五四"时期文学上的新老复古主义者对传统的守成不变的株守，对创新和革命的反对。"五四"时期新老复古主义者们反对新文学和新诗，自有他们政治上的原因，我这里所涉及的，只是他们在传统与创新的态度上的关系而已。

明代诗坛的复古主义者，是全盘效法唐代诗歌而缺乏创新精神。"五四"时期的复古主义者，是根本反对诗的革命和社会革命而死守旧的传统，它们性质不同但守旧则一。这些历史的教训启示我们，在新诗的发展与变革的过程中，我们既要反对否定传统的自戕式的全盘西化,也要反对盲目排外无所作为的保守僵化。

对待本民族的诗歌传统,我以为正确的态度应该是:一是要批判地继承,二是要革新和发展。

中华民族的诗歌传统,广义地说,应该包括古典诗歌的传统,"五四"以来新诗的传统,各民族民歌的传统,我在这里所要论列的是狭义的传统,即中国古典诗歌的传统,与"五四"以来的新诗传统名为"近传统"相对,又可名为"远传统"。中国古典诗歌遗产,除了其中必须批判扬弃的封建性糟粕之外,是一座有着丰富的珍奇的宝山,有待我们去寻幽探胜,等待有识见有才华的诗人去深入开采,让它们在新时代的日照下季候中发出更灿烂的光辉。

传统,是一个流动的美学范畴。活的有生命力的传统,它不仅仅是指艺术形式和表现方法,首先它是指代代承传而不断发扬的思想价值和人文精神。以中国古典诗歌的传统而论,我以为首先应该继承的,就是中国古代诗人那种时代的责任感和使命感,那种忧国忧民的襟怀,那种对国家、民族和社会的热切关注。这,才是传统的本质和灵魂。试想,如果否认或取消了这些,那我们的传统不就没有了思想美和灵魂美的承传,而只成了纯粹的技艺的延续了吗? 如果那样,只能被认为是对传统的片面理解,甚至是对传统的贬低和抹杀。中国诗歌史自远古的屈原到清末的谭嗣同、秋瑾等诗人,一以贯之不断发扬光大的,根本上就是那种对生命、祖国和民族的历史感和使命感,那种庄严而深沉的民族忧患意识,这,正是中国古典诗歌传统的内核。屈原,是我国诗史上第一个有鲜明的艺术个性同时又具有强烈时代感的诗人,他热爱祖国,关怀人民,坚持美政理想,憎恶并批判黑暗现实。《哀郢》的开篇,他不是悲叹个人的苦难,而是抒发了对人民的深厚同情:"皇天之不纯命兮,何百姓之震愆。民离散而相失兮,方仲春而东迁!"在《抽思》中,他在流亡途中所怀念的仍然是他的祖国:"望孟夏之短夜兮,何晦明之若岁! 唯郢路之辽远兮,魂一夕而九逝。曾不知路之曲直兮,南指月与列星。愿径逝而未得兮,魂识路之营营。"屈原,是以他的艺术,但更是以他的艺术所表现的思想和人格,奠定了中华民族诗歌的思想传统,给后世诗人以极为深远的影响。汉代淮南王刘安在《离骚传叙》中评价屈原的《离骚》,曾经说"推此志也,虽与日月争光可也",这句话后来又被司马迁在《屈原贾生列传》中引来评价屈原的作品。我认为,这种可与日月争光之"志",正是中国古典诗歌传统的重要美学内涵。唐代李白《江上吟》说"屈平辞赋悬日月,楚王台榭空山丘",杜甫在《戏为六绝句》中说"窃攀屈宋宜方驾,恐与齐梁作后尘",他们都表示了对于屈原的人格美的景仰,而在国家民族危机深重的南宋,爱国诗人陆游不就在《哀郢二章》《塔子矶》等诗篇中,悲歌"离骚未尽灵均恨,志士千秋泪满裳""七泽苍茫非故国,九歌哀怨有遗声"吗? 中国古典诗歌的这种思想传统,如光焰炽烈的火炬,由一代代的诗人接力传递下来,一直传送到晚清的诗人志士如谭嗣同、秋瑾等人手中,在他们的"世间无物抵春愁,合向苍冥一哭休。四万万人齐下泪,天涯何处是神州"(谭嗣同《有感一章》)、"浊酒不销忧国泪,救时应仗出群才。拼将十万头颅血,须把乾坤力挽回"(秋瑾《黄海舟中日人索句并见日俄战争地图》)等诗章中,燃烧着熊熊不灭的烈焰。

中国古典诗歌的传统之美,除了崇高思想和人文精神之美,就是艺术之美,诗艺之美。我们今天的新诗所要继承的,还包括古典诗歌传统中的创作方法、艺术风格、艺术技巧、语言艺术等四个重要方面。

北方文学的《诗经》与南方文学的《楚辞》,既分别是黄河、长江两大流域的文化盛典,也是中国诗歌的两大源头。以创作方法而言,远古的诗歌总集《诗经》,是中国诗歌现实主义的源头,而以屈原的作品为代表的《楚辞》则是中国诗歌浪漫主义的源头。由它们发源,现实主义和浪漫主义两条巨流,在中国诗歌史上汹涌澎湃,流经唐代,两条巨流都涌现了它们的高潮,弄潮儿向涛头立,这就是杜甫和李白,他们扬波击浪,构成了中国诗歌史上使人赞叹的胜景奇观。除了现实主义和浪漫主义两大潮流之外,中国诗史上的创作方法,也还有一些波澜虽不浩阔,但也可称为支流的流派。例如中唐的李贺和晚唐的李商隐,这两位诗国的奇才,你说他们的创作方法是现实主义的还是浪漫主义的,或者是什么别的主义的? 虽然创作方法是现代文艺学的理论和专有名词,但我们还是可以用来区别李商隐和李贺的创作不同于他人之处。台湾学者张淑香曾提出如下看法:"由炽热的生命情愫出发,经过现实世界、爱情世界、自然世界、历史世界与神话世界的追寻历程,从现实到超现实,在感觉上,我们仿佛看见诗人如何上天下地,彷徨无依于宇宙之间,苦苦不休地追寻又追寻。所以,义山诗所表现的这种心灵历程与生命基型,是一个'远征情境'。"① 在谈到李商隐的《锦瑟》诗时,张淑香说:"正由于全诗是以情的冥思回想为贯串,故诗人的意识能超乎一切而运用于一个超越时间的大宇宙,颇显示了意识流与超现实主义的写作技巧,表现了中国抒情诗中最大的境界。"② 这就可以看出,在创作方法上,李商隐现存约六百首诗似乎可以归到象征主义范畴,虽然一般人认为象征主义是起源于法国十九世纪后期的一种创作方法,但我们何妨从中国的实际出发,何必套用外国的模式? 至于李贺,杜牧为他的集子作叙,称之为"盖亦骚之苗裔"。我们可以看到他确实继承了屈原作品的某些遗韵,但他和屈原以及李白都很不相同,前人称之为"瑰诡"(严羽《沧浪诗话》),"鬼才"(马端临:《文献通考》),"离绝凡近,远去笔墨畦径"(高棅《唐诗品汇》),"李长吉语奇而入怪"(周紫芝《古今诸家乐府序》),可见他是不能以现实主义更不能以浪漫主义的创作方法来衡量的。黄永武认为,李贺的作品可以用"哀艳荒怪"四字来形容。他说:"二十世纪的'现代诗人',喜欢表现与日常经验完全脱节的'心象',在'心象'的造型方面,尽量避开普遍的结合,这一点,和李贺的构思遣词,是约略相似的。"③ 而我则认为,李贺是中国古代一位运用现代诗歌手法的高手,称他为"现代派的先驱",亦不为过。由此可见,中国古典诗歌的创作方法,还有许多有待我们深入探究的领域。

艺术风格的多样化,是中国古典诗歌的宝贵传统之一。在古典诗史上,集大成的诗人正是继承了各家艺术风格之长而又加以融化,从而形成了自己独特的风格的。"祖风骚,宗汉魏,下至鲍照徐庾,亦时用之"(元稹),这样才构成李白独特的艺术风格。秦观在《进论》中说:"杜子美之诗,实积众流之长,恰当其时而已。昔苏武李陵之诗,长于高妙;曹植刘公干之诗,长于豪逸;陶潜阮籍之诗,长于冲淡;谢灵运鲍照之诗,长于峻洁,徐陵庾信之诗,长于藻丽,于是子美穷高妙之格,极豪逸之气,包冲淡之趣,兼峻洁之姿,备藻丽之态,而诸家之作,所不及焉。然不集诸家之长,子美亦不能独至于斯也。"他认为杜甫"集诸家之长",这样才兼有众长同时又形成自己"沉郁顿挫"的独特风格,这一见解论及杜甫在艺术风格上的继承与发展的关系,颇有见地。

---

① 张淑香:《李义山诗析论》,艺文印书馆 1974 年版,第 188、197 页。
② 同上。
③ 黄永武:《诗心》,台湾三民书局 1978 年版,第 127 页。

　　从个人的艺术风格来看,大诗人都是继承与融合前人艺术风格之长,而熔铸创立出自己独特的风格,在诗歌的黄金时代,诗人的艺术风格更是多彩多姿。例如对唐代诗歌,前人就有许多形象的描述,明代王世贞的《艺苑卮言》,就是一部诗学的特别是有关诗的风格论的著作,有不少独到之处。他谈到唐宋诗歌风格多样化时,转引了敖陶孙如下精彩的诗化描述:"王右丞如'秋水芙蓉,依风自笑';韦苏州如'园客独茧,暗合音徽';孟浩然如'洞庭始波,木叶微脱';杜牧之如'铜丸走坂,骏马注坡';白乐天如'山东父老课农桑,事事言言皆著实';元微之如'龟年说天宝遗事,貌悴而神不伤';刘梦得如'镂冰雕琼,流光自照';李太白如'刘安鸡犬,遗响白云','核其归存,恍无定处';韩退之如'囊沙背水,唯韩信独能';李长吉如'武帝食露盘,无补多欲';孟东野如'埋泉断剑,卧壑寒松';张籍如'优工行乡饮,酬献秩如,时有诙气';柳子厚如'高秋独眺,霁晚孤吹';李义山如'百宝流苏,千丝铁网,绮密瑰妍,要非适用'。"自唐以后,他还论及苏东坡、欧阳修、黄庭坚、梅圣俞、秦少游等人的不同风格,兹不赘引。总之,审美印象式的形象描述虽不如科学论说那么精确深入,但却能启发读者的想象。新诗发展的历史上,有独特艺术风格的诗人不是很多,共性有余而个性不够鲜明的问题突出,即使如新月派、晋察冀派和七月诗派,作为流派的共性是鲜明的,佢风格独标的个体诗人却仍感寥寥。可以说,这是由于我们对独特艺术个性与风格倡导不力,而对古典诗歌传统艺术风格的丰富多样,在继承和发扬上还没有下足够的功夫。

　　中国历时几千年的古典诗歌,在艺术表现手法方面有极为丰富的积累,有待今天的新诗人去认真学习和化旧为新地继承发展。诗歌艺术当然是不断更新的,表现手法也会随着现代诗歌的发展而日益丰富和变化,但是,由于中国古典诗歌历史悠久,成就灿烂,可以说诗歌艺术表现的基本手段,在中国古典诗歌中都已经产生具备了。如果认为中国古典诗歌的艺术表现手段主要就是赋比兴,那恐怕是十分狭隘的片面的理解。即如现代诗歌理论中所热衷谈论的移情、通感、象征、张力、密度、蒙太奇、自由联想、时空变化等现代技巧,在中国古典诗歌中早已屡见不鲜,只是在中国古代还没有这种现代的名词和现代的逻辑归纳,也没有上升到当代诗人这种自觉运用的高度。

　　只要简略地回顾诗歌发展的历史,就可以看到这样一条美学规律,历史上任何有成就的诗人,都毫无例外地继承和丰富了包容在传统之中的艺术积累。例如杜甫的名篇"三吏""三别",固然是杜甫这位诗国天才的杰出创造,但是,它并不是杜甫的凭空杜撰,从文学渊源上看,它们都是对于传统的继承和革新。"三吏"与"三别",都是"即事名篇"的新乐府诗,它们是盛唐诗歌的炫目的浪花,但它的源头却可以远溯到汉魏乐府,甚至逆流而上,一直到达中国诗歌的江河源的《诗经》。《新婚别》中的"自嗟贫家女,久致罗襦裳。罗襦不复施,对君洗红妆"的人物描写,不是会令我们想起"自伯之东,首如飞蓬。岂无膏沐,谁适为容"(《诗经·卫风·伯兮》)吗?《无家别》中的"久行见空巷,日瘦气惨凄。但对狐与狸,竖毛怒我啼"的环境渲染,我们不是会想起"遥望是君家,松柏冢累累。兔从狗窦入,雉从梁上飞"(《十五从军征》)吗?在贫瘠的土地上,长不出丰硕的果实,在窄小的航道上,扬不起直趋沧海的云帆,如果没有前人和前代丰厚的艺术积累,也绝不可能产生后代的诗的名家和大家。

中国古典诗歌中的月亮,是从《诗经·陈风·月出》篇中升起来的,它横过汉魏六朝的天空,到唐代更加流光溢彩,而且在中国古典诗歌中,对月亮讴歌的篇章之多之好,远远胜过写太阳的篇什。在唐代,自从初盛唐之交张若虚在《春江花月夜》中撷取过它的清光之后,不知有多少人描绘过那一轮光景常新的明月。而李白,是古代诗人中对月亮情有独钟的了,如同米芾有"祟石狂"之称,李白则有"明月魄、玻璃魂"之誉,李白现存诗约千首,与月有关的共三百八十二首,占全部作品的百分之三十八。天镜、瑶台镜、白玉盘等专门形容月亮的名词共四百九十九个;云月、松月、峨眉月、秦楼月等月意象不胜枚举。他写到月亮的诗篇,集中起来可以开一个月光诗的展览会。但是,这并不妨碍南宋诗人杨万里写出同样出色的诗篇。杨万里,是有"小李白"的美誉的,难怪他多次追踪李白,多次向月神献上他的诗的祭礼了。如下面这首七古,题为《重九后二日同徐克章登万花川谷月下传觞》:

> 老夫渴急月更急,酒落杯中月先入!
> 领取青天并入来,和月和天都蘸湿。
> 天既爱酒自古传,月不解饮真浪言;
> 举杯将月一口吞,举头见月犹在天!
> 老夫大笑问客道:月是一团还两团?

酒入诗肠风火发，月入诗肠冰雪泼。

一杯未尽诗已成，诵诗向天天亦惊。

焉知万古一骸骨，酹酒更吞一团月！

在笔致的活跃和层次的曲折方面，杨万里无疑继承了唐代七古和歌行的艺术成就，而"和月和天都蘸湿"，诉之于视觉的月光与青天，获得了诉之于触觉的"湿"的通感之美，这是对前代诗人通感手法的继承和发展。杜甫有"晨钟云外湿，胜地石堂烟"（《船下夔州郭宿雨湿不得上岸，别王十二判官》）之句，北宋孔武仲有"半掩船篷天淡明，飞帆已背岳阳城。飘然一叶乘空渡，卧听银潢泻月声"（《乘风过洞庭》）之诗。至于"举杯将月一口吞"，那更是惊世骇俗之句了，我们从这种现代诗学称之为"创造性联想"的想象中，可以感到李白诗学的遗韵，虽然天纵奇才如诗仙李白，他也不至于奇想飞腾到如此去冒犯月神，但可以断言的是，如果没有李白那些出色的写月诗篇的启发，杨万里就绝不可能有如此精彩的演出。继承了古代诗人艺术遗产的有出息的诗人，他们是努力不让前贤专美于前的，于是，我们在当代诗人的作品中，就读到了这样似曾相识但却又令人耳目一新的写月的诗章：

冷冷，长安城头一轮月

有一只蟋蟀似在说

是一面迷镜，古仙人忘记带走

镜中河山隐隐，每到秋后

霜风紧，缥烟一拭更分明

清光探人太炯炯

再深的肝肠也难遁

一面古镜，古人不照照今人

一轮满月，故国不满满香港

正户户月饼，家家天台，

天线纵横割碎了月光

二十五年一裂的创伤

何日重圆,八万万人共婵娟?
仰青天,问一面破镜

——余光中《中秋月》

纸窗亮,负儿去工场。
赤脚裸身锯大木,
音韵铿锵,节奏悠扬。
爱它锯齿有情,
养我一家四口;
恨它铁齿无情
啃我壮年时光。

啃完春,啃完夏,
晚归忽闻桂花香。
屈指今夜中秋节,
叫贤妻快来窗前看月光。
妻说月色果然好,
明晨又该洗衣裳,
不如早上床!

——流沙河《中秋》

大约是中国诗人对月情有独钟吧,远古的"嫦娥奔月""吴刚伐桂"等芬芳绮丽
的神话传说,就表现了中华民族的审美心态。从《诗经》开始,月就成了诗歌
美学的审美对象,对月的描写和抒情,也积累了特别丰富的艺术经验,因此,当
代诗人写月特别出色,也就不是偶然的了。余光中咏月的诗作颇多,此诗写于
一九七五年的香港,其时两岸分隔已久,天上月圆,人间残缺,诗人将中秋之月
比为"迷镜""古镜"与"破镜",抒发了不尽的故国之思和天涯沦落之感。大陆
诗人流沙河的《中秋》作于同时,是组诗《故园六咏》中的一首。他诗中的中秋
月是"不写之写",或者说是"略写之写",那是他的悲苦的劳动改造生涯的背景,

月色虽好而脸色凄凉,点到即止而引人想象。如果说,余光中咏月是浓墨重彩,流沙河写月则是淡墨点染,古典而现代的月色月光月亮,在他们的笔下都各呈其妙。

中国古典诗歌,是世界上罕见的以精炼见长的诗歌。中国古典诗歌中众多的优秀作品,其语言的精炼、弹性和富于表现力,是无与伦比的。今天的新诗的语言成分,不外由三个方面所构成:一是活色生香的白话口语,这应该是新诗语言的基干,就像一座大厦的架构一样;二是外来的即一般所谓"欧化"词语和句法,这可以增加大厦的新意和时代色彩;再一个方面,那就是古典诗歌中尚有生命力的语言语汇和有表现力的组合方式了。继承古典诗歌的传统,在很大的程度上说就是继承古典诗歌语言艺术的传统。关于古典诗歌的语言艺术,我在《诗的语言美》一章中已经有详细的论说,这里只做若干简略的补充。学者黄维樑在《诗中异品:戏剧化独白》一文中,曾经说过"戏剧性独白是诗中异品",而"戏剧化独白的特色,是冶诗与戏剧于一炉。既是诗,它具有诗的精炼经济;又是戏剧,它具有戏剧的故事性和生动真实",据他介绍,英国诗中戏剧化独白这一体裁,是由勃朗宁确立的,勃朗宁的《波菲利雅的情人》和《亡妻公爵夫人》就是这种作品。黄维樑还举出闻一多的《天安门》和卞之琳的《酸梅汤》为证,说明它们是新诗中的"戏剧化独白"(见《怎样读新诗》)。黄维樑认为"我国古典诗中,并无此类体裁",但我以为颇具"戏剧性"的却不为少见,先看唐诗人崔颢的《长干行》二首:

> 君家何处住?妾住在横塘。
> 停船暂借问,或恐是同乡。
>
> 家临九江水,来去九江侧。
> 同是长干人,生小不相识。

全诗所描绘的,是长江上一位青年女子与邻船一位青年男子对话的情景,在一问一答之中,压缩了长远的时间和阔大的空间,蕴含了单纯而引人入胜的情节,同时又有丰富的意在言外的潜台词。两诗一共只有四十个字,其语言的巨大容量和表现力的高超十分惊人。王夫之早在《姜斋诗话》中赞美过："墨气四射，四表无穷，无字处皆其意也。"这两首诗是对话体，合二为一则是对白，一分为二是否也可以说是独白呢？辛弃疾的许多词，写诗人与拟人化的青山明月花鸟草木的交流，极具戏剧因素，如《西江月·遣兴》：

> 醉里且贪欢笑，要愁那得功夫。近来始觉古人书，信著全无是处。　昨日松边醉倒，问松"我醉何如"？只疑松动要来扶，以手推松曰："去！"

这首词，以第一人称的独白语言方式，描绘作者借酒浇愁的狂态，表现他对黑暗现实的激愤和壮志不酬的苦闷，语言的提炼和表现力均臻上乘之境。他的另两首词牌同为《沁园春》，词以"止酒"与"破戒"为题的姐妹篇，均作于庆元二年（1196）隐居江西瓢泉之初，两词的风趣幽默的独白与对话贯串全篇，真是夐夐独造，妙到毫巅。闻一多在美国留学时曾经修读过勃朗宁的诗，卞之琳攻读的是外文系，又曾是新月派诗人，以闻一多为师，他们写出戏剧化独白的诗作，均受到外国诗歌的影响，但是否也曾从中国古典诗词中寻索到它们的戏剧性的渊源呢？我这里所举述的仅只是古典诗歌语言艺术的一端，中国古典诗歌的语言艺术，是一座远远没有得到深入开采的宝山，可以肯定的是，中国当代的新诗人如果不皈心低首地去朝山并满载而归力争创造，他们绝对不能取得可观的成就。

　　对待传统，除了要批判地继承之外，还必须破除保守心理和保守思想，不能把传统看成固定的僵化的不能发展的存在物，而要认为传统是一个生生不已的流动的美学范畴，它应该得到革新、发展和丰富。因此，对传统，我们既要向心，也要离心。首先是向心，然后才是离心，向心是为了不失传统之美的离心，离心是为了有更高美学层次的向心。我们要继承，也需要反叛，首先是继承，然后才是反叛，继承是为了不流失祖先血液的反叛，反叛是为了更新换代日新又新的继承。总之，我所说的离心和反叛，绝不是要如某些人所说的否定和抛弃传统，而是要革新和超越传统，要丰富和发展传统之美。传统，如同一条波澜壮阔的长河，它流到了我们这个时代，我们时代的诗人就要开拓新的河道，引入新的潮流，呈现新的景象，让传统的长河涌动新的浪花。

　　从中外诗歌发展的历史来考察，传统作为一个美学范畴，它从来就是流动发展的,而不是固定不变的,它处在不断地"现代化"的进程之中。"现代",既是一个现实性的概念,也是一个历史性的概念。《诗经》对于《楚辞》是传统,但《楚辞》继承了《诗经》的传统而有所发展,就《楚辞》的时代来说,它较之《诗经》又是"现代"的。唐代之前的诗歌,对于唐代诗人来说是传统,唐代诗人继承了前人的成就而有了长足的发展,它革新、丰富了原有的传统,唐诗较之前代诗歌,在当时来说它就是"现代"的。同理,宋词与宋诗是对唐诗及其以前的诗歌传统的发展,元曲又是对宋词及其以前的诗歌传统的发展。明清两代的诗歌特别是清代的诗歌,还是有不少优秀的作品,清诗甚至是唐诗宋词之后一个崛起的高峰,但一般地说,中国古典诗歌在明清两代尤其在明代处于相对停滞的状态,这一方面是因为明清两代的诗人特别是明代诗人,缺乏创造的勇气和发展的雄心。明代诗坛更是笼罩在复古的阴影之中,以模仿古人为能事,怎么能创造出更多富于新意和生气的作品? 另一方面,也是因为古典诗词这种艺术在唐诗宋词元曲登峰造极之后,已经无法提供更多创造和发展的客观可能性。从对传统的继承与革新这一角度来看,"五四"时代新诗的产生及其以后的发展,本质上是对传统特别是传统诗形式的划时代的革新和突破,没有这种突破,就不可能有今天的新诗。

　　纵向地考察中国诗史,可以看到革新和发展的精神对于传统之美的重要性,从横断面来观察,历史上许多诗人和诗论家都反对株守传统,而强调发展和革新。真正的继承传统,从来就不是原封不动地承袭照搬,而是要有所承传,同时更要有所革新和创造,这样,传统才不是死的而是活的,不是僵化的而是运动的,不是一成不变的而是生生不已的。那种认为传统就是祖先遗留下来的固定遗产的看法,是对传统的形而上学的误解。传统,是一个历史性的范畴,同时也是一个现实性的范畴。因此,历史上有识见的诗人和诗论家都强调创新。创新,从传统的意义上来看,就是革新、丰富和发展传统,给传统带来新的因素和新的活力。

　　的确,如同苏联文学大家高尔基所说:"保守是舒服的产物。"墨守成规,固步自封,只知坐吃山空祖传的家业而不思进取,那当然是最省力气的了,但是,祖先家业也许会被纨绔子弟挥霍殆尽,文学事业也会看不到振兴的曙光。有生命的有美学力量的诗歌,对于前代的思想艺术积累,都是既有充分肯定也有适度否定而力图创新的,从宏观来看是如此,从微观来说也是如此。即以我国古典诗词的"点化"来说吧,这就是诗歌创作中继承与创新的手段之一。点化,不是原封不动地照搬,也不是亦步亦趋地模仿,它虽然借鉴了前人的作品,或者还保留了前人作品的某些语言形式,但它却是在新的生活与新的构思的基础上予典故以改造,含英咀华,焕发出新的意蕴与意境,艾略特称此为"同存结构",我却比之为一颗陈年的明珠,拂拭了时间的尘封,经过新的日光的照耀,更显得光辉照眼。以文章而论,在"初唐四杰"中名列第四的骆宾王,他的文章也颇为可读,如《讨武曌檄》:"喑呜则山岳崩颓,叱咤则风云变色,以此制敌,何敌不摧?以此图功,何功不克?"骆宾王此文,可以说篇是名篇,句是名句了,但它却是从祖君彦《为李密讨炀帝檄》点化而来:"呼吸则河渭绝流,叱咤则嵩华自拔。以此攻城,何城不陷?以此击阵,何阵不克?"很明显,骆宾王在境界、意义和语言上都有所推陈出新。晚唐杜牧《阿房宫赋》开篇的"六王毕,四海一,蜀山兀,阿房出",知名度是很高的了,但它却也是从前代唐人陆参《长城赋》中的"千城绝,长城列,秦民竭,秦君灭"点化而来。杜甫《同诸公登慈恩寺塔》中有"七星在北户,河汉声西流"之句,晚唐的李贺则点化为"天河夜转漂回星,银浦流云学水声"(《天上谣》),喜欢奖掖后进的杜甫有知,一定会赞扬李贺革新和创造的精神吧?陆游《游山西村》的"山重水复疑无路,柳暗花明又一村",其哲理是耐人寻味的了,但它却也是点化前人而自铸新辞并自出新意的,与陆游同时的周辉《清波杂志》所载强彦文的诗,就有"远山初见疑无路,曲径徐行渐有村"之句;而王维《蓝田山白石精舍》也有"遥爱云木秀,初疑路不同。安知清流转,忽与前山通"的描写。让我再举贯通古今之一例:

君不见黄河之水天上来,
奔流到海不复回!

——李白《将进酒》

望三门,门不在,
明日要看水闸开。
责令李白改诗句:
"黄河之水'手中'来!"

银河星光落天下，

清水清风走东海。

——贺敬之《三门峡——梳妆台》

你曾是黄河之水天上来

　　阴山动

　　龙门开

而今黄河反从你的句中来

　　惊涛与豪笑

　　万里滔滔入海

——余光中《戏李白》

古人与古人的作品之间，今人与古人的作品之间，都有一种继承与革新的关系。从上述诗例我们也可以看到，前人的遗产只是我们出发的基地，但是，基地并不是我们原地踏步的台阶，任何一代的诗歌，最富于美学价值和历史意义的是革新和发展，革新和发展才是没有终点线的前进的道路。前面所引贺敬之、余光中的诗句，既是借鉴了古人诗作的思想和语言形式，却都各有自己的革新和创造。从这里可以悟出：具有传统感、民族感同时又富于新意的即当代意识的好诗，是继承与革新联姻之后才会呱呱坠地的骄子！不敢开拓，怯于革新，那是保守思想的表现，而任何形态的保守思想，只能导致诗歌走向僵化和没落的穷途。

中国的诞生于"五四"时期的新诗，就是革新的产物。因为传统既是我们的宝贵财产，同时它又有保守和固化的一面，传统的历史愈悠久，积累愈深厚，因袭的力量也愈强大。中国古典诗歌发展到清代末期，在形式和语言上已经近于极限，已经呈现出极大的僵固状态，很难再作较大的开拓，从整体从全局上看已经难以更充分更富于新意地表现新的时代与新的生活。在时代的革命思潮的冲击之下，新诗人们纷纷举起反传统的旗帜，在诗歌领域内发动了一场革命，从而促进了新诗的诞生。今天看来，"五四"初期的作者虽然高倡打倒旧诗之说，不免过于偏激，缺乏一种历史唯物主义的态度，即使是最早写作新诗的胡适，他的新诗毕竟也不能脱离"旧诗"的语言和情调。如他在《尝试集》再版自序中自许为

"白话新诗"的《老鸦》：

一

我大清早起

站在人家屋角哑哑地啼。

人家讨嫌我，说我不吉利；

我不能呢呢喃喃讨人家的欢喜！

二

天寒风紧，无枝可栖。

我整日里飞去飞回，整日里又寒又饥。

我不能带着鞘儿，翁翁央央的替人家飞，

不能让人家系在竹竿头，赚一把黄小米！

我们从中不难感受到古典诗词某些语言和韵味，但是，它毕竟发布了对传统的划时代革新的最初的消息。中国的新诗，正是从"五四"时代起突破了几千年传统所筑成的某种堤防，才翻波涌浪，汇成了今天青春的江流。

粉碎"四人帮"以后，中国奄奄一息的诗神也从长达十年的噩梦中苏醒，从人民的狂欢和时代的巨潮中汲取了再生的力量，重新开始了它的歌唱。随着对外开放的方针的实行，在诗坛也吹起了一股颇为强大的革新之风。但在诗坛关于革新的种种议论之中，有些观点我是不能同意的，如对中国古典诗歌传统的轻忽、漠视甚至否定，如认为新诗要发展，就是要用西方诗歌的美学原则来作为衡量新诗的准则；如认定所谓"朦胧诗"是中国新诗发展的主流，等等。但是，有一种有共同倾向的看法却应该肯定，这就是：中国的新诗应该革新和发展。这不仅因为革新和发展是世界上所有事物包括诗歌获得新的生命的必具内在条件，也是因为长期以来对诗歌艺术和诗人独特艺术个性的忽视与压制，对外国诗歌特别是对西方诗歌的拒绝与排斥，以及假、大、空诗歌的盛行，使广大读者和作者对诗歌的革新有了痛切的感受和迫切的要求。

僵化的模式永远是发展的障碍，应运的革新永远是前进的动力。我们只有继承传统而又革新传统,才能使传统得到丰富、提升和发展。可喜的是,时至今日,当年某些虽具正面开创意义却不无偏颇的激进的论者,也开始修正并完善他们原有的观点了。写过《在新的崛起面前》一文的谢冕,最近着重指出:"我们中国人为我们的古典诗歌而骄傲。不懂得唐诗宋词,我们也不配做中国人。"他同时还说:"很多所谓的探索,都还没有走出对西方后现代主义的幼稚模仿中。"① 写过《新的美学原则在崛起》一文的孙绍振也认为:"关键是不要忘记传统,这是我们的本钱。越是现代的,应该越是传统的。无论诗的形式怎么变化,经典的好诗,都和传统密切相关。"他同时还说:"一些理论家学西方的一些皮毛,以跪着的姿态为荣,忘记了西方艺术有太多的皇帝的新衣。"② 是的,死守传统不思发展是没有出息的孝子,否定传统离家出走而永不归来的是六亲不认的浪子,只有立足传统而又借鉴西方力求创新开拓前进的,才是有所作为或大有作为的诗国的骄子!

三

　　一个国家、一个民族的文学的发展,除了继承与创新这一内在的原因之外,还有一个重要的条件,这就是各个国家、各个民族的文学的互相影响和渗透,这是文学发展的外部规律,也是文学发展的重要美学规律之一。

　　在中国古代,不同民族和地域之间的文学,就是互相影响和吸收的。《诗经》,绝大部分是北方民族的文学,它刚健质朴,是北方各民族和各个国家的民间口头文学。《楚辞》,是南方民族的文学,它瑰丽奇肆,源于南方的民间祭神乐曲和民歌,是诗人文士的个人创作,它吸收了北方文学《诗经》的精华,而加以创造性的发展。又如《敕勒歌》,这是中国诗歌史上颇负盛名的作品:

　　　　敕勒川,阴山下。天似穹庐,笼盖四野。天苍苍,野茫茫,风吹草低见牛羊。

---

① 均见《诗歌的现在与未来》,《文学报》2012 年 2 月 16 日。
② 同上。

历来对这首诗的评论颇多,我只想从各民族文学之间的相互影响来略加论说。敕勒,是我国北方的一个强大的民族,先秦两汉时代称"丁零",魏晋南北朝时期称"敕勒"。《敕勒歌》约产生于北魏,它本是敕勒族的民歌,却又可以用鲜卑语来唱,从这里可以看到敕勒族与鲜卑族之间的文学影响。不仅如此,这首歌又被译成了汉语。它又可以说是中国诗歌史上最早的"翻译作品",中国古代人民和评论者,并没有对它们采取"排外"的态度。宋人王灼在《碧鸡漫志》中,就认为两汉之后有"敕勒歌暨韩退之'十琴操'近古";而清人沈德潜的赞美至少有两次,一见于《唐诗别裁集》:"哥舒歌与敕勒歌同是天籁。"一见于《古诗源》:"莽莽而来,自然高古,汉人遗响也。"所谓"汉人遗响",就是认为它在风格和情调上与汉代高古质朴的作品颇为相近。而祖先为鲜卑族的金元两代名诗人元好问,在《论诗绝句三十首》中也说:"慷慨歌谣绝不传,穹庐一曲本天然。中州万古英雄气,也到阴山敕勒川。"清人宗廷辅《古今论诗绝句》认为元好问之所以极力赞颂这首诗,是因为它"极莽苍,又本是北音"。而我以为除此之外,从这首诗也可以见到我国古代民族文学的相互渗透和影响,"中州万古英雄气,也到阴山敕勒川",不也就是说敕勒歌的产生和风格,也受到中原文化包括汉族古典诗歌的影响吗?而根据日本当代学者小川环树《敕勒之歌——它原来语言在文学史上的意义》一文的见解,此歌的形式对唐代七绝的形成也很有影响,这就更可证明不同民族之间文学的汇通了。

唐代诗歌之所以成为中国古典诗歌的骄傲,重要原因之一,就是唐代是一个开放的时代。唐代是中国封建社会的上升和全盛时期,它有足够阔大的胸襟和容纳多方的气魄,使唐代的文化艺术包括音乐、诗歌、书法、舞蹈、绘画、雕塑等,呈现出万紫千红的大国景象。印度的佛学,音乐方面的龟兹乐、天竺乐、高丽乐,西域各国的舞蹈,都沿着开放的边界源源进入大唐帝国。如果没有外来文化的影响,唐代的文学艺术就不可能如此繁荣,吴道子、王维的绘画和杨惠之的雕塑等,也许就会减色。例如唐代的绝句,就与从西域传入的胡乐的影响和配合分不开,因为唐代的绝句可以入乐和歌唱,而中国原来的古乐比较板重,无法与绝句这种短小轻倩的形式相适应,这样,活泼流动的"胡乐"就和绝句相配合,促进了唐代绝句的传播和繁荣。此外,从诗歌发展史的轨迹来看,南北朝时期北方民族的诗歌以雄浑豪放为其特色,如"遥看孟津河,杨柳郁婆娑。我是虏家儿,不解汉儿歌"（《折杨柳歌》），"李波小妹字雍容，褰裳逐马如转蓬。左射右射必叠双。女子尚如此，男子安可逢？"（《李波小妹歌》），雄放飞扬，与南方汉族民歌的风格情调完全不同。"春林花多媚，春鸟意多哀。春风复多情，吹我罗裳开"（《子夜四时歌》），"朝发襄阳城，暮至大堤宿。大堤诸女儿，花艳惊郎目"（《襄阳乐》），南朝的民歌清新而柔婉，这里仅举两例就可以窥见一斑了。如果说，北朝兄弟民族的民歌飞扬着漠野的雄风，那么，南朝各民族的民歌主要则流荡着山泉的幽韵，而一统天下的唐代，结束了近两百年南北朝对立的局面，使南北不同民族的诗歌得到了交流和融合，发扬南北之长，从而呈现出全新的气象。梁启超在《中国韵文里头所表现的情感》一文中说："经南北朝几百年民族的化学作用，到唐朝算是告一段落。唐朝的文学，用温柔敦厚的底子，加入许多慷慨悲歌的新成分，不知不觉，便产生出一种异彩来。盛唐各大家，为什么能在文学史上占很重要位置呢？他们的价值，在能洗却南朝的铅华靡曼，参以伉爽真率，却又不是北朝粗犷一路。拿欧洲来比，好像古代希腊罗马文明，掺入些森林里头日耳曼蛮人色彩，便开辟一个新天地。"[①] 以今天的眼光来看，就是说文学的发展既要立足于本民族的传统，同时又要勇于借鉴和善于借鉴其他国家的文学艺术的精华，做到中外美学的汇通和融合，这样，才有可能促进文学艺术的更大发展和繁荣。

中国"五四"时期的新诗，就是直接在外国诗歌的影响下产生的，如果没有借鉴甚至移植，新诗就不可能产生。不错，"五四"时期的思想革命和文化革命，可以说是新诗诞生的摇篮，但是，外国诗歌的直接影响，也应该是新诗的必不可少的乳汁。我们只要检视新诗发展的道路，特别是早期新诗的景况，就可以看到这样一个事实：外国诗歌的引进对新诗的发展，特别是对新诗艺术形式的确立和表现手段的丰富，有决定性的作用和深远的影响。

中国新诗最早和最有影响的作者是胡适和郭沫若。胡适创作白话诗的最早尝试，是一九一五年所写的《朋友》，发表于一九一七年二月一日的《新青年》的《白话诗八首》之中，后易题为《蝴蝶》。从一九一五年到一九一九年，胡适的白话诗如他自己在《尝试集·自序》中所说，"实在不过是一些洗刷过的旧诗"，例如《蝴蝶》：

---

① 转引自胡云翼：《唐诗研究》，商务印书馆 1930 年版，第 25—26 页。

> 两个黄蝴蝶,双双飞上天,
>
> 不知为什么,一个忽飞还。
>
> 剩下那一个,孤单怪可怜,
>
> 也无心上天,天上太孤单。

这种作品,还不能说是新诗。它虽然也运用了一些口语,甚至还采取了分行的形式,但它实际上是古典五言诗的解放体,还不能获得"新诗"的美名。在《尝试集·再版自序》里,胡适称一首外国译诗是他新诗创作的"成立的纪元",这就是他在一九一九年二月所译一位美国诗人题为《关不住了》的诗,他从中悟出了要建立中国的新诗,就必须突破古典诗词固化的格律和形式这一道理,从而创立了四行一节、二四押韵的新诗体式,一直到一九三一年徐志摩遇难后他写的一首副题为"悼志摩"的《狮子》,也仍然运用了这种体式:

> 狮子蜷伏在我的背后,
>
> 软绵绵的他总不肯走。
>
> 我正要推他下去,
>
> 忽然想起了死去的朋友。
>
> 一只手拍着打呼的猫,
>
> 两滴眼泪湿了衣袖;
>
> "狮子,你好好的睡吧——
>
> 你也失掉了一个好朋友。"

徐志摩住在胡适家时,最喜欢以"狮子"命名的一只猫。胡适睹物怀人,写下了这首悼诗。以今天的诗艺水平衡量,它当然相当幼稚。但是,这一方面仍然使我们感到新诗已经有了飞跃的发展,另一方面使我们确认:在摇篮中的新诗,用的确实是外国诗歌的褓裰。

在新诗史上,和胡适同时创作新诗,但成就和影响远远超过他的是郭沫若。一九一三年,娴习古典诗词的郭沫若在英文课本上第一次读到外国诗歌。据他在《我的作诗经过》中说，美国诗人朗费罗的《箭与歌》，使他产生了像"第一次才和诗见了面一样"的印象。自此之后，郭沫若广泛阅读了外国诗人的作品，其中著名的有海涅、歌德、拜伦、雪莱、泰戈尔等人，这些异国的诗人给东方的青年郭沫若以外来的丰富营养。正因为有"五四"狂飙突进的时代精神的激荡，加上外国诗人的影响，郭沫若才可能开一代诗风，写出新诗史的奠基之作《女神》。郭沫若在《我的作诗经过》一文中谈到《女神》的写作，他说："惠特曼的那种把一切的旧套摆脱干净了的诗风和'五四'时代狂飙突进的精神十分合拍，我是彻底地为他那雄浑的豪放的宏朗的调子所动荡了。"[①] 郭沫若早期的新诗作品，在内容上，是"五四"时期反帝反封建的时代精神的产物，在艺术上，则是冲破古典诗歌传统的某些束缚和惰性，吸收西方诗歌养分力求创造新的形式的结果。可以说，整个"五四"新文学运动，在思想方面特别是艺术方面，都受到了如潮水般涌来的外国文学的影响，诗歌创作尤其如此。没有"五四"时代开放和进取的精神，积极学习和借鉴外国诗歌之美，能够有今天新诗百花的芳馨吗？

一个国家，一个民族，一个时代，如果能具有开放的眼光，有容纳众川的气魄，就能够取彼之长，补己之短，不断地注入新鲜的活力，促进自己的发展和繁荣。闭关自守，夜郎自大，拒绝一切外来的新鲜事物，采取封闭式而不是开放式的态度，则只能说是目光短浅，胸襟狭窄，思维处于封闭内敛和单向定势的状态，结果只有使自己走向僵化和没落。社会生活如此，文学艺术包括其中的诗歌创作，也同样如此。中外诗史的许多事实证明：勇于吸收外国诗歌中一切有益的营养，是有并非短视的眼光和并非狭隘的胸襟的表现。

据历史记载，中日文化交流自隋代就开始了，日本当时就派遣了"遣隋使""遣唐使"。日本的文化包括诗歌所受中国的影响可称至巨，如诗人北川冬彦就说他从杜甫诗中得到了很大的好处，学者吉川幸次郎在他所著《我的杜甫研究》一书中，就说杜甫诗的艺术性"可以傲视万邦"，杜甫的诗不像西方作品那样"往往为英雄之文学，为神之文学"，而是"人之文学"。一八八二年七月，东京大学几位教授翻译出版了《新体诗抄》，包括莎士比亚、金斯利、丁尼生等英国诗

---

① 《沫若文集》(第11卷)，人民文学出版社1959年版，第143页。

人的诗,并附译者创作的诗歌五首。这部诗集,被称为日本近代诗的序幕,正如同井上哲次郎在诗集的序言中所说的:"生活在新日本澎湃潮流中的国民,要抒发其情怀,就不能不采取以当代日语写作的欧化诗形。""明治的诗应为明治的诗,而不应为古诗或汉诗。"① 一八八九年,日本近代文学的巨子森鸥外主持翻译的诗集《面影》出版,这部诗集包括拜伦、歌德、海涅、莎士比亚等诗人作品的译文,其内容远较《新体诗抄》完整和丰富,影响也较后者巨大。总之,从上述两部译介的诗集开始,许多日本诗人纷纷写作近代诗,日本诗史就开始了近代诗的新时期。近代诗登上日本诗坛之后到第二次世界大战时为止,顺序作了诸如浪漫主义、象征主义、唯美主义、印象主义、神秘主义、理想主义、现实主义等流派的演出,情况和我国"五四"以后的新诗兴起有些相似。可以看到,日本现、当代诗歌的萌生和发展,是和外国诗歌的引进分不开的,在国家与国家、民族与民族之间的交流愈加频繁密切的现代,不同民族文化之间的相互吸收,更是一个普遍的国际性的现象。

对于中国古典诗歌的艺术殿堂,外国诗人或远越关山,或远渡重洋前来顶礼。阿赫玛托娃是苏联诗坛脱胎于象征派的阿克梅派代表人物之一,其诗短小精致,善于抒写内心情绪,被苏联评论界称为"室内抒情诗的典型","二十世纪俄罗斯诗坛屈指可数的诗人"。她就曾翻译许多中国古典诗歌,并深受影响。二十世纪之初,美国意象派诗歌的领袖庞德,也曾再三说明中国古典诗歌之于美国新诗运动,就如同希腊之于文艺复兴。五十年代末期,艾略特对美国诗坛影响逐渐消歇,美国诗人又转而崇尚中国古典诗歌的简约美学和明朗而含蓄的诗风。我们可以由此而进一步认识到,任何一个积极向上的有希望的民族,任何一代有蓬勃朝气的诗歌,绝不是固步自封而是心灵开放的,他们必然勇于和善于吸收外国诗歌中一切有益的营养,以促进本民族诗歌的发展和繁荣。在我们这个开拓与创造的时代,我们中华民族的诗歌,更必须有恢宏的胸襟和万物皆备于我的气魄,立足传统,借鉴西方,力求中西诗学和美学的汇通,以中为主,中西合璧,融合东方之美与西方之美,让当代中国新诗在和传统诗歌与西方诗歌的对话交融中出现如盛唐诗歌一样的壮观景象。

---

① 转引自:《日本现代诗选·前言》,青海人民出版社 1983 年版。

对待外国诗歌包括西方的现代诗歌,历来也有两种截然相反的态度,一种是出于保守主义的盲目排斥,一种是出于投降主义的全盘接受。从新诗诞生以后直至今天,这两种态度或同时并有,或交错出现,或者这种态度占据上风,或者那种态度占据上风,成为风行一时的季候风。

从保守方面而言,"五四"时代的"国粹派"们,他们出于政治上对抗反帝反封建革命潮流的需要,抱残守缺,反对改革,反对吸收西方新鲜的思想和事物,把一切西方的东西都视为洪水猛兽。在向西方诗歌学习借鉴的过程中,如同南极之于北极,与保守倾向相对的就是全盘西化。在保守的心态下,事物不可能得到发展,任何革新与创造都可能会被视为异端邪说。中国是一个诗的泱泱大国,诗的传统特别久远和深厚,这是一个得天独厚的优点。但是,优点往往又有缺点伴随而行。传统深厚,但一般人却又容易偏于保守,因为按部就班、墨守成规,总是阻力最小的路线,而创新发展,却不仅需要胆识,也需要出众的才情和艺术家的勇气。相反,在全盘西化的心态下,事物也得不到正常的发展,任何对传统的尊重和回归,都可能被视为保守和僵化,历史上和现实生活中的一些诗作者,他们无视传统,最后受到的却是传统的惩罚,他们抛掉了自己的船帆与罗盘,在西方诗歌的大洋里去乘风逐浪,最后却回不了故国的海岸,变成了没有祖国谁也不会收留的浪子。

新诗史上全盘西化最典型者是李金发。在二十年代,中国诗歌出现了不同格调的流派,按照朱自清在《新文学大系·诗集》导言中的说法,可分为写实派、浪漫派、象征派,在象征派的阵容中,主将是李金发,尔后有"现代派"的戴望舒加盟,"新月派"后期的何其芳、卞之琳也曾前来显示过他们的身手。象征主义,是十九世纪末叶在法国兴起的诗歌流派,其代表人物是波德莱尔、马拉美、兰波、魏尔伦等人。他们的作品自有其社会意义,在诗歌艺术上强调"象征"和"暗示",也值得我们借鉴。但颓废没落的思想感情,晦涩神秘的诗风,却是象征主义诗人的不治之症。在李金发之前,"新月派"诗人、二十年代的于赓虞开象征派的先声,他向往西方现代派的先驱、法国诗人波德莱尔,先后出过《晨曦之前》《幽灵》等诗集,今天已经全部被人遗忘。留学法国的李金发,更直接更充分地受到法国象征诗派的影响,他对中国古典文学特别是古典诗歌缺乏必要的修养,甚至中文都有些不通,然而却要全盘效法西方的现代派,他曾经出版过《微雨》

《食客与凶年》《为幸福而歌》等诗集,许多作品内容颓废没落,充满阴郁绝望的情调,在艺术表现上半文半白,半中半西,追求所谓语言的"非逻辑性",神秘幽幻而使人无法卒读,如"我有一切的忧愁,无端的恐怖"(《琴的哀》),"我们折了灵魂的花,所以痛哭在暗室里"(《不幸》),等等。此外,在他的诗中,"忧愁""恸哭""悲哀""恐怖"等字样不胜枚举。如果单句读来尚可意会,那么,他的全篇就会使你"恍如坠烟雾"了:

> 即月眠江底
> 还能与紫色之林微笑
> 耶稣教徒之灵
> 吁,太多情了
>
> 感谢这手与足
> 虽然太少
> 但既觉够了。
> 昔日武士披着甲
> 力能缚虎!
> 我么,害点羞。
>
> 热如皎日
> 灰白如新月在云里
> 我有革履仅能走世界之角
> 生羽么,太多事了呵!
>
> ——《自题画像》

因为这首诗有题目提示,所以它在李金发的诗作中还是勉强能懂的一首,其他就可想而知。早在三十年代之初,学者苏雪林在《论李金发》一文中,就曾经指出李金发诗的四大特点,一是"行文朦胧恍惚,骤难了解,这是象征派的作品的特色。李金发的诗没有一首可以完全教人了解",二是"表现神经艺术的本色",三是"有感伤颓废的色彩",四是"富于异国的情调"。台湾一九八〇年出版的《中国新诗赏析》(林明德等编著,长安出版社印行),也说他"文句生硬,无法精确的表达,故时常导致诗意晦涩"。下面的这一材料,也颇能引人思索:"盲目西化和肢解语言的所谓'现代派'新诗的鼻祖,当推李金发。但李金发晚年时却颇有悔意地自称他那些诗只是'弱冠时的文字游戏'。有人问他:你对目前新诗的这种'蓬勃'的情况有什么看法时,他回说:'辄不忍读下去,因为又是丈二和尚。'"① 全盘效法西方象征诗派的七十年代初客死于美国的李金发,就是中国诗坛曾经出现过的这样一颗怪异的彗星,他的过来人之言,是自以为一贯正确、永远正确者难以做到的反思与反省,是诗坛盲目崇洋媚外者的前车之鉴!

四

新诗创作上有眼光有出息的诗人,他们绝不数典忘祖地背弃本民族诗歌的深厚传统,也不目光短浅地拒绝吸收外国诗歌的营养,包括外国现代派诗歌中的精华,而是立足传统,借鉴西方,以中为主,中西结合,力求汇通中西诗歌美学,将东方诗学之美与西方诗学之美熔于一炉,创造出中国的新时代的新诗歌,创造出中国民族化、现代化、多元化、艺术化的新诗歌,创造出与东方传统和西方诗歌对话而形成的诗歌美学的新形态,我认为,这才是当代中国新诗在艺术上一条广阔的发展道路。

毫无疑问,新诗艺术是应该现代化的。一部文学发展史,就是一部文学不断现代化的历史,即所谓一代有一代的文学之意。这里,我们不可将现代化与现代派混为一谈。现代派是十九世纪末产生于西方的包括各种文学流派的统称,而"现代化"则是指"现代性"之现代,"民族性"之现代。当代新诗,在空间上一定要强调民族性,只有在空间上强调民族性,让自己的血管和远古的汨罗江相连,和深远博大的黄河、长江相通,才能具有鲜明的民族作风和民族气派,才能符合中华民族的审美心理和审美要求,为读者所喜闻乐见。同时,愈是民族的才愈是国际的,只有占有民族的空间,才能跻身于国际的空间,只有具备强烈的民族美

---

① 转引自陈鼓应:《这样的"诗人"余光中》,台湾大汉出版社 1979 年版,第 17 页。

学特色的作品,才能得到其他国家和民族的欣赏。除此之外,当代的新诗在时间上要强调时代性,这种时代性,在美学内容上是指作品所表现的时代精神和时代生活,在艺术上则是富于时代特征的不断创新的精神。要使诗歌艺术具有时代性,关键就是要正确处理传统与现代的关系,做到既是传统的,又是现代的,既是现代的,又是传统的。它是传统的,但却不是古色古香的古董,而是闪耀着新时代光彩的传统美的创造物,它是现代的,但却不是全盘欧化的舶来品,而是今天中国的新诗,闪耀着民族的传统的光辉。真正的继承传统,从来就不是原封不动地承袭照搬,而是要有所承传,同时更要有所革新和创造;真正的借鉴西方,从来就不是缺乏民族自尊心地寄人篱下,唯西方的马首是瞻,而是吸收消化为我所用。只有优秀的诗人,才能纵横沟通时间与空间,才能在传统与现代的两岸之间,架设起民族化和现代化携手的诗的桥梁。

外国诗歌包括现代派诗歌,值得中国新诗借鉴的主要是如下三个方面:题材,艺术形式,表现手法和语言运用。一般而言,外国诗歌的题材广阔而多样,思想独立而自由,社会生活之美和自然之美的各个领域,都无一不可以入诗,没有行政干预,更无清规戒律;艺术形式也丰富多彩,有韵体、无韵体、民谣体、三行与四行诗体、十四行诗、英雄偶句体、乔叟七行诗体、斯宾赛九行诗体、楼梯式、散文诗、俳句、和歌、长篇史诗等,这些艺术形式往往为中国新诗所直接借用;表现手法也相当丰富,诸如各种形态的意象组合、象征与暗示、弹力与密度、自由联想等等,和中国传统诗法同中有异或异中有同处甚多。至于语言运用,并不是说如艾略特一般在诗中插入许多除英文之外的他国文字,或如某些诗人一样在诗中插入英文,而是适当吸收其词法和句法的优点,在语言的组合方式上有所借益。中国新诗史上成功的借鉴,都是在传统的基础上,将外来的东西和本民族的特色结合起来,开拓出新的局面和道路。例如新诗史上的重镇闻一多,当年就反对那种"太没有时代精神"的"好像吃了长生不老的金丹似的"陈旧诗作,同时,他又反对"欧化"的倾向,即使对大名鼎鼎的新诗的开山之作《女神》,他一面肯定它"不愧为时代的一个肖子",也敢于指出它"不独形式十分欧化,而且精神也十分欧化的了"。他在美国学习时曾写有《女神之地方色彩》一文,他早就指出:"我总以为新诗径直是'新'的,不但新于中国固有的诗,而且新于西方固有的诗,换言之,它不要做纯粹的本地诗,但还要保存本地的色彩,它不要做纯粹的外洋诗,但又尽量地吸收外洋的长处,他要做中西艺术结婚后产生的宁馨儿。"[①] 这,正是以中为主、中西结合的诗歌美学思想的最早的表述。这里,我且从宏观与微观的角度,对新诗创作中西美学的汇通作一些简略的探索。

从新诗体来考察。自新诗产生以来,出现了相当多样的新诗体式,其一是"自由诗",有篇无段,或有篇而无定段,段无定句,甚至不注意押韵。最早提出自由诗的是胡适、刘半农、郭沫若等人,这种诗歌形式当然是直接在外国诗歌的影响下产生的,迄今仍是新诗的一种主要形式。与自由诗恰成对照的,是"格律诗",它的创导者是"新月诗派"的闻一多、徐志摩、朱湘、饶孟侃、刘梦苇等人,这些作者对中国古典诗词都有深厚的根基,同时又着重从英国浪漫主义诗人如布莱克、华兹华斯、拜伦、雪莱、济慈等人作品中借来他山之石,作外国诗歌体制的输入与试验。闻一多的诗集《红烛》和《死水》,是格律诗理论的实践,他在《诗的格律》一文中所提出的"音乐的美""绘画的美""建筑的美"的主张,既是建基于民族的传统,又明显地受到西方浪漫派诗人的影响。在二十年代,"小诗"风行一时,作者甚多,宗白华的《流云小集》和冰心的两本小诗合集《繁星》与《春水》,就是比较突出的实绩。这种小诗,虽然有中国绝句为其渊源,但主要还是在日本的短歌和俳句以及印度泰戈尔作品的影响下产生的。至于散文诗,更是一种外来的诗歌体裁,"五四"以后,波特莱尔、屠格涅夫、王尔德、泰戈尔等人的散文诗作被介绍到中国,鲁迅的散文诗集《野草》就曾经受到上述诗人特别是屠格涅夫散文诗的影响。又如香港作家、诗人陶然的《红豆》:

> 通红身躯露出黑色圆点,难道那就是精灵的眼睛?
>
> 我就要出发了,你送我两颗坚硬灿烂的红豆,相思如果可以缩短空间,我的口袋就应该让它盛满。
>
> 我就要出发了,放下珍重的祝愿,虽然我将踽踽独行在边陲,但思念仍保存在你怀里。我会倾听波浪的呼吸,就像你在我耳畔喁喁的细语。
>
> 迢遥的路途,把两颗心隔绝在天南地北,我在远方能够感应到你跳动的节拍,尽管当中横着海潮在喧腾。红豆贴心相依偎,顽强地渗出烫人的

---

① 《闻一多论新诗》,武汉大学出版社 1985 年版,第 64 页。

热量。

　　带上两颗红豆,任何身外之物都成了累赘。满腹的思念凝聚成红色的颗粒,艳丽的光华放射在晴日与白天、白昼和夜晚。

　　呵! 通红身躯的黑色圆点,却原来就是情人的眼泪……

"红豆生南国,春来发几枝? 愿君多采撷,此物最相思"(《相思》),一千二百多年以前,王维早已吟唱过红豆之歌了。陶然的诗,是王维诗的变奏,红豆作为富于民族审美感情的象征物,在陶然诗中激发读者的是一种源远流长的美感。但是,诗人用的完全是外来的散文诗形式,外来的形式,传统的题材,新的审美感情,古典与现代交融的语言,浑然一体而呈现出动人的风貌。

从流派上来考察。在《新文学大系·导言》的末尾,朱自清曾说:"若要强立名目,这十年来的诗坛就不妨分为三派:自由诗派,格律诗派,象征诗派。"香港文评家璧华在《中国现代诗歌流派简介》一文中,将新诗发展过程中的重要流派分为写实派、浪漫派、象征派(现代派)。[①]还有人将新诗分为五大派,即在朱自清所分三大流派之外,再加上民歌诗派和散文诗派。民歌诗派是土生土长的诗花,受外国诗歌的影响不显著,其他各派诗歌,无一不是直接受到外国诗歌的影响。

在写实主义或称现实主义诗歌中,不能忽略苏联诗歌的作用。在二十年代,中国对苏联文学就已经有所译介,三十年代与四十年代,苏联文学包括苏联诗歌作品,就大量地越过北方的边界而涌入中国的领土,如勃洛克、叶赛宁、马雅可夫斯基等人之作,对中国诗人就影响甚巨。早期如殷夫、蒋光慈、蒲风,中期如田间,后期如郭小川、贺敬之,他们的作品从题材、精神到形式,都从苏联诗歌中得到过教益。例如贺敬之的《放声歌唱》,那强烈的抒情就和马雅可夫斯基的格调相通。而他所运用的"楼梯式"这种诗歌体式,就是由意大利立体未来派的诗人所首创,而由马雅可夫斯基所发展起来的。但是,贺敬之并不是生搬硬套,他在借鉴这种体式时又继承了中国古典诗歌中古风、歌行的恣肆与律诗中的对偶的长处,予这种外来的形式以改造和发展,这样,哪怕是形式感本来极强的形式,也

① 参见璧华:《中国现代抒情诗一百首》,香港天地图书有限公司 1982 年版,第 248 页。

就具有中华民族审美心理的投影了。在中国的象征派诗歌中,戴望舒是一位代表人物,他在二十年代末和三十年代上半期,介绍引进法国象征主义的诗歌,给诗坛吹进了一股海外的风,同时也形成了他自己的作品的独特风格。可以看到,诗人如果立足于传统,对民族传统有较深厚的修养,同时又能吸收融化外国诗歌的长处,是可以开出绚丽的新花来的。戴望舒的代表作《雨巷》就是如此。法国象征派诗人魏尔伦在《诗的艺术》中,就曾说"万般事物中,音乐位居第一",诗的意象应该是"模糊和精确紧密结合",像"面纱后面美丽的双眼""正午时分战栗的太阳",换言之,法国象征派诗歌的基本特点就是"象征",强调诗的"幻觉"和"直觉",追求象征与暗示的诗境,同时讲求诗的音乐性和雕塑美,那种思想的"情绪方程式"和"客观对应物"。这些特点和优点,许多都被戴望舒吸收过来,并且和自己深厚的古典辞章的修养相结合,构成了《雨巷》等篇章的东西诗艺汇通之美。在当代诗歌创作中,如流沙河一九八三年八月作于在南斯拉夫旅游途中的《黄昏游马其顿古堡》:

> 断墙残堞
>
> 九百年,风吹又雨打
>
> 剩周围这一环峨峨岈岈
>
> 古堡无声吠晚
>
> 缺齿咬痛落日
>
> 喷洒一天血霞
>
>
> 斑鸠飞来绕箭楼
>
> 咕咕
>
>   咕咕
>
>   咕咕
>
> 召唤马其顿战士的灵魂
>
> 回归于地下
>
> 回归于疏疏离离的秋草
>
> 回归于星星点点的黄花

> 今日的寂寥
>
> 当年的厮杀
>
> 默哀的旅客
>
> 惊叫的暮鸦

从这首诗可以看到流沙河后来诗风的变化,它不同于写于二十世纪七十年代中期的颇具民谣风的《故园六咏》,而是在讲究炼字炼句整体含蓄的古典风的基础上,更多地吸收了西方象征主义和意象派诗歌的长处,更讲求意象的新奇和内蕴的暗示,词法与句法在整饬精严中力求自由流动之美。

从表现手法和语言上考察。中国传统诗歌的表现方法是十分多样的,语言及其运用方式也丰富多彩,但并非天下之至美尽于此矣,而需要在吸收外来营养的过程中,进一步丰富和发展。例如徐志摩的《偶然》:

> 我是天空里的一片云,
>
> 偶尔投影在你的波心——
>
> > 你不必讶异,
> >
> > 更无须欢喜——
>
> 在转瞬间消灭了踪影。

> 你我相逢在黑夜的海上,
>
> 你有你的,我有我的,方向,
>
> > 你记得也好,
> >
> > 最好你忘掉,
>
> 在这交会时互放的光亮。

在这首诗中,"你有你的,我有我的,方向",是融化西方语法的名句。如按照常态性的句法,此句一般应写成"你有你的方向,我有我的方向",如此一来,虽然交代清楚,叙述明白,但却成了散文句,有平板芜蔓之累,而无现在这种句式的语言之省、张力之劲和铿锵之韵。由此可见,只要不是由于或文理不通或故弄玄虚而破坏文法,只要不是西而不化,适当地吸收西方某些词法和句法,并且西而化之,只能增加新诗的多元化之美。这里,我们不妨将美国女诗人黛丝蒂儿的《忘掉它》和闻一多的《忘掉她》作一番对读:

　　忘掉它,像忘掉一朵花,
　　　　像忘掉炼过纯金的火焰,
　　忘掉它,永远,永远;时间是良友,
　　　　他会使我们变成老年。

　　如果有人问起,就说已忘记,
　　　　在很久,很久的往昔,
　　像朵花,像把火,像只无声的脚印,
　　　　在早被遗忘的雪里。

　　　　　　　　　　　　——黛丝蒂儿《忘掉它》(余光中译)

　　忘掉她,像一朵忘掉的花!
　　　　那朝霞在花瓣上,
　　　　那花心的一缕香——
　　忘掉她,像一朵忘掉的花!

　　忘掉她,像一朵忘掉的花!
　　　　像春风里一出梦,
　　　　像梦里的一声钟,
　　忘掉她,像一朵忘掉的花!

　　忘掉她,像一朵忘掉的花!
　　　　听蟋蟀唱得多好,
　　　　看墓草长得多高,
　　忘掉她,像一朵忘掉的花!

忘掉她，像一朵忘掉的花！
　　她已经忘记了你，
　　她什么都记不起；
忘掉她，像一朵忘掉的花！

忘掉她，像一朵忘掉的花！
　　年华那朋友真好，
　　他明天就教你老；
忘掉她，像一朵忘掉的花！

忘掉她，像一朵忘掉的花！
　　如果是有人要问，
　　就说没有那个人；
忘掉她，像一朵忘掉的花！

忘掉她，像一朵忘掉的花！
　　像春风里一出梦，
　　像梦里的一声钟，
忘掉她，像一朵忘掉的花！

——闻一多《忘掉她》

　　闻一多的中国古典文学的造诣，有他的许多学术著作为证。他在西方文学方面的修养，当然也具登堂入室的水准。一九一三年，闻一多进北京清华学校之后，就直接阅读英诗原著如《英诗精选宝库》之类。一九二一年，他在清华文学社作过英文的《诗的音节的研究》的报告。一九二二年七月至一九二五年夏天，他在美国留学三年之久，和美国著名诗人桑德堡、罗威尔等人都有交游，跟梁实秋去旁听英国"近代诗"，以及有关维多利亚时代诗人丁尼生与勃朗宁的课程，他喜欢吉卜林的节奏、哈代的力量、郝斯曼的感情深度和史云朋的音节重复使用。据梁实秋的回忆，《死水》的一些技巧，就很得力于这些诗人。我们也可以看到，他的《秋色》就受到济慈的启迪,而《静夜》的形式则是从十四行诗体变化而来。然而,闻一多毕竟又是一位对中国几千年的文化传统有深厚修养的学者,他力主纵的继承,也主张横的借鉴。他说"我们要的是明察的鉴赏,不是盲目的崇拜"(《泰戈尔批评》)。美国女诗人黛丝蒂儿生于一八八四年,一九三三年去世,是一位热情的歌者,诗歌形式多为十四行体或四行体押韵的长短句,余光中所译之《忘掉它》是其中年之作。诗中的"它"究竟所指为何,是有所实寓,还是泛指年华的消逝? 美好爱情的幻灭? 如烟往事的追怀? 诗的意象富于弹性,义有多解。闻一多写于一九二六年末后来收入诗集《死水》中的《忘掉她》,则是悼念早夭的长女立瑛之作,他借鉴了黛丝蒂儿《忘掉它》的诗题与四行体的形式,以及后者的比喻意象的表现方法。但是,从闻一多诗的东方式醇美深沉的感情的抒发、炼字炼句的讲究、对偶排比的句式和反复咏唱的格调,仍然可以感到他的诗流荡的毕竟是中国的血液,传扬的毕竟是不断发展中的中国诗风。像闻一多这样出色地处理了传统与现代,古典与西方的关系的诗人,在中国的现代诗人之中并不多见,而闻一多自己也早就再三说过:"我要时时刻刻想着我是个中国人,我要做新诗,但是中国的新诗。""我们的作品既不同于今日以前的旧艺术,又不同于中国以外的洋艺术。"(《女神之地方色彩》)他的这些堪称"金科玉律"的见解,今日仍然可以作为我们诗学的箴言,给我们今天的诗作者如何正确处理继承与借鉴的关系以绝不会误导的启示。

闭关锁国,唯我独尊,不利于民族的生存和发展,也不利于诗歌的发展。头脑僵化的人以为传统是一成不变的东西,是可以以不变应万变的万应灵丹,他们拒绝变革和创新,拒绝接受外来的新鲜事物,仿佛开启一扇窗户就会得西方的流行性疾病,这是一种自我封闭的短视的表现,是一种堂·吉诃德式的或阿Q式的心理和态度。这些人在古代的神龛前晨昏叩首,而不力求在传统的基础上广收博采、革故鼎新,充其量只是一个头脑冬烘的仓库保管员,而不是有胆有识开一代风气与全新局面的革新家。

崇洋媚外,妄自菲薄,同样不利于民族的生存和发展,也不利于诗歌的发展。头脑西化的人,对传统一无所知或若明若暗,以为传统是僵死的过时的东西,他们唯西方的风信旗是瞻,以为只有横的移植才是中国新诗发展的前途。他们藏金于室而自甘冻饿,在外国的教堂里顶礼膜拜,而不想也不愿回归自己的传统和国土,这些人,可以说是失落了民族魂与诗之根的文学上的"假洋鬼子"。

传统,是一个流动的生生不已的美学范畴,是一个有待不断革新、丰富和发展的美学范畴。为了新诗的发展与繁荣,对于西方的珍奇,是完全应该去鉴赏和采集的,作为一位中国诗人,应该有八面来风的开放胸襟和海纳百川的阔大气魄,只要他不忘记自己是炎黄的子孙,只要他立足于民族的传统和自己的国土,只要他的诗魂在东方。我以为,当代的新诗应该是"中国现代诗",它是中国的,而非西方的或全盘西化的;它是现代的,而非古代的或过去的;它是诗的,而非触目皆是之非诗的。我坚持认为,中国现代诗是变与不变的统一,它处在"变"这一不断现代化的进程之中,"不变"的则是民族与诗的质的规定性。立足于纵的继承,着眼于横的借鉴,以中为主,中西合璧,力求新诗的民族化、现代化、艺术化与多元化,应该是当代中国新诗发展的一条宽广的道路。

杨景龙是当代的知名学者与诗人,他学贯中西,汇通古今,其《蒋捷词校注》《花间集校注》《中国古典诗学与新诗名家》等著作一纸风行,一版再版,他业余之业余也偶涉新诗创作,成就亦斐然可观,称他为五四以来最优秀的学府诗人应当之无愧。如他的名曰"与经典互文"的系列作品,多达数十百首,如先秦诸子、诗经、屈骚、陶渊明、曹操、王维、李白、杜甫、岑参、柳宗元、杜牧、苏轼、辛弃疾、陆游等等。无不现代与古典交融而歌之咏之,多有佳篇胜构,令人耳目一新。他的《重光》礼赞李白和杜甫:"天才搁笔之后。最有创意的抒情诗章 / 太白堂里,筑起一座杜甫堂 // 两个最好的朋友,再不分离。再也用不着 / 朝思暮想,动如参商 // 夜夜醉眠共被,天天携手同行 / 尊酒论文 / 惊倒邻墙,推倒胡床 // 一部诗歌史,两个中心意象,心心相印 / 太阳和月亮,日月重光。""重光",在这里是一个象征性的词语,我深信并坚信,只有那些与时代风云和人民忧乐紧密联系的植根传统、才华出众的真正的诗人,才有希望写出真正的诗的名章杰构,才有希望建立起我们时代的新诗的凯旋门!

第十五章 作者与读者的盟约
——论诗的创作与鉴赏的美学

　　一株树木,如果想枝繁叶茂,花开照眼,就离不开泥土、水分和阳光;一道江流,如果想奔腾向前,飞花滚雪,就离不开容载它的河床与河道;一只鹏鸟,如果想一飞冲天,抟扶摇而直上者九万里,就离不开作为它的道路的长天和扶持它的双翼的空气。以此为喻,优秀的诗歌作品,固然可以培养和提高读者的审美素养和能力,反过来,诗歌创作也离不开它所赖以接受和生存的读者,读者高水平的审美鉴赏,又可以鼓舞与促进诗歌创作的繁荣。

　　创作与鉴赏之间的美学关系,是美学中的一个重要问题。"读者美学"或称"接受美学",是过去我们的诗歌美学理论中的一个薄弱环节。因此,当我在诗美学崎岖难行的长途上艰难地跋涉,把一个个路程碑抛在身后,举目前瞻,预定的终点线已经扑入眼帘之时,我不禁精神为之一振,在诗歌创作与鉴赏的美学这一节路程上作最后的冲刺,虽然我并非"强弩"而且已是"之末",但终点线毕竟可望而又可即了。

一

　　从完整的严格的意义上来说,文学活动应该包括创作与鉴赏这样两个不可分割的内容(真正的审美批评其实也是另一种形式的美学鉴赏),创作与鉴赏这一对互为对象的美学范畴之间的关系,用一句最简洁的语言来描写,那就是:

互相依存,彼此促进。当代学者盛海耕在他的《品味文学》一书中,第一章即是
"什么是文学鉴赏",他开宗明义,也是一言以蔽之:"文学鉴赏的基本性质,就在
'审美的再创造'一语中。"①

　　创作,无论是作者主观的意图和目的,或是作为已经创作完成的艺术品这一
审美客体,它们都不能离开读者这个鉴赏的审美主体而存在。可以说,否认了读
者的鉴赏,也就否认了创作自己本身,那样一来,创作除了真正成为名副其实的
"孤芳自赏"或"敝帚自珍"之外,就完全失去了它存在的意义,更无论其社会价
值和美学价值了。在中外诗歌史上,有各种各样的诗人,也有各种各样的诗歌流
派和主张,但是,多数诗人都不同程度地认识到创作的美刺和感化作用。例如在
中国最古老的诗歌总集《诗经》里,那些知名或不知名的诗人,都不隐晦他们创
作的目的,这里,我们且随手录放一些两千多年前的声音:

　　　　维是偏心,是以为刺。(心地狭窄没有气量,讽刺他我写下这篇诗章)
　　　　　　　　　　　　　　　　　　　　　　　　——《魏风·葛屦》

　　　　夫也不良,歌以讯之。(这家伙品行不好,写首诗将他诫告)
　　　　　　　　　　　　　　　　　　　　　　　　——《陈风·墓门》

　　　　杨园之道,猗于亩丘。寺人孟子,作为此诗。凡百君子,敬而听之。(杨
　　　　园有条大路,通向高高的亩丘。我是寺人名叫孟子,写这诗嫉恶如仇。各位
　　　　君子都请倾听,把我的话铭记心头)
　　　　　　　　　　　　　　　　　　　　　　　　——《小雅·巷伯》

由此可见,即使是初民的原始形态的民歌,除了情动于中而形于言的自我抒情之
外,都有着将诗的内容传达给听众或读者的目的,有"美"与"刺"的社会作用,
而不是绝对以自我表现为指归的自弹自唱,自得其乐。这样,我们也就不难理解
孔子为什么那样重视诗的社会作用了,他说:"小子何莫学乎诗? 诗可以兴,可

---

① 盛海耕:《品味文学》,上海教育出版社 2001 年版。

以观,可以群,可以怨;迩之事父,远之事君;多识于鸟兽草木之名。"(《论语·阳货》)他的诗教,虽然被认为是从统治阶级服务的儒家立场出发的,但他著名的影响后世的"兴""观""群""怨"之说,却也是对《诗经》中所表现的诗歌美学思想的总结。而无论是"兴"与"观",或者是"群"与"怨",离开了读者的鉴赏和接受,则只能是诗人和理论家的单相思。

《诗经》,是中国古典诗歌现实主义的源头,以屈原的作品为代表的《楚辞》,则是中国古典诗歌浪漫主义的源头。《诗经》绝大部分是无名氏的创作,屈原则是中国诗歌史上第一次出现的有鲜明艺术个性的具名的大诗人。在屈原的创作思想中,对于创作与欣赏的关系的认识,提升到了更为自觉的高度:

乱曰:已矣哉! 国无人莫我知兮,又何怀乎故都? 既莫足与为美政兮,吾将从彭咸之所居。

——《离骚》

惜诵以致愍兮,发愤以抒情。所非忠而言之兮,指苍天以为正。

——《惜诵》

诗歌创作,对诗作者而言是抒情言志,反映现实,有益于社会与民生,对读者而言,是交流情感、沟通思想,品味和接受美的陶冶。屈原由于大悲巨痛才写下他的《离骚》和《九章》,他当然也希望"哲王"和"国人"对他的忠言有所了解与鉴察。在因家国巨创而悲愤地呼天告地之时,屈原并没有忘记他的作品的读者。

在作者与读者、创作与鉴赏这一问题上,中国诗歌由《诗经》与《楚辞》所奠定的美学观念,在历代诗人和诗论家中都得到了继承发展和传扬。在这一方面,有明确而系统的主张并付诸实践的是白居易,除《与元九书》阐明了他一系列现实主义的文学观点,表明了他的诗歌纲领之外,早在《新乐府序》中他就写道:"其辞质而径,欲见之者易谕也;其言直而切,欲闻之者深诫也;其事核而实,使采之者传信也;其体顺而肆,可以播于乐章歌曲也。总而言之,为君、为臣、为民、为物、为事而作,不为文而作也。"他的"见之""闻之""采之",他的"为君""为臣""为民",就是从读者的鉴赏着想的。《古诗十九首·西北有高楼》篇中早有

"不惜歌者苦,但伤知音稀"之句,杜甫早在安史乱中流寓秦州时所作的《梦李白二首》其二中,就曾叹息李白"千秋万岁名,寂寞身后事",他晚年流落湖南,在《南征》里也发出过关于"知音"的长叹息:

> 春岸桃花水,云帆枫树林。
> 偷生长避地,适远更沾襟。
> 老病南征日,君恩北望心。
> 百年歌自苦,未见有知音!

像杜甫这样呼吸在盛唐时代前后的关心国难民瘼的诗人,他自然会希望同时代人倾听和理解他的歌唱,他为同时代少有甚至"未见"知音而感到深深的寂寞和痛苦。即使是被苏东坡称为"郊寒岛瘦"的苦吟诗人贾岛,他也并不希望只有自己才是自己的作品的唯一读者,并不如当代某诗人大言炎炎的"你读不懂,你的儿子会懂,你的儿子不懂,你的孙子会懂":

> 丈夫未得意,行行且低眉。
> 素琴弹复弹,会有知音知。
>
> ——《送别》

> 二句三年得,一吟双泪流。
> 知音如不赏,归卧故山秋。
>
> ——《题诗后》

两首诗都提到了"知音",也就是读者的鉴赏。以"推敲"著名的贾岛,曾经用三年时间吟成"独行潭底影,数息树边身"(《送无可上人》)两句,他的"自我感觉"是进入了最佳状态的,因为他"一吟"就"双泪流"了。但他毕竟不能以自我感动、自我欣赏为满足,他的诗的信息需要传达和接受,也就是还希望得到朋友和读者的赏识,如果知音不赏,他甚至要自动下岗回到家山去隐居。照我看来,贾岛上述两句诗在锻字炼句方面颇费苦心,但境界毕竟相当逼仄,即使如此,诗人仍希望得到知音的鉴赏和共鸣，由此可见，作者以读者为其依存的条件，创作与鉴赏在审美关系中互相成为对象。

　　创作不能离开鉴赏而绝缘地存在。当然，没有对生活作审美观照的艺术创作，也就没有对它作审美感受与美学评价的艺术鉴赏，然而，在作品与鉴赏者之间，没有作为审美主体的欣赏者的艺术鉴赏，艺术创作也就失去了它赖以存在的根据，丧失其作为艺术品存在的理由与意义。在西方的批评史和诗歌史上，虽然有些走向极端的作者与论者，他们声称创作完全可以置读者于不顾，如十九世纪英国著名哲学家、经济学家约翰·穆勒（或译约翰·密尔），在其《关于诗歌及其种类的思考》中说："一切的诗，都是属于自言自语式的。诗所表现的特性，就是诗人对于读者的存在的全无感觉。"[①] 但是，即使是在西方，在创作与欣赏的关系上，绝大部分诗人和批评家并不持上述这种观点。古希腊哲人柏拉图虽然在《柏拉图对话录》中否定文学对读者的价值，要求把文学赶出他的"理想国"，但他毕竟是从他的角度研讨了作品与读者的关系。随后，他的学生亚里士多德撰写《诗学》一书。《诗学》的内容是丰富的，但亚里士多德撰写此书的目的之一，就是反对他的老师的主张。亚里士多德认为文学是模仿的艺术，文学由模仿提供并协助读者获得真知识，同时，他还认为悲剧对读者能发生感情的"净化"与"清洁"作用。可以说，与柏拉图相反，他的学生是从肯定的角度探讨作品与读者的关系。罗马古典主义的理论家贺拉斯，继亚里士多德之后书写了西方文学批评史的第三章，他在《致佛罗拉斯书》中说："能写出可读的诗，诗人律己多严肃。"[②] 他之所谓"可读"，就是能为读者所欣赏和接受。下面引自他的《诗之艺术》的这一段话说得更明白："一个诗人给读者好的劝告，或者给读者快乐的感觉——或者，他能兼顾双方，乐趣与教诫同时混合表现，每一位读者都会欢迎——说教与娱乐携手并进。"[③] 这就是说，他认为诗有双重的目的和功用，既给读者以乐趣，又给读者以教益。如果说，文学批评着重于文学作品本身，如西方现代的"新批评派"之重在评析作品的结构和文字，那是处理文学的内缘关系，那么，文学批评着重研究作家与作品、作品与读者、读者与作家等范畴，那就是处

---

① 转引自格罗塞：《艺术的起源》。
② 卫姆塞特、布鲁斯著：《西洋文学批评史》，颜元叔译，台湾志文出版社 1972 年版，第 77 页。
③ 同上书，第 82 页。

理文学的外缘关系。可以看出,踵武柏拉图和亚里士多德之后,贺拉斯进一步考察了创作与鉴赏这一文学的外部关系。

在西方诗人中,我们可以引用许多例证,说明他们对于创作与鉴赏的关系的重视,即使是西方的现代派诗人,如法国现代象征派大诗人梵乐希(又译瓦雷里),他虽然接受了他的前驱马拉美、兰波等人的深刻影响,因而他的作品时有晦涩难解之处,但是,他也并不同意马拉美的"诗是谜语"的说法。他在二十世纪之初写的题为《诗》的文章中,就曾经有如下的箴言:"写了一首没人读的十四行诗,就有退休十年的资格。"① 尽管他的诗不一定都为读者所理解,但是,他也是着眼于作品的有没有人读,即是否能为人所鉴赏。这就充分说明,包括诗歌在内的文学创作是一种精神生产,生产者不仅要在本身的产品上倾注全部的心血,而且要十分重视作为接受者之读者鉴赏的需求与鉴赏的可能性。将创作与鉴赏结合起来,这是文学创作的客观艺术规律,也是诗歌的最重要的美学法则之一,违反了这一规律和法则的人,他们必然会要受到规律和法则的惩罚。

诗歌创作,不能离开读者的审美鉴赏而存在,读者审美鉴赏能力的提高,能够极大地促进创作水准的提升。如果把创作比作船,把读者的鉴赏力比作水,在这里就用得上水涨船高之喻。广大读者高水平的鉴赏力又像筛子,它肯定和保留了那些好的作品,否定和筛掉了那些水平不高和格调低下的作品。但是,另一方面我们又要看到,创作与鉴赏的关系,不是一种单边关系,而是一种双边的活动,它们的力量要各自作用于构成统一体的对方,换言之,它们互相促进,互相创造。

具有高度审美价值的艺术品,能够提升鉴赏者的审美素质和审美水平,甚至能够形成一种时代的审美风尚,这在中外诗歌史上都是不争的事实。唐代,是中国封建社会的全盛时期,也是中国古典诗歌史上的黄金时代。以《诗经》为源头的诗的江流,经过屈原在楚国的群山和原野上的开拓,再经过汉魏六朝众多有名和无名的诗人的发展,到唐代就呈现出波澜浩阔、气象万千的壮观。诗歌广泛普及和深入人心,那些高级的诗的艺术品,熏陶和培养了我们整个民族的审美心理和审美素质,创造出如马克思所说的"懂得艺术和能够欣赏美的大众"(《政治

---

① 引自曹葆华译:《现代诗论》,商务印书馆 1937 年版。

经济学批判》),这种诗的盛况和光荣,在我们民族世代相传的记忆里永远也不会磨灭。事实上,唐代读者诗欣赏的普及程度以及水平,就一个时代的整体而言,在中国古典诗歌史上是无出其右的,白居易诗的"老妪能解",诗人李涉《井栏砂宿遇夜客》一诗的故事,例证不胜枚举,自唐以后,那种全民赏诗的盛况再也没有出现过,由此我们也不难想见,读者阅读兴趣的广泛浓烈和鉴赏水平之高,也应该是唐代诗歌发展繁荣的重要原因之一,这一点过去似乎很少为论者所提及。因为高度繁荣而丰富多彩的诗歌作品,培养了一代读者的审美兴味,创造了具有相当高的审美感受力的欣赏者,所以我不禁由此而联想到,要改变新诗的某些不景气的情况,要使新诗争取到更多更广的读者,要使新诗有朝一日也能重温大唐时代盛极一时的好梦,关键还在于提高新诗创作的质量,使作品达到更高的美学水平。在创造与欣赏这一对矛盾统一体中,矛盾的主要方面还是在于创作者与作品本身。

在外国诗歌史上,我们也可以看到那些杰出诗人按照美的尺度而写出的作品,是怎样以崇高的思想、优美的感情和强大的艺术魅力,影响了广大读者和一个民族的审美感受能力,显示出艺术鉴赏的一条重要规律:真正的艺术品创造出它的具有较高审美水平的鉴赏者。同时,我还要着重指出,从对一个民族审美心态的影响力来看,在许多国家,诗人的影响要超过其他文体的作家的影响,这不能不说是一个令人深思的现象。在俄国,普希金被称为"俄罗斯文学之父""俄罗斯诗歌的太阳",是"为俄罗斯语言开一新纪元"的天才人物。他的作品不仅像甘泉一样灌溉了后代许多著名作家的心田,也提高了整个俄罗斯人民的审美鉴赏水平。正如同大批评家别林斯基所说的:"和普希金一起,俄罗斯诗歌由幼小的学生一变而为天资颖悟、精炼圆熟的大师……普希金的诗歌是充实的,它的充满内容,正像多棱形的水晶充满阳光一样。"(《别林斯基论学》)在英国,莎士比亚的出生,比拜伦、雪莱、济慈遥遥领先二百多年,他是英国早期的一位诗人,同时又是最伟大的一位诗人。他写有三十七部如诗一样的剧本,一百五十四首十四行诗和两首长篇叙事诗,以及四首杂诗。他的十四行诗,是英国古典文学的重要组成部分,是英文诗的典范之作,它极大地丰富了英国民族的语言,同时又成为英国人民的骄傲。因此,英国有一句谚语说:"宁愿失掉整个印度,也不愿失掉莎士比亚。"德国的海涅不也是如此吗? 海涅,与他的同胞歌德一样,其作品不仅影响了整个德意志民族的审美心智,而且他们的影响远远超出了国境之外,诗,就是他们通行无阻的护照。有关的资料说明,在一切罗马种族和斯拉夫种族的国家中,没有一家图书馆和书店没有海涅的作品,而英国的书目,照例是九十本英国书,十本外国书,然而,就在这十本外国书中,必然有海涅的作品。美国的第一位诗人惠特曼,有人将他对美国文学和读者的影响,和莎士比亚之对英国、歌德与海涅之对德国相比,这实在是并非过誉之辞。由此可见,真正杰出的诗人诗作影响广泛而深远,同时也可看到,杰出的艺术品所创造的鉴赏者,是不分国籍,也无论肤色的,这也正是杰出的艺术品之所以杰出的缘故。

诗歌创作与鉴赏的美学,有着宽广的可供探讨的天地。如同美学的各个分支和细流一样,有心人可以写出例如"诗歌鉴赏美学"或"诗歌鉴赏心理美学"之类的专著来。我这里所论的创作与鉴赏的美学,只是诗歌美学中的一章,因此我只能从原则上简括地说明作品与鉴赏者,也就是审美对象与审美主体之间的关系,有如在短时间内游览一座多姿多彩的园林,在入口处走马看花之后,我们又要匆匆前行了。

二

从创作与鉴赏的美学关系来说,我们的诗歌创作有三种流行已久而久治不愈的亟待克服的弊病,这就是:晦涩虚无,说教布道,直白说尽。要想克服这些弊病,就必须反其道而行之,这就是:巧于传达,美于表现,刺激读者参与创造。

晦涩虚无,是诗歌创作中一种古已有之的现象,尤其是现代派诗歌的顽症。

先说古已有之。在我国的中唐诗坛,有所谓"奇僻诗派",他们反对元稹和白居易的平浅真切,在思想、手法、语言风格等方面,常常着眼于冷僻,着手于险峭。这一诗派的代表人物如韩愈、孟郊、贾岛等人,他们虽然也有"横空盘硬语"而意旨难明的诗,但他们毕竟还有不少优秀作品。而降至这一诗派的卢仝、马异、刘叉之流,就不免走入歧途,他们的许多作品后世称之为"怪诗"。中唐诗坛,有一位继承了韩孟之奇僻诗风的短命才子,在宋代以后,就与李白、李商隐并称"三李",这就是李贺。高尔基曾说二十七岁而被害的莱蒙托夫"是一首没有唱完的歌",终年也正是二十七岁的李贺,也只唱了歌的一半就飞升到白玉楼去了,把余音留在了云端。李贺是中国诗史上一位极具诗的奇才和独特风格的诗人,他力求在艺术上有所创新和突破,并注重艺术的含蓄和容量。但是,生活层面的窄狭,语言的反常运用,对标新立异的过分热衷,所以他的一部分作品是隐晦难懂的。深厚渊博如鲁迅,就曾说过"李贺的诗做到别人看不懂"(《且介亭杂文·门外文谈》)①,如果以为这所谓"别人"并不包括鲁迅自己,那么,他在一九三五年《致山本初枝》的信中还说过:"年轻时较爱读唐朝李贺的诗。他的诗晦涩难懂,正因为难懂,才钦佩的。现在连对这位李君也不钦佩了。"②而较李贺后出的晚唐诗人李商隐,是位才华风发、风格独标的诗人,他有许多一流的作品,当代学者施蛰存认为,李商隐"诗的社会意义,远不及李白、杜甫、白居易的诗。但我们可以说李商隐是对后世最有影响的唐代诗人,因为爱好李商隐诗的人比爱好李、杜、白诗的人更多"。(《唐诗百话》,华东师范大学出版社,1988年版)但毋庸讳言,晦涩难懂也是他部分作品的鲜明标记。宋人惠洪在《冷斋夜话》中曾深致不满:"诗到李义山,谓之文章一厄,以其用事僻涩。"元代大诗家元遗山不也曾在《论诗绝句三十首》中说过"诗家总爱西昆好,独恨无人作郑笺"吗?至于"虚无",梁(简文帝)、陈(陈后主)、隋(隋炀帝)、唐(唐太宗)的一百年间的"宫体诗"可为代表。闻一多在《宫体诗的自赎》一文中对之作了犀利的剖析批判,贬之为"变态""虚空""堕落""颓废""裎裸狂""萎靡不振""窒息的阴霾""犯了一桩积极的罪",如此如此,我在这里就不再多所引述了。

晦涩虚无,也是西方现代派诗歌的一个突出病症。西方现代派文学,是一个国际性的文学现象,有非常丰富而又复杂的内涵,我们要实行拿来主义,吸收其中有益的东西,而不可作简单化的全盘否定,历史已经证明过去的闭关锁国、盲目排外的做法是错误的。但是,反理性主义,绝对化地强调潜意识,片面鼓吹自我表现,极端的唯我主义与悲观主义,确实是相当多的现代派诗歌作者的创作信条,他们的作品的通病之一,就是表现的晦涩,内容的虚无。法国象征主义诗人波德莱尔的作品,当然有其现实意义,在艺术上有可资借鉴之处,但是,

---

① 《鲁迅全集》(第六卷),人民文学出版社 1981 年版,第 93 页。
② 《鲁迅全集》(第一十三卷),人民文学出版社 1981 年版,第 612 页。

他的某些诗不仅我们难以理解,而且连他的同胞、法国的格兰吉斯在所著《法国文学史》中,也都指出"极其暧昧难懂"。诗人兰波,继波德莱尔之后被称为象征主义的"怪杰",他以别人不懂得他的"彻悟"为荣耀,如《沉醉的船》的片断:

> 于是,我洗身于满注乳色星辰
>
> 吞食绿色天涯——
>
> 灰白欢乐的吃水线——的海的诗中
>
> 在那里,一个正在思索的浮尸有时下沉……
>
> 但是,真的,我哭得太厉害了。黎明是悲惨的
>
> 月亮是残酷的,太阳是辛酸的
>
> 剧的爱情使我充满了醉人的麻痹
>
> 呀! 只希望我的船骨爆裂! 呀,只望我跌入海里?

兰波的作品,大都于他十六岁至十九岁时写成,《沉醉的船》也是如此。我们从中只能看到支离破碎的形象的堆积,感到法国象征派诗歌所特有的神秘主义的颓废气氛,至于它的含意,却很难得知。西方现代主义诗宗艾略特,他的代表作是《荒原》,前些年有人鼓吹中国人看不懂《荒原》,"是因为我们的文化水平太低",其实,就是早就获得美国的文学博士学位的香港学者、研究《文心雕龙》和余光中的专家黄维樑,也说"《荒原》出了名深奥艰涩,即使有注释之助,我还是读得十分吃力"[①],其中的一些句子,多年之后连艾略特自己也不知所云了,何况是异国而又不同时的我们?

　　从创作与鉴赏的关系来说,晦涩与虚无,一般是由于作品本身具有不可鉴赏性和不可接受性。从美学角度而言,创作,是一种美感经验的传播或者传达,除了像十七世纪英国日记作家塞缪尔·皮普斯那样,他的文学性质的《皮普斯日记》全用密码写成,决心不让读者看懂,一般说来,作者都是希望有所传播或传达,使读者"感而遂通"的。美国学者杰勒特说:"由于一个艺术家表现的目的

---

　　① 黄维樑:《怎样读新诗》,香港学津书店 1984 年版,第 245 页。

不仅是为他自己,而且为了别人,他必须要传达。也就是他必须设法传达到其他的某些人。他的作品必须是可了解的,能领悟的,它不能只是一些艰涩与紊乱。传达(communication)当然不是一个简单的是与否的问题,而是具有不同的范围与程度。此间所谓范围系指可传达的人数,所谓程度系指某一艺术品对某一鉴赏者所可理解的程度。"[①] 创作既然是美感经验的传达,那就包括了"传达者——美感信息的可鉴赏性——接受者"这样一种三重关系。接受者当然应该具有接受信息的能力,哪怕这种能力因人因时因地而异,各各不同,具有复杂的差异性。但是,从传达者而言,他要使自己所传达的不是一堆无理性的呓语,或是一潭无价值的泥浆,乃是既具有独特性又具有普遍性的美感经验的信息,同时,他还必须使这些信息通过语言的过滤和结晶之后,具有使多数读者能够理解和接受的可鉴赏性和可接受性,这样,创造者的心灵和鉴赏者的心灵之间就能获得互感和沟通,鉴赏者与被鉴赏的艺术对象就会获得一种诗意的和谐。艺术品从本质上来说,是让鉴赏者鉴赏而存在的,因此,由创作者注意美感经验的传达而带来的可鉴赏性,是指艺术品能得到欣赏者的理解和共鸣,这是任何真正的艺术品所必具的素质。不具可鉴赏性的作品,除了在创作者本人的自我意识中认为有价值以外,实际上不具任何存在的价值,晦涩的作品一般就是如此。中唐有位文人名叫陈商,早年与韩愈游,以第一名进士及第,著有文集十七卷,他在未及第以前,曾经拿自己的文章向韩愈请教。韩愈是文起八代之衰的文宗,在再三拜读他的大作之后,居然感到"语高而旨深,三四读尚不能通晓,茫然增愧怍"(《致陈商书》),韩愈尚且如此,其他的读者就可想而知,也难怪这位陈作家十七卷文集至今荡然无存,倒是他去访问李贺,李贺作《赠陈商》一诗,才让读李贺诗的读者知道他的大名。

需要说明的是,我反对诗歌创作中使鉴赏者不可理解的"晦涩",但并不等于提倡一览无余张口见喉式的大白话,同时,我并不排斥那些"难懂"但却是终于可解或可多解的艺术品,它们的"难懂",也许是因为词旨含蓄过深,也许是因为艺术手段新颖而奇特,也许是因为读者在生活、学识和审美心理与审美想象上缺乏应有的充分准备,但当鉴赏者克服困难终于"思"而"得之"之后,就能获得

---

① 转引自姚一苇:《艺术的奥秘》,台湾开明书店1976年版,第1—2页。

一种不同一般的艺术的喜悦。例如李贺和李商隐部分难懂然而优秀之作,它们虽然比较"难懂",但读者作更多的准备和努力,却可能领会其中的奥妙,那并不失为真正的艺术品。

在简略地检视了中外诗坛的晦涩之病以后,我以为我们当代的诗歌作者要力戒此症,而不能让旧病复发。晦涩虚无,就诗作者自己来说,犹如心肌梗死以至不治,对鉴赏者而言,就好比泥沙堵塞了河道一样,堵塞了信息传达的通路。诗史上的优秀之作,大都有一个共同的美学特征,就是明朗而含蓄。明朗,就是提供美学联想的线索,规定审美想象的范围和方向,诗篇呈现出透明或半透明的状态。含蓄,就是概括了比较深广的具有普遍意义的美感经验,颇有深度而又不面面俱到和盘托出。明朗而又含蓄,有如白云舒卷的蓝天,它明净宽广,又深远莫测。"床前明月光,疑是地上霜。举头望明月,低头思故乡",李白的《静夜思》是明朗的,略识之无的读者也能出口成诵,过目不忘。它同时又是含蓄的,时间已经飞逝了一千二百多年,但它却并没有丝毫减弱它的魅力,有如多棱形的钻石,千载之下仍然面面生辉。如果说高尔基在阳光下照看巴尔扎克的小说,希图从中看到这位法兰西书记官成功的奥秘,那么,我们也可以说在李白的《静夜思》里,也隐藏着诗的不朽的秘密。是的,晦涩与虚无,是一个不见天日的黑箱,是一条没有出口的隧道,而观之耐看、咏之耐听、诵之耐读、思之耐想的四美并具的诗篇,才能在创作者的心和鉴赏者的心之间,架设起经得住时间风雨吹打的永恒的桥梁。

说教布道,是一种由来已久的流行病,在当今的诗歌创作中,也是亟待治疗的重症之一。

在相当长时期以来的诗歌创作中,下述这样一种现象是普遍存在的:由于种种原因,许多人将诗歌作为某种政治教义的传声筒和宣传书,加之许多作者过低地估计了读者理解和接受的审美力,对于诗之所以为诗的素质和条件又缺乏必要的认识,于是,他们就热衷于在作品中直接陈述一些人所熟知的政治常识,赤裸裸地去宣传一些即时性的口号和概念,图解一些流行于宣传物的思想与主张。其实,诗可以而且应该有充满激情的与形象交融的概括了人生精义之精辟议论,但却应该远离和拒绝说教,那种诉之于概念与直叙而图解教义不讲究诗艺的作品,完全不能称为诗,充其量只能说是诗的赝品,或者说"伪诗",它不但不能发挥教育作用,反而败坏了读者的胃口和诗的名声。我有必要在这里不厌重复地提出，很多诗作者不是去抒写内心真实的不吐不快的感受，力求创造优美或壮美的新鲜的诗意象，而往往是从一种现成的概念或题旨出发，令人望而生厌地把自己一点肤浅的看法和认识，通过直叙式的表态性的套话文字和盘端出，急不可耐地去对读者进行宣说。诗是主情的，在他们的作品里却感受不到多少真情，多的是应景、趋时与跟风，多的是枯燥的概念和结论，以及连作者自己也未必感动的冷冰冰的说教；诗是要有美的意象的，在他们的诗里却只有一些流行观念的抽象表述，多的是一般化的意念和图解。如"听，在神州的大地上，正飞扬着振兴中华的凯歌声""他有一颗热爱祖国的赤心，在'四化'的征途上奋勇前进""勇敢勤劳，永远是中华民族的精神，进取不息，永远是炎黄子孙的信念"，等等，这些徒具诗形而无诗质的"非诗"，在报刊上随处可见。它们只是一些生活现象的罗列和说明，只是一些人所熟知的教言的演绎，这种作品顶多只能说是快板或顺口溜，自然就只能令人感到枯燥乏味不堪卒读了。确实，在诗歌创作中，即使是正确的思想，如果不是饱和着真挚的感情和独到的体验，同时又以新颖独创富于美感的意象表现出来，那绝不能得到诗的青睐，分行排列当然也无济于事。

要有效地克服诗歌创作中说教布道的弊病，途径之一就是要正确地处理诗教与诗艺的关系。我以为，求得诗教与诗艺的和谐统一，实在是诗歌创作一个值得十分重视的问题，也是诗歌读者美学必不可少的内容。

如果对中国诗歌理论批评史作一番简略的回顾，我们就可以看到中国古代的诗歌理论和批评，不仅一开始就重视诗教，而且随着诗歌创作的发展，逐渐将诗艺提到它应有的位置，同时强调二者的结合和统一。在中国诗论史上，首先应该提到的是孔子，虽然他主要是思想家和教育家，而不是文学批评家或诗歌理论家，但是，由于中国古代社会是儒家思想占统治地位的社会，而孔子又是儒家学说的先师，相传他又亲自删削编定了《诗经》，因此，在《论语》中所记载的有关他对于诗的评论，虽然也并不完整，缺乏系统，却对后代的诗歌理论和批评产生了极为深远的影响。他的主要观点如下：

> 小子何莫学乎诗？诗可以兴，可以观，可以群，可以怨，迩之事父，远之事君，多识于鸟兽草木之名。

——《阳货》第十七

入其国,其教可知也。其为人也,温柔敦厚,诗教也。

——《礼记·经解》

合而观之,孔子的诗观极端强调诗的教育作用和社会作用,他把诗视为达到政治、社会、道德的某种目的的手段,充分肯定它道德的和社会的功能,这和西方亚里士多德提出的文学的"净化"作用,不无相似之处。"诗教"一词,就是由孔子提出来的,在中国传统文学批评中,具有深远的影响。在孔子之后,上述这种重诗教的观点,在中国诗歌批评史上薪传不绝,一直到清代,诗论家叶燮的学生、另一位诗论家沈德潜,仍然在响应二千年前孔子遥远的呼声:"诗之为道,可以理性情,善伦物,感鬼神,设教邦国,应对诸侯,用如此其重也。"(《说诗晬语》)——从上面速写式的描述中可以看出,孔子以及传承者的"诗教"观,自然有其特定的时代与阶级的内容,他们宣扬这种"诗教"观也有其明确的政治目的。在这种"诗教"的影响之下,许多作者只是把诗作为一种宣传封建儒家思想的工具,如汉代班固的《咏史诗》、东方朔的《诫子诗》,被宋人刘克庄在《后村诗话》中称为"率是语录讲义之押韵者"的宋代道学家、理学家的作品,都是宣扬儒家教义的劝世歌,语言无味而面目可憎。但是,中国诗歌理论批评传统的这种"诗教"观,重视诗的教育作用和社会效果,不主张为艺术而艺术(这种西方诗观近几十年才移民到中国,中国古代诗论没有这种观点,哪怕是近似的表述,这也是和儒家的"诗教"观占统治地位分不开的),虽然它不可能认识诗的多种审美功能和美感作用,未免失之过偏,但是从原则上看,它还是有其积极意义。

在诗歌发展的历程上,当诗还处于不十分成熟的阶段时,理论批评还不可能从纯文学的角度提出诗艺方面的要求。提出和强调诗歌艺术本身的重要性,是诗歌艺术发展到相当成熟的阶段的产物。魏晋南北朝时期,是文学已进入自觉状态的时代,这时,中国文学批评史的天空先后升起了两颗星辰,这就是梁代的刘勰和由齐入梁的钟嵘,前者以《文心雕龙》、后者以《诗品》光耀于世。钟嵘的《诗品》,对诗歌艺术的许多方面作了开创性的探讨,这是前所未有的现象。例如他论述传统诗法中的"赋""比""兴",确立了它们在诗歌创作中的地位。"故诗有三义焉:一曰兴,二曰比,三曰赋。文已尽而意有余,兴也;因物喻志,比也;直书其事,寓言写物,赋也。"他的看法承袭前人而有所创新,特别是"文已尽而意有余",不仅是诗艺上对作者的高度规范,同时也从欣赏美学的角度,提出了读者的艺术再创造的问题。他批评了晋宋之间盛行的"说"道家之"教"的玄言诗,他对于诗的音乐美也有所论及:"余谓文制,本需讽读,不可蹇碍,但令清浊通流,口吻调利,斯为足矣。"同时,他反对以学识典故取代诗人所必不可少的才情,主张直抒胸臆的白描:"至于吟咏性情,亦何贵于用事?'思君如流水',既是即目;'高台多悲风',亦唯所见;'清晨登陇首',羌无故实;'明月照积雪',讵出经史?观古今胜语,多非补假,皆由直寻。"在以搬弄辞章典故为诗的风气中,钟嵘对抒情诗美学特征的这种见解,给沉闷的诗坛吹来了一股清新的风。值得特别重视的是,钟嵘还提出了"诗美"和"诗味"的美学观。他说:"三贤或贵公子孙,幼有文辩,于是士流景慕,务为精密,襞积细微,专相陵架,故使文多拘忌,伤其真美。"这里的所谓"真美",主要就是诗的内质之美和自然之美。这一理论的提出,确实表现了钟嵘诗论的远见卓识。至于"滋味"说,虽然也包括了诗的内涵,但也更是指表现内涵的艺术及其美感作用,他批评永嘉之时的玄言诗使诗作沦为《道德论》一类的枯燥无味的哲学讲义,"理过其辞,淡乎寡味",同时,他又分析了五言诗比四言诗有更丰富的艺术表现力,重申了"滋味"的观点:

> 夫四言文约意广,取效《风》《骚》,便可多得。每苦文繁而意少,故世罕习焉。五言居文辞之要,是众作之有滋味者也,故云会于流俗。岂不以指事造形,穷情写物,最为详切者邪[①]?

讲求诗的"滋味",倡导"使味之者无极,闻之者动心,是诗之至也",这是钟嵘对诗艺的卓越贡献,也是对读者审美活动的充分尊重。后代许多诗论家,都继承和发挥了钟嵘的这一观点,把它作为品评诗的美学素质的一个重要标准。

唐代,古典诗歌艺术发展到了极其丰富和相当完美的阶段,诗人们潜心于诗艺,对诗美作自觉的追求,如绚丽的早霞,如开屏的孔雀羽,因此许多作品经得起千百年来读者的观赏而不衰。如果不是追求、丰富和大大发展了诗歌艺术,唐诗也就不会这样能经受得起空间与时间毫不容情的考验了。"清水出芙蓉,天然去

---

① 《诗品注》,人民文学出版社 1980 年版,第 2 页。

雕饰"（李白），"语不惊人死不休"（杜甫），"共怜诗兴转清新"（韩翃），"变化纵横出新意"（权德舆），"文章分得凤凰毛"（元稹），"文锋未钝老犹争"（刘禹锡），"好景采抛诗句里"（白居易），"梦笔深藏五色毫"（李商隐），"搜神得句题红叶"（胡曾），"卷里诗裁白雪高"（罗隐），"欲清诗思更焚香"（皮日休），"一字知音不易求"（僧齐己），"笔头洒起风雷力"（伊用昌），"惟向诗中得珠玉""一句能令万古传"（郑谷）——唐代这些著名或不甚著名的诗人，他们或自诩自己的诗，或赞美他人之作，都是把诗作为一种高难度的艺术来看待，从这些摘引的以诗论诗的只言片语里，我们可以看到诗人们那一颗颗活跃向美的诗心，而这些诗人之论，在前代诗人的作品中是得未曾见的，这是时代的追求，也是诗的艺术的自觉和自信。在唐代，以艺术的笔墨专门探讨诗歌艺术的重要理论著作，是晚唐诗人司空图的《二十四诗品》，这部本身就是艺术品的理论著作，它除了集中探讨诗的各种风格之外，还广泛地接触了诗歌创作中的许多艺术问题。除了《二十四诗品》之外，司空图还有三篇重要的诗论著作，这就是《与李生论诗书》《与王驾评诗书》以及《与极浦书》，这些文章接触了诗艺的许多方面，其中之一就是诗的"味"和"美"的问题。

> 文之难，而诗之难尤难。古今之喻多矣，而愚以为辨于味而后可以言诗也。江岭之南，凡足资于适口者，若醯，非不酸也，止于酸而已；若鹾，非不咸也，止于咸而已。华之人以充饥而遽辍者，知其咸酸之外，醇美者有所乏耳。
>
> ——《与李生论诗书》①

司空图把诗境的醇美以及由此产生的诗味，作为论诗的极则，他不仅仅是从作家与作品的关系着眼，更是从作品与作为鉴赏者的读者着眼，从中可见自钟嵘之后的诗歌审美理论的进一步发展。司空图的这种诗美观念，对后世讲求诗美的诗人和批评家的影响很大。例如宋代的苏轼和欧阳修等人，就都曾经对司空图的观点表示赞赏。欧阳修比喻他的朋友梅尧臣的诗，不就是说"初如食橄榄，真味

---

① 《中国历代文论选》（第二册），上海古籍出版社 2001 年版，第 196 页。

久愈在"(《水谷夜行寄子美圣俞》)吗？唐代诗歌之所以高度繁荣,其中的精品至今仍然脍炙人口,重要原因之一就是唐诗人十分讲究诗歌艺术,他们的优秀作品,是在艺术化地歌唱生活和表现生活,包括自己的内心审美经验,而不是去制造一些令人头痛的枯燥无味的教言。自唐代以后日益发展和丰富的诗歌理论,那以欧阳修《六一诗话》为开端、以王国维《人间词话》为收束的层见叠出的诗话和词话,对诗歌艺术作了愈来愈广泛和深入的探讨。虽然限于审美习惯和行文体例,它们大都是一些印象式片断式的点到即止的审美批评,但从中可以分明看到对于诗艺的高度重视,以及真知灼见的吉羽片光。

如果它叫作海洋,它就必须有海洋的声威；如果它名为云彩,它就必须有云彩的形态；如果它的芳名是花朵,它就必须有花朵的色彩和芬芳。同样,假设它的名字被肯定为诗,那它就应该具有诗之所以为诗的素质。可以理直气壮地说,诗之所以不同于报纸社论、哲学讲义、家训箴言,以及劝世文书,就首先因为它是诗。诗,应该有益于世道人心,应该有助于提升众生的精神世界,应该帮助人们具有高尚的审美情操和崇高的审美理想,这是毫无疑义的。但是,诗又绝不是板着脸孔的教训布道,不是冷若冰霜的训词的分行排列,它首先应该是艺术品,它给予人的教益不是耳提面命式的,而是潜移默化式的；不是强行灌输式的,而是审美愉悦式的,它必须美视而且美听,美感而且美想,在艺术上有独立存在的美学价值。当然,我们所说的诗,是审美的诗,是审美感情与审美理想相结合而孕育于新且美的意象中的诗,但不是十九世纪西方唯美主义者所提倡的"为艺术而艺术"的产物。英国唯美主义作家王尔德宣称一切艺术都是非道德的或不道德的,我并不同意这种见解,我所主张的,诗首先是诗,是审美的诗教与审美的诗艺的和谐的融合。

在中外文学批评史上,有许多批评家表述过诗教与诗艺相融合的见解,这是十分珍贵的美学思想。中国诗学的有关美学思想,前面已简略引述。在西方,首倡"寓教育于娱乐"的学说的,是古罗马批评家贺拉斯,在他的诗体书信《诗艺》里,他强调教诲和娱乐相结合,用我们今天的文学术语,就是强调思想性与艺术性的结合。贺拉斯说："诗人的愿望应该是给人以益处和乐趣,他写的东西应该给人以快感,同时对生活有帮助。在你教育人的时候,话要说得简短,使听的人容易接受,容易牢固地记在心头。……寓教于乐,既劝谕读者,又使他喜爱,才能符合众望。"在这段"寓教于乐"的名言之后,贺拉斯又说:"有人问,写一首好诗,是靠天才呢,还是靠艺术? 我的看法是:苦学而没有丰富的天才,有天才而没有训练,都归无用;两者应该相互为用,相互结合。"① 他这里虽然是议论天才与艺术的关系,但也将诗艺放在了十分重要的位置。贺拉斯的这封致皮索父子三人的论诗信札原本无题,发表后不到百年,就被罗马修辞学家、演说学家昆提利阿努斯名之为《诗艺》,这一题名遂沿袭至今。顾名思义,从贺拉斯的这一书名中,我们可见西方古典文学批评家对诗歌艺术的重视。十八世纪英国浪漫主义诗人雪莱强调思想,认为诗人"是人间未经公认的立法者",而济慈则强调美和艺术,他说:"对于一个伟大的诗人来说,美感足以压倒一切考虑,或者说,取消所有的考虑。"② 他还认为:"诗的妙处要到十分,要使读者心满意足而不止于是屏息瞪目。"③ 在给雪莱的信中,他劝雪莱多在诗艺上下些功夫,这种意见当然是可取的。

诗人的作品完成以后,它对于鉴赏者就是一个客观存在的审美对象,而鉴赏者实际上就是审美者,诗歌创作中要放逐肤浅的功利的赤裸裸之布道说教,要追求诗教与诗艺的和谐统一,这有其深刻的美学上的原因,我们可以从审美对象与审美者的关系方面,对这些原因作进一步的深入探究。

读者对艺术作品的鉴赏和接受,本质上是一种积极的审美活动。形象思维,是人类主要思维方式之一,同时又是审美认识所独有的思维方式。形象思维固然也存在于日常生活之中,但更重要的是表现在创作与鉴赏这一审美认识活动之中。创作,作为艺术家对生活的审美活动,是依靠形象思维来完成的;鉴赏,作为读者对艺术品的审美活动,何尝不也是如此? 在艺术品包括诗歌作品的创作中,作者必须通过新颖独特的富于美感的形象来反映和表现生活,来抒写自己对生活的审美认识和美学评价,同时,也要让鉴赏者通过对自己所创造的形象的审美,来获得美的感受与愉悦。在艺术品中,美是附丽于形象而存在的,脱离了形象的表现而求助于赤裸的直陈式的思想说明,美就会消失得无影无踪。在诗歌作品中,且不说抽象的直说会使美望而生畏,即使是一般的形象,也无法召唤

---

① 贺拉斯:《诗艺》,人民文学出版社 1962 年版,第 155 页、第 158 页。
② 转引自朱炯强、姚暨荣著:《济慈》,辽宁人民出版社 1984 年版,第 146 页。
③ 《十九世纪英国诗人论诗》,人民文学出版社 1984 年版,第 177 页。

美神的光临。所谓一般的形象，就是那种以"熟"和"俗"为表征的形象，"熟"，就是人云亦云，或重复自己或重复他人的形象，是那种因千百次重复，而在读者的审美感受力上已不再能产生刺激作用而只能产生审美疲劳的形象；"俗"，就是那种平庸的形象，那种毫无创造力与生命力的俗气的形象，它们对读者的审美心态也毫无激发作用。诗创作，不仅是形象思维，更是诗性思维，呼唤的是独创性的具有高层次美学感情的意象，只有那种独创而鲜活的意象，才能打动和征服读者，也才能使"诗教"在读者的审美活动中如盐入水般地潜移默化。

　　一件艺术品想获得成功，它就必须迅速地给鉴赏者以美的印象刺激，激发鉴赏者强烈的美感，而绝不是相反。从鉴赏者审美过程的这一特点来看，诗歌也应该将枯燥乏味的说教放逐到沙漠中去，而要讲究诗歌艺术，营造生意盎然诗意也盎然的绿洲。

　　鉴赏，既然是一种审美活动，或者说审美认识，它就离不开审美对象作用于审美主体产生的美感。正如十八世纪与十九世纪之交德国艺术家、现代艺术社会学奠基人格罗塞在《艺术的起源》中所说："我们所谓审美的或艺术的活动，在它的过程中或直接结果中，有着一种感情因素——艺术里所具有的情感大半是愉快的。"[①] 美感，是审美者对客观的美的对象之主观感情体验，是人们在审美过程中的心理感受状态，是一种高层次的情感。美感除了愉悦性的特征之外，还有直觉性的特征，也就是说，审美者对客观存在的美，通过自己的视听感官能直接而迅速地感知其美的特性，在美感萌发的瞬间，几乎来不及进行逻辑思维活动，而美感就像泉水般涌流迸发了。当然，我们也肯定审美直觉，但并不等于完全同意西方学者如意大利美学家克罗齐所倡导的"直觉主义"，他认为美感的直觉特点，是一种与世隔绝否定理性作用的生理本能，这当然是我们所不能接受的。但是，审美心理学说明，审美直觉是存在的，它是对审美对象的外在形象的直接感知，是审美观照中的一刹那的知觉，而包含着理智作用的高一级的直觉，建立在理智的、逻辑判断的基础上，就更能深切地感受审美对象的形象之美的内蕴。

　　在诗歌创作中，只有那种既具有积极的美学内容同时又有高明诗艺表现的

---

　　① 《艺术的起源》，商务印书馆 1937 年版。

作品,才能在甫一进入鉴赏者的视听之区时,就能使鉴赏者立即产生一种以"惊讶"与"激动"为特征的美感,并进而获得愉快与喜悦的感受。相反,那些直陈式、说教式的诗作,不管它们的观点如何正确,却不但无法使鉴赏者产生如上所述的美学感情,反而在鉴赏者的直觉中产生一种以"厌憎"为特征的情绪。我们常常说的"不堪卒读""味同嚼蜡""索然寡味"等等,指的大概就是鉴赏活动中的这种感情状态吧? 试看一九五四年二十四岁即不幸车祸去世的台湾诗人杨唤的《乡愁》:

> 在从前,我是王,是快乐而富有的,
> 邻家的公主是我美丽的妻。
> 我们收获高粱的珍珠,玉蜀黍的宝石,
> 还有那挂满在老榆树上的金币。

> 如今呢? 如今我一贫如洗,
> 流行歌曲和霓虹灯使我的思想贫血。
> 站在神经错乱的街头,
> 我不知道该走向哪里。

诗人以"乡愁"为题的诗多如繁星,但杨唤这一颗却颇为明亮。诗题为"乡愁",但诗中却没有任何文字去笨拙地直接点明,诗人对幼小时东北家乡的深切眷恋,年长后对美的追怀和渴望,对所生活的现代城市现实环境的不满,以及他内心的矛盾与痛苦,都是通过优美的意象和对比的诗艺表现出来的,即使鉴赏者还来不及以理智去思索它的内涵,但它早就在鉴赏者的审美直感中,以美的"第一印象"而使人一见难忘了。台湾前辈诗人覃子豪在《论杨唤的诗》中说:"最值得赞美的,应该是杨唤作品优美的风格吧。他表现思想,而不故弄玄虚,表现意识,而不流于枯燥无味的说教。……他的诗,格调新鲜,但不欧化;音节和谐,但不陈旧。其形象生动,比喻深刻。"[①] 这一段话颇为中肯,不但可以有助于我们理解

---

① 《杨唤诗集》,台湾光启社 1964 年版。

杨唤的诗,而且对于我们的诗创作远说教而重诗艺,将思想与艺术和谐地交融起来,也不无益处。

除了"晦涩虚无"与"说教布道"之外,诗歌创作中还有一种流行已久病情严重的通病,从"接受美学"的观点看来,这种通病也是不尊重读者的审美力的产物,那就是"直白说尽"。所谓"直白说尽",就是许多作者一方面缺乏将生活与思想感情作不平庸的一语而百情之艺术表现的能力,只好求助于不厌其烦和一览无余的直白说尽,一方面也是自以为高明,不尊重鉴赏者所应有的对作品进行再创造的能力与权力,故而只顾自己喋喋不休。诗歌创作从完整的完全的意义而言,本来是作者与读者双边合作的活动,"直白说尽"的结果,就变成了作者单边的自弹自唱甚至于自鸣得意了。因此,要克服张口见喉唠叨不休式的"直白说尽"之弊,除了真正认识诗是一种以一语胜人千百的特殊的文体,尊重这一文体重在表现与暗示的根本审美特征,同时,还必须深刻理解和正确处理作者的创作与鉴赏者的再创造之间的辩证关系。

审美心理学认为,任何一种艺术品在作者完成它以后,就脱离了它的母体而依赖鉴赏者而存在,若无鉴赏者的参与和鉴赏,任何艺术品都没有抽象架空的独立存在的意义。可以说,作者完成了一个作品,这个完成仅仅是对作者本身而言,可谓"半程创造",至于作品真正意义的完成,还有赖于不同时代不同读者的艺术再创造,此谓"全程创造"。一部作品,应该是作者与鉴赏者共同创造的结果。没有艺术创作,就无法提供审美对象以供艺术鉴赏;没有艺术鉴赏,艺术创作就失去了它赖以依存的对象。因此,应该充分认识艺术创作的全程性与外延性这一特点,从而对鉴赏者的再创造予以足够的尊重。以戏剧创作而论,让观众欣赏戏剧,编剧与导演就要准确地把握观众的假定心理的作用,即所谓"顷刻间千秋事业,方丈地万里江山",使观众以"假"为"真",如果过于夸大或完全忽略了观众的假定心理,演出就会失败。诗歌创作,也应充分理解与尊重读者的审美心理,许多作者偏爱直白陈述,只顾自己的滔滔不绝,一泻无余,自以为这样就可以达到内容的丰富和充实,殊不知效果适得其反。作者与鉴赏者的关系,不是灌输与被灌输的关系,不是训导与被训导的关系,而应该是你中有我、我中有你的恋爱关系。作者心目中念念不忘鉴赏者,在创作中注意留有余地,让鉴赏者凭借他们的审美经验和审美想象,去补充和丰富自己所创造的艺术形象,进行艺术的

"再评价"与"再创造",同时,鉴赏者对艺术品也绝不是被动的消极的接受,他应该表现出极大的主动性和积极性,对作品积极地投入和参与,去寻索和理解创作者的一番苦心,按照中国传统美学的说法就是"以意逆志",而西谚所云"有一千个读者,就有一千个哈姆雷特",也形象地说明了创作与鉴赏之间的互存互补的关系。达·芬奇创作的名画《蒙娜丽莎》的微笑,四百年来不同的观赏者作出了不同的解释,以致蒙娜丽莎的微笑被称之为"谜样的微笑"。俄国大文学批评家杜勃罗留波夫在读了奥斯特洛夫斯基的剧本《大雷雨》以后,曾撰有《黑暗王国的一线光明》一文,剧作家读了这篇文章,认为卡捷琳娜这一美的艺术形象,是杜勃罗留波夫和他共同创作出来的。曹雪芹的《红楼梦》,内容是那样丰富、深邃和富于启示性,以致问世二百多年以来,不同时代的读者作出了这样那样的解释,写出的文章著作比原作的篇幅不知大多少倍,以致研究和鉴赏《红楼梦》成了一种专门学问,众人称之为"红学"。莎士比亚的著作也是如此,西方研究莎士比亚早在十九世纪就成立了专门学会,如"新莎士比亚协会""莎士比亚学会"等,而研究莎士比亚的专门学问被称为"莎学"。其他的专门研究且不说,歌德当年评论莎士比亚,竟然就以"说不尽的莎士比亚"为题。试想,如果莎士比亚浅薄地把什么都和盘托出,说尽说绝,没有鉴赏者再创造与再评价的可能性和多样性,文学大师如歌德,还能够盛赞其"说不尽"吗?绘画、小说、戏剧尚且如此,何况是在文学的所有样式中最富于想象力与启示力的诗歌?

艺术创作所表现的,应该是一种具有启示性的美感经验。启示,而不是强制性的训诲;启示,而不是直露无遗的说明;启示,而不是代替鉴赏者的思考和包办鉴赏者的结论,这应该是一位真正的艺术家的职责,也是一位高明的艺术家的高明之处。纵观中国的古典诗论史,我们就不难发现,重在对读者的启示,反对浅露枯燥的直白与不留余地的说尽,正是中国诗歌美学思想的宝贵特色。在这方面,我们有足够的美学思想矿藏,值得我们努力去探问和发掘。

中国的美学思想,历来重视鉴赏者的再创造与再评价,强调"言外之意",将此置于十分重要和突出的地位,而且构成了源远流长的传统,这,不能不说是中国美学思想长于西方的优胜之处,是中国传统美学思想对美学的具有世界意义的重要贡献。在中国文学批评史上,首先发现并提出文学应该有"言外之意"的,是《文心雕龙》的作者刘勰和《诗品》的作者钟嵘。刘勰赞赏"余味曲包",

并在《隐秀》篇中说:"隐也者,文外之重旨也……隐以复意为工……隐之为体,义生文外。""重旨",就是多重的含意,而且这种含意是在文字之外,需要鉴赏者去寻索和创造;而钟嵘则提出了"文已尽而意有余""可使味之者无极,闻之者动心"的高论,他所说的"有余"和"无极",对举成文,完全是从鉴赏者的审美活动来立论的。钟嵘的发现,有如一颗启明星,照耀着中国的诗坛,后代有不少论者,都从它的光芒里得到过启示。在唐代,释皎然著有《诗式》,他在其中的《重意诗例》一节中写道:"两重意以上,皆文外之旨,若遇高手如康乐公,览而察之,但见情性,不睹文字,盖诣道之极也。"[①] 他认为作者应该有所暗示,鉴赏者也应该有所发现。他的看法,可以说是沟通刘勰、钟嵘与唐代杰出诗论家司空图之间的桥梁。司空图的诗论,对中国诗歌美学有多方面的贡献,除前面已经举述过的"诗味"和"诗美"之外,他还特别重视鉴赏者审美的能动性和创造性,认为艺术品应该给鉴赏者留下审美活动的广阔余地:

　　象外之象,景外之景,岂容易可谭哉?

——《与极浦书》

　　近而不浮,远而不尽,然后可以言韵外之致耳。
　　愚以为辨于味而后可以言诗也。……足下之诗,时辈固有难色,倘复以全美为工,即知味外之旨矣。

——《与李生论诗书》

司空图所谓的"象外之象,景外之景"以及"韵外之致"和"味外之旨",一方面说明了创作者应该以启示性的艺术手段,提供启示性的美感经验,不可浅说直说甚至说足说透,甚至把结论都硬塞给读者;另一方面,也强调了鉴赏者参与美感创造的能力和权力,或者说重要性与必要性,因为排斥了鉴赏者的参与,那些言外的"象、景、致、旨"都是不可想象的。如果说,钟嵘的观点还是中国诗歌美学黎明时分的启明星,那么,到司空图时期,就已经是曙光初照了。

---

① 何文焕辑:《历代诗话》(上册),中华书局1981年版,第30页。

自司空图以后,中国古典诗歌美学就呈现出云蒸霞蔚的景象。在言外之意的美学观方面,也有了进一步的发展。宋代的梅圣俞认为诗的最高境界,是"必能状难写之景如在目前;含不尽之意见于言外,然后为至矣"(见欧阳修《六一诗话》),这句话成了后代诗歌评论中颇有权威性的一种法则。我想着重指出的是,他的这段话前一句主要是指创作者的审美活动,后一句则主要是指鉴赏者的审美过程,他是将作者与读者、读者与作品联系起来认识诗的美学的。而他所说的"作者得于心,览者会以意"(见《六一诗话》),可以视为对二者的美学关系的更明白的表述。在梅圣俞之后,历代的诗歌美学论者都继承了前贤的一脉心香:

> 古歌辞语短意长,有一句两句者,含意何止十韵百韵。后世作者,愈长愈浅。麓堂《题竹》曰:"莫将画竹论难易,刚道繁难简更难。君看萧萧只数竹,满堂风雨不胜寒。"以画法通诗法。
>
> ——薛雪《一瓢诗话》

> 倘质直敷陈,而无蕴蓄,以无情之语而欲动人之情,难矣。
> 只眼前景,口头语,而有弦外音,味外味,使人神远。
>
> ——沈德潜《说诗晬语》

> 诗缘情而生,而不欲直致其情;其蕴含只在言中,其妙会更在言外。
>
> ——李重华《贞一斋诗说》

> 工部七律,蕴藉最深,有余地,有余情,情中有景,景外含情,一咏三叹,味之不尽。
>
> ——陆时雍《诗境总论》

清代的学术很有成就,诗歌理论也不例外,那众多的不乏精辟见解的诗话词话,为我们留下了丰富而宝贵的诗学遗产。从上面摘引的清代诗论中,可以看到清代诗论家论诗的一个共同特点,就是从创作与鉴赏的美学关系,从二者的互为作用来考察与评论诗歌创作。他们所谓的"妙会""味之不尽""使人自得其于言外",都是在论及作者要讲求言短意长、言简意深的诗艺的同时,充分地估计和肯定鉴赏者的主观能动作用。他们认为只有这样,才能使诗写得精练而不冗长,情韵浓至而不索然寡味,富于生命力而不致诞生便是夭亡。在当代诗的美学中,我们常常谈论诗人作品本身的艺术辩证法,例如直与曲、隐与藏、巧与拙、刚与柔、工与拙等,但对于作品与鉴赏的辩证法的奥秘,却往往付之阙如,而正是在这一方面,我国的古典诗论有许多宝藏可以给我们诸多启示。

从强调鉴赏者的参与和领悟这个角度来看,港台和西方的一些诗歌美学观点,很值得参考。台湾旅美诗人和学者叶维廉,也很重视诗的"弦外之音",他的《维廉诗话》,就再三称美了中国古典诗歌的"弦外的表现"。在《中国古典诗与英美现代诗——语言、美学的汇通》一文中,叶维廉说:"孟诗(指孟浩然——引者注)和大部分的唐诗中的意象,在一种互立并存的空间关系之下,形成一种气氛、一种环境、一种只唤起某种感受但并不将之说明的境界,任读者移入、出现,作一瞬间的停驻,然后溶入境中,并参与完成这强烈感受的一瞬之美感经验。"①可以说,"参与美感经验",是这位诗论家在《饮之太和》一书中所表述的对鉴赏美学的总的看法,在《秩序的生长》一书里,叶维廉更将读者的鉴赏提到了十分突出的地位,如"滥调无法成为艺术,无法产生美感。读者不须开导而需参与美感创造""要求读者做主动的参与者而非被动的接受者(或受教者)""带领读者活用想象去建立意象间的关系"②,等等。多次阐述了他这些大致相似的见解。香港学者、文学批评家黄维樑著有多种诗学著作,其中之一就是他早期写就而功力深厚的《中国诗学纵横论》,他在其中的题为《中国诗学史上的言外之意说》一文中写道:

　　创作固然需要想象力,鉴赏也需要想象力。想象力的作用有二:一是归纳,二是演绎。鉴赏者应能把鸡声、茅店、月、人迹、板桥、霜这六样物像归纳成一可感的"境",然后得知其"意";他也应能演而绎之,把此意境和其

① 叶维廉:《饮之太和》,台湾时报出版公司1970年版,第39页。
② 参见叶维廉:《秩序的生长》,台湾志文出版社1971年版。

他现象,经验联缀起来,比较其异同,观赏其趣致。……一首有言外之意的诗,对鉴赏者是个很大的挑战。诗人含蓄其词,模棱其语,欲露不露,半吞半吐,把鉴赏者引进一个谜样的神秘境界,要他去猜去解。所以,鉴赏者必须聚精会神,投入作品的世界中①。

黄维樑纵观中国诗论史,横论外国有关诗论,分析温庭筠的名作《商山早行》及中外诗人的其他著作,发挥了他的上述见解,在创作与鉴赏的审美关系方面,可谓探骊得珠之论。至于法国象征派的诗人马拉美,他的诗歌美学观的核心就是轻直说,重暗示,他以为"一语道破,则诗趣索然,品诗之乐,端在慢猜细忖"②,他在《关于文学的发展》一文中强调说:"与直接表现对象相反,我认为必须去暗示。……指出对象无异是把诗的乐趣四去其三。诗写出来原就是叫人一点一点地去猜想,这就是暗示。"(《西方文论选》下卷,上海译文出版社1984年版)他的所谓"猜"与"忖"或"猜想",都是指鉴赏者玩味和思索的审美过程。意象派的诗人庞德,也曾经说过诗"乃一种灵感的数学,予人一列等式,这些等式非为抽象的形体、三角形、平面等而设,乃为人类感情而设"③。他所说的"为人类感情而设",当然也意味着作为作品的依存对象的鉴赏者的审美活动。艾略特在他的一篇未发表的演讲稿中说:

　　读(诗)时应专心一志于诗之所指,非诗之本身;这似乎是我们应该经营的。要超出诗之外,一如贝多芬后期作品之超出音乐之外④。

很明显,他强调的是鉴赏活动的"读诗",他认为鉴赏活动应该从作品所提供的条件出发,去"经营"诗外的意象世界,而不能局限于作品本身来就诗论诗。艾略特的这一见解,无论是对于创作或是鉴赏,都颇有意义。梵萨特说:"诗的意义就是文字的意义,但它并不存在于文字里。……它存在于文字以外。"⑤ 这种

---

① 《中国诗学纵横论》,台湾洪苑书店1982年版,第167页。
② 转引自《中国诗学纵横论》,第137页。
③ 同上书,第140页。
④ 见《中国现代文学批评选集》,台湾联经出版事业公司1976年版,第356页。
⑤ 同上。

说法,正是对艾略特的观点的师承和发展。而西方的"接受美学"(或称读者美学、文艺消费美学),也有许多值得我们吸收的现代美学思想。接受美学认为,在由作者到作品的创作过程中,作者要赋予作品发挥某种功能的潜力,而在由作品到读者的接受过程中,要由读者来实现这种功能的潜力,实现这些功能的过程,是作品最后完成并获得生命力的过程,对此,苏联的接受美学理论家称之为"动力过程"。由此可见,中西方古今美学思想之间,有许多互通之处。例如,认为鉴赏绝不仅仅只是被动的接受,而应该是一种主动的积极的创造,如果以此为议题开一个国际学术讨论会,中外许多异代不同时的诗家都会欣然赴会,旁听的我们会发现他们并不是没有共同语言,就如同我在上面简略地引述的那样。

在当代的诗歌创作中,不讲求意象之美的观念陈述的直说与倾箱倒箧的说尽,以及由此俱来的浅白冗长之病,已成了积重难返众所公认的痼疾。正如格罗塞在《艺术的起源》一书中所指出的:"没有想到诗的读者,这是一个大错误。"要治愈这一重症,创作者尊重鉴赏者的主观能动性,让鉴赏者积极参与美感创造,是一帖行之有效的药方。"千里之山,不能尽奇;万里之水,岂能尽秀?……一概画之,版图何异?"(郭熙《林泉高致》),诗画同理,我们可以说,古往今来一切优秀诗作,它们也许有许多之所以优秀的理由,但绝不浅白直陈,说尽道绝,绝不简单化和直线化,而是具有审美的丰富性和多样性,具有鉴赏者极大的审美再创造的可能性,却是必具的条件。让我们从诗歌的海洋里,捞取两枚闪光的珠贝。一枚是七月派老诗人牛汉的《半棵树》:

真的,我看见过半棵树
在一个荒凉的山丘上

像一个人
为了避开迎面的风暴
侧着身子挺立着

它是被二月的一次雷电
从树尖到树根

齐楂楂劈掉了半边

春天到来的时候
半棵树仍然直直地挺立着
长满了青青的枝叶

半棵树
还是一整棵树那样高
还是一整棵树那样伟岸

人们说
雷电还要来劈它
因为它还是那么直那么高
雷电从远远的天边就盯住了它

《半棵树》是牛汉的代表作之一,这首诗可能是实写被雷电所劈的自然界之树,但它更是一个象征性意象,读者了解作者的生平固然可以加深对此诗的理解,但优秀的诗作所创造的是具有普遍意义和审美期诗的情境,其深层意蕴难以确指而又耐人寻索。诗人次年又写出了他的又一力作《悼念一棵枫树》,其中有"枫树 / 被解成宽阔的木板 / 一圈圈年轮 / 涌出了一圈圈的 / 凝固的泪珠 / 泪珠 / 也发着芬芳"之椎心泣血的好句警语,可与此诗互参。牛汉写的是树,是半棵树,是被伐倒的枫树,另一位诗人龙彼德写的却是船,而且是《沉船》:

一只沉船的残骸
半腌在沙里
沙子的咸淡尝出时间的长短
桅杆费劲地翘出来
如同挣扎呼救的手臂
永远无法破译的秘密

就这样被时间严严封存

它曾多次威风凛凛跨海过洋

乐此不疲地传递信息

长长的龙骨长长的功勋

尖头宽尾

在任何一方海域划出的任何一个轮廓

都使人血沸千度

龙彼德所写的是"沉船",他扣紧了他所写的具体的题材落笔,但又不仅仅是海滩所实有的沉船而已,手挥五弦,目送飞鸿,他象征的究竟是什么呢？和牛汉的《半棵树》一样,它也是咏物诗,但却不像有的作者那样,热衷于去作笨拙地说明与解释,令读者兴味索然或者荡然,也不像某些作品那样陷入一塌糊涂的晦涩,令读者望而生厌或者生畏。它单纯而丰富,明朗而含蓄,令人联想某种生命的遭逢,某种人生与社会,能强烈地刺激读者的审美想象去参与再创造。

是的,优秀的诗作总是去晦涩,远说教,忌说尽。它们具有美和美感的多元性以及艺术表现的暗示性,刺激鉴赏者去"思而得之",虽然不同的读者的"思"与"得"并不会完全一致,也不必强求一致。可以说,一首诗如果使人一见倾心而欲罢不能,有如惊艳,好似"来电",就正说明它具有启发暗示与征服读者的强大的美的魅力。

三

创作,离不开鉴赏,作者应该充分估计鉴赏者的审美主动性,他的作品对于鉴赏者应该是美的刺激物和诱导物,同时,鉴赏者也离不开创作,鉴赏者的审美能力和审美兴趣,对于理解作品和促进创作,也有十分重要的意义。

在当代的美学理论中,"接受美学"是二十世纪六十年代以来盛行于西方文学研究中一种新兴的方法论,也是美学理论的新发展和新建树。一九六七年,联邦德国教授汉斯·罗伯特·尧斯发表《文学史作为文学科学的挑战》一文,是接受美学学派的宣言书,民主德国的瑙乌曼、苏联的梅拉赫等人,对此都作了许多研究。接受美学的基本出发点,就是在传统的对作家作品的研究之外,也将读者作为文学研究的重点对象。照接受美学看来,文学作为一个过程,是由两个不可或缺的部分构成的,一个过程是作者——作品,一个过程是作品——读者,前者名为"创作过程",后者名为"接受过程"。例如尧斯就认为:文学研究不能单纯以作品为对象,应该也把读者作为文学科学的对象,并由此出发,克服关于文学艺术"独立性"的主张,恢复文学与历史(现实)的联系。我以为,接受美学的基本观点,固然是针对一般意义上的文学创作与读者的关系而发,但对于诗歌的创作与鉴赏,诗人与诗读者,也有直接的现实意义。在这一节中,我想着重从读者的角度,对创作与鉴赏的关系作进一步的探讨。

伯牙鼓琴,知音善赏的钟子期听琴音而知雅意,知道伯牙巍巍乎志在高山,洋洋乎志在流水,作者与鉴赏者心心相印,审美者与审美对象之间达到默契无间的美妙的和谐,此之谓"知音"。钟子期死后,伯牙因恨无知音赏而断琴不复再奏,但"知音"一词却随着伯牙不绝如缕的琴音流传到今天。《红楼梦》第二十三回,写林黛玉在梨香院墙角外听墙内十二个女孩子演唱《牡丹亭》,"原来姹紫嫣红开遍,似这般,都付与断井颓垣",黛玉听了,"倒也十分感慨缠绵",当唱到"良辰美景奈何天,赏心乐事谁家院"时,黛玉"不觉点头叹息,心下自思:'原来戏上也有好文章,可惜世人只知看戏,未必能领略其中的趣味。'"可见,对于一件艺术品,重要的是鉴赏者善于领略它的"趣味"。"白发三千丈,缘愁似个长。不知明镜里,何处得秋霜",这是李白《秋浦歌》十七首之一,是千百年来传唱不衰的名诗,"白发三千丈"更是名诗中的名句,以极度夸张和变形手法,表现了李白那不同一般的愁情和愤懑。但是,清人王相选注的《五言千家诗笺注》却解释说:

> 太白流寓池阳有感而作也。言吾发因愁而白,若以茎计之,应有三千余丈,而离人之愁思,又比白发犹长也。

他以为"白发三千丈"不应作满头有三千丈长的白发解,而是"以茎计之",也就是以一根为计算单位,满头白发之和等于三千丈。其实,诗有"愈无理而妙者",它的本质在于抒情而不在于坐实,如果这样精确地考证和计算,李白的头上竟飘着一根长达三千丈的白发,或满头白发仅只三尺长,那就都未免过于大煞风景了。在新诗评论中,有的人对于内容并不能给人以美感、手法其实也并不新颖的诗作的评价与吹嘘,也是令人瞠目结舌的。这就不能不使人感到,鉴赏者或由于缺乏审美力,或由于审美判断的失误,或由于诗之外的世俗因素与功利心的驱使,很可能把珍珠当成了鱼目,把鱼目当成了珍珠,把黄钟视为瓦釜,把瓦釜视为黄钟。由此可见,鉴赏者要能正确地审美地理解作品,必须自己首先具有相当的思想水平、人格修养、知识准备、艺术素养和健康的审美趣味,只有这样才能作出真正的艺术再创造。

鉴赏,是非常复杂的审美现象,它带有鲜明的时代、民族有时甚至是阶级的烙印,同时,"口之于味,有同嗜焉",在不同的时代、不同的民族、不同的阶级之间,又存在着共同美,因而也就存在着共同的审美趣味和审美标准,即审美共性。艺术鉴赏常常因人而异,其中的个性差异非常鲜明,对诗歌作品的鉴赏更是如此。艾略特曾说只有诗人才能批评诗,这显然是一偏之见,从广义上说,读者也就是批评家。但是,艾略特下述的看法却是可取的,他说:"为了分析一首好诗的享受和评价,批评家必须具有享受的经验,而且他必须使我们信服他的鉴赏力。"这里,我想对诗歌审美鉴赏的共同规律,做一些初步的探索。

以抒情为主的诗,也是以抒情动人的,诗歌创作是一种具有美感意义的创作活动,诗歌鉴赏与诗歌创作的共同之处是,鉴赏不同于诗的字义与文义的训诂,也不仅是作者生平和诗的时代背景资料的考证,而同样首先是一种美感体验的心灵活动。诗的考证和训诂诉之于理性分析,寻求对诗的内在意义的理解,主要是依靠分析、判断、推理等理性活动,而诗的鉴赏,或者说对于好诗的鉴赏的第一步,首先并不是理智的投入,而是在理智指引之下的感情的投入。"美人之光,可以养目;诗人之诗,可以养心"(袁枚《随园诗话》),鉴赏一首好诗的过程,首先是一个由感受而感动的过程,鉴赏者在对审美对象的"情感反应"和"情感交流"中,使自己的内在精神向美的境界潜移默化,心灵境界也向美的高度提升,这才是鉴赏的"初境",也是鉴赏的妙境。诗的鉴赏,首先是以感情移入与感情交流为先决条件的。读诗时如果无动于衷,心湖上风平浪静,甚至微波不兴,或者首先就作纯理智的分析批评,得出干巴巴的几条结论,那不是缺乏欣赏的能力,无法构成心灵与心灵之间的感应,就是完全以文艺法官或心智冷峻的学者的心理来代替艺术品的鉴赏。

　　我们首先来看看违背诗歌创作的艺术特点,非感情地对待诗歌艺术品的著名案例。如唐代诗人杜牧的《江南春》:

千里莺啼绿映红,水村山郭酒旗风。

南朝四百八十寺,多少楼台烟雨中。

中国古典诗歌的艺术特征之一,就是善于驱遣数词和量词,用以表现艺术的时空,烘托意境,获得奇妙的艺术效果。可是,明代的杨慎却在《升庵诗话》中说:"千里莺啼,谁人听得? 千里绿映红,谁人见得? 若作十里,则莺啼绿红之景,村郭、楼台、僧寺、酒旗皆在其中矣。"鲁迅曾经认为,诗歌"最要紧的是精神的炽烈的扩大",是"热烈的感情的奔进",他指出:"诗歌不能凭仗了哲学和智力来认识,所以感情已经冰结的思想家,即对于诗人往往有谬误的判断和隔膜的揶揄。"(《集外集拾遗·诗歌之敌》)如果照杨慎的改法,一字之易,点金成铁,杜牧这首诗就要大为失色了。杨慎是明代著名的诗文家和诗评家,他的"滚滚长江东逝水,浪花淘尽英雄"(《临江仙》)一词,出今入古,感慨深沉,不愧为词中杰构,因罗贯中阑入《三国演义》中而更加名闻遐迩,他的上述数学计算式的评论,可能是一时失察而失手吧? 杜甫寓居夔州之时,作有《古柏行》,开篇夸张抒写孔明庙前之老柏,以衬托诸葛亮的崇高形象:"孔明庙前有老柏,柯如青铜根如石。霜皮溜雨四十围,黛色参天二千尺。"北宋的科学家沈括在其《梦溪笔谈》中,却说古柏不可能有"四十围"与"二千尺",而且二者不成比例。他的结论是:"四十围乃是径七尺,无乃太细长乎? 此亦文章之病也。"沈括不明白这是"诗人之言",宋代王得臣和黄朝英为杜甫辩护,也不懂得这是"诗人之言",前者在其《麈史》中计算出"四十围"是"四丈",后者在其《靖康缃素杂记》中认为杜甫之说合于"古制",他们都一致怀疑"精于算数"的沈括怎么会出错。他们之所以见笑于千载,那就应该是由于他们都缺乏诗性思维而"感情已经冰结"。宋代宋祁《玉楼春》中有"绿杨烟外晓寒轻,红杏枝头春意闹"之名句,时人美称他为"红杏枝头春意闹尚书",然而,清初的李渔在《窥词管见》中却说:"但红杏之在枝头,忽然加一'闹'字,此语殊难着解。争斗有声谓之'闹',桃李'争春'则有之,红杏'闹春',予实未之见也。'闹'字可用,则'吵'字、'叫'字、'打'字皆可用矣！……予谓'闹'字极粗俗,听不入耳,非但不可加于此句,并不当见之诗词。"李渔是著名文学家和戏剧理论家,他对于后来王国维在《人间词话》力赞的"着一'闹'字而境界全出"的"闹"字之妙,尚且莫名其妙,可见鉴赏之不易。

是的,诗的鉴赏也是一种艺术,首先是一种感受的艺术,感情体验的艺术,是对审美对象的感情之体验和领悟。陶渊明在《五柳先生传》中说:"闲静少言,不慕荣利。好读书,不求甚解,每有会意,便欣然忘食。"陶渊明读的书中,应该有不少是诗吧? 他的"欣然忘食",就是鉴赏中一种心理美感状态,和孔子在齐国听到韶乐而"三月不知肉味"的感情体验大致相同。林黛玉在黎香院的墙外听演唱《牡丹亭》,当她听到"只为你如花美眷,似水流年"时,"不觉心动神摇"。听到"你在幽闺自怜"时,曹雪芹描绘她的感情共鸣是"越发如醉如痴"。由于《牡丹亭》的有关情境和林黛玉的遭遇有许多共通之处,所以才引起林黛玉如此强烈的美感共振。但是,从林黛玉听曲的心路历程,我们也可以看到对诗的真正鉴赏,是一个从直感地体验到深入地品味的"感动"过程,感情在这里起着酵母素的作用。如果说这还只是文学作品中的描写,那么,诗歌史上著名的佳话,如顾况欣赏年轻的白居易的诗,韩愈欣赏少年李贺的诗,都说明了诗歌鉴赏中的感情作用。

明代"三袁"之一的袁宏道,与其兄袁宗道、弟袁中道的作品被称为"公安体"。徐文长,是稍长于袁宏道的一位在文学艺术方面多才多艺的人物。袁宏道和徐文长并不曾谋面,他对于初读徐文长作品时的美感心态,在《徐文长传》中有一段传神的记叙:

> 余一夕坐陶太史楼。随意抽架上书,得阙编诗一帙。恶楮毛书,烟煤败黑,微有字形。稍就灯间读之。读未数首,不觉惊跃。急呼周望:"阙编何人作者? 今邪? 古邪?"周望曰:"此余乡徐文长先生书也。"两人跃起,灯影下读复叫,叫复读。僮仆睡者皆惊起。盖不佞生三十年,而始知海内有文长先生。噫,是何相识之晚也!

诗作者本身要有动人以情的力量,这是作为审美客体的诗应该具备的内在条件,但鉴赏者作为审美主体,要能够与客体发生感应和交流,自己也要具备审美的慧眼,对真正的好作品能够做出强烈的"感情反应"。袁宏道读徐文长作品时那种触电般的"惊跃",那种不能自已的"读复叫,叫复读"的情态,虽然不一定要求所有的鉴赏者奉为法式,否则就会被认为是鉴赏的客观主义的态度,但它的确可以给我们以启示:在诗歌的鉴赏中,不论是新诗或古典诗歌,如果作品本身是优秀的而鉴赏者本身没有强烈的美感激动,那就只能认为是鉴赏者缺乏应有的美的素养,而那种对好诗无动于衷而不能使自己的精神升华的阅读,算不得真正的鉴赏。

诗,是最富于想象力的,一首好诗,有如一道有诗破解的试题,是对鉴赏者想象力的考验;有如一张有待完成的蓝图,是对于鉴赏者想象力的挑战。

诗作为艺术品,它与鉴赏者的关系是一种审美关系。优秀的诗作,除了文字所表现的直接形象之外,它还有蕴含于文字之内与外延于文字之外的丰富的间接形象。一首诗作的最后完成,有赖于鉴赏者积极的审美活动共同合作,有赖于鉴赏者的慧眼灵心。因此,对于创作者,鉴赏者应该要求他所写的称为"诗"的作品,首先应该是诗,应该具有诗的素质,而不是徒有诗形而无诗质的赝品,如同市场上比比皆是欺骗顾客的假冒伪劣的货物。而今日之新诗创作与旧体诗词创作,日产量之巨可谓堆山积海,难以计算,而其中称得上"诗"的不多,"好诗"尤少。同理,对于鉴赏者,创作者也有充分理由要求他们的审美力不能低落到水平线以下。对于新诗始终抱着冷漠态度的人,对于新诗完全是门外汉而偏又鄙夷新诗的人,他们可以说是"诗盲",对他们谈新诗的鉴赏,自然可以说"问道于盲",他们不在鉴赏者之列,并无损于诗本身的光彩。但是,对于新诗的读者,我们却应该提出鉴赏的要求:鉴赏者是诗的知音,出色的鉴赏者是出色的诗的知音。"音实难知,知实难逢",正因为鉴赏必须具备相当的主观条件,诗的鉴赏又具有更高的难度,所以古代诗人才常有"知音其难哉"的慨叹,而"百年歌自苦,未见有知音"(《南征》),这不就是一千二百年前杜甫在湘江上的长叹息吗?《红楼梦》也可以说是一部杰出的叙事长诗,"都云作者痴,谁解其中味",这不就是三百年前曹雪芹对后世读者的一纸挑战书吗?诗的鉴赏,除了要饱含审美感情之外,还必须有较高的审美水平,那就是包括审美注意、审美联想、审美发现等等在内的鉴赏想象力。

鉴赏想象力,是审美感受的心理规律的一个重要方面,而审美想象是以审美注意为起点的。一首优秀的诗作,总是具有使人一新耳目的美学内涵和美学手段,"对牛弹琴"虽是一个值得分析的贬义词,但如果不胶着于字面的意义,也不妨理解为要能领略琴声之美,必须要有一双如马克思所说的"音乐的耳朵"。在对诗歌的鉴赏中,对鉴赏者的考验,首先在于对审美对象能否集中听觉与视觉这两方面的审美注意,让审美对象激起自己的大脑皮层的兴奋波,做到一听倾心和一见钟情。对美是一见或一听就欲罢不能,还是脑神经总是处于抑制或麻木的状态,这就是衡量鉴赏者审美感受力敏锐与否的标尺了。"初唐四杰"之首的王勃,幼小时就显露了如朝霞一样闪耀光彩的才华。杜甫的叔祖杜易简,是王勃的父亲王福畴的朋友,他看了王勃和他的哥哥王勔、王勮的文章,不禁赞叹说:"此王氏三珠树也。"这种赞叹,无疑包括了杜易简的审美注意在内,至少是王勃后来的成就,证明了他的眼力——即审美注意的正确性。王勃去交趾省亲时,路经江西南昌,都督阎伯屿在滕王阁上大宴宾客,意在让他的女婿写一篇序文而显示才学。客人们明知其意而纷纷推谢,但王勃却当仁不让。阎伯屿一气之下退入后堂,叫小吏随时报告王勃写些什么。"南昌故郡,洪都新府",小吏第一次来报时,阎说这不过是老生常谈,接着又报"星分翼轸,地接衡庐",阎听后沉吟不语,待至听到"落霞与孤鹜齐飞,秋水共长天一色"时,在这一千古不朽的名句之前,阎伯屿惊叹不已,这说明他也还是颇具鉴赏力的。阎伯屿以前听通报时的注意只是出于利害关系的一般性注意,而对佳句的欣赏就一变而提升为强烈的审美注意了,他连声赞叹王勃为难得的天才,并马上出来以礼相待。这就是世所艳称的关于《滕王阁序》的佳话,它说明了鉴赏中审美注意的作用和重要性。

　　审美注意是审美联想的起点,它还启示我们认识诗歌创作起句的重要。我国古典诗歌讲究炼句,其中就包括了起句的锤炼。关于起句,我国古典诗论也作了许多精到的阐述,但古代诗论家却不可能从审美心理学的角度来看这个问题。读者看一首诗,最早进入他的审美视野的就是起句。起句新颖不凡,富于美的新异性和刺激性,就能一触即发地抓住鉴赏者的审美注意力,顾况读白居易《赋得古原草送别》的起句之心态,韩愈读李贺《雁门太守行》的起句的感受,千载之下我们还不难想见。明人谢榛在《四溟诗话》中说:"起句当如爆竹。"平地一声雷,难道还不能抓住人们的审美注意吗?如果对于爆竹之响的起句,鉴赏者还不能迅即集中自己的审美注意,并展开联想的翅膀,那鉴赏者委实也就太过于天聋地哑了。

对于一首好诗,鉴赏者通过最初的审美注意获得的艺术初感,往往还是处于一种艺术直觉的阶段,深入的鉴赏,也就是审美的联想和想象,即对艺术品的创造性的再现,是随着审美注意的转移而展开的。创作,离不开诗人的联想和想象;鉴赏,也离不开鉴赏者的联想和想象。我们常常有这样的经验,在观赏一件真正的艺术品时,总是首先为艺术品之美所惊叹,审美注意力高度集中,在作饱含感情的审美观照从而获得强烈的艺术初感之后,静观默察的审美理智就上升到重要的位置,审美想象在活跃的感情和明晰的理智指挥下,在鉴赏者的生活经验与艺术修养的基础之上,开始了"视通万里"的空间联想和"思接千载"的时间联想,再现和扩大艺术品的形象内涵,在融会贯通之中深化与展拓对作品的理解,从而获得更多的审美发现与喜悦。

审美联想,对于任何样式的艺术品的鉴赏都是必要的,鉴赏者缺乏活跃积极的审美联想的能力,就有如飞鸟折断了奋飞万里蓝天的翅膀。比较明朗的好诗虽然也许一看就懂,但仍然需要鉴赏者审美联想的积极参与,那些并非晦涩而读起来却有些困难的好诗,则更需要鉴赏者有较高的审美联想与想象的能力。十九世纪与二十世纪之交的法国小说家法朗士有一句名言:"文艺批评是灵魂在杰作中的冒险。"(有的译者译为"文艺批评是灵魂在杰作中的寻幽访胜")文艺鉴赏也是文艺批评的一种方式,而无论是"冒险"或"寻幽访胜",都是传神之译笔,它说明艺术鉴赏并不像大热天吃冰激凌那么容易和痛快,有时需要克服一些困难,让审美联想去赋予诗的意象以可解的内涵,沟通意象与意象间的美学联系,从而去领略它的"幽胜"。如台湾诗人郑愁予的名作《如雾起时》:

> 我从海上来,带回航海的二十二颗星。
> 你问我航海的事儿,我仰天笑了⋯⋯
> 如雾起时,
> 敲叮叮的耳环,在浓密的发丛找航路;
> 用最细最细的嘘息,吹开睫毛引灯塔的光。

　　赤道是一痕润红的线,你笑时不见。

　　子午线是一串暗蓝的珍珠,

　　当你思念时即为时间的分隔而滴落。

　　我从海上来,你有海上的珍奇太多了……

　　迎人的编贝,嗔人的晚云,

　　和使我不敢轻易近航的珊瑚的礁区。

五代花间派重要词人牛希济的爱情诗说:"记得绿罗裙,处处怜芳草。"(《生查子》)在词人的想象里,本来不相干的罗裙与芳草之间竟然有了某种动人的美的联系。欣赏郑愁予这首别具一格的爱情诗有一定的难度,因为它不是一览之下就可以洞悉底蕴的那种作品,恐怕需要审美联想进行一番"冒险"活动,才能达到"寻幽访胜"的审美目标。这首诗妙用比喻,切合诗所设定的抒情主人公之航海水手的身份,而且总是把他和恋人以及海上的珍奇联系起来,他的对恋人的审美心理,颇有些像牛希济词中人物的心理:远行在外,也时时记得恋人的"绿罗裙"而怜爱天涯何处没有的芳草。鉴赏这首诗,读者的想象力也必须顺着这条联想的线索,在海上景物与诗中恋人之间的相似之处鼓翼回翔,才能逐渐领略其中的美的秘密。

　　我以为,对优秀的作品来说,鉴赏的最高境界,就是在感性与思辨交互作用下(甚至要在历史参与之下)的审美发现。

　　诗的审美发现有广义和狭义两种。对一位富于潜在力的诗人及其作品,有的在诗人生时就有大致相当的评价,而在后世则是不断地扩大和加深,这是艺术发现;有的在生时由于种种原因就已获盛名,俨然诗坛泰斗,但在身后地位却一落千丈,原来是盛名之下,其实难副,这也是艺术发现;有的在生时或身后相当一段时期内都不被看重,没有得到应有的赏识,而是经过历史的无情选择后,才得到应有的地位,这种地位的被确认,也同样是审美发现的结果。——上述这三种审美发现,可以说是广义的审美发现。在三种发现之中,第一种不必赘述,第二种情况在中外诗歌史上都大有人在,例如中国南朝的梁陈两代,以徐摛、徐陵父子以及庾肩吾为代表的宫体诗派,他们所作的歌功颂德浮艳淫靡的"宫体诗"极一时之盛;北宋初期以杨忆、刘筠、钱惟演三人为代表的"西昆派",其追求词藻、堆砌典故的诗风竟然风靡一代,这些作者也俨然诗坛盟主,流风甚至在他们身后还影响了四十多年;明初以杨士奇、杨荣、杨溥为代表时号"三杨"的"台阁体",为封建统治者粉饰太平,歌功颂德,其形式主义诗风垄断了明代诗坛近一百年。然而,大浪淘沙的规律对诗坛终究是起作用的,经过时间浪花的冲刷,上述诗派和人物的显赫繁华都已成为苍白的历史陈迹,这不就是历史老人审美发现的结果吗?在英国,于十七世纪起曾经由宫廷评定所谓"桂冠诗人",从朱艾敦开始,历届共评定十五位。但是,根据当今学者的看法,其中至少有十位是在次要诗人的行列中也没有立足之地的,即使是专攻英国文学的学生,对他们的作品也往往茫然无知。至于审美发现的第三种情况,中外诗史都可以推出一些明证,如声名赫赫的莎士比亚,生时得不到应有的重视,某些名著在他死后被认为是别人的作品,他诞生至今不过四百年,许多史实已湮没无闻,与他生平有关的材料,大部分都是有待证明的"传说"。美国大诗人惠特曼,他的《草叶集》初版时遭到书商的拒绝,一本也售卖不出,二十五年后的一八八二年再一次出版后,又遭到官方的取缔,直到惠特曼逝世前几年,《草叶集》才引起人们广泛的注意,那一版的三千册才全数销出。英美的现代派诗宗艾略特,自以为是除了写诗的人是不能评诗的,但他在二十世纪中叶以前写的文章,居然还忽略了他的同胞惠特曼。在中国,如初唐与贺知章、张旭、包融齐名而称为"吴中四子"的张若虚,其名篇《春江花月夜》今日家喻户晓,但今存唐人选唐诗十种,无一种选录此诗,宋代许多与诗有关的著名文献,如王安石的《唐百家诗选》、计有功编纂的《唐诗纪事》等书,也均未收录张若虚其人其诗。此诗虽有幸收录于郭茂倩在北宋末年编辑的《乐府诗集》,但一直到明代才为人所识,直到明末清初的王夫之才给予较高评价,晚清诗人兼学者王闿运在《湘绮楼论唐诗》中力赞其"孤篇横绝,竟为大家",而现代的闻一多在《宫体诗的自赎》一文中,更盛誉为"这是诗中的诗,顶峰上的顶峰"。在张若虚之后,杜甫生时和身后一段时间的遭遇,也是颇令人感慨系之的。他"千秋万岁名"的地位,在中唐以后才逐渐为历史所认识,在宋代才被公认。

艺术发现是一种审美认识和审美判断,狭义的审美发现,是指鉴赏者在欣赏有强烈生命力的形象大于思想的好诗时,能够不满足于作者在字面上所提供的东西,而是积极和作者一起参与共同创造,能够不只是重复作者自己的发现,而是有鉴赏者自己独到的美感体验和审美创造,如同陶渊明所说的"每有会心",这才是审美鉴赏的高层境界。可以说，越具有审美能力的人，他的审美发现的能力就愈强，反过来，审美发现的有无和深浅，也就成了测定鉴赏者审美能力高下的大体无误的标尺。我国古典诗论的民族特色之一，就是作者往往是从鉴赏的角度，对作品作审美印象式的文采斐然点到即止的评论，虽然系统性不强，没有西方理论那种重在逻辑阐述的宏大架构，但却有足可珍贵的吉光片羽，而且引人思索。在清代，如沈德潜的《说诗晬语》、袁枚的《随园诗话》，金圣叹所批点的杜甫诗和唐人律诗，就是这方面的颇为可观的著作，其中不乏作者的审美发现。红学家俞平伯的父亲俞陛云的《诗境浅说》，或赏析唐人整首五律和七律，或赏析唐人五、七律中的联句，文字典丽，时出新见，不是前人诗境的亦步亦趋的解说而有自己的艺术发现。

在审美鉴赏中还可以看到这样一种情况，港台或西方的中国学者，在他们的有关诗歌的论著中，常常能够继承中国传统的批评与鉴赏的方法，同时，他们又能吸收西方的批评方法和诗歌理论，这样，他们在鉴赏作品时，便可以拥有更多与更新的角度，在欣赏中国古典诗歌时，也能够说古而出新，有许多新的审美发现。黄国彬是香港学者兼诗人，学贯中西的在他所著的论屈原、李白、杜甫的《中国三大诗人新论》中，便时出新意与胜义，有如满树繁英，这里只能匆匆摘取其中的一枝：

> 此外，杜甫还善于利用对仗在时空中作大幅度的移动，增加句与句之间的张力：
>
> 　　早行石上水，暮宿天边烟。(《彭衙行》)
> 　　南菊再逢人卧病，北书不至雁无情。(《夜》)
> 　　窗含西岭千秋雪，门泊东吴万里船。(《绝句四首》其三)
> 　　关塞极天惟鸟道，江湖满地一渔翁。(《秋兴八首》其七)
> 　　从菊两开他日泪，孤舟一系故园心。(《秋兴八首》其一)
>
> 前四联的张力在空间，后一联的张力在时间。有时，张力不在时间也不在空间，却在读者的心里："但觉高歌有鬼神，焉知饿死填沟壑？"从上句的昂扬到下句的悲凉，读者在心理上急升陡降，两句的张力不下于"关塞极天惟鸟道，江湖满地一渔翁"，是传统的批评所谓"顿挫"的一种①。

――――――

① 黄国彬：《中国三大诗人新论》，香港学津书店 1981 年版，第 51—52 页。

黄国彬将中国诗鉴赏传统中的"顿挫",和西方现代新批评派的"张力"理论结合起来,对古典诗歌的鉴赏使之呈现出新的面貌,这就是他的审美发现,而这种发现往往是原作者本人都未曾意识到的。一般读者对于诗的鉴赏,我们当然不能提出过高的要求,但名实相副的专家学者对作品的体会,却可以帮助我们提高审美鉴赏的能力,启示一般读者在鉴赏中如何才能有新的审美发现。

十六世纪至十七世纪之交的英国哲学家培根说:"知识就是力量。"诗歌的审美鉴赏,与鉴赏者的生活经验和知识准备有密切的关系,因为经验与知识,是鉴赏者必备的主观条件,这一条件的充分具备,有助于鉴赏指向的正确,也有助于鉴赏力的敏锐和深刻。

缺乏必要的知识,或缺乏有关的生活经验,常常易于导致对诗的误解,作吹毛求疵而实际上并不是疵的批评。如张继的名作《枫桥夜泊》:

> 月落乌啼霜满天,江枫渔火对愁眠。
> 姑苏城外寒山寺,夜半钟声到客船。

"唐宋八大家"之一的欧阳修,他在《六一诗话》中批评这首诗说:"唐人贪求好句,而理有不通,亦语病也。……说者亦云,句则佳矣,其如三更不是打钟时。"从"说者亦云"看来,批评者还不止欧阳修一个,他们都认为"夜半钟声"违反生活的真实。其实,夜半钟声回响在很多唐人的诗句里,至今我们都能听到那袅袅的余音,如"秋深临水月,夜半隔山钟"(皇甫冉)、"杳杳疏钟发,中宵独听时"(司空文明)、"新秋松影下,半夜钟声后"(白居易)、"未卧尝闻半夜钟"(王建)、"月照千山半夜钟"(许浑)、"隔水悠悠午夜钟"(陈羽)、"定知别后家中伴,遥听维山半夜钟"(于鹄)、"悠然旅榜频回首,无复松窗半夜钟"(温庭筠),等等,可见在唐代夜半敲钟的地域之广,并不独以姑苏为然,理由之一,就是上述作者之中,有一些人的创作活动的时间还在张继之前,因此不能把他们有关夜半钟声之句,都看成是袭用张继的诗意。即仅仅以姑苏一带而论,事实上也有夜半打钟的习惯,清人孙涛编的《全唐诗话续篇》引计有功的话,说寒山寺有夜半钟,叫作"无常钟"。宋代的叶梦得离唐不远,他说:"欧阳文忠公曾病其夜半非打钟时,盖公未尝至吴中。今吴中山寺,实以夜半打钟。"(《石林诗话》)可见直到叶梦得之时,吴中山寺的夜半钟声还不绝于耳。同是宋代的陈岩肖,在《庚溪诗话》中也现身说法,指出了欧阳修的误评:"然余昔官姑苏,每三鼓尽而四鼓初,即诸寺钟皆鸣,想自唐时已然也。"由此可见,有实地生活或相似生活的体验,自然就更有助于对诗境的鉴赏,如果缺乏有关生活经历,又只是从想当然出发,又未对唐诗典籍深入"调研",即使是文豪如欧阳修,也难免不闹笑话。

有直接的或间接的生活体验,又有为进行鉴赏所必不可少的知识准备,可以帮助读者深入地领会诗境,并在和作者心灵的交感中参与美的创造。对同一作品的鉴赏,常常因为鉴赏者阅历的加深而得到新的更深入的领会。小时候读李白的"床前明月光,疑是地上霜。举头望明月,低头思故乡"(《静夜思》),读孟郊的"慈母手中线,游子身上衣。临行密密缝,意恐迟迟归。谁言寸草心,报得三春晖"(《游子吟》),和长大后有了离乡别井的生活体验再来欣赏,那美感体验绝不可能相同。正因为生活阅历的丰富和人生体验的复杂,对深入鉴赏作品极具作用,所以老托尔斯泰说他少年时读司汤达的作品不甚了了,而四十年后重温时才明白作者的匠心,才有了"清楚的理解"。北宋的黄山谷人到中年时为陶渊明诗卷作跋,也谈到了他在这方面的体会,他说他年轻时读陶诗"如嚼枯木",待至年岁已长,历练加深,才解陶诗的其中味。宋代周紫芝的《竹坡诗话》和明代洪亮吉的《北江诗话》,也有鉴赏的经验之谈:

> 余晚年游蒋山,夜上宝公塔,时天已昏黑而月犹未出,前临大江,下视佛屋峥嵘,时闻风铃铿然有声,忽记杜少陵诗"夜深殿突兀,风动金琅珰",恍然如己语也。又尝独行山间,古木夹道交荫,惟闻子规相应林间,乃知"两边山木合,终日子规啼"为佳句也。又暑中濒溪,与客纳凉,时夕阳在山,蝉声满树,观二人洗马于溪中。曰:此少陵所谓"晚凉看洗马,森木乱鸣蝉"者也。此诗平日诵之,不见其工,唯当所见处,乃知其妙。
>
> ——《竹坡诗话》

> 余尝以己未冬杪,谪戍出关,祁连雪山,日在马首,又昼夜行戈壁中,沙石吓人,没及髁膝,而后知岑(参)诗之"一川碎石大如斗,随风满地石乱

走"之奇而实确也。大抵读古人之诗,又必身历其地,身历其险,而后知心惊魄动者,实由于耳闻目见得之,非妄语也。

——《北江诗话》

他们的体会都有力地说明,鉴赏者欣赏一首诗时,虽然诗中的情境他不一定必须亲身经历才能理解,但鉴赏活动总离不开鉴赏者直接的或间接的生活经验,如果能有直接的生活经验,那就更能感同身受,能更深层次地参与美感创造了。

对诗歌深入的美学鉴赏,还有赖于学识。欣赏诗歌尤其是古典诗歌,比欣赏其他样式的文学作品对读者提出的要求为高。有些读者也许能认识一篇小说的佳处,但却不一定能领悟一首好诗的妙境,也许能对一个剧本谈出自己许多看法,但对于一首好诗却不能说明它美在哪里,这,固然有许多原因,可是,有关诗学的学识准备充分与否,却不能不说是原因之一。

严羽在《沧浪诗话》中说诗歌创作是"诗有别才,非关书也",他强调诗才的重要性,并不是否认诗作者应该穷搜博览。其实,历史上的大诗人如屈原、李白、杜甫、白居易、苏东坡、辛弃疾、陆游等,无一不学富五车,刘勰《文心雕龙》所说的"积学以储宝"的原则,在他们的创作中可以得到充分的印证。同样,鉴赏者如果没有相当的文化储备,特别是历史知识与诗歌知识的素养,自然就难作进一步的美学鉴赏,而诗人们也就只好慨叹"妙处难与君说"了。明代李沂在《秋星阁诗话》中说:"读书非为诗也,而学诗不可不读书,诗须识高,而非读书则识不高;诗须力学,而非读书则力不厚,诗须学富,而非读书则学不富。"——这对作者的创作来说是如此,对读者的鉴赏而言何尝不是这样呢? 例如,李贺《金铜仙人辞汉歌》一开篇就说:

茂陵刘郎秋风客,夜闻马嘶晓无迹。

清代的王琦,是研究李贺的专家,他的《汇解李长吉歌诗》,在李贺研究方面颇有贡献,但是,他却对此诗评道:"然以古之帝王而渺称之曰刘郎,又曰秋风客,亦是长吉欠理处。"我们且看看王琦的批评是否正确。"茂陵",在京兆府兴平县东北十七里处,是汉武帝的陵墓。汉武帝刘彻当年率群臣到河东郡汾阳县祭祀后土,时值秋风萧飒,他作有《秋风辞》,起句是"秋风起兮白云飞,草木黄落兮雁南归"。"秋风客"之词源本此。同时,李诗中的"秋风客",其意也是说即使雄才大略如汉武帝,亦同为秋风中之过客。自然辩证法的规律就是如此,并没有什么"欠理"之处,反倒可以看出李贺的思想相当"新潮",而晚于他近一千年的王琦,思想却颇为"僵化"。此点姑且勿论,关键在于他批评李贺称汉武帝为"刘郎",对帝王不免失敬,这却是属于知识上的欠缺而造成的错误了。程式金说:"不知唐人称父为郎,皇帝亦曰郎,谓明皇为三郎,此其风俗,不以为非。"(见清代程鸿诏《有恒心斋集》)唐玄宗李隆基排行第三,故称为三郎。宋人计有功《唐诗纪事》引郑嵎《津阳门》诗:"三郎紫笛弄烟月,怨如别鹤呼羁雌。"郑嵎自注说:"内中皆以上为三郎。"由此可见,年轻的李贺完全是运用唐代约定俗成的称谓,并没有"渺称"和"欠理"之处。王琦曾帮助赵殿成注王右丞集,自己还有《李太白诗集注》三十六卷行世,但博学多识如他,尚免不了对于诗意的误解,何况是一般读者呢?所以,知识贫乏的读者,恐怕只能徘徊在诗的门墙之外,更谈不上登堂入室窥其堂奥了。

对中国古典诗歌的鉴赏,是需要相当的学识素养的,原因之一是中国古典诗人大都有较深厚的学养,他们的作品讲求师承中的转化,无论是点化或是翻用,如果鉴赏者了解它渊源有自,在比较式的鉴赏中就会获得对诗美更深切的体认与把握。例如杜甫《羌村三首》中有句是"夜阑更秉烛,相对如梦寐",到了晏殊的儿子晏几道的《鹧鸪天》中,就化成了"今宵剩把银釭照,犹恐相逢是梦中"。杜甫的诗自是大家手笔,但晏几道的词却更有出蓝之美,如果读者不知道其中的来龙去脉,就很难在审美比较中更深层更丰富地领略其中的意趣。北宋石延年《高楼》诗有"水尽天不尽,人在天尽头"之句,本来就令人想到李白的"孤帆远影碧空尽,唯见长江天际流"(《黄鹤楼送孟浩然之广陵》)了,而他的朋友欧阳修,却在词中将李白诗意化用为"平芜尽处是春山,行人更在春山外"(《踏莎行》),读者如能明白其中的变化,当然就会别有会心,美感经验就会不致停留在绝缘的平面,而会向历史的纵深拓展。杜甫的诗,被黄山谷说成是"无一字无来历",这未免同时是黄山谷既推崇杜甫也宣传自己"点铁成金"诗学的张大之辞,但是,杜甫是位读书破万卷的学力深厚的大诗人,要很好地鉴赏杜诗,读者的知识水平确实恐怕不能过低。克罗齐在其名著《美学原理》中说:"要判断但丁,我们就必须把自己提升到但丁的水平,从经验方面说,我们当然不是但丁,但丁也不是我们,但是在观照和判断那一顷刻,我们的心灵和那位诗人的心灵就必须一致,就在那一顷刻,我们和他就是二而一。"① 如果不作绝对化的理解,那么这一席话还是说得颇为中肯的。如王羲之《镜湖》有"山阴路上行,如在镜中游",宋人所见沈佺期《钓竿》诗变为"船如天上坐,人似镜中行",李白《入青溪山》变为"人行明镜中,鸟度屏风里",而杜甫晚年作于湖湘的《小寒食舟中作》,则又变为"春水船如天上坐,老年花似雾中看",清理出这一条诗的驿道,我们就可以更好地欣赏不同的路程上不同骑者的歌声与风姿。

鉴赏中国古典诗歌,需要一定的学识修养和生活经验,读中国当代的新诗,虽然文字方面的障碍要少得多,但基本要求也还是相同的。以前,有诗人赞美海防战士"蘸着海水磨刺刀",有诗人赞美"炼钢炉前的钢花是工人心中盛开的花朵",就分别有读者提出批评,原因是用有盐分的海水磨刀,刀会生锈,而所谓"钢花",实际上是钢的杂质在挥发,在炼钢工人心目中并无多少美感,这些例证,都说明创作或鉴赏新诗也需要生活经验和学识。在郭小川的《祝酒歌》中,有如下激荡人心的豪句:

> 且饮酒,
> 莫停杯!
> 七杯酒,
> 豪情与大雪齐飞;
> 十杯酒,
> 红心和朝日同辉。

一般地说,读者读到上述诗句时,会受到诗人的豪情胜慨的感染,也会感到诗的音韵流美,铿锵可诵。但是,如果有一定的文化素养,就可超越表面的层次而进一步寻幽探胜,就会看出,在"且饮酒,莫停杯"里,有李白"将进酒,杯莫停"的遗韵,而六朝庾信《华林园马射赋》中有"落花与芝盖同飞,杨柳共春旗一色"之

---

① 克罗齐:《美学原理》,外国文学出版社 1983 年版,第 132 页。

句,初唐王勃《滕王阁序》中的名句"落霞与孤鹜齐飞,秋水共长天一色"就是由此点化出来。郭小川的诗呢? 明显地是有所师承,同时也有他新的创造。继承传统而又刻意创新,师法前贤而又力求出蓝之誉,这原应是诗人在诗的竞技场上追逐的目标,而读者的鉴赏眼光也是和他的文化修养成正比的,在这里同样用得着"水涨船高"这一俗语。

写诗,是美的价值的创造,读诗,是美的价值的发现。诗的创作需要创造与发现,诗的鉴赏也需要发现和创造,前者是以生活作为审美对象,后者是以作品作为审美对象,因此,创作者心目中要有鉴赏者,他要给鉴赏者提供值得鉴赏和可以鉴赏的审美对象。值得鉴赏,是指作品的具有相当的思想内涵和艺术价值;可以鉴赏,是指作品内蕴的信息具有可传达性,能为鉴赏者理解和接受,并且给鉴赏者提供参与和介入的广阔天地。创作出可供鉴赏的优秀作品是首要的前提和条件,同时,鉴赏者也要有审美的眼光和能力,他们固然不能把鱼目当成珍珠,把珍珠当成鱼目,把芳草视为萧艾,或把萧艾视为芳草,更要给一代文学以强烈的反作用力,促进一代文学作品素质的提升。

当代学者、诗评家盛海耕僻处东南一隅,所在高校亦非所谓名校,直至去世其声名亦未"显赫",但其《诗苑偶探录》《公刘传论》《品味文学》等著作实在颇多出自真才实学的胜义洞见。他在《品味文学》中说得好:"文学之所以成为人类社会必不可少的事业,之所以对人类社会有益,一半功劳在作者的创作,一半功劳也在读者的鉴赏。文学鉴赏是文学事业的半边天。"文学中的诗当然也是如此,优秀的诗的创作与出色的诗的鉴赏,都要以对方作为自己的对象,创作者以鉴赏者为"知音",鉴赏者以创作者为"知己",互相都"知己知彼",才有助于诗歌的发展、繁荣和深入人心。可以断言,诗人的创作和读者的鉴赏是缪斯女神的两翼翅膀,缺少了任何一翼都无法在诗国的长天飞翔!

后　记

　　流年似水。拙著《诗美学》起笔于三十年前的一九八四年，历时三载，一九八七年由江苏文艺出版社出版，责编为约稿的老诗人丁芒先生。尔后略加修订，复于一九九〇年由台湾三民书局印出，此后还曾改版数印。蓦然回首，时光的流水已经流去了三十年春花，三十年秋月，我也从踌躇满志的壮岁进入了两鬓惊秋的老年。

　　《诗美学》出版后，曾经得到各方的肯定与好评。《人民日报》《读书》《诗刊》香港《文汇报》、台湾《联合报》等不少报刊，先后发表了书评。特别令人感念的是，中国社会科学院文学研究所与少数民族文学研究所主编的《中华文学通史》（华艺出版社1997年版，江苏文艺出版社2013年修订版），在第十卷"当代文学编"中，曾辟有"诗歌研究与谢冕、李元洛"一节，指出《诗美学》"是我国第一部成体系的诗歌美学理论著作"，"既是李元洛本人研究诗学的集大成的成果，也是当代诗学研究成体系的代表性著作"，"从诗的写作到读者的再创造，构成了一个完整的诗美心灵流程，也造就了这部著作的独特的体系"。主持此书有关章节的，是此前素不相识的文研所研究员、文学评论家陈骏涛先生。然而，由于种种原因，此书在三十多年中在大陆竟然没有修订再版的机会，虽然也有出版社愿意重印，但也都因缺乏经济效益而作罢，我只有将其束之高阁，让它的青春和我一同老去了。

　　书生老去，机会方来。二〇一一年春，我去杭州忝列诗学专家骆寒超教授皇皇十二卷的诗学文集发布会与研讨会，于西子湖边，有幸得识与会的人民文学出版社社长管士光先生。我们向无交集，素昧平生，只在会议的间隙匆匆数语，席不暇暖而南北分飞。之后承他索阅拙散文专著《唐诗之旅》《宋词之旅》，复函颇蒙嘉许。迟至去年，我将《诗美学》寄奉，名为请正，实则试探，不意他迅即赐答，允予修订重印，并由北大中文系古典文学博士出身的编审廉萍女士负责。廉萍女士随即认真审读，并提出了诸多宝贵的修改意见。著名学者、诗学专家黄维樑教授，随后也允为作序。此书尘埋已久一朝复活，意外之喜，使早已越过了杜甫所云"人生七十古来稀"的门槛的我，在对他们"中心藏之，何日忘之"的感念之余，恍惚回到了王国维所说的"一事能狂便少年"的少年。

从今年元旦开始，我将正在撰写中的散文专书《清诗之旅》搁置一旁，朝于斯而夕于斯，一而再再而三地对《诗美学》这部旧著予以修订，以不负三十年前的黄金岁月，不负今日出版者的垂青和读者的期望。除了修饰词句，改正我原有的和排印中的讹误，弥补诸如部分引文出处和部分古典诗歌题目未及标明等缺失之外，我主要是在理论上做了一些补充说明与阐述，在引例上做了不少的增删与调整，同时，增写了"诗的形式美"一章。我以前撰写讨论诗评，着意继承中国古代文学批评重视个性与文采的长处，而远离枯燥僵化的老八股与玄虚西化的新八股，努力使理性文字也有感性血液与文学色彩，具有可读性，《诗美学》的写作即是如此。至于中国新诗的发展，虽然岁月如流，纵使潮头变幻，且我对今日之诗坛与诗创作疏离已久，但我的基本观点仍然是："中国的新诗应该纵向地继承传统，横向地向西方借鉴，以中为主，中西合璧；解决好社会学与美学、小我与大我、传统与现代、中国与西方、再现与表现、作者的创造与读者的再创造的辩证关系；力求民族化、现代化、多样化与艺术化。"

今天的社会日趋功利与世俗，金钱拜物教与权力拜物教盛行，加之自然环境的被污染破坏，诗意日少而非诗意日增，不但芸芸众生亲财神而远诗神，诗坛本身也乱象丛生，我以为主要的弊病是：极端的个人化，形而下的恶俗化，唯利是图的商业化，唯权是捧的官场化，拉帮结派、相互吹捧的江湖化，缺乏公认的审美标准与审美规范的无序化。即以后者而论，虽然时代不同，潮流有别，诗作互异，爱好各殊，但正像世间万物都有它的各自的质的规定性与辨识标准一样，诗之所以为诗，在千变万化、与时俱进之中总有它不变的质的规定性，否则就不成其为诗；好诗之所以为好诗，也总有它的基本的审美鉴定标准，否则珍珠就会被贬为鱼目，鱼目就会被捧成珍珠，甚至是黄钟毁弃而瓦釜雷鸣。大而化之，诗不论今古，只有好坏之分。我心目中的诗乃至好诗，至少应该符合如下的基本条件：一是应有基于真善美之普世准则的对人生（生命、自然、社会、历史、宇宙）之新的感悟与新的发现；二是应有合乎诗的基本美学规范（鲜活的意象、巧妙的构思、完美的结构、精妙的语言、和谐的韵律）的新的艺术表现；三是应有激发读者主动积极参与作品的艺术再创造的刺激性（作家完成作品是初创造或一度创造，读者的非功利的主动欣赏是再创造或二度创造，任何真正的佳作，都是作者与读者乃至时间与历史共同创造的产物）。本书中正面援引之诗例，久经时间考验的古典诗歌自不待言，外国诗歌与中国新诗也努力大体遵循上述规范。

似水流年。拙著《诗美学》假设如同一座落成有年的建筑，此次修订不是推倒重来，而是整旧翻新，力图尽己所能地完善。除士光先生百忙中多所关注与措画之外，由于我与现代科技的电脑无缘，纯系原始状态的手工劳作，加之修订是在台版的复印件上进行，满纸春蚓秋蛇，触处疮痍满目，廉萍博士校改数月，指瑕纠谬，备极辛劳，真所谓"织女机丝虚夜月"而"为他人作嫁衣裳"也。后记将终，我还要再加申说的是，学问之道无穷，个人才力有限，我绝不敢自夸这一修订本美轮美奂，但至少可以说是三十年后几经修缮而有幸获得重新开放的一处景点，一座庭院，似曾相识的旧读者可以缘此怀旧而予我以指点，愿意入内的更多的新读者可以借此观新而予我以批评，而我自己呢，当会追昔抚今临风凭吊而感慨万千。

二○一四年六月杪于长沙湘江之畔

补记：

八年前，拙著《诗美学》承人民文学出版社总编辑管士光先生慨允修订重印，二○一六年修订本出版，印行之五千册很快销售一空，令人欣慰于读者的厚爱，也证明它并非如某些先锋新潮人士所谓"陈旧""保守"的明日黄花，也非囿于门户之见而私心自用者所可贬抑。二○一七年九月，由湖南省文联主办、人民文学出版社与《中华诗词》社协办，于北京召开此书之研讨会，学者专家济济一堂，或撰文评论，或发言指教，均使我深受教益而至为感激。例如原南京大学教授博士生导师谭桂林先生之大文,题为《愈是世界的,就愈是民族的——漫谈〈诗美学〉的资源摄纳》,对我这个"传统诗学"的坚定守护者与光大者如何吸纳西方的诗学资源,作了详实而深入的论述,他还从文学统计学的角度,一一罗列我引述过的西学人物,长长的名册竟多达百余人,显示了"贯通古今、融汇中西"的"修养和境界",令耄耋如我,深受鼓舞。原中国社科院研究员、《文学遗产》主编陶文鹏兄虽无一面之识,除莅会发言予以高评外,还赐我以审读后之手书正误表数纸,令我喜出望外而感愧莫名。

因为种种原因,《诗美学》销罄合同到期后未能再印,幸蒙上海东方出版中心青眼有加接纳印行新版,责编李梦溪女史以高度敬业的精神负责董理,我在此致以衷心的感谢。趁此次新版的机会,我日以继夜认真逐字逐句校阅全书,时间达半月有余,改正错字,订正讹误,修饰文辞,作必要的少量删节与补充,以求其既是我此生的定本,也是不负读者的善本。宇宙无穷,人生短促,谨此补记如上以志人生的雪泥鸿爪,生命的逝水流光。

作者

二○二二年十一月八日于长沙

二○二三年九月十八日终校